2023
신예작가

추천위원
김호운 김성달 유성호

2023

신예작가

사단법인 한국소설가협회

차 례

소설은 사람의 마음을 윤택하게 한다

'문학은 우리에게 무엇을 주는가?'

가끔 이런 질문을 받을 때가 있다. 문학의 역할이 무엇인지를 몰라서 하는 질문이 아닐 것이다. 이 말에는 문학 작품이 그 역할을 충실히 하지 못했다는 책임을 묻는 채찍도 들어있다. 특히 우리 소설은 독자들에게 다양한 이야기를 통해 인간의 삶과 자연을 간접체험하게 하는 훌륭한 기능이 있다. 이 기능을 독자들에게 잘 전달하는 책임은 우리 작가들의 몫이다.

(사)한국소설가협회에서는 문화체육관광부의 지원을 받아 매년 '신예작가 포럼'을 개최한다. 이는 문학이 우리 사회에서 어떤 역할을 하는지, 어떻게 하면 우리 문학이 발전하며 세계로 나아갈 수 있는지 당면한 과제를 담론으로 확장하여 이를 실천하기 위해서다. '신예작가 포럼'은 작가들의 창작 환경 개선과 독서 환경 조성, 이를 통해 한국 소설 문학 발전을 도모하는 중요한 행사로 한국 소설 문학에 신선한 바람을 보여준다.

신예작가 포럼 개최와 함께 활발하게 창작 활동하는 등단 5년 이내의 신인 작가 20여 명을 선정하여 이들의 작품을 모아 신예작가 작품집을 발행한다. 등단 이후 작가로서 활동하는 데 가장 중요한 시기에 맞닥뜨리는 열악한 창작 환경을 극복할 수 있도록 도움을 주기 위해서다. 아울러 독자들에게는 신선하고 문학성이 뛰어난 우수한 작품을 만나는 기회를 제공하는 일이기도 하다.

독서인구가 줄어든다고 걱정하는 분들이 많다. 독자가 줄어드는 건 사실이지만, 문학의 효용 가치가 줄어드는 건 아니다. 그러한 사회일수록 문학의 필요성은 더욱 높아진다. 독자가 줄어드는 건 변화하는 사회 환경 탓만이 아니다. 여기에는 작가의 역할도 한몫하고 있다. 문학의 기능과 역할을 잘 이해하도록, 그러한 사회 환경을 만들지 못한 책임이 작가들에게도 있다. 열악한 환경은 극복하는 것이지 피해 가는 게 아니다. 신선한 충격을 주는 우수한 작품은 이러한 환경을 극복하게 된다. '신예작가 포럼'과 '신예작가 작품집' 발행은 이와 같은 목적에서 시행하고 있다. 앞으로도 한국소설가협회는 작가들의 창작 환경을 개선하기 위해 다양한 노력을 할 것이다. 해마다 개최하는 '대한민국 소설 독서대전'도 소설 문학 독자 확보를 위한 행사다.

올해 '2023 신예작가'에 20여 명의 소설가가 선정되어 훌륭한 작품을 선보인다. 선정된 소설가들에게 축하와 격려의 박수를 보낸다. 이 책 출간을 계기로 더 활발한 활동을 하여 한국 소설 문학을 빛내주기를 희망하며, 아울러 문학을 존중하고 문인을 존경하는 아름다운 사회를 이루는 데 힘이 되어 주길 희망한다.

2022년 11월
사단법인 한국소설가협회
이사장 김호운

김수온 ㅣ 한 폭의 빛

2018 한국일보 신춘문예 소설 당선.
2021 『한 폭의 빛』 출간.

한 폭의 빛

김수온

1

도시의 서쪽에는 숲이 있다.
나무가 우거져 있으므로 그늘이다.
숲속에 작은 호수가 있다.
거기 유일한 빛이 비치고 있어.

2

도시의 사람들이 숲을 향해 간다. 숲의 그늘 아래 자신의 그림자를 숨긴다. 누구도 찾아내지 못하도록 차분히 겹쳐내고 지워져 형체를 잃어버린 채로 숲을 거닌다. 숲에는 아직 제대로 된 길이 없다. 입구나 출구도 없고 막다른 길 또한 없어서 걸음을 멈출 수가 없다. 그래서 누구든 길을 헤매는 것처럼 보인다. 자꾸만 같은 곳을 돌고 도는 것처럼 보이기도 한다. 그렇게 걸음을 옮기면 매번 같은 풍경이 이어진다. 길게 자라난 잡풀과 크고 작은 바위가 도처에 있고 일정한 간격을 두고 뿌리내린 나무가 높게 솟아 있다. 가끔 짐승들의 사체나 분뇨가 방치되어 있다. 그런다고 한들 살아 움직이는 짐승을 목격하는 일 따위는 일어나지 않는다.

단지, 아주 희박한 확률로 사람들이 마주친다. 숲의 그늘을 가로지르며 가까워지고 있다. 도시에서는 익숙했던 일이 숲에서는 낯선 일이 되기에 그런 순간에는 자신도 모르게 숨을 멈추고 입술을 굳게 다문다. 그들은 서로 아무런 말도 나누지 않아서 서로의 정체를 모른다. 모두가 동일한 곳을 떠나왔지만 그 순간만큼은 서로가 서로에게 이방인이 된다. 각기 다른 언어가 각자의 모국어가 되어서 짧은 인사도 나누지 않고 자연스레 서로를 비켜간다. 어깨나 팔을 비롯한 신체의 어느 부위도 닿지 않는다. 어깨가 일직선에 놓이고 거기서 한 걸음만 나아가면 다시, 혼자가 된다.

창백한 얼굴을 한 연인이 있다. 성한 잡풀 사이를 비집고 들어앉아 있으므로 두 사람의 나체가 가리어져 있다. 멀리서는 간신히 머리만 보이기에 체고가 작은 한 쌍의 어린아이가 서 있는 것처럼 보인다. 손질되지 않고 길게 자라난 머리카락에 얼굴이 반쯤 덮인 채 나란히 어깨를 맞댄 연인은 꽤나 다정하다. 손을 나누어 잡고 최소한의 체온을 나누고 있다. 언제부터인지는 모르지만 연인은 언제나 거기 있다. 어쩌면 태어나서 지금까지 어디로든 나아가지 못하고 있는 걸지도 모른다.

거기 연인이 있는 걸 모르고 사람들이 지나간다. 해가 저물고 있으므로 모두 동쪽을 향해 간다. 서쪽으로 나아가면 숲은 하염없이 깊어지고 동쪽으로 나아가면 어김없이 도시로 회귀한다. 동일한 방향으로 그림자가 고요히 따라붙는다. 그들은 하나같이 누군가에게 쫓기는 것처럼 걸음을 서두른다. 자칫하다간 숲에 남겨질지도 모르기에 간절해진다. 그런 마음으로 도착한 도시의 어디에나 길이 나 있다. 길이 있기에 입구와 출구가 있으며 막다른 길 또한 있다. 모든 길이 지도에 빠짐없이 표기되어 있으므로 언제 어디서든 길을 찾을 수 있고, 잃어버린 물건이나 아이를 찾을 수도 있다. 그래서 뭐가 됐든지 감추거나 숨길 수 없다. 단 한 번도 길을 헤매지 않고 집에 도착한 그들이 문을 두드린다. 도시의 모든 문이 일제히 열리고 차례로 닫힌다.

3

모두가 떠난 숲에 바람이 분다. 바람의 방향으로 숲이 기울어진다. 어디선가 은신하고 있던 작고 검은 새들이 무리 지어 날아간다. 영영 숲을 떠날 것처럼 세차게 허공을 가로지른다. 숲으로 날아드는 새들은 수시로 떠나야만 하기에 둥지를 틀지 않는다. 그래서 숲에는 버려진 둥지 하나 없다. 바람은 자꾸만 숲을 쓸어내고 새를 몰아낸다. 깊고 낮은 곳까지 잊지 않고 불어 들어서 숲의 서쪽으로 바람이 모인다. 마찬가지로 바람이 일궈낸 소리 또한 모여 있다. 더 이상 나아갈 수 없는 숲의 끝이기에 나무에 매달린 잎이 서로 스치고 흔들리는 소리가 주위에 만연하다. 거기 검은 모포를 두른 사내가 홀로 서 있다. 버려진 석상처럼 미동도 없이 낮고 빠른 말을 중얼대고 있다. 여태 살면서 했던 모든 말을 하나도 빠짐없이 쏟아내고 있는 것처럼 보인다. 사내는 말을 멈추지 않고 바람이 멎는다. 아주 오래전 숲을 떠났던 새들이 무리 지어 날아온다. 마치 숲이 생의 종착지인 것처럼 몸을 숨기고 슬프게 운다. 숲은 새들을 은폐하고서 곧게 서 있다.

4

도시의 동쪽은 푸른 새벽이다. 누구나 평온하게 잠들어 있다. 이불을 나누어 덮고 깊은 잠에 빠져 생시와는 정반대의 꿈을 연달아 꾸고 있다. 꿈에서 죽은 나무에 열매가 열리고 절벽 아래로 끝없이 떨어진다. 선로를 이탈한 열차가 숲을 지나가고 그 뒤로 발 없는 아이들이 맘껏 달려 다닌다. 굴뚝에 올라 사다리를 자르던 부모들은 그걸 보며 무음의 박수를 친다. 그러니 누구든 쉽게 잠에서 깨어날 리 없다.

거실 창가에 놓인 일인용 소파에 한 여자가 앉아 있다. 작은 몸집이 소파에 다 가려져 보이는 거라곤 바깥으로 나와 있는 팔과 다리가 전부다. 고개를 뒤로 꺾고 소파에 반쯤 누워 축 늘어진 모습이 편안해 보인다. 그 상태로 슬며시 눈을 뜬 여자가 천장을 빤히 응시한다. 여자는 며칠째 언제 잠이 들었는지도 모른 채 깊은 잠에 빠졌다 깨어난다. 하루의 피로가 한순간에 몸을 덮치고 혼곤한 잠으로 끌고 들어가기에 아무리 떠올리려 해도 잠들기 직전의 기억이 없다. 그저 매일 낯설고 두려운 기분에 사로잡혀 하루를 시작할 뿐이다.

여자는 익숙하게 손을 뻗어 벽면에 스위치를 켠다. 눈이 시릴 정도로 환한 형광등 불빛이 전방을 비춘다. 잠시 눈을 찡그리다 발치에 떨어져 있는 하얀 손수건을 발견하고 협탁에 잘 개어둔다. 몸을 일으킨 여자가 굳게 닫힌 방문 앞으로 걸어간다. 최대한 소리가 나지 않게 가만히 방문을 열고 들어간다. 방문을 닫는 것도 잊지 않는다.

방 한가운데 나무로 된 요람이 놓여 있다. 울타리 모양의 난간에 달아놓은 인형 모빌이 공중에 얌전히 멈춰 있다. 아이가 태어나기도 전에 여자가 손수 만든 모빌이다. 자세히 보면 인형의 얼굴이 조금씩 틀어져 있다. 눈과 입술의 크기나 모양이 비대칭으로 되어 있기도 하다. 어쨌거나 인형은 동물의 모습을 하고 있다. 손으로 툭 건드리면 모빌이 돌아가며 작고 아름다운 종소리를 퍼뜨린다. 모빌은 언제나 시계 방향으로 회전한다. 모빌을 만든 여자도 그 사실을 모른다.

일어날 시간이야.

여자는 몸을 앞으로 숙이고 요람 안을 들여다본다. 아이의 몸에 이불이 잘 덮여 있다. 손과 발을 비롯한 신체의 어느 곳도 보이지 않아 체고를 가늠

할 수 없다. 일어날 시간이야. 한참을 바라보던 여자가 이내 몸을 일으킨다. 춤을 추는 것처럼 몸을 돌려 방을 빠져나간다. 그 순간 열린 문틈으로 빛이 새어 들다 사라진다. 여자가 방문을 닫고 나가서 방은 다시 어둠에 잠긴다. 흔들리던 인형 모빌이 아무도 모르게 멈추고 나무로 된 요람은 여전히 방 한가운데에 놓여 있다.

5

호수가 얼고 있다.
그걸 바라보던 연인의 입이 동시에 벌어진다.

당신 말대로 가장자리부터 단단해지고 있어.

6

동이 트지 않은 도시는 어둡다. 차가운 바람만이 거리를 쓸고 지나간다. 바람은 낙엽을 옮기고 골목에 쌓인 재를 날려 보낸다. 창문을 흔들고 집마다 걸린 붉은 깃발을 펄럭인다. 바람이 만들어낸 기척에 누군가 잠에서 깨어난다. 힘겹게 눈을 뜨고 주위를 둘러보지만 사방이 어둡다. 눈을 뜬 건지 감은 건지 구분할 수 없을 만큼 어둡기만 하다. 돌아왔던 의식이 점차 희미해지고 꿈인지 생시인지 알아차리기도 전에 다시 눈을 감고 잠이 든다. 잠시 중단되었던 꿈을 곧바로 이어서 꾼다. 그 꿈을 몇 번째 반복해서 꾸고 있는지 모른다. 누구나 자신을 꿈속에 가두고 새벽을 보낸다.

거실에서 여자가 창문을 하염없이 바라본다. 창문에는 제대로 된 커튼

한 장 달려 있지 않다. 언젠가 커튼 끝자락에 불이 붙어 절반 이상이 다 타버린 뒤로 지금껏 커튼을 달지 않고 있다. 그 사실을 까맣게 잊은 여자가 창문에 비친 자신을 바라본다. 창문이 흔들리면서 여자의 모습이 흐릿해졌다가 선명해지기를 반복하고 있다. 바람이 멎지 않아서 좀처럼 멈추지 않는다.

여자는 주방의 수납장을 열어 냄비를 꺼낸다. 수프를 끓이면 열흘은 꼬박 먹을 수 있을 만큼 크고 깊은 냄비에 물을 가득 받아 약한 불에 데운다. 냄비에 담긴 물의 양에 비해 불이 너무 약해서 한참이 지나도 물은 끓어오르지 않는다. 불을 살짝 키우고 여자는 최근에 아이를 씻겼던 기억을 떠올린다. 아무래도 그건 너무 오래되었다.

언제부턴가 집에 온수가 나오지 않아 여자는 아이의 목욕물을 손수 데워야 한다. 처음엔 미지근한 물이라도 나왔지만 날이 추워지면서 지금은 그마저도 나오지 않는다. 손잡이를 이리저리 돌려보아도 얼음장처럼 차가운 물만 쏟아져 나올 뿐이다. 번거롭지만 아이를 씻기는 일을 게을리 할 수 없기에 여자는 오늘도 목욕물을 데운다. 여전히 물은 끓어오를 기미가 없고 가스 불만 고요히 타오르고 있다.

동이 트고 나서야
아이를 씻길 수 있겠지.

여자는 창 너머를 바라본다. 유독 차갑고 건조해 보이는 대기가 바깥에 있다. 창문으로 내다보는 게 전부이기에 여자는 바깥의 날씨가 얼마나 추워졌는지 모른다. 멀리 보이는 나무의 잎이 다 떨어지고 가지가 앙상해지는 걸 바라보며 한 계절이 지나고 또 다른 계절이 오는 걸 어렴풋이 느낄 뿐이다. 도시의 겨울은 유독 춥고 눈이 자주 내린다. 한번 쌓인 눈은 잘 녹지 않아서 어디든지 하얀 풍경이 펼쳐진다. 길이 지워져서 가끔 누군가 길을 잃기도 한다. 눈이 녹고 겨울이 지나도 돌아오는 법이 없다.

일인용 소파에 앉은 여자의 눈이 감긴다. 온몸에 힘이 빠지면서 협탁에 걸치고 있던 팔이 손수건과 함께 아래로 떨어진다. 손수건이 발치에 떨어진 것도 모르고 여자는 잠에 들어간다. 그 순간 수면 위로 수증기가 한 가닥 피어오르고 이내 흔적도 없이 사라진다. 시간이 지나 물이 서서히 끓어오르기 시작한다. 넘친 물이 냄비를 타고 흘러내리고 주방 한구석에 뿌연 수증기가 점점 더 몸집을 부풀리며 솟아오른다. 거실 창문 밑 부분에 작게 김이 서린다. 그러자 예전에 아이가 찍어놓은 손자국이 희미하게 떠오른다. 방에 잠들어 있는 아이의 손과 얼추 비슷한 크기이다. 아이는 뭐든 손으로 만져보곤 했으니 집에는 이런 손자국이 셀 수 없이 많을 것이다. 그 옆에 나란히 손자국이 하나 더 찍혀 있다. 아이의 것보다 분명 더 크고 흐릿하게 남아 있다. 두 손자국은 가까이 붙어 있지만 어디 하나 겹치지 않는다. 그저 가끔 동시에 떠오를 뿐이다.

7

숲에서 새가 길게 운다. 숲에 사는 새들은 나무에 몸을 숨기고 우는 게 전부다. 하늘을 나는 법을 잊은 것처럼 울기만 한다. 그보다 더 나은 일은 없다는 듯 울고만 있을 뿐이다. 그렇게 모두가 살아서 서로의 비명을 듣는다. 서로의 모습이 보이지 않으니 그건 유일한 안부가 된다. 검은 모포를 두른 사내가 언제나처럼 낮고 빠르게 말한다.

들어가도 됩니까.
들어가면 안 됩니까.

사내의 말이 바람을 타고 멀리 날아간다. 어떤 말들은 새들이 물어간다. 돌아올 수 없는 곳까지 멀리 물고 가버려서 숲에는 없는 말이 된다. 하물며 말을 물고 떠나간 새는 돌아오는 법이 없다.

8

　도시의 동쪽에 동이 튼다. 눈부신 빛이 거리를 고요히 비춘다. 지붕에 굴뚝이 달린 집들의 그림자가 떠오른다. 서로의 간격이 너무나 좁아서 겹치고 뭉개지고 부서진 채로 거리에 떠올라 있다. 도시의 창문마다 햇빛이 쏟아져 들어온다. 누군가 떠나 비워진 집이라 하더라도 빛은 전과 같은 자리를 비춘다. 집 안에 누워 잠이 들어 있던 사람들의 얼굴에도 환하게 빛이 떠오른다. 몸에 덮인 이불을 걷으며 하나둘 잠에서 깨어난다. 간밤에 꾼 꿈을 떠올리려 애쓰지만 그럴수록 더 잊혀갈 뿐이다. 매일 어떤 기억을 잃은 채로 하루를 시작한다. 하루의 기본이 되는 슬픔이 있다. 슬픔의 크기는 각자 달라서 서로 다른 하루를 흘려보낸다.

　여자의 집 안은 어느새 연기로 가득하다. 빛은 연기를 통과하지 못하고 창가에 머물러 연기의 겉면만을 비춘다. 자세히 들여다보면 연기에도 결이 있고 모양이 있다. 손에 잡히지 않는 것에도 분명 그런 것이 있다. 연기는 허공을 가르고 엇갈리고 풀어지며 집 안을 잠식한다. 그 순간 여자가 눈을 뜬다. 작게 벌어진 입으로 연기가 흘러들어가고 있다. 몇 차례 잔기침을 하며 손으로 협탁 위를 더듬어보지만 여자의 손에 손수건은 잡히지 않는다. 손수건은 전과 같은 자리에 떨어져 있다. 협탁에 잘 개어놓았던 손수건이 어째서 거기 떨어져 있는지 여자로선 도무지 알 수 없다. 여자는 일인용 소파에서 일어나 창문을 향해 걸어간다. 창문과 가까워질수록 바깥의 풍경이 선명하게 보인다.

　동이 트고 말았어.

오늘은 아이를 씻겨야 하는데.
지저분한 아이로 자라게 할 수 없지.

여자가 유리창에 손을 가져다 대자 아이의 손자국이 가려진다. 손바닥 아래로 작은 온기가 느껴진다. 유리창을 통과한 햇빛이 손바닥 위로 넓게 번져 있다. 힘을 주어 창문을 밀어보지만 여자의 손은 자꾸만 미끄러진다. 창문에 새겨져 있던 손자국들이 모두 지워져가고 있다. 아무런 흔적도 없이 지워져버려서 거기 손자국이 새겨져 있던 걸 아무도 모르게 된다. 창문은 아무리 밀어도 열리지 않는다. 여자가 손을 떼자 투명한 물방울이 한 줄기 흘러내릴 뿐이다.

여자는 이내 창문 여는 걸 포기하고 주방으로 향한다. 냄비에 차 있던 물은 어느새 절반가량 줄어들어 있다. 불을 껐지만 아직도 연기가 냄비 밖으로 흘러나오고 희미하게 탄내가 나는 것 같기도 하다. 여자는 곧장 현관으로 가 문을 활짝 열어젖힌다. 그러자 집 안에 고여 있던 연기가 조금씩 밖으로 빠져나가기 시작한다. 여자는 벽에 기대앉아 연신 가쁜 숨을 몰아쉰다. 땀이 배어 나온 얼굴을 손수건으로 닦아내며 침착하게 주변을 살핀다. 현관은 오랫동안 쓸고 닦지 않아서 묵은 먼지가 가득하다. 거기 낡은 신발 한 켤레가 흐트러져 있다.

문득 연기 너머로 사람의 형체가 보인다. 현관문 앞에 한 사람이 우두커니 서 있다. 자그만 몸집 때문인지 언뜻 보면 여자와 같은 사람처럼 보인다. 여자가 자리에서 일어나자 현관 센서 등이 켜지고 낯익은 얼굴이 선명하게 떠오른다.

문을 두드리지도 않았는데
어떻게 알고 문을 열어주었구나.
앞으로는 문을 두드리면 열어라.

여자의 어머니가 집 안으로 걸어 들어온다. 현관문이 저절로 닫히면서 고요하고 적막한 집 안에 신호탄 같은 소리가 비명처럼 짧게 울리고 사라진다. 그로부터 얼마 지나지 않아 현관 센서 등이 꺼진다. 여자는 여전히 차가운 현관에 맨발로 서 있다.

9

집 안의 모든 풍경이 희미하다. 안개가 깔린 듯 어디든 고르고 공평하게 희미해져 있다. 현관문을 잠시 열어두어서 전보다 많은 양의 연기가 걷혔지만 아직 말끔히 가시지는 않았다. 오늘따라 바깥은 더욱 맑고 쾌청해 보인다. 창문에는 여자의 손자국이 찍혀 있다. 자세히 보지 않으면 알 수 없을 정도로 투명하게 남아 있다. 언젠가 시간이 흘러 창문 위로 떠오른 손자국을 누군가 발견하게 될지도 모른다. 그런다 한들 아이의 손자국은 지워지고 어디에도 없다.

여자의 어머니가 말없이 서서 거실을 둘러본다. 협탁을 쓸어보기도 하고 위에 놓인 조명등을 켜고 끄기도 한다. 벽에 걸린 그림을 한참 동안 바라보기도 하고 몰래 만져보기도 한다. 집은 너무나 단출해서 딱히 구경할 만한 게 없음에도 뭐든 보고 만지며 거실을 돌아다닌다. 여자가 멀리 떨어져 그 모습을 지켜보고 있지만 아랑곳하지 않는다. 마치 여자의 집에 방문하는 날이 이번이 처음이자 마지막이기라도 한 것처럼 거실 풍경을 하나도 빠짐없이 눈에 담고 있다. 그러다 문득 방문 앞에 선 어머니를 보고 여자가 속삭이듯 말한다.

어머니, 거긴 아이가 잠들어 있어요.
너무나 작고 어린 아이가요.

그러냐. 정말 네 말대로 아이가 있느냐.

여자의 어머니가 방문 앞에 한참을 서 있다 거실로 돌아온다. 여자는 그
제야 손에 쥔 손수건을 발견하고 허공에 펼쳐본다. 여태 손에 쥐고 있었던
터라 여기저기 구김이 가 있다. 여자는 곧장 화장실로 들어가 세면대 마개
를 막고 물을 튼다. 언제 생겼는지 모를 얼룩들이 가득한 손수건을 비누로
거품을 내 몇 차례 치대고 헹군다. 마개를 열자 탁해진 물이 밑으로 빨려 내
려간다. 마개 주변으로 작은 소용돌이가 생기고 사라진다. 꽉 짜낸 손수건
을 잘 펴서 널어놓는 여자의 손끝이 붉게 물들어 있다.

주방은 전과 같은 모습을 찾아가고 있다. 방금까지 연기를 토해내던 냄
비가 얌전히 놓여 있다. 냄비에 담긴 물은 여전히 뜨겁다. 불을 끈 지 얼마
지나지 않았으니 조금도 식지 않았다. 물을 반쯤 더 채우고 목욕물을 다시
데울 수도 있겠지만 굳이 그렇게 하지 않는다. 냄비의 물이 식어가는 걸 여
자가 곁에 서서 바라본다.

10

얼어붙은 호수 위를 내가 걸어간다.

조금도 가까워질 수 없는 마음으로
당신과 멀어지고 있어.

11

한낮의 햇빛이 집 안을 고요히 비춘다. 거실에 놓인 사물마다 그림자가

진다. 여자의 어머니를 본뜬 그림자가 거실 벽에 그림처럼 떠오른다. 몸은 일인용 소파에 가려 있으니 보이는 건 산발한 머리가 전부다. 햇빛은 딱 거실까지만 비춘다. 그늘진 주방에서 여자가 찻잔을 골라낸다. 찻잔은 대개 상태가 좋지 못하다. 대부분 이가 나가 있거나 금이 가 있다. 아예 깨져버린 것도 있다. 그나마 온전한 건 오직 한 세트뿐이다. 아무래도 집에 손님이 찾아온 지 너무 오래되었다고 여자는 생각한다.

아무런 문양도 새겨져 있지 않은 하얀 찻잔과 받침을 꺼낸다. 혹시나 깨지지 않도록 조심스럽게 거품을 내 씻는다. 물기가 빠지도록 선반에 뒤집어놓고 주전자에 물을 끓인다. 찻잎이 담긴 투명한 유리병을 꺼낸 여자는 한참을 돌려가며 겉면을 살핀다. 언젠가 유리병 겉면에 차의 종류와 이름을 적어두었지만 이젠 알아볼 수 없을 정도로 지워져 있다. 이름 모를 찻잎을 주전자 안으로 떨어뜨리고 여자는 뚜껑을 덮는다. 약한 불에 잘 우려진 차는 은은한 붉은빛을 띤다. 여자는 쟁반을 꺼내 차를 내어 간다. 협탁 위로 조심스럽게 찻잔을 내려두자 여자의 어머니가 가만히 입을 열어 중얼거린다.

애야, 잠든 아이는 깨우지 마라.
혹시나 깨어나거든 그 애 이름을 지어줘라.
돌아오지 않으면 자주 불러주면 된다.
그러면 좀 나아진다.

여자는 아무런 말없이 찻잔을 내려다본다. 손에 들린 쟁반이 금방이라도 떨어질 것처럼 아슬아슬하게 매달려 있다. 자신이 쟁반을 들고 있다는 걸 잊은 것처럼 손에는 전혀 힘이 없다. 결국 바닥에 떨어진 쟁반이 둔탁한 소리를 내며 적막을 깬다. 찻잔에 담긴 차가 미세하게 일렁인다. 여자의 어머니는 전혀 놀라는 기색 없이 차분하고 고른 숨을 내쉰다. 마지막 말을 끝으로 순식간에 깊이 잠들어간다. 여자는 자신과 같은 모습과 얼굴을 하고 일인용 소파에 앉아 잠든 어머니를 골똘히 바라본다. 매일같이 일인용 소파에서 잠들고 깨어나는 여자는 다른 사람이 소파에 앉아 잠들어 있는 걸 본 적이 없다. 그래서 여자는 마치 자신을 내려다보고 있는 것처럼 보인다. 마치 깊은 잠에 빠진 자신의 얼굴을 물끄러미 바라보고 있는 것처럼 보인다. 무심한 얼굴을 하고서 여자는 아주 오래도록 곁에 서 있다.

하얀 찻잔에서 하염없이 김이 피어오른다. 향긋한 향기를 품고 둘 사이를 희미하게 가른다. 수면에 떠오른 찻잎이 하나둘 찻잔 아래로 가라앉고 손도 대지 않은 차가 식어간다. 여자는 벽에 기대어 앉아 어머니가 깨어나길 기다린다. 이대로 하루가 다 지나가버릴지도 모른다는 생각을 아주 잠깐 하기도 한다. 여자는 두 다리를 끌어안고 거기 얼굴을 파묻는다. 그러자 여자의 몸이 어머니의 그림자에 교묘하게 가려진다. 거실 벽 한구석에 갇힌 여자는 모르고 있다. 여자의 어머니가 눈을 뜨고 자신을 내려다보고 있는 걸 알 리가 없다.

12

구름이 해를 가리며 지나간다. 거실을 비추던 빛이 일체 사라진다. 어두워진 거실에서 여자의 어머니가 천천히 일어난다. 한 걸음 앞으로 걸어가 벽에 기대 몸을 웅크린 여자를 바라본다. 걸음을 쉽게 뗄 수 없는지 한참을 그렇게 서 있다. 여자의 어머니는 멀리 보이는 방문을 열고 들어가 본 적이 없다. 매번 방문이 닫혀 있으니 방 안을 본 적도 없고. 아이를 보거나 목소리나 울음소리를 들은 적도 없다. 아이는 여태 깨지 않고 깊은 잠이 들어 있다. 몸 위로 얇은 이불이 덮여 있을 뿐이다.

거실에 빛이 들기 전에 여자의 어머니가 집을 나선다. 어디로 향해 가는지는 모른다. 어디로든 나아가기도 전에 현관문이 닫혀버렸으니 알 수가 없다. 어쩌면 여자의 어머니는 다시 현관문을 마주하고 설지도 모른다. 문을 일절 두드리지 않고서 문이 열리길 기다리고 있을지도 모른다. 매번 그런 방식으로 여자를 기다리고 있는 걸지라도 여자는 바깥에서 일어나는 일에 대해 전혀 모른다. 현관엔 그저 낡은 신발 한 켤레가 흐트러져 있을 뿐이다.

13

바람 한 점 불지 않고 숲은 멈춰 있다. 작은 몸을 숨기고 있던 새가 나무에서 떨어진다. 무성한 잡풀 사이로 새가 날개를 접고 떨고 있다. 얼마간의 시간이 지나 숨이 끊어지고 순간 또 다른 새가 숲의 저편에서 떨어진다. 추락하는 새들은 울지 않는다. 그저 같은 방식으로 숨을 끊어내고 있을 뿐이다. 새들의 작은 기척이 숲에 만연하다. 검은 모포를 두른 사내가 좀 더 작고 빠르게 속삭인다. 사내 앞에는 죽은 나무가 서 있다. 뿌리를 다 드러낸 채 썩어가고 있다.

들어가도 됩니까.
들어가면 안 됩니까.
죽어도 들어가면 안 됩니까.

그럼…… 나가는 길은 어디에 있습니까.

사내의 말이 숲에 갇혀 있다. 새들은 더 이상 말을 물어가지 않고 죽는다. 죽어서 딱딱하게 굳어가는 새의 몸 위로 말들이 덮이고 무덤처럼 쌓인다. 잡풀 사이로 검게 솟아나 있는 사내가 여전히 거기 있다.

14

집 안을 비추던 햇빛이 점차 물러간다. 창가에 작은 얼룩처럼 애타게 매달린다. 결국 손을 놓고 추락하게 되겠지만 최선을 다한다. 찰나에 햇빛이 흔적도 없이 사라진다. 집 안은 걷잡을 수 없이 어두워진다. 벽에 기대 잠들어 있던 여자가 가만히 고개를 든다. 일인용 소파를 바라보다 눈앞에 찻잔을 집어 든다. 차갑게 식은 차에서 더는 향이 나지 않는다. 여자는 쟁반에 찻잔을 올리고 주방으로 간다. 찻잔에 담긴 차를 그대로 쏟아 붓자 찻잎이 싱크대 위에 찌꺼기처럼 남는다. 냄비 안에 담긴 물도 어느샌가 차갑게 식어 있다. 한 번도 끓었던 적이 없는 것처럼 조금의 온기도 없다. 냄비 밑부분이 넓게 그을려 있을 뿐이다. 여자가 냄비를 기울여 물을 버리자 찻잎이 모두 한데 쓸려 내려간다. 화장실에 들어가 손을 씻던 여자가 문득 뒤편에 걸린 손수건을 바라본다. 젖은 손수건 끝자락에 물방울이 매달려 있다.

방은 여전히 어둡다. 언제나 방문이 닫혀 있고 빛이 가로막혀 있다. 창문이 있지만 몸집이 큰 가구에 가려져 있고 천장에는 수명이 다한 형광등이 매달려 있다. 아무리 스위치를 켜고 꺼도 불이 들어오지 않는다. 물론 누구도 스위치를 켜거나 가구를 치우려 하지 않는다. 그래서 방은 어둠에 잠긴 채 기약도 없이 아주 긴 시간을 통과하고 있다.

방문을 열고 여자가 들어간다. 방문을 닫는 걸 잊어서 방 안으로 거실의 빛이 새어 들어간다. 유일한 빛이 요람을 고스란히 비춘다. 여자는 서랍을 열어 켜켜이 쌓인 이불 한 장을 꺼낸다. 아이의 몸에 덮인 이불을 천천히 걷어내고 새 이불을 덮는다. 하얀 이불에 아이의 작은 몸이 잘 가리어진다.

오늘도 아이를 씻기지 못했으니까.
어떤 이름도 지어줄 수 없겠지.

여자는 아이가 덮고 있던 이불을 매만진다. 이불 끝자락에 작게 자수가 놓여 있다. 그걸 손끝으로 어루만지고 빤히 들여다보다 여자는 이내 자신의 얼굴을 가린다. 어깨가 떨리고 몸이 작게 들썩인다. 숨을 죽이고 흐느끼며 마른 손으로 요람을 부여잡고 흔든다. 난간에 설치된 모빌이 시계 방향으로 돌아가며 작고 아름다운 종소리를 낸다. 아이는 인형을 향해 손을 뻗거나 박수를 치지 않는다. 허공을 향해 발을 쳐들지도 팔을 휘저으며 웃지도 않는다. 그저 얌전히 눈을 감고 잠이 들어 있을 뿐이다. 여자는 여전히 방 안에 있고 방문이 저절로 닫힌다.

도시의 동쪽은 밤이 된다. 각자의 일과를 마친 이들이 하나둘 거리로 나온다. 집을 향해 가는 그림자가 거리를 가득 채운다. 오늘따라 유독 검고 짙은 그림자를 짓밟고 뭉개고 뛰어넘으며 집으로 돌아간다. 온갖 먼지를 뒤집어쓰고서 일제히 집에 도착한다. 아침에 걷어낸 모습 그대로 이불이 놓여 있다. 거기 도로 들어가 누워 눈을 감는다. 모두가 잠이 들어가고 꿈을 꾸기 직전이다. 도시의 모든 불빛이 동시에 꺼진다.

15

얼어붙은 호수 위에서 춤을 춘다.
아름다워지기 위해 멈추지 않는다.
나와 같은 얼굴을 한 당신이 멀리서 비명만 지르고 있어.
순간 단 하나의 금이 호수를 길게 가른다.

16

숲은 언제나 도시의 서쪽에 있다. 나침반 없이도 해가 저무는 방향을 따라 숲에 도착할 수 있다. 도시의 사람들은 언제나 떠오르는 해를 등지고 숲을 향해 간다. 숲의 그늘 아래 각자의 그림자를 숨긴다. 도시에는 없는 자유를 만끽하며 숲을 거닌다. 그러다 보면 누구나 호수를 발견한다. 호숫가에는 버려진 낚싯대나 간이 의자 하나 없다. 종이 돛단배나 작은 오두막집 하나 없고, 누군가 호수에 다녀가거나 머무른 흔적이 전혀 없다.

호수의 수면이 빛을 머금고 눈부시게 빛난다. 나뭇잎 하나가 수면 위를 유유히 떠다니다가 아래로 가라앉는다. 그걸 멀리서 지켜보던 사람들이 일제히 탄식을 내지른다. 한번 가라앉은 것은 다시는 떠오르지 않기에 호수에 어떤 것들이 가라앉아 있는지 아무도 모른다. 사람들은 모두 나무 그늘 아래 발을 붙이고 서 있다. 거기서 한 걸음 더 나아가면 빛이 있고 호수가 펼쳐지지만 멀리서 바라보다 걸음을 돌릴 뿐이다. 돌 하나 던지지 않고 모두 떠나가 버려서 수면은 언제나 흔들리지 않고 고요하다. 수면 위로 비친 모든 풍경이 정지해 있다.

호숫가에 한 연인이 있다. 다리를 모으고 잡풀 사이에 나체의 몸을 가린 채 앉아 있다. 정면에 너무나 아름다운 호수가 펼쳐져 있고 그걸 차분히 바라보고 있다. 그들의 발치에 수면이 있고 그 위로 하얀 구름이 떠 있다. 어디로도 흘러가지 않고 고요히 떠 있을 뿐이다. 한마디로, 구름이 해를 가려서 호수에 유일한 빛이 사라지고 없다. 연인은 호수를 끼고 시계 방향으로 돈다. 그들의 오른편엔 언제나 아름다운 호수가 있다. 그렇기에 그들은 항상 같은 방향으로 고개를 돌려 호수를 바라본다. 왼편에 선 남자는 오른편에 선 여자의 뒷모습만을 본다. 오른편에 선 여자는 왼편에 선 남자의 얼굴을 잊었다. 손을 잡고 있지만 서로가 서로를 떠나고 있다. 그들은 호수를 떠나지 못해서 남겨져 있다. 시간이 흘러 구름이 걷히고 호숫가에 서서히 빛이 들어찬다. 처음과 같은 양의 빛이 호수를 비추고 있다. 어느새 연인은 사라지고 어디에도 없다. 그들이 있던 자리에 빛이 유일하게 남아 있다.

17

숲에 바람이 불고 그친다. 숲으로 날아들던 작고 검은 새들이 더는 없다. 곳곳에 만연하던 새의 울음소리 또한 없다. 숲에 숨어 살던 새들은 모두 같은 방식으로 죽는다. 가장 높은 곳에서 추락해 바위에 곤두박질친다. 온몸이 부서진 채로 무성한 잡풀 사이에 누워 차갑게 굳어간다. 다시는 날지 못하리란 걸 아는 것처럼 날개가 가지런히 접혀 있다. 새들은 죽는 순간까지 서로를 보지 못한다. 단지 몸을 숨기고 각자 죽어갈 뿐이다. 검은 모포를 두른 사내가 우두커니 서 있다. 얼핏 보면 숲의 유일한 그림자가 형체를 갖고 솟아나 있는 것처럼 보인다. 검은 그림자의 발치에서 최후의 새가 숨을 끊어내고 그 순간 사내가 숨을 멈추고 입술을 굳게 다문다. 나약한 입김이 허공으로 흔적도 없이 사라져간다. 검은 모포가 풀썩 주저앉으며 잿빛 먼지가 사방에 날린다. 바람이 멎어버린 숲의 새벽을 고요히 부양한다.

김채원 | 빛 가운데 걷기

2022년 경향신문 신춘문예를 통해 작품활동을 시작했다.

빛 가운데 걷기

김채원

한 노인이 감색 외투를 입고 토란을 파는 가게와 술집을 지나고 있었다. 거리에 쌓인 눈은 이미 다 녹았고, 걷기에도 산을 오르기에도 좋은 날이었다. 노인은 서북쪽에 있는 숲에 갈 예정이었다. 수목장을 할 수 있도록 조성된 숲이었으므로 수목장을 치른 나무들이 많이 심긴 곳이었다. 희고 고운 가루를 목함에 담아 땅에 묻고 기도하는 사람들. 억양을 지운 말투. 구두약 냄새. 만가輓歌. 쿠르쿠마. 노인은 그것들을 잠시 떠올려보았다. 노인이 기억하기에 그것들 사이에서 자신이 함께 어울려 있었던 적은 없었다. 노인은 자신의 딸을 위해 기도를 마친 사람들이 뒤돌아보지 않고 가 버리는 동안 그냥 그 자리에 서 있던 사람이었다. 언제까지고 이렇지는 않을 거야. 당시에 노인은 생각했다.

내가 언제까지고 이렇지만은 않을 거야.

그해 여름에는 비가 많이 내렸고, 풀과 흙에서 어둡고 찬 냄새가 났다.

노인은 그와 같은 냄새를 겨울에도 종종 맡을 수 있었다. 오랫동안 사용해온 얇은 이불이나 새시 문에서, 필요한 모양대로 구부린 환전소 네온사인 간판에서 또는 어째서 몸을 저렇게 망가뜨렸는지 모를 옆집의 절름발이 남자에게서. 양지에서 햇빛을 받으면 몰라보게 건강해질 거라고 했었지, 그 사람. 양지에서 햇빛을 받으면 제가요 몰라보게 건강해질 겁니다 어르신. 그런 걸 상상하는 것은 어렵지 않아요.

그런 말을 했었지,

하고 노인은 고개를 끄덕였다.

숲에 가기 전에 노인에게는 몇 가지 해야 할 일들이 있었다. 그것은 좀처럼 변형되거나 소멸되지 않는 평소의 약속들로 노인의 하루 일과이기도 했다. 평소의 모습. 특별한 일이 없는 보통 때의 모습. 노인은 그것을 중요하게 여겼고, 중요하게 여기는 만큼 지킬 수 있게 노력했다. 한밤에 잠들어 아침에 일어나기. 세수하기. 창문 열기. 약을 챙겨 먹고 물 한 컵만큼의 청력을 유지하기. 이제 남은 일과들 중 가장 먼저 해야 하는 일은 정문 앞에 서서 하교하는 아이를 기다리기.

노인은 피아노 교습소를 마주 보고 있는 한 초등학교 정문 앞에서 걸음을 멈추었다. 노인보다 먼저 도착한 학부모들이 서로의 가정에서 일어난 크고 작은 심상한 이야기들을 나누는 동안 노인은 조용히 자기 발만 내려다보고 있었다. 누구도 그에게 인사하지 않았고, 그 또한 누구에게도 인사하지 않았다. 그러나 누구든 자신의 시야 안으로 들어온 그를 볼 수 있었고, 그 또한 자신의 시야 안으로 들어온 것이라면 무엇이든 볼 수도, 가늠해볼 수도 있었지만 그러한 사실들을 서로 무시하여 결국엔 우습게 만들었다. 일종의 질서와 같은 것일지도 모르겠어. 노인은 생각했다. 질서는 삶을 혼란 없이 순조롭게 이루어지게 하는 순서나 차례이니 그러므로 삶에 해害가 되는 기억을 가진 사람을 가까이하지 않기. 아니, 질서는 그런 것이 아닐지도 모르겠어.

곧이어 멀지 않은 곳에서 아이가 나타나 비탈진 길을 따라 걸어 내려왔다. 손잡이가 달린 종이봉투를 양손에 각각 들고 있어 무게 중심이 기울어질 때마다 넘어질 것도 같아 보였는데 정말로 넘어지지는 않았다. 아이는 잘 걸었다. 처음 걸음을 배울 때 익힌 모양새를 도로 생각해내고 있는 탓에 눈썹을 세우고 걷고 있었다. 아이에게 걷는 법을 알려준 사람은 아이의 어머니였고, 노인의 딸이기도 했다. 세 사람은 닮았다는 말을 들어본 적이 있었지만 그다지 닮아 있지는 않았다.

아이가 가까이 다가오고 나서야 노인은 아이가 들고 있는 것들이 무엇인지 알 수 있었다. 그동안 받아쓰기를 한 과제물과 토마토 화분, 그리고 씨앗 때부터 지켜보았던 토마토 화분에 대한 관찰일지였다. 봄방학이 시작되어 사물함을 마저 비운 것이었다. 노인은 채점 표기가 된 받아쓰기 과제물을 몇 장 꺼내 대강 훑어보았다. 매 장마다 날짜가 다른 시험지에는 전부는 아니어도 올바르게 받아 적은 몇 줄의 문장들이 항상 적혀 있었다. 1) 팥소나 말린 과일을 넣어 2) 한 문제를 또 틀렸습니다. 5) 의자에 바르게 앉아 2) 잘 막아 준 덕분에 8) 여름풀에 이름을 써서 10) 화가가 되는 것이 꿈입니다.

노인은 왜 이것들을 매번 사물함에 넣어 두고 집에 가져오지 않았는지 궁금했지만 그러고 싶어서 그랬겠지 중요한 것은 아니었기에 묻지 않고 시험지를 다시 봉투에 넣었다. 양손에 봉투를 들고 내내 서 있던 아이가 토마토 화분과 관찰일지가 들어 있는 봉투를 앞으로 내밀었다. 줄기가 곧잘 자랐네. 열매가 열리면 따서 한번 먹어보자. 노인이 말했다. 아이는 노인을 빤히 올려다보기만 했다. 하고 싶은 말은 별로 없어 보였다. 들어달라고? 노인이 묻자 아이가 고개를 끄덕였다. 하나만 들어줄 수는 없어. 몸이 한쪽으로 기울어져 넘어지게 된다. 둘 다 이리 줘. 아이는 고개를 저었다. 그럼 두 개 다 네가 들고 가야 돼. 아이가 고개를 끄덕였다. 두 개 다 여기에 두고 가버려도 되고.

아이는 고개를 저었다. 아이가 그것을 선택했다.

두 사람은 정문을 벗어나 좁은 보행로를 따라 걸었다. 일 년에 한두 번, 개학식을 제외하고 방학식이나 종업식을 마치고 집으로 돌아오는 길이면 노인과 아이는 핫도그 가게에 들러 핫도그를 사 먹었다. 딱딱한 나무 의자에 앉아 설탕을 뿌린 핫도그와 오렌지 주스를 나누어 먹으며 눈에 보이는 풍경을 구경하고 앰프를 통과하여 나오는 가게의 음악 소리를 들었다. 오늘처럼 가게 직원의 깔깔대는 웃음소리만 들리는 날도 있었다. 그런 날은 직원에게 유독 슬픈 일이 있는 날이었다. 노인과 아이는 그때마다 말없이 가게에 좀 더 머물렀다. 하지만 오늘은 핫도그가 나오기를 기다리는 동안 아이가 자꾸 졸아서, 실은 그렇게 졸았던 것도 아니지만 어쩐지 피로한 기색이어서 노인은 핫도그를 포장해달라고 고쳐 주문한 뒤 포장된 핫도그를 들고 가게를 나왔다. 다시 걷기 시작하자 아이는 졸지 않고 또 잘 걸었다. 양손에는 여전히 종이봉투를 든 채였다.

노인은 집으로 돌아와 아이에게 핫도그를 주었다. 자신도 절반을 잘라 나누어 먹었다. 아이의 입가와 머리카락에 묻은 설탕 알갱이를 손등으로 털어 바닥에 떨어지게 했다. 발로 밟지는 말고. 아이는 그렇게 했다. 아이가 양치를 하고 몸을 씻는 동안 노인은 물걸레로 바닥을 닦고 아이가 욕실에서 나올 때까지 마치 시간을 세듯이 이미 오래전에 외워둔 주기율표를 외웠다. 별다른 이유는 없이 심심해서였다. 탄소. 질소. 산소. 플루오린. 네온. 나트륨. 마그네슘. 마그네슘은 원자번호 12번 원소, 플루오린은 그저 불소일 뿐인데 왜 어렵게 플루오린이라고 외워야 하냐고 물어본 학생이 있었지. 뭘 물어 20번까지만 외우면 되는 거였는데…… 걔가 그걸 다 외웠던가?

노인은 물에 불은 아이의 손톱을 깎아주고 낮잠을 재웠다. 그러고는 미처 확인하지 못한 자명종 알람이 있는지, 유선전화를 무음으로 설정해두었는지 확인하고 다시 집을 나섰다. 물론 잠에서 일찍 깨어나더라도 아이는 노인을 찾거나 제멋대로 거리로 나와 울며 돌아다니지는 않을 것이었다. 처음부터 그럴 수 있는 아이는 없겠지만, 언제부터인가 그렇게 지낼 수 있게 되는 아이는 있었다. 이곳 어디엔가 버스에서 잘못 내린 사람에 대해 이야기하는 사람들이 있는 것처럼. 도움을 줄 생각이 전혀 없는 사람들만을 만나게 되어 혼자 계속해서 걸어가야 하는 버스에서 잘못 내린 사람에 대해 이야기하는 사람들이 어딘가에는 분명 있는 것처럼 말이다. 그러나 도움을 줄 생각이 있는 사람들만을 만나게 되었더라도 그는 도움을 받을 수 없었을 거야. 그가 도움을 받기를 원하지 않으니까. 누구도 그를 도울 수 없을 거야. 그가 도와달라고 말하지 않으니까. 나는 그 이야기가 마음에 든다. 누가 나를 도울 수 있어?

노인은 담장을 허물고 있는 단지 근처를 지나쳐 걸었다. 견디지 못할 정도는 아닌 소음이 이어져 기압이 높지 않음에도 귀가 먹먹했다. 자선공연을 하는 남자의 곁을 지날 때쯤 노인은 작게 노래를 흥얼거렸다. 유쾌하고 즐거운 노래였는데 음조를 지키지 않고 불렀기에 만약 누군가 귀를 기울인다면 장난에 가까운 혼잣말처럼 들릴 것이었다. 노인은 자동차가 줄지어 세워져 있는 공용 주차장에 몸을 숨기고 포도 향이 나는 담배를 가볍게 깨물어 피웠다. 노인의 얼굴 위로 무언가 물러나듯 햇빛이 드리웠다. 기분이 좋았다. 몸이 비교적 따뜻했다. 이대로 햇볕에 반쯤 바랜 자신이 죽음을 몰아내지 못하고 기진맥진해서 주차장 바닥에 여러 차례 으깨져 누워 있는 모습을 상상했다. 그러자 온 사방이 순식간에 눈부시게 환해져, 그와 동시에 교각 아래 공원에서 달리기를 하며 바람을 가로지르는 모습을 또한 상상했다. 핫소스 병. 등대. 나무껍질. 상점들. 가지요리. 사이다 자판기. 소리를 지를 수 있는 사람들. 자두를 증류해 만든 술. 부에노스아이레스에서 루이스 페데리코 를루아르의 강의를 듣기. 그곳에 두꺼운 이론서를 두고 뒤돌아 자리를 떠나기. 의자를 넘어뜨리면서 시끄럽게 문을 열기. 모든 것이 사실 같았다. 노인의 머리가 어지러워 계속 흔들거렸다.

이런 곳에 오지 않아도 되었을 텐데.

무슨 말을 그렇게 해? 나는 정말 운이 좋아.

갑자기 들려온 두 사람의 목소리에 꿈속에서 도로 끌려 나온 듯 고개를 돌려 그들을 보았을 때, 노인은 두 사람이 대화를 한 게 아니라는 것을 깨달았다. 두 사람은 잠시 겹쳐진 것처럼 가까워졌다가 이내 서로를 비껴갔다. 노인은 대화를 나누지 않은 두 사람 중 지금 자신이 있는 쪽으로 걸어오는 작은 키에 주름진 저 남자가 누구인지 알게 되었다. 예전의 직장동료를 마주친 것이었다. 노인은 동료의 어깨를 툭 치며 인사했다. 우연히 그를 만난 것이 재미있어 들떠 보였다.

안 그래도 할 얘기가 있었는데. 잘 됐다.

노인이 말했다.

할 얘기라니. 뭔데?

동료가 전화를 끊고서 의아한 표정으로 노인을 보았다. 지난번에 하구에서 운 좋게 발견한 고무줄 말인데, 아무래도 그게 문제가 있는 것 같아. 그생각밖에 안 나. 노인이 그 자리에서 할 말을 지어냈다.

고무줄은 뭐고, 그게 뭐가 문제가 있다는 거야?

동료가 물었다.

그 고무줄 생각밖에 안 나. 그게 문제고, 그게 다야.

노인이 대답했다.

동료는 고개를 갸웃거렸다. 아니 이것 봐. 정확하게 말을 해야 내가 알아듣지……

노인과 동료는 다시 인사를 하고 헤어졌다. 우연히 또 만나게 된다면 반갑겠지만 영영 또 만나게 되지 않더라도 괜찮았다. 노인은 동료와 함께 일했던 시간들 말고, 동료가 평소에 여러 번 말했던 용어들을 떠올려보았다. 나이가 들면 되돌아 헤아려볼 수 있는 단어가 느는 것 같은 착각이 든다고 노인은 생각했다.

두 사람은 퇴직 교사를 대상으로 모집한 구청의 기간제 교사 채용에 지원하여 작년에 같은 고등학교에서 일했다. 정부의 지원사업 중 하나였고 계약기간이 짧았으므로 일 년도 채 안 되어 출근할 수 없게 되었지만 노인은 6교시에 화학 과목을 가르쳤고, 동료는 방과 후 남은 학생들에게 지구과학 과목을 가르쳤다. 학생들의 수업 평가가 좋지는 않았다. 노인은 동료가 날씨와 기온과 구름의 이동에 대해 이야기하는 것을 좋아할 거라고 짐작했는데 정작 동료는 전기보일러나 교반기, 그것 외에 증강현실에 대한 이야기 말고는 관심이 없었다. 열과 기온의 원리를 알아내어 인간이 일정 온도를 넘어서는 공간에 놓이면 호흡이 가빠진다는 것을 밝혀내도 그게 무슨 소용이야 정상적인 온도를 가진 공간에서도 매일 호흡이 가쁜 사람이 있어. 저기압의 영향으로 눈이 내려 날씨가 따뜻하다고 해도 내 몸이 추우면 추운 거고 그게 다 뭐겠어 반면에 이것은 실제로 존재하는 사물이나 배경에 3차원 가상물체를 겹쳐 보여주는 기술인데 가상현실과는 달라 마치 실제로 존재하는 것처럼 온통 진짜인 것도 온통 가짜인 것도 아니고 반쯤만 가짜여서 더욱이 진짜인 것처럼 느껴지는 것인데 배우면 돈도 꽤 벌 거야 되게 흥미로워. 군용 항공기와 관련된 잡지에서 우연히 읽게 되었다고 했다. 항공기 계기판에 전방 표시 장치로 가장 처음 증강현실이 적용되었다고.

당시에 노인은 다른 것은 아무래도 잘 모르겠고 자신의 아버지가 일장기를 매단 군용 항공기를 몰았던 적이 있었다는 사실은 지나가듯이 말하고 싶었다. 그러나 입 밖으로 그 말을 꺼내지는 않았다. 언제인가 아버지를 파일럿이라고 속여 자랑했다고 말했을 때 아버지의 표정이 어땠는지 기억하고 있었기 때문이었다. 50년도 넘게 지난 일인데도 노인은 몇 마디의 말, 자신의 아버지가 어머니에게 내뱉은 몇 마디의 말과 목소리를 잊지 않고 기억하고 있었다. 나는 일부러 병가를 낸 적도 있어, 겁이 나서…… 내가 어떻게 했어야 해? 나는 일부러 병가를 낸 적도 있어. 사람을 죽이지 않으려고.

어째서인지 노인은 아버지의 그 말을 떠올릴 때마다 어떻게 했어야 했냐니, 하고 속으로 반문한 뒤에 이어서 그다음 말을 생각하지는 못하게 되는 것이었다. 그의 어머니도 마찬가지여서, 아버지가 그런 말을 하고 난 뒤에는 더는 아무도 말을 이어가지 않았다. 이상하거나 슬픈 일은 아니었다. 일부러 버릇을 들인 것도 아니고 그냥 그렇게 되어버린 일이었다. 그런 일들은 여기저기에 목숨만큼 많았다. 아버지는 계기판에 겹겹이 뜨는 붉은 가상 불빛들을 현실과 겹쳐서 보았겠지. 좋았을까. 타오르는 불길 같았을까. 덜 무서웠을까. 더 무서웠을까 과연 어떻게 보였을까. 노인은 자신의 눈에 보이는 풍경을 한 바퀴 둘러보며 자살한 딸의 눈에 이 모든 것들이 어떻게 보였을지 다시금 생각해보려다가 관두었다. 노인은 양지를 걷고 있었고, 폐에 염증이 생기지도 않은 채로 잘 지냈고, 아직 할 일이 충분히 남아 있었다. 저녁에 읽다 만 책도 마저 읽어야 했고 면도도 해야 돼. 내 눈에 보이는 것들과 아마 크게 다르지 않게 보였을 것이다.

그것이 내 잘못은 아니야.

노인은 중얼거렸다. 나는 그걸 알고 있어.

노인이 저녁에 읽다 만 책의 중간 대목에는 달걀말이를 좋아하는 당직관이 등장하는 짤막한 꿈 이야기가 쓰여 있었다. 지루하고 이야깃거리가 전혀 되지 않는 소재였는데 일단 쓰여 있으니까 언제라도 읽을 수 있었다. 노인은 아직 그 부분까지 읽지 않았지만 시간이 지나 그 부분을 읽게 된다면 잠들기 전, 혹은 잠에서 막 깨어난 아이에게 그 부분의 이야기를 들려주거나 직접 읽어보게 할지도 모를 일이었다. 주인공이 꾸고 있는 꿈속에서 사흘에 한 번 당직을 서야 하는 공무원의 이름은 제방이었다. 그는 도심에 살고 있고 사흘 만에 또다시 당직을 서게 된다. 정해진 번차대로 하는 것이기 때문에 특별히 불만이랄 것은 없고 당직을 설 때 다만 그는 자동응답기를 켜고 싶어 한다. 그러나 제도적으로 그러면 안 된다. 일을 할 수 있는 사람이 안에 있는데 자동응답기를 켜는 것은 있을 수 없는 일이다. 제방은 있을 수 없는 일이란 없다고 생각하며 규칙을 어기고 몰래 자동응답기를 켠 채 즐겁게 당직을 선다. 당직을 계속 이어 나갈 수 있게 된다. 그가 일하는 기관으로 밤새 전화를 건 사람이 없었기에 자동응답기가 돌아가고 있다는 사실을 그 말고는 누구도 알지 못한 채 아침이 된다. 그는 퇴근하고 집으로 돌아와 전날 만들어 냉장고에 넣어 두었던 달걀말이를 꺼내 데워 먹은 뒤 얼음을 띄운 차가운 백차를 마신다. 누군가의 개인적인 분풀이로 건물 복도의 유리창이 깨져 있다거나 도난당한 서류 묶음이 있다거나 하는 연락은 오지 않는다. 그는 아무런 방해 없이 환한 낮에 잠들고, 아무것도 그리워하지 않는다. 그가 완전히 잠들면 꿈의 주인인 주인공이 깨어난다.

노인은 요즘 책을 오래 읽는 것이 버거워 하루에 두 장 정도밖에 읽지 못하므로 이 이야기를 나중에야 읽게 될 것이었다. 나중에 읽을 수 있다면 나중에 읽으면 되었다. 동료와 짧게 인사를 하고 헤어진 노인은 한동안 혼자 걷는 사람들 틈에 섞여 조금씩 변하는 햇빛의 방향을 지켜보며 서 있었다. 그러다가 카페에서 달려 나와 개미집에 우유를 붓는 아이들을 보았다. 더는 운전을 하기 싫다며 손님에게 내려달라고 말하는 살찐 운전수를 보았다. 손님은 오른쪽 차 문을 열어 두고 운전수의 뒷목을 잡았다. 얼마 지나지 않아 경찰이 왔다. 두 사람 다 택시 밖으로 끌려 나왔다. 이들의 머리 위로 햇빛이 비추어 이들을 더 잘 보이게 했다. 노인은 그러한 장면으로부터 몸을 돌려 집으로 돌아가는 길을 또다시 걸었다. 집으로 돌아가고 싶다는 마음은 들지 않았다. 하지만 그는 자신의 의지와는 관계없이 되돌아가고 있었다. 손가락과 소매에 밴 담배 냄새가 이제는 다 날아갔을 거였다. 얼마나 미운가. 노인은 생각했다. 어렵게 노력하여 죽은 그 애가 나는 얼마나 싫은가. 그런 것은 무료한 시간을 잘 보내다 갑자기 두 발을 구를 때의 기분처럼 잘 알 수 없는 것이었다. 잘 알 수 없는 것이었기 때문에, 노인은 딸에 대한 생각을 조금씩 머릿속에 그려 나갔다. 한겨울이 아닌데도 어느새 해가 금방 져버리는 것과 비슷하게, 전반적인 몸 상태가 나쁘지 않음에도 아주 나빠지고 있다고 느꼈다.

딸에 대해 생각해보자면 먼저 떠오르는 것은 공중전화 박스와 수화기, 전단지 글씨들. 업소 전단지에 적힌 전화번호로 전화를 걸어 누구게요, 하고 묻다가 욕을 듣고 돌아서서 무감한 얼굴로 매일 거리를 돌아다니던 교복을 입은 나이대의 모습. 결말을 연습하듯 자전거를 타고 골목을 돌아다니거나 넘어져 발을 질질 끌며 돌아오던 모습. 한번은 같은 곳에 계속 장난 전화를 걸다가 업소 주인에게 걸려 보복을 당할 뻔했다고 말한 적도 있었다. 위험하게 왜 그런 짓을 하냐고 물었을 때 대답을 들어놨어야 했는데 아니야 들었는데 잊어버렸다. 대답을 들었는데 내가 그걸 가볍게 잊어버렸어. 이렇게 될 줄 알 수밖에 없었지만 그야 잘은 몰랐으니까. 어느 날 결혼하여 같이 살고 싶은 남자가 생겼다고 했을 때도, 뱃속에 그 남자의 아이는 아닌 아이가 생겼다고 했을 때도 나는 물어보았다. 그게 좋은 것인지. 행복한지. 부지런히 정신병원을 전전하면서 복용량을 늘리고 이런 감정적인 일들을 만드는 것이 너에게 어떤 의미가 있는지. 너의 무엇을 내가 도울 수 있는지. 그런 게 아니야 아빠. 그냥 내가 구걸을 하는 거지, 나한테. 이건 어때. 이건 좀 괜찮아? 아니구나…… 그럼 이건 어때, 마음에 들어? 이러면 조금 더 살고 싶어?

노인은 웃었다.

그럼 지금은 어때. 네 마음에 들어?

노인은 물었다. 대답을 듣고 싶은 것은 아니었다. 대답이 듣기에 좋을 것 같지 않았다.

나는 마음에 안 들어.

노인은 생각하기를 멈추고 학술 사전에 적혀 있던 오래된 자료의 배열과 자신의 수업 노트를 아무렇게나 복기하고 되풀이하며 익숙한 길을 따라 계속 걷기만 할 뿐이었다.

파열강도는 재료가 파열되지 않고 압력을 견디는 능력의 크기를 의미한다. 이것은 주어진 두께의 용기를 파열하는 데 필요한 수압과 같다. 인장강도는 재료를 잡아당겨서 측정할 수 있으며 시편이 파열되기까지 필요한 최대 응력을 말한다. 저항이란 전기가 흐르기 쉬운 전도성의 역수 개념으로 저항이 크면 부도체 즉, 절연체이다. 전기의 절연체는 유리, 에보나이트, 고무 따위이며 열의 절연체는 솜, 석면, 회灰 따위이다. 칼륨과 나트륨은 성질이 거의 같지만 그것은 완전히 같다는 것을 의미하지는 않는다. 벤젠에 칼륨이 닿으면 쉽게 불이 붙지만 나트륨이 닿으면 대체로 불이 붙지 않는 것처럼 말이다. 충돌. 통과. 증명. 반발. 평형 실험. 원자의 구조에서 질량수가 A보다 B가 더 크고 원자번호가 같으면 중성자 수 또한 A보다 B가 더 크다. 당연한 것인데 이것이 왜 당연하냐 하면 그렇게 정의되어 있으니까. $6CO_2+6H_2O \rightarrow C_6H_{12}O_6+6O_2$와 같은 반응식을 보면 이것이 광합성에 대한 문제라는 것을 단번에 알 수 있는 것처럼 말이다. 어려우면 외우면 된다. 어렵지 않아. 화학은 결국 물질 실험이니 실험의 정확한 목적을 이해하고 있어야만 한다. 목적을 지우고 결과지만 보고하면 좋은 점수를 받을 수 없다. 나는 이것들을 다 배웠다. 배워서 알아, 알고 있어.

연립주택이 모여 있는 단지로 돌아와 현관 앞에 서 있는 여자를 발견하기 전까지도 노인은 이전에 암기한 용어들을 되풀이하여 중얼거리고만 있었다.

안녕하세요.

여자가 먼저 노인에게 인사했다. 노인의 집은 일 층이어서 계단을 몇 칸 오르지 않고도 서로를 금방 알아볼 수 있었다. 현관문은 안전 고리가 걸린 상태로 얼마쯤 열려 있었고, 여자는 안을 들여다보지 않으려는 듯 반대편을 보고 서 있었다. 노인은 입을 다물고 여자에게 목례를 했다. 여자는 아이의 언어 치료를 담당하는 사람이었다. 교회를 통해 소개받은 것이었는데, 노인도 아이도 더는 교회에 다니지 않았다. 무언가를 믿는 일에 별다른 소질이 없었다.

문 열고 잠깐 인사는 했어요. 그런데 이 고리를 안 풀어줘서요.

여자가 말했다.

노인은 손목에 찬 시계를 보며 시간을 확인했다. 조금 이르게 오셨네요. 아직 시간이 되지 않아서 그럴 거예요. 미안합니다. 여자는 평소보다 20분 정도 일찍 와 있었다. 아이를 혼자 두고 밖에 다녀오실 때가 있나 봐요. 여자가 물었다.

네. 잠깐이어서요, 선생님. 담배를 피워야 해서.

노인이 대답했다. 몸이 좀 피곤했다. 노인은 여자를 뒤로 물러나게 하고 초인종을 눌렀다. 아이에게 문을 마저 열어달라고 했다. 아이가 발판을 밟고 올라서서 안전 고리를 풀어주었다. 일찍 깼어? 안으로 들어오며 노인이 묻자 아이가 고개를 끄덕였다. 그래. 초인종 소리 때문에 일찍 깼겠다. 수업 끝나고 더 자자. 아니면 밤에 자기로 하고 이따가 간식을 먹던지. 아이가 고개를 돌려 아직 뜯지 않은 새 과자를 가리켰다. 열에 녹인 초콜릿을 카스텔라 위에 씌워 다시 굳힌 과자였다. 알겠어. 저거 먹어보자. 이따가. 아이는 과자 봉지에서 눈을 떼지 않고 조금 고민하는 듯했다. 이따가. 노인이 짧게 웃고 다시 말했다.

아이는 여자와 함께 방으로 들어갔다. 노인은 주방에서 겨울 배를 먹기

편하게 잘라 물과 함께 여자에게 가져다주었다. 감사합니다. 잘 먹을게요. 여자가 가방에서 클리어 파일과 전자기기를 꺼내며 쟁반을 밀어 옆으로 두었다. 아이가 노인을 보았다. 노인은 천천히 방문을 닫고 나왔다.

작은 방과 가까운 자리에 앉아 노인은 띄엄띄엄 들리는 아이의 목소리를 들었다. 노인은 방문을 빤히 쳐다보다가 아이가 연습하는 문장을 함께 따라 중얼거려보기도 했다. 아이는 발화 길이가 짧아 길고 복잡한 문장을 단번에 말하지 못했다. 그것이 아이의 문제이고, 날짜를 알 수 없는 질병이라고 했다. 목소리의 높낮이가 적절하지 않다. 읽기 쓰기 학습에 어려움이 있다. 이해 언어에 비해 산출 언어가 부족하다. 또래와의 상호작용이 어렵다. 그러므로 또래 아동이 치료 대상 아이의 언어 문제를 모방하지 않도록 담당 교사의 주의가 필요하다. 그게 왜 질병이야 왜 따돌려? 저 아이는 병자가 아니다, 생각하면서도 노인은 매달 시간과 비용을 들여 아이를 치료 받게 했다. 아이도 열심히 치료를 받았다. 여자는 아이의 상태가 점점 나아지고 있다고 말해주었다. 선천적인 뇌 손상으로 발생한 문제가 아니니 이러한 상태가 영구적이지 않을 것이라고.

노인은 여자의 말을 듣고 나서 많은 사람들이 길게 줄을 서 있는 장소에서 그들과 함께 줄을 서 있는 아이의 모습을 이따금 떠올려보았다. 상상 속에서 아이는 몸집이 자라 있었고 그 옆에 노인은 없었다. 문이 열려 있는 건물 앞에서 줄이 줄어들기를 기다리고, 차례가 되면 응당 안으로 들어가는. 충분히 그럴 수 있을 것이라고 노인은 생각했다.

노인은 앉은 자리에서 잠시 졸았다. 노인이 졸고 있는 사이 아이의 수업이 끝났다. 방문이 열리는 소리에 노인은 눈을 떴다. 노인은 여자에게, 아이가 대부분의 활동을 잘 따라주었지만 이번에도 종종 제시된 단어를 반복하기만 하고 문장을 만들어 내지는 못했다는 말을 들었다. 이미 몇 번 들었던 말이어서 노인은 그 말을 한 번 더 들었다. 제시된 단어가 무엇이었냐고 노인이 묻자 여자가 대답했다. 모자였어요.

모자로 무슨 문장을 많이 만들 수 있나요?

두 사람이 연달아 모자라는 단어를 말하자 아이도 뒤따라 그 단어를 입 모양으로만 중얼거렸다. 노인은 그것을 보았고 여자는 아이를 등지고 있어 보지 못했다.

모자로 만들 수 있는 문장은 생각보다 많이 있어요.

여자의 가방에는 모자와 관련하여 예시로 만들어 둔 문장 카드들이 가득 들어 있었다.

노인은 아이와 함께 여자를 배웅하고 여자의 뒷모습을 보았다. 여자의 뒷모습이 더는 보이지 않게 되었을 때 노인은 현관문을 닫았다. 모자라는 단어가 어떻다고 생각해. 노인이 물었다. 아이는 대답하지 않았다. 나는 왠지 좋지 않다고 생각해. 잘했어. 모자라는 단어보다는 물이나 눈이라는 단어가 좋았을지도 모르겠어. 그랬다면 많은 문장을 만들어 낼 수도 있었을 거야, 네가. 노인은 아이의 편을 들어주려고 생각이 나는 대로 말을 하다가, 자신이 서북쪽에 있는 숲에 갈 예정이었다는 것 또한 생각이 났다. 무릎에서 계속 신경 쓰이는 소리가 나는 것과 병원에 가서 안저 검사를 받기로 했던 것과 같이 점멸하듯 기억이 났다. 조금 전까지 그는 그것을 까맣게 잊고 있었다. 그는 자신이 그렇게 되기를 바라고 있었는데 정말로 그렇게 되어 조금 놀랐다. 정말로 그렇게 되어서가 아니라, 정말로 그렇게 될 수도 있다는 것을 알게 되어서였다.

노인은 환기를 하기 위해 베란다 창을 열었다. 어느새 구름이 끼어 날이 이전처럼 밝지 않았다. 우산을 들고 개를 산책시키며 자신도 산책하는 여자가 보였다. 개는 왼쪽을 걸었고 여자는 오른쪽을 걸었다. 비 소식이 있었던가. 일기예보에 비 소식은 없었다. 노인은 얼마간 창밖을 지켜보았다. 베란다 배관 통로로 물이 흐르는 소리가 들렸다. 천장을 보았다. 윗집에서 베란다 청소를 하고 있었다. 빗자루로 물을 쓸어내 하수구로 내려 보내는 중이었다. 노인은 물소리를 들으며 서 있다가 거실로 들어왔다. 정오가 한참 지나 오후가 되어 있었다. 아이에게 약속한 간식을 주어야 했다. 약속은 잘못 알아듣거나 잘못 기억하기 쉬운 것이었으므로 노인은 서둘러 아이에게 간식을 주었다. 빵에 가까운 새 과자와 우유, 속껍질을 벗긴 귤과 생살구 두 알을 접시에 담아 아이 앞에 가져갔다. 아이는 과자를 먹었고 노인은 살구를 먹었다. 집 안이 고요했다. 두 사람 다 씹는 소리가 크지 않았다. 다 먹고 복습을 하자. 노인이 말했다. 아이는 노인의 말을 못 들은 척했다. 노인은 기다리기로 했다. 서두를 필요가 없는 일들만이 남아 있었다.

노인은 벗어두었던 외투를 앉아서 다시 입으려다 말고 일어서서 다시 입었다. 아이가 과자를 한입에 욱여넣고 노인을 올려다보았다.

아니야. 그냥 입었어. 안 나가, 나는.

노인이 말했다.

노인은 어쩐지 지칠 대로 지쳐 무언가를 털어놓고 싶었는데 막상 털어놓을 것은 아무것도 없고 남아 있는 기분 같은 것만 모래알처럼 쌓여 있다는 것을 알았다. 신발도 우산도 세탁물도 화분도 모두 그대로 내버려 두고 침대에 금방 내 쓰러져 잠들고 싶었다. 나는 늙고 병들었어. 그것이 아니라면 정반대의 방식으로 여러 대의 티비를 켜 두고 볼륨을 최대치로 키운 뒤에 그 가운데 한순간의 잠도 없이 혼자 앉아 있고만 싶었다. 모든 소리를 한꺼번에 듣게 되어 귀를 얻어맞은 듯이 어떤 사람들은 내 머리가 좀 이상해졌다고 할 거야 숨 쉬는 것보다도 앞서 내부의 소리를 덮어버리고 외부의 소리만을 듣게 되는 것이다.

커튼, 달력, 청구서, 식탁, 전등, 크레용, 해열제, 관엽식물, 두 도막의 양초, 작은 점토 파이프와 같은 여러 사물들이 그의 주변에 있었다. 그는 수선이 필요한 것들은 수선하고 바꿔야 할 것들은 바꾸었다. 한 달 후, 사월 벚꽃이 만발하는 계절에, 노인은 내부의 소리에 대해 다시금 생각하게 되는 일을 만들지 않았다. 그것은 생활과 아무런 관련도 없었다. 아이는 작아진 불씨를 구경하거나 세면대에 물을 받아 얼굴을 담그고 있는 시간이 길어져 노인에게 자주 주의를 받았고 등교하지 않으려는 날이 늘었다. 자전거를 타고 달리는 사람을 보게 되면 거의 울 지경이 되어 귀를 막고 같은 자리를 맴돌았다. 귀를 막는 것을 방해하려는 같은 반 아이를 패버리기도 했다. 아이의 새로운 담임교사는 상담 중 그것이 작은 문제가 아니라고 했지만 노인은 작은 문제라고 생각했다. 노인이 생각하기에 발생해야 하는 일은 발생해야 하는 것이 맞았다. 그렇다면 그것은 감추지 않았으므로 큰 문제가 되지 않을 것이었다. 노인은 아이가 학교에 가 있는 동안 주로 벽을 보고 있거나 바깥에 나와 공원 한편에 외따로 앉아 있었는데 하루는 날이 좋다고 생각되어 한참을 걸었다. 관공서에 들러 실업급여를 신청하고 수급기간 동안 생활비를 어떻게 써야 할지 미래 계획을 세웠다. 가판대에서 구입한 신문에서 노인 아르바이트 공고와 광고를 순서대로 읽고 졸다가 깨어나 광장을 지나갈 때 들리는 수많은 구호 소리를 들었다. 수신인이 잘못되어 알지도 못하는 사람의 소식을 엽서로 받아 다 읽고 나서야 반송했다. 반송불요가 찍혀 있는 엽서였기에 엽서는 수신인에게 되돌아가지 못하고 우체국에서 폐기처분 되었다. 정비공 시험에 마침내 합격했고, 십 년 전 맥도날드에서 같이 햄버거를 먹어주어서 고맙다는 내용의 편지였다. 노인은 엽서의 내용을 기억해두었다가 햄버거의 맛이 궁금해져 어느 날 맥도날드에 갔다. 기계로 햄버거를 주문하려다 실패하고 직원을 찾아 주문하여 먹어보았다. 다진 고기와 치즈, 양파가 들어 있는 햄버거는 맛이 좋았다. 일인분의 식사였다. 탄산이 든 음료는 이가 아파 마시지 못하고 입술만 대보았다. 노인은 햄버거를 반쯤 남기고 정전이 잦은 욕실 전구를 갈아 끼우기 위해 근처 전파상에 들렀다. 전파상에서 시간을 때우고 있는 노인들이 알은체하며 노인에게 말을 걸었다. 처음 보는 사이였다. 다 같이 인사를 했다. 그들은 노인의 운세를 봐주겠다고 했다. 운세가 좋으면 건전지를 한 팩 서비스로 줄게. 운세가 나쁘면 이걸 가져가. 우리한테는 필요 없으니까, 대신 버려주던지 해줘. 여기서 쓰레기장이 꽤 멀어. 그것은 카세트덱이었다. 보기에 모양도 좋지 않고 값어치도 나가지 않는 물건이었다. 노인은 카세트덱이 무엇인지 몰라 잠자코 있다가 알겠다며 운세를 봐달라고 했다. 점괘를 뽑았다. 안 되겠네. 일진이 사납고 운이 나쁜 날이라고 했다. 하지만 분실물은 가까운 장소에 있다고 하니 뭔진 몰라도 곧 찾겠어. 잘못을 저지르거나 죄를 지으면 그 벌을 피하지 못하고 다 받게 될 것이라고 했다. 노인은 카세트덱을 가방에 넣고 얌전히 전파상을 빠져나왔다. 필요한 전구를 사지 않았다는 것을 나중에야 알게 되었지만 금방은 아니었다. 나쁜 운세를 가진 노인은 아치형으로 된 지붕이 있는 상가 통로를 통과하여 높고 맑은 하늘을 올려다보았다. 하늘을 가리고 있던 반투명한 지붕이 시야에서 사라지자 얼굴 위로 금세 햇빛이 쏟아졌다. 바람이 불 때마다 흰 벚꽃 잎이 흩날렸다. 공원으로 이어지는 육교의 방향을 따라 심긴 벚나무들이 많았다. 꽃 피는 나무 아래 가득 떨어져 모인 꽃잎들이 햇빛을 반사하여 노인을 눈부시게 했다. 버스에서 사람들이 줄지어 내렸다. 노인은 버스에서 내린 사람이 아니었기에 대열에 끼지 않고 떨어져 걸었다. 자신이 나쁜 운세를 가졌다는 걸 모두가 알게 하려면 모두가 자신을 볼 수 있는 장소에서 계속 돌아다니면 되었다. 언제고 나쁜 일이 일어나게 된다면 자신의 운세 때문이라는 걸 모두가 알게 될 것이라고 노인은 생각했다. 그런 생각이 들면 어째서인지 마음이 놓였다. 노인은 교차로에서 보행신호를 지켜 횡단보도를 건넜다. 잠깐만, 잠깐만. 누군가 걷고 있는 노인을 붙잡았다. 노인은 횡단보도를 마저 건넌 뒤에 멈춰 서서 뒤를 돌아보았다. 직접 운세를 봐주었던 푸른 작업복을 입은 노인이었다. 그가 가까이 다가오자 맵고 더운 향신료 냄새가 났다. 내가 거짓말을 했어. 오늘 그쪽 운세가 아주 좋아. 샘이 나서 그랬어. 카세트덱은 돌려주고 자, 여기 건전지를 가져가. 그러나 노인은 카세트덱을 돌려줄 생각이 없었다. 카세트덱을 가지고 있는 것이 익숙하고 편했다. 나는 이게 좋은데. 노인이 말했다. 작업복을 입은 노인은 그래? 하고 서 있다가 그래 그럼, 하고 다시 상가로 되돌아갔다. 기다리던 소식이 있을 거야. 오늘이 아니더라도 동쪽이나 서쪽에 머무르는 것이 좋겠어. 기유년에 태어난 양자리는 피해. 노인은 가방을 고쳐 메고 다시 걸었다. 길에서 녹색 운동복을 보았다. 공장가의 인쇄업자를 보았다. 야채를 파는 여자의 손가락을 보았다. 다른 사람들의 이름이 불리는 소리를 들었다. 이름을 불린 사람들과 마주쳤다. 공원의 안내문을 읽었다. 날이 아직은 쌀쌀했다. 하지만 볕이 따뜻해 오래 걸을 수 있었다. 가볍게 뛰어보기도 하던 노인의 몸이 점점 한쪽으로 기울었다. 놀랄 일은 아니었다. 노인은 옥외로 나 있는 계단에 앉아 잠시 쉬었다. 건너편에 지어진 개인 병원이 보였다. 그 옆에는 약국이 있었고 문가에 골판지 상자가 쌓여 있었다. 달리 할 일도 없이 노인은 그것들을 보았다. 구급차가 오가는 병원이 아니었기에 주변이 깨끗하고 조용했다. 진찰을 받고 나오는 환자들의 손에서 박하 향이 났다. 다른 조건에서 살고, 다른 소리를 듣고 다른 걸음걸이를 배운 사람들이 동시에 입을 다물거나 따로 말하며 걸었다. 노인은 차도를 사이에 두고 그들을 보고 있어 박하 향을 맡지는 못했다. 가까이 갈 수 없으면서도 그들이 나누는 말소리를 들으려고 했다. 의사가 평소에 하던 운동이 있으면 이제 해도 좋다고 했어요. 물어보니까 생각은 나는데, 어떻게 생겼는지는 모르겠는 거예요. 어째서 오지 않았을까요? 아마 밤눈이 어두워서 그랬던 것 같아요. 그걸 다들 몰랐을까요? 주세요, 이제 가볼게요. 그들이 길의 끄트머리에서 모퉁이를 돌아 더는 보이지 않게 될 때까지 아무 일도 일어나지 않았다. 좋은 일도 나쁜 일도 없었다. 노인을 죽일 사람도, 살릴 사람도 오지 않았다. 노인은 양 무릎을 펴고 그만 일어나 문이 열려 있는 건물을 찾아 돌아다녔다. 찾을 수고도 없이 한낮이었으니 많은 건물들의 문이 열려 있었지만 노인은 밀거나 당길 필요 없이 앞서 완전하게 열어둔 문을 찾고 싶었다. 노인은 완전하게 문이 열려 있고, 많은 사람들이 쉽게 오고 가는 것으로 보이는 건물을 발견했다. 사람들 틈에 섞여 건물 안으로 들어갔다. 천장이 높은 로비가 나타났다. 층마다 다른 회사가 입주해 있어 노인이 느끼기에 무얼 하는 곳인지 알 수 없었다. 경비원이 다가와 노인에게 방문 사유를 물었다. 그는 노인에게 대답을 채근하지 않고 기다려주었다.

왜 왔냐고?

노인은 한 방향으로 시선을 돌려 허공을 응시했다. 그러고는 문을 닫고 나갔다.

박산윤 I 까마귀 서점

2018년 한국소설 신인상.
2022년 불교신문 신춘문예당선(박문후).
2022년 경상일보 신춘문예당선(박문후).

까마귀 서점

박산윤

길 대리가 책을 읽고 있다. 아침 안개 때문에 모든 사물이 흐릿하게 보인다. 전봇대에 앉은 까마귀가 서점 안을 들여다보며 누구와 대화라도 나누듯 계속 중얼거렸다. 나는 창가에 서서 눈으로 까마귀를 좇는다. 아마도 통유리 창에 비친 자신의 모습을 또 다른 친구쯤으로 생각하는가 싶어 재미있었다. 까마귀가 전봇대에서 내려와 그가 종이박스로 마련해준 먹이통에서 낱알을 쪼다가 통유리창 앞까지 다가오더니 부리로 유리를 두드린다. 까마귀를 따라다니던 나의 눈에 그의 뒷모습이 들어왔다. 벽면에 비스듬히 기대어 서 있는, 15도 정도 숙여진 상체가 흡사 막 내려앉아 날개를 접은 까마귀 같았다. 좀 전의 까마귀가 실내에 들어온 것인가 하고 나는 실없이 웃었다. 책장 넘기는 소리가 들린다. 금붕어들에게 먹이를 주다가 그를 다시 한 번 힐긋 돌아봤다. 금붕어 두 마리 중, 한 마리는 수초 속에 숨어있고, 다른 한 마리는 온몸으로 수초를 헤치고 있었다.

배달원이 출입문을 열고 들어오면서 식사요, 하고 외친다. 배달원의 필요이상 높은 목소리에도 그는 꿈쩍을 하지 않는다. 배달원이 자장면 그릇을 테이블 위에 올려놓고 사라진다. 그릇에 씌워진 비닐랩을 벗기며 길 대리를 불렀다. 그제야 그가 테이블로 다가온다. 나는 자장면을 비비며 그에게 물었다.

"책을 좋아하시나 봐요? 무슨 책을 읽었어요?"

"시집요."

그가 짧게 대답을 하고 자장면을 비벼 묵묵히 입으로 가져간다. 속으로 시를 하며 놀랐다. 그날 이후 나는 시를 읽고 있는 그의 뒷모습을 수시로 훔쳐봤다.

길 대리와 얼굴을 마주보고 앉는 시간은 하루 중에 점심식사 시간이 전부이다. 그 외에 그와 가까운 거리에서 함께 할 수 있는 시간은 때때로 학생용 참고서나 문제집 도매점에서 책 배송이 올 때였다. 그가 책 박스를 풀어 서가에 책을 꽂을 때, 나는 옆에서 그에게 책을 집어 올려줬다. 그는 서가에 책을 꽂으면서 꼭 수학아 네 자리다, 물리야 네 자리다, 하며 책의 이름을 부르며 자리를 확인했다. 그래서 나도 책을 집어 올리면서 국어요, 영어요하고 장단을 맞췄다. 그 순간만큼은 두 사람이 돌림노래를 부르듯 호흡이 맞았다. 하지만 그런 일도 없는 날은 하루의 대부분을 나는 카운터에서, 길 대리는 서가 쪽에서 각기 다른 방향으로 시선을 두고 지냈다.

고등학생들 한 무리가 들어왔다. 이름표의 색깔로 봤을 때 2학년 학생들이었다. 재잘대던 아이들 중의 한 명이 길 대리를 올려다보고 도플갱어야, 완전 똑 같아. 그 말을 들은 옆의 학생이 또 다른 아이를 쿡쿡 찌른다. 학생들의 눈길이 일제히 길 대리에게로 쏠린다. 길 대리는 서가에 붙어 서서 책을 찾고 있는 중이었다. 학생들이 책값을 계산하고 나가면서 재미있다는 듯 길 대리를 다시 돌아본다.

4월이 되자 꽃샘추위가 지나가고 벚나무의 꽃망울이 터진다. 붐비던 학생들의 발길도 뜸하다. 바람살이 한결 부드럽다. 조금 열어둔 출입문의 틈을 비집고 들어온 바람이 걷어 올린 블라인드의 줄을 흔든다. 점심을 먹고 나니, 바람에 줄이 흔들리는 소리조차 성가실 정도로 한가롭다. 눈꺼풀이 저절로 내려앉는다. 길 대리는 변함없이 벽면에 기대어 서서 시 읽기에 빠져있다.

졸음을 쫓을 겸 화분을 손질하기로 했다. 메인 도로 건너편에 있는 꽃집에서 부엽토와 모래흙을 사다가 분갈이를 시작했다. 아버지가 키우던 화분들이다. 서점을 이어받고 한쪽 구석에 가구처럼 놓여있던 화분들을 아버지의 집으로 실어다주기가 번거로워서 그대로 관리하고 있었다. 화분의 식물들이 대부분 말라죽고, 지금까지 살아있는 것은 춘란분 세 개와 협죽도와 관음죽, 산세베리아, 그리고 다육이 종류 몇 개뿐이었다. 사람들이 귀찮아하면서도 꾸역꾸역 명절날을 챙기며 무언가를 치렀다고 생각하는 것처럼, 해마다 봄이 되면 아버지가 하던 대로 분갈이를 해주는 것이 나의 몫이었다.

축축한 모래흙속에서 다슬기 한 마리를 발견했다. 껍데기가 암갈색을 띠는 것이 예쁘다. 버리기가 아까워 다슬기를 어항에 넣어두고 다시 밖으로 나왔다. 그때 나와 엇갈리며 고등학생 한명이 서점 안으로 들어갔다. 서점 안으로 걸음을 옮겨놓는 학생의 뒷모습이 벽면에 기대 서 있는 길 대리의 뒷모습과 많이 닮았다. 둘 다 왜소한 체형에 목이 유난히 길고, 어깨가 목쪽으로 솟아올라있다. 양쪽 어깨와 목의 형상이 좀 더 과장해서 표현하자면 뫼산자를 연상시킨다. 학생이 들어오는 것을 보고 길 대리가 읽고 있던 시집을 덮고 학생을 향해 마주 걸어 나온다. 나는 분갈이 하던 손을 멈추고 두 사람을 주시했다. 두 사람은 이목구비뿐만 아니라, 골격과 분위기까지 같은 금형에서 찍어낸 것 같다. 길 대리와 마주보고 선 학생이 쭈뼛거리며 말을 한다. 말을 주고받는 두 사람의 턱 근육의 움직임까지 닮았다.

고무장갑을 벗고 물뿌리개를 들고 서점 안으로 들어갔다. 싱크대로 다가가서 물을 받으며 귀를 기울였다. 주눅이 들어있는 학생의 말소리가 들렸다. 반 아이들이 서점에 저의 도플갱어가 산다고 놀려요. 궁금하기도 했지만, 아버지가 안 계셔 혹시 하는 마음으로 확인을 하고 싶었어요. 학생의 말을 듣고 있는 길 대리의 얼굴에 긴장감이 돈다. 목덜미까지 붉다. 그의 시선이 재빨리 학생의 이름표에 가서 멈춘다. 학생의 이름이 윤지우이다. 길 대리가 떨리는 음성으로 학생의 성이 윤 씨가 맞느냐고 거듭 확인하며 가슴이 맞닿을 정도로 바짝 다가선다. 윤지우가 겁먹은 표정으로 한발 물러서며 길 대리를 바라본다. 그때 점심시간이 끝나고 수업 시작을 알리는 벨소리가 들렸다. 지우가 길 대리에게 인사를 하고 서둘러 뛰어나간다. 통유리 창을 통해 지우가 교문 안으로 달려 들어가는 모습을 바라보던 길 대리가 뛰쳐나간다. 그가 교문을 통과하려는데 수위실 창구 문이 열리며 수위가 그를 불러 세운다. 수위에게 제지를 당한 그는 교사(校舍) 안쪽으로 사라지는 지우의 뒷모습을 우두커니 바라보고 섰다. 수위도 밖으로 나와 길 대리가 보고 있는 방향을 같이 바라본다. 텅 빈 운동장의 벤치에 누군가 빠뜨리고 간 프린트물을 바람이 공중으로 날린다. 수위가 고개를 돌려 길 대리를 의심스런 눈초리로 살핀다. 운동장에서 춤을 추던 바람이 길 대리의 덥수룩한 머리칼을 마구 헝클어 놓는다. 길 대리를 모르는 사람이 보면 영락없이 오래 병을 앓고 있는 환자의 모습이다. 수위가 그의 검은색 일색인 아래위 차림새를 한 번 더 훑어보고 수위실로 들어가 창구 문을 닫는다.

윤지우가 다녀간 후에도 그는 여전히 시를 읽고 있다. 어두운 벽면에 기대어 서서 책장 넘기는 소리만 내는 그의 굽은 등을 바라보며, 전봇대에 앉았던 까마귀가 훌쩍 날아가 버리듯 갑자기 내일이라도 출근을 하지 않겠다고 할 것 같은 생각이 들었다. 그가 너무 빨리 그만 두면 큰일이다. 비록 서점의 규모가 작지만 내가 어렸을 때부터 아버지가 해오던 것이다. 아버지가 허리디스크 수술을 한 후, 서점 일에서 손을 떼고 나 혼자서 운영을 하게 되자 남자직원이 필요할 때가 있었다. 길 대리가 출근을 하지 않는 사태가 생기면 새로 직원을 채용할 동안 아버지를 모셔올 수밖에 없다. 하지만 나는 아버지가 서점 운영에 다시 관여하는 것을 원하지 않았다.

아침에 그가 출입문을 활짝 열어놓고 바닥 물청소를 하고 있었다. 먹이통에서 낱알을 쪼아 먹던 까마귀가 열어놓은 출입구로 머리를 들이민다. 그에 대해 섣불리 예단한 것이 미안해서 점심시간에 특식을 시켰다. 매일 먹는 중화반점의 짬뽕 자장면이 아니라 가정식한식당에 주문을 했다. 길 대리의 출근 시간이 빨라 아침을 먹지 않고 출근을 할 가능성이 높았다. 서점은 남자 중고등학교 담장 옆에 붙어있었다. 점심시간을 이용해 학생들이 책을 사러 나오기 때문에 서점에서는 학생들 등교시간보다 1시간 일찍 출근을 하고, 점심시간도 1시간 빨랐다.

청국장찌개까지 포함해 먹음직스럽게 차려진 점심상 앞에서 그가 어떤 반응을 보일지 궁금했다. 나는 식사의 시작부터 끝까지 그를 세심하게 관찰했다. 기대와 달리 그는 나의 이런저런 물음에 간략하게 대답을 하며 무덤덤하게 숟가락질만 하였다. 그의 정체가 더 한층 흥미롭다. 인스턴트커피가 담긴 종이컵을 그의 앞에 놓아주며 물었다.

"길 대리님, 물어봐도 될지 모르겠지만, 어제 온 지우 학생 어떻게 생각하세요?"

"그러게요."

그의 대답이 김빠진 맥주 같다. 참 재미없게 말한다. 청국장을 떠먹는 그를 바라봤다. 말을 하기 싫어하는 사람이라는 생각이 든다. 아예 대화를 나눌 의사가 없어 보인다. 사람을 밀어내는 듯한 어조다. 더 깊게 들어가면 안될 것 같은 벽이 느껴진다. 나는 그가 어떤 벽을 가졌는지 모르지만, 대화를 외면한다는 것을 감지 할 수 있었다. 윤지우와 외모가 많이 닮긴 했지만, 궁금한 것을 뒤로 미루고 그와의 티타임까지 끝냈다. 나는 어항 속 금붕어들에게 먹이를 줬다. 모두 빨간색이다. 점심 식사 후 그는 새로 나온 홍보용 문제집을 챙겨 교사들에게 배포하려고 고등학교 교무실로 외근을 나갔다. 그가 읽던 시집의 표지를 확인했다. 김현승의 시집이다. 나는 서가에 나란히 꽂힌 김현승의 다른 시집을 빼서 자리로 들고 와서 읽었다.

외근을 하고 돌아오는 그의 품에 새끼고양이 한 마리가 안겨있었다. 검은색 바탕에 흰색이 섞인 수면양말 한 짝을 안고 있는 것 같았다. 내가 놀라서, 웬 고양이세요? 죽은 것 같은데. 그는 대답을 하지 않고 품에 안고 있는 고양이만 쓰다듬는다. 그런 그의 손등에 상처가 나 있다. 무언가에 찢겼는지 핏방울이 맺혔다. 길 대리가 한참동안 몸을 문지르자 죽은 듯이 늘어져 있던 고양이가 눈을 뜬다. 그가 냉장고에서 우유를 꺼내 은박지 접시에 부어 고양이 앞에 갖다 댔다. 고양이가 우유를 보고도 일어서질 못한다. 그가 고양이의 머리를 우유가 담긴 접시위에 올려놓았다. 고양이가 냄새를 맡았는지 드러누운 채 목을 비틀어 혓바닥을 쭉 빼더니 허겁지겁 우유를 핥는다. 몇 번 더 부어준 우유를 다 먹은 고양이의 눈에 그제야 두려움의 빛이 돋아난다. 고양이가 머리를 들고 주위를 두리번거리는 것을 확인한 후, 그가 싱크대로 가서 손을 씻었다.

길 대리는 출퇴근을 할 때 고양이를 데리고 다녔다. 그가 시를 읽으면 고양이는 그의 어깨 경사도에 따라 비스듬히 배를 붙이고 누워 세상에서 가장 행복한 표정으로 졸았다. 재밌는 것은 서점에 문제집을 사러온 학생들이 고양이를 쓰다듬으려고 하면 그가 단호한 목소리로 손도 못 대게 하였다. 게다가 고양이가 잠시도 길 대리에게서 떨어지지 않으려고 했다. 그가 외근을 나가면 돌아올 때까지 울어댔다. 길 대리님, 고양이를 집에 두고 오세요. 너무 시끄러워서. 내가 그에게 말을 한 다음날은 길 대리가 혼자서 출근을 하였다. 그런데 그 다음날 다시 고양이와 함께 출근을 한 길 대리가, 얘가 분리불안증이 심해서. 다른 고양이들에게 위험을 당하지 않고 혼자서 살아갈 정도로 자라면 원래 있었던 곳으로 돌려보낼 거예요. 양해를 구하며 묻지도 않은 말까지 덧붙였다. 사실, 그가 외근을 나가고 없으면 나는 출입문을 조금 열어놓았다. 은근히 사라져버리길 바라며 간식을 들고 고양이를 서점 밖으로 유인해보기도 했다.

매일 아침 정신이 하나도 없었다. 학생들이 스스로 책을 찾느라 판매대며 서가가 난장판이 됐다. 참다못한 나는 몇 번이나 그에게 주의를 줬다. 하지만 그는 나의 말에 아랑곳하지 않고 작동을 멈춘 로봇처럼 통유리 창 앞에 서서 교문 쪽만 지켜봤다. 윤지우가 다녀간 후, 길 대리는 등하교 시간에

서점 안으로 들어오는 학생들에게는 아예 관심이 없었다. 고양이가 구부정하게 서 있는 그의 허리에서 출발하여 어깨까지 오르락내리락하고, 길 대리와 고양이를 구경하는 학생들의 깔깔거림, 고양이의 무한 반복될 것 같은 울음소리. 그는 시끌벅적한 소음에도 꿈쩍하지 않았다. 고집부리는 아이 같았다. 아니 무엇에 홀린 사람 같다. 그의 뒤 꼭지에 후광처럼 간절함이 서리었다. 나는 그의 등 뒤로 몇 번이나 다가서다가 돌아섰다. 무엇 때문인지, 오히려 그의 집중력을 흐트러뜨릴까봐 숨을 참으며 발끝으로 뒷걸음질을 쳤다.

학생들의 등교시간이 끝나서야 길 대리가 판매대며 서가를 정리했다. 서가를 정리하느라 길 대리의 움직임이 커지면 고양이가 그의 몸에서 뛰어내린다. 고양이가 길 대리의 어깨 다음으로 좋아하는 곳이 어항이다. 고양이가 앞발을 들어 어항을 톡톡 친다. 금붕어가 고양이에게로 다가간다. 고양이와 금붕어가 어항 벽을 사이에 두고 입을 맞춘다. 교도소의 면회실에서 수감자와 면회자의 만남만큼이나 애틋한 모습이다. 고양이는 금붕어와 입맞춤을 하면서도 금붕어가 물위로 떠오르는 것을 노린다. 나는 고양이를 경계한다. 얼마 전에 물위로 머리를 내밀고 아가미를 벌름거리던 금붕어 한 마리를 먹어치워 새로 사다 넣었다. 서가를 정리하는 길 대리에게 지우와 많이 닮았다고 얘기해주려다 관뒀다. 그가 지우를 기다리는지 알 수 없었기 때문에 섣불리 아는 척하기 조심스러웠다. 먼저 말을 걸지 않으면 그는 거의 말을 하지 않았다. 좁은 공간에서 매일 함께 일을 하고, 함께 밥을 먹었지만 늘 검은 그림자와 함께 있는 기분이다.

서가 정리를 끝낸 그가 고양이에게 우유를 먹였다. 나는 컴퓨터 화면에 입출고 대장을 열어놓고 재고정리를 하고, 그는 그의 자리에 서서 시집을 읽는다. 고양이가 심심한지 야옹거리자 그가 외투주머니에서 간식을 꺼내 입에 넣어준다. 점심으로 돼지국밥을 먹었다. 나른하게 오후가 지나가는듯했다. 나른함을 깨뜨리는 전화벨소리가 울린다. 고등학교에서 문제집을 찾는 교사가 있었다. 길 대리가 교무실로 외근을 나갔다.

출판사에 문제집의 재고를 반품하고 새로운 문제집을 주문하고 있는데, 유선전화기가 울렸다. 학교 뒤쪽에 있는 파출소였다. 길 대리가 서점에서 근무를 하는 것이 맞느냐고 묻는다. 송수화기를 목에 끼고 빠르게 숫자들을 입력하면서 나는 떨떠름하게 왜냐고 물었다. 길 대리가 근무를 하는 것이 맞는지 확인을 해야 한다며, 지금 파출소로 방문해달라고 했다.

길 대리가 경찰관 앞에 앉아있었다. 내가 다가서자 경찰이 서류를 내밀며 읽어보고 사인을 하라고 한다. 내가 길 대리의 신분을 보증한다는 내용이다. 대충 읽고 사인을 하자 경찰이 그에게 돌아가도 좋다는 말을 했다. 그런데 그가 입고 있는 외투의 겨드랑이 솔기가 터지고 흙먼지투성이다. 눈살을 찌푸리고 아래위를 훑어봐도 그는 나의 시선을 모른척했다. 재고 반품을 하느라 스트레스를 받고 있던 차에 길 대리 때문에 경찰서까지 불려왔다는 것에 화가 났다. 그의 지저분한 꼬락서니가 보기 싫어 출입문을 열고 앞서 나와 버렸다. 그가 서점 안으로 들어서자 고양이가 숨어서 울다가 그의 종아리에 달라붙는다. 그가 고양이를 들어 올려 이마에 뽀뽀를 한 후, 잠시 나갔다오겠다며 출입문을 열고 도로 나간다. 그를 뒤쫓아 가던 고양이가 문에 부딪혀 날카로운 소리를 내지른다. 나는 저 시끄러운 것을 데리고 제발 나가 버려, 하고 그의 뒤통수에 대고 쏘아붙였다.

그가 새 외투를 입고 들어왔다. 나는 불쾌한 표정을 지으며 그를 힐긋 훑어보고 고개를 돌려버렸다. 그때 천장과 서가 사이의 작은 틈새에 숨어서 울던 고양이가 그의 어깨위로 뛰어내렸다. 순간 그가 눈썹을 잔뜩 찡그린다. 나는 터져 나오려는 웃음을 겨우 참았다. 그는 파출소 사건에 대해 아무 말도 하지 않았다. 고양이를 어깨에 태운 채 그의 자리로 가서 시집을 집어든다.

고등학생들의 하교시간이 되자 어김없이 길 대리가 통유리 창 앞에 섰다. 야간자율학습이 시작되어 학생들이 교문 밖으로 나오지 않는데도 그가 어두워져가는 교문을 초병처럼 지켜본다. 날개를 접은 까마귀같이 어두운 벽면에 붙어 서 있던 길 대리가 갑자기 출입문을 향해 빠르게 걸어간다. 고양이가 뛰어가고, 나의 눈길이 그를 좇는다. 윤지우가 서점의 출입문을 향해 다가왔다. 두 사람이 출입문 앞에서 마주보고 멈춰 선다. 길 대리가 출입문을 자기 앞으로 당기고, 그 사이로 지우가 들어온다. 지우의 눈길이 오직 길 대리에게만 가서 꽂힌다. 지우를 맞이하는 길 대리의 표정은 의외로 첫날보다는 많이 차분하다. 나는 웃으며 지우에게 소파에 가서 앉으라하고 서점을 빠져나왔다. 서점을 나와 꽃집으로 향했다. 꽃집에서 다육이 화분을 구경하며 서점 쪽을 살폈다.

시간이 20분 정도 흐른 후, 서점으로 돌아왔을 때 길 대리와 지우가 심각한 표정으로 함께 돌아봤다. 두 사람 모두 얼굴이 상기되어 있었다. 나는 문제집 몇 권을 종이봉투에 담아 지우에게 내밀었다. 뚱그런 눈으로 쳐다보는 지우에게 나는 공부 열심히 해, 하며 웃었다. 지우가 소파에서 일어서며 시선을 길 대리에게서 떼지 않는다. 생각에 잠긴 표정으로 길 대리도 따라 일어난다. 두 사람이 나란히 서점을 나섰다. 지우가 교문 안으로 들어가는 것을 보고 돌아온 길 대리가 말없이 블라인드를 내리고 퇴근준비를 한다. 나는 카운터를 정리하면서 그의 뒷모습을 흘끔거렸다.

길 대리가 출근을 하지 않았다. 전화도 받지 않고 카톡 대화창에 숫자 1도 지워지지 않았다. 길 대리의 급여를 정산해서 입금하는 것으로 끝내버릴까 생각했지만, 쉽사리 결정을 내리지 못했다. 망설이는 동안 며칠이 지났다. 그에게 한 번 만나자고 다시 카톡 메시지를 보냈지만 역시 답이 없었다.

남자직원 채용안내문을 유리창에 붙이고 있는데, 한 남자가 서점 안으로 들어왔다. 나는 벌써하며 그 남자를 발끝에서 머리끝까지 훑어봤다. 남자가 길 대리를 찾는다.

"며칠 전에 제가 중학생의 자전거를 훔치려고 하다가 길 씨와 몸싸움을 벌였어요. 그 학생의 신고로 우리 둘 다 파출소로 연행이 되었고, 파출소에서 풀려날 때 길 씨가 자전거 살 돈을 보내주겠다며 내 계좌번호를 물었어요. 처음에는 사기꾼인가 싶었죠. 별로 믿기지 않았지만, 통장을 통째로 넘기는 것도 아니고 해서, 여기 사장님을 보고 믿어보기로 했죠. 계좌번호를 알려줬더니, 깜짝 놀랐어요. 그날, 돈 오백만 원이 바로 입금이 됐어요.”

남자의 표정이 거짓말을 하는 것 같지는 않았다.

“길 대리가 일을 그만뒀어요.”

내 말에, 남자의 얼굴에 실망하는 빛이 역력하다.

“아, 그래요. 혹시라도 길 대리님과 연락이 닿으면 그 돈으로 중고 오토바이를 사서 시장에서 배달 일을 하게 됐다고. 감사의 말씀을 좀 전해주세요.”

남자가 돌아간 후, 일이 손에 잡히지 않았다. 전봇대에 앉아있던 까마귀가 먹이통에 내려앉았다가 다시 날아오른다. 길 대리가 나오지 않으면서 먹이통이 비었다. 내가 낱알 봉지를 찾고 있는데, 지우가 출입문을 열고 들어왔다. 뛰어왔는지 숨을 고르며 서점 안을 둘러보는 그의 눈빛이 어두워진다. 나는 그에게 먼저 소파에 앉게 했다. 유리창에 붙여둔 채용안내문을 지우가 못 봤기를 바라며, 마음속으로 너무 성급한 것이 아니었나하고 나 자신을 나무랐다. 나는 팩에 든 주스를 지우 앞에 가져다 놓고 맞은편에 앉았다. 그에게 주스를 마시라고 권하며 사실대로 말을 해줄까 아니면 거짓말로 둘러 될까 속으로 고민을 했다. 지우가 먼저 입을 열었다.

“아저씬 그만 두셨어요?”

지우의 물음에 나는 곧바로 대답을 하지 못하고 잠시 머뭇거리다 거짓말로 둘러댔다.

“아니야. 외근 나갔어. 아마 그곳에서 바로 퇴근할거야. 아저씬 왜 찾니?”

잘 하고 있는지 판단이 서지 않았지만, 시치미를 뚝 떼고 되물었다. 카톡 대화창에 여전히 숫자 1이 사라지지 않고 있는 것에 생각이 미치자 까닭 없이 그가 밉다. 까마귀 같은 인간. 내가 생각에 빠져있는 사이 지우가 일어나며 인사를 한다. 나는 마음이 급한 나머지 그에게 뜬금없는 말을 해버렸다.

“내일은 출근하실 거야. 내일 다시 올래. 아니면 전화번호를 주면 내가 전달해줄게.”

내가 내미는 포스트잇에 지우가 전화번호를 적는다. 그러고 얼굴이 살짝 붉어지더니, 만나고 싶어요, 라고 덧붙여 쓴다. 생각 때문인지, 지우의 눈이 붉게 충혈이 되어 보인다. 걸어 나가는 그를 불렀다. 지우가 출입문을 밀면서 나를 돌아본다. 나는 손을 흔들면서 나의 말을 믿어도 된다는 듯 잇몸을 다 드러내고 웃었다.

지우를 보낸 후에 길 대리에게 전화를 걸었지만 받지 않는다. 음성사서함에 메시지를 남겼다. 길 대리가 오지 않으면 주소지로 직접 찾아가겠다고 말하고 끊었다. 그러고도 이틀이나 더 지난 후 길 대리를 만났다. 그의 답글도 늦게 달렸지만, 나 또한 길 대리를 선뜻 찾아가기가 망설여졌었다.

서점에서 세 블록 정도 떨어진 전통시장 안에 있는 돼지국밥전문식당에서 그를 만났다. 점심메뉴로 몇 번 주문을 해 먹었는데, 그가 맛있다고 했던 것이 기억나서다. 저녁식사를 하고 근처의 소줏집으로 갔다. 그가 연거푸 소주잔을 비운다. 그의 표정을 살피며, 그가 스스로 터지기를 기다렸다. 그렇지만 또 한편으로는 이런 자리가 부담스럽다. 뭔가를 터트릴 것 같은 사람 앞에 앉아있다는 것에 멀미가 났다. 차라리 길 대리가 그냥 일어서자고 하길 바랐다. 내가 한잔을 마실 동안 혼자서 소주 한 병을 다 비운 그가 나를 빤히 바라본다. 술잔을 입에 갖다 대며 나는 그의 눈길을 피했다. 그가 입을 열었다.

지갑이 텅 비어있었다. 기숙사 룸메이트들이 야식을 시켰다. 그는 1학년 후배에게 눈치가 보였고, 3학년 선배의 무시하는 듯한 태도도 싫었다. 벌레가 된 기분이 들어 기숙사 방을 나와서 운동장으로 갔다. 어두운 스탠드에 앉아 앞이 보이지 않는 허공을 바라보며 담배를 피웠다. 각각 다른 사람과 재혼을 한 어머니, 아버지를 생각했다. 그는 담배 두 개비를 연거푸 피우고 난 후, 어둠을 향해 침을 뱉고 기숙사 퇴사를 결심했다. 지하층이지만 숙소가 제공되는 PC방에서 남들이 꺼리는 밤 10시부터 새벽 4시 타임 일을 하며 고등학교를 졸업했다. 그 후에도 그는 PC방 아르바이트에서 벗어나지를 못했다. 고졸인 그에게는 가장 좋은 일자리였다. 쉽게 떼돈을 벌수 있다는 말에 불법도박게임 사이트 운영에 가담했다가 교도소까지 갔다. 그가 교도소에 갇혀있는 동안 여자 친구가 임신을 한 상태로 다른 남자와 결혼을 해버렸고. 출소를 한 후에야 그녀의 결혼 소식을 들었다.

그가 말을 해놓고 희미하게 웃는다. 가파른 산을 오른 듯 숨을 몰아쉬더니,

"제가 다닐 때는 사장님의 아버님이 서점 주인이었어요. 그때 본 문고판 시집들이 여전히 그 자리에 꽂혀있더군요. 고등학교 때 문예반이었거든요. 제가 지금 읽고 있는 문고판 시집이 그때 훔치다가 사장님께 들킨 책이에요. 읽기 위해서라기보다 충동적이었죠. 눈에 보이는 것은 무엇이든 훔치고 깨부수고 망가뜨리고 싶었으니까요. 사장님이 시를 읽고 싶으면 언제든지 오라며, 오히려 문제집을 주셨어요. 필요할 거라면서. 교사용으로 나오는 비매품이었지만 너무 고마웠죠. 아이들이 교사용 문제집을 본다고 부러워했거든요. 우쭐했죠. 고등학교를 졸업할 때까지 문제집을 챙겨주셨어요. 나중에는 제 사정을 아시고 PC방 알바자리도 구해주시고, 고기 집에도 가끔씩 데려가 주셨고요. 그동안 먹고 사느라고 찾아뵙지는 못 했지만 항상 생각하며 살았어요. 저보고 까마귀 같다고 했죠. 그럴지도 몰라요. 김현승 시인님은 마른 나뭇가지 위의 까마귀같이, 라고 고상하게 썼지만."

나도 모르게 상체를 그에게로 기울어 다가앉았다. 그가 상체를 뒤로 빼서 등받이에 붙이고 팔짱을 낀다. 나는 갑자기 할 말이 많아졌지만, 겨우 윤지우에 대해 물었다.

"길 대리님, 지우 학생에 대해 좀 생각해 봤어요?"

그가 새 병을 따 자기 잔에 스스로 따라서 마신다. 두 잔을 연거푸 마시더니 눈을 거슴츠레하게 뜨고, 딸꾹질과 믹싱이 된 이상한 소리를 낸다. 그의 딸꾹질이 멈추질 않는다. 한참동안 실랑이 끝에 딸꾹질이 멎자 길 대리는 다시 소주잔을 비우고 대답대신 흐흣하고 웃는다. 물음에 대답은 하지

않고 그날, 지우를 만난 이야기를 한다.

"요즘 아이들 참 똑똑하더라고요. DNA 검사부터 하자고 합디다. 자기도 궁금하대요."

"DNA 검사는 하실 거예요?"

그는 그럴 생각이 없다고 했다. 그러면서 다른 직원을 구하라고 한다. 그의 말투에서 확실하게 잡히는 것이 없었다. 정말 까마귀 같은 인간이다. 내가 물었다.

"여길 관두면, 다른 계획이 있어요?"

"티베트로 여행을 떠나려고요."

"티베트요?"

"오체투지를 해보고 싶었어요."

나는 소주를 단번에 쭉 들이켰다. 술의 홧홧함을 빌렸다.

"꼭, 오체투지여야 하나요. 다른 방식은 없나요. 우리에게는 우리의 방식이 있지 않을까요? 길 대리님이 지하에서 빠져나왔으면 좋겠어요."

입안에 맴돌던 말을 뱉어내고, 가방을 들고 일어서려다가 눈시울을 붉히던 지우가 생각났다. 지우의 전화번호가 적힌 포스트잇을 길 대리에게 건넸다. 그가 한참동안 포스트잇을 들여다보더니 핸드폰 케이스에 넣는다. 그리고 눈을 지그시 감았다.

곧바로 집으로 들어가고 싶지 않았다. 가끔 혼자서 가는 와인 바를 찾아갔다. 세상에서 혼자만 고독하다는 표정으로 앉아있던 사장이 두 손을 흔들며 반가워한다. 바 테이블에 앉는 내 앞에 잔과 안주를 가져다 놓으며 웬일이냐고 묻는다. 길 대리의 이야기를 하려다 그만뒀다. 사장이 눈치 없이 계속 말을 걸어왔다. 혼자 있고 싶다는 말조차 꺼내기가 어려웠다. 제일 안쪽의 테이블에서 20대 남녀가 숨넘어가듯 깔깔거린다. 사장이 그들을 힐긋거리며 물이 한창 오를 때 죽을 만큼 사랑하라고 축복인지, 저주인지 모를 말을 했다. 밤이 늦어서인지 손님이라곤 그들 남녀와 나뿐이다. 사장이 기분이라며 라틴댄스음악 차차차로 작은 와인 바를 꽉 채운다. 그러고는 피아노가 놓여있는 스테이지에서 혼자서 춤을 춘다. 푸념을 늘어놓을 상대라도 찾고 있었던 듯하다. 춤을 추는 사장의 모습이 비현실적이다. 리듬을 쫓아가지 못하는 다리가 리듬을 파괴해버린다. 차차차에 막춤으로.

청소를 끝낸 후, 까마귀 먹이통에 낱알을 한줌 부어줬다. 길 대리가 서 있던 자리에 서서 교문을 바라봤다. 내가 미처 보지 못하거나 하지 않고 고의로 지나친 일들이 얼마나 많은지. 나는 솔직하게 말하는 것이 서툴렀다. 항상 그쪽을 바라보던 길 대리의 검은 모습이 옆에 서 있는 것 같다. 재빨리 시선을 거두고, 서점의 출입문을 살폈다. 지우가 찾아올까봐 걱정이다. 길 대리가 아주 떠난 것을 알면 얼마나 상처를 받을지.

며칠이 지난 후, 토요일 늦은 저녁에 윤지우가 서점에 들어왔다. 아래 위 옷차림이 모두 블랙이다. 지우를 바라보며 잠시 길 대리로 착각을 했다. 지우가 카운터 앞까지 다가오는 동안 나는 미안한 눈빛으로 그를 지켜봤다. 소파에 앉은 지우가 길 대리와 야구장에 갔다가 오는 길이라며 말을 했다.

"아저씨가 저에게 프로야구 보러가자고 전화를 하셨어요. 우린 둘 다 H선수 팬이에요. S구단의 T셔츠도 샀어요. 야구 보러갈 때 그 옷 입고 가기로 했거든요. ……아저씨가 곧 티베트여행을 떠난다고 해서 저도 데리고 가달라고 졸랐더니 그러자고 했어요."

고맙다고 인사를 하는, 갑작스런 지우의 말에 맞장구를 치면서도 의아했다.

"길 대리가? 신났겠구나. 티베트 여행은 무슨 말이니? 네 어머니가 허락하신대? 학교는 어떡하고?"

"어머니는……. 해외체험학습으로 갈 수 있어요. 다른 친구들도 그렇게 해외로 나가요. 저도 가고 싶었거든요."

더 뭐라고 말하기 전에 지우가 덧붙였다.

"어머니는 안 계셔요. 지금은 기숙사에서 생활하지만, 어릴 때 암자에서 자랐어요. 부처님 오신 날에 누가 암자에 남겨두고 떠났대요. 저를 키워주신 스님은 저를 다슬기라고 불렀어요. 제가 사는 암자 앞에 계곡이 있었는데 싱크대까지 다슬기가 올라오곤 했어요. 스님은 싱크대 수도꼭지에 붙어 있는 다슬기를 보고 계곡에서 여기까지 올라온 걸 보니까 저 놈은 성불할거라고 하시면서, 저보고도 다슬기처럼 산 밑에서 이곳까지 왔으니 너도 부처님과 인연이 있는 모양이야 하셨어요. 스님께 전화를 드렸더니 아저씨와 함께 한 번 오라고 했어요."

어머니가 없다는 지우의 말에 머릿속이 뒤엉켰다. 그의 목소리가 명랑하게 이어졌다.

어른이 되는 것은 나이하고 상관이 없는 모양이다. 거침없는 말투로 진솔하게 자기이야기를 하고 있는 지우의 모습이 나보다 어른스러워 보인다. 여름방학 때 티베트로 떠나기로 했어요. 그래서 주말에 등산을 다니며 고산기후 적응 훈련을 하기로 했고요. 말을 하는 지우의 표정이 한껏 들떠 있다. 길 대리가 지우와 동행하기로 한 것이 이해가 안됐지만, 나는 지우를 와락 끌어안고 어깨를 두드렸다. 지우도 나에게 응석을 부리듯 안겨왔다. 신이 나있는 지우를 보며 나는 까마귀 두 마리가 새파란 티베트 하늘을 날아오르는 장면을 상상했다.

아침 안개가 자욱하다. 청명한 날씨를 예고하는 것 같다. 전봇대에 앉아 있는 까마귀가 통유리창 안을 향해 계속 대화를 요청한다. 나는 까마귀를 쳐다보다가 길 대리가 서서 시집을 읽던 쪽으로 고개를 돌렸다. 벽면에 픽 박혀있는 거뭇한 물체가 고개를 든다. 고양이를 어깨에 태우고 그가 서가에 기대어 서서 시집을 읽고 있다. 책장 넘기는 소리가 들린다. 금붕어들에게 먹이를 주다가 그가 있던 자리를 다시 한 번 힐긋 돌아본다.

박민경 ǀ 살아있는 당신의 밤

1988년 서울 출생 협성대학교 문예창작학과 졸업.

살아있는 당신의 밤

박민경

미약하지만 신호는 확실히 잡혔다. 현재 위치를 나타내는 작고 동그란 구체가 맵 위를 천천히 움직였다. 산책이라도 하듯 골목 사이사이를 배회하던 구체는 어쩌다 한 번씩 멈춰 서기도 했다. 하늘이라도 올려다보는 걸까. 아니면 새나 고양이를 만났나. 나는 맵을 키워 구체가 돌아다니고 있는 장소를 확인했다. 재언선배가 살던 동네였다.

그럼 이 사람 정말로 산책 중이잖아.

맥이 탁 풀리면서 헛웃음이 나왔다. 나는 거치대에 핸드폰을 받쳐두고 팩맨처럼 이 골목 저 골목을 부지런히 누비는 구체의 행방을 조금은 느긋한 마음으로 살폈다. 신호가 멈추면 맵을 눌러 그곳을 함께 둘러보기도 하면서. 애초에 행동거지가 불안정한 환자의 위치를 보호자가 실시간으로 체크하는 것이 미나스의 주목적이었기 때문에 구체를 누르면 가장 가까운 CCTV에서 제공하는 실시간 거리뷰를 확인할 수 있었다. 구체는 작은 공원을 한 바퀴 돌더니 이윽고 편의점 앞에 멈춰 섰다. 새 담배를 사서 불을 붙이는 선배의 모습을 어렵지 않게 상상할 수 있었다. 그렇게 한동안 편의점 앞에 멈춰있던 구체는 한순간 갑자기 사라졌다. 어쩌면 거기서 큰 개를 만났을 지도 모른다고 생각했다. 선배는 어떤 동물이든 좋아했지만 큰 개만큼은 무서워했으니까. 어릴 때 줄이 풀린 도사견에게 허벅지를 물린 기억 때문이라고 했다. 이빨이 완전히 박혔었어. 거의 관통했다니까. 선배의 허벅지엔 그때 생긴 흉터가 남아있었다. 성장과 함께 피부가 팽창하면서 모양도 질감도 예전과는 달라졌다고 했지만 본래의 흉터를 알 길 없는 내가 보기엔 영락없는 소리굽쇠처럼 보였다. 그건 선배가 죽을 때까지, 아니 죽은 후에도 선배의 두려움을 공명 시키고도 남을 만큼 거무죽죽하고 무서운 느낌이 드는 모양이었다.

아빠 펭귄이 다 똑같이 생긴 새끼 펭귄들 사이에서 어떻게 자기 자식을 찾아내는지 알아?

언젠가 선배가 그렇게 물어왔던 적이 있다. 나는 고개를 저었다. 그때 나는 선배의 허벅지를 베고 누워 피부의 양감을 따라 점자를 읽어나가듯 그 흉터를 매만지는데 느슨하게 집중하고 있었다. 눈을 감은 채로.

울음소리를 듣고 안대. 배고파서 빽빽거리는 새끼 펭귄 무리사이에서 정확하게 자기 자식 울음을 분간해서 사냥해온 물고기를 먹인다는 거야.

대단하네요.

그치. 그러니까 그 흉터는 말하자면 내 울음 같은 거야. 수십억 인간 중에 유일한 내 특징. 자그마치 눈을 감고도 보이는 흉터잖아. 아픔이 크고 그 통증이 구체화될수록 개별적인 존재가 될 수 있는 거지.

그렇게 말하는 선배의 목소리는 깜짝 놀랄 정도로 쓸쓸해서 나는 선배가 울고 있는지 확인했다. 선배는 내 머리를 쓰다듬으면서 소파의 한 귀퉁이를 밝히고 있는 햇살의 파편을 들여다보고 있었다. 그때 선배는 뭔가 예감했던 걸까? 자신이 머잖아 어떤 흉터이자 울음으로 존재하게 될지도 모른다는 것을.

얼마간 더 신호를 기다렸지만 구체는 끝내 나타나지 않았다. 앞으로 며칠은 또 잠잠할 테지. 한 번씩 신호가 나타났다 사라질 때마다 내 기분은 터질 듯이 부풀었다 맥없이 고꾸라지길 반복했다.

선배의 신호가 처음 감지된 건 삼주기가 얼마 남지 않은 무렵이었다. 미나스 시술을 받은 사망자들 중 간혹 gps신호가 잡히는 경우가 있다는 얘길 뉴스로 들어 알고 있었다. 생전에 수집된 GPS신호가 앱 내에서 무작위로 재생되는 현상으로, 업데이트 버전을 설치하면 해결될 간단한 버그였으나 어느 날 갑자기 죽은 부모나 자식, 애인, 친구로부터 신호를 받은 이들이 정신적인 고통과 피해를 호소하며 미나스 제작사측을 상대로 소송을 제기했다는 내용이었다. 나는 그 뉴스를 들으면서도 사용자가 죽으면 자동 소실되리라 여겼던 데이터가 남아있다는 것에 은근히 놀랐을 뿐 내가 같은 일을 겪게 될 거라고는 전혀 예상하지 못했다.

선배의 신호를 받은 그날 오후에 나는 청첩장에 넣을 문구를 고르는 중이었다. 업체에서 예시로 보내준 문안들은 하나같이 상투적이었으며 지나치게 감상적이었다. 게다가 아주 전형적인 단어들로 운명을 예찬하고 있었다. 운명이라. 아무리 청첩장이라고 해도 그렇지 하객들이 그런 걸 믿을 리가 있나. 나는 운명이란 말을 쓰는 사람을 곁에 둘 순 있어도 뼛속까지 신뢰하진 못할 것 같았다. 세상엔 수많은 우연과 필연만이 배차 간격이 제멋대로인 버스처럼 찾아올 뿐이다. 말하자면 운명이란 한 번도 타본 적 없는 특급 열차 같은 거였다. 나는 적당히 포멀한 문구를 선택했다.

삭제하는 것도 잊은 앱으로부터 띵, 하고 익숙한 알람이 울린 것은 그때였다. 미나스였다. 알림 팝업을 눌러 앱에 들어가자 작은 구체가 익숙한 맵 안에서 반짝반짝 빛나고 있었다. 안녕, 하고 인사를 건네듯이. 참으로 선배다운 타이밍이라고 나는 생각했다.

*

우연은 기다리지 않은 자에게, 필연은 기다린 자에게 오라.

아무도 그 문구를 누가 붙여놨는지 알지 못했다. 동아리 내에서 인간 나무위키로 불리는 최고학번 윤 선배조차 그 출처를 몰랐다. 그 사실이 자존심을 건드렸는지 그는 눈썹을 잔뜩 찌푸린 채로 자신이 입부했을 때도 붙어 있던 건 확실하다고 볼멘소리를 냈다. 그러니까 최소 십 년은 됐다는 얘기였다. 코팅된 문구는 네 귀퉁이가 살짝 벌어지긴 했지만 종이는 색바램도 없이 깨끗했고 언제나 당연하다는 듯이 동방 한쪽 벽면에 부적처럼 꼿꼿하게 붙어있었다. 나는 오며가며 그 문구를 볼 때마다 문구를 쓴 이는 대체 어떤 우연과 필연의 순간을 직면한 끝에 그러한 깨달음을 얻었으며 왜 그 깨달음을 혼자만의 것으로 간직하지 않고 자필로 일필휘지 세로쓰기하여 하필 동방에 내걸었는지를 추측해보곤 했지만, 내 추측이야 어찌됐든 간에 연영과 동아리에 걸맞은 문구임을 부정할 순 없었다.

재언선배를 생각하면 어쩔 수 없이 그 문구가 먼저 떠오른다. 선배가 그 문구를 특히 좋아했기 때문이다. 아마도 그가 일 년 365일 중 200일 쯤은 산에 틀어박혀 다큐를 찍는 사람이기 때문이었을 것이다. 일제히 날아오르는 산제비나비 무리를 찍기 위해 시험도 패스하고 산초나무 덤불 속에서 사흘간 먹지도 자지도 않고 꼼짝없이 엎드려있었다는 그의 일화는 유명했다. 그는 우연과 필연을 결정짓는 것은 오직 기다림뿐이라고 확신하는 듯했다. '우기자필기자' 멋대로 줄인 문구를 단골 건배사로 쓸 정도였으니. 나는 그런 오글거리는 말을 큰소리로 부르짖으며 술이나 마시는 선배가 부끄러웠다. 4학년이었음에도 불구하고 졸업이나 취업에 별다른 관심이 없는 태도를 유지하는 것도 불편했다. 하지만 왜일까. 나는 그런 선배에게서 눈을 뗄 수가 없었다.

동방에서 처음 선배를 만나 그의 얼굴을, 그 흔들리는 눈을 본 순간부터 쭉 아슬아슬하다고 느꼈다. 내 눈에 포착된 그 불안정함은 선배와 함께 학교를 다녔던 짧은 시간 동안 내 눈을 선배에게 붙들어놓기에 충분했다. 내가 보기에 선배는 늘 무리하고 있었다. 무리해서 웃고, 떠들고, 술을 마시면서 은밀한 방법으로 자신을 혹사하고 있었다. 나는 선배의 근처를 배회했다. 눈을 떼면 선배에게 아무도 책임지지 못할 나쁜 일이 벌어질 것 같아서. 그건 아마도 양치기 개와 같은 마음이었을 것이다. 나는 그가 믿는 우연과 필연이 좋은 방향으로 그를 인도해주길 바랐다.

선배는 무제라는 제목의 다큐를 몇 년 째 만들고 있었다. 한 달에 두어 번쯤 동방에 나타나서 마지막 상영으로부터 고작 5초 내지 8초쯤 늘어난 영상을 틀어주곤 했다. 소금쟁이처럼 팔다리가 길고 턱엔 푸릇한 수염자국이 늘 버석하게 피어있던 그의 몰골은 농담으로라도 잘생겼다고는 할 수 없었으나 차가운 프로젝터 빔을 맞으며 자신의 작품을 삐딱하게 서서 들여다보는 창백한 옆얼굴만은 그럭저럭 봐줄만 했다. 무제 속에 담긴 동식물들은 탈각이나 교미하는 벌레부터 동공이 좁쌀만 한 설치류, 초등학생에 비견할 만한 덩치의 맹금류, 벼락같은 뿔을 가진 사슴과 포유류에 이르기까지 몹시 다양했다. 좋게 말하면 다채롭고 나쁘게 말하면 개괄적인 자연도감. 더 심하게 말하면 노래방에서 뮤직비디오 대신 틀어주는 자연의 신비와 크게 다른 취급을 받지 못할 것이 명백해 보이는 영상이었다. 그러나 선배는 꾸역꾸역 5초를, 어떨 때는 8초를 이어 붙여왔다. 화면 안에서 삶은 계속 이어졌다. 목격되는 모든 종류의 생명을 찍고 나서야 무제는 완성되는 걸까. 무제에는 죽음의 순간을 직면했거나 죽은 동식물은 전혀 찍혀있지 않았는데 그럼에도 그의 영상을 보고 있으면 사실 그가 찍고 싶었던 건 변태한 삶이 아니라 탈각된 죽음이 아니었을까 하는, 삶에 대한 끝없는 무력감이 느껴지곤 했다. 철저히 죽음을 배제함으로써 오히려 화면 너머의 죽음을 인식하게 하고자하는 게 목표였다면 적어도 나에게만은 성공한 셈이었다. 숨김으로서 부각되는 진실 같은 것. 떠올리려 노력하지 않아도 스스로 부력 하는 것. 선배는 그런 걸 가지고 있었다. 깨달았을 땐 나는 그를 은근히 그를 선망하고 있었다. 사흘이나 엎드려 굶주림과 피로에 찌들어가며 찍고 싶은 무엇이 나에겐 없었다. 영화를 하고 싶으면서도 영화가 뭔지 무엇이 영화가 되는지 나는 알지 못했다.

카메라를 들지 않을 때 선배는 몹시도 따분하다는 얼굴로 동방에 틀어박혀 음악을 듣거나 술을 마시며 시간을 보냈다. 편의점에서 파는 위스키를 동방 냉장고에 킵 해두고 독주를 아껴먹는 노인네처럼 구석에서 홀짝거렸다. 몽롱한 눈으로 이상한 계보를 그리기도 하고 노선도를 외우듯 나비며 벌레 이름을 웅얼거리다가도 동방 문손잡이가 돌아갈라치면 귀신같이 누가 들어올지 알아맞히곤 했다.

사람마다 발소리가 다르거든. 너는 좀 엉겨 붙는 느낌?

선배의 긴 손가락이 내 이마를 콕 찍었다. 아마도 무릎을 스치며 걷는 버릇을 말하는 거였을 테지만 엉겨 붙는다니. 그 말이 부끄러워 나는 고개를 푹 숙였다. 그때가 처음으로 선배가 내 존재를 인식하고 있다고 느꼈던 순간이었다. 내 이름은 끝내 헷갈려 했지만 상관없었다. 내가 원했던 건 선배가 은근하게 자신을 혹사하듯, 같은 방식으로 그를 지켜봐주는 것뿐이었으니까. 내가 선배에게 더 많은 것을 바라고 있었다는 걸 깨달은 것은 아주 오랜 시간이 흐른 뒤였다.

선배는 방학에도 아랑곳 않고 카메라를 들고 도사처럼 여기저기서 뜬금없이 신출귀몰하다가 졸업을 한 학기를 남겨두고 돌연 휴학을 한 뒤로는 학교에서 아주 종적을 감췄다. 들리는 소문에 의하면 내가 졸업한 다음 학기에 겨우 졸업을 했다고는 들었으나 무엇을 하려고 한다든지, 하고 있다든지 하는 소식은 끝끝내 전해지지 않았다.

이후로 나는 선배를 잊고 살았다. 기다리지 않았으니 선배와 재회하게 된 것은 순전히 우연의 힘이었다.

그와 다시 만난 건 내가 졸업한 뒤로 5년이나 지난 DMZ국제다큐멘터리 영화제에서였다. 그때는 나도 선배도 영화나 다큐와는 전혀 관련 없는 일을 하고 있을 때였다. 초대권을 받기로 한 지인에게서 다큐멘터리 영화제라는 말을 들었을 때 먼지 쌓인 스위치가 눌러지듯 선배의 이름과 불안하게 흔들리던 눈동자가 떠올랐으나 실제로 마주치게 될 거라고는 예상하지 못했다.

나는 벽에 바투 서서 포스터를 뚫어버릴 듯 보고 있는 선배를 한 눈에 알아봤다. 선배는 아니었지만.

연영과 12학번 오현수요.

이름을 듣고도 기억해내지 못하더니 내가 머리 위로 잔을 흔드는 시늉을 하면서 선배 머리에 술 쏟았던, 이라고 운을 떼자마자 아아, 그 덜렁이! 하며 웃었다. 신입생 환영회 때 잔을 들고 테이블을 돌다가 발을 헛디뎌 선배의 머리 위에 술을 쏟았었다. 완전히 잊고 있던 일이었는데 그가 나를 알아보지 못하자 조바심이 머리를 쥐어 짜내 기억을 뱉어낸 것이다. 그는 학교에 다닐 때보다 몸이며 얼굴에 살이 붙어 전체적으로 통통한 소금쟁이처럼 보였고 제법 호방하게 웃을 줄 아는 사회인이 되어있었다. 우리는 서로 명함을 주고받았다. 선배가 명함을 팔만한 직업을 가졌다는 데 놀랐지만 내색하진 않았다. 그가 건넨 명함엔 혹 불면 날아가 버릴 것처럼 얇은 폰트로 맹그로브 심재언이라고 새겨져 있었다.

맹그로브?

내가 고개를 살짝 갸웃거리자 그런 반응엔 익숙하다는 듯 그가 말했다.

상처입거나 도움이 필요한 야생동물들에게 쉘터를 지어주는 곳이야.

나는 선배를 티비에서 보게 될 줄 알았는데.

티비에서? 나를? 왜?

왜 그 나는 자연인이다라는 프로 있잖아요. 선배 거의 드루이드였잖아. 아직도 찍어요, 그거? 무제.

이야, 기억해주다니 영광인데.

어물쩍 대답은 피하면서도 선배의 눈은 활시위처럼 팽팽하게 내 얼굴을 향해 겨누어져 있었다. 어디 더 해봐, 하는 식으로.

나 다른 것도 기억하는데.

뭐를?

우기자필기자.

그것을 신호로 우리는 술을 마시러 갔다. 처음에는 역전에서 가볍게 치맥으로 시작했던 것이 배가 부르다는 핑계로 자리를 옮겨 곱창전골에 소주로 안주와 주종이 바뀌고 정신을 차렸을 땐 양꼬치집에서 중국술을 마시고 있었다. 선배는 도쿠리에 담긴 연태고량주를 눈을 감은 채로 홀짝홀짝 마셨다. 동방에 틀어 앉아 위스키를 아껴먹던 그의 얼굴이 오버랩 됐다. 술이 오른 그는 운 사람처럼 눈가가 붉었다.

나보다 먼저 쓰러지면 또 술 부어버릴 거예요.

선배는 대답 없이 입을 비틀어 웃었다. 웃음이 아니라 비밀을 참고 있는 것처럼 보였다. 술을 더 먹일까. 그런 마음이 슬그머니 고개를 들었다. 그러나 이미 선배는 겨우 인간의 형태를 유지하고 있는 술병이나 다름없는 상태였다. 그는 취기에 흘러내리듯이 테이블 위로 쓰러지더니 차가운 테이블에 뺨을 대고 아, 시원하다 시원하다 중얼거렸다. 얇은 머리칼이 내 쪽을 향해 돌풍을 맞은 억새처럼 멋대로 뻗쳐있었다. 손을 뻗어 그것을 정리해줄까 말까 고민하는 스스로가 맹랑하게 느껴졌다.

선배, 자요?

사실 나는 오전 시험을 마치고 아무도 없는 동방에 들어가 아무렇게나 널브러져 있던 선배의 얇은 잠바 냄새를 맡은 적이 있다. 그의 몸에 테두리처럼 달라붙어 있던 그 허물과도 같은 얇은 잠바에서는 축축하게 젖은 흙과 말라붙은 비 냄새가 났다. 그대로 심으면 뭐라도 피어날 것 같은 냄새. 사람이 아닌 흙의 체취. 맡고 있자니 몸속에서 뭔가가 꿈틀꿈틀 움틀 것만 같았던, 간질간질 몸을 깨우던 냄새. 아직도, 그 냄새가 날까? 나는 무릎을 굽힌 채로 일어나 선배의 목덜미 쪽으로 몸을 숙였다. 너무 급하게 몸을 기울인 탓에 마치 다이빙을 한 것처럼 눈앞이 아득해졌다.

*

꿈은 항상 그렇듯 급강하하는 감각과 함께 끝났다.

나는 신우의 목덜미에서 눈을 떴다. 선배의 꿈을 꾼 날이면 정신이 온전해질 때까지 한참을 누워있다 일어나야 했지만 오늘은 신우가 곁에 있으니 서둘러 정신을 추슬러야 했다. 나는 어깨에 둘러진 묵직한 팔에서 천천히 몸을 빼냈다. 그를 깨우지 않고 먼저 씻는 게 나을 것 같았다. 오늘은 바쁜 하루가 될 예정이었다. 간단하게 아침 겸 점심을 먹고 나는 샵을 최종적으로 셀렉하기 위해 플래너와 미팅을, 그는 신혼집에 가서 오늘 배송예정인 가구들을 받기로 되어있었다.

샤워를 하고 나오니 접시가 달그락거리는 소리가 들렸다. 물소리가 잠을 깨웠는지 신우가 부엌에서 식사를 준비하고 있었다.

이거 아스파라거스랑 다른 거지?

그가 줄기콩을 흔들어 보이며 웃었다. 나도 마주 웃었다.

플래너랑 미팅 끝내는 대로 집으로 갈게. 이번엔 진짜 끝장을 볼 거야.

아냐, 어차피 기사님들이 설치까지 해주시는데 뭐. 도와줄 건 없으니까 어머님이랑 저녁 먹고 천천히 와.

그가 내 접시 위에 계란프라이와 구운 줄기콩을 덜어주었다.

그래도 돼?

자기가 자잘한 것까지 체크하느라 더 바빴잖아. 이게 뭐라고. 내 눈치 보지 마.

알았어. 엄마 좋아하겠다. 안 그래도 요즘 좀 우울해하셨거든.

그럼 아예 자고 오는 것도 괜찮겠네.

그러는 게 후환이 없을 것 같긴 해.

끝날 것 같지 않던 결혼 준비가 거의 막바지에 접어들고 있었다. 가구가 다 들어오면 각자의 짐을 신혼집에 옮긴 뒤 식까지 남은 3개월 동안 오가며 편하게 생활하기로 했지만 신혼집이 출퇴근하기에 한결 편한 위치라 신우는 침대가 들어오기만을 고대하고 있었다. 그는 나도 곧바로 들어와 살길 원하는 것 같았지만 짐짓 모르는 척 할 작정이었다. 종잇장처럼 얄팍할지라도 자유는 자유였다. 기혼자가 되기 전에 누릴 수 있는 기한제 자유. 모르긴 해도 나는 분명 이 시절을 그리워하게 될 거였다. 텀블러에 진하게 내린 커피를 담아 식탁에 올려두고 신우에게 인사를 한 뒤 나는 집을 나섰다.

볼에 닿는 바람이 매서웠다. 차에 올라타자마자 히터를 틀고 시트를 한껏 뒤로 젖혔다. 신우가 내 침대를 쓴 날이면 여기저기 몸이 쑤시고 결렸다.

침대가 둘이 눕기엔 좁은 탓도 있지만 살을 붙여오는 그의 잠버릇 때문에 늘 어딘가 짓눌린 채로 새벽을 보내야 했기 때문이다. 슬쩍 몸을 돌려 품에서 벗어나도 그는 집요한 사냥꾼처럼 나를 옭아맸다. 신혼집이 큰 가구들을 넣기엔 빠듯한 평수임에도 침대만큼은 고민할 필요 없이 퀸 사이즈를 고른 이유였다. 요즘엔 싱글 두 개를 붙여서 쓰기도 한다지만 경계가 생기면 그는 자신의 영역을 등지고 몰아붙이듯이 몸을 붙여 올 것이 뻔했다. 사냥 당하는 밤. 그런 매일에 익숙해질 수 있을까.

핸드폰을 꺼내 무음 설정을 풀었다. 선배는 오늘도 잠잠했다. 편의점 앞에서 홀연히 사라진 뒤로 며칠째 신호가 잡히지 않았다. 신호는 사나흘에 한번, 길게는 일주일에 한 번 정도 나타나 수 분 동안 위치를 표시하다가 돌연 사라졌다. 나는 손가락으로 날짜를 헤아렸다. 슬슬 올 때가 됐는데. 진지하게 신호를 기다리는 내 모습이 우습기도, 배덕하게 느껴지기도 했다. 그저 오류일 뿐인데. 오류를 오류로 받아들이지 못하고 나는 그 안에서 뭘 찾으려고 하는 걸까. 이제 와서 대체 무엇을.

선배와 연인으로 지냈던 시간은 삼 년 남짓. 아무리 좋게 말해도 순조로운 연애는 아니었다. 선배는 서식지를 잃거나 다쳐서 자생이 어려운 야생동물이 임시로 묵을 수 있는 쉘터를 설치하기 위해 전국의 야산을 누볐다. 산을 떠나지 못할 팔자였다. 설치한 쉘터의 관리와 회수. 대외적인 업무는 그것이었으나 올무나 덫에 걸린 동물이 발견되면 일대를 뒤져 추가적인 피해가 없는지 확인하고 불법엽구를 제거하는 일도 했다. 겨울엔 거기에 먹이 주기 활동이 추가되었다. 그의 핸드폰엔 구출한 가마우지나 금개구리, 솔부엉이, 하늘다람쥐 따위의 사진이 빼곡했다. 무제의 연장선이었다. 방식이 조금 달라졌을 뿐 선배는 여전히 삶에 집착하고 있었다. 그리고 나 역시 그런 선배를 여전히 그냥 내버려 둘 수 없었다.

선배와 나는 각자 일을 하는 시간을 빼고는 거의 모든 시간을 함께 보냈다. 하지만 필요한 방식으로 곁에 있어 주진 못했다. 우리의 문제는 서로를 존중하는 동시에 멸시한다는 거였다. 그맘때 나는 스튜디오를 차리면서 촬영을 다니느라 바쁜 시기를 보내고 있었다. 영화를 한답시고 말아먹은 건 비단 인간관계나 프라이드만이 아니었기 때문에 프리랜서 사이트에 포트폴리오를 올리고 개인 계정을 만들어 가리지 않고 일을 받았다. 들어오는 일은 주로 웨딩이나 기업홍보물, 워크샵 촬영 같은 것들이었다. 목적이 분명한, 그 어떤 문제의식이나 감정이 끼어들 틈 없는 촬영들은 내 마음을 편하게 해주었다. 대상의 이름과 얼굴만 바뀌는 누가 찍어도 그만인 영상들. 이름을 빼더라도 내 작품임을 알아주십사 열망했던 때는 느낄 수 없었던 자유로움. 페이도 그만하면 나쁘지 않았다. 매달 대출금을 갚고 적금도 들었다. 마음이 편하니 달고 살았던 수면유도제도 자연스럽게 끊었다. 오랜만에 만난 동기들은 나의 전향을 포기선언이라고 여기는 것 같았지만 그들이 뭐라고 생각하든 상관없었다. 나는 부끄럽지 않았다. 내 부끄러움의 원인은 돈이 아니라 찍고 싶은 것도 없으면서 카메라를 내려놓지 못했던 알량한 자존심에서부터 기인했다는 것을 알기에. 그걸 내려놓고 나자 세상이 한결 명료하게 보였다. 하지만 선배의 생각은 달랐다. 한 번도 먼저 얘길 꺼낸 적 없지만, 오히려 그렇기 때문에 말하지 않는 방식으로 분명하게 전해졌다. 그는 내가 찍은 작업물을 보려고도, 궁금해 하지도 않았다. 마치 그것이 나를 위한 배려라도 되는 양. 내 작업물을 모른척하면 그가 믿고 있는 나의 감독적 소양이나 프라이드가 보존되기라도 하듯이 말이다. 선배의 그러한 믿음은 역으로 나에게 상처를 입혔다.

그는 우리가 하는 일의 가치가 다르다고 믿고 있었고 나는 그걸 받아들일 수 없었다. 그 기점으로부터 우리는 서서히 깨지기 시작했다고 생각한다. 필연적으로 함께 하는 것과 헤어지는 것 두 갈래뿐인 연인이라는 관계의 생태 안에서 헤어지는 쪽을 향해 걷기 시작했다고. 새벽녘에 내 이불 속을 비집고 들어오는 그를 끌어안고 애틋함을 느끼면서도 다가오는 이별을 예감하고 있었다. 말하지 않아도 느낄 수 있었다. 서로가 이 이별에 동의하고 있다는 것을.

만일 선배의 몸에서 이상이 발견되지 않았다면 서로의 행복을 기원하며 건강하게 헤어지는데 성공했을지도 모른다.

결국 돌고 돌아 처음 피팅한 곳으로 샵을 결정했다. 생각보다 시간이 지체되어 핸드폰을 확인해보니 신우에게 가구는 잘 도착했으니 걱정 말라는 메시지가 와있었다. 나는 이쪽도 일정을 잘 마쳤다고 짧게 답장을 보냈다. 곧바로 식사 후에 혹시 마음이 변하면 넘어오라는 메시지가 왔다. 자고 오라던 게 본인이라는 걸 잊은 걸까. 나는 귀가 축 처진 토끼 이모티콘을 보냈다. 미안하지만 오늘은 편히 자고 싶었다. 가뜩이나 여기저기 결린 몸을 이끌고 샵을 오가느라 피곤이 더해진 상태였다. 엄마에게 전화를 걸까 하다가 그마저도 귀찮아져서 샵 근처에 바 자리가 딸린 덮밥집이 있다는 것을 기억해내고 그리로 발걸음을 옮겼다.

애매한 시간대임에도 혼자 식사하는 사람들이 드문드문 바를 채우고 있었다. 나는 그들 사이 적당한 곳에 앉아 주문을 했다. 그 사이 신우는 포기하지 않고 도착한 침대와 소파 사진을 차례로 보내왔다. 마지막엔 회심의 일격인 양 셀카까지 끼워져 있었다. 강아지처럼 크고 선한 눈. 신우는 선배와 닮은 구석이 하나도 없다. 외형은 물론 몸도 성격도 풍기는 분위기며 목소리까지. 교집합이라고는 없다고 봐도 무방할 정도다. 어쩌면 그렇기 때문에 선택한 사람이기도 했다. 선배의 특징과 형질을 모두 배제하고 남은 사람을 골랐다는 게 맞겠지. 선배가 선배로서 온전할 수 있게끔. 다른 누군가가 선배와 닮은 어떤 것을 휘둘러 그를 훼손할 수 없게끔. 그렇게 따지면 신우는 내가 만들어낸 필연인 셈이었다. 신우는 선배의 존재를 모른다. 지난 연애가 좋지 않게 끝났다고만 했을 뿐인데 금기를 다루듯 신경 써주어서 이후로 내 입으로 언급할 일이 없었다. 아마 앞으로도 없을 것이다. 결혼을 앞두고 있는 여자 친구가 죽은 전 애인이 보내오는 신호에 집착하고 있다는 사실은 더더욱.

식사 대신 커피 약속을 잡고 엄마의 집으로 가는 길에 알림이 울렸다. 그

소리를 듣는 순간 내가 내내 그 소리만을 기다리고 있었다는 사실을 깨달았다. 갓길에 차를 세우고 확인해보니 아무런 길도 표기되어 있지 않은 맵 위에 구체가 움직임 없이 박혀있었다. 마치 무언가를 기다리듯이. 맵을 축소해보니 그곳은 길이 아니라 산이었다. 위치를 복사해 지도에 검색하자 익숙한 산명이 떴다. 선배가 무제를 찍던 시절부터 자주 가던 속리산이었다. 우연은 기다리지 않는 자에게, 필연은 기다리는 자에게 오라. 왜 하필 지금 그 말이 떠올랐을까. 나는 네비게이션에 새 목적지를 입력하고 핸들을 틀었다.

선배의 몸에서 이상이 발견된 건 만난 지 일 년쯤 됐을 때였다. 그는 매끈한 노면에서도 자꾸만 넘어졌다. 삐끗하는 느낌이 아니라 자기 발에 걸려 크게 넘어지는 식이었다. 다리에 자꾸만 힘이 빠진다고 했다. 처음엔 대수롭지 않게 생각해서 보양을 한답시고 오래 끓인 음식들을 찾아 먹었다. 하지만 몇 개월이 지나자 수저도 제대로 쥐지 못할 정도로 상태가 나빠졌다. 밥을 먹는 도중에 그의 손가락 사이로 수저가 맥없이 빠져나갔다. 놓친 게 아니라 쥘 수 없어 떨어뜨린 거란 걸 알고는 서로 놀랐다. 선배의 손을 잡자 작은 물고기를 쥔 듯 근육이 튀며 파득거렸다. 그는 공포에 질린 얼굴로 무력하게 자신의 손을 바라보고 있었다.

의사는 선배의 몸속 신경들 중 운동신경만이 선택적으로 사멸하고 있다고 했다. 점진적인 사지의 쇠약과 위축으로 몸이 굳어가다가 결국엔 호흡근까지 마비될 거라고도 했다. 루게릭병의 증상이었다. 선배가 보이는 증상과 진료, 근전도 검사 결과 모두 같은 결과를 가리켰다. 이후엔 비슷한 증상을 가진 다른 병들을 배제시키기 위해 MRI와 뇌척수액 검사, 골밀도 검사 등 굵직한 검사를 추가로 진행했지만 결과는 달라지지 않았다. 기대할 수 있는 수명은 3년에서 5년. 하지만 그중에서 10%의 환자는 10년 이상 생존하기도 한다고, 치료제는 현재로선 없지만 세계 전역에서 진행 중인 임상이 300여 개가 넘으니 희망을 잃지 말라고 의사는 말했다. 희망을 잃지 말라니. 헛웃음이 나왔다. 나에게는 그 말이 종래엔 반드시 희망을 잃게 될 것이라는 예언처럼 들렸다.

선배는 확진 판정 8개월 만에 용변을 보고 변기 버튼을 스스로 누르는 것도 힘들어할 정도로 상태가 악화되었다. 왼쪽 종아리부터 시작된 근력약화는 왼쪽 팔까지 올라온 상태였다. 가만히 있어도 근육이 튀어 팔다리가 꿈틀거렸고 조금만 몸을 움직여도 금세 지쳐서 외부 활동이 어려워졌다. 발 앞부분에는 힘이 들어가지 않아 걸을 때 발등이 자꾸 아래로 쳐졌고 그 감각을 인식하지 못해서 자기 발에 걸려 넘어지는 일도 다반사였다. 오래된 멍과 새로 생긴 멍의 합작으로 선배의 다리는 늘 꽃 핀 듯 울긋불긋했다.

휠체어를 사야겠어.

마치 새 핸드폰을 사야겠다는 투로 대수롭지 않게 선배가 말했을 때 나는 결국 잘 참았던 눈물을 터트렸다. 선배는 나무토막 같은 손으로 내 등을 쓸어주며 괜찮아, 괜찮아 했다.

미나스 시술을 먼저 제안한 것도 선배였다. 환자의 생체정보와 위치정보를 실시간으로 받을 수 있다는 그 작은 칩은 갑자기 선배에게 마비 증세가 오거나 쓰러졌을 때 도움이 될 거였다. 선배는 휠체어에 앉은 채로 시술을 받았다. 시술은 채 20분도 걸리지 않을 만큼 간단했다. 이후로 나와 그의 어머니는 보호자 권한으로 선배가 어디에 있든 위치를 확인할 수 있게 됐다. 맵 위에 떠 있는 작고 희붐한 구체. 나는 그게 꼭 영혼의 결정 같다고 생각했다.

자취방을 정리하고 본가로 들어간 선배는 사나흘에 한번은 대형 택시를 불러 국립공원이며 산책로가 잘 정비되어 있는 야트막한 산으로 향했다. 어머니를 대동할 때도 홀로 갈 때도 있었다. 나도 종종 동행했다. 재활치료를 위해 병원을 오가거나 집에서 무료한 시간을 견딜 때와는 달리 산에 가면 통증 때문에 깨진 유리 조각처럼 날이 서 있던 선배의 눈동자에 생기가 돌았다. 평소만큼 쉽게 지치지도 않았다. 내 팔을 붙잡고 쉿소리를 내뱉으며 산책로를 오르는 그의 손마디에 힘이 들어가는 게 분명하게 느껴졌다. 산에서 뿜어 나오는 불가해한 에너지가 선배를 감싸 안고 있는 것 같았다. 컨디션이 안 좋은 날엔 산책 대신 나무 등치에 등을 기대고 앉아 눈동자만을 기민하게 움직이며 바람의 행로를 쫓았다. 몸이 굳어갈수록 정신과 감각은 오히려 겹이 벗겨지며 야생동물처럼 예리해지는 듯 했다. 그의 귀는 작은 바스락거림에도 민감하게 반응했다. 낙엽 위로 열매가 툭툭 떨어지는 소리, 새가 앉아 나뭇가지가 꺾이는 소리, 꽃잎을 가르는 벌레의 날갯짓 소리……

선배는 그 모든 소리를 흘려보내지 않고 차곡차곡 귀에 개어 넣었다. 무위에 대한 존중이 담긴 작업이었다. 그 순간에 선배에겐 잃어버린 기회나 굳어가는 육체, 또는 삶과 죽음에 대한 걱정이 끼어들 틈이 없었다. 오직 그 순간만큼의 삶이 고요하고 치열하게 흘러갈 뿐. 나는 그제야 그가 왜 그토록 생의 흔적에 집착했는지 조금은 알 것도 같은 기분이 들었다. 자연의 움직임이 빚어내는 소리들은 선배의 몸 안에서 고이지 않고 흐르며 선배를 채우는 무엇이 될 것이었다. 근육이 빠져나간 자리를 채우는 살이 되어줄 것이었다.

산을 내려갈 때 그는 신기하게도 올라갈 때보다 조금 무거워져 있었다. 휠체어를 미는 내 손에 번번이 땀이 찼다.

주차장에 차를 대고 카메라를 챙겼다. 어떤 예감에서였다. 무언가를 찍을 수 있을 거라는 예감. 실로 오랜만에 찾아든 감각에 가슴이 뛰었다. 잦은 출장으로 활동성 좋은 여벌의 옷과 신발은 항상 차에 구비되어 있었다. 입고 있던 코트를 벗고 두터운 후리스와 바람막이를 껴입자 한결 든든했다. 해가 저물기 전에 서둘러야 했다.

매표소가 있는 법주사에서 세조길을 향해 무작정 발걸음을 옮겼다. 선배의 증상이 악화되기 전에 함께 와본 적이 있는 길이었다. 그리고 내 기억이 맞다면 선배는 이후로 다시 속리산을 찾지 못했으니 지금 나타난 신호는 함께 산을 올랐던 날의 데이터일 것이었다. 그렇다면 신호의 발신지가 어딘지 대충 짐작이 갔다.

미끄러지지 않게 조심하며 발끝에 힘을 주어 걸었다. 이틀 전에 전국적으로 내린 눈으로 길이 얼어붙어 있었지만 평지나 다름없는 세조길을 걷기에 무리는 없었다. 왔던 길을 되돌아 하산하는 산객들의 얼굴이 저마다 밝았다. 내 쪽을 향해 친근하게 인사를 건네기도 했다. 나도 내려올 때는 저렇게 웃을 수 있을까. 차갑게 얼어붙은 공기를 최대한 천천히 폐 속으로 집어넣었다 뱉었다. 코끝이 못 견디게 시렸다.

점차 험악해지는 등산로를 따라 한 시간 반쯤 올랐을 때쯤 문장대를 가리키는 이정표가 나타났다. 보통 산행은 정상 부근에 다다르면 전체적인 산의 풍광이 짐작되는데 반해 속리산은 문장대 정상에 올라야만 노고에 대한 보상처럼 경치를 내어주었다.

예고편 없는 영화 같지 않아? 너무 자신만만해서 예고편도 안 만든 아주 끝내주는 영화.

선배가 했던 말을 되뇌며 문장대 정상을 밟았다. 숨이 턱 끝까지 차올랐다. 머리까지 띵했다. 무릎에 손을 짚고 잠시 숨을 고르다 고개를 들자 눈이불을 포근하게 덮은 암릉과 깎아지른 속리산의 유려한 등줄기가 한눈에 들어왔다. 그 절경에 잠시 동안 아무 생각도 들지 않았다. 하지만 카메라로 손이 가지 않았다. 내가 찍어야 할 것은 이런 게 아니었다. 괜히 울컥해 뜨거워진 눈시울을 꾹 눌렀다. 구체는 여전히 움직임 없이 한곳에 머무르고 있었다. 반짝반짝 빛나며 나를 기다리고 있었다. 선배가 내 귀에 속삭였다.

다 왔어, 현수야. 바로 앞이야.

나는 중얼거렸다.

그치만 여기가 끝이야, 선배. 우리는 문장대까지 오르고 왔던 길로 내려갔었으니까. 여기가 아니라면 어디라는 거야. 왔던 길이 아니라면.

나는 고개를 돌려 방금 내려다봤던 능선들로 이어지는 또 다른 길을 바라보았다.

다시 발걸음을 떼기까진 꽤 큰 각오가 필요했다. 드문드문 앞서가던 이들도 더 이상 보이지 않았고 석양도 능선 너머로 완전히 넘어가 자칫하면 위험한 상황이 생길지도 몰랐다. 하지만 여기까지 온 이상 나를 추동하는 이 예감의 정체를 확인해야만 했다. 나는 계속 나아갔다. 숨은 찬데 몸이 접히는 모든 곳에서 땀이 쏟아졌다. 능선을 따라가는 길이어서 오르막과 내리막이 낮은 경사로 반복되었다. 돌계단을 따라 내려가다가 발을 접질려 넘어진 것은 찰나였다. 반사적으로 한 손으로 카메라를 안고 한 손은 중심을 잡기 위해 뻗었지만 무릎을 박으며 계단을 굴렀다. 단차가 높지 않은 게 그나마 다행이었다. 매섭게 얼어붙은 땅의 냉기가 엎어진 몸을 곧장 밀어냈다.

일어나. 그렇게 말하는 것 같았다. 몸에 힘이 들어가지 않아서 돌계단에 앉은 채로 숨을 골랐다. 까진 무릎과 손바닥에서 흙을 털어냈다. 피가 배어 나오고 있었지만 몸이 얼어선지 시큰거리기만 할 뿐 통증은 느껴지지 않았다. 사위는 겨우 한 치 앞만을 내다볼 수 있을 정도로 어두워져있었다. 핸드폰 플래시를 켜고 카메라의 상태를 살폈다. 돌에 조금 쓸린 거 말곤 별다른 이상은 없어보였다. 핸드폰도 잘 터졌다. 다 괜찮아. 아무 문제 없어. 무섭지 않아.

스스로를 다독이던 그때 무슨 소리가 들려왔다. 아주 작은 소리여서 처음엔 잘못들은 줄 알았지만 잠시 기다리자 나뭇가지를 스치는 소리에 분명한 기척이 실려 왔다. 정체가 무엇인진 몰라도 내 쪽을 향해 조금씩 다가오고 있었다. 다급해지는 마음을 애써 누르며 최대한 천천히 돌계단에 등을 대고 누웠다. 카메라를 명치 부근에 고정시켰다. 삽시간에 땀이 식었다. 추위에 턱이 덜덜 떨려왔지만 입술을 꽉 물고 버텼다. 내 기척을 느꼈는지 더 이상 소리는 들리지 않았지만 자리를 뜨지 않고 나를 경계하고 있다는 게 분명하게 느껴졌다. 상대와 보이지 않는 줄다리기를 하는 심정으로 나는 버텼다. 긴장감으로 엮은 밧줄의 끝단이 팽팽하게 당겨져 있었다. 숨소리 하나에도 신경이 곤두섰다. 얼마쯤 시간이 흘렀을까. 체감으로는 삼십분, 아니 한 시간쯤 지난 것 같았지만 고작 십 여초 정도밖에 안됐을지도 모른다. 추위와 어둠, 미지의 대상이 주는 긴장감이 나를 완전히 다른 차원의 공간으로 이동시킨 것 같았다. 빠르게 뛰던 심장이 천천히 제 박동을 찾아갔다.

더 이상 숨소리도 거슬리지 않았다. 나는 어둠에 섞여 들었다. 아주 서서히 그 공간에 동화되어갔다.

다시 수분, 아니 어쩌면 수초가 흘렀을까.

어둠 속의 한 지점이 흔들리더니 마침내 그것이 모습을 드러냈다. 길고 하얀 꽁지깃으로 눈 비탈을 쓸며 신중하게 발을 내딛는 그것은 새였다. 크기는 꿩과 비슷했지만 긴 꽁지깃은 공작을 연상시켰다. 눈가는 유리가루가 섞인 푸른색 잉크를 쏟은 듯 오묘하고 차갑게 빛났고 머리에 같은 색의 댕기깃이 솟아있었다. 멀리서 보면 눈 속에 파란 꽃이 피어 있는 것처럼 보일 듯 했다. 새는 머리를 두런거리며 자신의 족적을 확인하듯 제 자리에서 한 바퀴를 돌고는 천천히 내 쪽으로 다가왔다. 아무 소리도 들리지 않는 적요 속에 눈과 흙, 나뭇잎 위를 밟는 작은 발소리만이 믿을 수 없을 정도로 선명하게 귀를 두드렸다. 검고 작은 눈이 내게 겨냥하듯 당겨져 있었다. 손을 뻗으면 닿을 듯한 거리까지 다가온 새는 무언가 하고 싶은 말이 있는 것처럼 내 주위를 맴돌았다. 인사를 하는 듯도 했다. 애타는 마음이 들어 나도 모르게 손을 뻗은 것은 거의 잡힐 듯한 거리에 새가 들어왔을 무렵이었다. 그 순간 놀란 새가 지면을 박차며 폭죽처럼 튀어 올랐다. 하얗고 긴 날개와 늘어진 꽁지깃이 어둠 속에서 성호처럼 빛나다 사라졌다. 찰나였으나 내게는 그 순간이 마치 슬로우모션처럼 느리게 재생됐다. 가슴이 서늘하도록 매섭고 아름다운 순간이었다.

나는 고여 있던 숨을 터트렸다. 뜨거운 입김이 피어올랐다. 살아있다는 감각이 그토록 선명하게 느껴졌던 적이 있던가.

나는 천천히 몸을 일으켰다. 신호는 어느덧 사라지고 난 뒤였다. 그러나 나는 알 수 있었다. 이젠 더 이상 신호를 기다리지 않을 거라는 걸. 나는 카메라를 품에 안았다. 그는 무제 안에서 삶을 이어갈 것이다. 영원히 살아갈 것이다.

서찬란 ㅣ 새의 귀환

제1회 한국춘란문학상 대상
제1회 등대문학상 대상
2022년 2월 『한국소설』 등단

새의 귀환

서찬란

노모는 창밖으로 노래하듯 울며 나는 까마귀를 보고 있었다.

내 죽거든 새가 먹구로 해두가.

느닷없이 던진 노모의 말은 농담 같았다. 노모는 기운이 빠진 몸을 동그랗게 말아 벽에 기댄 채 좌우로 축 처진 눈을 끔벅거리며 똑같은 말을 한 번 더 했다. 수희는 소파에 비스듬히 누운 채 노모의 반복된 말이 귀찮은 듯 채널 이동 버튼을 눌렀다. 리모컨은 말을 잘 듣지 않았다.

왜, 새라도 되게요?

내 살면 얼마나 살겠노.

노모의 목소리는 먼지처럼 풀풀 일어나 신경을 거슬리게 했다. 수희는 등을 돌려버렸다. 예순이나 일흔을 갓 넘었을 때 노모가 하는 말을 들으면 가슴이 두근거렸다. 여든이 넘자 노모의 말은 말뿐이라는 생각이 들었다. 수희는 대꾸도 하지 않고 TV 화면만 물끄러미 보았다. 어젯밤과 똑같은 뉴스가 흘러나왔다. 지겨울 법도 한데 행여 정보가 없어 작은 혜택이라도 놓칠까 빠짐없이 봐야 했다. 수희는 소파에서 일어나 종료 버튼을 눌렀다.

깍, 깍, 깍 까아옥.

까마귀 한 마리가 울고 지나간다. 간혹 새들은 아파트 베란다 난간에 앉아 날카로운 소리로 귀를 아프게 하거나 묽은 변을 갈겨 놓고 떠나기도 했다. 그 정도는 다행이다. 베란다 유리문을 그대로 들이받아 즉사하는 새들은 아파트 1층 시멘트 바닥에 떨어져서 보는 이의 마음을 언짢게 만들었다. 노모가 사는 작은 평수의 아파트에선 대부분 자식과 분가한 노인이 살고 있었다. 노인들은 괜히 관리사무소에 항의했다. 그들은 노인들을 달래기보다 귀찮은 마음에 궁여지책으로 해결한 방법이 맹금류 스티커였다. 하지만 노모는 유리에 스티커를 붙이지 않았다.

노모의 기력은 예전보다 떨어졌지만, 얼굴에 흐르는 윤기는 반지르르했다. 노인 대학에 가서 춤을 추고, 노래하고, 아쿠아 댄스에 빠져있었다. 욕실은 널어놓은 수영복 때문에 늘 축축했다. 생에 대해 악착같은 면과 죽음에 대해 초연한 노모의 발언에 수희의 표정은 엇갈렸다. 노모는 정수기 위에 놓인 커피 믹서 한 봉을 뜯어 뜨거운 물에 풀어 휘저어 수희에게 건넨다.

자, 한 잔 무라. 그리고 자신도 한 잔 만들어 홀쩍홀쩍 마신다. 준희는 언제 와요. 수희는 노모에게 물어놓고는 아차 싶었다. 근래 들어 노모는 무척 말이 많아졌고 똑같은 말을 무한대로 반복했다. 노모는 틀니를 슬며시 빼며 미소를 지었다. 이것 좀 봐. 준희가 사 준 거다. 언제 일어섰는지 모르게 노모는 장롱 속에 걸려있던 까만 정장 재킷을 가져왔다.

내가 하나 있으면 좋겠다고 딱 한 번 말했더니만, 야가 우째 귀담아듣고 백화점에 데리고 가서 사 주더라. 나한테 어울리는 것 같나, 어떻노.

이제 철 좀 들었나 보네요.

수희의 타박에 노모의 쪼글쪼글한 미소는 금방 멈췄다. 준희가 노모의 집으로 짐을 싸 들고 온 일을 수희는 내내 마음에 들어 하지 않았다. 살던 여자와 헤어지고 카드빚을 진 채 전입신고도 하지 않고 얹혀사는 걸 보면 사고를 친 게 분명했는데 어쩌자고 노모가 받아들였는지 한심스러웠다. 두 사람의 동거 이후 수년에 한 번씩 일이 벌어졌다. 수희는 준희가 출타했을 때만 들린다.

급한 전화에 가슴 두근거리며 노모의 집에 달려가 보면 돈이 될 만한 건 죄다 깨져 있었다. 노모가 면포로 쓸고 닦아 반질반질하던 철제 금고도 여지없이 널브러져 한가운데가 찌그러졌다. 수희는 신발을 신은 채로 거실로 걸어 들어갔다. 박살 난 거울이 신경질적으로 조각나 있고, 그 옆에 술에 취한 준희 때문에 심장이 터질 뻔했다. 떡하니 널브러진 식칼을 주워 싱크대에 집어넣자 노모는 이불에 파묻은 얼굴을 돌려 흘겨보더니 또다시 통곡했다. 어쩌면 일부러 더 크게 우는 것 같았다.

가끔 노모는 TV에 처음 출연하는 배우처럼 어설퍼서 수희는 준희를 다 그치기 전에 노모를 멀뚱히 쳐다보기만 할 때도 있었다. 도무지 분간이 가지 않는 경우였다. 준희가 얼른 어디 나가서 뒈졌으면 좋겠다고 욕할 때 수희는 창피한 마음에 노모의 입을 틀어막았다.

이런 일이 있고 나면 노모의 귀는 무척 예민해졌다. 멀리서 걸어오는 사람의 발걸음 소리, 누군가 문을 두들기고 여는 소리, 심지어 바람에 흔들리는 유리창도 두려워했다. 자신이 살해를 당할 것 같다는 기분만큼 나쁜 때도 없을 것이긴 했다. 그것도 자신이 낳은 새끼에게 먹임을 당하는 두려움이란 겪어보지 못하면 애초 모를 것이다. 약이라도 짓자고 해도 돈이 아깝다며 앓는 소리만 했다. 수희가 신용카드를 주니 그제야 한의원을 찾았다. 노모는 심장 다스리는 약을 네 제나 지어 먹었다.

한심스러운 것은 사달이 날 때 그때뿐이었다. 롤러코스터를 타듯 노모는 준희의 태도에 따라 칭찬과 저주를 오갔고, 준희 나이 마흔이 넘도록 달라진 것은 아무것도 없었다. 딸들에게 지겹도록 하소연했던 일을 깡그리 잊을 수 있는지 의문이었다.

수희는 노모의 틀니가 물에 담긴 걸 멍하니 보고 있다. 틀니는 웃는 것 같았다. 노모의 이는 칠십이 되기 전에 몽땅 빠졌다. 치과에 가서 견적을 본 노모는 분통을 터트렸다. 의사는 다 도둑놈이라며 옆집 할머니를 통해 야매로 이를 맞췄다. 수희가 준 돈 일부만 쓴 셈이다. 잇몸과 틀니가 잘 맞지 않아 밥 먹을 때가 아니면 빼놓고 있었다. 수희는 못 본 체했다. 관심을 보이면 추가로 비용이 들 게 뻔했다. 노모는 수희의 눈치를 살피더니 재킷을 펼럭거렸다. 수희는 화병이 도진 듯 자신의 가슴을 꾹 눌렀다.

쟈가 힘들어서 그렇지 마음은 안 그런 기라. 워낙 가정이 불안해서 흔들린 게지. 부모 잘못 만난 탓이다.

아들이라고 오냐오냐해서 그렇지 뭐. 저 나이 되도록 엄마한테 손 벌리고. 제발 쫓아내요.

수희가 띄엄띄엄 참아가며 하는 말을 끊으려 노모는 손사래를 쳤다.

아이다 야야. 지금도 돈 벌러 나갔다. 그라고 내가 아들이라고 오냐오냐한 거 없다. 느그들이 다 나를 떠나고 싶어 하는 거 다 안다. 쟈는 갈 데가 없잖나. 느그들은 집이라도 다 한 채씩 들고 있지만 쟈는 집도 절도 없고 자식도 없는 불쌍한 놈 아니냐. 그래도 준희 쟈가 인정은 있다. 내가 쟈랑 안 싸우면 말할 상대가 없니라.

노모는 거울에 비친 자신의 모습을 보면서 반박했다. 아무리 봐도 검은 재킷은 어울리지 않았다. 관절이 울퉁불퉁한 손으로 몇 가닥 남지 않은 머리도 빗어 보인다. 헐렁한 재킷에 둘러싸인 노모의 머리가 몹시 작아 보였다.

그 옷 입고 있으니까 새 같네요. 검은 새.

글체, 까마구 같제. 내 죽으면 땅에 묻지도 말고 납골당에 모시지도 말거라. 다 소용없는 기라. 아까운 돈만 절에 갖다주지 말고 화장해서 산에 흩든지 강에 뿌려주마 좋겠다. 새가 쪼아 먹어주면 더 좋겠제.

새가 뼛가루를 먹겠어요, 아무리 그래도.

순간 노모의 표정이 굳어졌다. 머쓱해진 수희가 아이를 핑계로 일어서자 노모는 서운한 듯 재킷을 손으로 훑어낸 뒤 옷걸이 걸어 농에 집어넣었다. 노모는 서둘러 조선간장이며 참기름을 챙겨 수희의 손에 넘겨줬다. 수희는 집에 있다고 뿌리쳤지만, 노모는 기어이 검은 비닐봉지를 건넸다. 노모는 마트에 진열된 참기름, 깨, 채소의 가격에 불신이 깊었다. 돋보기를 끼고 일일이 가격을 비교했다. 공장에서 만든 건 죄다 화학 재료로 입맛을 속여 값만 비싸게 한다는 자신의 신념을 굽히지 않았다. 장날엔 먼 거리까지 버스를 타고 가 깨를 사서 방앗간에 맡겨 깨가 볶아지고 기계에 넣어 기름이 짜내리는 과정까지 꼼꼼히 챙기는 노력을 게을리하지 않았다. 진하고 고소한 참기름 냄새가 수희의 옷자락을 붙잡았다. 새가 곡식을 좋아하긴 하지. 수희는 속에서 올라오는 말을 누르고 현관을 나섰다.

노모는 남매를 불러 모았다. 수희가 맨 먼저 도착하자 노모는 앉은 자세로 엉덩이를 끌고 서랍장까지 기어갔다. 노모가 꺼낸 것은 등기 서류나 통장이 아니었다.

읽어봐라. 알아 묵겠나.

'내 죽거든 화장해라. 유골은 반드시 대숲에 묻고 쪼매만 남겨서 새를 먹여라. 어떤 방법이든 좋데이. 그리고 상강 때 다시 모이 거라. 큰 새가 나타날 것이다. 깃털이 숯처럼 시커멀 거다. 아무거나 잡으면 안 되고, 목에 흰 테가 둘러쳐 있는 새 그기라. 찾는 사람이 이 집 주인인기라.' 찢어진 노트 윗부분에 삐뚜름하지만, 정성을 기울여 쓴 글씨가 눈에 들어왔다. 그리고 사진도 한 장 그 옆에 놓았다. 세희는 신발을 아무렇게나 벗고 거실에 후다닥 들어서며 소리쳤다.

어, 아버지 사진이 왜 나와 있어.

오래전에 돌아가신 아버지는 젊다. 노모가 사진 옆에 딱 붙어있으니 괴이했다. 남편 복 없으면 자식 복도 없다던 노모였기에 여태 서랍 안에 뒤집혀 있었던 사진이다. 예전에 노모는 길로 다니다 뒤뚱거리는 비둘기를 보고 이렇게 말한 적이 있었다. 저거 봐라. 겉만 번지르르 한 게 혼자만 처먹어서 날지도 못하네. 너희 아버지 같지 않냐? 밟아서 터트렸으면 좋겠다. 정말 낡은 사진 속 아버지는 회색빛 비둘기 같기도 했다. 세희의 눈이 휘둥그레져서 버럭 소릴 질렀다.

엄마는 뭐 하러 사진은 꺼냈어요. 아버지 때문에 내가 개고생한 거 몰라. 아버지가 사기를 당해서 대학도 못 가고 이 모양 이 꼴로 사는데, 엄마는 다 잊었어. 세희의 굵은 목에 핏대가 서고 미간에 내 천자가 새겨졌다. 세희의 원망에 일리가 있다고 생각해서인지 모두 입을 꼭 다물었다.

한마디로 아버지는 세희의 사춘기를 망쳤다. 세희가 막 고등학교 입학시험을 마치고 꿈에 부풀었을 때 성마른 아버지는 대규모 명퇴 바람을 못 이기고 자신이 먼저 손들고 나왔다. 잘리기 전에 자진해서 나왔다는 아버지는 자존심을 지킨 듯했다. 오랜만에 생긴 시간적 여유에 꿈에 부풀어 행복해했다. 그것도 잠시였다. 자신의 사업을 경영해 보지 못한 자들이 대부분 그러하듯 바지사장이 된 아버지는 작은 중소기업 하나가 어떻게 경영되는지 몰랐다. 친척의 말만 듣고 수억의 대출금과 이자를 본인 명의로 빌렸으니 퇴직금과 집을 날리고도 감당하지 못했다.

경매 딱지가 붙기 전에 아버지는 사라졌다. 대문부터 시작된 빨간 딱지는 옥상까지 따닥따닥 붙고 깡패들이 몇 번을 들락거리고 나서야 엄마는 돈을 내놨다. 말로만 듣던 파산 지경이 되었다. 엄마는 시름시름 앓아누웠다. 늦은 나이에 모든 것을 잃은 아버지는 인천의 어느 숲속 공원에서 발견되었다. 구청에서 아버지의 사망 소식을 알려왔지만, 노모는 장례 치르는 일을 거부했다. 이로 인해 더 많은 혹이 붙을까 두려웠던 탓도 있었지만, 아버지의 죽음을 인정하지 않는 것이 원인이기도 했다. 결국 아버지는 무연고로 처리되고 남매는 아버지의 마지막을 알지 못했다. 그들은 모두 아버지를 두고 한동안 말을 아껴왔다.

세희가 말할 때마다 노모는 눈을 휘둥그레 뜨고 가만히 세희의 얼굴만 쳐다보았다. 그럴수록 세희의 언성은 거칠어졌고 제풀에 씩씩거렸다. 외출하고 막 들어선 준희는 실내가 어두운지 불을 켜며 세희를 꼬나보고 있었다.

개고생 개고생하는데, 나는 뭐 그냥 논 줄 알아? 엄마 소원대로 대학에 가면 뭘 해, 맨날 하숙비나 밀리고.

준희의 목소리는 술기운으로 불안정했다. 준희가 초등학교에 다닐 때, 아버지가 들고 온 문학지에는 아버지의 시가 한 편 실려 있었다. 준희는 아버지가 쓴 시를 읊으며 아버지를 흉내 내었다. 아버지의 작업복에서 나온

식은 통닭 한 마리가 시심을 불러일으키는지도 몰랐다. 자식 세 명을 앉혀 놓고 닭을 뜯는 모습을 보며 소주를 마시던 아버지는 혀가 꼬여 말이 시들해질 즈음이면 시를 공부하고 싶다고 했다. 옆에서 듣던 엄마가 시 나부랭이를 배워서 누구를 꼬이려고 그러냐고 했다가 따귀를 맞기도 했다.

아야! 준희의 발이 의자 발에 부딪혔다. 준희는 발을 주무르며 약이 오른 표정을 지었다. 죽어도 서울에서 죽겠다던 준희가 고향으로 돌아온 건 원룸비 때문이었다. 부모 도움 없이 서울서 버티는 건 무리수라며 노모에게 달라붙어 몇 푼이라도 받아 갈 요량이었다. 하지만 끝없이 치고 올라가는 서울 집값에 되돌아가는 건 포기해버렸다. 준희는 소파 가죽을 손으로 끊임없이 치며 소리쳤다.

지방에 내려올 땐 나름 자존심 다 내려놨어. 친구들이 아무리 비웃어도 여기저기 원서 안 내 본 데 없다. 좋은 아이디어가 있어도 밑천 없이 되나. 사업 자금도 없고, 그렇다고 누가 밀어주는 것도 아니고. 누나까지 이혼해서 매형 도움도 못 받았잖아.

수희는 얼굴이 붉어졌다. 이혼이란 단어는 매번 수희의 가슴을 철렁하게 했다. 수희는 노모의 잘못 때문에 이혼을 한 양 노모에게 눈을 돌린다. 노모의 절약이 수희의 몸에도 베어 아무리 추워도 방에 불을 넣지 않고 집 안에서도 방한복을 입는 수희의 행색이 초라했다. 남편이 내려앉는 천장도 수리하고 거실을 확장하여 베란다 창틀을 하이섀시로 바꾸자고 했을 때 수희는 쓸데없는 데다 돈 들이지 않겠다며 코웃음을 쳤다.

따지고 보면 이혼한 사유는 본인에게 있었다. 취미생활을 하고 싶다는 남편에게 수영을 권했다. 수영복만 있으면 된다는 얄팍한 계산이었는데 남편은 누드에 가까운 수영복을 입은 강사에게 빠져버렸다.

발 좀 그만 떨어, 복 나간다. 네가 조금만 더 착실했어도 그이한테 부탁하려고 했어. 네 흉터 좀 봐. 성형외과 가서 고칠 생각을 왜 안 하니. 네가 현장에라도 나가 뛸 생각은 해봤니? 대학 나온 실업자가 어디 너뿐이야. 네가 믿게 해 줬어야지. 교통사고로 얼굴에 큰 흉을 가진 동생의 얼굴을 쳐다보진 않았지만, 어딘가 모르게 수희의 목소리는 짜증과 연민이 섞여 있다.

수희는 더 말을 하지 않은 채 냉장고를 뒤져 과일을 꺼내 왔다. 뚜껑 열린 김치 때문에 사과는 김치 냄새가 배어있다. 세희는 사과 한 쪽을 날름 제 입속으로 집어넣고 와삭 씹어 댔다. 준희는 발을 떨면서 세희를 노려보았다. 어릴 때부터 준희와 세희는 만나면 누굴 나무랄 것도 없이 사납게 각을 세웠다. 서로서로 증오해서 악의의 감정을 풀 데가 없으면 노모에게 화를 풀곤 했었다. 수희는 둘을 떨어뜨려 놓으려 안절부절못했다. 세희가 하는 모양새로 봐선 언젠가 준희의 칼을 맞을 것 같았다.

막상 세 남매가 모이자 노모는 조금 놀란 듯 모른 척했다. 노모는 셋의 얼굴을 차례로 뚫어지게 보다가 이내 먼 산으로 눈을 돌렸다. 노모는 소파 밑에 쪼그린 채 움직이지 않았다. 양말을 신지 않은 노모의 발은 쪼그라들어 조그맣게 굽었다. 장마에 벌어진 흙바닥처럼 뒤꿈치가 갈라졌다. 예전에 파란 고무 신발의 뒤축이 다 닳도록 일거리를 물어왔던 그 발이다.

노모는 웬일인지 시체 같았다. 움푹 파인 눈은 기가 없어 보였고 창백한 피부가 염하기 직전의 송장 같았다. 무릎을 가슴팍에 껴안은 채 머리를 조아리는 노모는 등이 시린지 몸을 조그맣게 말아 움츠렸다. 수희는 노모를 힐끗 쳐다보다가 말을 꺼내기 시작했다.

엄마가 여든이 넘어서니 기력도 떨어지고 아직 치매는 아니지만, 혹시 모르니 정리하고 싶으신 거야. 유언을 쓰셨어. 알잖아, 엄마가 얼마나 아끼면서 살아왔는지. 생전에 정리해 주면 좋겠는데. 준희 너, 신불자 신세는 면했니.

엉뚱하게도 대답은 세희가 했다. 악법도 법이지. 빚도 상속된다며. 그럴 바에 차라리 법망을 피해서 내 앞으로 해 두면 안전하잖아. 아무리 아끼면 뭐 해. 아꼈다가 똥 되지. 실컷 아껴서 한번 써보지도 못하고 날려버리고. 버는 놈 따로 있고 쓰는 놈 따로 있지.

세희가 악을 쓰고 있을 때 엄마는 중얼거렸다. 무슨 소린지 잘 들리지 않아 다들 입 다물고 귀를 기울였다.

전쟁이었제. 뭐, 지금도 전쟁이지만. 살아가는 게 전쟁이란 말이다. 내가 살아온 기 신기하지. 다 조상신 덕이지. 큰 백태를 두른 새가 나를 감싸는 날이었제. 시커메서 저승사자인 줄 알았다 아이냐. 새벽에 생생한 꿈을 꾼 그날 밤이더랬지. 총소리가 나고 사이렌 소리에 온 동네가 불을 껐제. 그때 내가 열두 살이었던 게지, 겨우. 공포가 평생을 가는 거다. 나는 먼 친척 집에서 심부름하며 식구들 입을 덜고 있었제. 그런데 그 난리가 난 거야. 그 집 사람들, 나만 놔두고 모두 숨었던 기라. 어린 게 얼마나 무서웠겠노. 총소리는 마구잡이로 울리고 나는 큰 장독 뒤에 겨우 몸만 가리고 엎드렸어. 그때는 좀 있는 집이면 엄청나게 무시무시한 장독이 다 있었거든. 그날따라 웬 달빛이 그렇게나 밝았는지. 달빛이 참 차고도 밝았지만 나는 너무너무 미웠다. 내가 숨은 장독에 긴 총을 든 병사가 나타났을 때 뒤로 나자빠졌다. 내 그림자를 보고도 못 본 체하는 건지 장독 뚜껑을 밀치고 장을 퍼먹더라, 그 아까운 된장을 맨손으로.

노모는 휴, 하고 한숨을 쉬었다. 노모의 눈이 축 처진 눈꺼풀 속에서 반짝였다. 세희는 노모와 수희를 번갈아 보며 두리번거렸다. 수희는 가만있어 보라는 눈짓을 했다. 노모는 입지 말라 혀로 입술을 빨더니 말을 이어나갔다.

나는 그날 이제 죽는구나, 생각했다. 근데 내 눈에 백태 두른 새가 밝히는 거라. 어디서 날아왔는지 그 새가 나를 감싸서 병사는 나를 못 본 기라. 맨손으로 장을 얼마나 퍼먹었는지 앞마당 가에 있는 우물로 달려가더라. 목이 탔겠지. 그런데, 탕! 총 한 발에 억, 하는 사람 소리가 들리더구먼. 느거들 사람 죽은 거 봤나. 두개골이 깨져서 골이 튀어나오고 그 피 …. 내가 그때 기절이라는 걸 해봤니라. 야들아, 세상은 그런 거야. 돈 없으면 그런 험한 꼴 보는 기다. 느거는 그 백태 두른 새를 꼭 찾거라.

노모는 소파 옆에 몸을 바짝 붙여 눈을 감았다. 가만히 숨죽였던 남매는 동시에 노모를 바라보았다. 꿈을 꾸는 것 같았다.

노모는 정말 영원한 꿈나라의 세상으로 떠났다. 조문하러 오는 사람이 없는 장례식장은 텅 빈 시장처럼 허전했다. 준희는 입술을 움직여 휘파람을 불었다. 노모의 죽음을 애도하기는커녕 죽음을 기다려 온 것 같아 수희는 화가 치밀었다. 준희는 노모가 요양원에 입소한 후 딱 한 번 노모를 찾아왔다. 노모의 서명을 받아 갔는데 어디에 쓰이는지 알 도리가 없었다. 노모의 마지막 집인 요양원을 생각하던 수희는 눈물이 났다.

유치원을 개조해 새로 만든 요양원에 입소하던 날, 노모는 수희를 창가로 끌고 갔다. 창틀에 들러붙은 희고 검은 새똥이 팔레트에 굳어진 물감처럼 덧칠되어 있었다. 메마른 도시 하늘에 새만 보이면 가만히 서서 귀를 기울였다. 요양원 거실에 놓인 55인치 TV 앞에 옹기종기 모여 앉은 노인들의 흐릿하고 불투명한 눈 속에 반짝거리는 눈이 있다면 노모의 눈이었다.

노모는 좋아하던 드라마는 다 제쳐놓고 다큐멘터리 동물의 세계만 시청했다. 짝을 기다리는 앨버트로스를 보고 눈물을 흘렸고 도요새의 먼 기행을 놀래며 손뼉도 쳤다. 때론 요양원을 방문한 아무나 붙잡고 물었다.

새는 도대체 어디서 날아오고, 어디 가서 죽는기요.

나는 새가 되고 싶소. 죽으면….

요양보호사가 오기 전에 기저귀를 숨겨둔 노모는 가죽이 늘어난 팔을 파닥거리면서 날갯짓을 하곤 했다. 참새나 까치 소리, 까마귀 소리를 지겹도록 흉내 내자 요양원에서는 주의를 시키었다. 한 날 노모의 입에 반창고가 붙여진 걸 보고 수희는 요양원에 항의했다. 수희가 살살 잡아떼자 미세한 하얀 털이 접착제에 묻어 떨어졌다. 테이프를 떼어내자 노모의 불투명한 눈에 습기가 어렸다.

노모는 수희를 멀거니 보더니, 엄마라고 불렀다. 어릴 때부터 수희가 외할머니를 많이 닮았다는 소리를 들었긴 하지만 갑자기 애가 돼버린 노모가 엄마를 부르는 소리는 마음을 아프게 했다. 노모는 어린 시절의 자야로 변한 모양이었다. 자야가 말했다.

엄마, 나 다음에는 새로 태어날래.

수희는 목이 메었다. 예쁘고 순한 자야는 어느새 검버섯과 주름으로 뒤덮인 백발 성성한 노인이 되어버렸다. 관 속에 평안히 눈을 감은 노모는 검은색 정장 재킷을 입고 있었다. 앙상한 육체와 새 발바닥처럼 줄어든 맨발이 그 속에 싸여 꽁꽁 묶여있었다.

수희는 호주머니 속 종이를 만지작거리며 대숲에 들어섰다. 대나무에서 뿜어져 나오는 향긋하고 시원한 공기가 온몸을 휘감았다. 수희는 마스크에 가려진 입을 벌리고 공기 하나하나를 삼킨 후 뱉어냈다. 들이마시고 내쉬다가 공기에 체했는지　거렸다. 핸드폰 속의 시간은 약속 시간에서 막 5분이 지났다. 수희는 머쓱해서 사람이 지나갈 때마다 팔짱을 끼고 쳐다보았다. 선글라스를 끼고 이어폰을 낀 채로 조깅을 하거나 애완견 꽁무니를 휴지를 들고 따라다니는 사람들 사이로 등산복을 입은 사내들이 보였다. 대숲 건너 강에서 새 떼들이 날아들었다.

수희는 초조해졌다. 수목장을 지낸 후 노모의 터무니없는 임무를 위해 유골의 일부를 건사했다. 그건 준희 몫이었다. 세희는 밀가루처럼 세밀하게 빻은 찹쌀가루를 가져올 것이다. 노모의 유골에 대해선 고민이 많았다. 티베트에선 사람이 죽으면 시체를 독수리에게 바친다고 하지만 여기는 엄연히 장례문화가 있는 대한민국 아닌가. 그들이 궁리해서 얻은 결과는 간단했다. 미세하게 빻은 찹쌀가루에 유골 일부를 섞어 일종의 루를 만드는 것이다. 수희는 짧은 시간에 처리해야 할 일을 마음속으로 여러 번 익혔다.

대숲 길 저쪽에서 어이, 하는 준희가 보였다. 허리띠 밑으로 뱃살이 출렁거렸다. 멀리서 보아도 이마의 진한 흉터가 눈에 띄었다. 늘 그 흉터는 심장을 철렁하게 했고 보고 싶지 않았다. 운동하던 사람들은 준희를 피해 달아났다. 준희는 이마에 맺힌 땀을 닦으며 세희가 왔냐며 물었다. 갑자기 대숲에 숨어 있던 새 한 마리가 푸드덕 날아올랐다.

에잇, 저놈의 새들은 어디 숨었다가 나타나는 거야. 준희가 투덜거렸다.

장례식 이후에 준희는 일을 그만두었다. 준희는 엄마의 유골이 들어있다며 작은 도자기 하나를 건네며 대나무를 툭툭 차다가 겸연쩍었는지 '천국의 새'라는 명함을 내밀었다. 피시방이었다. 수희는 정상적인 영업장이 아닐 거라는 생각에 이내 표정이 굳었다. 어릴 때부터 막내인 세희는 이유 없이 밉고 샘이 났지만 준희에게는 알 수 없는 모성애 같은 것이 있었고 노모의 죽음 이후 걱정이 많아졌다.

수희는 자신만이 이 사태를 정리할 수 있다는 생각이 들었다. 산책길을 한 바퀴 돈 사람들은 그늘진 대숲을 나와 강변으로 걸어가고 있었다. 애완견 두 마리가 수희의 다리를 슬쩍 치고 달아났다. 끈을 놓친 주인은 수희에게 인사하더니 딸! 딸!, 하며 개를 쫓아갔다. 준희는 어휴 개새끼들 하며 수희의 눈치를 살폈다. 수희는 과장된 준희의 행동이 못마땅했다. 늘 상 옳은 소리 한 번 못하고 농담으로나 하고 그것조차도 인정받으려 드는 동생이 늘 모자라고 어쭙잖아 보였다. 세희가 등산복 차림으로 두 팔을 기역 자로 꺾어 씩씩거리며 걸어왔다. 벤츠라 아무 데나 주차할 수 없어서 늦었다는 변명을 했다. 세희는 변두리 월세에 살면서도 중형차를 고수했다.

세희는 준희에겐 데면데면하고 수희에게만 눈을 맞추더니 사선으로 메고 온 손가방에서 작은 플라스틱 통을 꺼냈다. 뚜껑을 열자 찹쌀가루가 하얗게 쓸려있었다. 그들 셋은 얼른 나무 벤치 하나를 찾아 앉았다. 찹쌀가루에 유골을 뿌려 흔들었다. 생각보다 잘 섞이지 않았다. 준희가 손으로 섞자 손바닥이 허옇게 분칠 되었다. 준희는 손을 털며 일어섰다. 빼곡히 늘어선 대나무를 한참 올려보더니 밖으로 빠져나갔다. 준희의 모습이 대나무 사이로 힐끗 보였다. 세희는 의심스러운 눈으로 준희를 관찰했다. 새를 찾는 사람이 노모의 유산을 차지한다는 명제가 서로를 더 미워하게 만들었다. 준희가 뒷짐을 쥔 채 다시 숲길로 들어왔다. 그는 아무 말 없이 한 줌을 쥐고 나섰다. 수희와 세희는 그런 행동에 대해 섣불리 이의를 걸지 않고 남은 가루의 반을 한 줌씩 쥐고 흩어졌다.

수희는 엄마의 손을 잡고 십리대숲으로 모셔온 적이 있었다. 텅 빈 아파트에 불 켜는 일도 싫었고 휴대전화 속의 아이사진을 넘기는 것도 싫증이

나면 노모가 사는 낡은 아파트에 찾아갔다. 노모가 급격히 쇠약한 증상을 보여 소소한 재산은 정리했으면 했으나 언제나 노모는 말도 못 꺼내게 했다. 자신의 마지막 집이라는 이유와 낡았지만, 재개발 지역에 속해 보상금이 어마어마할 거라는 기대가 있었다. 노모 대신 처리한 대소사에 들어간 금전도 부담이 컸다. 몇 번이나 부동산을 처분하는 게 어떻겠냐고 목구멍까지 말이 올라왔지만 삼키곤 했다. 살 만큼 살았으면 자식을 위해 적당한 시기에 돌아가시는 것도 나쁘지 않다는 불한당 같은 생각을 했던 기억이 문득 떠올랐다. 이제 다시는 볼 수 없는 노모에게 미안한 마음이 들었다.

수희는 대숲 한 지점에 섰다. 바로 그곳이다. 노모가 탄성을 지르며 소리치며 절했던 곳이다. 수희는 자신도 모르게 두 손을 공손히 모으고 절을 했다. 수희는 모든 것을 처음으로 돌릴만한 마지막 기회라고 생각했다. 유산 분배로 인한 남매간의 분쟁, 각자가 맞닥뜨려야 할 노년의 비참함. 이런 것들을 미리 예방할 자는 자신뿐이라는 생각에 머리가 복잡했다. 루를 대숲 바닥 여기저기에 흩뿌리고 나니 어느새 수희의 손바닥에 흰 손금이 그어졌다.

저쪽 대숲 끝에서 새의 울음소리가 들렸다. 준희가 흉내 낸 소리였다. 준희 역시 현실을 뒤집고 싶은 자신의 바람을 담아 시를 지어 읊조리다가 대나무 하나를 발견하고 그 앞에 섰다. 그는 꼼꼼하게 한 잎 한 잎 대나무와 이파리 사이사이에 루를 공들여 올려놓았다. 세희는 굵은 염주를 한 손에 쥐고 나머지 한 손엔 루를 쥐고 걸었다. 입속말로 나무아미타불을 외다가 멈춰 섰다. 새가 앉기 좋은 나지막하게 베어진 대나무 등치를 발견하고 바로 그 위에 올렸다. 제각기 좋은 곳을 선택해 올려놓고 빈손으로 숲을 나왔다. 다들 상기된 표정이었다. 세희는 루를 놓은 장소를 잊지 않기 위해 사진을 찍었다며 얄궂은 미소를 띠었다. 모두 자신에 찬 모습으로 흩어져서 나중에 보자며 헤어졌다.

상강 날은 제법 쌀쌀했다. 손톱만 한 달이 서쪽 하늘에 뻘쭘하게 서 있었다. 수희는 곧장 숲길을 찾아 들어갔다. 날이 훤하게 밝으면 새들이 날아들 것 같았다. 새들이 좋아할 모이를 조금 풀어 놓고 부러진 나뭇가지도 조심스레 흩어놓았다. 새들은 추위에 대비해 나뭇가지를 입에 물고 우듬지에 집을 지을 것이다. 노모가 말한 새는 혹시 상상 속의 새가 아닐까 걱정되었다. 검은 새는 그리 흔하지 않다. 대나무 이파리가 얼굴과 어깨에 부딪혔다. 얼굴에 묻은 이슬에서 대나무 향이 났다.

이럴 때는 전남편이 아쉬웠다. 똑똑한 사람은 새를 잡을 묘안도 다를 거라는 생각이 들었다. 수희는 새 모이에 밴 냄새를 지우기 위해 코에 손을 가져가 킁킁거리다가 이내 탈탈 털었다. 여태 습관이 되어버린 절약 정신을 버리고 부를 가진 남들처럼 외제 차도 사고 보톡스도 맞을 것이다. 어쩌면 남편을 되찾을 기회를 얻을지도 모른다는 생각에 웃음이 났다. 문득 사납게 부서지는 대나무 소리에 기분이 가셨지만 소름이 돋은 팔을 비비며 새를 기다리는 수희의 미소는 기쁨을 감출 수가 없었다.

준희는 낫과 짧은 전기톱, 그리고 고기를 잡는 투망을 가지고 왔다. 수희를 보더니, 눈을 마주치지 않고 자신이 뿌려놓은 루를 찾아 걸어 들어가고 있었다. 세희는 나타나지 않았다. 아침잠이 많은 세희가 일어날 리 없었다.

준희, 그러지 말고 새를 몰아서 같이 잡으면 어떻겠니.

상관 말고, 자기 일이나 잘하셔.

준희는 나무에 긁혔는지 눈이 벌겋게 충혈되었다. 수희는 언짢은 표정을 지으며 다시 새를 잡으러 나섰다. 이제껏 들어보지 못한 새 울음이 들렸다. 조그맣게 귀를 간질이는 소리가 있지만 커다랗게 쉰 목소리로 꽉꽉하는 새도 있었다. 왜가리와 재갈매기 그리고 물닭이 섞여 자신의 소리를 내지르고 있었다. 소리 나는 곳으로 쫓아가서 검은 새를 찾았지만 보이지 않고 대신 작은 새 한 마리가 몇 번 푸드덕거리면 날다가 바닥에 떨어졌다. 독이라도 삼켰는지 모를 일이었다. 괴로웠는지 바닥을 뒤척였다. 준희는 숲을 휘젓고 다녔다. 둥지가 있는 대나무 몇 개는 전기톱으로 잘라내었다.

수희는 준희가 걱정되었다. 아무래도 준희가 취하는 방법은 실효성이 없어 보였다. 도무지 가족의 말은 들을 생각이 없는 준희가 항상 말썽이다. 준희의 욕지거리가 기분 나쁘게 울렸다. 시간은 흘러가고 새는 나타나지 않았다. 공중을 나는 새는 바닥에 내려앉지 않았다. 수희는 차에 가서 빵과 커피를 마시고 쉬었다. 준희도 자기 차로 걸어가고 있었다. 두 사람은 종일 숲과 차를 왔다 갔다 했지만 허사였다. 세희는 오후 여섯 시쯤 나타났다. 제부와 함께 의기양양하게 대숲에 들어왔다.

그때, 까마귀 떼가 어디선가에서 일시에 날아들었다. 제부는 손수 만든 총으로 새를 한 마리씩 겨누었다. 문구점에서 사 온 장난감 총이었다. 사람에게 쏘면 다칠 것 같았다. 제부가 쏘아 떨어트린 새는 스무 마리나 되었다. 까마귀들은 한 마리의 동료가 땅에 떨어져도 아랑곳없이 나무에 빼곡히 들어섰다. 날이 저물기 전에 검은 새를 잡는 것은 불가능해 보였다.

유언은 거짓말 같았다. 날이 더욱 어두워지면 새는 둥지에 깃들이기도 하지만 깊은 숲속으로 떼를 지어 날아가기도 하기에 더욱 초조해졌다. 수희는 동생들이 뿌렸다는 장소에 가서 좁쌀을 흩뿌렸고, 준희 역시 여기저기 칼질을 해댔지만 소용없었다. 제부도 이게 장난이냐며 총을 쏘아댔다. 더는 총알이 나오지 않을 때였다. 준희는 자신의 머리카락을 움켜잡았다. 세희는 발밑에 떨어진 새총을 꾹 눌러 밟았다. 수희는 흙더미를 밟아 뭉개고 있었다. 준희의 오른손이 주머니 속에 든 라이터를 끄집어냈다. 왼손에 거머쥔 댓잎 하나가 달달 떨렸다. 탁탁, 타닥타닥. 수희는 놀라서 소릴 질렀다.

너, 미쳤니. 대숲에 불이라도 내려고. 그런다고 백태 두른 새가 나타나니. 엄마의 말이 거짓이라도 그렇지. 흰 연기를 두 손으로 막은 수희가 거칠게 숨을 몰아쉬었다.

인제 그만 돌아가자.

노모의 집은 동굴처럼 어둡고 습했다. 재개발되면 보상금이나 받을까 싶어 기다려 왔던 아파트는 오십 년이 넘어 재건축도 팔지도 못한 채 어영부영하게 쇠잔해져 있었다. 겉은 건물의 형태를 지니고 있지만 이미 뼈대는 삭을 대로 삭았을 터다. 그들은 박쥐처럼 거실 벽에 등을 붙이고 앉았다.

한동안 보일러를 틀지 않은 거실이라 스위치를 누르고도 한참 동안 기계음이 울렸다. 드디어 준희가 일어섰다. 그는 입을 휴지로 닦아내고 뒷주머니에 반으로 접어서 구겨 넣었다. 냉장고에서 노모가 남겨 둔 박카스를 유효기간도 확인하지 않은 채 꺼내와 수희와 세희에게 건넸다. 세희는 고개를 돌려버렸다. 준희의 눈매가 거칠어지며 쌍, 하는 욕지기를 뱉어냈다. 살벌한 눈빛이 오갔지만, 목이 마른 그들은 박카스 뚜껑을 후드득 따서 바로 마셨다.

아, 시원하다. 그런데 엄마는 왜 그런 장난을 쳤을까.

그러게, 집은 내 것이라고 엄마가 말 했는데.

뭐야? 그런 게 어디 있어. 오빠가 엄마 생전에 한 게 뭐 있는데.

세희는 따져 들었다. 수희가 쉿, 하며 귓속말하듯 세희를 나무란다.

시끄러워. 이웃에서 신고할라. 세희 너는 또 잘한 게 뭐 있니. 너도 제부 만나기 전에 양아치 같은 놈하고 살림 차려서 엄마가 난리 났었잖아.

아무리 그래도 내가 번 돈 십 원도 안 쓰고 엄마 갖다준 공은 뭔데. 세희는 펑펑 울기 시작했고 준희는 뺨이라도 올려 칠 듯 씩씩거리며 어두운 거실 한가운데 섰다. 그러고는 자신도 할 말이 있다며 꺼냈다.

내가 왜 이렇게 된 이유를 알리나 할까. 누나도 세희 너도 모르는 게 있어. 빌어먹을. 아버지가 피투성이가 돼서 맞고 온 날이 있었지. 뭘 잘못했는지 몰라도 회사에서 잘렸고. 엄마는 날 데리고 간부 사택엘 간 거야. 사모님인가 뭔가 하는 년한테 얼마나 굽신거리고, 상무라는 젊은 놈한테 무릎을 꿇고 싹싹 빌더란 말이야. 나는 어렸지만, 그때부터 세상이 공평하지 않다고 생각했고 화가 났어. 세월이 지나도 아무것도 변하질 않더군.

세희의 기세가 한풀 수그러졌다. 수희는 겨우 살벌한 분위기가 가라앉았다는 느낌이 들어 제안한다.

이럴 일이 아니야. 새는 없어. 이 집을 뒤져보자. 혹시 모르잖아.

노모는 꽤 오래전부터 정리해 온 듯했다. 안방 서랍장에서 발견된 어린 이용 '티베트 사자의 서'는 얼마나 많이 읽었는지 볼펜으로 그어진 부분은 구멍이 나 있었다. 노모는 죽음을 어떻게 받아들였을까. 수희는 더 자세히 보기 위해 안방 창문에 둘러친 두꺼운 커튼도 걷어야 했다. 커튼은 빽빽해서 열리지 않았다. 준희야. 여기 와서 커튼 좀 젖혀봐. 레일에 뭐가 걸렸나봐. 준희는 욕실에 있는 앉은뱅이 의자를 가져와 올라섰다.

억지로 커튼을 뜯어내자 레일 틈바구니와 창문 사이에 시커멓고 커다란 새 한 마리가 붙어있었다. 맹금류의 새 모형이었다. 묘하게도 새의 목 부분에 흰색 사인펜으로 목걸이를 그려났다. 오랜만에 세 남매는 동그랗게 둘러 앉았고 모조 새는 그들을 지켜보고 있었다. 준희가 한숨을 쉬듯 말했다. 엄마다.

원미란 | 고상한 소스의 세계

서울 출생.
홍익대학교 국어교육과 졸업.
2022 현대경제신문 신춘문예 단편소설부문 대상 수상.

고상한 소스의 세계

원미란

  휴대폰이 깨진 것은 한순간이었다. 버스는 휴대폰을 육중한 바퀴로 누르며 유유히 떠나버렸다. 바랑도 모정리, 이 정류장에서 내리는 승객은 나 혼자였다. 서울에서 바랑도까지 오는 동안 등이 축축해져서 가방을 옆 좌석에 내려놓고 멍하니 앉아 있었던 게 실수였다. 빠르게 달리던 버스가 정류장에 멈췄을 때 나는 바로 이곳이 내가 내려야 하는 모정리라는 걸 알고 당황했다. 서둘러 여행용 백팩과 작은 크로스백을 들고 급하게 하차하다가 결국 휴대폰을 놓쳐버린 거였다. 낭패스러운 일은 그뿐이 아니었다. 이곳 바랑도의 시골길은 하차하는 사람이 적어 버스가 빠른 속도로 달린다는 것을 나는 뒤늦게야 깨달았다. 아무리 그래도 십오 분이나 빨리 도착하다니.

  휴대폰을 주우려고 몸을 숙였지만 이미 늦어버렸다. 운전기사는 나를 내려주자마자 곧바로 버스를 움직였다. 나는 미간을 찌푸리고 아, 소리를 내며 버스 뒷바퀴가 휴대폰 위로 지나가는 것을 지켜볼 수밖에 없었다. 순간 따악 소리가 비현실적으로 크게 들렸으며 한동안 귓가를 맴돌았다. 예상대로 액정에는 무수히 많은 금이 가 있었다. 휴대폰에 묻은 흙먼지를 대충 털고 껐다 켜보았다. 우우웅 하고 부팅을 시작하나 싶었지만 화면은 밝아지지 않았다. 여행의 시작부터 불운한 일이었다. 고장 난 휴대폰을 가지고 낯선 곳을 찾아가는 일은 난감하기 짝이 없었다. 그래도 목적지인 커피 박물관에 가서 태 선배를 만나기만 하면 그 다음은 어떻게든 해결될 일이라는 생각을 하며 힘을 냈다.

나는 휴대폰이 작동되는지 살피느라 아무렇게나 던져두었던 백팩을 들어 올려 어깨에 걸쳤다. 크로스백도 다시 단단히 매고 걷기 시작했다. 도로변은 숲으로 우거져 있어서 아무리 둘러보아도 민가가 보이지 않았다. 이런 곳에 박물관 같은 게 있을 것 같지 않았다. 버스 안에서 지도 검색으로 확인한 위치를 떠올려보았다. 버스 정류장에 내려서 이십여 분 걸어가면 된다는 희미한 기억을 붙잡고 한 걸음씩 내딛기 시작했다. 새털구름이 흘러가는 하늘은 푸르렀고 도로 양옆에는 연보라색 수국이 줄지어 피어 있었다. 숨을 천천히 들이마셨다. 푸릇푸릇한 초목이 내뿜는 향기가 싱그러웠다. 그래도 인적이 없는 시골길을 혼자 걷고 있다는 두려움에 머리가 쭈뼛거렸다. 태 선배에게 연락도 하지 않고 떠나왔던 그 순간에는 미처 생각하지 못한 일이었다.

백팩 안에는 태 선배에게 돌려줄 책이 한 권 들어 있었다. 미국인 여자가 호주의 원주민 부족과 함께 여행한 뒤에 쓴 에세이였다. 오스틀로이드라는 원주민 부족은 수개월에 걸쳐 호주 사막과 늪지를 횡단하면서 자연과 하나 되어 살아갔다. 그들은 숲을 조금도 훼손하지 않고 쓰레기뿐만 아니라 어떤 흔적도 남기지 않는 걸 규율로 삼았다. 그랬기에 부족장은 도보여행 전에 미국인 여자에게 옷을 다 벗으라고 했다. 곧이어 천 쪼가리 하나를 건네주었고 여자의 소지품을 모두 불태워버렸다. 어떤 양해를 구하지도 이유를 설명하지도 않았다. 그러나 여자는 그 놀라운 상황을 아무런 저항 없이 순순히 받아들였다. 그들의 몸에 밴 온화한 미소와 친절한 태도는 상대방의 마음을 녹이는 힘이 있었다. 실제로 있었던 일이라는데 어딘가 비현실적으로 느껴지는 이야기였다.

나는 조심스레 발걸음을 옮기며 생각했다. 그런 여자의 처지에 비하면 나는 한결 나은 편이라고, 그저 휴대폰 하나 고장 났을 뿐이라고, 어쩌면 아무엇도 없는 상태로 완전히 새로운 곳을 경험해보고 싶다는 열망이 숨어 있다가 우주의 텔레파시가 통해서 오늘을 맞게 된 거라고. 그러자 마음이 한결 가벼워졌고 걸음도 빨라졌다.

저 멀리 무엇인가 크게 적힌 간판이 보이기 시작했다. 긴장이 풀리듯 한숨이 길게 흘러나왔다. 가까이 다가가자 COFFEE LAND & CAFE 라는 글자 바로 옆에 커피 박물관이라고 친절하게 씌여 있었다. 벽면이 거칠게 마감된 기하학적인 건축물이 눈에 들어왔다. 그런데 느낌이 이상했다. 전면의 통유리로 비치는 실내조명과 고급스런 분위기는 내가 상상했던 모습과는 달랐다. 나는 잠시 걸음을 멈췄다가 심호흡을 하면서 유리문을 힘껏 밀고 들어갔다.

진한 커피향이 훅 끼쳐왔다. 가장 먼저 지하와 이층으로 연결된 계단이 눈에 들어왔다. 실내가 생각보다 커서 압도당하는 느낌이었다. 나는 떨떠름한 기분을 떨쳐내려는 듯 가방을 소파에 내려놓고 카운터로 다가갔다. 짧은 단발머리를 노랗게 물들인 직원에게 태 선배의 이름을 대며 사장님 계시냐고 물었다. 직원은 잠시 사장의 이름을 떠올리는 듯 가만히 있다가 그런 분 없는데요, 하고 말했다. 다시 태 선배의 이름을 천천히 말했다. 역시 상대는 노랑머리가 너풀거리도록 머리를 내흔들었다. 나는 당혹스러웠다. 순간 뜨악한 표정으로 직원을 바라보았다. 시간이 갑자기 느리게 흘러가는 것 같았다. 얼떨결에 시선을 돌려 메뉴판 첫 줄에 있는 블루마운틴 커피와 허니버터브래드를 주문했다. 직원이 서있는 뒤편에 걸린 벽시계의 시침은 3을 향하고 있었다.

자리로 돌아와 등받이에 기대앉았다. 잠시 기다리자 노랑머리 직원은 커피와 빵을 들고 와서 테이블 위에 내려놓았다. 수많은 질문이 머릿속에서 솟아올랐지만 꾹 참았다. 태 선배가 이곳에 없다는 건 분명해 보였다. 내가 상상했던 일 중 최악인 셈이었다. 무엇이 잘못되었는지 알기 위해 휴대폰으로 이것저것 알아보고 싶었지만 방법이 없었다. 그저 나에게 남아있는 희미한 기억을 더듬어가며 실마리를 풀어가야 했다.

태 선배를 다시 만난 것은 삼 개월 전 어느 봄날 오후였다. 어머니의 장례식을 치른 지 얼마 되지 않아서 밥맛도 없고 잠 못 이루는 나날이 계속되고 있었다. 다니던 직장은 어머니 병간호로 일 년 전에 그만둔 상태였다. 그전부터 나는 크고 작은 출판사 계약직 근무를 반복했기에 직장을 그만둔다는 건 특별한 일이 아니었다. 아마도 내성이 생겼다고 하는 표현이 맞을 듯했다. 그러나 그런 생활이 이어지자 인간관계는 오래 가지 못했고 금방 외톨이가 되곤 했다. 결혼도 하지 않고 연애도 하지 않는 과년한 딸과 단둘이 살던 어머니는 자주 한숨 쉬듯 이야기했었다. 사람이 다 거기서 거기지, 별남자 없다. 빨리 결혼하라는 말도 지쳤을 무렵 시작된 어머니의 입버릇이었다. 나는 '사람이 다 거기서 거기'라는 말이 어머니 임종 뒤에 자주 생각났다. 정말 그럴까 하는 의구심과 그래 그 말이 맞아, 하는 공감이 동시에 떠올랐다. 한편으로는 과한 욕심을 버리고 살라는 어머니의 유언 같기도 했다. 어머니가 남긴 빈자리는 생각보다 커서 마음을 채울 무언가가 절실히 필요했다.

그러던 차에 우연히 인터넷 커뮤니티를 통해 동창회가 열릴 예정이라는 소식을 접했다. 대학을 졸업한 뒤 이십여 년이 훌쩍 지나버렸다. 그동안 각자 살기 바빠서 긴 시간 연락이 끊겨 있었다. 여자 동기들은 결혼해서 자기 살림을 하느라 동창 모임을 찾아다닐 여유가 없었고 남자 동기 몇 명만 꾸준히 동창회에 참석하고 있었다. 나 역시 몇 년에 한 번씩 나갔기에 그곳에 어머니의 부음을 알리지 않았다. 그런데 어느 날 남자동기 이찬이 동아리 동창회에 나오라고 카톡을 보내왔다. 외로웠던 탓인지 이찬의 연락이 내심 반가웠다.

동아리는 사회과학 학술동아리였다. 당시엔 동아리 내부에서도 소위 운동권과 비운동권으로 나뉘어 있었다. 이찬은 비운동권이었다. 물론 이찬도 나와 함께 선배들이 제시해주는 커리큘럼에 따라서 사회과학 서적을 읽고 세미나에 참여했던 시절도 있었다. 하지만 집회 시위에는 거의 나가지 않았고 나중에는 전공 공부에 매진하다가 대기업에 들어갔다. 한때는 우리도 정치적인 성향이 전부인양 여길 때도 있었다. 그러나 나이 들면서 한때 어떤 입장이었다고 거론하는 것조차 성숙하지 못한 거라는 암묵적인 동의가 생겨났다. 우리 모두 어느 사이에 별다를 것 없는 기성세대가 되어 있었다.

이찬은 카톡으로 혹시 태 선배한테 무슨 연락이라도 받았느냐고 물어왔다. 아니라고 답하자 말 못할 사정이라도 있는지 강아지가 눈물을 흘리는 이모티콘을 보냈다. 이찬은 학교 다닐 때에도 태 선배와 친한 사이가 아니었었다. 그래서 더욱 말조심하는 듯 보였지만 풍기는 뉘앙스로 볼 때 좋지 않은 감정이 배어있는 듯 했다. 이번 동창회에 태 선배가 나온다고 하는데 그 선배 때문에 안 나온다는 사람들이 많아서 걱정이라고, 그래도 우리 동기 중에 그 선배랑 친했던 사람은 너니까 이번에 꼭 나오라고 당부를 잊지 않았다. 나는 곰돌이가 굿바이 인사하는 이모티콘으로 답을 대신했다.

태 선배는 잘 다니던 학교를 그만두고 자기 고향인 무천에 내려가서 노동운동을 했었다. 육 년 선배라서 나와는 접점이 없었다. 그러나 그가 동아리에 대해 각별하다는 건 잘 알고 있었다. 나는 신입생 시절에 떠밀려 참석한 술자리에서 그를 처음 보았다. 선배는 노동운동의 현실이 소주만큼 쓰다면서 소줏잔을 기울였는데 눈빛이 살아있는 예사롭지 않은 모습이 나의 기억에 강렬하게 남았다. 술자리가 파한 뒤에 나는 선배를 응원하는 마음으로 편지를 써서 보냈다. 마치 초등학교 때 국군장병아저씨에게 편지 보내는 그런 비슷한 거였다. 무천으로 돌아가 내 편지를 받은 선배는 세 장에 걸친 답장을 보내왔다. 편지는 '노동해방', '민중세상' 등의 용어로 채워졌고 마지막에 통일염원 00년 0월 0일로 끝맺고 있었다. 편지 교환은 끊어질 듯 끊어질 듯하면서도 이 년 정도 지속되었다.

동창회가 열린 곳은 H대학 근처의 한 횟집이었다. 약속된 시간보다 조금 일찍 도착했는데도 술자리는 이미 시작되었다. 분위기는 무르익었고 술이 서너 순배 돌고 난 뒤였다. 나는 어디에 앉을까 하며 두리번거렸다. 태 선배는 멀리서도 구별되는 특유의 걸걸한 목소리로 이야기를 나누다가 나와 눈이 마주치자 손을 흔들었다. 그러곤 앉으라며 가방이 놓여있던 옆자리를 비워주었다. 동창회는 열댓 명 정도로 조촐했다. 안주 접시 몇 개는 이미 동이 났고 소주와 맥주병도 거의 비어 있었다. 식당 직원이 급히 가져다 놓은 맥주잔에 옆에 앉은 동기가 맥주를 따라주었다. 나는 잔을 받아 한 모금 마시고 내려놓았다. 떠들썩한 분위기 속에서 나는 어색한 미소를 띠고 눈인사를 했다. 하지만 아무 말도 하지 않았다. 오래전에 함께 했던 이들은 분명 반가웠지만 어머니가 남긴 빈자리를 채워줄 수 없음을 분명히 느끼고 있었다. 태 선배가 입을 열었다.

"야, 진아야. 오랜만이다. 근데 너는 시집도 안 가고 뭐했냐?" 그 말에 내 얼굴이 조금 붉어진 것 같았다. 나는 고개를 들어 태 선배를 쳐다보았다. 그때 앞에 앉은 선배의 동기가 큰소리로 말했다. "야 임마, 결혼 못한 건 너도 마찬가지잖아" 주위 사람들이 모두 웃었고 태 선배는 한 잔 마시자며 맥주잔을 들었다. 나 역시 잔을 들면서 농담 같지 않은 농담을 한 마디 했다. "선배가 나 시집가라고 보태준 것도 없으면서 뭘." 그 말에 선배는 킥킥거렸다. 그러곤 느닷없이 오래전 이야기를 꺼내기 시작했다. 내가 예전에 무천 내려갔을 때 자기를 좋아해서 내려온 줄 알았다며 계속 웃음을 흘렸다. 말 끝에 웃음을 덧붙이는 습관은 여전했다.

내가 무천에 내려간 일이라면 대학 졸업하던 해의 일이었다. 볼일이 있었던 것도, 그렇다고 엠티나 농활도 아니었다. 분명히 나 혼자 태 선배를 보러 다녀왔다. 나는 선배가 그 말을 했을 때 이십 년이나 지난 그 일이 선명하게 떠올려졌다. 선배는 이 년 동안 나와 편지를 주고받으면서 무천이라는 곳이 얼마나 근사한 곳인지를 여러 번 말했었다. 그런 말에 대한 의례적인 인사로 다음에 꼭 구경 가겠다고 답장을 썼지만 정말 그곳에 가보리라는 결심이나 계획이 있었던 것은 아니었다. 생각해보면 즉흥적인 행동이었다. 선배도 분명히 당황스러웠을 텐데 내색하지 않고 과한 리액션으로 나를 맞아주었다. 그런 모습은 물론 부담스러웠지만 둘 사이에 어색한 침묵이 흘러서 아무 말이라도 해야 할 것 같은 분위기보다는 한결 나았었다.

나는 그 당시에 캠퍼스 커플로 연애 중이었다. 오랜 연애를 끌어오면서 공기같이 편안했던 그 남자와 결혼을 해야 하는지, 결혼 상대는 어때야 하는지, 언제 결혼해야 할지 등에 대해 고민을 하고 있었다. 결론부터 말하자면 일 년도 지나지 않아 고민은 해결되었다. 그는 신입사원으로 정신없다는 핑계로 만나는 횟수를 줄이더니 나에게 잠수이별을 선물했다. 그 일로 나는 사람이 얼마나 천박해질 수 있는지 깨달았다. 연애는 사람과 사람이 맺는 가장 깊은 인간관계라서 상대를 잘 안다고 착각을 하게 된다는 것도 알게 되었다. 그랬기에 이별 뒤에 내가 누구를 만나고 사랑했는지 알 수 없다고 뼈저리게 느끼는 시간이 아프게 지나갔다.

아무튼 나는 무천에 내려갈 당시에 가끔씩 다투기는 해도 그렇다고 헤어질 이유도 없는, 눈만 뜨면 한 남자만 만나는 생활을 하고 있었다. 그래서 잠시 눈 돌려보고 싶은 욕망을 그런 식으로 달래고자 했는지도 몰랐다. 서울에서 멀고 먼 무천이라는 곳으로 내려가면서 내심 불편한 마음을 감출 수 없었다. 선배를 보러 가는 행동이 내가 의도한 것 이상으로 비춰질까 걱정되었다. 선배가 나를 오해하면 어쩌지, 하고 고민하다가 최대한 말을 줄이기로 했다. 과한 반응과 웃음을 줄이면 선배는 아마 순수하게 바람 쐬러 내려왔다는 내 말을 그대로 믿을 거라고 생각했다. 내 의도는 적중했고 하루를 묵는 동안 선배와 그 어떤 섬씽도 일어나지 않았다. 선배는 요즘말로 모태솔로였고 아마도 여자 쪽에서 적극성이 없으면 절대 로맨틱한 행위를 먼저 할 사람이 아니었다.

선배는 무천의 바닷가 근처에서 민박집을 잡아주고 자기는 집에 가서 자겠다고 했다. 선배 집은 차로 삼십 분쯤 걸리는 곳에 있었다. 밤이 깊어지자 선배는 민박집을 나서면서 이상하게 쭈뼛거렸다. 내가 붙잡을 줄 알았겠지만 내 입에서 나간 말은 그럼 내일 보자는 아주 쿨한 인사였다. 선배는 그 말에 주춤거리며 민박집을 나갔다가 할 말이 있는 듯 다시 들어왔고 뭔지 모를 어색함에 어쩔 줄 몰라 하다가 결국 자기 집으로 갔다. 나는 이불을 머리끝까지 끌어올리고 선배의 개그맨 같은 행동에 웃음을 터뜨렸다. 한참을 이불 속에서 웃다가 곧바로 외딴 곳에서의 밤이 무섭다고 느끼지도 못할 정도로 피로가 몰려와 깊은 잠에 빠져들었다.

다음날 아침에 다시 온 태 선배는 시내로 가서 식사를 하자며 차에 타라고 했다. 그 차는 티코였다. 쇼트트랙을 하듯이 좌회전할 때 왼팔을 창밖으로 내놓고 운전해야 한쪽으로 쏠리지 않는다는 둥, 고속도로를 달리다가 갑자기 차가 멈춰서 살펴보니 누가 뱉은 껌이 바퀴에 붙었다는 둥 우리는 그당시 유명했던 우스갯소리를 나누며 낄낄거렸다. 그러곤 창문을 활짝 열고 창밖에서 불어오는 바람을 한껏 맞으며 무천 중심부에 있는 유명한 레스토랑이라는 곳으로 갔다. 선배는 그곳에서 스테이크를 시켰는데 소스를 얹지 말라고 주문했다. 이유를 물었을 때 그는 말했다. 맛있는 고기는 소금 맛으로 충분하며 소스를 끼얹으면 오히려 고기의 풍미를 느낄 수가 없다고, 자연에서 나온 모든 식재료는 고유의 간이 되어 있는데 굳이 그 위에 설탕을 졸여 끼얹은 게 싫다고, 그러면서 사람도 음식처럼 소스를 덮지 않은 상태가 좋다고 씩 웃었다.

나는 그의 말을 들으며 고개를 주억거렸다. 스테이크에 끼얹은 우스터 소스, 바게트 빵 위에 올린 크림 소스, 양고기 잡내를 없애준다는 민트젤리 소스, 꼬마김밥을 찍어먹으면 마약처럼 중독성이 생긴다는 머스터드 소스…… 제각각 다른 소스인 것 같지만 모두 단맛을 기본으로 하고 있었다. 선배의 말처럼 우리의 삶에도 소스가 덮여있는 것 같았다. 모든 관계가 인위적이고 순간적인 달콤함만 추구하는 듯 보였다. 모두 각자의 진심을 감추고 살아가지만 어쩌면 자신의 진심이 무엇인지도 알지 못하는 게 아닐까 하는 생각도 들었다.

태 선배가 이십 년이나 지난 이야기를 동창회 자리에서 꺼내놓았을 때 나는 어떻게 반응해야 할지 몰라 눈만 껌뻑이고 있었다. 당시 나의 연애는 아는 사람은 다 아는 일이었다. 그래서인지 태 선배의 이야기를 듣고 있던 이들의 표정에 신경이 쓰였다. 남자친구가 버젓이 있는데 혼자 다른 남자를 만나고 온 것이 남들 눈에 어떻게 비칠까 싶어 순간 수치감을 느꼈다. 다행히 선배는 그 일이 자신의 오해에서 비롯된 해프닝이었다고 누가 묻지도 않은 말을 혼자 주절주절 떠들고 있는 중이었다. 만나서 지나간 이야기를 하는 것이 동창모임의 속성이지만 나로서는 그리 달가운 화제가 아니었다.

달가운 화제가 아닌 건 그 다음 이야기도 마찬가지였다. 이찬은 나와 대각선 방향에 앉아서 오래전에 있었던 사건의 진위를 따지고 있었다. 그러고는 한참 뒤 주변을 두리번거리다가 이제 안건을 말하겠다며 일어섰다. 내가 동창회에 나오지 않는 동안 이찬이 동창회장이 되었다는 걸 나는 그제야 알았다. 장학기금이 얼마 들어왔고 얼마 나갔고 하면서 이런 전통이 유지된다는 게 얼마나 자랑스러운 일이냐고 이찬이 말하자 모두 박수를 쳤다. 사회적으로 안정적인 위치에 있는 선배들 중심으로 꾸준히 기금이 조성되고 있었던 것 같았다. 가만히 이야기를 듣고 있던 나는 눈을 꾹 감았다. 그만큼 장학기금이라는 말에 마음이 복잡했다.

내가 학교를 다니던 무렵 동아리 졸업생들은 학비 마련하기가 어려운 후배를 돕는 제도를 만들었다. 나는 그 기금의 첫 수혜자였다. 아버지가 일찍 세상을 떠나자 어머니 홀로 우리 남매를 키웠는데 변두리의 구멍가게로는 대학 등록금을 여유롭게 대줄 형편이 되지 못했다. 오빠는 이미 대학을 졸업했지만 더 공부하겠다고 대학원에 진학했다. 그 학비가 어머니의 큰 짐이었다. 늘 아르바이트나 학내 근로를 통해 돈을 벌어야 했던 나는 휴학까지 했지만 그 다음 학기에도 여전히 등록금을 내기가 버거웠다. 그런 사정을 태 선배에게 보내는 편지에 푸념하듯이 썼는데 아마도 졸업한 선배들의 귀에 들어간 것 같았다.

뜻밖의 수혜자가 되었지만 나라고 해서 장학기금을 받는 기분이 마냥 좋기만 한 것은 아니었다. 가정 형편은 나보다 더 어려운데도 내색하지 못한 이들이 있을 지도 모르는 일이었다. 그런 미안함과 함께 선배들에게 잘 보여서 특혜를 받았다는 기분이 꺼림칙하게 남아 있었다. 장학기금이 결정되고 나자 수다스러운 어느 여자후배가 자기 동기들끼리 했다는 말은 내게 비수가 되어 꽂혔었다. 진아 언니 집 사정을 선배들이 어떻게 알고 결정했는지 모르겠다는. 이 말은 내가 만나는 선배들마다 우리 집이 가난하다고 비굴하게 떠들고 다닌 것 같은 뉘앙스를 주면서 나의 수치심을 건드렸다.

한 학기 학비를 충당할 만큼의 장학기금을 받고나서 동아리에 대한 부채감이 생겨났지만 졸업한 뒤에는 여러 직장을 전전하며 살기가 바빴다. 사실 오랫동안 그런 종류의 감정을 잊고 지냈다는 것이 솔직한 표현이었다. 나는 맥주잔을 들어 한 모금 마셨다. 그때 건배를 하자고 잔을 들면서 던진 이찬의 말이 나의 마음속으로 들어와 꿈틀대기 시작했다. 이번에 학비 내기 어려운 후배가 있어서 장학기금을 모으고 있다며 관심을 부탁드린다는 말이었다. 그 말이 끝나자 다시 주위가 소란해졌다. 나는 조용히 손을 들고 말했다. 내가 기금을 내겠다고, 큰 거 한 장이면 후배 한 명 등록금 내줄 수 있지 않느냐고.

무심코 던진 말치고는 화력이 센 편이었다. 그 자리에 있던 이들 모두 동시에 나를 쳐다보았다. 태 선배의 시선도 나를 향했다. 나는 별거 아닌데 왜 이런 반응이냐는 표정으로 어색하게 웃음을 띠었다. 그러자 누군가 박수를 치기 시작했다. 와, 하는 함성소리가 식당을 가득 메웠다. 그 소리가 너무 커서 내 얼굴이 살짝 붉어졌지만 아랑곳하지 않고 박수소리는 한동안 이어졌다. 선후배들은 하나같이 로또 당첨됐느냐, 강남 아파트를 팔았느냐면서 본인들이 로또에 당첨되고 강남 아파트 주인이 된 것처럼 웃고 떠들었다.

그때 멈췄어야 했다. 아무리 박수와 함성이 울려 퍼지더라도 정신을 차렸어야 했다. 이상하게도 나는 그러지 못했다. 그만큼 내 안에 내재된 부채감이 무거워 당장이라도 벗어버리고 싶었던 건지도 모를 일이었다. 어쩌면 가난했던 예전의 내가 아니라고 외치고 싶었는지도.

병환이 깊어진 어머니는 자신의 수명을 단축하면서까지 유산을 남겨주었다. 결혼할 기미가 보이지 않는 딸에게 살아갈 힘이 되기 바랐을 것이다. 어머니는 치료비로 더 이상 돈을 쓰지 말라면서 약물 투여를 거부했다. 약을 쓰면 무조건 낫는다는 보장도 없었지만 돈이 있는데 왜 치료를 거부하느냐는 말에도 어머니는 단호했다. 그 돈은 네 돈이라는 게 어머니의 말이었다. 그런 큰 단위의 액수는 우리 모녀가 살면서 손에 쥐어본 적이 없었다. 말하자면 평생 넉넉하게 살아 본 적이 없었다. 그러다가 몇 년 전부터 동네에서 혁신도시 조성이니 정부청사 건설부지 지정이니 하는 소식이 들려왔다. 결국 최근 들어 우편물이 날아오고 시청직원이 방문하고 난 뒤 바로 집과 가게가 매도되었다. 어머니와 살 작은 집을 구하고 남은 돈이 통장에 고스란히 담겨 있었다. 어머니가 세상을 떠나고 나서야 나는 통장에 찍힌 숫자 단위를 천천히 헤아려 보았다. 일 십 백 천 만 십만…… 어머니가 평생 가난과 병마와 싸우며 남기고 간 돈이었다. 그래서인지 나는 그 돈을 어디에 써야할지 선뜻 결정하지 못하고 있었다.

오빠는 내가 대학을 졸업할 무렵 미국으로 유학을 갔고 그곳에서 결혼해서 살고 있었다. 어머니의 병환을 알려도 아무런 답이 없던 오빠는 어머니가 돌아가시자 장례식장에 잠시 참석하고는 바로 미국으로 떠났다. 나는 혼자 남아 어머니 유품을 정리했다. 오래된 가구며 가전제품을 하나씩 처분하면서 지독하게 쓸쓸한 무언가가 가슴을 스쳐가는 걸 느꼈다. 왜인지 알 수 없었다. 그저 순식간에 삼사십 년쯤 세월이 흘러가버린 듯한 텅 빈 기분이었다. 살림살이를 늘리는 데 더 이상 흥미가 생기지 않았다. 노후를 보내려면 돈이 필요하다지만 그런 걱정이 들 정도로 오래 살 것 같지도 않았다. 늙으면 시골 가서 텃밭 일구며 살면 된다고 생각했다. 그런 생각 탓인지 한 치의 망설임도 없이 장학기금을 내겠다는 말을 던지고 나자 무엇인지 모르게 개운하지 않은 느낌이었으나 그저 이십여 년 전에 받은 것을 돌려주는 것일 뿐이라고 스스로를 다독거렸다. 그런데 더 큰 시험대가 기다리고 있을 줄을 그때는 알지 못했다.

이차로 간 술자리는 커피와 맥주를 같이 파는 주점이었다. 야외 테이블이 놓여 있는 길가에 나란히 이웃한 노란 가로등과 벚나무가 꽤나 운치를 자아냈다. 벚꽃은 한 잎 두 잎 떨어지고 있었다. 우리 일행은 테이블을 적당히 옮겨서 자리를 잡고 빠르게 메뉴를 정했다. 나는 아메리카노를 주문해서 뜨거운 김을 불어가며 마셨다. 봄밤은 깊어가고 술자리는 무르익었다. 몇몇은 언성이 높아졌고 간간이 웃음이 터져 나왔다. 누군가 내 어깨를 툭 쳐서 돌아보자 태 선배가 맥주잔을 내려놓으며 내 옆자리에 앉았다. 그러곤 나에게 술 끊었느냐고 물었다. 한눈에도 선배는 술에 취했다가 깨기를 반복하는 것 같았다. 나는 술을 거의 안 마신다고 선배도 귀가하려면 그만 마시는 게 좋겠다고 했다. 그러자 선배는 피식 웃으며 걱정 말라고 하면서 화제를 장학기금으로 바꾸었다. 갑자기 부자가 됐느냐고 묻는 선배에게 나는 대수롭지 않게 말했다. 쉽게 말해 어머니의 유산이고 아직 어디에 써야할지 모르는 돈이라고, 딱히 다르게 말하거나 숨길 이유가 없었다.

나는 노랑머리 직원이 가져다 준 허니버터브래드를 나이프로 천천히 잘랐다. 그러곤 커피를 마시며 생각했다. 그때 그 말이 지금의 상황을 불러온 거라고. 이 모든 일의 시작은 그때 말했던, 어디에 써야할지 모르겠다고 했던, 그러니까 정말 어리석게도 눈먼 돈이라고 했던 바로 그 말에서 비롯된 거라고.

맥주잔에 술을 따르면서 태 선배는 자신이 살아온 이야기를 하기 시작했다. 무천을 떠난 지 십 년쯤 되었다고, 노동조합을 세우려는 움직임이 사측에 의해 번번이 무산되고 급기야 모함을 당해서 회사를 그만두었다고, 회사가 처음 생겨날 때부터 근무했던 자신이 타지에서 온 사람의 농간으로 밀려나자 죽을 만큼 아팠다고, 심한 내분비 질환을 고치려고 자연치유식을 공부하게 되었다고. 그러곤 여러 명상관련 책으로 마음을 다스렸다면서 가방에서 책 한 권을 꺼냈다. 〈돌연변이 인간종에게 남기는 원주민의 메시지〉라는 제목이 눈에 들어왔다. 나는 날개부분을 대충 읽고 나서 선배에게 책을 빌려달라고 했다.

"그래, 빌려줄게. 이 책에 오스틀로이드라는 호주 원주민이 나오는데 지금은 사라지고 없어. 그 이유가 뭔지 아나?"

"오스틀로이드? 오스트랄로피테쿠스에서 나온 말이에요?"

"아, 그건 모르겠고. 아무튼 이 부족은 호주를 침략한 사람들에게서 인류의 희망이 보이지 않는다고 더 이상 자손을 낳지 않기로 했어. 그러니까 너랑 나 같이 결혼도 안 하고 자식도 안 낳는 사람은 뭔가 훌륭한 메시지를 던지는 셈이지."

"나는 그렇게 거창한 생각으로 결혼 안하는 게 아닌데?"

"그럼 지금부터 그렇게 생각하면 되지. 환경을 파괴하고 순리를 거스르는 인간종은 더 이상 번성해서는 안 된다, 그런 이유로 이제부터 자손을 만들지 않겠다, 어때? 그럴듯하지 않냐?" 킥킥거리며 농담을 진담처럼 하고 진담을 농담처럼 하는 선배의 습관은 변함이 없었다.

선배는 책을 나에게 건네주며 지금은 바랑도에 정착해서 살고 있다고 했다. 섬에 자리 잡는 데까지 시간이 꽤 걸렸지만 여러 종의 커피나무를 키우며 조그만 카페를 운영하고 있다고, 원래 우리나라 기후와 토양에서는 커피가 자라기 어려운데 몇 년간 연구하면서 방법을 찾아냈다고, 아직 작은 규모지만 커피 전시도 하면서 카페 이름을 특색 있게 박물관이라고 지었다고. 나는 그 이야기를 들으며 예전에 노동운동 하려고 학교를 그만두었다고 했던 선배의 말이 떠올랐다. 선배 일이 잘 되면 좋겠다고 생각했다.

나는 커피 잔을 내려놓으며 생각했다. 서울에서라면 지금쯤 도서관에서 책을 읽거나 가까운 공원을 산책하고 있었을 텐데. 그만큼 이름도 낯선 바랑도에 혼자 내려와 막막한 한낮을 보내고 있다는 게 아득하게만 느껴졌다. 나는 한숨을 내쉬며 조각낸 허니버터브래드를 포크로 찍어서 캐러멜소스를 묻혔다. 소스가 빵조각에 주르르 흘러내렸다. 가만히 바라보다가 천천히 입안에 넣었다. 찌르르한 느낌이 들 정도로 달아서 침이 입안에 금방 고였다. 빵을 다 먹고 나자 남은 캐러멜소스 자국이 추상화 그림처럼 보였다. 혼란스러운 나의 마음 같았다. 내가 수많은 사람들 앞에서 기부하겠다고 말한 이유가 힘들었던 시절에 혜택 받았던 것을 보답하고 싶은 마음이었는지, 자존심을 되찾고 싶은 얄팍한 허세였는지 구분하기 어려웠다. 그 두

가지가 섞인 것이라고 해도 상관없었다. 그런데 기부하겠다고 말한 뒤에 나는 또다시 무리한 일을 결정하고 말았다. 그 일로 내가 속고 속이는 정글의 한가운데에 놓인 것 같아 바짝 긴장하고 있었다. 그리고 이제부터 내가 어떻게 행동하는 게 좋은지 답을 찾고 있는 중이었다.

이차 술자리가 파하고 나자 태 선배는 대리기사를 불러서 자기차로 집에 데려다주겠다고 했다. 대리기사가 운전하는 차 안에서 선배는 잠시 뜸을 들이더니 갑자기 부탁 좀 들어줄 수 있느냐고 말했다. 무슨 부탁이요, 하며 고개를 돌렸을 때 선배는 술에 취해 벌게진 얼굴에 손을 갖다 대고는 문질렀다. 그러고는 머리를 약간 숙이고 말했다. 사업을 확장하려고 하다가 자금이 막혔고 곧 어음이 돌아온다고, 지금 고향 무천에 있는 집을 팔려고 내놓았으니 팔릴 때까지만 돈 좀 빌려달라고 했다. 나는 그 말에 눈을 급히 깜빡거리다가 크게 뜨고 선배를 쳐다보았다. 선배는 나의 시선을 피한 채 너한테 신세지고 살 생각은 없다고, 꼭 갚는다고 힘주어 말했다. 정 못 믿겠으면 바랑도에 와서 직접 봐도 된다고, 그리고 빌려주기 싫으면 안 빌려주어도 상관없고 그냥 네가 혹시 여윳돈이 있나 해서 물어본 거라고 머뭇거리며 말을 이어갔다.

갑자기 명치와 아랫배가 딱딱해지며 아파왔다. 나는 손으로 살살 배를 쓰다듬으며 창밖을 바라보다가 갑자기 더워진 날씨이야기를 꺼냈다. 그 다음엔 잠시 어색한 침묵이 흘렀고 곧이어 대리기사가 우리 집 근처에 다 왔다고 했다. 나는 선배에게 데려다줘서 고맙다고 다음에 또 보자고 인사를 하고 내렸다. 캄캄한 골목길을 걸어 집 안으로 들어와 불을 켰다. 그날로부터 이틀 지난 뒤 선배에게 전화를 해서 계좌번호를 물었고 돈을 보냈다. 곧이어 고맙다고 문자가 왔다.

선배가 빌려준 책에는 현대문명에서는 찾아보기 힘든 원시적인 생명력을 간직한 부족민의 세계가 담겨 있었다. 그들의 눈에 비쳐진 문명인은 서로 싸우며 욕망에 휘둘려 살아가고 있었다. 나는 원주민 부족이 자연에 동화되는 과정을 읽으면서 어느새 그 세계에 이끌렸다. 한편으로 태 선배와 동행하는 건 어떨까 하는 상상을 했다. 그러자 어머니가 남긴 빈자리가 채워지는 듯한 기분이었다. 조금 낯설었지만 오랜만에 따뜻한 느낌이 들었다.

그런 생각이 산산조각 난 것은 며칠 뒤 이찬에게 전화를 받고서였다. 이찬은 장학기금을 보내주어서 고맙다고 하면서 혹시 태 선배가 돈 빌려달라고 했느냐고 물었다. 내가 대답을 못하고 머뭇거리자 이찬은 그 선배한테 전화 안 받은 사람이 없으니까 너도 조심하라고 했다. 동창들은 그 선배가 하는 일마다 안 돼서 알아서 피하고 있다고, 혹시나 해서 말하는 거라고, 그러다가 머쓱해졌는지 너도 나이가 있으니까 알아서 하겠지, 하고는 서둘러 전화를 끊었다. 그 순간 나는 화가 나서 휴대폰을 집어던졌다. 테이블에 놓여있던 머그컵을 들어 개수대에 던졌다. 손잡이가 떨어져나갔다. 공연히 수돗물을 틀어 놓고 싱크대 앞에서 한참을 서있었다.

이해할 수 없는 일이었다. 왜 속에서 분노가 들끓었는지, 욕심을 버리라는 명상서적을 빌려준 태 선배가 왜 위선적으로 느껴졌는지 알 수 없었다. 무엇보다 스스로 결정한 일을 자책한다는 게 가장 견디기 힘들었다. 불신의 싹이 자라기 시작한 이상 쉽게 사라지지는 않았다. 아무것도 손에 잡히지 않아 며칠 시간을 보내다가 선배가 빌려준 책을 펼쳐들었다. 띄엄띄엄 읽다가 선배 얼굴이 떠오르면 책을 내려놓기를 반복했다. 가끔은 공원 산책을 나갔다. 그렇게 조금씩 안정을 되찾아갔다.

생각해보면 내가 선배에게 돈을 빌려준 것은 당시로서는 최선의 선택이었다. 그러니 후회할 필요가 없다는 생각이 들었다. 그랬다가도 때때로 아무도 걸려들지 않는 그물에 나 혼자 걸려들어 조롱거리가 된 것 같았다. 기분 나쁜 악몽을 꾸기도 했다. 나는 선배를 만나기로 마음먹었다. 책을 돌려준다는 명목으로 불시에 찾아가야겠다고 생각했다. 바랑도에 직접 와서 보라고 선배가 말했으니까 연락하지 않고 가는 게 큰 결례는 아닐 것 같았다. 무엇보다 거금을 빌려준 중요한 비즈니스 관계라는 생각에 애써 용기를 냈다. 그렇게 떠나온 길이었다.

그러고 보니, 아무래도 이곳은 태 선배가 운영하는 카페는 아닌 것 같았다. 이렇게 크고 넓은 곳에 통유리 바깥으로 선 베드가 여러 개 있고 커피족욕 시설까지 갖추고 있는 곳이라니. 카운터 쪽으로 고개를 돌리자 사장으로 보이는 어떤 남자가 노랑머리 직원과 이야기를 하는 모습이 보였다. 멀리서 보아도 그는 태 선배가 아니라는 것을 확실히 알 수 있었다. 블루마운틴 커피 한 잔과 허니버터브래드를 앞에 놓고 있는 나는 평온한 듯 보이는 겉모습과는 달리 머릿속은 마구 헝클어진 상태였다. 나의 마음은 사람을 신뢰하고 싶다는 소망과 이용당하고 싶지 않은 자존심 어디쯤에 놓여 갈팡질팡했다. 선배를 믿지 않았다면 도저히 할 수 없는 일이었지만 그 밑바닥에는 뭐라 말하기 힘든 복잡한 감정이 도사리고 있었다. 허니버터브래드 위에 끼얹어진 캐러멜소스를 보면서 어떠한 음식 맛도 모두 가려버리는 소스처럼 내 감정의 정체가 무엇인지도 모르는 채 고상한 척을 하며 앉아 있었다.

언제부터였는지 왁자지껄한 소리가 입구 쪽에서 계속 흘러들었다. 돌아보자 단체 관광객이 줄지어 들어와서 커피족욕 체험관이 있는 지하로 내려가거나 이층 커피소품 샵으로 올라갔다. 넓다고 느꼈던 공간이 어느새 사람들로 꽉 들어찼다. 외진 곳이라서 손님이 없을 거라고 생각한 건 착각이었다. 소란이 누그러들자 창밖으로 시선을 돌렸다. 햇빛을 받고 서있는 관광버스 주변에 중년 여성들이 네댓 명씩 모여서 이야기하고 있었다. 내가 커피 마시는 사이에 홀 서빙 담당이 바뀌었는지 까만 앞치마에 포니테일로 헤어스타일을 한 직원이 내가 있는 쪽으로 와서 물었다.

"치워드릴까요?"

그 말에 나는 고개를 들고 갑자기 생각난 듯 물었다.

"네, 그런데 혹시 바랑도에 이곳 말고 커피 박물관이 또 있나요?"

직원은 가져온 쟁반에 빈 접시를 옮겨 담으면서 액정이 깨진 내 휴대폰에 시선을 보냈다. 그러곤 작은 목소리로 잘 모르겠는데요, 하면서 쟁반을 들고 안쪽으로 들어갔다. 나는 직원의 뒷모습을 바라보다가 가방 손잡이를 잡고 일어났다. 휴대폰은 점퍼 주머니에 넣었다. 일단 택시를 타고 서비스 센터에 가서 휴대폰부터 고쳐야겠다고 생각했다. 문이 있는 쪽으로 나가려고 하는데 방금 왔다 간 직원이 본인의 휴대폰을 보면서 내 쪽으로 걸어왔다. 여기서 이 킬로미터쯤 떨어진 곳에 커피 박물관이라는 카페가 하나 있네요. 그 순간 나는 활짝 미소를 보내며 감사하다고 말했다. 진심으로 가슴속 깊이 기쁨을 느꼈다. 태 선배에 대해 판단할 시간을 번 것 같았다. 잘못 찾아온 걸지도 모른다는 것이 왜 나에게 잠깐이라도 행복감을 주는지 알 수 없었지만 분명히 그랬다.

마침 주차장에 택시가 정차해 있었다. 이곳 커피 박물관 말고 같은 이름의 카페에 데려다 달라고 말하자 기사는 네비게이션 검색 창에 ㅋㅍㅂㅁㄱ이라고 자음을 입력했다. 검색 결과는 삼사 초 후에 떴다. 결과가 나오자 기사는 확인할 필요도 없다는 듯이 두 번째 장소를 터치하곤 운전을 시작했다. 상당히 과묵한 기사였다.

택시가 출발하자 갑자기 비가 내리기 시작했다. 한 방울씩 떨어지나 싶더니 순식간에 후두둑 소리를 냈다. 나는 택시 창문 밖으로 빗방울이 흘러내리는 모습을 바라보다가 가방 안에서 우산을 꺼내 내릴 채비를 했다. 택시는 한달음에 숲이 우거진 곳으로 나를 내려주고 떠났다. 사방은 빗줄기로 감싸여 있었고 차츰 어두워지는 것 같았다. 도로변 사이에 난 오솔길을 조금 걷자 멀리 비닐하우스 몇 동이 보였고 그 옆으로 돌과 나무로 지붕을 이은 작은 카페가 보이기 시작했다. 나는 오솔길 한쪽에 놓인 입간판을 무심히 지나가다가 다시 돌아와서 비에 젖고 있는 COFFEE 박물관이라는 글자를 잠시 내려다보았다. 자칫 모르고 지나칠 수 있는 정도의 작은 간판이었다. 조악한 솜씨였지만 꽤나 정성을 들여서 조각칼로 글자를 다듬은 흔적이 느껴졌다. 높은 건물 하나 없이 드넓은 공간에서 나무판자를 다리 사이에 놓고 앉아 톱밥을 불어가며 간판을 완성했을 태 선배를 떠올렸다. 그러나 아직은 성급한 기대에 불과했다. 이곳이 선배의 카페라는 근거는 어디에도 없었다.

빽빽한 나무를 배경으로 자리 잡은 몇 동의 비닐하우스가 낯설게 느껴졌다. 커피나무는 아열대 작물이라 우리나라에서는 비닐하우스 안에서 재배해야 한다는 말이 생각났다. 그렇다면 나는 태 선배의 커피 박물관을 제대로 찾아온 걸지도 몰랐다. 만나면 무슨 말부터 꺼내야 할까 생각하면서 비 내리는 숲길을 한참 걷자 숨이 가빠왔다. 카페로 향하는 길가에는 금계국이나 개망초, 패랭이 같은 야생화가 비를 흠뻑 맞고 있었다. 어느 사이엔가 굵어진 빗줄기에 군데군데 물웅덩이가 고였다.

엉성하게 놓여있는 디딤돌을 밟으며 도착한 카페는 토속적이고 소박했다. 민속촌에서 보았음직한 나무로 만든 출입문을 조심스레 밀었다. 그러자 방울 소리가 경쾌하게 울려 퍼졌다. 진한 커피향이 친근하게 다가왔다. 기대한 대로 실내는 아담하고 따뜻했다. 우산을 접고 외투에 묻은 빗방울을 손으로 털어냈다. 주위를 둘러보자 입구 한쪽에 로스팅된 원두가 유리병에 담긴 채로 벽면 가득 진열되어 있었다. 그 앞으로 나무로 만든 테이블 위에는 드립 기구가 놓여 있었다. 대략 테이블이 네다섯 개 놓여 있는 작은 카페였다. 나는 입구 쪽에서 가장 가까운 의자에 앉았다. 테이블과 의자는 모두 직접 나무로 만든 것이었다. 나무판자 길이도 고르지 않았고 못으로 어설프게 박은 자국을 보면 공장에서 찍어 만든 게 아님이 분명했다. 역시 태 선배의 솜씨가 틀림없었다.

여전히 태 선배는 보이지 않았다. 이번에는 선배를 찾지 않고 기다려보기로 했다. 그렇더라도 내 마음이 아무렇지 않은 것은 아니었다. 아무도 없는 카페에 앉아서 시간을 보내고 있는 동안 나의 머릿속에는 태 선배를 비난하던 사람들의 목소리가 들리는 듯했다. 대책 없이 동창들에게 돈을 빌리고 다니면서 인심을 잃은 그를 편들어 주는 사람은 아무도 없었다. 그러고 보면 그는 인심을 잃은 것이 아니라 처음부터 인심을 얻지 못한 것인지도 몰랐다. 왜냐하면 그가 삶을 택하는 방법은 늘 비주류의 그것이었으니까. 나는 동창들에게 돈을 빌리는 그의 행동에 악의가 없다면, 세상에 나 하나라도 그의 편이 되어주는 것도 괜찮지 않을까 하는 생각이 들었다. 물론 그렇게 해도 내가 전혀 후회하지 않을지는 알 수 없었다.

미국인 여자는 원주민들과의 도보여행을 끝내며 이렇게 회고했다. 이제까지는 모든 사물을 있는 그대로 바라보지 않고 좋다 나쁘다로 평가만 하면서 살았다고, 이렇게 마치 밖을 내다보는 두 눈만 생생하게 살아있는 것과 같은 체험은 한 번도 해본 적이 없었다고, 자신의 삶이 이처럼 완벽하게 정직했던 적은 없었다고. 그것은 그들과 마음으로 대화했기에 가능한 일이었다. 자신의 마음속에 있는 내용물을 낱낱이 드러낼 수 있어야 했다. 그건 대단한 용기가 필요한 일이었다. 나는 자신 없었다. 게다가 나의 내면에 있는 게 진짜인지 알 수 없었다. 그래서 아직은 소스 끼얹은 음식처럼 나의 마음을 은폐하고 있었다.

창밖의 빗줄기는 더 세차게 쏟아졌다. 나는 그 소리에 창문 쪽으로 고개를 돌렸다. 그때 출입문이 열렸고 한 남자가 들어왔다. 우산을 접어 우산꽂이에 꽂는 그의 뒷모습이 보였다. 나는 활짝 열린 문을 통해 들어오는 빗물의 하얀 포말 때문에 희붐해진 그에게서 시선을 떼지 못하고 있었다. 이윽고 그가 고개를 들어 나와 눈이 마주쳤다. 그리고 반쯤은 놀란 표정으로 반쯤은 웃는 표정으로 나를 향해 걸어왔다. 태 선배였다. 나는 그를 보면서 오랜만에 활짝 순백의 웃음을 터뜨렸다.

유영은 | 퍼레이드를 기다리는 시간

2022년 문화일보 신춘문예에 당선되어 작품 활동을 시작했다.

퍼레이드를 기다리는 시간

유영은

주말에 디즈니랜드의 퍼레이드에서 조안의 영혼을 본 것 같다고 말했더니, 엄마가 너는 거기까지 가서 술을 얼마나 퍼마신 거냐고 물었다. 미키 귀가 달린 귀여운 컵에 생맥주를 팔기에 딱 한 잔만 마셨다고 하니 주정뱅이 말은 아무도 믿지 않는다는 핀잔이 돌아왔다. 너희 언니가 리지랑 있을 때는 절대 마시지 말라고 하지 않았니?

언니가 리지랑 있을 때만은 하지 말아 달라고 당부한 사항은 음주 외에도 많았다. 욕하지 마라, 에이씨 소리도 안 된다, 소리 지르지 마라, 인상 쓰지 마라, 업어주지 마라, 칭얼거림의 전부를 받아 주지 마라. 리지 담임선생님에게 전화가 걸려올 때마다 언니는 가족 단톡방에 당부의 말을 장문의 카톡으로 올렸다. 엄마, 주희야, 항상 고맙고 미안한데, 하며 시작하는 카톡이었다. 맞아, 언니가 마시지 말라고 그랬지. 그렇지만 엄마, 맨 정신에 남의 집 애를 어떻게 봐. 나는 술을 마시면 리지가 내 딸 같고 그래.

언니도 리지가 자기 딸이 아니라 내 딸이 아닌가 싶을 때가 있다고 했다. 언니는 리지 앞에서 화를 낸 적이 없고, 삼 년 전 헤어져 양육비만 보낼 뿐 이제는 무슨 행사 날이나 그것도 아니면 애 생일 때나 되어야 저도 아빠랍시고 슬금슬금 전화를 걸어오는 리지 아빠도 그 부분에서만큼은 결백하다면서. 둘 다 애 앞에서는 웬만하면 조심하면서 큰소리 낸 적 없는데 그 분노가 대체 어디에서 왔는지 모르겠다고 하며 언니는 나를 쳐다봤다. 소리 지르는 사람은 이 세상에 차고 넘쳤는데, 왜 리지가 날 닮아 그렇다고 생각하는 거야? 나는 언니에게 그렇게 따지려다가 그만두었다. 리지가 아이패드를 집어 던지며 악을 쓰는 모습이 꼭 나를 보는 것 같아 고개를 돌려버렸던 어느 날 저녁이 생각났기 때문이다.

그렇게 애 챙기기 힘들면 리지는 나랑 있게 두고 너 혼자 다녀오라니까.

엄마는 그날 마치 내게 리지를 봐주겠다는 제안이라도 했던 것처럼 말했다. 그러나 오만 원짜리를 고 조막만 한 손에 쥐어 주며 이걸로 하루치의 추억을 사 오라던 건 엄마였다. 엄마, 오만 원으로 하루 치를 어떻게 사, 반나절치도 못 사. 나는 엄마에게 눈을 흘기며 리지의 손에 들려 있던 지폐에 자연스럽게 손을 뻗었다. 잃어버릴 수도 있으니까 이모가 보관만 할게, 알았지? 지폐는 리지의 손에서 수월하게 스르르 벗어나는 듯했으나 마지막 순간에 끝자락이 붙잡히고 말았다. 그래봤자 아홉 살짜리의 힘이었다. 지폐가 내 손에 들어오고 난 후 리지는 빈손을 오므려 허공을 잡았을 뿐 별다른 저항을 하지 않았다.

먼 곳으로 놀러 간다는 생각에 신나서 돈 따위는 어떻게 되어도 상관없었을 수도 있다. 디즈니랜드를 싫어하는 어린애가 어디 있겠어? 그날 아침, 같이 놀이동산을 가겠냐는 제안에 리지는 너무너무 좋아! 외치곤 내 허리 부근을 꽉 안았다. 나는 리지의 정수리에 손을 가만히 가져다 댔다. 뜨끈하고 작고 부드러운 리지. 그 애는 화를 낼 때만 아니면 그토록 사랑스러울 수가 없었다.

그렇지만 사실 그날의 디즈니랜드 행은 리지가 아니라 나를 위한 것이었다. 오랫동안 기다려왔던 개장이었다. 한국에 디즈니랜드가 들어선다는 이야기는 내가 스무 살 즈음, 그러니까 약 십오 년 전부터 나왔는데 디즈니 측에서 부지를 구입하기까지 한세월이 걸렸고, 공사를 시작한 이후에도 사소한 자재 운반 실수부터 사망 사고까지 연이어 발생하는 바람에 머리끄덩이가 붙잡혀 멈춰 선 것도 벌써 몇 번이었다. 일 년여 전 마침내 개장을 코앞에 두게 되었으나 시범 운영 기간에 또 사망 사고가 일어났다. 들기로는 기술팀 직원이 안전점검 중에 알라딘 양탄자에서 떨어졌다고도 하고, 본사 측 경영진이 덤보 귀에 매달려 있다가 떨어졌다고도 하고, 퍼레이드 연습을 하던 웬디 배우가 피터 팬과 구름 위를 날다가 떨어졌다고도 하는데 정확한 경위는 알려진 바가 없지만, 아무튼 누가 어디서 떨어지기는 한 것 같았다. 손 있는 날에 공사를 강행한 탓이라고 했다. 그쪽 터가 안 좋기로 유명한데 부지를 정하고 고사나 굿 한 번 안 했기 때문이라는 이야기도 있었다. 연유야 어찌 됐든 세상에서 가장 행복한 곳, 가장 마법 같은 곳에 죽음 내지는 추락의 이미지가 드리워진 것에는 변함이 없었다. 연이은 불행이 찾아온 그곳을 가족 나들이 장소로 선택할 사람은 없었고 개장은 또 연기됐다.

몇 번이나 조정된 개장일이 다가오자 이미지 탈피를 위해서인지, 어떻게든 방문객을 유치하기 위해서인지 디즈니랜드 측에서는 3D 홀로그램이라는 신기술을 활용한 퍼레이드에 초점을 맞춰 온 사방에 광고를 뿌렸다. 사람이 코스튬을 입고 연기하는 퍼레이드가 아닌, 애니메이션 속 인물의 3D 영상을 공중에 쏴서 진행하는 퍼레이드였다. 꾸밈없는 세상, 단 한 톨의 거짓도 없이 완벽히 진실한 마법과 행복의 세상! 인스타그램 피드의 스크롤을 내리는데 디즈니랜드의 광고 문구가 나를 멈춰 세웠다. 문구 뒤로는 밤의 디즈니 캐슬이 화려하게 빛나고 그 뒤로는 컴퓨터 그래픽일 것이 분명한 폭죽이 펑, 펑 터지고 있었다.

수십 가지 색으로 빛났다가 사라지는 폭죽을 보면서 그곳에 가야겠다고 생각했다. 나는 디즈니가 좋았다. 어릴 때 인어공주와 백한 마리 강아지를 비디오테이프가 늘어날 때까지 수십 번 돌려보고, 중고등학교 때는 디즈니 캐릭터가 그려진 펜과 노트를 사 모았다. 해외 주식 계좌를 처음 개설했을 때 가장 먼저 매수한 것도 디즈니 주식이었다. 그렇지만 무엇보다 나를 사로잡았던 건 한 치의 거짓도 없이 온통 진실뿐이라는 문구였다. 내가 오래전 떠나온 인물들이 수십 년이 지나도 여전히 그대로, 진실한 모습으로 남아있는 것을 직접 보고 싶었다.

그날 오후 외삼촌에게서 전화가 걸려 왔다. 엄마에게 조안의 영혼을 봤다고 말한 지 두 시간이 채 지나지 않았을 때였다. 엄마가 내 말을 아주 헛소리로 듣지는 않은 모양이었다.

조안이 디즈니랜드에서 일한다며? 네가 퍼레이드에서 봤다며? 사실이야?

여보세요 소리가 그쪽까지 채 닿기도 전에 삼촌은 질문을 쏟아냈다. 퍼레이드에서 조안이 무슨 역할을 맡았냐고, 정확히 뭘 하고 있었냐고 다그쳐 물었다. 내가 본 건 조안이 아니라 조안의 영혼이었는데…. 삼촌에게까지 주정뱅이 소리를 들을까 봐 그 말은 삼켰다.

퍼레이드에서 무슨 역할을 맡은 사람은 없었다. 아무도 자신이 아닌 다른 누군가를 연기하지 않았다. 백설공주는 백설공주였고, 인어공주는 인어공주, 안나는 안나, 올라프는 올라프, 알라딘은 알라딘이었다. 조안도 조안이었다. 각자의 세계에서 분투하다가 결국 행복한 결말을 맞게 되는 인물들 사이에서 조안이 정확히 뭘 하고 있었는지 설명하기는 어려웠다. 조안은 그냥 서 있었다.

조안이 있던 곳은 알라딘 섹션이었다. 퍼레이드에서는 공원 부지가 만화별 섹션으로 구획되었고, 각 섹션에서는 해당하는 만화 인물의 3D 영상이 상영되었다. 알라딘 섹션은 부지 북서쪽 끝에 위치한 작은 알라딘 테마존이었다. 테마존이라고 해봤자 모래로 쌓은 듯한, 그러나 사실은 시멘트로 올린, 금색과 파란색의 둥근 지붕이 얹힌 성이 몇 채, 그리고 포토 월이 전부였다. 퍼레이드가 시작하자 그나마 있던 소수의 관람객은 새파란 조명의 겨울 왕국 섹션이나 머리칼이 길게 내려온 높은 탑이 있는 라푼젤 섹션으로 몰렸다. 알라딘 섹션에는 나와 리지밖에 없었다. 조안을 발견한 건 퍼레이드가 꽤 진행되고 나서였다. 조안은 양 주먹을 꽉 쥐고 곧은 자세로 서 있었다.

삼촌의 질문에 어떻게 답해야 할까? 조안은 단지 서 있기만 했다고? 그러나 삼촌은 내 대답을 기다리지도 않았다. 당장에 디즈니랜드에 가야겠다고 했다. 조안을 찾아내야 한다고.

삼촌은 작년 이맘때 엄마에게서 엄마 교회 친구인 조안을 소개받았다. 둘은 한 번은 엄마와 함께, 그다음에는 단둘이 식사 자리를 가졌고, 두 번째 식사 후 삼촌은 조안을 멋지고 좋은 친구라고 평했다. 낭만과 비전을 동시에 갖춘 사람. 우리 나이에 그런 사람 흔하지 않지.

엄마는 처음부터 연애 상대가 아니라 친구로 조안을 삼촌에게 소개해 줬다고 했지만, 혹시 잘되면 또 누가 아니, 그런 말을 덧붙였다. 삼촌은 적지 않은 나이에 미혼이었고 엄마는 늙은 남자의 독신 생활은 남 보기 부끄러운 것이라 했다. 조안은 한국 나이로 쉰이었고 삼촌은 엄마보다 여덟 살 어리니 쉰넷이었다. 궁합도 안 보는 나이 차 아니니? 엄마는 기대에 부풀었다.

그러나 그 교회에서 조안을 그런 식으로 탐내는 사람은 엄마 외에도 많았다. 누구나 조안을 좋아했고 더 긴밀히 엮이고자 했다. 나도 조안을 한 번 본 적이 있다. 그날 엄마는 교회 친구들과의 저녁 식사 자리에 나를 불러냈는데 조안이 그 자리에 있었다. 참깨 샐러드, 죽, 전, 비빔밥이 간단히 코스로 나오는 한식집이었고 고즈넉한 분위기, 합리적인 가격에 소화가 아주 잘된다고 김 집사님이 강력 추천한 곳이었다.

내가 식당에 들어갔을 때 김 집사님은 맞은편에 앉은 조안에게 무슨 이야기인가 하고 있었다. 분위기를 봐서는 조언을 구하는 듯했다. 김 집사님은 식탁의 절반을 넘어설 정도로 상체를 앞으로 바짝 기울이고 있었고, 조안은 양손을 식탁 위에 포개어 올리고 등을 의자에 붙여 정자세로 앉아 있었다. 그날 식사 내내 조안은 비슷한 자세를 유지했다. 어려운 한국어도 전부 알아듣는 낌새로 봐서는 한국어가 유창할 듯한데 집사님, 권사님, 언니, 하는 호칭을 제외하고는 웬만해선 한국어를 쓰지 않았다. 영어 학원을 운영하는 최 원장님과 대화할 때는 그렇다 치고 옆자리 박 권사님에게도 영어로

만 말했다. 몇 년 전까지 이태원에서 약국을 했던 덕에 웬만한 소통은 단어로 어떻게 해본다고 해도 문장을 듣거나 말하기 위해서는 잔뜩 긴장해야 했던 박 권사님은 시시때때로 최 원장님을 쳐다보며 의아한 표정을 짓고 다시 조안을 바라보며 미안한 표정을 지었다.

조안이 괜찮은 투자처라며 필리핀의 모 스타트업을 추천했고 교회의 많은 신도에게 약 이백만 원씩을 받아냈다는 것을 나는 모든 상황이 끝나고 나서야 들었다. 안타깝게도 박 권사님은 이백이 아니라 삼백을 투자했다는 이야기를 엄마에게 전해 듣고 나는 그때 식사 자리에서의 박 권사님의 표정을 떠올렸다.

조안은 어느 날 갑자기 사라졌다. 돈을 들고 나른 거지. 엄마는 당연한 수순이라고, 진작 몰랐던 내가 잘못이라고 말하면서도 하루 동안은 멍하니 공중만 바라봤다. 이백만 원이 아까워서는 아니고 조안의 웃음소리와 언니, 하는 그 살가운 목소리가 계속 생각났다고 한다.

삼촌은 디즈니랜드에 가려고 휴무까지 냈다. 내가 삼촌 집에 여덟 시쯤 도착하면 아침을 먹고 아홉 시쯤 출발하면 되겠다고 삼촌은 일정을 통보했다. 그러나 전날 저녁에 엄마가 동태찌개를 끓여줬고 또 시원한 국물에 한잔하지 않을 수가 없었고 한잔하다 보니 두 잔 하지 않을 수가 없었다. 엄마는 새벽에 화장실을 가려고 일어났다가 그때까지 식탁에 앉아 다 식어버린 찌개를 앞에 두고 맥주잔에 소주를 따라 마시고 있는 나를 보고선 사탄이라도 본 듯 오, 주여, 하곤 더 이상 말을 잇지 않았다.

여덟 시쯤이라고 했으니까 여기서 여덟 시에 출발하면 되겠지, 하면서 잠들었는데 일어나보니 오후 두 시였다. 삼촌에게 헐레벌떡 전화하니 너 그럴 줄 알았단다. 지금이라도 오라기에 대충 씻고 삼촌 집에 갔고 디즈니랜드 주차장에 차를 주차했을 때는 오후 네 시를 약간 넘긴 시각이었다. 입구까지 걸어가는데 숙취 때문인지 초가을 바람이 선선하게 불어오는데도 땀이 삐질삐질 났다. 삼촌은 잠깐 제자리에 멈춰서 땀을 닦으려는 나를 가만히 쳐다보더니 너는 좀 애가 이상해졌다고 말했다.

네가 약속 시각에 늦는 애가 아니었어, 원래.

엄마는 출산 예정일 전날에 진통을 시작해서 그날 자정 경에 나를 낳았다. 약속한 시각에 딱 맞춰 나온 거지. 처음 시작부터. 삼촌은 이 이야기를 전에도 수십 번 했다. 애가 나왔다는 전화를 받고 벽시계를 쳐다봤는데 시침과 분침이 숫자 십이 부근에 함께 다소곳이 포개져 있었다고. 삼촌은 애가 뭐가 돼도 될 애구나 싶어서 머리칼이 쭈뼛 섰다고 했다. 그런데 지금은 아주 늦는 게 일상이야, 일상. 삼촌은 그렇게 말하곤 손목시계를 쳐다봤다.

언제 이렇게 변했지?

삼촌은 그 질문도 전에 수십 번 했다. 너 저번에는 아주 작았는데 언제 이렇게 자랐지? 구구단 사단도 못 외웠었는데 어쩌다가 이렇게 컸지? 내가 놀리면 울기만 했었는데 언제 이렇게 소리를 지를 수 있게 됐지?

예전에는 삼촌의 질문이 의아했다. 언제 이렇게 변했냐고? 시간이 가면서 변했지 뭐. 삼촌과 나는 같은 시간을 살고 있는데 마치 내 시간만 흐른 것처럼 삼촌은 물었다. 그러나 아이패드를 붙잡고 있는 리지의 뒤통수를 가만히 바라보다 보면 그 질문의 의미를 이해할 수 있을 것 같았다. 리지와 같은 공간에 있어도 리지와 나의 시간은 다르게 흘렀다. 시간의 흐름이 뒤틀리거나 어느 한구석이 잔뜩 구겨진 것만 같았다.

주차장에도 빈자리가 많다 했더니, 입구 부근에도 사람이 없었다. 공원 안쪽에서는 여기저기서 깔아 놓은 듯한 배경음악 여러 곡이 겹쳐져 들렸고 놀이기구가 작동하며 내는 기계음도 심심찮게 밖으로 새어 나왔지만, 사람들의 웃음소리나 비명은 들리지 않았다. 매표소 투명 창에 얼굴을 들이미니 곰돌이 푸 얼굴이 대롱대롱 달린 머리띠를 한 매표소 직원이 무표정으로 있다가 해사하게 웃으며 반겼다. 꿈과 희망, 환상의 세계에 오신 걸 환영합니다! 그렇지만 지금 입장권을 사는 건 추천 드리지 않는다고, 지금 사면 종일권을 사야하고, 다섯 시부터는 야간권을 살 수 있다고 했다.

야간 입장권이 훨씬 저렴한데, 어떻게 하시겠어요?

직원이 머리띠 위의 푸와 같은 미소로 물었다. 한 시간이나 남았으니 그냥 종일권을 달라고 했다. 어서 들어가서 조안이 없다는 걸 확인하고 집에 가서 눕고 싶었다. 그러나 삼촌이 내 어깨를 두 번 두드리며 한 시간밖에 안 남았으니 근처 벤치에 잠깐 앉아 있다가 야간권을 사자고 했다. 결국 직원에게 야간권을 사겠다고 번복하고 돌아서려 하는데 삼촌이 내 어깨를 다시 두드리곤 물어봐, 물어봐, 했다.

저기…, 사람을 좀 찾는데요.

혹시 조안이라는 사람이 여기서 일하지 않느냐고 물으니 푸 직원이 갸우뚱하며 옆자리에 턱을 괴고 앉은 피글렛 머리띠를 한 직원을 불렀다.

니모라는 직원을 찾는다는데 혹시 알아?

피글렛 직원도 고개를 갸우뚱했다. 직원이 고갯짓할 때마다 피글렛의 얼굴이 양옆으로 미세하게 흔들렸다. 니모가 아니라 조안이요, 조안, 하며 삼촌이 나를 옆으로 살짝 밀치곤 창구 가까이로 고개를 들이밀었다. 피글렛 직원은 삼촌을 힐끔 보며 처음 들어보는데, 했다.

안에 들어가서 물어보셔야 할 것 같아요.

푸 직원이 그러면 종일 입장권으로 도와드리면 되겠냐고 다시 물었다. 삼촌을 쳐다보니 삼촌은 아뇨, 한 시간 뒤에 다시 오겠다고 말하곤 먼저 잔디밭 앞의 벤치 쪽으로 걸어갔다. 벤치 한쪽에는 이미 어린아이만한 미키 동상이 앉아 있어서 삼촌이 앉고 나자 내가 앉을 자리가 없었다. 삼촌은 크게 한숨을 내쉬었다.

괜히 왔나 싶지?

삼촌은 대답 없이 다리만 달달달 떨었다. 이번 디즈니랜드 행은 삼촌 주도하에 이루어졌고, 나는 가자는 말을 맹세코 꺼내지 않았으나 여기에 의미 없이 앉아 있는 것도 어쩐지 내 탓인 것 같았다. 내 말을 헛소리로 듣지 않은 엄마를 잠깐 탓하기도 했다.

오전에 가을비라도 내렸는지 뒤쪽 잔디밭에서 풀냄새가 기분 좋게 불어왔다. 벤치가 축축하지는 않은가? 공원 내에서 새어 나오는 복잡한 배경 음악과 기계 소리, 삼촌의 신발 뒤꿈치가 시멘트 바닥에 탁탁탁 부딪히는 소리를 들으며 나는 삼촌에게 무슨 말이라도 붙여야 할 것 같아 하늘을 쳐다봤다. 어디 특이한 구름 없나. 미키마우스 모양이면 딱인데. 그렇지만 하늘에는 구름 한 점 없었다.

삼촌은 대체 얼마를 투자한 거야?

정확히 백오십이라고 했다. 그래도 많이는 안 줬네. 나는 박 권사님 이야기를 전했다. 권사님은 삼백 했대, 삼백. 삼촌은 운이 좋았던 거라고 말해줬다. 그러나 삼촌은 돈이 문제가 아니라고, 조안이 다른 것도, 더 중요한 것도 가져갔다고 했다. 아주 중요한 무언가를. 그 씨발년이.

삼촌은 조안이 아주 씨발년이라고 했다. 그런 년이랑은 처음부터 상종해서도 안 됐는데. 삼촌이 점잖은 사람이야 아니지만, 삼촌의 입에서 그런 노골적인 욕이 나오리라고는 생각해보지 못했다. 당황해서 허허, 하는 어색한 웃음이 나왔다. 곧이어 내 웃음소리에 기분이 나빠졌다.

대체 조안이 뭘 가져갔기에 그렇게 화가 났냐고 묻자 삼촌은 카세트테이프라고 답했다. 마음을 가져갔다는 촌스러운 답변이 나올까 걱정했던 나는 비슷하게 오래 묵은 단어를 듣게 되어 잠시 할 말을 잃었다. 오래된 테이프라 재생할 수가 없었는데 조안이 괜찮은 기술자를 알아서 다시 들을 수 있게 만들어 준다고 했단다. 무슨 테이프였냐고 묻자 대학 시절 동아리 친구들과 함께 노래를 녹음한 테이프라고 했다. 나라면 백오십만 원을 가져간 것에 더 분했을 거였다. 그러나 삼촌에게 그렇게 이야기할 수는 없었다. 소중한 추억인가 보네, 하고 동조하자 삼촌은 그 테이프의 가치에 비하면 소중한 추억이라는 말은 너무 가벼운 표현이라고 했다.

어쨌든 조안이 삼촌한테만 씨발년인 것은 아니었다. 조안이 어느 날 홀연히 사라진 후, 그래, 비싼 수업료 내고 좋은 거 배웠다 치자는 사람도 있었지만, 속에서 울렁대는 배신감을 어떻게 해야 할지 몰라 마구잡이로 토해내는 사람이 더 많았다. 김 집사님은 조안을 그 되먹지도 못한 년이라고 불렀고, 예의와 교양을 중요시하는 문 권사님도 그 계집애 그럴 줄 알았다고, 외국년들은 하나같이 믿을 수가 없다 했다.

그전에는 모두들 조안을 선생이라고 불렀다. 조안 선생님. 정확한 호칭이었다. 조안은 선생님이 맞았다. 엄마와 같은 교회의 최 원장님이 운영하는 아이들 영어 회화 학원에서 일했기 때문이다. 일주일에 두 번 오십 분씩, 수강료는 원어민이 이십오만 원, 한국인 유학파는 이십만 원, 필리핀인은 십팔만 원이었다. 리지를 등록할까 고려했던 학원이었다. 영어 유치원에 돈을 퍼부은 보람도 없이 초등학교에 들어가자마자 리지의 영어 발음은 빠르게 무너졌다. 리지는 더 이상 '월드'를 발음하지 못했다. 유치원 때보다 혀가 길어져서 그런가, 하던 언니도 리지야 너는 어떤 맛이 제일 좋니, 문자스, 위, 트라고 정확하게 발음하는 리지를 보고 조바심이 났고 사교육의 도움을 받아야겠다고 선언했다. 비용 부담 때문에 과외가 아니라 학원을 찾아보던 와중에 리지 친한 반 친구가 다닌다길래 리지도 보내는 게 어떨까, 친구도 있으니까 적응도 어렵지 않겠다 싶어 언니 대신 최 원장님한테 상담을 받은 적이 있었다. 최 원장님은 우리 예쁜 리지니까 처음 삼 개월 간은 특별히 삼만 원을 할인해 주겠다고 했다. 언니는 그 호의가 불편해 리지를 다른 학원에 보냈다.

언니의 바람과는 다르게 리지는 영어에 별로 관심이 없었다. 주말에 퍼레이드에서도 나는 리지에게 영어를 시켜보려 했다. 알라딘 주제곡 '어 홀 뉴 월드'의 한국어 버전이 흘러나오고 있을 때였다. 회화학원에 다니기 시작한 지도 석 달이 넘었다. 이제 다시 월드를 유창하게 발음할 수 있게 되었으리라 기대하고 나는 리지에게 물었다.

리지야, 너 이 노래 영어로 들어봤지? 응? 어 홀 뉴 월드! 응?

리지는 내 질문에 대답하지 않고 자꾸 저기 저쪽, 얼음으로 계단을 만들고 있는 엘사에게 가자고 했다. 그놈의 엘사. 엘사의 얼음 성은 여기서 이백 미터는 더 걸어야 했다. 맥주 기운이 올라 다리가 무거웠다. 더는 한 발짝도 걸을 수 없었다. 리지에게 이 노래만 끝나면 엘사든 안나든 보러 가자고 했다. 아직 시간이 많다고.

어릴 적 본 알라딘 만화는 분명 더빙판이었던 것 같은데 어 홀 뉴 월드의 한국어 버전은 들은 기억이 없었다. 그러고 보니 한국어 노래의 제목은 뭐였지? 가사를 들어보려고 해도 음악이 설치물 여기저기에 부딪쳐 울리는 바람에 내용이 명확히 들리지 않았다. 세상이 아름답다는 이야기만 간헐적으로 들리고 뭐가 신비하다 어쨌다 하는 거 같은데 익숙한 멜로디에 낯선 가사를 들으려니 더 어려웠다.

그리고 그때 조안을 봤었는데…. 조안이, 아니 조안의 영혼이 아직도 저 안에 있을까? 삼촌은 긴장한 건지, 초조한 건지, 화가 난 건지, 굳은 표정으로 여전히 다리를 떨고 있었다. 나도 덩달아 다리를 떨기 시작했다. 조안이 저 안에 반드시 있어야 했다.

놀이공원 안은 역시나 한산했다. 운영 중인 놀이기구에도 대기 줄이 없었다. 군데군데 아이를 동반한 가족들의 발걸음도 슬렁슬렁 편하고 느렸다. 오늘은 평일이라 그렇다 치고 주말에 왔을 때도 한적하다 못해 쓸쓸하다 느꼈는데 이 많은 기계를 돌리는 돈은 어디에서 충당하는지 쓸데없는 걱정도 해봤다.

삼촌은 일단 직원에게 사무소가 어딘지 물어볼 테니 여기 잠깐 있으라고 하며 나를 내버려 두고 저기 간판대 쪽으로 달려갔다. 나는 덤보 여러 마리가 기계 팔에 매달려 원을 그리며 하늘을 나는 놀이기구 옆에 혼자 덩그러니 서 있었다. 어릴 때도 삼촌과 놀이공원에 왔었다. 삼촌은 시시해서 안 타겠다는 나를 놀이기구에 억지로 태웠다. 정작 자기는 타지도 않았다. 사실은 시시한 게 아니고 무서웠다. 삼촌도 내 마음을 눈치챘을지 모른다. 레볼루션이었는지, 혜성특급이었는지, 지금은 이름도 기억나지 않는, 삼촌의 등쌀에 밀려 타게 된 그 놀이기구에서 나는 심장이 배까지 철렁 몇 번이고 내려앉았다. 기구에서 내리니 바닥이 물렁거리고 천장이 뱅글뱅글 돌았다. 삼촌은 출구에서 나를 반겼다. 어때? 기분이 이상하지? 그게 재밌는 기분이야!

그 뒤로도 놀이기구를 즐기는 어린이는 되지 못했으나 목 깊은 곳이 간지럽고 심장이 급하게 뛸 때마다 생각했다. 이건 재밌는 기분이야! 돌아보면 삼촌에게 배운 것이 많았다. 처음 친구와 싸웠을 때도, 처음 연애를 할 때도, 처음 집을 구할 때도 삼촌은 진부하지만 나름 유용한 조언을 해줬다.

사무소 위치를 물어보러 갔던 삼촌이 저 멀리서 씩씩거리며 빠른 걸음으로 돌아왔다. 직원에게 사람을 찾는다고, 사무소가 어딘지 물으니 직원은 아이를 잃어버리신 거냐고 걱정하며 아이 이름과 인상착의를 물었다고 한다. 무전으로 전달해서 공원 전체에 방송을 할 수 있다면서. 아이가 아니라 조안이라는 필리핀 여자예요, 하니 직원은 갑자기 얼굴을 잔뜩 구기곤 그러니까 한국 여자를 데리고 살아야죠, 하면서 충고했다고 했다. 삼촌은 대번 그런 거 아니라고 소리를 버럭 질렀지만, 분이 안 풀린다고 저 멀리 직원 쪽에 삿대질을 했다. 도날드덕 모자와 꼭 같은 파란 해군모를 쓴 직원이 아이들에게 풍선을 나누어주고 있었다. 뭐 그런 무례한 인간이 다 있냐고, 삼촌보다 더 크게 삿대질을 하며 가서 한마디 할까 물으니 삼촌은 됐다, 됐어, 했다.

내가 큰소리를 내니 삼촌은 조금 차분해졌다. 사무소가 어딘지는 알아 왔냐고 묻자 삼촌은 도날드덕 직원이 줬다며 공원 지도를 내밀었다. 공원 내 사무소는 총 세 곳이었다. 다 가보는 게 좋겠지? 이 부근에 있는 사무소 두 곳에는 내가 다녀올 테니 삼촌은 좀 멀리 있는 세 번째 사무소를 갔다가 중간 지점에서 다시 만나는 게 어떨까 물었다. 삼촌은 함께 움직이자고 했다. 도날드덕 직원의 말 때문에 혼자 조안의 행방을 물어보고 다니기 껄끄러워 그랬을 수도 있으나, 이유가 무엇이든 뭔가를 같이 하자고 요청하는 삼촌의 모습은 낯설었다. 삼촌은 혼자 사는 사람, 모든 걸 혼자 할 수 있는 사람, 친척들 십 수 명이 모여 와자지껄한 외할머니 집에서도 어딘가 혼자 있을 공간을 용케 찾아내는 사람이었다.

그러고 보니 삼촌이 내가 이상해졌다고 했던 것처럼, 엄마도 삼촌이 좀 이상해졌다고 했다. 엄마는 안 그래도 평소에 좀 이상해졌다는 소리를 많이 했다. 수영 엄마가 좀 이상해졌어, 그 꽃집이 좀 이상해졌어, 그 길이 좀 이상해졌어. 그 말의 의미를 몰랐으나 이제는 알 것 같았다. 나는 그대로 있는데 네가 변해서 낯설어졌다는 뜻이었다. 엄마 말대로 삼촌이 옛날과 달리 정말 이상해졌나 생각하다 보니 근래에 삼촌과 거의 대화를 나누지 않았다는 걸 깨달았다.

이 년여 전 모아두었던 돈이 바닥을 드러내고 집세를 감당하기 어려워진 내가 엄마와 언니, 리지가 살고 있던 엄마 집에 들어오게 되면서부터 삼촌의 연락이 뜸해졌다. 내가 혼자 살 때는 일주일에 한 번은 전화하던 삼촌이었다. 삼촌의 용건은 주로 시사 다큐멘터리에서 본 심각한 사회 현상이었다. 너 그거 봤냐. 어젯밤 열한 시에 궁금한 이야기 와이 봤냐. 노인만 고독사하는 게 아니라 청년도 혼자, 아무도 모르게 죽는다는 거 봤냐. 나는 삼촌도 조심해, 하며 유튜브에서 본 건강 지식을 쏟아냈다. 삼촌 그거 알아? 고혈압이 있으면 반신욕조차 위험하다는 거 알아? 빈속에 바나나를 먹으면 위벽이 무너진대, 그거 알아? 엄마가 들었으면 좀 이상하다고 했을지도 모르겠지만, 우리가 서로에게 안부를 묻던 방식이었다.

첫 번째와 두 번째 사무소에서 조안이란 사람은 듣지도 보지도 못했고, 더군다나 직원 정보는 기밀이기 때문에 조안이 이곳에서 일한다고 하더라도 알려줄 수 없다는 답변을 듣고 우리는 그냥 집에 갈까 하다가 삼촌이 여기까지 온 김에 할 수 있는 모든 걸 해보고 싶다고 하기에 세 번째 사무소도 가보기로 했다. 세 번째 사무소는 구석에 홀로 덩그러니 있어 한참을 걸어야 했다. 걸으면서 바랐다. 그날 내가 본 것이 조안의 영혼이 아니라 조안이었으면. 그래서 삼촌에게 돈과 테이프를, 아니 테이프라도 돌려주었으면. 사기꾼을 잡으러 놀이공원을 뒤지게 될지는 몰랐다는 생각에 실없는 웃음이 흘러나오면서도 동시에 내가 본 것이 조안이 아니라 조안의 영혼이었다고 삼촌에게 언제 고백하면 좋을지 바쁘게 고민했다.

리지는 잘 있지? 병원에 갔었다며?

지금이라도 말해야겠다고 다짐하곤 숨을 들이켰는데 삼촌이 요즘 어때, 하며 리지의 안부를 물었다. 작년까지만 해도 언니는 리지가 떼를 잘 쓰고 쉽게 화를 내는 애라고는 생각했으나 문제가 있다고는 상상도 하지 못했다. 애들이 다 그렇지 뭐, 하면서 애써 가볍게 넘겼다. 그러던 지난해, 리지는 친구들과 아파트 단지 내 정자에서 놀다가 같은 반 남자아이를 밀쳤다는 혐의를 받았다. 의자 위에 서 있던 남자아이는 바닥으로 떨어져 정강이뼈가 골절됐다. 리지 네가 밀었냐고, 솔직히 말해보라고, 혼나지 않는다고 해도 리지는 입을 굳게 다문 채 눈을 맞추려고도 하지 않았다.

잘 지내지 뭐. 리지도 지칠 거야.

의사가 뭐라고 하더냐고 삼촌이 물었다. 의사는 문제아의 스펙트럼이 있다고 하면 리지는 저기 저 끄트머리, 심각한 애들이 속하는 빨간색 영역에 발도 들이지 못한다고 했다. 중간보다 약간 옆이라고 보시면 돼요. 그러니까 너무 걱정하지 말라고 의사는 말했다. 다만 부모가 단호해져야 한다고 했다. 아이가 소리 지르는 걸 중단할 때까지 관심을 주지 말고 스스로 진정한 다음에 화난 이유를 말로, 명확한 언어로 설명할 수 있도록 도와주라고. 리지는 악을 쓰다가 물건을 던지고, 그다음엔 숨을 참았다. 리지의 얼굴이 벌게지기 시작하면 언니는 대체로 울기만 했다. 그러면 엄마는 언니를 달래고 나는 리지를 달랬다.

리지야, 대체 뭐 때문에 그렇게 화가 나는 거야? 진정하고 말 좀 해 줄 수 있어?

리지는 대답을 하지 않고 악을 쓰며 소리만 질렀다. 리지는 나에게 한 번도 분노의 이유를 밝힌 적이 없다. 언니에게는 몇 번 말해줬다고 하는데, 대부분은 유튜브를 못 보게 한다거나 가지나물을 억지로 먹인다는 아이다운 이유였다. 그러나 딱 두 번 아이답지 않은 근거를 들었다고 한다. 한 번은 펭귄 때문이었다. 언니는 그 이야기를 좋아했다. 얘가 여섯 살 때 유치원에서 무슨 이야기를 듣고 왔는지 영영 울면서 화를 내더라고. 왜 그러냐고 물었더니 뭐라고 하던지 아느냐고, 빙하가 다 녹아서 펭귄이 죽게 되는 게 너무 화가 난다고 했다고. 나는 그 펭귄 이야기를 지겹도록 들었다. 그러나 펭귄의 죽음을 이야기할 때마다 언니의 눈가와 입가에 부드럽게 고이는 미소를 또 보고 싶어 매번 잠자코 있었다.

두 번째 이유를 이야기할 때 언니는 웃지 않았다. 여러 번 반복해 말하지도 않았다. 엄마가 나한테서 아빠를 빼앗아 갔잖아. 그래서 화가 나. 리지는 언니에게 정확히 그렇게 말했다고 한다. 그때 언니는 정말 쿵 하는 소리를 들었다. 마음이 무너진다는 표현이 과장이 아니구나, 하면서 가슴께를 쓸었다. 그 순간 시간이 멈춰야 할 것 같았는데 리지는 곧바로 아이패드로 유튜브를 보러 거실 소파로 휙 가버렸다고 한다.

너도 엄마가 아빠를 빼앗아 갔다고 생각했어? 그래서 화가 났어?

언니는 두 번째 이유를 말하곤 내게 간절히 물었다. 엄마와 아빠의 이혼 당시 나는 너무 어렸고 아빠가 없는 집에 금방 적응했기 때문에 어떤 기분이었는지는 기억나지 않았으나 분명 화가 나지는 않았다. 그래도 아빠가 보고 싶었을 때는 있었던 것 같다고 대답하자 언니는 그래, 하면서 고개를 숙였다. 언니는 엄마 아빠가 이혼할 때 열한 살이었다. 아빠를 다시는 볼 수 없으리라는 생각에 슬퍼서 밤마다 베개를 눈물로 적셨다고 했다. 처음 듣는 이야기였다. 축축한 베개에 뺨을 뭉개며 잠을 청해야 했던 찝찝함을 아직도 선명히 기억한다고 말하며 언니는 자기 뺨에 손등을 가져다 댔다. 나는 애들은 원래 상처 주기 위해 별소리를 다 하니까 신경 쓰지 말라고 위로했다. 진심은 아닐 거라고. 그 말이 도움이 되는 것 같지는 않았다. 그러나 사실 언니의 베개 이야기를 들으면서 리지가 화를 내는 게 다행이라고 느꼈다. 베개를 적시는 것보다야 던지는 게 나았다.

삼촌은 나더러 내 인생을 살라고 했다. 너는 리지 엄마도, 아빠도 아니니까 리지 일에 깊게 개입할 이유가 없다고. 남자를 만나서 결혼을 하라고, 그것도 아니면 직장이라도 구하라고. 삼촌은 내가 리지 때문에 남자와 직장을 만들지 않는다고 생각하는 걸까? 얼떨결에 괜찮은 변명 거리가 생긴 것 같은 동시에 리지에게 민망한 마음이 들었다. 언니의 육아를 돕는 건 그 집에 얹혀사는 데 지불하는 대가이기도 했다. 그러나 그보다는 언니에 대한 애정 때문이었고, 리지를 보면 과거보다는 미래에 매달려볼 수 있었기 때문이었다. 물론 리지를 사랑하기도 한다. 그건 또 다른 문제였다.

삼촌은 그러면 왜 결혼을 안 했어? 그렇게나 오래 혼자 사는 게 지겹지는 않았어?

삼촌에게 물으니, 삼촌은 지겨울 것도 많다, 시간이야 그냥 가는 거지 했다. 너는 혼자 지내는 게 지겨웠니? 삼촌도 내게 물었다. 나도 지겹지 않았다. 지난 시간을 돌아보면 지겹기보다 화날 때가 많았다. 시간이 줄다리기의 밧줄이라도 되는 양, 양손으로 단단히 붙들고 절대 놓지 않으려 했는데 누군가 내 꽉 쥔 주먹을 억지로 펴서 내 시간을 다 빼앗아 갔다고 생각했다. 나는 아무것도 빼앗기지 않았고, 시간은 밧줄보다는 빛줄기에 가까워 그저 나를 가볍게 통과해 지나갔을 뿐이라는 걸 수용하는 데만 해도 많은 에너지와 추가적인 시간이 들었다.

세 번째 사무소에서는 조안의 성이 무엇이냐고 물었다. 나는 삼촌을 쳐다봤고 삼촌은 나를 쳐다봤다. 결과적으로 조안의 행방을 알아낼 수 없기는 마찬가지였다. 사무소를 나오니 해가 지려는 지 주변이 어느새 어둑했다. 한 시간 반은 넘게 걸은 듯했다. 퍼레이드 시작 시각인 여덟 시까지는 이제 한 시간 정도밖에 남지 않았다. 삼촌은 기왕에 이렇게 된 거 조안이 퍼레이드에 다시 나타날지 확인해 보자고 했다.

알라딘 테마존 안에 적절한 벤치가 있었다. 벤치 정면에는 포토 월이 있었다. 알라딘과 자스민, 호랑이와 원숭이의 얼굴에 구멍을 뻥뻥 뚫어 놓은 커다란 판이었다. 가끔 몇몇 사람들이 달려와 네 개의 구멍에 차례로 얼굴을 들이밀며 사진을 찍는 모습은 구경하기에도 좋았다.

쟤 말이야, 알라딘 여자 친구. 이름이 뭐지?

삼촌이 물었다. 자스민이라고 대답하니 삼촌은 맞아 맞아, 알고 있었는데, 했다. 그런데 저 원숭이 이름은 뭐냐고 삼촌이 다시 물었다. 나는 저 원숭이는 아부고 호랑이는 라자라고 알려주었다. 삼촌은 라자는 이름이 리지랑 비슷하네, 하면서 짓궂게 웃었다. 삼촌의 농담 뒤에 언제나 따라붙는 웃음이었다. 나도 같이 웃었다. 문득 리지가 보고 싶어졌다.

리지는 언니가 붙인 이름이었다. 형부가 지은 거였다면 애 이름을 왜 이렇게 지었대, 하며 언니에게 툴툴대기라도 했을 텐데. 나는 리지라는 이름이 별로였다. 무슨 아이디도 아니고, 별명도 아니고, 강아지도 아니고, 외국 애도 아니고, 리지가 뭐야. 리지를 방에 재워 두고 식탁에 앉아 언니와 맥주를 마시던 어느 날 밤, 아니 나는 맥주를 마시고 언니는 대체 뭘 쳐다보는지 멍한 눈빛을 하고는 내가 전자레인지에 돌려 둔 쥐포를 먹지도 않을 거면서 갈기갈기 찢기만 하던 어느 날 밤, 나는 무슨 말이라도 해야 할 것 같아 언니에게 물었다. 애 이름을 왜 그렇게 지은 거야?

언니는 한국말로도 영어로도 부르기 쉬운 이름이라 그렇게 지었다고 했다. 외국에서 살게 되든, 외국계 회사에 가든, 여행을 가든, 아니면 회화 학원에서라도, 그 누구도 리지의 이름을 잘못 부르지 않았으면 한다고. 리지 인생의 매 순간이 부드럽고 아주 자연스럽게 흘러가기를 바란다고, 아니, 그렇게 만들고 싶다고 언니는 말했다. 언니의 의도와는 다르게 한국에서 리지의 이름은 쉬운 이름이 아니었다. 리지에요, 리지, 하고 이름을 말하면 다시 질문을 받았다. 이진이요? 아, 그러니까 희지요?

언니는 삶이 삐걱대며 멈춰 서던 순간마다 부드럽게 흘러가는 삶은 무엇인지 고민했을까? 자연스러운 삶을 사는 사람의 이름은 무엇일지 고민했을까? 나는 형부 얼굴을 떠올리고 그다음엔 리지를 떠올렸다. 가끔은 리지가 미웠다. 울며 고함을 지르는 리지를 붙잡고 세게 흔들면서 제발 사람들을, 언니를 괴롭게 하지 말라고 울고 소리 지르고 같이 화내고 싶은 순간도 많았다. 언니가 형부를 만나지 않았더라면, 그래서 리지가 태어나지 않았더라면 어땠을까? 나는 거기까지 생각하다가 급하게 맥주를 들이켰다. 리지가 없었다면. 그 생각이 내 마음을 뚫고 방문도 뚫은 다음 리지에게까지 도달

할까 무서웠다. 끔찍한 생각이었다.

뻥 뚫린 알라딘 얼굴을 바라보면서 한참을 고민하다가 삼촌에게 여기서 조안을 만날 수 없을 것 같다고 말했다. 그날 내가 본 건 조안이 아니라 조안의 영혼이었으니까. 조안의 영혼은 삼촌에게 백오십만 원도, 노래가 실린 테이프도 돌려줄 수 없을 거였다. 왜 갑자기 그렇게 사라졌는지, 그 이유도 설명하지 못할 게 뻔했다.

조안이 아니라, 조안의 영혼을 봤다고?

나는 고개를 끄덕였다. 조안이 죽었냐고, 삼촌은 사색이 되어 물었다. 그거야 모르지, 나도. 죽었는지, 살았는지.

그런데 어떻게 조안이 아니라 귀신을 봤다고 확신하는 거야?

삼촌이 다시 물었다. 아니, 귀신이 아니라…. 나는 삼촌의 말을 정정하려다가 그만두었다. 귀신이든 영혼이든, 그날 내가 퍼레이드에서 본 건 조안이라는 '사람'은 아니었다. 그보다는 조안의 형체를 한 조안의 일부분이었다. 조안의 본체는 필리핀으로 가서 행복하게 살고 있는데 조안의 어떤 불행한 일부만 한국에 남아 부유하고 있다고 생각했다. 그러게, 정말. 왜 조안이 아니라 조안의 영혼이라고 생각했지?

엄마 말대로 술기운 때문일지도 몰랐다. 혹은 나도 모르게 조안의 행복을 빌었기 때문일지도 모르겠다. 퍼레이드의 어느 부분에서 조안을 봤는지 복기해봤다. 조명이 어두워지고 자스민과 호랑이 라자의 3D 영상이 가장 먼저 등장했다. 바람이 불자 라자의 털이 부드러운 곡선을 그리며 흔들렸다. 쓰다듬으면 손가락 사이사이로 포근하게 들어앉을 것 같은 털이었다. 곧이어 알라딘을 태운 양탄자가 어디에선가 날아와 시야에 들어왔다. 알라딘은 양탄자 위에서 자스민에게 손을 내밀었다. 자스민이 물었다. 안전해요? 알라딘은 네, 대답하곤 자스민에게 물었다.

날 믿어요? 날 믿냐구요!

자스민은 망설였다. 그러곤 웃으며 알라딘의 손을 잡았다. 네, 믿어요.

자스민이 양탄자에 올라타자 빼곡한 별들 사이로 갑작스럽게 비행이 시작됐다. 자스민은 아래에 서 있던 나와 리지를 향해 손을 흔들었다. 비행하는 둘을 멍하니 쳐다보고 있던 나도 엉겁결에 손을 흔들었다. 둘은 다시 등을 돌리고 저기 저 높은 곳으로 날아갔다. 양탄자가 지난 자리에 바람이 꽤나 세게 불어 나는 리지를 내 쪽으로 바짝 끌어당겼다. 퍼레이드가 어떤 모습일까 여러 번 상상해 봤지만, 알라딘과 자스민이 탄 양탄자의 뒷면을 바라보게 되리라고는 생각하지 못했다. 뒷면에 새겨진 무늬는 앞면과 꼭 같았지만 훨씬 흐릿했다. 양탄자 앞면에서는 선명했던 보라색, 노란색, 빨간색의 무늬가 빛이 바랜 것처럼 희뿌옇게 번져 보였다. 화가 났다. 내가 오래전 떠나왔다고 생각했던 디즈니의 인물들이 날 떠나고 있었다.

주제곡인 어 홀 뉴 월드가 끝나고 알라딘과 자스민도 저 멀리 사라져갈 때까지 나는 하늘을 올려다봤다. 노래 시작 즈음에 느꼈던 분노도 가라앉았고 계속 고개를 들고 있던 탓에 뒷목이 뻐근했다. 고개를 돌려 라자가 있던 자리를 보니 코가 도톰한 호랑이는 온데간데없고 바로 그 자리에 조안이 있었다. 조안은 점이 되어 사라진 양탄자를 계속 올려다보고 있었다. 아니, 정확히 말하면 노려보고 있었다.

삼촌의 표정을 살피니 다행히 화가 난 것 같지는 않았다. 삼촌은 벤치 등받이에 등을 가볍게 기대고 편안하게 눈을 감고 있었다. 나도 삼촌을 따라 벤치에 등을 기댔다. 이제 해가 완전히 졌다. 자연광이 아닌 인공조명 아래의 디즈니랜드는 진짜에 가까워 보였다.

그런데 대체 무슨 노래를 녹음했길래 아직까지 가지고 있었던 거야?

문득 조안이 가져갔다는 테이프가 생각나 삼촌에게 물었다. 삼촌은 뮤지션이 되고 싶어서 기획사에 보내려고 녹음한 노래라고 답했다. 삼촌이 가수가 되고 싶었는지 몰랐다. 삼촌 집 한쪽에는 항상 기타 케이스가 놓여 있었으나 저 안에 기타가 없을 수도 있겠다 싶을 정도로 먼지가 소복이 쌓여 있었다. 그때는 가수가 되고 싶었지, 그런데 아닌 것 같아서 금방 그만뒀다고 삼촌은 담담하게 말했다.

근처에서 팝콘이라도 파는지 달콤하고 고소한 바람이 불어왔다. 나도 삼촌처럼 눈을 감아 봤다. 오래 걸어서 몸은 노곤했지만 술취는 완전히 가신 것 같았다. 다시 맥주가 마시고 싶었다.

맥주 사 올게. 삼촌도 마실 거지?

나는 삼촌의 카드를 받아 들고 미키 컵에 담긴 맥주를 사러 나섰다. 오래된 나무를 흉내 낸 옹이 무늬가 잔뜩 그려져 있는, 구분하기 어려울 정도로 비슷한 가판대들 사이에서 기억을 더듬어 생맥주를 파는 곳을 겨우 찾아 맥주 두 잔을 샀다. 플라스틱 컵에 직원이 능숙하게 맥주 두 잔을 따르곤 캐리어 드릴까요, 물었다. 괜찮다고 하니 직원은 맥주를 건네며 꿈이 현실이 되는 디즈니랜드에서 행복한 하루를 보내라고, 정해진 인사말을 던졌다. 하지만 해는 이미 다 졌고 하루는 다 지났다.

퍼레이드에서 그날의 조안을 다시 볼 수 있을 것 같지는 않았다. 그러나 자스민과 알라딘이 양탄자를 타고 완전히 새로운 세상으로, 저 멀리 날아가는 모습을 삼촌과 지켜보는 것도 나쁘지 않을 것 같았다.

여덟 시가 됐는지 공원 내 조명이 조금씩 어두워졌다. 삼촌이 앉아 있을 벤치가 코앞이었다. 어 홀 뉴 월드의 전주가 시작되고 있었다. 나는 생맥주가 담긴 플라스틱 미키 컵을 양손에 하나씩 들고 자리에 멈춰 섰다. 컵이 얇아 손가락 끝이 시렸다. 이번에는 한국어 가사를 꼭 들어볼 생각이었다.

정재운 | 섬 자장가

85년 부산 출생.
월간 『함께 가는 예술인』 편집장.
지은 책으로는 『먼 구름 한형석』, 『소설의 발견 Vol.3 악어』가 있음.

섬 자장가

정재운

저기, 사내가 온다. 아무렴 인자는 사내라고 불러야겠재. 갯바램이 불쩍마다 속절없이 벗어지는 알머리하며, 검버섯으로 얽은 뺨을 가진 얼라를 본 일은 이날 입때껏 없으니까. 참말 오래 걸렸구나. 늬 섬 떠나고 다시 오는 길이 일 주갑周甲이다. 시알릴라꼬 시알린 기 아이라 딱 마침하게 왔네. 뭐시 산 세월이 이만하면 일일이 손꾸락을 접어가 시알리도 천장에 새빌 뜰 때꺼정 다 못 신다. 인자 그랄 총기도 옰고. 바당 우남 내려앉은 봉래산 대강이 맨치로 흐리터분해가 내 나가 멧인지도 모린다. 일 주갑인지 십 주갑인지. 안즉 소실되지 않는 거를 보믄 얼매나 더 살아야 살 만큼 산 기 되는지 모리겄다고, 고 장석처럼 붙은 대강이만 흔들고 있는 기재. 그캐도 저런 자석을 보면, 고마 고만 살아야재 싶은 마음만 굴떡이재.

어휴, 야 일마야, 저게 뭘 지랄을 떠는 기고…….

손 없는 날 고집한다꼬 용달기사 오만 원 더 얹어준 거도 모잘랐던 갑지. 용한 짓거리는 골라감서 지 혼자 다 한다. 하꼬방도 하꼬방도 저런 하꼬방이 있나. 그런 집구석에 겨들어 감서 뭐시 어째. 성주를 찾고 있어. 놀고 앉았다. 성주가 다 뭐꼬, 고것들 다 나자빠진지가 은젠데. 고놈의 숨만 붙어있던 성주들, 조왕들 밥 채려줘도 어데 힘달가지나 있나. 꼴값 떨고 자빠졌다. 자빠라졌다 앉았다가 아주 엠빙이 났네. 엠빙이 나. 아이고, 소금 쳤으면 됐지. 팥도 가 왔나? 하는 김에 쑥도 태우고 바가지도 깨고 아조 야단벅구통을 만들어보지. 아야, 거 멀쩡한 빗자루는 와 분질러뜨리노. 아주 골고루여, 골고루.

　이것도 집이라고 골랐냐, 이노마야…….

　수정동 산비탈에 똬리 틀어 앉은 성주가 아이고 성님 카겄다. 아미동 저쪽 무덤 우에 올린 집도 이보다는 낫겄다 자석아. 니가 섬바람을 그새 이자 묵었나. 봄가을은 우야든동 난다 캐도 저 꼴같잖은 바람벽으로 동장군을 우째 막아낼라카노. 또 염하炎夏의 볕은 저 선풍기 한 개로 식힐라꼬? 하이고, 집은 집이다. 그쟈? 무덤도 집이라 안 카나. 여가 니 못자리재? 암만 그캐도 벌써를 종칠 자리 찾아오는 건 안 맞지. 너거들 명줄이란 게 다 정해진 지력시가 있는데, 안 그릏나? 정 그리 갈라꼬 발버둥이믄 내캉 가티 가자. 신도 다 죽어나자빠지는 시상 아니냐. 나도 얼마 안 남았으이께, 세상 배릴 때 가티 가믄 안 되겄나. 나가 니 안아가 갈꾸마. 가서 염라한테 꿇어앉히가 어리석고 불쌍한 놈이라꼬 말 한 마디 얹어 줄꾸마. 근데 나가 지끔 무신 소릴 씨벌이고 앉았나. 노망이 나도 단단히 났는가 부네. 죽을라꼬 하는 인사가 저리 공을 들여서 씰고 닦고 할 리가 읎재. 그래, 살아라, 살아. 암만 그캐도 니 사는 동안은 내 안 사라질 텐게. 아야, 고만 닦아라. 문설주 내려앉는다.

　하이고, 것도 짐이라고 부둥키고 왔냐…….

　어여 풀어 보그라. 내사 이래 단출한 살림은 첨 본다. 장군님이 한양으로 바람처럼 다말아갈 쩍에도 등허리에 맨 활통하고 칼 한 자루가 전부긴 했재. 근데 그건 휘하의 졸개들이 바글바글 하이 그랄 수 있었재, 안 그릏나? 졸개들꺼정 죄 단출했을라고. 니 놈 보면서 장군님을 입에 올리는 게 참 가당찮은 소리다. 현철이쯤 되면 모를까. 와, 그새 아들래미 이름도 까묵었나? 갸가 장군감은 염팡 장군감이었재. 갸는 우리 최영 장군님 말고 촉나라의 관우 장군, 딱 그짝 상이었재. 아닌 기 아이라 펭소엔 허여멀겋던 얼굴도 심을 딱 줬다 카면 나무둥치 맨치로 뚜껍은 모간지부텀 시뻘겋게 오르는 기자가 니 자석 맞나 싶었재. 관우사 본 일이 읎으니 힘이 얼매나 씬지 모른다 카지만, 현철이 갸가 목이 다 시뻘게지면 쌀포대쯤 곡마단 광대가 짜글링 다루듯 우스웠재. 한껏 익은 솔방구를 갖다 붙인 맨치로 억수로 크다란 코볼꺼정 벌겋게 오르면 아조 당수치기 한 방으로 멧돼지도 때려 잡았재. 실제로 봤는가 물어보면 곤란하겠재? 어데 혼날라꼬 할망 말에 부레이끼를 걸어샀노. 기왕에 밟는 김에 좀 더 밟아보자. 저짝 구평동 을숙도대로하고 암남동 남항대교를 이사 붙이는 천마터널 맨치로 양놈들 못잖게 옴폭하니 짚은 두 눈을 지나, 넓기는 어찌나 넓은지 붕붕 날아대던 파리가 내려앉았다 카면 여가 바로 내를 위한 딴스홀이구나 싶어 다시 나를 줄 모리고 한참 춤을 춘다는 고 잘생긴 이마꺼정 벌겋게 달아올라삐면, 그카면 우째 되는 줄 아나?

아야, 뭔 청승을 떨라꼬 손구락을 멈추나…….

퍼뜩퍼뜩 해치우질 않고. 것도 다 버리고 오지 그랬냐. 암만 디다봐도 씨잘디읎재. 어리멍텅한 낯판때기 보니 저거 저거 모린다. 지가 나온 사진인데도 어느젠지 모린다. 자석아, 니도 이기 있을 수가 있는 일인가 싶재. 도둑놈이 사진보고 늬 아들이라 카겄다. 어휴, 주둥이서 바램 빠지는 소리가 절로 난다. 앳된 상관은 어데 버리고 왔노. 허긴, 요새 도둑놈이 어디 있겠냐마는, 밤손님이 아니면 어느 년놈이나 이길 찾아 오겠냐. 죽은 니 새끼 현철이가 살아 돌아오겠냐. 오길. 저 삐뚜름히 열린 문이나 닫아라. 바램이

차다.

　니 놈은 날 원망했재. 할망이 데려갔다고…….

　아야, 나가 뭣하러 그러겠냐. 쎄맨 바닥으로 그대로 내다 꽂히는 거를 나가 목덜미라도 낚아채가 명줄을 이은 거도 모리고. 안 그랬으모 그 자리에서 모간지가 부러졌어. 일마야, 바보 자석으로라도 니 놈이랑 그러커럼 십년을 더 살았다. 자석 귀한 줄 알았으모 금이야 옥이야 모시고 살아야지, 목에 걸고 코에 걸어야 고것이 금붙이구나 싶냐. 니 눈에 금이면, 남들 눈에도 금이다. 니 눈에 귀하면 남 눈에도 귀해가 갖고 싶고, 못 가지면 망가뜨리고 싶은 거이 인간들 맴이다. 힘이 있는 줄 알았으모 힘을 숨기고 살고, 머리 좋은 놈은 그 머리를 닭 새끼처럼 파묻고 살아야 지 명대로 산다. 그러게 왜 애새끼한테 쌈을 가르치냐 가르치긴. 나가 와 유도를 몰라. 사롬 패대기치는 거지. 그거이 그거 아니냐. 그러니까 못된 머스마들이 들러붙는 거 아니냐 말이다. 가르치려거든 그 힘을 쓸 줄 아는 머리도 가르쳤어야재. 하다못해 제 힘과 어울릴 성깔이라도 키우게 했어야재. 그 놈의 성정이 니 놈을 빼다 박았으모 장군 쪽으론 처다보지도, 고갤 돌리지도 말고 어데 농투성이로 살게 했어야재. 남들처럼 와이셔츠 입치가 회사엘 보냈어야재. 안 그릏나. 장군의 명예야 목을 내놓음으로 완성되는 거라지만, 니깟 놈을 아비로 둔 죄로 현철이는 뭣이 됐냐. 고놈은 각다귀 같은 놈들에 에와싸여 피를 빨리고 있을 때도 지 머리끝까지 시뻘겋게 물들일 줄을 몰랐재. 맹추 같은 자석이 그 와중에도 심은 매트 깔린 유도장에서나 쓰는 거라 참고 있는 거라. 그러니 고 잘 생긴 이마꺼정 벌겋게 달아오르면 우째 되는지 내라꼬 알겠냐. 애초에 그런 적이 없으이.

　더 말해봐야 뭣해…….

아이다. 어요, 보소, 좀 보소. 니 놈이 현철이한테 시킨 고 유도라카는 것도 왜놈들 거이 아니냐. 말이 나와서 말이지, 이 할망이 섬 떠난 새끼들한테 해코지한다꼬 퍼트린 것도 다 왜놈들의 간계奸計가 아니냔 말이다. 망할 종자들 같으느라고. 어데 그 뿐인 줄 아나? 섬이 왜국으로 날아가는 생이 모양이라꼬 말 같지도 않은 흐리터분한 소릴 떠들어댔재. 와 가만히 있는 섬을 보고 도세기 멱따는 소릴 하노 말이다. 아이고 더 말해봐야 뭐 하것노. 니가 암만 나가 들었어도 다이토아쿄에이켄[大東亞共榮圈] 해싸며 왜가 조선을 삼키고 아가리를 더 찢어가 만주에 괴뢰국까지 세웠던 세월꺼정은 알 턱이 없재. 아무래도 나가 너무 오래 살았는갑다. 다리를 쫙쫙 찢어대는 영도다리서부텀 태종산 구석꺼정 이십 리도 안 되는 이 코딱지만 한 섬에 무슨 기억할 거리가 이리 많은지 모리겠다. 저 벅수 같은 놈 하나만 해도 흘러넘친다, 넘쳐. 싸게싸게 짐이나 풀그라.

이놈 새끼가 사진틀을 안 치우니 나가 한참 보고 앉았네…….

여 사진 속 여가 거 아니가. 니 놈이 즘으로 책상명판에다 소장 직함 떡 하니 박아 넣고 채린 사무실. 거가 맞네. 그때도 할미 싱각은 터럭만큼도 않고 엄한 신들한테 고사 지냈재. 맞다, 맞다. 저 놈 저거 고때 한창 교회도 댕겼재. 늬 그튼 예수재이들이 왜정 지나 전쟁 겪더만 섬이고 반도며 오월 죽순 솟듯 한 집 걸러 한 집씩 들어앉았대. 엄한 구름들더러 똥구녕 안 찢어질라믄 잘 피해가 다니라꼬 그러커럼 십자가라는 거를 뾰죽하게 올리고 또 올렸재. 심보따리가 아조 고얀 놈들 아니냐. 예수 고것도 오만하기는 저거 새끼들하고 한 가지재. 지 말고는 뭐라 카더라, 우상이라캤나 뭐시라캤노. 참나, 니 놈도 지 빼고는 다 잡신이라카는 예수 그 양반 믿기로 했으모 예수재이답게 처신할 것이지, 돼지머리는 또 와 올리는데? 거도 보통 꺼벙이 짓이 아니지만, 참말로 지끔 싱각해도 기가 맥히는 거는 예수 믿는 건 믿는 건데, 와 내를 욕하냔 말이다. 어찌나 예수한테 씹어대는지, 고마 귀때기를 확 낚아채가 묻고 싶더라꼬. 니가 믿는 예수가 내 씹으라꼬 시키더나 어. 기가 맥히나 안 맥히나 말이다. 니 사무실 자빠라진 것도 내 탓이라 캤었재. 봐라. 어느 소대강이 같은 종자가 사오십 프로씩 떼이감서 어음깡을 치노. 아랫돌빼서 우에 얹어가 일바 세울라 캤더나. 나가 니 꿈자리 뒤숭시룹게 해작질 놓은 게 그 벽수 짓 말릴라꼬 했던 거 아니가. 그런 내를 탓을 해! 이 눈치대가리 없는 것을 우짜면 일깨우나 싶어가 매일 같이 늬 꿈에 나왔다 아이가. 나가 소일도 없이 심심해가, 아조 하품이 찢어지는데 그랬겄지. 니 놈 새끼는 잘도 까먹었는지 모리겄다만 이 할미는 어제 꾼 꿈처럼 또렷하다. 나가 일러주면 틀림없이 니 놈도 선뜩하게 떠올릴 수 있을 게야.

나 하는 말을 들을 수만 있다면 말이재…….

하루는 말이다, 니 놈이 낚숫베를 타고 나간 거라, 개서 운 좋게 도다리를 낚았재. 그거이 줄창 허탕만 치다가 낚아 올린 그날의 유일한 수확이었재. 그것도 전장 2자는 족히 될 법한 말도 안 되는 놈이지 뭐꼬. 니는 바지게만큼 벌어진 입을 다물 줄 몰라. 꿈밖에서야 물것보단 뭍에서 나는 것들을 밝히는 니지만 말이다, 꿈속에서는 꺼꿀로였재. 심지어 고 자리에서 회를 떠가 반다시 한 점 입에 늫어야 직성이 풀리는 그짝이었재. 딴은 섬 사내다 이거재. 그런데 간장이 없네? 간장이라는 기 배에 굴러다니야 정상인데 고놈의 간장이 다 어데로 증발해 삐맀는가 몰라. 아, 왜 그릏겄어. 꿈이니까 그런 기재. 니는 초장이라면 싫어하다 못해 아조 몸서리를 친다 아이가. 초장이 회 맛 다 조진다카믄서 말이재. 확 마 배를 돌려 섬으로 돌아갈까도 고민했지만, 아가미를 시근벌떡하고 있는 놈을 보마 젓가락을 안 들 수가 읎었재. 한 점 입으로 안 가져갈 도리가 있나. 니는 홀린 것 맨치로 벌건 초장을 뚝뚝 흘리며 한나, 두나 입에 늫기 시작하재. 그러다 각중에 목구멍이 조여드는 게 아니겄나. 니는 온몸을 덜덜 떨어대면서 태가리를 타고 흐르는 핏덩이 같은 초장을 닦아낼 싱각도 못해. 고때만 싱각하면 내가 얼매나 네 놈

목을 세게 쥐었는지, 눈알이 다 튀어나올라 캤었지. 또 하루는 말이야, 아주 지독한 교통사고를 당한 꿈도 꿨을 거라. 니가 고맘때 프라이든가 쪼맨한 거 몰았재? 일할 때 움직거리는 다마스 말고. 고 프라이드에 지름이 간당간당해가 정신없이 주유소를 찾아 댕겼재. 근데 아무리 헤매도 주유소가 안 나오는 거라, 실은 그 지경이 되기꺼정 니가 한두 군데 흘려보낸 거이 아니재. 아모리 이해하래야 할 수 없을 만치 지름깝이 비쌌기 때문이재. 니는 꿈속에서 귀신이 곡할 노릇이란 말만 되풀이했재. 귀신? 그깟 기 어딨다고 말이다. 차가 멈추기 직전에야 니는 저만치 주유소 간판을 보고 몰아 들어가. 거게 역시 어이금사리읎는 깝이긴 맨한가지였지만, 니는 만땅으로 채우기로 했재. 이미 식겁을 할 만큼 했기 때문이재. 그런데 고놈의 기름이 끝도 없이 들어가. 니는 허둥대며 고만 능으라고 보턴을 찾아 누지르지만 먹혀들지가 않재. 그런 니 뒤통수에다 각중에 귀를 찢을 듯한 크락숀 소리가 쏟아지는데, 고개를 돌리자마자 불이 붙은 맨치로 썹지근한 고통이 온몸을 휘감재. 니는 진땀에 흠씬 젖어가 깨어나긴 나는데, 무신 놈의 꿈이 이리 시퍼렇노 하고 감을 지낼 힘도 읎재. 어요, 나가 말라꼬 이런 심보따리를 부려놓겠나. 대강이가 있으모 싱각이라는 거를 해보라꼬. 니 놈은 이 벨나디 벨난 꿈들 속에서 단서라 카나, 끄태기를 찾았어야재. 찾아가 살금살금 피해갔어야재. 버얼써 다 지나간 거를 말해 뭣하겠노 싶기만 하지만서도, 여직 짐작조차 못하는 니 놈을 보면 속이 문드러진다. 니를 덮친 그 차가 와 굳이 쥐색 스텔라였겠노? 니 목구멍을 콱 쪼인 게 와 자연산 도다리였겠노 말이다. 그 사기꾼 새끼가 그리 밝히던 기 자연산 도다리 아니가? 고 바로 다음날, 고놈 차타고 가서는 자연산 도다리 앞에서 도장 찍지 않았나 말이다. 이 오줄없는 자석아. 오죽했으면 어느 하루 꿈자리서는 대놓고 나가 니 입술을 그어뺐재? 인중 가찹게 길게 찢어서 입술을 말아버렸다 아이가? 이보다 더 우에 해야 니 놈을 건져 올릴 수가 있겠노. 언청이놈 절마 저거 사기꾼이라꼬 이만큼이나 와작거리모 됐지. 더 어떻게 말해줘야 알아묵겠노 말이다. 문디손아.

낫 놓고 기역 자 모른다 카는 거는 니 놈 얘기재…….

　책 속에 파묻혀 있으면서 거대한 밀림을 떠올리지 못하는 책상물림들 맨치로, 충만의 숲에서 정작 지 영혼의 빈곤은 구제하지 못한 사제들 맨치로 니가 섬을 등져야만 했던 게 누 탓인데. 누 탓이기는, 섬 할매 내 탓이겠지. 나가 다 막아주고, 살뜰하게 보살 으면 니가 그래 섬을 버렸겠나. 내 피가 끓고 애가 다 녹아삐는 거는 나가 너거 따라 섬을 떠날 수가 없으니께 안 그릏나. 너거 다니는 데로 부산으로, 서울로 다 대닐 수 있으모 따라 다니믄서 잘 되나 엎어지나 들여다봤을 끼라. 하다못해 꿈자리라도 뒤숭시릅게 들쑤셨을 거 아니가. 섬이 코딱지만 하다몬 기껏해야 나라는 손바닥만 한데, 개서도 이 할미가 도무지 닿을 수 없는 곳으로 가뿌리모 우야노. 삼면이 바다로 둘러싸인 나라에서 니는 해풍조차 끊어진 깊숙한 내륙으로 가 다시 뿌리를 내리려고 했재. 와, 모를 줄 알았나. 들여다볼 순 없어도 니 놈 얘기는 어느 구룸을 타고 섬까지 흘러들어와 다 들낀다. 아야, 내 하나 물어보자. 내사 니 말마따나 망조 질은 니 인생의 젤 앞세울 미운 새끼라 치고, 그라모 바당은 무슨 죄고? 소복하니 내려앉은 빛의 호위를 받으모 어울렁 더울렁 오르내리는 저 물이 잘못한 거는 뭣인데 그리 부리내키 섬을 등졌노. 저 칼 같은 자갈들 순박해지라꼬 평생을 핥아대는 파도가 잘못한 거는 뭣인데. 저 갈매기가 니 대강이에 똥을 싸드냐, 몬생긴 갯강구들이 니헌티 해코지를 하더냐, 것도 아니면 삐죽한 해송이 니를 찌르더냐. 묻고 싶은 게 하나가 아닌데, 나가 돌려받을 수 있는 대답은 한 개도 없네. 그러커럼 자불고 있지 말고, 한구석에 짐 밀어놓고 이불이나 깔아라. 내도 자러 갈란다. 지랄한다꼬 밤에 이사를 오나. 와, 내 잘 때 올라꼬 그랬나. 니 놈이 다시 겨들어 온다 카는데 나가 눈이 감기나. 오던 잠도 달아난다.

　아야, 이불 피다가 와 또 손꾸락을 멈추는데? 참말로…….

도망간 마누라 싱각하나, 아니면 뉘 어매 싱각하나. 마누라야 딴 놈이랑 벌시로 눈 맞고 배 맞은 거를 모리고 그카이 벅수가 돼 앉았나. 생각을 해보그라. 그라모 한나뿐인 바보자석 세상 배리고도 니캉 계속 살 수가 있겠나. 현철 어매도 고생한 세월이 오죽이나 했나. 니가 사업 털어묵고, 아들 그리되고, 살 까닭이 없는 거를 나가 니 모리게 보내줬다. 늬는 모리겄지만, 십년은 됐다. 현철 어매가 섬에 왔었다. 다른 데서 목숨을 배릴라 캤으면 모릴까, 나가 있는 섬에 와서 그카는디 나가 손발이 묶인 거도 아이고 가만 있어야 되겠나. 섬 어델 그리 깊숙허니 들어가나 싶어가 안 따라가 봤나. 아니나 다르겠나, 태종대 절벽에 서가 몸에 힘을 탁 빼는 거라, 참말로. 그기 뭣이겠노. 지 발로 후련허게 세상 배릴 독한 맴꺼정 도저히 못 묵겠고, 어디 건들바램이라도 지를 밀어달라는 딱 그 본서더란 말이지. 아조 부부가 모자란 짓은 부지런도 하다 싶어 내사 뒤져뿌리등가 말등가 딱 못 본 척할까보다 싶었다. 안 그릏나. 지 발로 명 줄 끊는 기도 엄연히 인간사의 호꼼만 한 부분인데 나가 만다꼬 챔견이가 싶다가도 그기 또 그래 안 되대. 돌아설 때 홱 돌아서더라도 어매 발치께에 확 입바램을 불었다 아이가. 안 카더나, 누가 이 할망 손발 좀 묶어놓지 말이다. 그래가 종주먹만 한 돌땡이 하나가 절벽 끄티서 획 날았다. 고거 보더만 현철 어매가 고대로 주저앉아가 다리를 덜덜 떨어대. 원체 즈이 집 뒷산 맨치로 여기고 살았던 바당이고, 끄티다 아이가. 인자 실감이 난 기라. 죽을라꼬 찾아온 자리서 시퍼런 물속으로 내다 꽂히는 포물선만 허망이 좋아. 고것을 보고 있으이 속에서 천불이 솟아가 에레이 요 년아, 이래도 뛰어 내릴래 카면서 나가 막 된바램을 불었재. 어매 머리가 산발이 되고 아조 비명을 꽥 질러대. 죽는다카이 무섭고, 인자 살고 싶어진 거라. 이 년 살리는 방섭은 얼른 뒈져버리질 않고 뭣하냐는 식으로 밀어버리는 수밖에 없재. 얼마나 불어재꼈는지 볼때기가 다 저릿저릿해. 어매는 오줌을 지리가 속속곳이 짙어질 때까지 바짝 엎디가 할매요, 할매요, 나 좀 살려주이소 카대. 지 직일라꼬 카는 기 눈지도 모리고 말이재.

초주검이 돼가꼬 섬을 빠져나가는 거를 내 따로 전송도 안 했다. 그 길로 목숨 버리겠다는 맴이야 접었지마는, 술만 푸는 니 놈   에서 죽은 자석 떠올리며 죽은 기나 다름없이 연명하는 그 꼴은 나가 더 못 보겠더망. 내 보라꼬 그카는지, 숨만 이순다고 살리는 기가 시위하는 거도 아이고.

죄 안 짓고 못 살고, 살라카모 질 수밖에 없는 기 죄라는 긴데, 고 죄란 죄 중 하나만 안 짓고 살어라카믄 뭣을 골라야 하나 모리겠재. 기중 한 개만 지울 수 있다모 사롬이 사롬 미워하는 거, 그거를 지아야 한데이.

그래가 니헌티서 뚝 떼가 타지로 보내 삐맀다. 오줄없는 지 서방 놔두고 등질 때, 이미 현철 어매도 잡술만큼 나이를 잡   재. 그러니 니 놈의 망령 들린 상상 맨치로 어데 사나랑 붙어먹을라꼬 짐 싼 거도 아인기라. 아야, 이본 참에는 연이 다했으이 고만 붙잡그라. 나가 우째야 니 놈의 미망을 납작하게 밟아삐릴 수가 있겠노. 알아서 뭣하나 말이다. 허긴, 알아서 좋을 꺼도 읎지만, 지 각시가 어데로 내빼가 우째 사능가 몰른다는 거도 심든 거는 마천가지겠재. 그거를 민게로 죄의 굴렁쇠를 굴리는 거도 겔국 늬한테 안 좋은 거닝까 주디를 한 본 뻥긋 벌리주야 하나, 날 더러 우째하라꼬. 아. 아이다, 아니야. 아야, 어느 천 년에 이불 필라꼬 안죽이가…… 주디 다물고 있으이 속에서 날벌레가 까맣게 끼는 거 맨치로 못 살겠네. 기왕에 나가 하는 말, 늬한테 들리도 않는데 나가 말라 참을끼고. 늬 이녁, 현철 어매 말이다. 아무개 산에 들어가 머리 밀었다 아이가. 고기, 고까지만 이바구하지. 야가 근데 나가 하는 말 안 듣끼는 거 맞재. 오늘내일 하는 사롬 맨치로 더럽게 굼뜨네. 아야, 듣끼더라도 더 들을라 애쓰지 말그라. 내도 섬 밖에서는 힘달 가지가 떨어져가 보이도 안 한다. 지나가는 바람처럼 니 놈 인생에 중한 거리도 못 되는 이바구에 묶이가 죄 짓지 마라 이 말이다. 중한 기 뭣이냐 따지고 들지마래이. 할매도 썽나믄 무섭데이. 하이고 신소리는, 나가 말라꼬 늬한테 성을 내겠노. 다 하는 말이재. 열한 주갑도 넘어 나를 먹었어도 농할 기력은 남았구만. 기여, 그렁께네 귓고냥 열고 기담아들어. 이녁하고 산 채로 현생의 연이 끊어진 거도, 현철이 앞세운 거도 중한 거 아녀. 중한 거 이 사롬 안 미워함서 네 갈 길 옳게 가는 거. 그 뿐이여. 그 중한 거도 모리고 살믄서 마누래가 중하나? 자석이 중하나? 차례 숙제가 남은 놈이 진즉에 핵교 마치고 집에 가가 붕알 긁고 있는 자석 걱정하는 꼬라지 아니가. 그거 이 그기 사리에 맞나 말이다. 나가 어매를 살고 죽고의 기로서 확 낙도로 안 끌고 간 까닭이 뭐겄노? 어데 다른 데서 죽으면 몰라, 것도 태종대서라카믄 아녀자 목숨 하나 좌지우지하는 거는 노지에 대강이 들고 서 있는 민들레미 홑씨 흩는 거보다 십재. 말라꼬 볼때기 아프구로 바람을 불겄노 말이다. 숙제 안 하고 토낄라는 거 잡아다 다시 앉춘 거라 싱각해야겄재.

아야, 숙제가 너무 많나? 그캐도 낫 보고 기역 모냥은 떠올릴 수 있어야 재…….

아까 점부터 숙제 타령하고 앉았는데, 기실 어매 명줄이 그렇게 끝날 이녁이 아니기 때문도 하지만 살은 거도 죽은 거도 아니믄서 제 길 잃고 헤매고 있는 니 놈이 어이금사리읎이 따라 죽어삐는 꼬라지 안 볼라꼬 그란 거 아이가. 아야, 늙수그레하나 앳디나 각시는 각시인 거를 나가 나서가 고 부부의 연을 기냥 뚝 뗐겄나. 나가 아모 조치도 없이 그랬겄나 말이다. 니헌 티도 하나 안 붙이 주더나. 니를 괜히 벅수라카는 기 아이재. 그치도 여관발이로 굴러먹은 세월 때문에 안 팔리가 그렇재, 가심은 을매나 찹쌀모찌카모 비단이며 속은 또 을매나 진국인 줄 아노. 지랄을 헌다꼬 니가 그거를 엎나 엎기를. 아조 축구선수를 카지 그랬노. 복이란 복은 뻥뻥 잘도 차대. 와, 벌써로 이자먹은 거는 아니재. 현철 어매 찾는다꼬 방방곡곡 칼칼히 디비고 다닐 적에 말이다. 어라, 가만 있그라. 나가 각중에 열이 뻗치네. 올바른 성신 백인 놈이모 해가 중천에 뜰 꺼정 술이 안 깨고 채가 있나. 그래가 무슨 요술로 각시를 찾겄노 찾기는 이놈아. 바른대로 말해라. 현철 어매 찾는다는 기도 하기 십은 말뿐 아니었나. 평생을 놀러 대닐 민게거리로 그만한 구실 읂다 싱각한 거 아니냔 말이다. 아이고 나가 깜짝 속았구만. 그런 거도 모리고 늬 방에 각시를 밀어 넣었재. 안즉 예관 이름도 시퍼렇다. 동백장이었재. 니가 거서도 들앉아가 메칠을 취해가 안 있었나. 갸가 본래 들어가기로 한 방에 안 드가고, 고 옆 방인 늬 있는 방에 노크해가 들어간 기 다 나가 기린 작품 아니냐. 늬도 어지간히 속이 넝큼해가 갸가 쟁반 우에 받쳐 든 물수건으로 니 그 쿠리터분한 몬뚱어리를 닦을 쩍에 가마 덥은 숨만 뿜고 앉았대. 예인네 손길 받아본 지가 온제고 싶은 기, 고마 꿈인지 생신지도 모리겠고 그릏터재. 기냥 여가 극락인가 싶고 말이재. 그라모 울기는 말라꼬 우는데, 허긴 햇노인 다 된 낯모르는 사나 하나가 얼라 맨치로 눈물을 뚝뚝 쏟으이 갸가 넘어갔겄재. 함부레 누우뿌라 안 하더나. 엎디린 니 우에 올라타서는 땀을 뚝뚝 쏟으모 주물러줬재. 빼마디 이염이염 손꾸락 지나는 자리마다, 살거죽 덮인 곡곡마다 안 쑤시는 자리가 없다꼬 니는 얼라처럼 코까지 흘리모 꺽꺽거렸재. 나사 고까지만 보고 돌아나섰다 아이가. 고라모 사나하고 가스나캉 방구석에 들앉았으모 할 일이 무에 있었나. 인자 만니장성을 쌓든 봉수대를 쌓든 즈그 알아서 할 일 아니가.

섬에 들어올라믄 서방, 이녁 둘이 손 꼭 붙들고 오지…….

아꼽아가 그란다 아이가. 하이고, 나가 이불 까는 놈더러 밸소릴 다한다. 아깝긴 뭐시 아까워. 갸가 온제 한 본을 돈 돌라꼬 한 적 있더나. 그라는데 이 뱅신 같은 자석이, 지가 몬데 봉투를 꺼내고 옘빙을 떨고 자빠지냐 자빠지긴. 갸가 오죽이나 기가맥혔으모 떼꾼하니 꺼진 눈을 댕그랗게도 떴더라. 이기 모예요? 하는데 니가 뭐라캤노. 우물쭈물하고 있는 니를 노리보는 눈이 점점 세모지게 찢어지는 기 나가 봐도 무섭대. 니도 딴은 안 죽고 싶어가 싱각이라는 거를 했는지 몰라도 정지서 봉투를 꺼냈으모 고대로 식칼이 배때지를 갈랐을 끼고, 측간이었다모 틀림없이 똥구디에 냅다 꽂혔을 끼라.

칼도 없고 똥도 없다는 걸 알았는지 갸가 힘을 착 빼대. 그라더만 마지막으로 묻소, 카대. 이기 뭐요. 하는데, 누가 봐도 모리겄나. 말끝이 가라앉은 모냥이 몰라서 묻는 기 아이야. 그제라도 오목하니 골이 진 입중 밑에 달린 기 주디가 아이라 입이라모 모냥 좋은 말이라도 해야 할 거 아니가. 돈 드는 거도 아니고 말이다. 근데 뭐시라 캤노. 들리게 말해보소, 하고 갸가 다그치니까는 니가 잘난 게 뭐 있다꼬 감을 빽 질러삐대. 화대라 싱각해라꼬. 얼처구니가 없어가 나가 귓고냥만 후비고 있는데, 갸가 이래. 화대라카문 그날 그 밤에 동백장에서 주지를, 고 밤 후로 몇 해를 가티 살아놓고 각중에 얼어 죽을 화대요. 고까지만 하고 돌아서도 될 거를 구티여 지 마음 아닌 소리로 갸 속에 못을 박재. 각중은 나가 할 소리, 각중에 열녀가 됐나. 갈보는 빨아도 갈보다.

섭지근한 말들이 베고 찌르는 거를 떠올리면 진저리가 다 쳐진다. 퍼뜩 불 끄라. 깜깜이라도 해야 싱각도 딸깍 꺼뜨릴 수 있지 않겄나…….

일마가 안 일라나. 불 꺼야재. 에라이 고마 키고 자라. 인자부텀 전기 아끼가 떼부자 되겄나. 갸한티 화대라꼬 내밀은 봉투에 꼴같잖은 자존심꺼정 탈탈 털어 넣지만 않았어도 이리 방도 아이고 굴도 아인 데로 들어올 일은 읎었을 거를. 인자는 니 그 속을 털어놓을 때도 안 됐나. 안즉 눈앞에 시퍼렇다. 니가 체암으로 세상 빛을 볼 쩍에 얼마나 상통을 찡그리고 있던지. 갓난앨라들이 다 그런 거를 내 모리지 않는데, 니는 유달시럽게 못났대. 그때부텀 이적지 나가 니라며는 모리는 기 읎다. 딱 한나 빼놓고 말이다. 갸를 그렇게 모질게 떼낸 이유가 도대처 뭐시고. 정말 갈보라 그런 기가. 그카믄 섬 들어오기꺼정 살뜰하니 정 붙이고 지낸 그 세월은 다 뭐시냔 말이다.

밤은 깜깜해야 하는 긴데, 이리 벌게가…… 나가 대신 끌 수도 읎고…….

뭐시기는, 겔국 현철 어매하고 똑같은 거겠재. 진즉 지나간 연 붙들고 있다는 거이 똑같다 아이가. 내도 참말로 무슨 답을 들을 끼라고 한 말 또 하고, 한 말 또 하고 앉았노. 그라모 이 자석하고 나가 한 개썩 주고받은 택인가. 요 머스마도 즈이 각시 떠난 이유를 모리고, 내도 가스나랑 갈라서고 빈손으로 섬에 들어올 적의 저놈 맴을 모리. 허긴, 지나간 시간마다 째깍째깍 이유를 붙일라 카면 하루도 몬 산다. 속에 비울 수 있는 것부텀 재게재게 비워가 빈자리를 마련해야 하는 거라. 안 그릏나? 품이 솔은 데서는 힘달가지를 쓰래야 쓸 수가 없다 아이가. 나도 더 알라 안 할꾸마. 밀어내볼꾸마. 니도 니 안에 도무지 요지부동으로 자리 잡고 있는 거 밀어내보그라. 근데 또 각중에 열이 뻗치네. 나가 니보다 십 주갑도 늦게 더 살았는데 말이다, 니가 지금 할망하고 맞먹는 기가? 하기는 멘상만 보곤 누가 칠십 살이고, 누가 칠백 살인지 모리겠재. 누가 신神이고, 누가 사롬인지 모리겠재. 낄낄 웃음이 난다. 웃음이 나. 하이고, 와 이래 상해가 돌아왔노. 불 밑에 있으이 안 상한 데가 읎네. 어여 자그라.

여럽지만 자장가라도 불러줄까?

근데 자는 아가 와 이래 상통을 찡그리고 있노. 주름에 깨미 찡기겠다. 내도 봉래산에 올라갈라 카는데 발이 떨어져야 말이재. 어매야, 야가 야가 꿈꾸는 갑다. 나가 내두룩 떠들어가 꿈자리가 사납나. 아야, 뭔 꿈이 그리 험하길래…….

야가 야가, 육십 년도 더 된 꿈을 꾸고 있노!

이기 언제고, 즈그 어매하고 섬 떠날 때 아이가. 그때도 밤손님 달음질 놓을 때처럼 섬 한 바꾸 빙 돌아가 빠져 나갔재. 요것들이 내 자는 줄 알더라꼬. 다 늙어빠지가 인자 밤잠도 없는 거를 모르고. 성주들 픽픽 쓰러질 때, 내라꼬 영성靈性이 안 벗어지고 배기나. 요새는 최영 장군님 찾는 점바치들도 없더만. 암만 그캐도 이마에 내 천川 자 패고 있는 일마 이거 잠 깰 때꺼정은 까딱없다. 할미 쏜가락이 약쏜가락 아니냐. 니 놈 쬐깐할 쩍에 태풍 사라가 왔었다. 어느 양노무 제집자석 일흠을 갖다 붙있는가 아조 벨난 거이 왔었재. 다저녁때부터였을 거라, 남쪽에서 불러오는 댑바램 같은 거이 해가 딱 넘어가기가 무섭게 회리바램으로 바뀌더라꼬. 할망 맴 같아서는 이런 거는 확 마 태풍의 대강이를 틀어잡고 대마도로 날리버렸으모 싶지만 태풍의 대강이라는 거이 어딨고, 그거이 잡아지지도 않는 거를 나가 우째 하겠노. 이래가 한밤을 우예 건너겠나 싶을 맨치로 작살 같은 비가 섬을 퍼부어대. 바당은 미친년 널뛰듯이 섬을 삼키고 토해내길 데풀이하는데, 그 지랄을 무슨 수로 전디긴 전다나. 그때, 늬 어매하고 살던 판잣집이 아조 박살이 난 거라…… 아야, 세상 일찍 베린 너거 아방 기억나나? 안즉 시퍼렇게 떠오른다. 어매가 그래 말려도 배 건사하겠다고 안 나갔나. 저 하나 북망산자락 가는 거이 안 무섭어도 배 잃으모 니캉 자석새끼들꺼정 다 가티 간다꼬. 아방 뒷등에다 너거 어매가 욕을 개떼 같이 했재. 그캐도 사나새끼들이 말귀를 들어처묵나. 내도 장군님 기다리다 봉래산 꼭대기서 돌뎅이로 벤한 거이 아니가. 어둠 쪽으로 사라지는 딧모습 보마 할매요, 할매요, 뭐하는교 하는데, 밤새 등드리 피멍이 들 때꺼정 섬을 싼다고 감쌌는 거 말고 나가 할 수 있는 거이 무스거 있겠나. 그캐가 젖먹이 니는 살렸다 아이가.

아이다, 아이다. 꿈이다, 꿈. 어여 자라, 자라. 잘 자그레이. 우리 간얼라야.

김나현 | 얒배의 이야기

2021년 자음과 모음에 단편 「안의 세계」를 발표하며 등단.
2022년 장편 『휴먼의 근사치』 출간.

양배의 이야기

김나현

1

전화가 울렸을 때, 나는 상행 방면 고창고인돌휴게소로 들어가고 있었다.

"양배야?"

"응. 나, 양배."

하품이 쏟아졌다. 벌써 한 시간 동안 운전대를 붙들고 있었다.

"무슨 일이야?"

양배는 "다른 게 아니라……" 하고 운을 떼웠다. 그러고 보니 꽤 오랜만의 연락이었다.

"너 착한 암이라고 들어봤지? 갑상선암 같은 거 말이야."

양배는 보험을 팔고 있었다.

"미안한데, 그런 이야기 들을 기분은 아니라."

"무슨 일 있어?"

"호남선 타야 하는데 서해안 타버렸어."

원래는 익산 쪽으로 빠져야 하는데, 내비게이션 싱크가 맞지 않아 부안 방면으로 들어선 것이었다. 덕분에 목적지까지 한 시간이나 추가되었다.

"지금 어딘데?"

"고인돌휴게소."

"상행?"

"왜? 오려고?"

"30분 걸리나?"

"여기 오면 보험 들어줄게. 딱 30분 기다릴 거야."

물론 오지 않으리라 생각했다.

하지만 앙배가 와버렸다. 나는 타이머를 맞춰놓고서, 델리만쥬와 소떡소떡으로 배를 채운 상태였다.

"27분 48초!"

핸드폰에 찍힌 타이머를 보여주었다.

"엄청 달렸잖아."

앙배는 손을 들어 브이를 그렸다. 배를 손으로 쓸더니 케네디소시지를 사러 갔다. 잠시 후 그는 뽀드득 소리를 내며 소시지를 한 입 베어 물고 만족스러운 미소를 지었다.

"보험은 들어주는 거지?"

"와, 근성 봐."

나는 엄지를 치켜세웠다. 앙배는 간이 테이블에 앉더니 품에서 작은 태블릿을 꺼냈다.

"강요하는 건 아니야. 차분히 들어봐."

앙배는 태블릿을 켜고 손가락으로 화면을 휘휘 쓸어 넘겼다. 그가 이거다, 하면서 태블릿 화면을 내 쪽으로 돌렸다.

"들을 준비 됐어?"

나는 팔짱을 끼고 앉았다.

"어디 들어나 보자."

"상당히 거만하지만 바람직한 자세야."

나는 동그랗게 힘주어 모은 앙배의 입을 빤히 보았다.

2

우리는 대학의 영화 동아리에서 만났다. 처음에 나는 앙배에게 관심이 없었다. 앙배는 동아리 방에 죽치고 앉아 스스로 콘티라고 주장하는 네 컷 만화를 그리는 애였다. 선배들이 시나리오부터 쓰는 거라 조언해도 듣지 않았다.

하지만 그는 실세가 누구인지 알았다. 단편 제작 경험이 있어 줄곧 연출을 맡아온 선배에게 매일 캔 커피를 조공하더니, 어느 날부터 동아리의 굵직한 프로젝트에 죄다 참여하는 핵심 멤버가 되었다. 그는 연출 선배가 어렵사리 기회를 잡은 영화사 창작 워크숍에 동행했고, 선배가 출품을 계획한 단편에 출연하면서 일단은 배우라는 커리어도 쌓았다. 그러나 카메라 울렁증이 심해 연기 도중 자주 토했다. 그런 탓에 촬영은 중단되기 일쑤였다.

촬영을 마치고 편집 시사가 있던 날, 회식 자리에서 연출 선배는 영화제에 출품할 마음을 접었다. 심사위원에게 이걸 보여주면 업보만 쌓일 거라고 말했다. 선배는 은근한 방식으로 누군가를 꾸짖었다. 얼굴이 발갛게 달아오른 앙배는 말없이 집게와 가위를 들고 앞에 놓인 삼겹살을 잘랐다.

2차부터 각출이라는 소리에 나는 자리를 빠져나왔다. 역시 불편했던 것인지 앙배도 가게를 나오는 무리에 섞여 밖으로 나왔다. 우리는 동행은 아니었지만 버스 정류장으로 함께 걷고 있었다. 그곳은 인도와 차도의 구분이 분명치 않았다. 바깥쪽에서 걷던 앙배는 차가 오지 않으면 나와 멀어졌다가 차가 지나가면 다시 가까워졌다. 승용차와 봉고가 지나가고 우리 사이 거리가 가까워졌을 때, 앙배가 말했다.

"너도 시나리오 쓰지?"

앙배의 질문은 뜬금없었다. 우연히 작법 책을 넘겨보다가 선배들이 '시나리오 쓸 거야?' 물으면 귀에 벌레라도 붙은 듯 고개를 젓는 인간이 나였다.

약간 어지러운 탓에 나도 모르게 앙배를 노려보고 있었다.

"우리끼리 인사 같은 거잖아. 쓰고는 있어? 언제 쓸 거야? 이런 거."

"그럼, 너는? 쓰고 있어?"

앙배가 성큼 한 발 걸어왔다. 비틀거리며 경사로를 내려가는 오토바이를 피하기 위한 것이지만 지나치게 다가왔다. 손등이 스쳤다.

"난 그냥 하라는 걸 해."

"그렇게 열심히 하면서 그냥이라니?"

얼굴이 거의 닿을 듯했다. 앙배가 한 발 물러섰다.

"특별히 하기 싫은 게 아니면 그냥 하는 거야. 순응적으로."

"굉장히 의욕적으로 보여."

"의욕적으로 순응적인 건가?"

앙배의 말은 잘 이해되지 않았다. 하지만 그다음 말은 확실히 귀에 들어왔다.

"그런데 좀 가깝지 않아?"

앙배가 뒤로 한 발 더 물러섰고, 차 한 대가 빠아아앙, 길게 클랙슨을 울렸다. 다행히 차와 접촉하는 일은 없었지만 운전자가 놀라서 차창을 내렸다. "학생, 괜찮아요?" 앙배는 두 손을 흔들어 보이며 "저, 괜찮아요." 하고 외쳤다. '괜찮다'는 말을 그런 식으로 크게 하니, 오히려 반대의 의미로 들렸다. 나는 앙배의 소매를 더러운 것이라도 만지듯 두 손가락으로 살짝 잡고 안으로 끌어당겼다.

"조심해."

앙배는 소매를 붙든 내 소심한 손가락을 보더니 피식 웃고서 "내가 저쪽에서 걸을게"라고 말했다. 그리고 나에게서 한 발 더 물러섰다. 차가 오지 않을 때, 한 발씩 더 멀어져 어느새 반대쪽에서 모르는 사람인 양 걷고 있었다.

그렇게 가까이서 걸어본 또래 남자는 처음이었다. 얼굴이 닿을 듯 가까웠던 순간이 불쑥 생각나 가만히 있다가도 얼굴에 홍조가 번졌다. 그 무렵 동아리 방을 찾아오는 여자애들이 있었다. 작은 쇼핑백에 선물을 들고 앙배를 찾아왔다. 그들이 나와 비슷한 경험을 갖고 있는 것이 아닐까 싶었다. 앙배가 없을 때 나는 그 애들이 가져온 간식거리를 대신 받아주었는데, 보는 사람이 없으면 그것을 내 가방에 넣어버리고 모르는 척했다.

어쨌든 앙배가 누구의 고백을 받아들이는 일은 없었다. 그는 여전했다. 매일 연출 선배에게 캔 커피를 조공하고, 그 옆에 붙어 네 컷 만화를 그렸다. 연출 선배에게 소소한 촬영 아르바이트가 생기면 삼각대와 카메라를 들고 따라다녔다. 한번은 선배가 동아리 방에 나오지 않았는데, 연락이 되지 않는다며 앙배가 발만 동동 굴렀다. "전화 안 받을 수도 있지. 뭘 그렇게 신경 써?" 다른 선배의 말에 앙배가 떨리는 목소리로 답했다. "선배가 제 전화를 안 받을 리 없어요." 그 신경질적인 반응 이후 동아리 사람들은 두 사람 사이를 의심했다. 그 소문을 듣고서 나는 앙배가 그토록 열의를 갖고 동아리 활동에 참여한 이유를 알아차렸다.

대학에 들어가 두 번째로 맞는 겨울방학. 연출 선배가 시나리오 스터디를 꾸렸다. 앙배가 참여하자 나도 따라 참여하기로 했다. 대부분 스터디가 그렇듯 처음에는 참여도가 높았지만, 회가 거듭되자 한 명씩 빠져나갔다. 언제부터인가 연출 선배와 앙배와 나만 나오게 되었다. 그렇게 셋만 남게 되자 동아리 방 대신 후문 카페에 가서 공부하기로 했다.

연출 선배는 우리에게 로알드 달이 애정한다는 딕슨 타이콘데로가 연필과 스토리텔링 관련 유인물을 나눠주면서, 밑줄을 그어 읽고 한 장 읽을 때마다 여백에 세 문장으로 요약하라고 지시했다. 후반 30분은 돌아가면서 각자 무슨 이야기를 만들 것인지 발표했다.

스터디 마지막 날, 뜻밖에도 연출 선배가 오지 않았다. 앙배와 나는 20분쯤 기다렸다. 앙배가 여러 차례 전화를 걸었지만 선배는 받지 않았다. 원래 선배가 전화를 받지 않으면 앙배는 안절부절못했는데, 그날은 그러지 않았다. 오히려 "선배는 자주 이러니까" 하면서 쉽사리 연락을 포기했다.

메일로 미리 전송받은 파일을 복사집에서 출력하고 카페로 향했다. 스터디 진행은 평소와 다르지 않았다. 다만 연출 선배가 없었기 때문에 첨언하는 사람이 없다는 것이 다른 점이었다. 솔직히 말하면 나로서는 홀가분했다. 다른 멤버들이 스터디에 점차 나오지 않은 이유도 확실히 알게 되었다. 문제는 선배였다. 그가 개입하면 자꾸 내가 말하고 있는 것이 그의 구미에 당기는 내용인지 돌아보게 되었다. 그리고 선배가 발표할 때는 어쩐지 열등한 인간이 되어 그의 말에 전적으로 동의하는 제스처를 취했다. '그건 아닌 것 같은데?' '솔직히 좀 구리지 않아?' 그런 말에 두들겨 맞다 보면 버틸 힘이 남아나지 않았다.

스터디는 그 어느 때보다 원활하게 진행되었다. 시간 가는 줄 모르고 하다 보니 아이디어 발표만 남아 있었다. 앙배가 먼저 하기로 했다.

"아버지 얘기를 해보려고."

사실 앙배는 그동안 아이디어를 내놓을 때마다 선배의 타박을 받았다. 갑자기 신체의 일부가 지워진 인간이라든가 화학물질에 노출되어 직립하게 된 개구리라든가 얼음벽에 갇힌 아파트라든가 그런 것을 아이디어로 내놓았는데, 선배는 우리 수준에서 많아야 천만 원 정도밖에 지원받을 수 없으니, 제작비를 생각해야 한다 말했다. 그럼에도 앙배는 천만 원으로는 한 컷도 찍을 수 없을 아이디어만 주야장천 늘어놓았다. 그런 그가 진부하게 '아버지'를 소재로 삼는다는 것이 의아했다.

"아버지는 소포 분류 일을 하고 있어."

"우체국에 다니시는 거야?"

"그런 셈이지."

그는 고개를 끄덕였다.

"항상 이런 말을 하시거든. 한 가지 일을 오래 하면 그 일이 자기 자신이 된다고. 그러니까 아버지는 소포 분류 일을 오래 해서 자신이 '소포 분류' 그 자체라고 생각해."

"생활의 달인 같은 거야?"

내 말에 앙배는 고개를 또 끄덕거렸다.

"아버지는 누구보다 빨리 일해. 그래서 사람들이 좋아하지. 요즘은 일이 정말 많아. 택배사가 파업하면서 물량이 몰렸거든. 화장실도 못 갈 정도라고. 얼마 전 방광염 진단까지 받았어."

테이블 위에 올려놓은 앙배의 두 손이 조금 떨리고 있었다.

"우리 아버지 목표는 더 빨리 일하는 거야. 더 빨리 바코드를 찍고, 더 빨리 코드를 구분하고, 더 빨리 파렛트에 집어넣는 거. 그래서 더 빨리 일을 마치는 거."

"너무 힘드시겠다."

"아니. 아버지는 그 일을 좋아해. 물론 힘들지만 자랑스러워하지. 일할 때 제일 살아 있는 것 같대. 처음에는 어리바리했는데 지금은 제법 수장 노릇을 한다는 거야."

앙배는 말을 이어갔다.

"아버지가 돌아올 시간쯤이면 새벽 2시 정도 되거든. 그때 밥을 차려. 일 끝나고 오면 아버지는 항상 허기진 상태야. 뭘 먹어도 다 맛있다고 하시지. 밥 차린 보람이 있다고 할까. 그런데 며칠 전에는 밥을 한 숟가락도 못 뜨는 거야. 무슨 일이냐고 물으니까 한숨만 쉬다가 주머니에서 뭔가 꺼냈어. 그게 뭔지 알아?"

"뭔데?"

"1캐럿은 되어 보이는 다이아 반지였어."

"다이아?"

나도 모르게 침을 꿀꺽 삼켰다.

"아버지 말로는 상자 하나가 너무 작아서 파렛트 구멍 사이로 자꾸 빠져

나오더래. 알아볼 수 없는 외국어가 잔뜩 쓰여 있어서 아주 값나가는 물건일 거라 짐작만 했지. 자꾸 바닥에 굴러다니니까 일단 주머니에 집어넣고 소포가 어느 정도 쌓이면 다시 집어넣으려고 했대. 그런데 정신없이 일하다가 잊어버린 거야. 그걸 파렛트에 넣어두고 왔어야 한다는 걸 깨달았을 때는 해산하고 심야 버스에 올라탄 다음이었어. 버스 뒷줄에 혼자 타고 있다가 그 상자를 한참 내려다보는데, 도대체 뭐가 들었는지 궁금해진 거야. 그래서 조심히 열어봤고, 그 안에 반지가 있던 거지."

"다시 되돌려놓으신 거야?"

"처음에는 그렇게 하려고 했어."

앙배는 헛기침을 하며 목을 가다듬었다.

"그런데 궁금한 거야. 정말 다이아가 맞는지. 그래서 그날 아침 금은방에 갔어. 정확한 건 아니지만 그 반지가 대충 반년치 월급하고 맞먹는 값이라는 소리를 들은 거야. 그런 말 듣고 욕심 안 나는 사람도 있을까?"

"설마……."

"게다가 아버지는 일하던 구역에 카메라가 언제부터인가 찍히지 않는다는 사실도 알고 있었어."

앙배가 흐물흐물한 회색 백팩을 테이블에 올리더니 앞 지퍼를 열어 보드라운 민트색 주머니를 꺼냈다. 앙배는 나에게 손을 내밀어보라고 했다. 설마 싶은 마음에 눈을 흘기며 손을 내밀었다. 앙배가 주머니를 뒤집어 툭 털었다.

"어……."

손에 조금 묵직한 기운이 내려앉았다. 그것은 백금으로 테를 두른 반지였다. 중앙에 큐빅이 박혀 있었다. 정교하게 커팅되어 있었고, 창으로 들어온 햇살에 눈부시게 반짝거렸다.

"내가 훔쳐 왔어."

"무슨 소리야?"

앙배는 내 손에 올려놓은 반지를 두 손가락으로 힘주어 집었다. 그것을 머리 위로 들어 올려 감정하듯 이리저리 둘러보았다. 나도 모르게 입을 조금 벌린 채 앙배를 바라보았다. 앙배는 이마에 힘을 주고 미간을 좁혔다. 그는 반지를 눈높이로 가져와 쏘아보았다. 그러다가 스웨이드 재질의 민트색 주머니 입구를 벌리고 반지를 그 안에 다시 넣었다.

"어때?"

"뭐가?"

"방금 내가 한 얘기."

앙배는 천진한 얼굴로 나를 보았다.

"진짜 같아?"

"반지까지 들이미는데 어떻게 안 믿어?"

앙배는 어리둥절한 내 반응이 만족스러운 듯 엷은 미소를 지었다.

"선배라면 안 믿었을 거야. 오늘 선배가 안 나온 게 너무 아쉽네."

선배가 고개를 비스듬히 치켜든 채 풋, 웃으며 앙배를 조롱하는 모습이 눈앞에 그려졌다.

"그런데 정말 다이아 반지 같아. 반짝거리는 게, 진짜 같은 가짜. 어디서 구한 거야?"

앙배가 당황한 듯 눈을 깜빡이더니 손을 내저었다.

"이거 진짜야. 아버지 반년치 월급."

"무슨 말이야? 정말로, 진짜라는 거야?"

앙배는 눈을 동그랗게 뜨고서 "그럼, 이 반지가 어떻게 나한테 있겠어?" 오히려 나에게 되물었다.

3

나는 보험 청약서에 이름을 기입했다. 딱히 앙배가 설명을 잘한다는 느낌은 받지 않았지만, 객관적으로 따졌을 때 조건이 괜찮았다. 한 달 22000

원을 80세까지 납입하면 100세까지 보장되고 등록된 모든 암의 진단비가 최소 3천만 원에 중복 보장도 가능했다. 앙배는 다시없을 조건이라고 했다.

"나 말고 보험 들어준 사람 있어?"

"진규 선배."

"선배?"

"보험 가입은 동거인의 숙명이니까."

두 사람이 여전히 함께 살고 있다는 사실은 전해 들어 알고 있었지만, 앙배에게 직접 들으니 조금 충격이었다. 그런데 선배가 꼬박꼬박 보험료를 낼 돈이나 있을까. 아마도 그 돈도 앙배가 내겠지, 그런 생각이 들자 80살이 지나서도 앙배가 선배의 보험료를 내주는 상황이 그려져 소름이 돋았다.

"괜찮아?"

나도 모르게 몸을 부르르 떨었다. 앙배가 놀라서 물었다. 나는 별일 아니라고 대답했다. 앙배야말로 괜찮은 건가? 앙배는 그저 보험 계약 하나를 성사시켜 기쁜 듯했다.

겨울방학이 지나자, 앙배는 곧 군에 입대했다. 그 무렵 선배는 갑자기 부자 삼촌의 유산이라도 받은 것처럼 돈을 써댔다. 새 노트북을 샀고 명품 신발을 신고 다녔다. 카페에서 마주친 동아리 후배들에게 디저트를 사주고 서점에서 시나리오 작법서를 잔뜩 사들여 동아리 방 책장에 비치했다.

나는 그 돈이 어디서 났을지 의심 가는 구석이 있었다. 만약 앙배의 반지를 판 돈이라면, 선배의 돈지랄은 한 학기도 못 갈 것이었다. 예상대로 선배는 어느 날부터 카페에서 케이크를 사달라고 조르는 후배를 피해 도망가고, 작법서를 접어가며 읽는 동기에게 화를 냈다. 자주 떨어뜨려 모니터 모서리가 거미줄처럼 갈라진 노트북을 수리하지 않은 채 가지고 다니면서, 두 발만은 명품 신발을 꿰신고 있었다. 지각을 면하려고 운동장을 가로질러 뛰어다녔기 때문에, 앞코에는 항상 흙먼지가 뽀얗게 내려앉아 있었다.

제대 후 곧바로 복학하지 않고 휴학을 선택한 앙배는 가끔 동아리 방에 들렀다. 하지만 선배 수업이 끝나기를 기다릴 때뿐이었다. 수업이 끝나기 10분 전 앙배가 꼭 선배의 강의실로 찾아가 기다렸고, 카페를 가거나 저녁을 같이 먹는 듯했다. 나는 앙배를 마주칠 때마다 묻고 싶었다. 그 반지를 팔아서 선배에게 돈을 준 것이냐고. 하지만 그때마다 앙배에게 알 수 없는 거리감을 느꼈고, 그건 아마도 선배 생각으로 가득한 앙배가 미워서 그랬던 것인지도 몰랐다.

"선배는 잘 지내?"

"똑같지, 뭐."

두 사람이 떨어져 있던 1년의 기간을 굳이 포함한다면, 둘은 10년이 넘는 시간을 붙어 있었다.

앙배가 복학한 후 연출 선배와 투룸에서 살고 있다는 소식은, 동아리 사람들을 통해 들었다. 그때 나는 취업 원서를 서른 곳쯤 넣고 그중에서 가장 페이가 적은 회사에 최종 합격해, 연예인의 이력을 자극적으로 편집하는 유튜브 채널의 작가로 일하고 있었다. 그런 나에게 두 사람의 이야기는 연예인의 마약 투약이나 성범죄 은폐에 비하면 아무 일도 아닌 것처럼 느껴졌다. 하지만 몇 달이 지나면 기억에서 희미해지는 연예계 이슈와 달리, 두 사람의 동거는 시간이 흐를수록 더 선명한 장면이 되어 머릿속을 헤집어놓았다.

"어디서 지내?"

"지금은 정읍. 그러니까 여기까지 왔지."

앙배는 정읍 시내 근처 단층 주택에서 살고 있다고 말했다. 몇 년 만에 맛보는 평화인지 모르겠고, 이제 선배는 정말 시나리오에 완전히 집중할 수 있는 환경을 얻은 것 같다면서, 그런 환경을 제공한 자신이 자랑스러운 듯 말했다.

"지금도 시나리오 쓰고 있어?"

"그게 선배 일이니까."

나는 양배에게 '일'이란 경제적 보수가 따라오는 것이어야 한다고 말하려다가 그만두었다. 졸업 이후 선배가 양배에게 기생하면서, 글만 쓰는 한량 생활을 열의 없이 이어간다는 것은 동아리에서 모르는 사람이 없었다. 하지만 양배의 분홍빛이 감도는 그 얼굴 앞에서는 아무런 말도 할 수 없었다.

이렇게 들뜬 얼굴을 나는 3년 전에도 본 적이 있었다. 그때 양배는 연출 선배와 완벽하게 이별한 상태였다. 양배는 선배한테서 벗어나니 아주 홀가분하다면서, 이제 호구 짓은 그만할 거라고 몇 번이나 각오했다. 솔직히 그의 각오는 조금 지겨웠다. 이제 아니라고, 선배는 정말 아니라고 주절거리는 말들. 하지만 각오란 그 자신이 쉼 없이 과거에 흔들리고 있기에 자꾸 터져 나오는 것이었다. 결국 그들의 완벽한 이별은 1년도 가지 못했다.

4

'김진규 결혼!'

동아리 선배에게 연락을 받고 얼마 후 모바일 청첩장이 날아왔다. 안부의 메시지 하나 없이 청첩장만 날아온 것이었다. 선배에게 축의금 낼 생각을 하니 아까웠지만 그곳에 가지 않을 수 없었다. 곧바로 백화점으로 달려가 400만 원이 넘는 명품 가방을 샀다.

당시 나는 꽤 규모가 있는 프로덕션의 기획팀으로 이직한 상태였다. 이전 직장에서는 최저임금에 가까운 월급을 받으며 포털에 올라오는 연예인 기사를 읽고, 우리 오빠 그만 괴롭혀요 손가락 뽑아버리기 전에, 하는 식의 협박성 메일을 삭제하느라 밤낮없이 회사에 붙어 있었다. 하지만 이식을 하려니 그것이 마냥 삽질만은 아니었다. 기획한 영상 중 손에 꼽을 정도이긴 해도 100만 조회 수가 터진 것도 있었고 나름대로 잘되는 것과 안 되는 것을 구분하는 안목도 생겼다.

프로덕션 경력직 서류에 합격했을 때는 아무래도 그런 능력치를 높게 평가받은 것이라 생각했는데, 막상 면접에 들어가 보니 다른 것이 눈에 띈 모양이었다. 대표가 눈여겨본 것은 포트폴리오로 제출한 시나리오 기획이었다. 오래전 해외 영화제에서 각본상을 받은 그녀는 유난스럽게도 그 기획만을 칭찬했다.

이런 것들이었다. 사고 이후 신체의 일부가 점차 지워지는 인간이라든가, 화학물질에 노출되어 인간적인 성격을 갖추게 된 개구리의 생태계라든가, 상상할 수 없는 추위로 하룻밤 사이 얼음에 갇혀버린 아파트라든가.

"가장 마음에 든 건 반지 이야기예요. 선량하던 아버지가 반지를 훔치고, 그걸 아들이 다시 훔치게 되면서 일어나는 이야기요."

다른 임원은 대중 영상 기획안을 치켜세웠지만, 대표는 계속 시나리오 기획에서 나의 '가능성'을 봤다고 말했다.

면접을 마치고 나왔을 때 턱이 아렸다. 만약 그 기획의 모티프가 다른 사람의 머리에서 나온 것이라 고백한다면 어떻게 될까. 그때 내가 할 수 있는 것은 진실을 말하지 않기 위해 입을 꾹 닫고 있는 일뿐이었다.

결혼식 날, 연출 선배는 턱시도를 입은 게 아니라 커튼을 감아놓은 것처럼 보였다. 며칠 사이 살이 빠져 볼품없게 되었다면서, 그는 내 가방과 얼굴을 번갈아 보았다.

"굉장한 곳에 들어갔다면서? 후배들한테 취업 특강이라도 해야지?"

선배는 아직도 동아리 리더인 것처럼 굴었다. 나도 나였다. "제가 그럴 짬은 아니에요" 하면서 그 앞에서 불편한 감정이 없는 척 너스레를 떨었다. 듣기로는 신부 집안이 군산 앞바다에서 중국집을 하는데, 월 매출 2천만 원이고, 이제 선배는 꼼짝없이 그 식당 부엌에 쪼그리고 앉아 짬뽕에 들어갈 조개껍데기를 씻어야 할 팔자라고 했다. 나는 그렇게 된 선배의 사연을 들고 웃음이 나는 것을 참느라 이가 얼얼할 지경이었다.

　예식은 공장 컨베이어벨트에 결혼할 사람들을 올려둔 것처럼 신속하고 낭만 없이 진행되었다.

　"너도 왔어?"

　돌아보니 앙배였다. 그는 선배만큼이나 홀쭉해져 있었다. 우리는 나란히 서서 선배가 입장하는 모습을 봤다. 굳은 얼굴로 앞만 보고 걸어 나가는 선배가 과연 결혼 서약을 하기는 할까 싶었다. 앙배는 예식에 집중하지 못했다. 발가락 끝으로 꼿꼿하게 서 있다가 균형을 잃는 동작을 반복하고, 하품을 하고 소매로 고여 있는 눈물을 닦아냈다. 선배의 결혼을 흔쾌히 받아들일 수 없어 그런 것인지, 아니면 그저 모든 과정이 지루해서인지 몰라도 자꾸 딴 짓을 했다. 나는 그에게 밖으로 나가자고 말했다.

　"축의금 냈으면 됐지. 사진까지 찍으려고?"

　기다렸다는 듯 앙배가 먼저 등을 돌려 문 쪽으로 걸어갔다.

　웨딩홀 밖으로 나오자, 미적지근한 대기를 뚫고 한 줄기 시원한 바람이 불었다. 앙배가 고군산군도로 드라이브를 가자고 했다. 몇 해 전 군산 인근 섬을 연륙한 다리가 개통되면서 육지에서 섬까지 차로 다닐 수 있게 되었고, 마침 군산에 오면 한번 들려볼 생각인 터라 좋다고 대답했다. 앙배는 무녀도에 카페가 있다고, 그곳에서 커피를 마시자 했다.

　차를 타고 가면서 앙배의 근황을 들었다. 농산물 유통 업체에서 영업직으로 일하고 있다면서 뒷좌석에 쌓인 브로슈어와 감귤 박스를 가리켰다. 무슨 일이든 별 저항 없이 일단 하고 보는 앙배의 성격이 영업과 잘 어울리면서도, 카메라 울렁증으로 자꾸 토하던 그가 사람들 앞에 거침없이 나서는 일을 할 수 있을지 걱정이 되었다. 하지만 그는 꽤 우수 사원인 듯했다. 그의 얼굴을 표지로 삼은 브로슈어 몇 장이 흩어져 있었다.

　"막상 하니까 잘하고 싶더라고."

예전에 앙배가 아버지 이야기를 해준 것이 떠올랐다. 누구보다 빨리 일하고, 더 빨리 일하기를 바랐던 사람.

"너 이직한 곳 말이야. 동아리 사람들이 선망하는 회사였잖아."

목 언저리가 덴 듯 열감이 올라왔다.

"운이 좋았지."

"네가 잘될 줄 알았다니까."

"어떻게?"

"예전에 너랑 닮은 사람 만난 적 있어. 굉장히 멋졌거든. 그게 네 미래 같았어."

"그래? 덕분에 운 좋게 붙었나 보네."

그렇게 말하고서 앞 유리창을 건너다보았다. 고군산대교 위는 안개로 온통 뒤덮여 있어서 차가 나아갈 때마다 없던 길이 나타나는 듯했다. 다리 끝에 놓여 있는 섬은 물을 많이 머금은 묵화처럼 흐릿했다. 그 풍경에 넋을 놓고 있을 때, 앙배가 다시 물었다.

"너도 혹시 시나리오 쓰고 있어?"

'너도'라는 말이, 누군가 아직도 시나리오를 쓰고 있다는 사실을 짐작하게 했다. 선배가? 아니면 앙배가? 나는 그 꿈을 버리지 못한 사람이 선배 한 사람이기를 바랐다.

"너는?"

앙배는 잠시 말이 없다가 입을 열었다.

"원래도 그렇게 열심히 쓰지는 않았잖아. 그보다 쓸 시간이 어디 있어? 이제 쓸 마음도 없고."

나는 앙배의 얼굴을 슬쩍 곁눈으로 보았다. 시간이 없다는 말보다 마음이 없다는 말이 더 슬펐다. 줄곧 시간이 없었기 때문에 마음 또한 없어져버린 것이었을 테니까. 앙배의 시간은 어디에 바쳐진 것일까. 묵묵히 콘티를 그리고 열성적으로 선배를 따라다니고 스터디에 꼬박꼬박 참여하던 과거의 앙배가 떠올랐다. 모든 것이 선배 곁에 붙어 있기 위한 노력이기만 했을까. 그것이 누군가를 좋아하는 마음만으로 지속되지 않는, 다른 영역의 노력이라는 사실을, 나 역시 잘 알고 있었다.

5

두 개의 작은 솔섬은 일렁이는 바다 건너 나란히 자리하고 있었다. 앙배가 아버지 이야기를 꺼낸 것은, 두 개의 솔섬이 보이는 카페에 앉아 적당히 식은 커피를 마시던 순간이었다.

"너희 아버지, 잘 지내셔?"

앙배는 이제 고백하는 거지만, 여태껏 반지 이야기를 들은 사람은 나밖에 없다고 말했다. 스물한 살에 앙배는 나에게 그 이야기를 꺼내놓고, 몇 년이 흐르도록 누구에게도 그 말을 할 기회를 얻지 못했다. 그러니까 연출 선배는 모르는 이야기라는 뜻이었다.

"그 반지는 어떻게 됐어?"

솔직히 말하면, 그가 반지를 연출 선배에게 주었다는 말을 듣고 싶었다. 그렇게 해야 내 안에서 그들의 서사가 완성될 수 있으니까.

앙배는 다이아 반지를 아버지에게 돌려주었고, 아버지는 다시 주인에게 돌려주었다고 말했다. 나는 그 말을 믿고 싶지 않았지만, 믿지 않을 경우 앙배와 그의 아버지를 도둑으로 낙인찍어야 했다.

"반지 주인이 심하게 컴플레인을 걸었어. 결국 그 일을 그만두셨지."

"어쩌다가 그렇게까지……."

"복직을 요청하려고 다시 찾아갔는데도 어쩔 수 없었어. 그래도 금방 다른 일을 찾았어. 새롭게 시작하는 일이었지만 밤에 일한다는 것은 변함없었어. 여러 사람을 이끄는 수장 같은 역할이라는 점에서도 그 전과 비슷한 일이라며 만족해하시지만."

"무슨 일인데?"

"심야 버스 운전."

"퇴근할 때 타고 다니시던 그 버스?"

"아버지가 운행하는 버스는 예전에 일하던 우편집중국을 지나는 코스는 아니야. 더 외곽을 돌거든. 한번 출발하면 다섯 시간 동안 화장실도 갈 수 없는 지옥의 코스. 그래서 계속 방광염을 달고 살아. 게다가 손목에 염증이 있어 매일 병원에 가야 해. 그런데도 일은 계속한다고 해서. 가만히 있을 수가 없대. 아무것도 안 하는 게 더 힘든 거래."

"너희 아버지, 정말 훌륭하신 분이야."

"정말 그래. 훌륭하고 좋은 사람이야. 성실하고 착한 사람. 그렇지만 그런 사람도 유혹에 빠질 때가 있잖아?"

나는 고개를 크게 끄덕였다. 아무렴, 누구나 그럴 때가 있고말고.

"이번에는 칼이었어."

"칼이었다니?"

"종점에 도착하고 보니까 뒷줄 창가 자리에 칼이 있는 거야. 아버지 손보다 조금 긴 단도였어. 손잡이 중앙에 영롱하고 푸른 보석이 박혀 있고, 그 주위를 작은 큐빅이 타원 모양으로 촘촘히 두르고 있는 칼이었지. 어둠 속에서도 칼날이 번쩍거려서 조금만 베여도 크게 다칠 것 같았대. 아버지는 땀에 전 손수건을 꺼내 칼을 둘둘 감았어. 차고지에 유실물을 모아두는 바구니 같은 게 있긴 한데, 혹시 그 바구니를 누가 뒤지다가 다치기라도 할까 봐 걱정이 된 거야. 그래서 일단 칼을 집으로 가지고 왔어."

"그래서?"

내가 지나치게 얼굴을 들이밀었는지 앙배가 뒤로 주춤 물러섰다.

"전화를 받고 아침에 가보니까, 아버지가 식탁에 칼을 올려놨더라고. 얼핏 봐도 눈에 딱 들어오는 칼이었어. 그 보석에서 나오는 빛이 강렬하더라. 아버지는 또 이런 일이 생겨버렸다면서 고개를 숙였지. 그리고 나한테 칼을 유실물 센터에 맡겨달라고 부탁했어. 주무셔야 했거든. 맑은 정신으로 버스를 몰아야 하니까. 잠자리에 들기 전에 버스 번호랑 발견 시각을 적은 종이를 건네주셨어. 그런데 이번에는 내가 궁금한 거야. 손잡이에 박힌 보석이 정말 값진 것인지. 얼마나 비싼 것이면 그렇게 빛이 나는지. 그냥 가벼운 의문이었어. 귀금속을 파는 곳에 들러서, 그 값만 따져보려 한 거야. 그런데 그게 얼마였는지 알아?"

귓가에 바짝 힘이 들어갔다.

"아파트 한 채 값이래."

앙배는 약간 뜸을 들이더니 다시 입을 열었다.

"실은 그 칼을 아버지 몰래 한동안 가지고 있었어. 혹시라도 유실물 센터에서 연락이 오면, 그때 돌려놓으려고 했지. 만약 연락이 오지 않으면 주인이 칼을 찾으러 오지 않았다는 뜻일 테고, 그럼 그 칼은 우리한테 선물 같은 게 아닌가 싶어서."

"그래서? 칼은? 지금도 갖고 있어?"

앙배는 칼이 곧 주인을 찾아갔다 말하고서 힘없이 눈을 감았다가 떴다. 그리고 식은 커피의 표면을 내려다보느라 고개를 숙인 채 얼마 동안 침묵했다.

"그러니까 훔치지 않았다는 거잖아. 아버지는 계속 버스 기사로 일하시는 거고."

"잠깐 흔들렸던 것뿐이야."

나는 앙배를 향해 손을 뻗었다. 그리고 커피 잔을 가볍게 쥐고 있던 그의 오른손에 내 손을 포개어 얹었다.

"잘했어."

그때 앙배의 손등은 뜨거웠다.

"솔직히 이제 선배도 떠났고, 내가 보기에는 지금이 너한테 기회인 것 같아. 하고 싶은 거 해. 내가 도울게."

그 말은 진심이었다.

"아버지 이야기를 한번 써볼까?"

나는 여전히 앙배의 손을 잡고 있었다.

"뭐든 좀 써봐. 마음이란 게 그렇잖아. 없는 것 같다가도 다시 생기는 거니까."

앙배도 내 손을 뿌리치지 않았다. 잡힌 채로 계속 있어주었다. 그는 고개를 돌리고 가만히 있었다. 덩달아 그쪽을 보니 조금 전 보았던 솔섬과 바다의 풍경이 달라져 있었다. 간조 때였다. 바닷물이 순식간에 빠져나가면서 나란한 두 개의 섬 쪽으로 길이 생겨나고 있었다.

"섬까지 걸어갈래?"

앙배가 내 손을 잡고 일으켜 세웠다. 우리는 손을 잡고 걸었다.

"이런 걸 다 보다니……."

자연의 신비 앞에서 할 말을 잃은 나에게 앙배가 말했다.

"운이 좋은 거지."

그 말은 내 가슴 깊은 곳을 단도처럼 찌르고 들어왔다.

이듬해, 앙배는 우리 프로덕션이 주관한 공모전에 장편 시나리오를 보냈다. 기획팀에서 스토리 개발을 서포트하던 나는 공모전에 제출된 작품을 수합하는 업무를 맡았고, 앙배에게 미리 연락을 받기는 했지만, 그의 이름이 찍힌 원고를 메일로 확인하는 순간에는 나도 모를 기대감으로 심장이 울렁거렸다.

얼마 후 앙배의 시나리오가 예심을 통과했다는 소식을 들었다. 그즈음 대학생 대상 창작 워크숍을 준비하느라 기획팀 모두 정신없이 바빴다. 어쨌든 한 달여간의 심사를 거쳐 최종 결과가 발표되었다. 앙배의 시나리오는 본심에 오르기는 했지만 '아버지와 아들의 비극적 서사가 압도적이고 매혹적으로 느껴졌으나, 상상력의 규모가 억제된 듯 협소하고 작품이 가지고 있는 가능성보다 개선점이 더 눈에 띄어 많은 지지를 받지 못한 점이 아쉬웠다'는 평을 받으며 끝내 탈락했다.

나는 앙배에게 전화를 걸어 아쉬움을 전했다. 앙배는 홈페이지에 올라온 결과를 보았다면서, 떨어질 것을 예상했으니 괜찮다고 말했다. 예상하고 있었으면 괜찮은 건가? 나는 정말로 괜찮은 거냐고 다시 묻고 싶었지만, 뒤이은 앙배의 말에 입을 도로 닫아버렸다.

"선배가 이혼했어. 조개껍데기 씻는데 구역질이 나서 못 하겠대."

앙배는 선배가 다시 돌아온 것이 넌더리가 난다면서도 신나서 어쩔 줄 모르는 목소리였다.

"떨어져 있으니 알겠더래. 선배가 사는 세상에 내가 없는 게 영 이상하다는 걸."

어떻게든 사라져버렸으면 싶어서 아무 데나 흘리고 온 것이 다시 주인을 찾아온 것 같았다. 그렇게 떠나지 않는 방식으로 그것은 끊임없이 주인의 충성을 요구했다.

그때 나는 선배 얘기에 대꾸하지 않았다. 앙배가 자신의 이야기만 하기를 바랐다.

"앙배야, 계속 쓸 거야? 그럴 거지?"

"일하면서 쓰는 거 힘들더라. 이제 돌봐야 할 식구도 있고."

돌봐야 할 식구? 부아가 치밀었다.

"멈추지 말고 해. 이제 시작이야."

"솔직히 그동안 멈춘 적 없어. 걷다가, 운전하다가, 앉아서도, 누워서도, 언제나 영화가 되고 싶은 이야기를 떠올렸어."

"그럼 계속해."

"이제 그만하고 싶어서 그래. 꿈이 없는 사람으로 살고 싶어서."

앙배는 그런 사람이 되고 싶다고 말했다. 퇴근하고 집에 돌아와 책상에 앉는 사람이 아니라, 맥주 한 캔을 들고 영화를 보다 이도 닦지 않고 잠드는 사람이 되고 싶다고.

"정말 그런 사람이 되고 싶어?"

"아무리 생각해도 그 이상은 그려지지 않으니까."

둔중한 쿠션으로 맞기라도 한 듯 얼얼한 기운이 얼굴로 올라왔다.

"왜 그런 생각을 해?"

"아무도 알아주지 않잖아. 이제 재미도 없고. 그런 걸 계속하는 건 힘 빠지는 일이야."

나는 앙배의 시간을 야금야금 없애버린 범인이 여태껏 연출 선배일 거라고 믿었다. 그것은 틀린 생각은 아니었다. 하지만 누군가 더 있었다. 그의 이야기가 결코 이상한 것이 아니고 누군가의 마음에 흡족한 것이란 사실을 솔직히 털어놓지 못한 사람, 그래서 앙배가 자신의 가능성을 알지 못하게 하고 그 스스로 미래를 그릴 수 없게 만든 사람. 그 악독한 인간은 바로 나였다.

6

오랫동안 준비한 창작 워크숍이 드디어 시작되었다. 스토리 개발부 직원들이 한 팀씩 가이드를 맡았다. 내가 맡은 팀의 구성원은 단편 연출 이력이 있는 복학생과 이제 막 영화 동아리에 입회한 신입생이었다. 두 사람은 트뤼포 영화 속 주인공 이름을 별칭으로 삼았다. '쥴'과 '짐'이었다. 두 사람은 다른 조에 비하면 배경지식은 부족했지만 열의가 넘쳤다. 그들은 거의 신생 동아리나 다름없어 학교에서 많은 지원을 받지 못하고, 영화에 대해 가르쳐 줄 어른을 구하지 못해 자꾸 뒤처지는 것 같다고 말했다.

"이런 상황이다 보니 우리가 영화를 오래 좋아하지는 못할 것 같아요."

그렇지만 그들은 열성적으로 참여했다. 나는 과제를 공지하고 진행 상황을 체크하면서 현실적인 기획 방향을 잡아주었다. 가령 독립 단편을 찍는데 억 단위 세트장을 세울 수 없으니 배경은 미래나 과거보다 현재로 잡을 것, 소재는 시의성 있는 문제를 다루면서도 잔잔한 일상이 묻어날 것, 무엇보다 자신의 경험을 돌아볼 것, 결핍이 있는 캐릭터를 구축할 것 등등.

짐과 둘이서 대화를 나누게 된 것은 워크숍이 절반 정도 지났을 때였다. 줄이 몸살감기로 참여하지 못한 날이었다.

"과제는 했나요?"

짐은 쾌활하게 답하고 가방에서 종이 낱장을 꺼냈다. 종이에 아이디어 목록이 빼곡하게 적혀 있었다. 순번은 100번이 훌쩍 넘었다. 내가 제안한 과제는 고작 스무 개였다.

"영화를 정말 좋아하시는 것 같아요."

"좋아하죠. 하지만 기간 한정 메뉴 같은 거예요."

"무슨 말이에요?"

"말했잖아요. 영화를 오래 좋아하지는 못할 거라고요."

"좋아하지 않게 되면 안 할 거예요?"

"그렇게 되지 않을까요?"

"좋아하지 않아도 엄청 싫지만 않으면 계속할 수도 있잖아요?"

"엄청 싫어하게 될 수도 있잖아요?"

"한번 좋아한 것을 엄청 싫어하게 되기도 하나요?"

짐은 잠시 말이 없었다. 무언가 말을 할 듯 말 듯 망설이다가 다시 입을 열었다.

"영화를 안 좋아하세요?"

"특별히 좋아하지 않는 것 같아요."

"그런데 이런 곳에서 일할 수 있다니 엄청 행운아네요."

"그런 것 같아요."

짐은 손바닥으로 이마를 문질렀다.

"방금 재수 없었어요."

"그런 의도는 아니에요. 정말로 행운인걸요."

"행운이 어떤 건데요?"

짐이 테이블로 몸을 바짝 붙였다.

"그냥 이력서 내고, 포트폴리오 내고, 면접 보고, 그 어딘가에서 행운이 작용했겠죠."

"뭔가 더 있을 거예요."

짐이 두 손을 맞닿게 하고 벌렸다. 그 손에 무엇이라도 던져주기를 바라는 것 같았다.

"포트폴리오가 중요하지 않았을까요? 이력서나 면접에서 특별한 인상을 주었을 것 같지는 않아요."

"뭘 냈는데요?"

"스태프 경력, 진행한 프로젝트, 그리고 영화가 되길 바라는 이야기를 제안했죠."

"영화가 되길 바라는 이야기요?"

짐은 나를 빤히 보았다.

"말해주세요."

"왜 그렇게 궁금해 하는 거예요?"

"우리한테는 그런 걸 알려줄 사람이 없으니까요."

짐이 쓸쓸한 듯 미소를 지어 보였다.

"저만 알고 있을게요."

짐이 새끼손가락을 불쑥 내밀었다. 나는 고개를 저었다. 손가락은 걸지 않았지만, 약속은 한 것으로 간주했다. 기획서 몇 개를 메일함에서 꺼내 보여주자 짐은 꼼꼼히 읽더니 감탄했다.

"어디서 모티프를 얻은 거예요? 경험에서 나온 건가요?"

무엇보다 자신의 경험을 돌아볼 것. 내가 말한 피드백이었다.

"인간이 된 개구리 말이에요?"

그렇게 말하자 짐은 와하하하, 크게 웃었다. 웃음소리가 길어지자 어색한 기운이 돌았다. 그는 너무 웃어서 눈가에 눈물이 맺혀 있었다.

"그만 웃어요."

짐이 숨을 크게 들이쉬고 내뱉었다.

"저한테도 행운이 올까요?"

눈물이 아직도 눈가에 조금 남아 있었다. 나는 테이블 위에 놓인 과제 종이를 내 쪽으로 가져왔다.

"찢어도 돼요? 조금만요."

짐은 고개를 끄덕였다. 나는 종이의 귀퉁이를 잡고 길게 찢었다. 종이의 오른편 끝에 걸린 어미와 마침표들이 줄줄이 찢겨나갔다. 젓가락처럼 길쭉한 종이를 매듭을 짓듯 꼬고 앞뒤로 반복해 접어 사이사이로 집어넣었다. 그렇게 긴 종이를 차곡차곡 접어 오각형을 만든 후, 손톱만큼 짧아진 변을 살짝 힘주어 찔렀다. 도형이 부풀어 올랐다.

"별이네요."

작고 불룩하게 만든 그것을 짐에게 내밀었다.

"이건 행운이죠."

짐이 두 손으로 받아 들었다. 그것을 동글게 말아 쥐었다가 조심히 펼쳐 보더니 "행운이군요" 말했다. 실핏줄이 번진 그의 눈은 이미 다 말라 있었다.

7

앙배는 커피와 호두과자를 주문했다. 커피는 가면서 마실 것이고, 호두과자는 돌아가서 선배와 먹을 거라고 말했다.

"보험 일은 언제부터 시작한 거야?"

"얼마 안 됐어. 같은 영업이라면, 이쪽이 인센티브가 높아서 해볼 만하겠더라."

"영업의 달인 같은 게 된 거야?"

언젠가 비슷한 말을 한 적이 있었다.

"그렇게 될 거야. 하지만 지금은 얼른 집에 돌아가서 누워 있고 싶어."

"호두과자에 맥주 마시면서 영화 보다가 이도 안 닦고 잘 거지?"

"어떻게 그렇게 잘 알아?"

"미래에서 보고 왔으니까."

나의 농담을 앙배는 가볍게 웃어넘기면서, 커피와 호두과자를 들고 일어섰다.

"그만 가봐야지?"

"앙배야."

앙배가 돌아보았다.

"할 말 있어."

내가 그에게 해야 할 고백은 두 가지였고 둘 다 영원히 숨길 수 없으리라 생각했다. 적어도 하나는 이제 말하고 싶었다.

"그건가?"

"뭔 줄 알고?"

"우리 아버지 이야기 아니야? 볼 때마다 물어봤잖아."

"아, 그랬지. 아버지는 잘 지내셔?"

"여전하시지. 지금은 구청 일자리 사업에 참여하서. 이번에는 뭘 가져오신 줄 알아?"

반지와 칼, 그다음은 도대체 무엇일까 궁금해 눈이 크게 떠졌다.

"강아지를 데려왔어. 아침에 청소를 나갔다가 발견한 거야. 주인 없이 돌아다니는 것 같아서 며칠 지켜보다가 사료를 주었더니 따라오더래. 그 애가 지금은 아버지의 유일한 친구야."

"뭔가, 엔딩이 멋진 영화 같아."

"넌 전문가니까, 네가 멋지다고 하면 정말로 그런 거겠지."

나는 고개를 저었다.

"전문가 같은 거 아니야."

"우리 중에서 제일 전문가잖아."

"아무것도 아니라니까."

앙배가 민망한 듯 뒷머리를 긁적였다.

"할 말 있다고 했잖아. 그거 말하게 좀 해줄래?"

"아, 맞아, 말해봐."

나는 앙배의 입과 코 사이를 뚫어져라 보았다. 이번에는 내가 말할 차례인데도 마치 앙배의 입에서 무슨 말이 나오기를 바라는 사람처럼 기다리고 있었다.

"안 해?"

"그러니까……."

시선을 조금 올려 앙배의 눈을 보았다가 다시 시선을 내렸다. 나는 땅을 보았다. 그리고 시야를 가득 채우는 검은 아스팔트 바닥을 향해 말했다.

"나 옛날에 너 좋아했어."

"뭐라고?"

침을 삼키고 고개를 들었다. 앙배는 입을 살짝 벌린 채 굳어 있다가 허얼, 하고 한숨 섞인 소리를 냈다.

"그런 것 같았어."

그것이 앙배의 대답이었다.

"알고 있었어?"

그런 반응은 예상치 못한 것이었다.

"알고 있었던 것 같아."

그 말이 이국의 언어처럼 이해가 안 되었다.

"알고 있었던 것 같은 건 뭐야?"

이번에는 앙배가 고개를 숙였다.

"선배가 너를 멀리하라고 했거든. 나한테 뭔가 숨기는 것 같다면서."

아차, 싶었다. 여기 없는 사람인데도, 여기 없을 뿐 아니라 내 인생의 이야기에서 없는 사람 취급하며 살아왔는데도, 어딘가에서 게슴츠레 이쪽을 보고 있는 선배의 시선이 느껴져 숨이 막혔다. 선배가 예감한 그것은 나의 애정이 아니라 다른 것일지 몰랐다. 그러니까 당시에는 스스로도 몰랐던 미묘한 마음, 앙배를 향한 애틋함 속에 어둡게 깃들어 있던 또 다른 감정은 선배를 향한 질투만이 아니었다. 순수한 짝사랑에 결코 이를 수 없게 한 그것은, 앙배가 입을 열 때마다 흘러나오는 이야기들, 그 이야기에 한참 매혹되어 있다가, 그것을 품에 숨긴 채 얼른 내 것이라 믿어버리고 싶은, 오랫동안 천천히, 어쩌면 완고하게 비틀어진 마음이었다.

앙배의 차가 휴게소를 빠져나가고, 나도 다시 도로 위로 나섰다.

두 달 전, 대표와 면담에서 나는 입사 면접 때 제출한 기획안이 친구의 아이디어를 허락 없이 사용한 것이라 고백했다. 대표가 칭찬한 모든 것이 내 것이 아니었다는 사실을 말했다. 대표는 그 기획안이 뭐였느냐 물었다. 준비한 문서 파일을 건네주자 찬찬히 읽어보더니 이제 기억이 돌아온다면서 잠시 웃다가 얼굴에서 미소를 금방 지워버렸다. "그런데 이건 당신을 채용할 때 결정적으로 고려한 사안은 아니었어요." 대표는 그렇게 말하면서 내가 실력을 충분히 입증한 사람이고, 그것만 보자면 회사에 남지 못할 이유는 없지만, 이것은 원칙의 문제라고 했다. 그러니까 입사 시 허위의 문제가 있었다면 채용은 취소되어야 했다. 대표는 오랫동안 침묵했다. 그러다가 생각을 정리한 듯 진실하지 못한 사람과 일하는 것은 괴로운 일이라고 말했다. "조용히 마무리하기로 해요." 스스로 회사를 나가달라는 요청이었다. 나는 그 말대로 했다.

그리고 일주일 전 대표는 전화를 걸어 어떻게 지내느냐 물었다. 고향에 내려와 부모님과 살고 있다고 답했다. 그녀는 거두절미하고 어느 제작사에 나를 추천했으니 면접에 꼭 가보라고 알려주었다. 제안은 감사하지만 갈 수 없다 하자 대표는 끝까지 생각해보라고 했다. 그러더니 그녀는 작별의 인사도 없이, 마지막 호의를 베풀어 완전한 끝을 선언하는 것처럼 전화를 끊어버렸다.

그 면접은 오늘이고 세 시간 후 시작될 예정이었다.

김쿠만 | 백년열차

2020년, 웹진 『던전』에 입장했다.
2021년, 문예지 『에픽』에 등장했다.
2022년, 『쿨투라』 신인상을 수상했다.
2022년, 『제5회 한국과학문학상』 가작을 수상했다.

백년열차

김쿠만

　북쪽 바다와 맞닿아 있는 국경 도시에서 출발한 열차는 얼어붙은 해변을 따라 천천히 달렸다. 지렁이만큼 느렸던 그 열차의 원래 이름은 남행열차인데, 촌스러운 이름답게 목적지가 남해의 땅끝이었던 남행열차는 총 12량으로 이루어진 관광열차였다. 앞뒤 양끝에 배치되어 있던 2량은 열차를 굴리는 기관차와 발전차였고, 나머지 10량은 승객들이 오가는 객차였다. 기관차와 발전차에 각각 붙어 있던 식당차와 전망차를 제외한 8량에는 총 24실의 객실이 있었고, 객실은 테마 호텔처럼 저마다 모양새가 제각각이었다. 어떤 방은 중세 스칸딕 스타일의 가구가 배치되어 있는 반면, 어떤 방은 우키요에 풍의 판화가 80년대식 코타츠 위로 걸려 있었다. 열차의 외부 모습도 내부 인테리어처럼 누군가에게 향수를 불러일으킬 법한 모습이었다. 먼 옛날, 동일 노선을 열심히 달렸던 증기기관차의 모습을 빼다 박았던 열차의 실제 차량 제원은 3,000마력짜리 엔진이 달린 디젤기관차였다. 중량이 265,000파운드나 나가던 디젤기관차는 한 번에 디젤유를 3,200US갤런이나 탑재할 수 있었는데, 그 막대한 양의 디젤유는 열차 꽁무니에 달린 발전차에서 열차를 움직이는 전기로 바뀌었다. 기름과 전기로 움직이는 남행열차는 석탄을 단 한 알도 먹지 않았다. 그 말인즉슨, 선두 차량 정수리 위로 매달려 있던 굴뚝은 그저 장식용이라는 얘기였다. 아직도『은하철도 999』를 꿈꾸는 철이 덜든 어른들에게 잔혹한 얘기일지도 모르지만, 열차의 굴뚝에서 흰색 증기가 힘차게 뿜어져 나올 일은 결코 없을 것이다.

올해는 북쪽의 국경 도시와 남쪽의 땅끝을 잇는 남북 노선이 개통된 지 100년째 되는 해였다. 물론 열차는 100년 내내 그 노선을 달리지 못했다. 모두가 알듯 100년이라는 세월 동안 이 땅에서는 한 번의 내전과 두 번의 외전, 그리고 소규모 분쟁이 몇 번 일어났다. 그 다툼들로 인해 남북 노선은 끊어짐과 이어짐을 반복했다. 앞선 두 번의 전쟁 때는 북경대국 육군과 아메리카 연방 해군의 포격으로 일부 지역의 철도만 박살났지만, 국토의 모든 게 타오를 정도로 격렬했던 마지막 내전 때는 전체 철도 노선이 망가지고 말았다. 종전 이후 남북 노선은 경제적인 이유와 지리적인 이유 때문에 오랫동안 방치됐다. 다행스러운 점은 팝 가수 빌리 조엘의 말마따나 세상이 언제나 불타고 있었다는 것이다. 세 번의 전쟁으로 인해 철도국 창고—나라의 모든 것이 군대였던 시절, 철도국은 호송여단으로 불렸었다—에 잔뜩 쌓여있던 무기를 불길에 휩싸인 다른 나라들에게 팔면서 경제적인 이유는 자연스레 사라졌다. 하지만 지리적인 이유는 한참 전 책상 밑에 붙여놓았던 새까만 껌딱지처럼 끈질기게 철도 위에 붙어 있었다. 지난 세기 때 해변 철도는 군사 목적으로 꽤 유용했으나 새로 찾아온 세기에는 관광할 때나 유용했다.

관광의 시대는 도저히 올 것 같지 않았던 호황기와 함께 찾아왔다. 남북 노선이 개통되고 90년이 되던 해, 어떤 할 일없는 철도 덕후가 남북 노선이 개통된 지 100년이 다 되어간다는 사실을 철도국에 우편으로 제보했다. 이 나라에서 전쟁은 이미 옛날이야기가 되어버린 시절이었고, 전쟁을 까먹은 국민들은 잘 놀고 잘 먹기를 원하는 시대였다. 잘 놀고 잘 먹기. 이렇다 할 관광 상품 없이 승객들을 싣고 바쁘게 달리기만 했던 철도국과 영 거리가 먼 얘기였다. 하지만 100이라는 기념비적인 숫자와 해변을 달리는 관광열차를 합하면 얘기가 달라졌다. 철도국은 남북 노선 개통 100주년을 기념하기 위해 남행열차의 재설계와 재운행을 결정했다. 모든 게 순조로웠다. 회의 도중 국장이 불편한 헛기침을 한 번 내뱉은 후 이런 말을 꺼내기 전까지는.

-다 좋은데. 열차 이름이 너무 촌스럽지 않나? 남행열차라니. 막걸리나 한 잔 꺾고 싶은 이름이로군.

사실 회의에 참석했던 모두가 비슷한 생각을 하고 있긴 했다. 남행열차라는 제목의 흘러간 성인 가요가 있지 않나 하고. 철도국 수뇌부는 열차 이름 공모전을 시행했고, 응모된 2,319개 이름 가운데 제일 무난한 이름을 하나 골랐다. 상금을 받은 사람이 국장의 오촌 조카라는 사실은 사족 같은 이야기─이 때문에 국장이 청문회를 통과하지 못해 교통부 부장으로 영전하지 못한 건 더 사족 같은 이야기일 것이다─일지도 모르지만, 덕분에 남행열차는 백년열차라는 새로운 이름을 얻었다.

설계상 백년열차의 최고 속도는 180km/h이지만, 그 속도까지 도달할 일은 절대 없었다. 열차의 운행 속도가 100년 전에 맞추어져 있었기 때문이다. 모두가 숨 가쁘게 바삐 달리는 현대에서 잠깐만이라도 한없이 느렸던 지난 세기를 떠올리며 쉬어보자는 취지로 속도를 그렇게 맞춘 것인데, 기점에서 오전 여덟 시 삼십 분에 출발한 백년열차는 다음날 오전 아홉 시에 종점에 도착했다. 국토의 크기가 15만㎢를 간신히 넘기는 소국의 열차치고 너무나도 긴 운행 시간이었다. 지루할 정도로 길게 늘어진 운행 시간이 약간은 우려스러웠던 철도국은 정식 운행에 앞서 반응 조사를 위해 리뷰어나 유튜버, 여행 전문 칼럼니스트 같은 인플루언서들을 초청해 체험 운행을 여러 번 실시했다. 그날은 마지막 체험 운행 날이었다. 따뜻한 남해의 수상 가옥처럼 꾸며진 7호실에 탑승한 소설가는 사나운 바다 위로 차분히 내리는 눈을 바라보고 있었다. 흔들리는 차창 밖의 풍경은 방 안의 트로피컬한 분위기와 사뭇 달랐다. 창문 밖 풍경은 추운 겨울 바다를 담고 있는 스노 글로브처럼 보였다. 실제로 소설가는 어린 시절 겨울 바다 모양의 스노 글로브를 한 알 가지고 있었지만 별을 달고 싶어서 안달 났던 군인 아버지를 따라 전방 도시로 이사할 때 잃어버린 후, 스노 글로브에 대해 새까맣게 잊고 말았다. 하지만 소설가의 무의식 속에 잠들어 있는 스노 글로브는 이따금 그의 신경을 건드렸다. 소설가는 잡화점에서 스노 글로브나 카페 창 너머로 비춰지는 눈 내리는 겨울 풍경을 볼 때마다 영문도 근원도 모른 채 추운 감상에 막연하게 빠지곤 했다. 한편, 불미스러운 분쟁 때문에 계급장의 독수리를 별로 바꾸지 못했던 소설가의 아버지는 여전히 전방 도시에 홀로 머물고 있다. 그는 자신의 연대를 이끌고 수도에서 일어난 친위 쿠데타에 참여하려 했지만 수족으로 여겼던 작전 장교가 그의 작전 계획을 상부에다 미리 고발하는 바람에 직위 해제를 당하고 말았다. 소설가의 아버지는 현실에서 일어나지도 않았던 일을 추억처럼 되새기고 있었는데, 어느 순간부터 허구의 추억을 다른 이들에게도 강요하며 이렇게 단언하기 시작했다.

―별은 너희에게도 중요했다.

실패로 얼룩진 그의 고통스러운 추억을 도저히 이해할 수 없던 가족은 하나둘씩 그를 떠났는데, 마지막으로 연대장을 떠난 사람은 4남매 중 막내였던 소설가였다. 소설가가 기억하는 아버지의 마지막 모습은 알을 품은 펭귄처럼 거실에 쪼그려 앉은 채 한 번도 입지 못한 장군 정복을 다리며 끝없이 원래대로라면, 원래대로라면, 이라고 중얼대는 모습이었다.

원래대로라면 소설가는 첫 번째 체험 운행 때 기차에 탑승했어야 했지만, 사람들이 북적이는 게 무척 질색이었던 그는 마지막 체험 운행으로 스케줄을 바꿔 달라고 철도국에 부탁했다. 철도국은 순순히 소설가의 부탁을 들어줬다. 소설가의 예상대로 마지막 날의 백년열차는 한산하기 그지없었다. 백년열차의 정원은 백여 명이었지만, 오늘 탑승한 인원은 승무원까지 포함해 채 스무 명도 되질 않았다. 이번엔 소설가가 철도국의 부탁을 들어줄 차례였다. 철도국이 인플루언서라고 불리기 민망할 정도로 저명하지 못한 소설가를 백년열차에 초청한 이유는 별것 아니었다. 원고 청탁. 그들은 달리는 열차 안에서 소설을 한 편 써달라고 소설가에게 부탁했다. 100년 전, 남행열차가 막 개통됐을 무렵 어떤 소설가가 남행열차에 올라탄 경험을 토대로 「무한열차」라는 소설을 썼는데, 뜻밖에도 그 소설은 베스트셀러가 돼버렸고, 소설의 배경이었던 남행열차도 덩달아 화제에 오르게 됐다. 나름 양심적이었던 철도국은 그때와 같은 성공까진 바라지 않았고, 대신 객실에 놓아둘 열차 잡지에 실릴 만한 짧은 소설을 원했다. 그들이 바라는 소설은 다음과 같았다. 「무한열차」처럼 열차를 배경으로 하며, 그때와 지금 사이에 놓여 있는 100년 세월의 간극을 이을 수 있는 소소한 소설. 그 난해한 부탁을 받았을 때 소설가는 난색을 표했다. 『리스본행 야간열차』의 저자 파스칼 메르시어조차 쓰기 어려울 소재는 둘째치더라도, 과거의 소설가와 현대의 소설가 사이에 단단하게 버티고 있던 상당한 차이는 무시하기 어려웠다. 기차에 올라타 「무한열차」를 썼던 소설가는 현대 공상 소설의 아버지라고 불리는 대단한 작자였다. 그에 반해 소설가는 무언가의 부모는커녕 누군가의 자녀가 되는 것도 벅찼던 소생이었고, 소소한 소설은커녕 시시한 소설이나 주로 쓰는 작자였다. 그럼에도, 그는 결국 대단했던 고료 때문에 철도국의 부탁을 수락하고 말았다. 돈이 여기저기로 새어 나가는 연말이었기 때문이다.

열차가 출발한 지 15분 정도 지났을 무렵, 소설가는 키보드를 두들기기 시작했다. 소설의 제목과 분량, 그리고 등장인물은 열차에 타기 전부터 미리 구상했다. 계획대로라면 두 명의 패잔병이 등장하는 「백년열차」는 60매 내외의 짧은 소설이 될 예정이었다. 문제는 소설가의 계획은 언제나 어그러진다는 것이다. 분량을 100매 정도로 계획했던 단편은 80매로 줄어들었고, 70매로 계획했던 단편은 90매로 늘어났다. 그런 무질서한 경험 탓에 첫 문장을 쓴 소설가는 어쩌면 이 소설이 60매가 아니라 600매가 될지도 모른다는 생각을 무심코 하고 말았는데, 소설가의 생각처럼 소설 「백년열차」는 길을 잃어버린 열차가 되고 말았다.

끝을 알 수 없는 백 년짜리 소설은 이렇게 시작됐다.

연대는 적에게 패퇴했다. 적군은 다름 아닌 북쪽 대륙에서 끝없이 몰려 온 혹한이었다. 어이없게도 연대에서 제일 먼저 탈영한 사람은 연대장이었다. 그는 전선에 부임한 첫날부터 화약마저 얼어붙는 북쪽의 매서운 날씨에 깊은 절망감을 느꼈다. 그도 그럴 것이, 연대장의 고향은 겨울에 눈이 한 송이도 떨어지지 않는 따뜻한 남해였다. 연대장의 탈영 방법은 지극히 단순했다. 위병소를 지나 주둔지 바깥으로 뚜벅뚜벅 걸어 나가는 것. 하지만 그 방법은 매우 효과적이었다. 보초병은 주둔지를 벗어나는 연대장에게 감히 98식 단소총을 제대로 조준할 수가 없었다. 이름에서 알 수 있듯이 1898년에 생산된 98식 단소총은 7.92×57mm 마우저 탄을 한 번에 다섯 발씩 먹는 볼트액션 소총이었고, 최대사거리가 무려 4,700m나 됐지만 왜소했던 당시 동양인의 체구에 맞게 설계된 짧은 총열 탓에 500m 너머의 있는 적을 맞추려면 방아쇠를 당기는 것보다 기도를 하는 게 더 효과적이었다. 연대장은 총구 앞에 서 있었지만 500m 너머에 서 있는 적처럼 굴어댔다. 그는 보초병을 딱한 눈으로 쳐다보며 이렇게 말했다고 한다.

—사령부가 어제 무조건 항복 선언을 했네. 내겐 처자식이 있어. 난 그들을 위해서 별을 달려고 했지만 그것도 이제 아무 소용이 없게 돼버렸군. 자네는 어떨지 모르겠지만 난 이런 추운 곳에 남아 어리석은 펭귄이 되고 싶진 않다네.

연대장이 미쳐버린 채 탈영했다는 소문과 국군이 전쟁에서 패했다는 소문은 삽시간에 온 부대로 퍼졌다. 그로부터 사흘 후, 북경대국군 한 개 분대가 텅 빈 연대 주둔지로 진입했다. 그들이 진지에서 발견한 거라곤 지휘부 텐트에서 서로에게 권총과 소총을 겨누고 있던 작전 장교와 작전병뿐이었다.

금세 소설이 막혀버린 허술한 소설가는 파인애플이 그려진 테이블 위에 올려뒀던 레드애플 담뱃갑을 만지작거렸다. 불편하게도, 전 객실은 금연 구역이었다. 출발하기 전 받았던 유인물에는 안내 사항과 주의사항이 빼곡하게 적혀 있었는데, 그중 소설가의 흥미를 끈 문장은 하나뿐이었다.

…

객실 내에서 흡연 행위를 적발당하면, 즉시 엉덩이를 걷어차이며 달리는 열차에서 추방당하게 됨.
(전통 기차법에 의거함)

…

소설가는 차창 밖을 다시 바라봤다. 풍경은 느리게 지나갔다. 확실히 이렇게나 느리게 움직이는 기차라면 바깥으로 걷어차여도 죽을 것 같진 않았다. 유일하게 기억나던 경고문이 전혀 웃기지 않은 구식 철도국 유머인지 아니면 실제로 그런 난폭한 조항이 있는 것인지 소설가로선 알 수 없었지만, 괜히 긁어 부스럼을 만들고 싶지 않았던 그는 담배를 꼬나문 채 흡연 구역을 향해 걸어갔다. 백년열차의 유일한 흡연 구역은 전망차의 발코니 부분이었다. 씹을 거리와 마실 거리가 가득 담긴 카트를 끌고 있던 승무원이 어색한 미소를 보이며 담배를 꼬나문 소설가에게 주의를 줬다. 그러거나 말거나, 소설가는 담배를 꼬나문 채 승무원에게 맥주를 한 캔 주문했는데, 카트에 있던 맥주는 옛날 상표가 새겨진 국산 라거 뿐이었다. 이젠 맥주마저 레트로와 클래식의 영역으로 접어들고 있었다. 구식 맥주는 관광 열차의 카트에서 파는 물건답게 바깥보다 두 배나 비쌌다. 소설가는 손해 본 것 같다고 중얼대며 한 손에 맥주를 쥔 채 전망차로 향했다. 추운 곳을 달리는 열차라 그런지, 발코니 문은 은행 금고의 문만큼 두꺼웠다. 소설가는 문손잡이를 한참이나 돌렸고, 발코니 문은 소설가의 노동이 무색할 정도로 조금씩 움직였다. 겨우 사람 한 명이 지나갈 틈이 생기자, 소설가는 비틀거리며 바깥으로 빠져나갔다. 소설가가 발코니에 얼굴을 내밀자 북쪽 바다로부터 불어온

해풍이 선뜻 소설가의 얼굴을 덮쳤다. 너무 추웠던 나머지, 소설가는 담배 연기를 세 모금만 빨아들인 후 도망치듯 실내로 돌아갔다. 발코니에 맥주를 두고 왔다는 사실을 깨달은 건 소설가가 문손잡이를 반대 방향으로 한참이나 돌린 후였다. 고민 끝에 소설가는 맥주를 포기했다. 발코니에 홀로 남은 맥주는 아무도 모르게 조금씩 얼어붙기 시작했다. 단단히 얼어붙은 맥주 캔은 남해까지 갈 수 있었을지도 모른다. 뭔가를 짓밟은 열차가 덜컹거리지만 않았더라면. 열차에서 떨어진 맥주 캔은 해변 철도 어딘가에 깊숙하게 파묻혔다. 그때는 운행이 시작된 지 겨우 네 시간이 지났을 때였고, 술에 취한 소설가가 잠시 곯아떨어졌다가 충격을 느끼고 화들짝 놀라며 일어난 때이기도 했다.

독한 술은 넘쳐났지만, 식량은 부족했던 북경대국군은 국제 전쟁법에 의거하여 작전 장교와 작전병을 놓아줬다. 친절하게도 그들은 작전 장교와 작전병의 물건을 전부 압수하진 않았다. 북경대국군은 군용품이 가득 들어 있던 군장과 총알을 막아주지 못하는 방탄모, 그리고 탄약만 압수했다. 전쟁이 시작된 이후로, 북경대국군 사이에서 국군의 탄약은 화폐처럼 사용됐다. 며칠 후 대대에 복귀할 그들은 작전 장교와 작전병의 탄약으로 군 내 판매점에서 바닐라 아이스크림을 3갤런 정도 구입하게 될 것이다. 이튿날 새벽, 다른 분대원들이 미래에 사먹을 바닐라 아이스크림을 꿈속에서 미리 파먹고 있을 무렵, 북경대국군의 취사병은 멀리 떠나는 그들의 주머니에 선심 쓰듯 조그만 보급용 포켓 술병을 하나씩 꽂아줬다. 은빛 포켓 술병에는 酒라는 글자가 큼지막하게 새겨져 있었다. 취사병은 북경어로 뭐라 뭐라 떠들었는데, 작전병은 북경어를 몰라서 그가 뭐라고 지껄이는지 짐작조차 할 수 없었다. 그나마 북경어로 숫자 정도는 셀 수 있었던 작전 장교는 취사병이 뭐라고 지껄였는지 대충 알아먹었다. 취사병은 끊임없이 58, 58이라고 지껄였는데 아마도 이 보급용 술의 도수가 58도인 모양이라고 작전 장교는 짐작했다. 하지만 작전 장교는 작전병에게 그런 사실을 알려주진 않는다. 그는 장교였고, 작전병은 병사였으니까. 장교와 병사 사이에는 사소하더라도 그만한 차이는 있어야 한다고 그는 내심 생각했다. 그래서 그는 북경대국군을 경우 없는 군대라고 생각하고 말았다. 어떻게 장교랑 병사에게 똑같이 술을 한 병씩 준단 말인가. 장교한테는 적어도 두 병을 주거나 도수가 더 높은 술을 줘야 하지 않는가.

그러나 취사병이 그들에게 알려주고 있는 것은 술의 도수가 아니었다. 그 숫자는 좀 더 섬뜩한 무언가를 지칭하는 숫자였다. 작전 장교와 작전병은 그 숫자의 적확한 뜻을 꿈에서조차 몰랐는데, 모르는 게 약일 것이다. 장교와 병사가 받은 술의 도수는 58도가 아니라 55도였다. 그 55도짜리 증류주의 이름은 『압카』였는데, 북경대국 독재자의 이름을 딴 것이다. 수수가 원료인 『압카』는 한 모금 넘길 때 느껴지는 누룩의 향이 장마철의 구름만큼이나 깊은 걸로 유명한 술이었다. 『압카』는 1915년 샌프란시스코에서 열린 파나마 태평양 박람회에서 주류 부문 금메달을 받으며 세계 시장에 알려지기 시작했는데, 그 이전까지만 하더라도 『압카』의 이름은 『압카』가 아니었다. 하지만 『압카』의 옛 이름을 기억하는 북경대국 사람은 지금 한 명도 남지 않았다. 이제 북경대국 국민들에게 『압카』는 『압카』일뿐이다. 그들에게 과거의 이름은 아무도 모르게 사라진 지난밤과 똑같은 것이니까.

풀려난 작전 장교와 작전병은 술병 하나를 건빵 주머니에 넣은 채 고향을 향해 터벅터벅 걷기 시작했다. 모든 게 얼어붙은 눈밭 위로 남는 것이라곤 그들의 발자국밖에 없었는데, 그마저도 내리는 눈에 의해 금세 지워졌다. 얼마 정도 걸었을까, 작전 장교가 입을 열었다.

−자네는 고향이 어딘가?

입이 얼어붙었던 작전병은 바로 답하질 못했다. 그는 차가운 침으로 간신히 입술을 녹인 후에야 답할 수 있었다.

−작전 장교님은 고향이 어디신가요?

−상관의 질문에 질문으로 대답하라고 훈련소에서 가르쳐주던가?

작전 장교는 불쾌한 기색을 감추지 않았다. 작전병은 마지못해 대답했다.

—울진입니다.

—부럽군. 자네는 울진까지만 걸어가면 되니까. 그러나 나는 남해까지 걸어가야 하네.

둘은 다시 말없이 걸어가기 시작했다. 이번에 먼저 입을 연 것은 작전병이었다.

—작전 장교님. 바다를 따라 걷는 건 어떻습니까? 울진과 남해는 둘 다 바다를 끼고 있는 도시잖습니까.

작전 장교도 입이 얼어붙었던지라 작전병의 말에 바로 답하질 못했다. 그는 건빵 주머니에서 술병을 꺼내 장갑에 술을 조금 묻힌 다음, 술 먹은 장갑으로 입술을 닦아 내렸다.

—자네는 보직이 작전병인 주제에 작전 하나도 제대로 세우지 못하는군. 지금 같은 날씨에 해변을 따라 걸으면 우리 둘 다 동태 꼴을 면하지 못할 걸세.

—그렇다면 작전 장교님은 그럴싸한 작전을 세우셨습니까.

—물론이지. 나는 병사가 아니라 장교니까.

작전 장교는 자신만만하게 말했다.

—지금부터 우리는 남행열차의 철길을 따라 걸을 것이다. 그 노선은 울진을 지나 남해까지 가니 운이 좋다면 열차를 얻어 타 우리 둘 모두 고향에 갈 수 있을 거라네.

전쟁이 한창일 때는 남북철도처럼 국토 내 곳곳에 뻗친 수많은 철도 위로 수많은 군용열차들이 한순간도 쉬질 않고 바쁘게 신병과 물자들을 전선으로 운송했지만, 그것도 바로 얼마 전까지의 일이었다. 내륙 중심부에 있던 전선은 이제 국경을 넘어 국내까지 침범했고, 절반이 넘는 군사 철도가 점령되거나 파괴됐다. 사령부가 무조건 항복을 선언한 시점에 운행 중인 군용열차는 두 대뿐이었다. 그 두 대의 군용열차가 운송하는 군용물품은 오직 한 가지뿐이었다. 전선의 패잔병들. 군용열차에 콩나물시루처럼 쑤셔 넣어진 패잔병 중 몇몇은 압박으로 인한 호흡 곤란을 호소했지만, 호송병과 수다를 떨기 바빴던 군의관은 그들의 호소를 무시했다.

군의관만큼 수다스러웠던 작전병은 해변에 놓인 남행열차의 노선을 따라 걷는 것과 바닷가를 따라 걷는 건 같은 작전이 아니냐고 따지고 싶었지만 참았다. 작전 장교의 허리춤에는 탄약을 잔뜩 머금은 45구경 권총이 꽂혀 있었기 때문이다. 북경대국의 군인이 그 권총을 압수하지 않은 이유는 간단했다. 그 총은 군용품이 아니라 사적인 물건이었기 때문이었다. 당시 취리히에서 합의된 국제 전쟁법에 따르면 패잔병의 물품 중 빼앗을 수 있는 건 군용품뿐이었다. 앞서 작전 장교는 북경대국군이 경우 없는 군대라고 욕했지만, 국제법을 충실히 따르는 걸 보면 북경대국군은 매우 경우가 있는 군대였다. 어찌 됐든, 작전 장교는 98식 단소총보다 오래전에 생산된 그 권총을 몹시 소중하게 여겼다. 권총은 그의 아버지가 남긴 유품이었다. 작전 장교의 아버지는 서부 평야를 주름잡았던 현상금 사냥꾼이었다. 그의 45구경 권총에 미간이 뚫린 현상 수배범은 부지기수였는데, 종국엔 그도 '손가락살인마'라는 별명을 가진 현상 수배범에게 미간을 뚫린 수많은 현상금 사냥꾼 중 하나가 되고 말았다. 어린 시절 작전 장교는 아버지의 유품을 쓰다듬으며 한 번도 가보지 못한 서부 평야를 그리워하곤 했는데, 지금도 여전히 45구경 권총을 쓰다듬을 때마다 서부 평야를 그리워했다. 작전 장교는 자신은 평생 서부 평야를 그리워할 수밖에 없다고 생각했다. 45구경 권총은 그만큼이나 그에게 소중했지만, 작전병은 45구경 권총에 얽혀있던 유구한 역사를 하나도 몰랐고, 그건 연대장도 마찬가지였다. 상표조차 없었던 군용 맥주를 마시고 만취한 연대장이 45구경 권총을 만지려고 들 때 작전 장교는 욕지거리를 크게 내뱉고 말았다. 놀란 연대장은 작전 장교의 뺨을 때렸고, 그다음 날 아까 말한 것처럼 위병소 바깥으로 뚜벅뚜벅 걸어 나가 탈영했다. 연대장이 탈영했다는 소식을 들었을 때, 작전 장교는 작전병의 엉덩이를 걷어차며 욕지거리를 시원하게 내뱉었다.

누군가 7호실의 문을 두들기자 소설가는 터져 나오는 욕지거리를 간신히 참았다. 소설이 한참 잘 풀리고 있었기 때문이다. 문을 여니 카트를 끌고 있던 승무원이 심각할 정도로 어색한 미소를 짓고 있는 게 소설가의 눈에 들어왔다. 그 표정이 심히 불쾌했던 소설가는 무슨 일이냐고 승무원에게 따지듯 물었다.

　—지금 식당차로 가시면 뭐든지 씹을 수 있는 다과회에 참여할 수 있답니다.

　소설가는 어색하게 웃는 승무원을 바라보며 또 재미도 없는 철도국 구식 유머로군, 이라고 속으로 중얼거렸다. 그는 오징어 다리 대신 테이블 다리를 씹을 수 있냐 물으려고 했는데, 그랬다간 얘기가 쓸데없이 길어질 것 같아 관뒀다.

　—죄송합니다만 지금 바빠요.

　소설가는 단호하게 말한 후, 문을 닫았다. 여전히 어색한 미소를 띠고 있던 승무원이 다른 객실로 발걸음을 옮길 무렵, 소설가가 다시 객실 문을 열고 승무원을 불렀다.

　—저기, 맥주나 한 캔 갖다 주세요.

　승무원은 소설가를 돌아보며 말했다.

　—죄송합니다. 이번엔 승객이 적게 탑승해서 저희가 맥주도 적게 구입했는데, 생각보다 승객 중에 술고래가 많아서 맥주가 다 떨어졌답니다.

　—제기랄, 그러면 다른 술이라도 내놔요.

　병에 두꺼비가 그려진 옛날 소주와 조그만 잔이 담긴 은쟁반이 소설가의 객실에 도착한 것은 그로부터 한 시간 후의 일이었다. 소설가는 위스키만큼 비싼 두꺼비 소주의 가격을 듣고 놀랄 수밖에 없었지만, 순순히 가격을 지불했다. 값을 치른 소설가는 쟁반에서 소주병만 가져간 다음 객실 문을 닫았다. 승무원은 은쟁반을 들고 차창을 바라보며 천천히 돌아갔다. 아까와 달리 차창 밖으로 눈은 고요한 바다 위로 사납게 내리고 있었다.

사납게 쌓인 눈은 작전 장교와 작전병의 발을 계속 집어삼켰다. 작전 장교는 발이 따갑고 간지럽다고 중얼거렸다. 동상의 징조였다. 그 말을 용케 들은 작전병이 돌아보며 작전 장교에게 말했다.

　―눈신발을 만들어드릴까요.

　―그게 뭔가.

　―나뭇가지와 밧줄을 엮어 만든 신발인데, 그걸 신으면 눈밭에서 발이 덜 꺼집니다. 저희 아버지한테 만드는 법을 배웠죠.

　―그렇군. 그런데 우리에게 밧줄이 있던가.

　작전병은 어깨에 메고 있던 98식 단소총의 멜빵끈을 풀어 헤쳤다. 작전 장교도 순순히 그를 따라 멜빵끈을 풀어 헤쳤다. 작전병은 나뭇가지 몇 개와 멜빵끈 두 개로 눈신발 한 켤레를 금세 만들 만큼 손재주가 좋은 사람이었다. 품이 커다란 눈신발을 착용한 작전 장교는 어쩐지 자기 꼴이 우스워졌다고 생각했고, 자식들에게 이 우스꽝스러운 신발을 만드는 법을 가르쳐주는 울진 사람들도 어쩐지 우스웠지만, 내색하진 않았다.

　―자네는 괜찮은가.

　―제 고향 울진의 또 다른 이름이 뭔지 아십니까. 바로 설국입니다. 설국에 살다 보면 이따위 눈밭은 눈신발 없이 걸어갈 수 있습니다. 설국 사람들은 일 년 중 절반을 눈에 갇힌 펭귄처럼 살거든요.

　작전병은 '따위'를 강하게 발음하며 비꼬듯 말했는데, 너무 소심한 비꼼이라 작전 장교는 알아채지 못했다.

　―훌륭하군.

　두 사람은 다시 철길을 찾아 헤매기 시작했다. 수도에서 뻗어져 나온 철길은 전쟁을 위해 국경을 넘어 적국 깊숙한 곳까지 이어져 있었다. 그들을 이 추운 곳까지 실어다 나른 것도 열차였다. 운이 좋다면 남행열차에 올라탈 수 있을지도 모른다고 작전 장교는 속으로 생각했다. 운이 좋다면 말이다. 초조해져서 목이 타는 느낌을 받은 작전 장교는 주머니에서 술을 꺼내 한 모금 들이켰다. 불의 기운을 머금은 술이 작전 장교의 식도를 뜨겁게 데웠다. 작전 장교는 인상을 잔뜩 찌푸리며 신음을 살짝 흘렸다. 멀찍이 걷고 있던 작전병은 작전 장교의 신음을 듣고 며칠 전 느닷없이 저격당해 죽어가는 작전분대 분대장의 신음을 떠올리고 말았다. 차가운 현기증이 작전병의 머리를 사정없이 때렸다. 바로 그때 작전 장교가 작전병의 뒤통수를 때리며 새된 소리를 질렀다. 작전병이 짜증을 부리며 작전 장교에게 말했다.

—뭡니까.

—저길 보게.

작전 장교가 가리킨 곳을 보니 작전병도 새된 소리를 지르지 않을 수가 없었다. 저 멀리 산 너머로 호수처럼 얼어붙은 바다가 보였다. 그들의 머리는 희망에 부풀어 끝없이 몽롱해졌는데 그 느낌은 오래가지 않았다. 바다 너머로 새까맣게 차가운 밤하늘이 재빠르게 다가오는 것도 보였기 때문이었다. 북쪽의 밤은 느긋한 백년열차와 달리 상당히 성급했다.

소설가의 머리는 몽롱해졌다. 방금 삼킨 소주가 매우 독했기 때문이다. 두꺼비가 그려진 오래된 소주의 도수는 무려 29도나 됐다. 소주를 한 모금 들이켠 소설가는 얼굴을 잔뜩 찌푸린 채 혼자 중얼거렸다.

—옛날 소주 도수가 옛날만큼 지독하다는 걸 까먹고 있었네.

어쩔 수 없었다. 소설을 쓸 때 소설가는 무언가를 놓치곤 했다. 소설가는 소주를 한 잔 더 마시고 노트북을 두들겼다. 「백년열차」는 진짜 백년열차와 달리 빠르게 달리고 있었다. 소설은 어느새 중반부에 이르렀고, 이대로라면 소설가의 우려와 달리 600매까지 갈 일은 없을 것처럼 보였다. 하지만 진짜 사건은 그럴 때, 그러니까 아무 일도 없을 것처럼 보일 때 일어나는 법이었다.

작전 장교와 작전병이 철도를 찾은 것은 땅거미가 산등성이를 절반 정도 내려왔을 때였다. 폭격을 맞은 철도는 파편을 사방에 흩뿌렸는데, 우연하게도 작전 장교의 눈신발에 박살 난 철도의 파편이 걸린 것이다.

―분명해. 이 근처에 철도가 있을 거야.

작전 장교의 추측대로 인근에 철도가 있었다. 심각하게 망가지긴 했지만, 장교는 철도와 바다를 찾았으니 반이나 온 거나 다름없다면서 건빵 주머니에서 술병을 꺼내 작전병에게 자축하자고 제안했다. 작전병은 마지못한 표정을 지으며 주머니에서 술병을 꺼냈다. 그들은 술병을 맞부딪혔다. 청명한 소리가 눈밭 위로, 그리고 부서진 철도의 파편 위로 울려 퍼졌다. 작전 장교는 술을 한 모금 들이켰고, 작전병은 술을 들이켜는 시늉을 했다. 작전병은 작전 장교의 허리에 걸쳐진 권총을 바라보며 중얼거렸다. 절반은 무슨. 우리는 아직 고향까지 한 발자국도 못 뗀 상태나 다름없다고. 얼굴이 불쾌해진 작전 장교는 작전병에게 호를 구축하라고 명령했다. 사서 고생을 하기 싫었던 작전병은 작전 장교에게 대안을 하나 제시했다.

―근처에 민가라도 찾아보는 건 어떻습니까.

―포탄이 이렇게나 많이 떨어졌는데 민가가 남아 있을까.

달리 할 말이 없던 작전병은 눈 덮인 땅을 파헤치기 시작했다. 야전삽이 없던 작전병은 맨손으로 얼어붙은 땅을 긁어내렸는데, 덕분에 야전교범에 나오는 것만큼 깊은 호를 만들 수는 없었다. 작전 장교는 엉성한 호가 탐탁지 않았지만 뭐라고 하진 않았다. 그는 박살 난 철도의 침목을 호 앞에 모아 불을 지피려고 했다. 원래 야전에서 불을 지피는 행위는 적에게 자신의 위치를 알리는 행위나 다를 바가 없어서 야전교범 제일 위쪽에 큼지막하고 두꺼운 붉은 글씨로 금지사항이라 명시되어 있었지만, 패전국의 병사들이 야전교범을 따를 필요는 없었기에 작전 장교는 망설이지 않고 보급용 성냥으로 땔감에다 불을 붙였다. 작전 장교와 작전병은 호 안에 몸을 뉘었다. 그들은 한때 무거운 철도를 받치고 있던 나무들이 뜨겁게 갈라지는 소리를 잠자코 들었다. 두 사람 중 더 깊은 잠에 빠진 자는 작전 장교였다. 묘하게도, 그날 밤 그는 서쪽 평야를 달리는 꿈을 꿨다. 갈색 말에 올라타서, 누군가의 등에 기댄 채. 그 등은 장작불만큼이나 뜨뜻했다. 뒷모습만 느낄 수 있었지만, 작전 장교는 그 넓다란 등판의 주인이 누군지 본능적으로 알 수 있었다.

꿈속에서 그가 눈물을 한 방울 흘리고 있을 때, 선잠에서 깬 작전병은 조심스레 작전 장교의 허리춤에 손을 올렸다. 어째선지 모르지만, 그도 장교처럼 눈물을 흘리고 있었다.

소설가는 점심이 되기도 전에 두꺼비 소주를 몽땅 마셨다. 얼굴이 빨갛게 달아오른 그는 잠시 침대에 몸을 누이기로 한다. 객실의 이불은 두꺼운 솜이불이었다. 솜이불보다 면이불을 선호했던 소설가는 솜이불을 덮지 않고 몸 아래에다 깔아뒀다. 객실에 걸린 시계는 정오를 가리키고 있었다. 낮잠을 자기에 적당한 시간이었다. 네 시간 동안 쉬지 않고 소설을 끼적였던 그는 등으로 푹신함을 느끼며 서서히 눈을 감기 시작했다. 자신이 방금 쓴 소설 속의 작전 장교처럼 말이다. 뭐. 작전 장교는 차가운 눈구덩이에 있고, 소설가는 난방 시스템이 잘 구축된 남해스타일 객실에 있다는 사소한 차이가 있긴 하지만 그 정도 차이는 두 사람 사이에 놓여 있는 한 세기라는 시간만큼 크지 않기에 깔끔히 무시하자. 선잠에 빠졌던 소설가는 불길한 흉몽을 하나 꿨다. 꿈의 내용은 너무나도 불온했지만, 금방 깨는 바람에 그는 흉몽을 온전히 기억하지 못했다. 소설가를 깨워준 건 다름 아닌 백년열차였다. 눈이 조금 쌓인 철도에는 이물질이 하나 놓여 있었는데, 이물질은 너무나도 하찮게 작았던 물체라 기관사가 미처 발견하지 못했다. 때문에 열차가 이물질을 밟고 덜컹거리자, 기관사는 상당히 놀랐고 미약한 지진을 느낄 수 있는 예민한 몇몇 승객들도 놀랐는데, 그 중엔 소설가도 포함되어 있었다. 기관사는 곧바로 브레이크를 걸었다. 서두에 말했듯이 백년열차는 상당히 느리게 달렸던지라 급정거 버튼을 누르자마자 기차는 일체의 동요 없이 그대로 멈췄다. 백년열차가 뭔가를 밟은 것 같다는 보고를 듣고 열차장은 승무원 둘을 불러 바깥에서 철도를 살펴보라고 지시했다. 느닷없이 열차가 멈춰서 불안함을 느낀 몇몇 승객들은 열차장에 달려들어 무슨 일이냐고 묻고 있었다. 열차장은 그들에게 별일 아니니까 객실로 돌아가라고 명령하듯 말했다. 승객들은 부루퉁한 표정을 지으며 객실로 돌아가자, 바깥에 나가 철도를 살피던 승무원들이 돌아왔다.

―그래. 철도에 뭐가 있었나?

승무원 중 하나가 어깨에 쌓인 눈을 툭툭 털어내며 말했다.

―아주 오래된 술병이 하나 있었습니다.

―오래된 술병이라고.

열차장이 어이없는 목소리로 되묻자, 다른 승무원이 주머니에서 포켓 술병을 하나 꺼내 보였다. 265,000파운드의 무게를 견디지 못했던 포켓 술병은 형편없이 찌그러져 있었다. 술병 외부엔 酒라는 글자가 새겨져 있었는데 글자 역시 술병처럼 엉망으로 짜부라졌다. 술병을 물끄러미 쳐다본 차장은 고개를 끄덕이며 중얼거렸다.

―정말 오래된 술병이로군.

열차장은 기관사에게 무전을 걸어 이물질의 정체를 알려준 다음 다시 열차를 출발하라 지시했다. 백년열차는 다시 천천히 움직이기 시작했고, 승무원 중 하나가 전체 방송으로 승객들에게 이물질의 정체가 옛날 술병이란 걸 알려줬다. 승객들은 방송을 듣고 어이없어했지만, 한편으로는 안심했다. 기분이 편안해진 몇몇은 식당에서 점심을 먹었고, 다른 몇몇은 소설가처럼 낮잠을 잤다. 그러나 소설가는 잠이 싹 달아나고 말았다. 왜냐하면 그는 열차에 끼어든 다른 이물질과 마주하고 말았기 때문이다. 몇 분 전, 진동을 느끼며 잠에서 깬 소설가는 침대에 누운 채 자신이 무슨 꿈을 꿨는지 곰곰이 생각했다. 하지만 소설가의 머릿속에 떠오르는 거라곤 꿈의 내용이 아니라 꿈의 기분뿐이었다. 상당히 해괴하고 상당히 망측한 기분. 소설가는 애써 그런 기분들을 떨치며 침대에서 일어났는데, 꿈만큼 해괴망측한 풍경이 그의 눈앞에 들이닥쳤다. 누군가가 그의 이마에 총을, 그것도 상당히 오래전에 생산된 소총을 들이밀고 있었기 때문이다.

추운 아침이 찾아왔다. 막막한 그리움을 느끼며 일어난 작전 장교가 제일 먼저 한 일은 작전병에게 격한 욕지거리를 내뱉는 것이었다. 작전병은

45구경 권총으로 작전 장교의 이마를 지그시 누르며 조용히 말했다.

—왜 그리 요란하게 구십니까. 좀 닥치십쇼.

—그게 어떤 물건인지 알아?

—잘 알죠. 45구경 권총 아닙니까.

작전 장교는 참지 못하고 작전병에게 달려들었다. 안타깝게도 작전 장교는 아버지의 권총만큼이나 재빠르지 못했다. 총알은 팡, 하며 튀어나갔고, 머리는 펑, 하며 터져나갔다. 작전 장교의 머리에서 터져 나온 피는 빙수 위의 딸기 시럽처럼 설원을 새빨갛게 물들였다. 작전병은 방아쇠를 세 번 더 당겼다. 45구경 권총은 더 이상 총알을 내뱉지 않았다. 작전병은 순식간에 쓸모없어진 권총을 허공에다 집어 던진 뒤, 시체를 뒤적이기 시작했다. 시체에서 찾을 수 있었던 쓸 만한 물건이라곤 술병과 작전병이 만들어준 눈신발뿐이었다. 작전 장교의 침이 섞인 술병을 몽땅 들이켠 작전병은 끓어오르는 기분과 내장을 주체하지 못했다. 눈신발을 빼앗아 신은 후 작전병은 작전 장교의 시체를 힘껏 걷어차며 가래침을 뱉었다.

연대장이 탈영하고 몇 시간이 지났을 무렵, 작전병은 친하게 지내고 있던 동향 출신 운전병에게 멋진 제안을 하나 받았다. 군용 트럭을 몰고 이 얼음 지옥을 함께 빠져나가자는 제안이었는데, 거절할 이유를 딱히 찾을 수 없었던 작전병은 고개를 끄덕였다. 계획은 순조롭게 이뤄지지 못했다. 작전 장교는 도망치려는 작전병의 후두부에 권총을 겨눴고, 운전병은 작전병이 아무리 기다려도 나타나질 않자 홀로 트럭을 몰고 도망쳤다. 트럭을 뒤따라 많은 병사가 달아났고, 작전 장교는 총구를 돌려 그들의 등을 향해 마구 갈겼지만 쓰러진 병사는 아무도 없었다. 그 사이 작전병은 자신의 소총을 집어 들었다. 그로부터 이틀 후, 북경대국군의 경보병 분대가 나타났다.

술병에서 방울조차 떨어지지 않게 되자, 작전병은 신경질을 부리며 술병을 멀리 던졌다. 포물선을 그리며 날아가던 술병은 얼어붙은 바닥에 부딪힌 후 몇 번 구르더니 무너진 철도 사이로 쌓인 눈에 폭 박혔다. 파묻힌 술병을 한참이나 바라보던 작전병은 다시 바다를 향해 걸음을 옮기기 시작했다.

발목이 뼈근해질 정도로 걸었을 무렵, 작전병은 산등성이에서 주저앉고 말았다. 지쳐서 주저앉은 게 아니라 뜬금없이 눈앞에 나타난 높은 계급장에 놀라서 주저앉은 것이다. 독수리 계급장은 늙고 왜소한 남자의 어깨 위에 위태롭게 매달려 있었다. 연대장이었다. 그는 철도에서 얼마 떨어지지 않은 곳에 무릎을 꿇고 있었다. 작전병은 조심스레 연대장에게 다가가 98식 단소총으로 연대장의 등을 쿡쿡, 하고 찔렀다. 연대장의 몸은 단단히 얼은 얼음처럼 단단했다.

—펭귄이 아니라 동태가 되셨군.

작전병은 그의 시신을 뒤적이기 시작했다. 연대장의 건빵 주머니에서 성냥과 붉은 사과가 그려져 있는 담뱃갑이 나오자, 작전병은 잠시 연대장을 위해 묵념해줬다. 작전병은 단단하게 언 담배를 꼬나물고 성냥으로 불을 붙이려 했지만, 성냥도 얼어붙었는지 도통 불이 붙을 기미가 없었다. 미련을 버리지 못해 담배를 계속 꼬나물고 있던 작전병은 연대장이 왼손으로 단단히 무언가를 움켜쥐고 있는 걸 봤다. 시체와 손을 맞잡는 건 영 좋지 않은 일이었지만, 연대장이라면 무언가 값진 물건을 쥐고 있을지도 모른다는 생각이 들었기에 작전병은 연대장의 왼손을 조심스럽게 잡았다. 관절마저 단단히 얼어붙은 왼손을 피는 건 상당히 어려운 일이었다. 손가락을 펴는 게 여의치 않자 작전병은 조금씩 화가 나서 힘을 점점 더 주기 시작했다. 작전병의 억센 손아귀를 견디지 못한 연대장의 왼손가락들은 끔찍한 소리를 내뿜으며 제각각 다른 방향으로 꺾였다. 작전병은 한숨을 내쉬며 연대장이 쥐고 있던 금색 브로치를 살폈다. 그럴싸한 문양이 새겨진 브로치는 사진을 한 장 품고 있었다. 어린 여자의 사진이었는데, 연대장과 눈이 많이 닮았었다. 작전병은 연대장이 최후에 누굴 그리워했는지 알 수 있었다. 때문에 그는 잠깐 고민하지 않을 수가 없었다. 이 물건을 내가 함부로 가져가도 되는지. 고민의 시간을 길지 않았다. 산등성이 너머로 듣기 거북한 마찰음이 작전병의 생각을 헤쳤기 때문이다. 작전병은 연대장의 브로치를 주머니에 쑤셔 넣고, 산등성이 위로 달려갔다. 아래를 내려다보니 연기를 헤프게 내뿜고 있는 열차가 멈춰있는 게 보였다. 평소라면 열차가 무너진 철도 위를 달릴 수 있는지 의심이 들었겠지만, 이미 열차에 홀려버린 작전병은 같은 말을 속으로 수없이 되뇔 수밖에 없었다. 살았다. 살았다. 살았다. 그는 멈춘 기차를 향해 힘껏 달려갔다.

산등성이 아래에 쓸쓸하게 홀로 남은 연대장은 차가운 눈 위로 폭, 고꾸라졌다. 예기치 않은 산사태가 일어나는 바람에 그는 봄이 수십 번 지나고 나서야 다른 이들에게 발견됐다. 그때까지 그를 기억하고 있던 이는, 세상에서 단 한 명뿐이었다.

낡은 소총을 들이밀고 있던 작전병은 조용히 하는 게 좋을 거라고 나지막이 말했고, 소설가는 그의 요구를 충실히 따랐다. 담배를 꼬나물고 있던 작전병은 자신의 처지를 설명하기 시작했다.

－보다시피 난 패잔병이야. 어제까진 목숨 걸고 전선에서 싸웠지만, 오늘은 기차표 살 돈도 없는 거지 신세지. 그래서 고향까지 이 기차를 몰래 타려고 해. 혹시 불만 있어?

소설가는 고개를 천천히 저었다. 작전병은 고개를 끄덕이며 소설가 옆에 널브러진 타자기와 종이를 바라보며 물었다.

－뭘 쓰고 있지?

－별거 아닙니다. 그런데 어느 부대 소속이죠?

－누가 질문엔 질문으로 대답하지 말라던데.

단소총이 한층 더 바짝 다가왔다. 소설가는 마지못해 답했다.

－소설을 씁니다.

－소설이라. 나도 전쟁 전엔 즐겨 읽었는데. 화약 냄새가 뭔지 상상도 못했던 그 시절 말이야. 나는 그 시절을 까먹어 버렸어. 내가 무슨 말 하고 있는지 알지?

전쟁을 한 번도 경험하지 못했던 소설가는 아까부터 작전병이 뭐라고 지껄이는지 도저히 이해할 수가 없었다. 작전병은 타자기 옆에 널브러진 종이

들을 바라보며 소설가에게 물었다.

－읽어봐도 돼?

－망친 소설입니다.

작전병은 소설가의 말을 무시하고 멋대로 종이 몇 장을 한 손으로 집어 읽기 시작했다. 소설을 읽어 내려가던 작전병은 어느 대목에선 피식피식 웃었고, 또 다른 대목에선 얼굴을 찌푸렸다. 구겨진 종이에 적힌 것들을 다 읽은 작전병은 종이를 더 심하게 구긴 후 소설가에게 집어 던졌다.

－상당히 고약한 소설을 쓰는군.

－그렇게 느끼셨다면 유감입니다.

－맞아. 상당히 유감이야.

작전병은 소설가에게 불이 있느냐 물었고, 소설가는 주머니에서 성냥갑을 하나 꺼내 작전병에게 넘겼다. 얼어붙은 연대장의 성냥과 달리 소설가의 성냥은 불이 아주 잘 붙었다. 작전병은 흡족한 표정을 지으며 담배에 불을 붙였다. 담배는 순식간에 타들어 갔고, 작전병은 타들어 간 담배만큼 길쭉한 연기를 입으로 내뿜었다. 소설가는 작전병이 내뿜은 독한 연기를 들이켜며 잔기침을 해댔다.

－엄청 독한데, 무슨 담배입니까?

－군용 담배라 딱히 이름이 없어. 그냥 사과만 그려져 있지. 혹시 저거 마셔도 돼?

작전병이 소설가가 마시다 남긴 두꺼비 소주를 가리키며 물었다. 소설가는 얼마든지 드시라고 답했다. 어쩐지 자축하고 싶었던 작전병은 사양하지 않고 소설가가 남긴 소주를 몽땅 들이켰다. 술을 별로 못 하는 편이었는지, 작전병의 얼굴은 담배처럼 새빨갛게 달아올랐다. 그는 알딸딸하게 달아오른 목소리로 소설가에게 말했다.

－이래 봬도 난 받은 만큼 돌려주는 사람이야. 누가 욕을 하면 똑같이 욕을 하고. 술을 주면 똑같이 술을 주지.

작전병은 소총을 거두고 건빵 주머니를 뒤적이더니, 酒라고 새겨진 포켓 술병을 꺼내 소설가에게 건넸다.

　―사양 말고 마셔. 내가 죽여 버린 놈이 북경대국의 귀한 술이라 말하더라고.

　소설가는 독한 술을 좋아하진 않았지만, 총 앞이라 어쩔 수 없이 『압카』를 시원하게 들이켰다. 너무나도 독해 소설가의 목구멍에서 짧은 신음이 기어 나왔다. 술에 취한 작전병은 그 모습을 흐뭇하게 바라보며 담배 연기를 길게 내뿜더니, 소설가의 옆자리에 슬그머니 앉았다. 소설가는 패잔병이 뿜는 담배 냄새를 맡으며 아직도 자신이 꿈을 꾸고 있는 게 아닌가 하는 의심이 들었다. 패잔병은 군화 밑에 우스꽝스럽게 묶인 눈신발을 풀어내며 중얼거리기 시작했다.

　―네 소설을 보니까 어젯밤에 잠깐 꿨던 꿈이 기억났어. 어머니가 눈신발을 만드는 법을 가르쳐주는 꿈이었는데. 어쩐지 눈물이 나더라고. 우리 고향은 눈이 지랄 맞을 정도로 많이 내려. 그래서 설국이라고 불리지. 그런데 지금은 그 지랄 맞은 설국이 그립네.

　소설가는 잠자코 패잔병의 이야기를 들었다. 패잔병이 한숨을 내뱉자 담배 끝에서 재가 우수수 떨어졌다. 작전병이 눈신발을 다 풀어낸 건 물고 있던 담배의 필터가 타고 있을 무렵이었다.

　―아까 말했듯이. 난 그냥 고향까지만 가면 돼. 너는 그 재미없게 생긴 타자기로 꿈 도깨비가 튀어나오는 공상 소설이나 계속 두들기고 있으라고. 총은 걱정하지 마. 탄환은 진즉 적군한테 다 빼앗겼으니까. 그런데 개머리판은 꽤 단단하니까 허튼 생각도 하지 말고.

　그 말에 대답한 사람은 소설가가 아니었다.

　―듣던 중 반가운 얘기로군요.

　작전병이 목소리가 들리는 쪽으로 시선을 올려보니 어색한 미소를 짓고 있는 승무원의 얼굴이 보였다. 그는 뒤늦게 소총을 들어 개머리판으로 승무원을 치려고 했지만, 승무원의 단단한 주먹은 그러기도 전에 작전병의 코뼈를 부러뜨렸다. 작전병의 코에서 피가 헤프게 터져 나왔다.

—허가되지 않은 구역에서 흡연을 한 사람은 교통법에 의거하여 기차에서 쫓겨납니다.

—난 그런 법 못 들었어.

—방금 생겼답니다.

승무원은 작전병의 목덜미를 잡고 있는 힘껏 차창 쪽으로 던졌다. 창문이 깨지는 소리와 작전병의 새된 비명이 어지럽게 뒤섞이며 허공으로 흩어졌다. 거친 눈바람이 깨진 창문 사이로 쉴 새 없이 들어왔다. 승무원은 소설가에게 고개를 숙이며 말했다.

—죄송합니다. 잠시 소란이 있었네요. 괜찮으시다면 좌석을 바꿔 드려도 될까요?

그 질문에 소설가가 할 수 있는 대답은 하나뿐이었다. 승무원은 소설가의 짐을 다른 좌석으로 옮겨주기 시작했다. 승무원이 두꺼운 손으로 들고 있던 소설가의 딱딱한 타자기는 1913년에 출시된 최신 타자기였는데, 알파벳 자판이 아니라 아닌 우리글 자판이 새겨진 타자기였다. 미국에서 생산된 Smith Premier Typewriter No. 10을 개조한 그 타자기는 오늘날의 타자기와 달리 두 벌의 초성 글쇠, 두 벌의 중성 글쇠, 한 벌의 종성 글쇠를 지닌 다섯벌식 타자기였는데, 현대의 두벌식이나 세벌식 타자기처럼 빠른 속도를 내긴 어려웠지만 그 시절엔 글을 제일 빨리 쓸 수 있는 타자기였다. 마치 지금 소설가가 타고 있는 이 느린 백년열차처럼 말이다. 오래된 것들은 물을 먹는 솜처럼 세월을 먹어서 점점 무거워지기 마련이었다.

백년열차는 여전히 느리게 달리고 있었다.

느려터진 흉몽에서 겨우 깨어난 소설가는 어이없음과 허기를 동시에 느꼈다. 백 년 전의 공상 소설가가 되는 꿈을 꾸다니. 차창을 바라보니 사납게 내리던 눈이 어느새 그쳤는지 해변으로 끝없이 달려드는 회색빛 파도만 가득하게 있었다. 객실을 둘러보니 테이블에는 빈 소주병이 백년열차의 흔들림을 따라 이리저리 구르는 게 보였고, 노트북 자판기엔 라면 국물이 조금 튀어 있는 것도 보였다. 테이블로 가 노트북을 살핀 소설가는 한숨을 내뱉지 않을 수가 없었다. 소설을 꿈에서만 썼던 모양인지, 노트북 속 워드 프로그램은 깨끗한 백지만 내보이고 있었다. 소설가는 머리를 긁적이며 꿈속에서 엿봤던 문장들을 끼적이기 시작했다. 다섯 문장 정도 적었을 때, 소설가의 신발에 단단한 뭔가가 채였다. 바닥을 살핀 소설가는 상당히 어리둥절해졌는데, 그의 발에 걸어차인 것이 포켓 술병이었고, 포켓 술병에 酒라는 글자가 새겨져 있었기 때문이다. 술병을 집어 드니 내부에서 술이 찰랑거리는 게 느껴졌다. 포켓 술병은 깔끔해 보였지만, 한편으로 상당히 오래된 술병처럼 보이기도 했다. 낡은 술병 때문에 기분이 오묘해진 소설가는 노트북을 덮고 객실 안에 널브러진 자신의 짐을 정리한 다음, 열차장을 찾아갔다. 열차장은 소설가의 요구를 듣고 난감한 표정을 짓지 않을 수가 없었다.

  ─저희 열차가 정차할 수 있는 역은 국경역과 남해역뿐입니다.

  소설가도 열차장처럼 난감한 표정을 지으며 말했다.

  ─부탁입니다. 뭘 잘못 먹었는지 머리가 너무 아파요.

  ─소설은 다 쓰셨습니까.

  ─내리고 다 쓰겠습니다. 지금 상태로는 도저히 못 쓰겠어요.

  열차장은 콧수염을 쓰다듬으며 고민하더니, 무전기로 기관사에게 제일 가까운 역이 어디냐고 물었다. 기관사는 20분 후에 울진역에 도착한다고 열차장에게 알렸다. 얼마 후, 열차장은 전체 방송으로 잠시 울진역에 정차하겠다고 승객들에게 알렸다. 나른한 오후 시간이었던지라, 반발하는 승객은 한 명도 없었다. 백년열차는 천천히 울진역에 접어들었고, 어색한 미소를 짓고 있던 승무원이 소설가의 짐을 들어줬다. 울진역에 정차한 백년열차의 문이 열릴 때, 승무원이 소설가에게 물었다.

  ─여행은 즐거우셨나요.

  ─괴로운 꿈을 꿔서 힘들었네요.

  ─괴로운 꿈도 흘러가면 추억이 되는 법이죠.

  백년열차에서 하차한 소설가는 승무원을 의심스럽게 쳐다봤다. 승무원이 소설가를 향해 고개를 꾸벅 숙이자, 백년열차의 문이 느릿느릿 닫혔다. 플랫폼에 홀로 남은 소설가는 백년열차가 느리게 울진역을 떠나가는 모습을 오랫동안 지켜봤다. 마치 무언가를 놓고 내린 승객처럼.

타의로 달리는 기차에서 뛰어내린 작전병은 눈 속에 보기 좋게 처박혔다. 코에서 줄줄 흘러내린 피는 깊은 곳에 쌓인 눈을 빨갛게 물들였다. 피가 잔뜩 섞인 눈의 맛은 지독했다. 간신히 몸을 일으킨 작전병은 멀리 떠나간 열차를 망연하게 바라봤다. 열차는 아득하게 멀리 떨어졌다. 장난감만큼 작아진 열차를 보니 작전병은 어쩐지 꿈을 꾼 것 같다는 생각이 들었다. 상당히 아픈 꿈을. 그의 코에서는 여전히 피가 줄줄 흘러나오고 있었다. 그는 주위에 눈을 뭉쳐 자신의 콧구멍에 쑤셔 넣었다. 눈송이 덕분에 진한 빨간색이었던 코피는 연한 분홍색으로 바뀌었다. 그는 코피가 멎을 때까지 계속 눈을 콧구멍 사이로 넣었다. 피가 어느 정도 멎자, 작전병은 담배를 꺼내 물었다. 다행히 주머니에는 소설가에게서 뺏은 성냥갑이 남아 있었다. 담배는 천천히 태워졌다. 그는 자신의 입에서 흘러나온 연기를 쳐다봤다. 담배 연기는 방금 죽어 어리둥절한 유령처럼 허공을 헤매다 사라졌다. 흔적도 없이 사라진 연기를 바라본 작전병은 문득 연대장의 브로치가 떠올랐다. 품을 뒤져서 연대장의 브로치를 꺼낸 작전병이 제일 먼저 느낀 감정은 후회였고, 두 번째로 느낀 감정은 그리움이었다. 연대장의 딸 사진을 바라보니 어쩌선지 몰라도 작전병은 고향이 떠올랐다. 그 순간 작전병은 자신이 오랫동안 울진을 그리워할 수밖에 없다고 생각했다. 울진은 북경대국군의 폭격으로 이미 쑥대밭이 됐지만, 그 사실을 몰랐던 작전병은 자신의 고향만큼은 안전할 것이리라 대책 없이 믿으며 브로치를 주머니에 찔러 넣은 후, 발을 바삐 움직이기 시작했다. 그의 발에 뭔가가 채인 건 작전병이 열 걸음 정도 움직였을 때였다. 눈 속에 손을 찔러 넣은 작전병은 맥주 캔을 하나 발견했다. 전혀 본 적 없는 상표였지만, 작전병은 스스럼없이 캔의 뚜껑을 딴 후 맥주를 천천히 들이켜며 다시 움직이기 시작했다. 한 발자국에 한 모금. 작전병이 한 발자국을 뗄 때마다 연대장의 브로치는 잘그락, 소리를 냈다. 그들이 고향에 도달했는지 도달 못했는지 아는 사람은 아무도 없었다.

끝을 알 수 없던 백 년짜리 소설은 이렇게 끝났다.

울진의 해변 호텔에서 하룻밤을 묵은 소설가는 초고를 철도국의 메일로 보냈다. 그들이 이 소설을 좋아해 줄지 알 수 없었지만, 소설가의 마음은 어려운 숙제를 막 해결한 사람처럼 한결 후련해졌다. 그는 노트북을 덮고 자리에서 일어나 열차에서 가져온 포켓 술병을 집어 들었다. 오래된 술의 맛은 지독했지만, 한편으로 아련하기도 했다. 뜨거운 술기운을 콧구멍으로 내뿜으며, 소설가는 창가로 걸어갔다. 창문 밖으로 거친 해변의 풍경이 보였다. 기다란 파도는 끝없이 해변으로 달려들었고, 파도의 끝부분 위로 눈이 내리는 게 보였다. 소설가는 오래전에 어디선가 본 풍경 같다고 느꼈지만, 정확히 어디서 본 풍경인지는 몰랐다. 다만 기분만큼은 막막하고 추웠다. 그는 한기와 막막함을 달래기 위해 다시 한 번 지독한 술을 들이켰다. 소설가의 휴대폰이 울기 시작한 건 술을 다섯 모금 째 들이켰을 때였다. 소설가는 철도국 사람이 벌써 소설을 봤나 하며 전화기를 살폈는데, 발신인은 전혀 뜻밖의 인물이었다. 발신인의 이름을 보고 한참이나 고민하던 소설가는 전화를 늦게 받았다.

―여보세요.

―어디냐.

―울진이에요.

―그러냐. 정복을 다리다가 창밖을 보니 눈이 내리길래 네 생각이 나 전화를 걸었다.

뜬금없게도 아버지는 소설가가 한참 전에 잊어버린 이야기를 들려주기 시작했다. 소설가는 어렸던 자신이 국경 도시로 이사한 후 스노 글로브가 없어진 걸 알게 되자 울고 불며 돌아가자고 떼를 썼다는 이야기를 도저히 믿을 수 없었지만, 고개를 끄덕이며 아버지의 이야기를 잠자코 들었다. 그때 소설가가 창에 비친 자신의 모습을 보면 나, 정말 어색하게 웃고 있구나, 하고 중얼거렸을지도 모른다. 통화는 눈이 그칠 때까지 이어졌는데, 그들의 대화는 백년열차만큼이나 느리게 흘러갔다. 당연한 얘기일지도 모르지만, 두 사람 중 지루함을 느낀 사람은 아무도 없었다. 파도 위로 흩뿌려진 눈들은 조심스럽게 천천히 차가운 해변으로 흘러왔다.

김희숙 | 푸른 미로

소설가, 번역가.
학부와 대학원에서 러시아문학을 전공했다.
2020년 『한국소설』에 「벚꽃, 어쩌면 동산」을 발표하며 등단.
유튜브 채널 〈북클럽비바〉 운영 중이다.

푸른 미로

김희숙

1.

새 집이라고 너무 집착하는 것처럼 보일지 모르겠다. 그래도 할 수 없다. 십 년 동안 적금 부은 돈으로 온갖 용자를 끌어다 겨우 산 집이니까. 좀스럽다고 욕을 해도 괜찮다. 이렇게 집 사는 데 목숨 걸고 사는 사람들은 확실히 어딘지 좀스럽고 촌스러운 티가 나기 마련이다. 나도 안다. 내가 봐도 그렇다. 출근길에 광화문 대로를 걷다가 쇼윈도에 비친 내 모습을 흘깃 보면, 오가는 출근객 속에서도 유난히 촌스럽다. 사철 양복이 서로 다른 옷감으로 두세 가지씩 구비되어 있고, 바바리도 초가을용, 겨울용이 따로 있고, 넥타이와 머플러도 그럴 듯한 색상으로 화려하게 걸려 있는 내 옷장을 본다면, 촌스러움과는 안 어울린다고 생각할 수도 있겠다. 하지만 내 말은 그게 촌스럽다는 거다. 아주 고가도 아니고 저가도 아닌, 어중간한 내 양복이 가장 촌스럽다고 나는 생각한다. 그래, 촌스러운 이야기는 나중에 다시 하기로 하자. 지금은 집 이야기를 하려던 참이니까.

주변에 인가라곤 없는 이곳의 아파트를 산 것은 순전히 부동산을 하는 처남 때문이었다. 광화문까지 버스 타고 한 시간 거리인 46평 신축 아파트가, 살고 있던 서울동북부의 18평 아파트 전세보증금에 팔천만 원만 더 보태면 되었다. 팔천만 원'만(!)'이라고 하니까 상당히 건방지게 들릴 수도 있겠지만 모두 처남이 알선해준 은행융자였다. 사실은 18평 전셋집 보증금도 절반은 은행융자였다. 이쯤 되면 뭘 그리 무리해서 48평씩이나 되는 아파트를 사려는 거냐고 타박하겠지만, 그건 2년마다 전세금을 올려주면서 숨이 차 본 적이 없는 사람들이 하는 말이다. 여기에도 사연은 많다. 허나, 지금 하려는 이야기는 그게 아니니까 다시 집 이야기로 돌아가자.

새 집에 왔다. 처음 사 본 내 집이었다. 비록 아파트 주변에 있는 건물이라곤 달랑 상가 건물 한 채뿐이고 그나마도 1층은 죄다 부동산이었지만. 첫 입주라고 신이 나서 왔더니 한 동에 불 켜진 세대가 고작 열 집 남짓했지만. 하필이면 포장이사를 불러 굽이굽이 산길을 도는데 여름 홍수가 오긴 했지만. 그 바람에 세 번이나 길을 잘못 들긴 했지만. 우리 부부에게 그런 건 아무 문제가 되지 않았다. 문제는 그런 게 아니었다.

처남이 잘 안다는 업체에 입주청소를 부탁했다. 선금도 주었고 날짜도 분명히 확인했다. 그런데 뭐가 잘못된 건지 현관문을 열자, 청소는커녕 바닥과 벽과 천장에 온통 비닐이며 판자가 하나도 뜯기지 않은 채 그대로 붙어 있었다. 아내는 내가 날짜를 잘못 알려줘서 이렇게 된 거라고 비난했으나, 회사 다이어리에 빨갛게 표시되어 있던 이사날짜를 보면서 말했는데 어떻게 잘못 알려줄 수 있었겠는가. 머쓱해하는 처남 표정이 무언가 비밀을 풀어줄 것 같았지만 나는 잠자코 있었다. 멋있는 매형이 되자. 처음부터 그렇게 마음먹고 살아왔다.

이삿짐센터에서 나온 분들도 당황하긴 마찬가지였다. 이럴 땐 대개 어떻게들 하나요, 아내가 팀장으로 보이는 분에게 물어보자 그 분도 눈만 꿈벅꿈벅, 우릴 쳐다볼 뿐이었다. 아내와 나는 이삿짐센터 분들에게 약속보다 두 배의 돈을 드리자고 의견을 모으고 짐을 하루만 맡아 달라고 사정하기 시작했다. 팀장과 함께 온 세 사람은 '뭐 이래도 되는 건가?'하는 표정으로 말없이 서로를 쳐다보았다. 꿈벅꿈벅.

"내일 오후 3시까지는 청소를 끝내두셔야 합니다."

가급적 늦게 와달라는 아내의 부탁에 팀장은 싫지도 좋지도 않은 표정으로 이렇게 말하더니 다른 이들과 함께 우리 짐을 실은 트럭을 그대로 타고 돌아갔다.

"일단은 우리 집에 가서 좀 쉬시고 내일 아침 일찍 청소하는 사람들을 다시 부르죠."

여전히 머쓱한 표정의 처남이 말했다. 우왕좌왕하느라 벌써 오후 5시였다.

아내는 우리 두 사람을 쳐다보지도 않고 뚜벅뚜벅 신발을 신은 채 집 안으로 들어갔다. 잠깐 망설이다 나도 처남의 팔꿈치를 툭툭 치며 안으로 따라 들어갔다.

"벽부터 떼요."

처남과 나는 말없이 아내가 시키는 대로 했다. 누가 먼저랄 것도 없이 사방에 붙어 있는 두꺼운 판지들을 떼어내기 시작했는데, 신기한 일이었다. 흠집투성이 양은도시락을 실망스럽게 내려다보다 뚜껑을 열었는데 계란덮밥이나 쇠고기 장조림이 들어있을 때의 기분이라고나 할까. 먼지투성이 판지 뒤에는 석고처럼 하얀 자수벽지와 밝은 원목이 기다리고 있었다.

"신발 신은 발을 비닐로 감싸든지 해봐요. 바닥도 뗍시다."

이번에도 처남과 나는 아내가 시키는 대로 돌진했다. 바닥에 붙어있던 비닐과 판지를 떼어내자 벽의 원목보다 더 밝은 미색의 원목바닥재가 마치 이 집의 속살인 양 부드럽게 빛을 내며 드러누워 있었다. 아내는 이삿짐에서 챙겨두었던 낡은 수건들을 우리에게 던져주며 바닥을 닦으라고 명령했다. 발을 감쌌던 비닐과 신발까지 다 벗은 처남과 나는, 양말만 신은 채로 찹찹한 바닥 촉감을 느끼면서 거실 이쪽 끝에서 저쪽 끝까지 이제는 걸레가 된 수건을 쥐고 두 팔을 곧게 뻗어 밀고 또 밀었다. 두 번 정도 오갔는데 걸레가 새카매졌다. 아내는 새 수건을 던져주고 흙먼지가 묻은 걸레를 빨러 갔다.

"꺄악!"

무슨 일이야. 죽은 쥐라도 발견했나. 우리는 쿵쾅거리며 넓은 마루 끝에 붙어 있는 화장실로 달려갔다. 아내는 대뜸 우리 얼굴 사이로 걸레를 집어 던졌다.

"볼 일을 봤으면 물을 내려야지!"

대리석처럼 하얀 양변기에는 굵은 변들이 연한 황갈색, 적갈색, 짙은 고동색까지 다양한 농도로 둥둥 떠 있었다. 처남과 나는 민망한 표정으로 서로 노려보았다.

"난 아냐!"

우리는 누가 먼저랄 것도 없이 동시에 소리를 질렀다. 아내는 정말 경솔했다. 어째서 당연히 남자변일 거라고 단정 지었을까? 굵기 때문에? 물을 안 내려서? 바로 고무장갑을 끼고 화장실을 청소할 모든 태세를 갖춘 아내는 우리 두 사람이 나머지 방청소를 다 책임지라고 명령했다. 이사 온 아파트는 방이 자그마치 4개였다. 거실과 똑같은 순서로 방마다 벽에 붙은 비닐과 판자를 뜯고 바닥에 붙은 것들도 뜯고, 쓸고 닦을 생각을 하니 나이별로 달라지는 재테크 운운하며 이 집을 사라고 부추겼던 처남이 원망스러웠다. 그러나 다시 한 번. 멋있는 매형이 되자. 우리는 각자 방 2개씩 치우기로 하고 흩어졌다.

그런데 이번에는 처남 녀석이 새된 소리를 질렀다.

"아악!"

우리 부부는 처남이 있는 쪽으로 뛰어갔다. 아내의 고무장갑에서는 물이 뚝뚝 떨어졌다.

"이거 봐요, 누나. 우리가 한 짓이 아니지!"

처남은 당당한 표정으로 아내를 보며 큰소리쳤다.

맙소사. 방바닥 판자 위로 내 발보다 더 큰 워커 발자국이 꾹꾹 찍혀있었다. 누군가 창문이나 베란다로 들어왔다 나간 발자국이다. 누굴까. 처남은 직접 창문을 넘어와 방을 걸어가는 시범까지 보여주면서 누나를 설득했다. 매형이나 나일 리가 있나. 말하기 쑥스럽지만, 그 변의 색깔로 봐서나 부서진 변이 물 표면에 가루처럼 떠 있는 걸로 봐서나, 지금 우리가 한 짓이라고 보기에는 너무 오래되지 않았는가. 처남의 항변에 나 또한 거들었지만 전세 戰勢를 돌리기에는 너무 늦은 상황이었다.

1층집을 사라고 권한 사람은 처남.
그 옆에서 부화뇌동한 사람은 나.
창마다 경보창을 달자고 했던 사람은 아내.
일축했던 사람은 나.
시켜도 빨리 움직이지 않았던 사람은 처남.

아내의 냉정한 분석이 이어지면서 결국 우리는 되로 주고 말로 받았다. 나는 슬쩍 내가 청소해야 하는 안방으로 자리를 피했다. 처남이 좀 더 욕을 먹는 동안 나는 열심히 바닥을 닦았다. 지금 몇 시지. 청소가 끝나면 저녁은 먹을 수 있을까. 이불이 없는데 어떻게 자지. 방을 닦으면서도 계속 걱정이 이어졌다. 바닥은 세 번 정도 닦으니까 먼지가 좀 덜 묻는 듯 했다. 창밖으로 달이 환했다.

"우리 사무실에 가서 자죠. 소파도 있고 이불도 있으니까."

처남의 말에 아내는 두 말 없이 현관문을 열고 앞장섰다. 나는 앞뒤 베란다창이 아직 없어서 잠그나마나한 1층 현관문을 그래도 잠그고 두 사람을 따라 나왔다. 처남이 우리를 태우고 가는 길은 무슨 짐승내장처럼 구불거리는 비좁은 도로였다. 좁은 도로 양옆은 깊은 숲 속처럼 울창한 나무들이 휘감고 있었다.

"이 길로 가면 지하철역까지 10분밖에 안 걸려요. 마을버스도 이 길로 다닐 걸요."

처남의 말에 아내는 아무 대꾸도 하지 않았다. 협곡을 따라 달리는 기분이었다. 피붙이만 아니면 우리를 어디로 납치해가나 싶었을 것이다.

"운치 있지 않아요, 형?"

2.

"여기 꼭 동화 속 마을 같지 않아?"

아침 6시. 아내의 목소리에 눈을 떠보니 백설 공주가 그려진 샛노란 앞치마를 두르고 침대 옆에 서있다. 동화 속 마을이라니. 부실한 좌석버스를 타고 덜컹거리는 시골길을 아침저녁 합쳐서 세 시간을 달려보면 그런 말이 안 나올 것이다. 차량이 많이 밀리는 날은 버스에서 내릴 때 바지 엉덩이 부근이 땀으로 축축할 때도 있다. 게다가 저 앞치마는 너무 샛노랗다.

"밤에 마트 가서 시장보고 오다 보면 정말 헨젤과 그레텔이 나오는 마을 같아."

헨젤과 그레텔이라니, 노란 앞치마를 입고 과자라도 구울 참인가. 낮에는 뭐하고 밤에 마트를 다녀온단 말인가. 출근 준비하는 내내 속으로 투덜댔지만, 퇴근길에는 아내가 부탁한 대로 대형서점에 들렀다. 대학에서 서양사를 전공한 아내는 마녀나 중세사에 관심이 많다. 오늘도 중세시대 유럽 마녀들에 관한 책을 원서로 사오라고 했다. 인터넷 주문을 하면 그만이련만, 외서일수록 직접 훑어보고 결정해야한다며 심부름을 시킨다. 훑어보나 마나 공대생이었던 내가 뭘 알겠는가. 기껏해야 책에 실린 삽화나 화보가 선명한지, 책 뒤에 붙어 있는 인덱스가 꼼꼼한지 살펴보는 게 전부다. 요즘은 그래도 관록이 붙어서 다른 책에 이미 많이 나왔던 삽화를 천연덕스럽게 재편집한 책 정도는 가려낼 줄 안다. 애써 골라서 집에 들고 가면, 아내는 내게 저자에 대한 설명도 해주고 기분이 좋을 때면 출판사에 대한 설명도 해준다. 그러나 책 내용을 물어보면 알려주는 법이 없었다. 직접 읽으라고 할뿐.

발자국이 찍혔던 방은 아내의 서재가 되었다. 사방을 책장으로 꽉꽉 채운 그 방에 들어가면 아무리 마녀나 귀신에 대한 책들이라 해도 기분이 좀 좋아졌다. 이렇게 해외로 책을 수출할 만큼 버젓한 출판사들이 1년 365일 마녀에 대한 편집회의를 하고 마녀전문가인 필진을 고르고 마녀에 대한 원고를 교정하는 장면을 떠올리면, 이 또한 훌륭한 장인정신이라는 생각이 들었다. 그런데 아내는 대체 이런 책을 왜 읽는 것일까?

부탁한 책 3권을 사들고 서점 통로를 걸어 나오는데 아동도서 코너가 보였다. '노아의 방주', '천지창조', '아기 예수의 탄생'과 같은 성경 이야기가 대형 동화책으로 나와 있었다. 책을 펼치면 종이 조형물이 튀어나오면서 인형극처럼 움직였다. 아이들 책 코너는 특별한 조명이 없어도 책 자체로 밝고 환하다. 『노아의 방주』가 여러 권 쌓여 있는 옆으로 여러 동물인형이 큰 장난감 배를 타고 있었다. 만약 우리에게 아이가 있었다면 이 중에서 어떤 책을 골랐을까? 나는 잠시 상상해보았다. 5년째 아이가 안 생겨 시험관시술을 시작했지만 이후로도 다시 5년째 아이가 안 생겼다. 도합 10년. 지난번에 의사가 심한 말만 하지 않았더라도 우리는 좀 더 노력했을지 모른다. 어쩌면 저 장난감 방주가 아내의 서재 한 가운데에 놓였을 지도 모른다…. 아니다. 나는 발걸음을 돌렸다. 그만 하자.

광화문 정류장에 서니 너무 많은 생각을 한 탓인지 피로감이 몰려왔다. 텅 빈 좌석들이 꼭 무대처럼 조명을 받으면서 버스가 달려왔다. 타자마자 잠이 들었나보다. 반쯤 왔을까. 누군가의 목소리가 잠을 깨웠다. 눈을 떠보니 흐릿한 조명 사이로 운전기사가 보였다.

"손님, 여기서 더 들어가면 차고인데요. 댁이 어디십니까?"

나는 졸음을 쫓으며 마치 이번 정류장이 우리 집 앞인 것처럼 아, 예예, 여기면 됩니다, 고맙습니다, 하고 태연한 척 내렸다. 민망한 일이었다. 정류장에는 붉은 벽돌로 세운 작은 아치문이 비틀비틀 불안하게 올려져있었다. 붉은 벽돌 옆으로 페인트칠이 반쯤 벗겨진 함석조각이 보였다. 〈동안리 마을회관〉. 맙소사. 내가 지금 어디서 내린 거지? 마을 회관은 오랫동안 사람의 발길이 닿지 않은 흔적이 역력하다. 주변은 버스가 달리던 차도 외에는 아무 것도 제대로 보이지 않는다. 정류장 양옆에 늘어선 시커먼 나무들은 속수무책으로 키만 자랐다. 어디로 가야 우리 집이지? 정신을 차리려고 정류장 맞은편으로 건너가 다시 살펴본다. 아파트 불빛을 찾자.

도로 건너편에서 보니 마을회관이 더 또렷하게 보였다. 거미줄투성이의 깨진 유리창 앞으로 굵은 잡초들이 단단하게 서 있다. 왼쪽, 오른쪽. 어디에도 불빛은 없다. 젠장, 어디로 가야 하는 거지? 길가에 서 있는 나무들은 깊은 숲 한복판을 뚝 잘라낸 것처럼 시커멓고 푸르고 검은 모습이었다. 수묵화의 굵은 붓 자국 같은 나무들이 양쪽에서 바람에 흔들리며 쉭쉭 소리를 내고 있었다. 오래된 검은 나무들이 내뿜는 차디찬 습기가 느껴졌다. 괜찮아, 겁먹을 것 없어. 버스가 간 방향으로 계속 나아가면 차고가 나올 테고, 버스가 온 방향으로 계속 돌아가다 보면 아까 놓쳤던 정류장이 나오겠지. 가을밤바람은 자꾸 차가워졌다. 나는 잠을 깨려고 애쓰면서 냉정하게 판단했다. 이쪽으로 가자.

한참을 걸었다. 넓은 신작로 가운데에 금을 그어 간신히 2차선으로 만들어놓은 시골도로는 이 시간에 다니는 차도 없었지만, 그래도 냉정을 잃지 않은 나는 만약을 대비해 차도 가장자리로만 걸었다. 곧게 뻗은 도로 주변으로 인가 하나 보이지 않았다. 몇 시쯤 되었을까. 오늘따라 시계도 안 차고 나왔다. 길이 하나밖에 없으니 이렇게 계속 걸어가면 이전 정류장이 나와야 할 텐데. 걸어도 걸어도 끝이 없다. 어디까지 온 걸까. 갑자기 두 뺨에 닿는 선뜩한 밤바람에 화들짝 놀라 눈을 떴다. 잠시 걸으면서 존 걸까. 저만치서 버스 정류장 표지가 보였다. 아, 한 정거장을 제대로 내려왔구나. 마치 집을 찾은 것처럼 반가운 마음이 들어 정류장을 향해 달려갔다. 그런데 이게 뭐지. 붉은 벽돌의 작은 아치문. 어디서 본 듯한 함석간판이 달려 있다. 〈동안리 마을회관〉.

오싹했다. 깡패도 없고 건달도 없는 밤길. 사람이 없으면 무서울 것도 없다 생각하고 걸었는데, 그게 아니었다. 다리도 아프고 점점 더 추워지는데, 무거워지는 다리만큼이나 눈꺼풀도 자꾸 내려온다. 무서우면 잠이 깨야할 텐데, 밤공기에 스며있던 습기가 온 몸으로 스물스물 들어오니 자꾸만 더

졸린다. 습기에 누가 수면제를 탄 것일까. 아냐, 깨야 돼. 정신 차려, 눈 떠.

눈을 뜨면 걷고 있고, 언제 감았는지 다시 눈을 떠보면 함석 간판이 보였다. 나는 마을회관 벽을 붙잡고 한참을 잠과 실랑이하다 결국 항복했다. 빙빙 돌아 제자리로 온 게 분명해. 길에서 이렇게 헤매느니 차라리 집 안으로 들어가자. 하지만 곧게 뻗은 길을 따라 한 방향으로만 걸었는데 어떻게 제자리로 돌아온 거지? 억울하기도 하고 도무지 이해되지 않았지만, 나는 침착하게 마을회관 문을 열었다. 대개의 건축물은 문을 열고 손잡이 쪽 방향으로 벽을 더듬다보면 스위치가 있기 마련이다. 손끝으로 스위치 자리를 찾은 나는 불을 켰다. 오렌지 빛 낡은 전등이 켜지자, 여름이 가도 죽지 않은 날벌레들이 윙윙 몰려들었다.

마을회관은 주방에 화장실 하나, 방 하나, 마루 하나. 꼭 가정집처럼 모양을 냈다. 먼지투성이에 여기저기 거미줄이 보이는 것으로 미루어 사람 손길이 없었다는 게 가정집과 다를 뿐이다. 동안리에는 이제 회관에 모일 주민들이 사라진 것일까. 어쨌든 거미줄투성이라도 회관에 들어오기로 결정한 건 백번 잘한 일이었다. 방에는 이불도 있었다. 나는 이불채를 들고 마루로 나와 현관문 바로 옆에 깔고 누웠다. 언제라도 문을 열고 나갈 수 있는 곳에 자리를 잡은 셈이다. 귀신이나 여우, 뭐 이런 걸 떠올리며 겁먹었다고 오해하지는 말기 바란다. 그런 게 겁이 났다면 애초에 이 회관에 들어오지도 않았을 것이다. 그저, 24시간 내내 가로등이 훤하고 가게들이 문을 열던 도시에서 이만큼 벗어나 살다보니 별 일을 다 겪는구나, 싶었을 뿐이다. 누구든 문을 열고 들어오면 얼른 일어나서 나가자고 마음먹으며 잠시 눈을 붙였다. 이불에서는 오래 묵은 곰팡이 탓인지 큼큼한 냄새가 났지만 아무 것도 안 덮고 자는 것보다야 나았다. 이제 서너 시간만 버티면 날이 밝겠지. 차고로 들어간 버스들 중 첫 차가 나오면 바로 타고 회사로 출근하리라. 아참, 아내에게 바로 출근한다고 말해줘야지.

이불 속에 누운 채로 입고 있던 재킷과 바지 주머니를 뒤적였다. 핸드폰을 꺼내 버튼을 누르니 배터리가 하필 지금 떨어져 버린다. 숲길 같던 2차선을 걷는 동안 아내가 줄기차게 전화를 했을 텐데. 왜 소리를 못 들었을까. 정류장을 잘못 내렸을 때 바로 집으로 전화했더라면, 잔소리는 좀 듣더라도 이렇게 헤매지는 않았을 텐데. 뒤늦게 후회가 됐다. 다시 눈을 감으면서 전등을 끌까말까 망설였다. 불을 끄면… 그래, 그냥 켜두자. 불을 끈다고 생각하니, 갑자기 이 낡은 마을회관 안에 있던 먼지와 곰팡이와 벌레 들이 모두 내 체온을 맡고 몰려들 것 같았다. 지금은 전등 곁에 다들 잘 모여 있다. 내가 괜히 분란을 일으킬 이유가 없다.

꿈이었을까. 잘 모르겠다. 처음에는 자고 있지 않았다. 벽지에 묻은 얼룩의 흐름을 따라 이런저런 기호를 상상하다가 옆에 놓아둔 책표지가 눈에 들어왔다. 아내가 부탁했던 책들을 졸면서도 용케 꼭 쥐고 챙겼다. 『중세 서유럽에서 일어났던 마녀의 기원과 소멸』. 매우 평범한 제목이다. 내용도 틀림없이 평범한 개론서에 불과할 것이다. 다만, 요란한 띠지 광고로 미루어 한두 가지 새롭게 발견한 사료를 추가했을 가능성은 있다. 아까 삽화를 살펴보니 이전에는 못 보던 자료 그림이 꽤 들어가 있었다. 눈을 감고 잠을 청하면 아내가 내게 말을 걸었다. '여보, 오늘은 출근 안하는 날이야?' 그렇지 않다고 대답하려고 들면 잠이 깼다. 그래, 여긴 우리 집이 아니지. 그러다 다시 벽지와 책표지를 멍하니 들여다본다. 『남부 유럽의 우물과 성당과 마녀』. 이 책은 좀 새로워 보인다. 그러나 새로운 주장은 주장을 뒷받침할 근거 자료가 부족한 경우가 대부분이다. 어쩌면, 중세 어느 마을의 전체지도가 하나쯤 들어있을 지도 모르겠다. 여기는 우물, 여기는 성당, 여기는 마을회관…『마녀의 남편』. 이 책은….

누군가 쾅, 하고 문을 여는 소리가 났다. 화들짝 놀란 나는 눈을 떴지만 몸을 제대로 일으킬 수가 없었다.

"뭐야, 여기서 내 허락도 없이 자는 거야?"

흙 묻은 등산화가 곁으로 다가왔다. 등산화 위로 가늘고 하얀 종아리가 보인다. 시커멓고 커다란 짐승 다리가 아니었다. 그 종아리 위로 뭔가 보일 듯하자, 냉큼 등산화가 한 발 뒤로 물러선다. 그제야 붉은 치마가 제대로 보인다. 무릎 위로 야무지게 치켜 올라간 치마. 내가 저 모습을 어디서 봤더라…. 붉은 치마 위에 헐렁하게 걸친 연회색 스웨터.

"누가 내 허락도 없이 여기서 자냐니간?"

암팡진 목소리가 바싹 곁으로 다가오더니 한쪽 발로 내 허벅지를 걸어찬다. 깔깔거리는 웃음소리도 어딘지 귀에 익다. 누굴까, 이 아이는?

입을 열어보지만 제대로 소리가 나오지 않는다. 아무 반응도 못하는 내가 죽은 곰이나 늙은 개처럼 심심한 존재로 느껴졌을까. 아이는 깔깔대며 내게서 멀어지더니 마루에서 빙글빙글 돈다. 덤블링을 멋지게 시도하지만 계속 실패한다. 아이가 덤블링을 실패할 때마다 펄럭, 하고 위로 올라간 붉은 치마 밑으로 삶은 햇감자처럼 보오얀 허벅지가 보였다. 서서히 정신이 들었지만, 내가 잠이 깬 걸 아이가 눈치 채면 어떻게 나올지 몰라 잠자코 누워 있었다.

아이는 이제 콧노래를 흥얼거리며 춤을 춘다. 춤이라고 하기에는 뭔가 좀 뻣뻣하고 어색했지만 리듬에 맞춰 움직이고 있는 것은 분명했다. 그러다 갑자기 내 눈을 빤히 쳐다보았다. 깜짝 놀란 나는 얼른 눈을 감았다. 다시 꺄르르 웃음소리가 들리더니 잠시 후에 뭔가 따뜻한 기운이 콧등에서 느껴졌다. 설마? 가느다랗게 실눈을 떠보니 아이가 바로 코앞에서 나를 바라보고 있었다.

"내가 누군지 모르겠어?"

소리가 코로 들어오는 기분이다. 이 얼굴. 내가 어디서 봤더라. 빙긋 웃으며 아이가 내 품을 헤집고 들어왔다. 안아도 괜찮은 걸까? 마치 내 몸 속에서 빠져나갔던 내장이 미끄덩거리며 다시 뱃속으로 들어오는 듯했다. 아이는 내게 찰싹 들러붙었다. 미끈거리는 온기 사이로 모락모락 김이 났다. 나도 모르게 손을 뻗자 아이는 깔깔거리며 다시 빠져나갔다.

오렌지 빛 전등과 윙윙거리는 벌레들 아래로 마루 저편에서 아이가 부드럽게 회색 스웨터를 벗었다. 어깨까지 찰랑거리는 생머리를 한 번씩 뒤로 젖히면서. 스웨터의 거친 털실로 감쌌던 속살이 그대로 드러났다. 아이는 분홍빛이 도는 봉긋한 젖가슴을 일부러 보여주려는 듯이 두 팔을 위로 쭈욱 뻗고 상체를 앞으로 내밀면서 왼쪽, 오른쪽, 왼쪽, 오른쪽, 춤을 추듯 허리를 돌리며 한 발짝씩 내게 다가온다. 이 아이는 대체 누구인가. 나는 분명히 내 뱃속에 들어왔던 갑작스런 생명체를 어떻게 대해야할지 몰라 쩔쩔맸다. 피하는 내 눈길을 일부러 따라오는 분홍빛 가슴에게 무어라 말해야 하는가. 분홍빛 살조각은 내 입술 바로 앞까지 다가왔다.

"계속 자는 척 하는 거야?"

나는 떨리는 입술 대신 두 손을 천천히 앞으로 내밀었다. 하얗고 조그만 아이의 배에 내 손이 가 닿았다. 아이는 장난스럽게 쑤욱 미끄러져 내려가 내 손 안으로 가슴을 쏘옥 집어넣었다. 그러더니 내가 그 따뜻하고 촉촉한 느낌에 당황할 틈도 없이, 내 배위에 앉아서는 등산화를 벗은 조그만 발로 내 얼굴을 마구 문질렀다. 발가락으로 눈을, 발꿈치로 입을 꾹꾹 눌러댔다.

"바보, 뭘 보는 거야?"

나는 그대로 얼어붙었다. 입가를 누르는 연한 발꿈치가 크림처럼 부드러웠다.

"눈으로 보지 말고 손으로 보란 말이야."

다시 전등불빛 저 편으로 멀어진 아이는 깔깔대며 스웨터를 입었다.

"앞으로는 우리 집에 빈손으로 와서 자지 말라구."

등산화를 신고 뚜벅뚜벅 다가온 아이는 내 배를 올라타고 두 발로 꾸욱 밟는다. 나는 아프지 않은 이 통증이 좀 더 이어지길 바랐다.

"오늘은 특별히 봐주는 거야."

아이는 내 상체를 지근지근 밟으면서 얼굴 쪽으로 다가오더니 갑자기 풀썩 주저앉았다. 붉은 치마가 내 얼굴을 덮었다. 그러고는 이내 일어나 문가로 나아갔다. 붙잡고 싶었지만 팔이 움직여지지 않았다. 아이는 내 얼굴을 돌아보며 빙긋 웃었다. 누구지? 나를 아니? 그러나 입을 뗄 수가 없었다.

3.

찌뿌둥한 몸으로 눈을 뜨니 벌써 날이 훤하다. 폭신하고 청결한 이부자리가 낯익은 침대다.

"물 줘?"

아내가 곁에 서 있다. 조심스럽게 상체를 일으켜보았다. 몸이 움직인다.

"귀신한테 홀린 것도 아니고 어디를 갔다가 그 새벽에 들어와?"

가만히 입을 벌려보았다. 소리도 나올까?

"어, 어."

소리는 안 나왔다.

"바보처럼 굴고 그래."

집이다. 어떻게 집으로 왔을까. 꿈속 저편의 안개를 내내 헤집다 돌아온 듯 몽롱하다. 아내는 남들 출근하는 시간에 퇴근을 하냐고 놀렸다.

"그래도 내 책은 들고 왔더라."

아, 그래. 책을 사다주려고 했다. 물을 한 잔 가져다 준 아내는 더 푹 자라고 이불을 덮어줬다. 일어나야하지 않을까. 어, 어.

"시내 나갔다 올 테니까, 그냥 푹 자. 그 몸으로는 회사도 못 가겠네. 그리고 그 이상한 소리 좀 내지 말고."

나는 대답을 하려다 그냥 베개 속으로 얼굴을 파묻었다.

얼마를 잤을까. 눈을 떠보니 방 안이 어둑하다. 몸이 침대 속으로 꺼졌다가 천천히 이불 위로 올라오는 느낌이었다. 대체 무슨 일이었을까. 지끈거리는 머리를 좌우로 천천히 돌리며 목 근육을 풀었다. 일어나자! 숨을 고르고 양 팔을 위로 뻗어 주욱 당겨보았다.

띠리리리 띠리 리리리.

초인종이 울렸다. 나도 모르게 침대에서 벌떡 일어났다. 움직여졌다! 이제 말도 나올지 몰라. "누구세요?" 말이 나왔다. 일부러 크게 소리를 지르며 현관으로 나갔다.

"누구세요? 누구세요?"

"형, 나야."

처남이다. 부동산 일을 마치고 저녁이나 같이 먹을까 해서 들렀단다. 우리가 이곳으로 이사 온 후 처남은 일주일에 사나흘은 저녁마다 우리 집에 들렀다. 오늘은 닭튀김과 갈색 병맥주를 사들고 왔다.

"전화를 했는데 왜 이렇게 안 받아요, 나 올까봐 일부러 안 받은 거 아냐?"

나는 간밤에 길을 잃어 산 속에서 집까지 걸어왔다고 했다. 처남은 호탕하게 웃었다.

"형, 이 동네가 한 발자국만 삐끗해도 그냥 아무도 없는 숲이야."

처남은 시골이라 강도나 불량배를 안 만난 게 다행이라고 했다. 글쎄, 그런데 그게 말이야, 나는 간밤 일을 말하려다가 그냥 입을 다물었다.

"형, 나도 얼마 전에 차 놓고 버스 탔다가 정류장 놓치는 바람에 한참을 걸었어요. 사람이 없으니 버스가 제멋대로 아무 때나 다니잖아. 운전기사분들도 아무데나 세워주고 말도 없이 그냥 가버리기도 해요. 지난번에는 40분을 기다렸는데 똑같은 번호를 단 버스 3대가 한꺼번에 줄줄이 오더라니까. 시골에 살면 버스 못 타, 형. 차 운전해, 누나 차 말고 한 대 더 사서 운전해요!"

좋아하지 않는 맥주도 처남과 보조를 맞추다보면 주량보다 많이 마시게 된다. 8병. 많이도 사들고 왔다. 오렌지 빛 전등과 벌레 이야기를 할까 말까. 마을회관 이야기를 할까 말까.

"밤에는 더 위험해. 산짐승이 튀어나올 것 같은 산길에, 여기저기 파헤쳐 놓은 공사장에, 외지다 보니까 개를 풀어놓고 키우는 집도 있어요. 더 위험하다고. 잘못하면 물려, 형."

붉은 치마에 회색 스웨터, 분홍빛 젖가슴 이야기를 할까 말까.

"형, 나는 형이 진짜 유명한 사람이 될 줄 알았어요."

술이 몇 잔 들어가자 녀석은 늘 하던 소리를 또 했다. 무슨 뜻으로 하는 말인지는 잘 모르겠지만, 처남에게 이 말을 들을 때마다 나는 가슴이 뭉클했다. 왠지 처남이 아직도 나를 존경하는 것만 같았다. 우리가 처음 만난 대학 영화동아리 방에서도 술만 들어가면 녀석은 이런 말을 했다. 형은 틀림없이 한 건 터트릴 거야! 형은 내가 만난 사람들 중에서 최고야, 천재라구! 그러다 어느 날인가, 형, 우리 누나 소개해줄까요, 라고 말을 꺼냈던 것 같다.

"형! 갑시다!"

갑자기 녀석이 호기롭게 소리치며 일어선다.

"날도 어두워졌고, 내가 그 길을 보여줄게. 갑시다!"

길? 어제 그 길? 아니면 다른 시골길? 나는 기대 반, 두려움 반으로 잠깐 망설였다. 만약 붉은 치마의 그 아이를 다시 만난다면 처남에게 뭐라고 설명해야 할까. 처남은 망설이는 내 팔을 잡아끌었다.

우리는 깊은 바다 속처럼 검고 두터운 밤 속으로, 바다 물결처럼 몸을 휘감는 밤바람 속으로 내려갔다. 처남은 뜬금없이 동네 개 이야기를 자꾸 하다가 갑자기 아파트 시세 이야기를 꺼냈다. 아파트 시세가 내리지 않아서 다행이라고, 사실 이 동네 아파트들은 분양가보다 더 떨어진 곳도 있다고 중언부언 늘어놓았다. 나는 어제의 현장을 다시 볼 지도 모른다는 호기심에 천천히 녀석을 따라 걸었다.

가로등은 귀찮은 듯 느릿느릿 켜지는 중이었다. 가로등이 꺼지기 전까지만 돌아오면 된다. 이따가 이 불빛을 따라 되돌아오면 우리집이 나올 것이다. 아내는 하얗게 빛나는 동네 가로등이 헨젤과 그레텔의 조약돌 같다고 했다. 집으로 가는 길을 알려주는 조약돌. 아내는 지금쯤 집에 왔을까? 맥주병을 제대로 치우고 나왔는지 모르겠다. 불쑥, 아무 것도 보이지 않던 길에 커피 자판기가 나타났다.

"형, 재미있지 않아? 이게 정류장이라는 표시야. 여기에 버스가 서더라고."

여기에 버스가 서면 누가 탈까? 인가의 흔적이라고는 없이 캄캄하기만 했다. 처남은 자판기에서 커피를 뽑아서 내게 건넸다. 자신도 한 잔 뽑아들고는 길이 아닌 듯 보이는 풀숲으로 마구 걸어 들어갔다.

"찾았다! 형, 여기야!"

소리가 나는 곳으로 따라가 보니 숲의 한 귀퉁이가 내장처럼 파헤쳐져 있었다. 바로 뒤에 아파트 공사장이 숨어 있었던 것이다. 뼈대를 세운 고층건물이 해골 달린 골격표본처럼 끼익끼익 소리를 내며 바람에 조금씩 흔들리고 있었다.

"형, 여기는 내가 분양받은 건데, 미로 속에 있는 게 멋지지 않아?"

확실히 커피는 쌀쌀한 날 밖에서 마시는 게 좋다. 척 봐도 시간만 지나면 분양가보다 값어치가 떨어질 아파트였지만, 처남의 집이 된다 하니 호감을 가지려 애쓰면서 올려다보았다. 군데군데 오렌지 빛 전등이 켜져 있다. 아직 마감공사도 끝나지 않은 집에 누가 사는 것일까. 처남은 의아하다는 눈빛으로 나를 돌아보았다. 어쩌면 여기 그 아이가 왔을 지도 모른다. 나는 아직 덜 지어져서 차라리 흉가로 보이는 고층건물 입구로 뛰어 들어가 허겁지겁 계단을 올랐다.

"형, 같이 가. 왜 그래?"

8층까지 올라가자 불빛이 드러났다. 현관문도 달지 않은 휑한 사각형의 구조물 속에 누군가가 자고 있었다. 공사장 인부일까. 피곤하고 지쳐 보이는 장정이 낡은 이불조각을 덮고 원목 패널을 붙이다 만 바닥 위에서 자고 있었다. 체격보다 작은 이불 밑으로 흙 묻은 붉은 바지가 비죽 삐져나왔다. 마을회관에서 내가 그랬듯이 불을 켠 채 자고 있었다. 처남은 가쁜 숨을 참으며 내게 다가왔다. 나는 기묘한 친근감을 느끼며 이불 조각의 삼각형 무늬를 물끄러미 바라보았다. 창을 내려고 건물 양쪽 벽면에 뚫어놓은 사각형 시멘트 구멍들 사이로 맞바람이 쳤다. 8층 바람은 1층보다 차구나. 나는 조각이불을 간신히 덮고 있는 사내에게 다가갔다. 이 사람, 어쩌면 나를 보고도 자는 척 하는 건 아닐까.

갑자기 처남이 화장실에서 나를 불렀다. 거긴 또 언제 들어간 거야. 누워 있는 사람이 깰까봐 나는 얼른 그리로 갔다.

"형, 갑자기 속이 너무 메슥거려. 등 좀 두들겨줘요."

맥주를 많이도 마시더라니. 나는 아직 뚜껑도 달지 않은 양변기를 껴안고 왝왝거리는 녀석의 등을 두드려줬다. 세면대의 수도꼭지를 돌리지만 물이 나오지 않는다. 당연한 일이다. 덜 지은 건물에 물이 나올 리가 없다. 변기 물도 내릴 수 없었다.

"괜찮아, 형. 저 사람 일어나서 여기 화장실이 더러우면 그냥 아래층을 또 쓰면 될 거야."

미안해진 우리는 서둘러 그 집을 나왔다. 젖은 시멘트 냄새인지 타일을 이어 붙인 본드 냄새인지, 새로 지은 건물 냄새가 축축하게 몸을 휘감는다. 맥주에, 커피에, 흙 묻은 붉은 바지로 머리가 지끈거린다. 건물을 빠져나와 숲길을 걷는데도 젖은 시멘트 냄새가 코끝을 떠나지 않았다.

4.

"나가기만 하면 길을 잃고 그래?"

이른 아침, 아내는 화초에 물을 주면서 침대에 쓰러져있는 내게도 물을 준다.

"오늘은 내 차라도 몰고 나가. 또 정류장 잘못 내려서 시간 버리지 말고."

아내는 어제 서울로 볼 일 보러 가면서 지름길을 발견했다고 말했다.

"주유소 옆길로 주욱 따라가. 거기가 서울로 가는 지름길이더라고."

일러준 대로 조심조심 차를 몰았지만 좁은 건 둘째 치고 처음부터 차도가 아닌 듯 했다. 기묘한 동네. 서너 개 들어선 아파트 단지들은 조그만 동산들을 사이에 두고 고립된 섬처럼 띄엄띄엄 서 있다. 집집마다 베란다에 걸린 에어컨 실외기는 마치 도시로 구조 신호를 보내는 안테나들 같다. 서울로 나가는 도로는 광화문을 향해 시원하게 뻥뻥 뚫려있지만, 마을버스가 다녀야할 동네 길은 섬에서 섬으로 가는 뱃길처럼 푸른 숲만 출렁거린다. 보이는 이웃에게 가는 길은 없고 보이지 않는 도심으로 가는 길만 크다. 길이 없으니 이웃도 없다.

잠깐, 그런데 이게 뭐지. 차 운전대 앞에 사진이 세워져있다. 아내가 꽂아둔 사진일 것이다. 회색 스웨터에 붉은 치마. 나는 끼익, 급정거를 했다. 귀엽게 미소 짓고 있는 여자아이였다. 결혼을 하면 꼭 딸을 갖고 싶어. 언젠가 아내는 내게 말한 적이 있다. 아내의 20년 전 모습일까? 사진 속 아이의 얼굴을 가만히 살피다가 고개를 드는데, 저 너머 삼각주처럼 움푹 파인 갈래길 사이로 교회가 보인다. 〈우리 주를 따라 좁은 길로 갑시다.〉 펼침막이 길가에 걸려 있다. 갑자기 아내가 오른쪽이라고 했는지, 왼쪽이라고 했는지 떠오르지가 않았다. 그냥 옆길이라고만 했나. 나는 잠시 망설였다. 길을 되돌려 나가자니 이미 너무 많이 들어왔다. 왼쪽으로는 시멘트가 발리다 만 옛길이 보인다. 오른쪽은 신작로에 아스팔트를 깐 길이니, 아무래도 이쪽으로 가면 큰 길과 만나지 않을까. 분명 서울로 가는 지름길이라고 했는데 버스가 다니는 큰 길과 만난다면 어태 질러온 보람이 없다. 그래, 좁은 길로 가자.

왼쪽으로 차를 꺾었다. 눈앞에서 붉은 소녀의 사진이 어른거렸다. 이 사진이 언제부터 여기 있었을까. 조금 더 내려가니, 거짓말처럼 초라하고 낡은 초가집과 기와집들, 낮은 슬레이트 지붕집들이 길가에 나타났다. 이런 곳에 또 마을이 숨어 있었다니. 아침 안개 사이로 인적은 없다. 나무간판이 달린 정미창고, 낡은 유리문이 가지런히 붙어 있는 구멍가게, 녹색 페인트가 벗겨진 먼지 낀 방앗간. 마치 애써 잊고 지낸 옛 기억처럼 수몰되었던 동네가 물 위로 드러난 듯 했다. 조심스럽게 구멍가게 앞에 차를 세웠다. 근대화연쇄점. 페인트가 벗겨진 간판을 보니 캔 커피라도 한 잔 마셔야할 것 같다, 먼지가 보얀 문 앞에는 어울리지 않는 크리스마스 장식이 달려 있다. 울긋불긋한 노래방 선곡표도 붙어 있다. 〈필리핀, 중국, 베트남, 네팔 등. 외국노래 있습니다〉. 영문 알파벳 모양으로 오린 흰 비닐 조각들도 조악하게 썬팅되어 있었다. Indian Foods. Pakistan Tea. 근대화연쇄점 간판에 인디언 푸드라니, 피식 웃음이 나려 했다.

근대화연쇄점은 문을 열지 않았다. 버려진 동네가 틀림없다. 다시 차를 탔다. 그래, 지름길이라니 무조건 달려보자. 여왕님 만찬에 늦은 토끼가 조끼를 입고 나타나 시간을 물어본다 해도 놀라지 않을 테다. 이번에는 공장이 나왔다. 이게 지름길이야? 나는 사진 속 아이, 아니 아내에게 투덜거렸다.

보기에도 영세한 공장 건물 벽은 온통 붉은 글씨의 낙서투성이다. 영어도 아니고 어느 나라 말인지 알 수가 없다. 찢어진 이불로 둘둘 말아둔 드럼통 여러 개와 허술해 보이는 작은 소화기 3대가 길가에 나와 있다. 아침잠이 모자랐을까, 아니면 아침안개가 아직 걷히지 않았을까. 눈앞이 점점 뿌옇게 흐려진다. 위험해, 속도를 줄여. 갑자기 어디서 나타났는지 사람들이 보이기 시작했다. 방앗간 마을에 숨어 있던 사람들이 한 사람, 두 사람, 세 사람. 저만치 안개 사이로 꼬물거리던 그림자가 점점 커진다. 땅에 찰싹 붙어 있던 지붕 밑에서 거리의 빛 속으로 스며들 듯, 버려진 동네에서 환영처럼 사람들이 나타나기 시작했다. 흙길과 초가집에서 걸어 나오는 붉고 파랗고 노랗고 하얀 사람들. 검고 검붉고 검푸른 갈색의 사람들. 너무 크거나 너무 작은 사람들. 빨간 치마를 입은 여자들. 왁자하게 떠들고 웃으며 차창 가까이로 다가왔다. 서로 툭툭 치고 손을 흔들며 인사하는 모습이 보인다. 차가운 아침 공기 사이로 환하게 무리를 지어 다가오는 빛의 그림자들이 내 앞을 지나 윗길로 거슬러 올라간다. 좁은 길이 금세 생기로 가득하다. 일부는 그새 공장 사이로 사라졌다. 나는 아예 차를 세우고 이방인 출근객들이 지나가기를 가만히 기다렸다. 좁은 길 가운데에 서 있는 차를 피해 물결처럼 그림자들이 양옆으로 흘러갔다.

서재일 | 어느 동물병원 원장의 죽음

경상대학교 수의학과 졸업.
현) 경기도 광주시 초월읍 이솝동물병원 원장.
2018년, 경기도 광주문협 제1회 신인문학상 등단함.

어느 동물병원 원장의 죽음

서재일

조용한 동물병원 안이 갑자기 소란해졌다.

"원장님 교통사고요! 아침에 출근하려고 후진하는데 진돌이가 깨~깽깽 하고 다리를 질질 끌고 나오길래 바로 데리고 왔어요, 다리를 못 써요."

X-RAY부터 찍어본다. 다행히 상완골만 골절되었다. 장파열, 방광파열은 없어 보인다 그래도 지켜봐야 한다. 응급으로 와서 일단은 주인과 개를 안정시키고 주인은 출근해야 하니깐 출근하라고 하고 진돌이는 수술하기로 했다.

아침부터 분주하다. 갑자기 응급으로 올 때는 예약한 손님들께 양해를 구하고 먼저 수술부터 해야 한다. 20년의 베테랑 수의사도 모든 진료에 집중한다. 특히 수술할 때는 더더욱 신경 쓰인다. 생명을 다루는 직업이다 보니 항상 조심해야 한다.

한 치의 실수도 용납되지 않는 것이 수술이다. 아무리 잘하고 끝마무리까지 완벽하게 하였다 하더라도 완치되는 날까지 주의를 기울이지 않을 수 없는 것이 수술이다. 그래서 늘 긴장한다. 특히 골절수술 같은 경우는 약 2개월이란 긴 치유 기간이 소요되므로 더 주의를 기울여야 한다. 피부를 절개하고 나오는 근육과 근육 사이를 벌려서 골절된 뼈를 들어내서 손상 정도에 따라서 핀을 꽂거나 뼈에다 직접 플레이트를 붙여서 나사로 고정시킨다. 수술은 간단해 보이지만 뿌려진 뼈에 접근하여 뼈와 뼈 사이를 움직이지 못하도록 딱 고정시켜야 잘 붙는다. 만약에 조금이라도 흔들거리나 헐렁해지면 뼈가 어긋나서 재수술하여야 하는 경우가 생긴다. 그러면 무척 힘들어진다. 모든 수술은 재수술하면 예후가 좋지 않다. 처음 할 때 정확하고 야무지게 하는 것만이 최선의 방법이다. 특히나 개들은 사람과 달리 가만히 있지 않고 많이 움직이므로 고정하기 더 어렵다. 그래서 동물들의 골절수술이 힘든다. 오늘 아침에는 자주 하지 않는 골절수술로 오전을 다 소비해 버렸다. 간단한 진료는 오후로 미루고 예약한 손님들의 진료를 끝내고 점심을 먹기로 했다.

12시 30분, 도시락 뚜껑 막 열려고 하는 순간 병원 문이 열리는 소리가 들린다.

"원장님 계세요!"

순간적으로 짜증이 나지만 20년의 내공으로 예의범절과 친절이 몸에 배어 익숙한 목소리의 톤으로 대답한다.

"네~ 어서 오세요!"

병원에 들어오자마자 말할 겨를도 없이 개가 피똥을 쏟아낸다.

"이런 개새끼 차 안에서 싸고 또 싸네요. 어쩌요 점심 드시는 중인데요?"

"네~ 괜찮습니다. 일단 진료실로 들어오세요."

간단한 검사로 장염 판정이 나왔다. 수액부터 꽂아주고 격리입원실에 입원시키고 주인과 이야기한다. 검사 상으로 파보장염이고, 바이러스가 감염되었기 때문에 1주일은 수액 맞고 지켜봐야겠다고 설명하지만, 주인은 나의 설명을 잘 못 알아듣는다. 무조건 살려만 놓으라고 한다. 아무튼, 입원해서 치료해 보겠다고 말하고 주인을 돌려보낸다. 나는 아무런 혐오감이나 뒷생각 없이 그대로 도시락 앞에 앉아서 다시 도시락 뚜껑을 열고 식은 밥을 다 먹고 나온다. 고픈 배가 먼저지, 혐오감이나 역한 냄새 따위로 밥 못 먹으면 수의사도 아니다. 똥냄새는 김치냄새로 금방 사라진다.

　　원장 1명에 간호사 1명이 운영하는 동물병원에서 매일 바쁜 하루를 보낸다. 곧 오후 타임으로 들어오는 진료와 새로 들어오는 신규견종들과 고양이 진료가 이루어졌다.

　　"암고양이가 며칠째 사료도 안 먹고 그 좋아하는 츄럽도 먹지 않고 울기만 해요."

　　"환경이 바뀐 적 있나요? 주인이 없었다든가? 누가 집에 왔다든가?"

　　"아무도 오지도 않고 창문만 보고 밖으로 나가려고 문을 긁기도 하고 밤이면 더 심해요."

　　"지금 발정기가 와서 수컷을 찾고 있어요, 밤 되면 더 시끄러울 겁니다. 새끼 안 놓으려면 중성화 수술해 주는 것이 좋을 것 같습니다. 암고양이들이 발정기가 오면 더 시끄럽게 울기 때문에 집에서 힘들 겁니다. 오늘은 수술하기 전에 혈액검사하고 건강상태 체크하고 수술 날짜 잡고 빠른 날짜 잡아서 수술합시다."

　　주인은 사는 곳이 빌라라 옆집에 피해 줄까 봐 빨리하는 것이 좋다고 한다.

　　이번 주 가장 빠른 시간이 금요일이고 오전 10시에 수술하기로 하고 고양이는 집으로 돌아갔다.

　　다음은 피부병이 있는 슈나우져 깐돌이다. 이 녀석은 만성 진균과 세균성표피염으로 오랫동안 병원에 다니면서 치료받아온 녀석이다. 나이는 13살, 노화로 피부병이 더 심해져서 자주 병원에 온다. 좋은 약으로 치료해도 이제는 회복이 잘 되지 않았다. 영양제와 약용샴푸로 대체하고 더 이상 심해지지 않게 관리 잘 하라고 하고 주사 주고 약 처방하니 데리고 나간다.

　　어느덧 오후 6시가 훌쩍 지났다. 오후 6시에는 간호사는 퇴근하기에 밤 9시까지는 혼자 진료한다. 7시까지는 조금 한가하다. 그동안 휴식을 취하고 간식을 먹는다. 7시 이후는 퇴근한 직장인과 맞벌이 가정, 오후 늦게 산책하는 사람들이 내원하는 시간이다. 저녁 9시까지 진료시간이지만, 보통 밤 10시까지 진료하고 입원해 있는 환축들 수액 교체하고 밤새 이상 없도록 마무리하면 11시가 넘어 버린다. 정리정돈 후 불 끄고 퇴근해서 집에 들어오면 12시 가까이 된다. 아내는 내가 돌아올 때까지 기다린다. 아이들은 벌써 꿈나라에 들어가 있다. 반복되는 하루 일과다.

이런 삶을 20년 동안 하다보면 죽어버릴지도 모른다. 하지만 나는 아직도 이렇게 살아 있다. 나를 위한 삶이지만 나와 함께 살아온 가족과 진료받기 위해서 찾아오는 개와 고양이들을 위해 하루 종일 병원에서 지내는 게 좋다. 비록 절체절명의 사명은 아닐지라도 내가 하는 일에서 오는 만족감만은 충분하다. 나의 동물병원에 이렇게 찾아오는 고객이 있다는 것에 감사한다.

매너리즘에 빠져서 나태해지고 무관심하고 불친절해서 손님이 떠나간다면 나는 지금보다 더 비참한 삶을 유지할 것이다. 동물병원을 유지하려면 나 자신이 조금 희생하더라도 고객이 많이 찾아오는 병원으로 만들어 놓아야 한다. 그래야 하루가 즐겁다. 언젠가는 젊은 세대들에게 밀려서 고객이 찾아오지 않는 날이 올 것이다. 그때는 이미 늙어 힘이 달려서 지금처럼 진료와 수술을 많이 못 할 테니 힘들더라도 천천히 즐겁게 운영해 나가야 한다.

매일 고객이 많은 건 아니다. 비나 눈이 오는 날에는 한두 마리 예방접종이나 하려고 오는 손님뿐일 때도 있다. 그런 날은 혼자서 진료실 청소도 하고 창문을 닦거나 하다가 퇴근한다. 오래간만에 일찍 집에 들어가 아이들과 놀아주고, 저녁에는 아내와 술도 한 잔씩 마시고 여유로운 하루를 보내기도 한다. 짧은 시간이지만 행복감과 만족감이 활력소가 되어서 기분이 좋다.

때로는 나도 온종일 멍 때리고 놀고 싶기도 하다. 아무런 생각 없이 그냥 하늘만 쳐다보다가 누워서 잠자고 배고프면 일어나서 밥 먹고, 다시 잠자고 싶다. 이런 게 말 못하는 잠재의식 속에서 일어나는 의도적인 휴식과 힐링 아닐까. 무언가 압박을 주는 정신적 긴장감에서 탈출하려는 마음이라고 생각된다.

사람마다 다르겠지만 누구에게도 간섭받지 않는 곳에서 오랫동안 가만히 앉아서 시간 보내는 게 나만의 긴장을 푸는 방식이다. 그리고 다시 업무에 복귀해 새로운 모습과 정신으로 열심히 일한다.

오늘은 난이도가 높은 중요한 수술을 하는 날이다. 신장결석으로 만성신부전이 와서 복수가 차 있는 12년 된 마르티즈 암컷 행복이의 수술이 잡혀 있다.

어제저녁부터 금식시켜서 그런지 배가 몹시 고픈가? 혀를 날름거린다. 영양제와 수액은 맞고 있지만, 탈수도 일어나서 매우 야위어 있었다. 주인은 어떻게 해서든 수술해서 생명을 유지할 수 있을 때까지 최선을 다해 달라고 부탁했다.

결석이 있는 한쪽 신장은 많이 손상되어 기능을 제대로 하지 못하니 제거하고, 한쪽 신장만이라도 원활하게 기능을 유지해 준다면 예후가 좋겠는데, 시간이 많이 지나서 수술하기 때문에 힘들어 보인다. 한쪽 신장만이라도 제대로 기능만 해준다면 문제없이 회복될 것이고 1%의 희망을 건다.

수술 한 시간 후 행복이는 눈을 떴다. 한 시간 이상 눈 감고 있던 꿈속에서 살아 나와서 그런지 두리번거린다.

"행복아, 수술 잘 끝났다. 회복만 되면 이제 아프지 말고 주인하고 오래오래 살아라."

"고맙습니다. 원장님!"

"착한 녀석 이제는 아프지 않을 거야. 내가 너의 고통을 말끔히 없애 줄게."

행복이는 침울한 표정으로 회복실로 옮겼다. 힘들었지만 수술이 잘된 것 같아서 나의 마음도 홀가분하다. 이렇게 또 한 생명의 아픔을 덜어 주어서 감사할 따름이다.

하루의 시작이 즐거운 가운데 예민한 손님이 왔다. 며칠 동안 귀 치료받으면서 빨리 안 낫는다고 올 때마다 성질부리고 가는 삐삐 엄마다. 종 특이적으로 귓병이 오래 지속되는 시츄와 슈나우져종들은 외이염으로 고생을 많이 한다. 삐삐는 8년 된 시츄 종으로 만성 외이염으로 다른 병원에서도 오랫동안 치료받다가 이쪽으로 이사 와서 우리 병원으로 왔다. 그동안의 약물치료로 내성이 생겨서 잘 낫지 않는 데다 만성 외이염에서 중이염으로 넘어가는 중이다. 잽스라는 외과적 수술을 해야 할 것 같다. 그런데 삐삐 엄마는 수술하기도 전에 무엇이 불만인지 계속 짜증을 부리고 쓸데없이 성질을 내곤 한다. 이럴 때 수술까지 잘못되면 매우 힘들어질 것 같았다. 진료실에서 조용하게 말했다.

"더는 여기서 치료하기 어렵고 대학병원에 가서 수술하는 것이 효과적입니다. 여기서 의뢰서를 써줄 데니 대학병원에서 빨리 수술해주는 것이 삐삐에게 고통을 없애주고, 삐삐 엄마도 마음 편하게 삐삐를 돌보는 길입니다."

"누가 몰라서 그래요, 병원비가 많이 들어가니깐 그러죠."

"당연히 수술하고 치료하는데 그만한 돈이 들지요. 여기는 대학병원만큼 수준이 안 되니깐 진료비가 적게 드는 것이고요. 그럼 지금까지 수술비용 때문에 저에게 화를 낸 겁니까?"

"누가 원장님께 화를 내요? 주사 맞고 약을 먹여도 안 났기에 화가 난 거죠."

"삐삐는 이제 주사와 약으로는 치료가 잘 되지 않습니다. 외과적인 수술만이 최고의 선택입니다. 대학병원에 가는 것이 부담된다면 2차 진료 기관으로 가서 검진 받고 치료하는 것도 생각해 보시든가요."

"다 알아봤어요. 대학병원이나 2차 진료병원이나 거기서 거기입디다."

"그래서 어떻게 할 건데요?"

"원장님께서 알아서 해주세요. 큰 병원 안 가고 여기서 수술해 주세요."

"알았어요, 대신 성질 내지 마시고요, 수술이 잘못되어도 책임 전가는 하지 마세요."

"잘 해 주시겠지요!"

결국, 진료비가 많이 드니깐 다른 병원에 안 가고 우리 병원에서 싸게 수술하려는 속셈을 가지고 계속 짜증을 부렸던 거다. 선처를 부탁했으면 기분 좋게 수술해 줄 텐데 사람의 감정을 상하게 하고 비비 꼬아서 기분 나쁘게 만들었다. 아무튼, 자주 하지도 않고 잘못하면 아주 힘들어지는 외이도를 제거하는 수술을 해야만 했다. 귀의 외이도를 제거하면 귓병은 일단 없어지지만 수술 후 세균이 감염되면 치유가 잘 안 되기 때문에 반드시 무균수술로 해야 한다. 난이도가 꽤 높은 수술이다. 나는 과감히 수술을 시도했다. 피가 많이 났다. 계속 지혈하면서 외이도를 제거하고 깨끗하게 수술이 끝났다. 주인보다 내가 더 만족스러웠다. 이런 어려운 수술도 완벽하게 하다니. 스스로 자부심이 높아졌다. 이제는 어떤 수술이라도 최선을 다하면 잘할 수 있겠다는 자부심으로 성취감이 배로 뛰었다.

사실은 진상 손님의 갑질이 나를 더 열심히 하게끔 부추겼을 것이다. 사람이 사람을 자극하면 악이 받쳐서 공격적 성향이 된다. 결국은 나 자신을 스스로 극복할 수 있도록 모티브가 되어서 어려운 기술을 습득하고, 뛰어난 재능을 발휘하도록 조장한다. 그렇게 성장하는 것이다. 모든 것들을 긍정적으로 받아들이면 살아가는 게 조금 쉬워진다. 어렵게 생각하지 않기로 했다.

이제는 수의사로서 아마추어 같은 수습 기간이 지난 지 오래 되었다. 프로답게 돈 벌면서 스스로 체험하고 스스로 발달시키고 진화해야 살아남는다. 작은 일에 만족을 느끼고 공부하지 않으면 일찍 도태된다. 긍정적인 마인드로 무엇이든 스스로 체험하고 기술을 개발해야 한다. 앞으로는 커지기 위해서는 작은 아픔에 슬퍼하거나 후회하면 안 된다. 그러면 배우지 못한다. 실패를 두려워 말고 모든 일에 적극적으로 임해야 한다. 손상은 적게 주고, 성과는 많이 가져올 수 있도록 노력해야 된다.

귀 수술 후 나는 수술에 더 자신감이 붙어서 더욱 적극적으로 진료에 임했다. 이제는 수술이 두렵지 않았지만 그래도 항상 조심하였다.

저녁 9시, 마무리하고 퇴근할 시간이었다. 우리병원에서 조금 떨어진 동네에서 동물병원을 하는 후배가 술 한잔 하자고 전화가 왔다. 오랜만이라 좋다고 하고 시내로 나갔다.

"형님, 며칠 전에 슬개골탈구증 와서 양쪽 무릎 모두 수술했는데 오른쪽 다리를 절고 다닌다고 컴플레인 들어와서 힘들어 죽겠어요."

"심하게 절룩거리는가?"

"그렇지도 않아요, 제 눈에는 괜찮은데 주인 여자는 자기 눈에 절룩거린다고 매일 찾아와서 우리 애 수술 잘못된 것 같다고 큰소리로 난리를 치는 통에 스트레스 엄청납니다."

"수술하고 2개월 되어야 완전히 자기 다리가 되고 그때부터는 자유롭게 움직인다고 기다리라고 해! 그리고 만약 그대로 완전치 못하면 재수술해 준다고 하고, 자꾸 와서 괴롭히지 말고 조금 여유를 가지고 기다리라고 해보지, 그리고 조인트벡스 주사해 보고."

"주사해 주었어요. 그리고 수술도 잘 되어서 아무 이상 없는데 괜히 자기 눈에만 정상적이지 않다는군요. 너무 어이가 없어서…. 도대체 왜 그러는지 모르겠어요."

"아마 수술비가 비싸서 본전 생각이 나서 그럴 거야. 그럴 때는 시간이 조금 흘러가서 그 아이가 정상적으로 움직이면 괜찮아질 테니 너무 걱정하지 말고 지금 항의하는 것 다 받아 주어야지 어떻게 하겠어."

"말도 안 되는 항의를 하니깐 그렇죠. 차라리 치료비 깎아 줘요! 라고 하든가, 자존심은 있어서 괜히 원장한테 와서 고의적으로 스트레스 주고 가는 것 같아서 힘들어요."

"술이나 한잔 받아, 우리 직업이 개만 치료하는 게 아니라 사람도 함께 만족하게 해야 하니깐 힘들어요, 그리고 돈은 사람이 내니깐 오히려 개 치료보다 사람한테 돈 받는 게 더 스트레스야."

"아무리 시스템화시켜도 혼자서 하는 병원은 이것도 힘든 일이네요."

"직업병 이야기 맨날 하면 뭐하나, 넌 등산 좋아하잖아. 주말에 등산이나 갔다 오지."

"네 이번 일요일은 북한산에나 갔다 올 겁니다. 형님도 같이 가시죠."

"난 아이들하고 놀아 줘야지. 늘 밤늦게 들어가니까 아빠 얼굴 보기 힘들다고 해. 일요일 하루만이라도 함께 놀아주기로 했어. 애들 데리고 가까운 곳에나 갔다 올까 생각 중이네."

"맞아요, 저희 직업이 사람 진료하는 의사처럼 격이 높아서 의료보험이 잘되어 돈 걱정 안 하고 진료하는 것도 아니고, 그런다고 간호사를 몇 명씩 두고 편안하게 진료하는 것도 아니고 혼자서 모든 업무를 처리하다 보니깐 외부에서 알지 못하는 우리들만의 어려움은 표출이 잘 안 되는 것 같습니다."

"그래서 동물병원도 분업이 필요해. 치과, 내과, 외과, 피부과만 분리해도 좋겠지. 자원도 풍부하고, 수의사 숫자뿐만 아니라 사육두수도 많아져서 의료체계가 함께 뒷받침 되어야 분업이 가능해. 분업화해서 더욱 전문적인 진료를 하면 좋겠지만 우리 세대는 힘들 것 같고 다음 세대에 숙제로 남겨 두는 것도 괜찮지 않겠나."

"그렇죠, 서서히 선진국화되어 가면서 동물병원도 진화하겠지요. 그때까지 이렇게 열심히 봉사하면서 삽시다."

우리는 그렇게 술의 힘을 빌려서 우리 앞날까지 걱정하면서 헤어졌다.

어제 과음한 탓에 아침에 일어나기도 힘들었다.

그런데 아침부터 응급환자가 들어왔다. 큰 진돗개한테 물려서 등의 피부가 10cm 정도 벗겨진 개였다. 배와 다리도 물려서 여러 군데 상처가 나 있었다. 밖에서는 물린 개와 문 개의 주인이 싸우고 있었다. 둘 다 목줄을 했는데 서로 싸워서 그렇다고 잘잘못을 따지고 있었다. 나중에 경찰관까지 병원으로 들어왔다. 일단 나는 누구의 잘못인지 따지지 못하고 수술부터 해야 된다고 말했다. 피를 흘리고 있는 개의 수술부터 시작하였다. 약 1시간 정도 지난 후 수술이 끝난 개를 회복실로 보내고 나니 싸우던 사람들은 다 없어지고 수술 받은 개 주인만 대기실에서 기다리고 있었다.

"수술은 잘되었고요. 지금 수액 맞고 있으니 조금 있다가 회복되면 한 번 보고 가세요. 수술비는 누구에게 청구할까요?"

그때부터 주인의 표정이 달라진다. 피해를 준 개의 주인이 치료비를 내는 것이 보통이지만 때로는 자기도 잘못 없다고 진료비를 내지 않으려고 하는 경우도 많다. 이렇게 분쟁이 있을 때는 수술 후 돈 받기도 힘들다. 그래서 보통은 수술 받은 개 주인에게 먼저 돈을 받고, 그 후 피해 입힌 쪽 개 주인에게 수술 받은 개의 주인이 청구하는 경우가 많다. 개도 사람처럼 폭행하면 골치 아프다. 그래서 요즘은 큰 개 키우는 사람들은 상해보험을 들어놓은 경우가 많다.

아침에 정신없이 수술하고 나니깐 몸이 조금 풀렸다. 오후에는 점심 먹고 잠시 휴식을 취했다. 오후 4시쯤 아빠, 엄마, 20대 중반의 딸 한 가족이 슈나우져 한 마리를 안고 들어온다. 안내 데스크의 간호사에게 원장님과 직접 상의하고 싶다고 했단다.

"원장님 우리가 이 병원에는 안 다녔는데 마지막으로 부탁드리고 싶어서 왔습니다. 우리 사랑이가 18년을 살았는데 이제는 더 이상 돌봐주는 것도 한계에 도달했습니다.

그동안 사랑이를 편안하게 집에서 보내 주려고 했는데, 이제는 커진 혹이 터져서 고름이 흘러나오고 냄새가 너무 심하네요, 딸아이가 끝까지 안고서 저렇게 마지막까지 지켜주려고 하는데 통증이 심한지 밤마다 괴성을 지릅니다. 식구들이 도저히 잠을 잘 수 없을뿐더러 아래, 위층 집에서 이상한 소리가 밤마다 들린다고 항의까지 와서 어쩔 수 없이 보내 주어야 할 것 같습니다. 안락사 부탁드립니다."

"네~, 가족들의 모두 합의 후 안락사를 생각했겠지요?"

"네, 진작 보내 주어야 했는데 우리가 너무 오랫동안 데리고 있나 봐요."

"그동안 많이 고생하셨네요. 얼마 동안이나 이렇게 데리고 있었나요?"

"거의 1년 동안 이렇게 데리고 있었습니다."

"그럼 수면 마취해서 잠들면 안락사 약을 정맥에 주사하여 편안하게 보내겠습니다. 동의서 작성 하시면 진행하겠습니다."

인간이라면 어떻게 했을까? 우리나라에서는 사람의 안락사가 불가능하다. 내가 저렇게 힘들고 아프면 연명치료 하면서 아무 소리도 못하고 있다가 가게 될 것이다. 다행히 동물은 도저히 회복 불가능하면 고통으로부터 빨리 벗어나게 해 주도록 되어 있다. 반려 동물을 끝까지 책임지고 마지막까지 돌봐주고 싶지만 그렇게 쉽게 보내지 못하는 경우도 있다. 이 개처럼 1년 동안 커질 대로 커진 종양이 파열되어 살이 썩는 냄새와 화농성 삼출물이 흘러나오면 우리가 상상할 수 없는 역겨운 냄새가 난다. 통증도 엄청나다. 괴성을 지르는 개를 안고 밤을 지새웠다는 것은 보통의 애정이 없으면할 수가 없다. 더 이상 지켜주지 못할 만큼 괴로운 상태라면 편하게 보내 주는 게 인간으로서의 마지막 도리인 것 같다. 그것은 수의사인 나의 몫이다. 나는 사랑이의 앞다리에 있는 정맥에 카테터를 꽂았다.

수면제 투약 후 1분 후 개는 조용히 잠들었다. 나는 안락사를 위한 마취제를 투여했다.

"사랑이 이제는 고통 없이 편안하게 살 수 있는 하늘나라에 가서 천사로 태어나라."

지켜보던 가족들은 한없이 눈물을 쏟아낸다. 딸은 서럽게 서럽게 눈물을 쏟아내었다.

아빠, 엄마도 눈시울에 젖어서 딸아이를 안고서 일어서 나간다. 사랑이를 하얀 천에 사서 아빠에게 양도하고 그들은 장례식장으로 떠났다. 오늘은 무언가 허전하다. 그런다고 혼자서 운영하는 병원에서 조기 퇴근할 수도 없어서 진료실에서 멍하니 앉아 있었다. 수술하고 진료하는 행위 외에도 고통스럽게 마지막을 맞이하는 개들까지 세상의 모든 생명체는 한순간 삶을 영위하다가 어느 날 그 끝나는 날 행복하게 하늘나라로 갔으면 좋겠다. 가족들의 위안을 받으면서 편안하게 가는 그 마지막이 다시 새로운 세상을 맞는 날이 되도록….

아침에 진돗개한테 물려서 수술 후 입원해 있는 행복이의 상태를 체크하기 위해서 입원실에 들어갔다. 다행히 행복이는 많이 회복되어서 꼬리를 흔든다.

"행복아, 오늘 아침에 놀랐지, 괜찮을 거야, 빨리 회복되어서 집에 돌아가라."

"네~ 원장님 고맙습니다."

또 꼬리를 살랑살랑 흔든다.

"앞으로는 큰 개가 오면 도망가고, 절대로 싸우지 마라. 다치지도 말고."

행복이는 좋은지 배까지 보이면서 꼬리를 흔든다. 참으로 이쁜 녀석이다. 이렇게 착한 녀석을 물다니, 오늘은 이렇게 천당과 지옥을 구경하고 가는 하루이다.

늦은 오후에 어느 중년의 신사분이 시고르자브종 믹스견을 데리고 병원에 들어왔다.

신규접수 후 진료요청 사항을 살펴보니 8년 된 수컷 믹스견, 치석이 많이 끼어서 스케일링 요망, 견주 이름은 홍원식이라고 떴다. 진료실에서 간단하게 상담하고 먼저 혈액검사를 위해 채혈하고 5분을 기다리는 동안 나에게 웃지 못 할 엄청난 사건이 벌어진 것이다.

"원장님 제가 사람 치과 쪽으로 소모품 같은 상품을 만들어서 수출하고 국내 의료업체에도 납품하는데 한번 보시겠습니까? 치과용 치석 제거하는 칫솔, 덴탈 치약, 치석 제거하는 약품 등등 많습니다, 여기 브로셔 한번 보세요."

"어디로 수출하시는데요?"

"유럽과 동남아시아 필리핀, 베트남으로 수출하고 있고, 앞으로 인건비, 제조원가가 싼 베트남에 제2공장도 건설하려고 설계 중입니다. 국내시장에도 저희 제품이 점차 많이 퍼져나가고 있습니다. 여기 샘플 하나 드리겠습니다. 한번 써보세요."

"베트남으로 공장을 옮기면 애견산업에도 뛰어들려고 합니다. 예를 들어서 강아지용 칫솔과 치석 제거하는 껌이나, 용품 같은 걸 만들어 볼 생각입니다."

"애완용 치석 제거하는 껌이나 칫솔은 중국에서 많이 생산되어 경쟁력이 없을 것 같은데 그냥 인체 용품이나 판매하시는 것이 좋을 것 같은데요."

"시장은 항상 경쟁하는 것이기 때문에 가격과 제품만 좋으면 마켓셰어는 점점 넓혀 가면 이길 수 있습니다. 원장님도 저희공장에 한 번 와서 보시고 투자할 의향이 있으면 참여하셔도 됩니다."

"언제 시간 날 때 한번 가보도록 하겠습니다."

그렇게 대화는 끝났고 혈액검사결과가 정상범위로 나와서 먼저 스케일링해 주려고 수술실로 데리고 갔다. 그렇게 연결된 홍 사장은 자주 병원을 방문했다. 그러던 어느 날 나는 홍 사장과 함께 '휠릭스덴탈케어'란 회사를 방문하였다. 공장은 경기도 안양 시내에서 조금 떨어진 외곽에 있었다. 약 3백 평 규모의 건물 2채 중 한 곳은 상품 보관창고이고 한쪽은 생산라인이 있는 공장 겸 사무실이었다. 생산직원 약 30명에 사무실 직원은 5명 정도 되었는데 영업직원이 10여 명 된다고 소개해 주었다. 나는 사장실에 들어가서 회사소개와 앞으로의 계획을 자세히 듣고 투자계획까지 들었다.

"원장님 최소한 10억 이상은 투자하셔야 배당금이 높은데, 지금 여유자금이 5억뿐이라고 하니깐 처음에는 소액투자로 생각하시고 투자하시기 바랍니다."

"사실은 그 돈으로 오래된 병원 리모델링과 초음파기 교체하려고 모아둔 돈입니다. 사장님께서 투자하라고 하시니깐 먼저 투자하고 수익이 나면 그 돈으로 초음파기 구입하겠습니다. 사장님께서 돈을 많이 버셔야 내가 배당금을 많이 받을 텐데 사업 번창하시기 바랍니다."

"원장님께서 이렇게 밀어주시는데 사업이야 날로 번창할 겁니다. 그리고 투자금은 걱정하지 마시고 잘 지켜봐 주시고, 앞으로 우리 공장에서 생산하는 강아지용 덴탈제품도 이용해주시기 바랍니다."

"당연히 생산만 된다면 적극적으로 홍보해 드리겠습니다."

나는 그렇게 홍 사장의 회사에 투자하기로 하고 다음 날 5억 원을 입금시켰다.

6개월 동안 투자한 돈에 이자 정도의 적은 배당금이 들어왔고, 그 이후에는 제품이 많이 판매되어 영업이익이 나오면 충분한 배당금을 준다고 했다. 그런데 1년 동안 수익금에 대한 배당금을 받아본 적이 없다. 도대체 무엇 때문에 수익이 나지 않는지 듣고 싶어 하루는 오전 근무만 하고 그 공장을 찾아갔다. 공장은 조용했다. 생산라인에서 작업하는 직원들은 보이지도 않고 사무실 직원도 2명만 앉아 있었다. 물론 홍사장은 사업상 거래처 방문 때문에 없다고 했다. 창고에는 생산된 제품이 가득했다.

"왜 공장에 생산직원들 아무도 없나요? 공장 문 닫았습니까?"

"문 닫은 게 아니고요, 유럽 쪽으로 수출이 중단되어 재고가 너무 많이 쌓여서 한국시장과 동남아 쪽 시장에만 공급하고 있는데 많이 나가지 않아서 당분간 생산을 멈추었습니다."

"사장님께서는 회사에 언제쯤 들어오십니까?"

"저희도 요즘 사장님 얼굴 뵌 지 오래되었습니다. 많이 바쁘신 모양입니다. 전화도 잘 안 받으시죠? 오시면 메모 남겨 놓겠습니다."

아무리 생각해도 이상하고 무엇인가 찝찝한 느낌을 받고 돌아와야만 했다.

홍 사장과 전화 통화한 지 한 달이 넘었던 것 같다. 연락 오기만을 기다리고 그냥 지나가다가 우연히 본 오후 뉴스에 '휠릭스덴탈케어 사장 사기 혐의로 구속' 헤드라인과 함께 손목에 수갑을 찬 홍 사장이 뉴스에 나왔다. 아차 싶었다.

다음날 병원에는 못 가고 바로 회사로 찾아갔다. 회사 사무실은 쑥대밭이 되었고 몇몇 사람들이 모여서 대책을 논의하고 있었다. 많이 투자한 사람은 100억 이상씩 투자하였고, 작게는 몇 천만 원의 소액투자를 포함해서 투자자도 약 100명이 넘는다고 했다.

내가 사기를 당하다니, 병원 리모델링과 새 초음파기와 수술장비 구입은 어떻게 할지, 난감했다. 회사에 모인 투자자들은 모두 절망의 눈과 분노의 얼굴을 하고 있었다. 일확천금의 불로소득에 눈이 어두워 당한 모습들이었다. 나뿐만 아니다. 그들은 어떻게 대처해야 할지 몰라서 서로들 눈치만 살피고 있었다. 경찰서에 연행되어 간 홍 사장의 재산을 은행들이 먼저 압류해 놓았기 때문에 우리 같은 소액투자들은 1원짜리 한 장 건질 길 없이 그대로 당할 뿐이었다. 홍 사장이 감옥에서 죗값을 받고 풀려나온 후 최소한의 보상을 받을 때까지는 희망이 없었다. 사기 치고 구속당한 인간이 우리 같은 투자자에게 찾아올 리도 없고, 최소한의 보상을 해줄 리도 없을 것이다. 여기서 빨리 포기하고 제자리로 다시 돌아가야 하는데 그렇게 쉽게 잊힐 것 같지 않았다. 이런 일을 누구에게 말하기도 그렇고 해서 혼자 차를 몰았다.

이제까지 남들에게 나쁜 짓 하지 않고, 진료 받으러 온 개들에게 최선을 다해서 열심히 벌어놓은 돈을 가족도 모르게 혼자서 투자하려다 날려버렸다. 돈 생각에 죄책감이 매우 컸다. 가까운 친구나 후배들에게 말하기도 부끄럽고, 자괴감마저 들어서 몸이 떨렸다. 이대로 병원에 가서 정상적인 진료를 할 수가 없었다. 간호사에게는 원장님 개인 사정으로 내일 오신다고 고객들에게 말하라고 하고, 아내에게는 친구 부친상으로 강원도에 간다면서 혼자서 길을 떠났다.

이제 내 나이 50살이다. 아직은 어떤 일을 당해도 당당히 헤쳐 나갈 수 있다. 자신감과 성실함만 가진다면 어떤 일이든지 해낼 수 있다. 아직은 아이들도 어리고 현재 있는 동물병원도 꾸준히 잘 되고 있으며, 리모델링과 초음파기는 돈 좀 더 벌어서 새것으로 구입하면 되고, 5억은 없는 셈 치고 다시 시작해야지! 차를 몰고 강원도 속초로 향하는 내내 후회와 비관적인 생각보다 희망적이고 낙관적인 생각만 했다. 오히려 혼자서 이런 시간도 즐겨보는 것도 힐링 차원에서 좋다고 생각했다. 미시령고개를 넘어서 속초 시내를 지나 고성 쪽으로 향했다. 그동안 가족들과 제대로 여행 한 번 못했다는, 마음의 무거운 짐도 생각났다. 지방에 계신 부모님께도 소원했다.

바로 어머님께 전화했다.

"어머니, 잘 계시지요?"

"아니 우리 아들 어쩐 일이고? 이렇게 대낮에 전화를 다하고? 무슨 일 있냐?"

"일은 무슨 일, 그냥 어머니 목소리 듣고 싶어서 전화했지요."

"우리는 잘 있다. 애들도 잘 있지? 언제 시골집에 올 건데. 아버지가 너 주려고 무엇 만들어 놓았는데 나에게도 보여 주지 않는다. 영감쟁이가 요즘 비밀이 많어."

한적한 바닷가 옆에 팬션이 있었다. 평일이라 방 한 개 3만 원밖에 하지 않는다고 했다. 하룻밤 자고 가려고 차를 주차장에 세우고 미리 방값을 지불하고 혼자서 방파제에 올라갔다. 시원한 파도 소리와 바람이 많이 불고 있었다. 가끔 한 쌍 연인들의 모습만 보이지 거의 사람이 보이지 않았다.

나는 혼자 테트라포드 위에 앉아서 부딪히는 파도를 멍하니 한참이나 보고 있었다. 아무 생각이 나지 않았다. 그냥 내 몸을 자연의 환경에 가만히 놓아두고 싶었다.

누구도 건드리지 않는 평화로움과 자유로움에 멍하니 하늘만 쳐다보았다. 갑자기 바닷물에 뛰어들고 싶은 욕구가 치솟았다. '자유인'으로 하늘나라에서 내려와서 잠시 여행하고 이제 다시 하늘나라에 돌아가고 싶은 '자유인'으로 바다에 뛰어들었다.

심병길 | 발우생활정보신문 창업기

2017년 보령의사수필문학상.
2018년 한미수필문학상.
2019년 『에세이문학』에 수필 「거인」으로 등단.
2022년 단편소설 「발우생활정보신문 창업기」로 72회 한국소설신인상 등단.
외과전문의, 현 횡성중앙의원 원장.

발우생활정보신문 창업기

심병길

"지역 생활정보신문이라고 우습게 보는 거냐?"

김 선배, 아니 김인호 사장에게서 전화가 왔다. 며칠 전 선배가 전화를 걸어와 취재를 부탁한 적이 있었다. 그 때 나는 취재를 부탁한 다람쥐도사보다 내가 고향에 내려온 걸 선배가 어떻게 알았는지가 더 궁금했다. 그런게 뭐가 중요하냐? 내가 마침 취재를 못하게 될 급한 사정이 생겼고 네가 이렇게 발우면에 딱 내려와 있단 사실이 중요한 거지. 하하하. 호탕하게 웃으며 전화를 끊었지만 내게서 아무런 대답이 없자 이번에 걸려온 전화는 분위기가 사뭇 달랐다. 지역이란 말을 앞세워 동향의 선배임을 은연 중 강조했다. 김인호 사장은 내가 졸업한 대학 국문과 직속 선배이기도 했다. 순수한 문학청년이자 순진한 교회오빠였던 선배의 기억이 떠올라 순간 당혹스러웠다. 낌새를 느꼈는지 선배는 사람들이 인터넷으로 정보 검색을 하는 바람에 뜨문뜨문 있던 광고마저 다 끊겼다, 그나마 있던 독자라도 뺏기지 않으려면 흥미를 끌만한 기사들을 올려야 했다, 그런데 마땅히 취재할 사람이 없어 급한 마음에 덜컥 부탁부터 했다 라며 미안해했다.

"야 그나저나 권채윤. 오랜만에 칼국수나 먹으러 가자. 왜 옛날에 우리 자주 모이던 데 있잖니?"

젊었을 때가 생각났는지 선배 목소리가 갑자기 커졌다.

"종수도 불러야지. 이참에 우리 삼총사 완전체로 한번 모여보자고."

김 선배는 종수가 비번인 날로 약속을 잡겠다며 내게 의향을 물었다. 나야 뭐 노는 사람인데요. 내 말에 선배는 그래서 내가 부탁했던 게 아닌 건 알지? 하며 괜히 허둥댔다. "네가 바쁘다 해도 너한테 부탁했을 거야. 네 글은 내가 잘 알지." 선배가 내 글을 본 적이 있었나? 교회 주보를 만들 때 얘긴지 모르겠다. 내가 기사를 쓰면 종수가 거기에 맞게 사진을 올렸다. 김 선배는 재무담당 집사에게서 예산을 따왔고. 셋은 주일 학교가 끝나면 저녁으로 칼국수를 먹으러 가곤 했다. 돈은 대부분 김 선배가 냈다. 회비라고 했지만 종수도 나도 회비를 낸 적은 없었다. 면사무소 뒤 커다란 은행나무 두 그루가 서있는 공터에 칼국수집이 있었다. 입구에 들어서면 어떻게 알았는지 우리가 이모라 부르던 주인아주머니가 주방에서 얼굴을 내밀며 환하게 웃었다. 니들 왔니? 머리에 수건을 쓴 이모의 콧잔등에는 언제나 하얗게 밀가루가 묻어 있었다. 이모가 빚은 칼국수는 면이 쫄깃한 것으로 유명했다. 우리는 면을 모두 건져 먹은 후, 지금은 잊어버린 어떤 구호를 외치며, 바닥이 보이도록 국물을 시원하게 들이켰다.

선배는 내가 고향집에 내려왔다는 사실을 종수에게 들었을 것이다. 발우면에서 내가 만난 사람은 종수 밖에 없으니까.

강림군 발우鉢盂면. 둥글고 편평한 땅이 낮은 산들에 둘러싸여 스님들 공양그릇인 발우처럼 생겼다 하여 지어진 이름이다. 탁발승들의 공력 덕분인지 이곳엔 무얼 심어도 잘 자랐다. 간이역이 있어서 한 때는 하루에 대여섯 번 씩 기차가 서기도 했다. 광장 건너편에는 크고 작은 가게들이 역을 바라보며 길게 늘어서 있었다. 그중에 부모님이 하시던 발우만물상회도 있었다.

가게 뒷문을 나와 마당을 건너면 안채가 나왔다. 맨드라미가 피어있는 마당과 잠자리가 날아와 앉던 장독대. 실에 매달린 유치乳齒를 던져 올리던 파란 기와지붕 위로 대추나무가 잔 그늘을 드리운 집. 그러나 지금은 텅 비어있는 집. 그래서일까? 고향에 내려온 두 달 동안 나는 줄곧 낯선 행성에 불시착한 기분이 들었다. 간이역은 이름까지 바뀌어 있었다.

언젠가 시골 간이역의 역장을 주인공으로 한 '행복한 역장'이란 드라마가 인기를 끈 적이 있었다. 시그널 음악과 함께 시작하는 드라마의 첫 부분은 발우역을 배경으로 촬영되었다. 허름한 역사. 나무 벤치 두 개가 전부인 승강장. 선로 뒤 황량한 들판과 듬성듬성 심겨진 키 작은 소나무들. 사람들은 의외로 그런 풍경들에 신선한 정취를 느꼈다. 드라마의 대부분이 경기도와 강원도의 경계에 위치한 한 폐역에서 촬영되었지만, 사람들은 역장 혼자서 발권과 검표를 하고, 선로에 바짝 붙어 빨간 삼각 깃발이나 경광등을 흔들고, 하얀 목장갑을 낀 손에 커다란 망치를 들고 레일과 기차의 몸체를 톡톡 두드리고 다니다 두들긴 자리에 귀를 대고 심각한 표정으로 소리를 듣곤하던 화면의 모든 장소가 발우역일 거라 생각했다. 드라마가 중반으로 접어들 무렵엔 역장이 표를 팔던 역무실을 들여다보거나 승강장의 나무벤치에 앉아 드문드문 심겨진 소나무를 바라보다 가는 사람들이 하나둘 생겨났다. 그들이 사진과 함께 올린 감상적인 글들이 블로그와 페이스북, 트위터 등에 오르내리기 시작하면서 이 외딴 간이역은 사람들이 몰려드는 지역의 명소가 되었다. 역이 소속된 강림군에서는 역사를 새로 단장하고 포토존을 설치하였다. 간이역 옆 빈터에는 조립식 드라마기념관을 세우고 관광객들을 끌어들였다. 그러다 급기야 역의 이름까지 행복역으로 바꾸어버렸다.

사람들의 발길이 잦아지자 역 주변도 활기를 띄기 시작했다. 비어있던 건물에 외지인들이 세를 들어 카페를 열었다. 노상에 내어놓은 원형테이블에 앉아 커피를 마시며 사람들은 역사와 광장을 바라보았다. 그러다 사람들은 따듯한 햇살이 비치는 광장 한 귀퉁이에 돗자리를 펼치고 앉아 있는 한 사람을 발견했다. 앉은뱅이책상 앞에 앉아 역사 출입구를 하염없이 바라보고 있는 그를 사람들은 다람쥐도사라 불렀다. 그가 언제부터 행복역에 나타나게 되었는지 아는 사람은 없었다. 서서히 일어나는 일들은 대부분 불현듯 알게 된다. 도사 또한 며칠 몇 달 아니면 몇 년이 지난 지금에야 비로소 사람들 눈에 띄게 되었는지도 모른다.

앉은뱅이책상 위에는 닳고 해진 고서 한권과 필기 용구, 그리고 시장 바구니만한 사각 철망이 하나 놓여 있었다. 철망 안에는 물레방아 모양의 쳇바퀴가 들어 있다. 둥글고 투명한 플라스틱 통이 바퀴를 감싸고 있었는데 그 끝이 길게 뻗어 철망 밖으로 빠져나와 있었다. 바퀴바닥에는 작은 구슬들이 깔려 있어 다람쥐가 바퀴를 굴리면 물레방아 모양의 날개가 구슬을 밀어 원통으로 떨어뜨렸다. 끝은 갈수록 좁아져 원통 밖으로는 구슬 하나만 빠져나올 수 있었다. 도사는 구슬을 손가락으로 비틀어 안에서 꼬깃꼬깃 접혀있는 종이를 꺼냈다. 종이마다 다른 글귀가 적혀 있었고 도사는 그것으로 사람들의 점을 쳐주었다. 도사가 언제부터 행복역에 나타났는지 아무도 모르듯이 그의 점괘가 신통하게 맞아떨어진다는 소문 또한 언제부터 돌았는지 아무도 알지 못했다. 그에게 점을 치려는 사람들은 끊이지 않았고, 신기하게도 그를 만난 후에는 모두 행복한 얼굴을 하고 집으로 돌아갔다.

*

집에서 30분쯤 걸으면 칼국수 집이 나왔다. 면사무소로 가다보면 종수가 근무하고 있는 발우파출소가 나오고 파출소와 면사무소의 중간쯤에 발우초등학교가 있었다. 종수와 나, 그리고 김 선배가 졸업한 학교다. 발우면에는 초등학교가 하나 밖에 없으니 이곳에서 나고 자란 사람들은 모두 동문일 수밖에 없었다. 파출소는 대부분 비어있었는데 오늘은 나이든 경찰 한분이 지키고 있었다. 종수는 지금쯤 칼국수 집에 도착해 있을 것이다. 약속에 늦는 종수는 생각해본 적이 없다.

고향에 내려왔을 때 나는 일부러 파출소 앞을 몇 번 지나갔었다. 안에 가끔 종수 얼굴이 보였지만 그냥 지나쳤다. 왠지 쑥스러웠다. 나는 발우초등학교 운동장을 몇 바퀴 돌고 집으로 돌아왔다. 어느 날 파출소 안으로 들어서자 처음엔 무심히 바라보던 종수의 눈이 점점 커지더니 귀가 빨개졌다. 나는 종수에게 엄마를 찾아줘서 고맙다고 말했다. 경찰 제복을 입은 종수는 의젓하고 생각보다 키가 컸다. 종수가 원래 또래 보다 크긴 했다. 마른 체형에 헐렁한 옷을 걸치고 다녀서 별명이 허수아비였다. 한참 생각하더니 종수가 "응 그거?" 하며 다시 귓불을 붉혔다. 수줍어하는 경찰관이라니. 옷만 갈아입었지 허수아비는 하나도 변한 것 같지 않았다. "어머닌 잘 계시지? 형님도?" 종수가 걱정스레 물었을 때 나는 고개만 끄덕였다.

아빠가 갑작스레 뇌출혈로 쓰러지자 엄마 혼자 가게를 지켰다. 엄마가 일할 때면 빈 의자에 자꾸 눈길이 갔다. 발우만물상회 안에는 나무로 만든 의자가 하나 있었다. 아빠와 엄마는 교대로 의자에 앉아 있었다. 의자를 하나 더 들여놓자고 해도 되었다고 하였다. 한 사람이 의자에 앉으면 다른 한 사람은 서 있었다. 두 분끼리만 통하는 규칙이나 기준이 있었는지는 알 수 없다. 하지만 한 번도 의자를 두고 다툼이나 이견이 났던 기억은 없다.

아빠가 쓰러지고 한 달 동안 엄마는 오히려 정신이 초롱초롱해졌다. 가게의 매출과 재고는 물론, 외상도 정확히 기억하고 기록했다. 엄마는 건망증이 심했다. 물건 값을 제대로 받지 못하거나 외상을 주고도 기억을 하지 못해 손해를 많이 보았다. 의사는 건망증이 심해지면 자칫 치매로 진행할 수 있으니 손을 많이 쓰는 운동을 하라고 권했다. 엄마는 의자에 앉아 뜨개질을 시작했다. 아빠에게는 조끼를, 내게는 장갑을, 오빠에겐 목도리를 짜주었다. 아빠가 돌아가시자 엄마는 뜨개질을 그만 두었다. 그냥 우두커니 의자에 앉아 있기만 했다. 총명했던 정신은 다시 예전으로 돌아갔다. 손님이 원하는 물건을 찾지도 못하고, 물건을 찾아도 값을 제대로 받지 못했다. 외상을 주고도 기억을 하지 못하자 그것을 알고 이용하는 사람들이 생겨났다. 정신이 돌아오면 엄마는 떼인 외상값보다 사람에게 받은 상처로 더 힘들어했다. 결국 엄마는 병원에서 치매 진단을 받았다. 의사는 이른 나이에 오는 치매라 진행 속도도 빠르고 경과도 좋지 않다며 특별히 신경을 써야한다고 했다. 오빠가 사는 인천 집으로 모셔가기로 했다. 며칠 후 오빠에게서 연락이 왔다. 잠깐 집을 비운 사이 엄마가 사라졌다고 했다. 혹시 내게 오시지 않았느냐 물었다. 서울에서 새로 방을 구할 때마다 엄마가 며칠 묵어가며 정리를 해주곤 했다. 하지만 지금 살고 있는 집엔 온 적이 없었다. 전에 살던 집이라도 가볼 생각으로 일어서려는데 종수에게서 연락이 왔다. "발우역광장을 순찰하며 한 바퀴 도는데 멀리 가게에 불이 켜진 게 보이더라. 내가 너네 가게는 한밤중에라도 눈 감고 찾아갈 수 있거든. 이상하다 싶어 가보니 글쎄 어머니께서 가게 앞에다 의자를 내놓고 앉아 계신거야. 가게 불을 다 켜놓고 우두커니 역을 바라보고 계시더라." 지금 파출소에 모시고 있으니 오빠에게 빨리 연락을 하라고 했다. 어머니가 자기를 알아보고 반가워하셨다며 종수가 좋아했다.

*

그동안 거의 외출을 하지 않아서인지 집을 나서자 봄 햇살에 눈이 부셨다. 고향 집은 방이 셋 있었다. 나는 가장 작은 방에서 지냈다. 집을 떠나기 전까지 내가 썼던 방이다. 방은 볕이 잘 들지 않아 아침저녁으로 서늘했다. 밤에는 보일러를 돌리고 이불을 쓰고 엎드려 책을 읽었다. 책꽂이에는 초등학교 때부터 읽던 책들이 그대로 꽂혀 있었다. 나는 아무거나 한권을 꺼내 잠이 올 때 까지 읽었다. 책에 그어진 밑줄과 행간의 메모는 남의 것처럼 낯설었지만 가끔 줄을 긋거나 생각을 적어 넣던 기억이 살아났다. 그리고 그 기억들을 따라 까맣게 잊었던 시간들이 넝쿨처럼 줄줄이 타고 올라왔다. 밤새 생각들에 엉켜 있다가 늦은 아침에 일어나 눅눅해진 밥 한 덩이를 물에 말아 김치와 함께 먹었다.

가끔 창을 열고 뒤뜰 대추나무를 내다보았다. 내 키만 하던 나무가 어느새 자라 지붕 위로 길게 그늘을 드리우고 있었다. 아빠는 가을이면 장대로 가지를 털어 열매를 떨어뜨렸다. 나는 땅으로 떨어진 대추를 주워 바구니에 담았다. 내가 열매를 줍고 있으면 아빠가 장난삼아 장대로 가지들을 툭툭 건드렸다. 머리 위로 열매와 함께 잔가지와 이파리들이 떨어졌다. 나는 머리와 어깨를 건드리는 대추의 울림이 재미있어서 자꾸만 더 떨어뜨려 달라고 졸랐다. 아빠가 웃으며 장대를 세게 휘둘렀고 나는 갑자기 쏟아지는 나뭇잎과 열매에 놀라 나무 밑에서 달아났다. 그때 나뭇가지 사이로 반짝이던 가을 햇살과 시원한 공기와 장대를 휘두르던 아빠의 커다란 웃음소리를, 나는 집을 떠난 후에도 지갑 속에 간직한 사진처럼 가끔 꺼내 보곤 했다. 나무는 밑동 위로 이끼가 오르고 주변으로 잡초가 무성했다. 몇 해 동안 스스로 떨궈낸 열매들이 나무의 그늘 안에 흩어져 있었다.

집 밖으로 나오려면 가게를 지나야 했다. 안채 마당을 가로질러 가게로 들어섰다. 물건이 모두 치워진 가게 구석에는 나무 의자만 달랑 남아있었다. 의자에 가만히 앉아 보았다. 이곳에 앉아 뜨개질을 하며 엄마는 무슨 생각을 했을까? 한 코 한 코 바늘을 뜰 때마다 예전에 이곳에 앉아있던 한 사람을 떠올리고 있었을까?

가게 문을 나서자 오른 쪽으로 비스듬히 행복역 광장이 보였다. 역사 건물이 그늘을 드리운 곳에 돗자리가 펼쳐져 있었다. 다람쥐 도사는 보이지 않았다. 그가 어디서 잠을 자고 어떻게 밥을 먹는지 사람들은 알지 못했다. 그러나 나는 사람은 어디서 어떻게든 살아간다는 걸 알고 있다. 대학 졸업 후 입사한 기업의 홍보실과 정리해고, 부당해직과 무모한 투쟁들, 보습학원 임시교사와 편의점 알바, 실업급여 구직활동에서 마주친 사람들을 보면서……

*

칼국수 집에는 김 선배와 종수가 먼저 와 있었다. 경찰복을 벗은 종수는 예전의 모습이 그대로 남아있었다. 헐거운 감색 티셔츠에 낡은 운동화. 살짝 주눅이 들어있으면서 티를 내지 않으려 양손에 보이지 않는 자갈을 힘껏 움켜쥔 모습. 김 선배는 살이 많이 빠져 볼이 홀쭉했다. 안색이 칙칙하고 머리숱도 듬성듬성했다.

"여기 칼국수 셋이요."

내가 들어오는 것을 보자 김 선배가 주방에 대고 큰 소리로 말했다. 반갑다는 선배 나름의 표현이었다. 주방에서 중년 여자가 얼굴을 내밀었다. 예전에 수건을 머리에 쓰고 환히 웃던 이모가 떠올랐다. "이모가 작년에 큰 수술을 받았대. 그래서 며느리가 맡아서 하는 거래." 먼저 주문한 파전과 막걸리를 내오는 여자를 보며 김 선배가 조그맣게 말했다. 며느리는 통통하고 아담한 체구에 눈가가 순했다.

"오랜만에 종수랑 한잔 하려고 시켰어. 너 없을 때 우리끼리 가끔 한잔씩 했거든."

선배가 술을 하는 건 알았지만 종수는 처음이었다. 왠지 종수와는 잘 어울리지 않는다는 생각이 들었다.

"채윤아, 종수 얘 은근히 술이 세다. 그 피가 어디 가겠냐?"

말을 하고나서 선배는 아차 싶은가 보았다. 종수 아버지는 술을 많이 드셨고 주사도 심했다. 종수 어머니가 어린 종수를 두고 집을 나간 뒤로는 온종일 술로 지냈다. 나는 가끔 엄마 심부름으로 종수 집에 쌀과 김치를 갖다주곤 했다. 담이 없어 집은 밖에서 안이 환히 들여다보였다. 기울어진 툇마루에 붙은 방은 마당을 향해 활짝 열려 있었다. 컴컴한 방안에 구멍 난 러닝셔츠를 입은 종수 아버지가 벽에 등을 기대고 혼자말로 무어라 중얼거리고 있었다. 얼굴은 흙빛이고 팔다리는 마른 명태처럼 가늘었다. 종수는 마당에서 돌멩이만 툭툭 차고 있었다. 종수가 화가 난 듯 내게서 쌀과 김치를 뺏어들고 방으로 들어갔다. 방문을 닫으며 나를 돌아보는 종수 얼굴이 김치국물처럼 빨갰다. 그날 이후 돌멩이를 차던 종수의 운동화가 가끔 생각났다. 보풀이 잔뜩 일고 바닥의 고무와 천이 뜯어져 걸을 때면 맨발이 살짝살짝 드러나던…….

"요즘 아버님 건강은 어떠시냐?"

선배가 무안한 듯 종수에게 물었다.

"간경화래요. 얼마 전에는 식도 핏줄이 터져서 중환자실에 한동안 계셨어요."

"그랬구나. 찾아뵙지도 못했네."

김 선배는 막걸리 한잔에 얼굴이 벌겋게 달아올랐다.

"선배 술이 많이 약해졌어요."

종수가 김 선배가 비운 잔에 술을 따랐다. 살이 빠져서인지 선배 얼굴에 주름이 도드라져 보였다. 갑자기 10년은 늙어버린 것 같았다.

"응 내가 요즘 몸이 좀 그래."

"형, 좀이 아니잖아요. 채윤아, 선배 작년에 큰일 날 뻔 했어."

종수가 걱정스런 표정으로 나를 보았다.

"심근경색이란 게, 쇠망치로 가슴패기를 한 대 꽝 치는 것 같더라. 잘만 했으면 주님이랑 포도주 한잔 마실 수 있었는데 아깝게 돼버렸지 뭐냐."

김 선배는 얼굴을 찡그리며 한잔을 여러 번 나눠 마셨다. 그때마다 눈가의 주름이 부챗살처럼 접혔다 펴졌다.

"그래서 형수가 신문사 그만두라고 한다면서요?"

"안 그래도 이참에 신문사 접고 운전이나 할까 생각중이다."

"참 형수가 미술학원 하잖아요?"

"아이들이 꽤 늘어서 이젠 건물 한 층을 다 쓴다. 차도 한 대 더 샀는데 나더러 운전 좀 해 달란다. 사실 신문사 적자난 거 니 형수가 다 메꿔준 거 아니냐?"

두 사람이 주고받는 말을 들으며 나는 문득 종이 울린다고 생각했다. 종수가 하는 말이 선배의 종을 울리면, 그 소리가 다시 종수의 종을 울리고. 가만 보면 어떤 소리든 종에게 가닿으면 기분 좋은 파문이 일었다. 둘만 이야기한다 싶었는지 선배가 내 쪽을 보며 괜히 목청을 높였다.

"야, 박종수 순경. 너는 내 신문사는 안 지켜 주고 채윤이만 지켜주는 거냐?"

"형은 무슨 이상한 소릴 하고 그래요? 누가 누굴 지킨다고?"

나와 눈이 마주치자 종수의 귀가 빨개졌다.

"니들 둘이 까짓 것 그냥 사귀어버려. 채윤아, 종수 이놈 괜찮지 않냐?"

"선배 아니 김 사장님, 취하셨습니다. 술이나 드시죠."

분위기가 어색한 지 종수가 건배를 하자며 서두르다 잔을 놓쳤다. 술이 종수의 바지와 신발에 쏟아졌다. 종수가 휴지를 가져와 옷과 신발을 닦았다. 술이 묻은 운동화가 얼룩덜룩 했다. 종수의 운동화를 보고 있을 때 김 선배가 심각한 얼굴로 말했다.

"채윤아. 너 신문사 한번 맡아볼 생각 없냐? 자리 잡을 때까지는 내가 도와줄게. 너라면 믿고 맡기겠는데 말이야." 장난기가 없어진 선배의 눈빛이 또렷했다.

"선배는 힘들다면서 왜 채윤이한테 떠넘기려고 해요? 빚도 있다면서."

종수가 운동화를 닦느라 구부렸던 허리를 폈다.

"니가 왜 발끈하냐? 내가 채윤이한테 덤탱이 씌울까 봐 그러냐? 말이 나와서인데 종수 니가 좀 도와주면 안 되냐? 교회 주보 만들 때 니들 둘이 콤비가 좀 좋았냐? 종수 너는 사진 찍고 채윤이는 글 쓰고."

말은 그렇게 하면서도 함께 주보를 만들던 때가 생각났는지 선배의 눈길이 한결 부드러워졌다.

"야 맨날 도둑 강도 잡는 건 아니잖아. 평소에는 지팡인지 누룩인지 하다가 비번일 때 신문사 일도 봐주고 친구도 도와주고 하면 좋지. 너네 둘 발우초등 중등 동창 아니냐? 고등학교야 서로 갈라졌지만."

나는 자꾸만 종수의 운동화로 눈이 갔다. 종수의 신발. 낡은 운동화. 무언가 생각이 잡힐 듯 잡힐 듯하면서 자꾸만 달아났다.

*

무엇이든 오래하면 일이 몸에 배게 마련이다. 그러다보면 몸도 일에 배

263

게 된다. 흔히 말하는 손맛이다. 비법을 전수했겠지만 며느리의 몸에까지 일이 배지는 않은 것 같았다. 칼국수는 예전 맛이 나지 않았다. 우리는 칼국수집에서 헤어졌다. 김 선배는 피곤하다며 집에 가서 쉬겠다고 했다. 바래다준다며 종수가 따라 나섰다. 나는 집까지 걷기로 했다. 초봄이라 아침저녁으론 쌀쌀했지만 낮에는 더운 느낌마저 들었다. 분홍색 카디건을 벗어 어깨에 둘렀다. 아침에 무슨 옷을 입을까 잠시 고민을 했었다. 집안에만 있어서 안색이 창백하고 피부가 푸석거렸다. 분홍색 옷을 입으면 나아보이려나 생각했다.

집으로 가는 길에 발우초등학교를 지났다. 담장 대신 운동장 가에 심어 놓은 이팝나무에 푸른 이파리들이 돋아있었다. 두 달 쯤 지나면 나무는 이마와 가슴패기에 하얀 꽃을 가득 달고 있을 것이다. 고향을 생각할 때면 어김없이 떠오르는 장면이다. 초여름 볕 아래 흰 눈을 가득 인 이팝나무. 환하고 따뜻한 겨울.

교문 기둥에는 어릴 적 그대로 발우초등학교 교명이 새겨진 주물 명판이 붙어 있었다. 교문 안으로 들어서 운동장을 천천히 한 바퀴 돌았다. 새로 지은 교사와 강당에 밀려 운동장은 더 작아져 있었다. 운동장 구석에 있던 모래밭과 놀이기구들은 모두 그대로였다. 반질반질 윤이 나 햇빛에 반짝이는 양철 미끄럼틀. 땅에 닿는 바닥에 고무타이어를 댄 시소, 쇠창살을 동그랗게 휘어 지구본처럼 빙글빙글 돌아가게 만든 회전놀이기구.

20년 전 나는 지구본을 닮은 회전놀이기구에 앉아 있었다. 평소에는 타지 않던 것인데 그날따라 놀이기구 주변에는 아무도 없었다. 나는 초록 페인트가 칠해진 둥근 쇠기둥에 등을 기대고 있었다. 바람이 기분 좋게 뺨을 스치며 불었다. 이팝나무 꽃향기가 실려 왔다. 창살 사이로 두 발을 내밀고 땅을 살살 밀었다. 하늘이, 이팝나무가, 교실이 눈앞을 천천히 스치며 지나갔다. 갑자기 아이들이 몰려왔다. 모래밭에서 말타기 놀이를 하던 남자아이들이었다. 한 아이가 창살을 잡고 내가 타고 있던 놀이기구를 돌렸다. 하늘과 나무와 교실이 빠르게 돌기 시작했다. 아이들이 하나 둘 달라붙자 속도가 점점 빨라졌다. 아이들의 웃음소리와 함께 나무와 학교와 하늘이 사라졌다. 수평의 선들이 눈앞을 빠른 속도로 스쳐지나갔다. 기둥을 꼭 붙들고 있었지만 몸이 튕겨져 나갈 것만 같았다. 그만하라고 소리를 질렀지만 그럴수록 아이들의 웃음소리는 더욱 커졌다. 속이 울렁거리고 정신이 아득해졌다. 갑자기 웃음소리가 사라지고 다투는 소리가 들려왔다. "야 너 손 안 놔?" "이 허수아비 새끼가." "야 박종수 너 디질래?"

속도가 서서히 줄어드는 게 느껴졌다. 지구본 밖으로 길게 매달린 물체가 보였다. 종수가 회전기구 창살을 붙들고 시계바늘처럼 돌고 있었다. 종수의 발이 땅에 질질 끌렸다. 발이 지나간 자국이 땅바닥에 달무리처럼 동그랗게 새겨졌다. 동그라미 밖으로 흙먼지를 뒤집어쓴 운동화 한 짝이 보였다. 놀이기구가 멎을 때 쯤 담임선생님이 달려왔다. 종수는 운동장에 엎드려져있었다. 선생님이 종수를 업고 양호실 쪽으로 뛰었다. 등에 업힌 종수는 한쪽 신발이 벗겨져 있었다. 발이 피와 흙으로 지저분했다. 울렁거림도 가라앉고 세상은 다시 평온해졌다. 아이들도 모두 사라졌다. 운동장에는 낡고 더러운 운동화 한 짝만이 햇볕에 반짝이고 있었다.

*

집이 가까워지면서 멀리 행복역 광장에 다람쥐도사의 모습이 보였다. 도사가 앉은 돗자리 위로 볕이 환했다. 도사는 하루 내내 볕이 드는 자리를 따라 조금씩 자리를 옮겨 다녔다. 일 년 동안 도사가 옮겨간 자리를 이으면 태양 주위를 도는 지구의 공전궤도와 같을 것이다. 궤도를 도는 내내 도사의 시선은 역의 출입구 쪽을 향해 있었다. 그러므로 행복역을 드나드는 사람들은 누구나 도사의 시선에서 벗어날 수 없었다. 가까이 다가갔을 때도 도사는 역의 출입구만 바라보고 있었다. 신발을 벗고 돗자리 위에 올라섰을 때야 비로소 나를 쳐다보았다.

처음에는 도사와 인터뷰를 할 생각이 없었다. 도사의 점괘가 소문처럼 신통한지 궁금했을 뿐이었다. 도사는 이런 저런 특별할 것도 없는 질문을 던졌다. 결혼은 했느냐. 가족들에게 우환이 있느냐, 건강에는 문제가 없느냐. 나는 이런 걸 다 알려주면 신통하달 게 뭐가 있겠나 싶어 그냥 일어설까 생각이 들었다. 그때 도사가 물었다. 뜬금없는 질문이었다.

"그런데 갑자기 댁이 없어지면 누가 찾아서 나서 줄 사람은 있소?"

"네? 그야 가족이나 친구가……."

도사가 나를 빤히 쳐다보았다. 답이 더 나오길 기다리는 것 같았다.

"오빠가 한 명 있어요. 엄마는 몸이 많이 불편하고, 아빠는 돌아가셨고……. 친구가 한 명 있긴 한데 잘 모르겠어요."

도사의 눈빛이 사뭇 진지해서 일어서지 못하고 대충 얼버무리듯 대답했다.

"그런데 왜 안 왔소? 다들 기다리고 있는데."

"무슨 말씀이죠?"

"기차가 도착할 시간이 되면 그이는 어김없이 내 옆에 앉아 사람들이 나오는 출입구를 바라보고 있었다오. 그 양반도 나처럼 누군가를 기다리고 있었지. 먼 곳으로 기차를 타고 가다 문득 홀린 듯 내려서 저 출입구로 나타나 주길 바라고 있었던 거지."

내가 잠시 생각을 고르는 사이 도사는 철망 안으로 손을 넣어 쳇바퀴 위에 다람쥐 먹이를 올려놓았다. 어느새 다람쥐가 쳇바퀴 위에 나타나 바퀴를 돌리기 시작했다. 다람쥐는 아마도 도사가 철망 안에 손을 넣기도 전에 이미 쳇바퀴 위에 올라와 있었을 것이다. 도사가 책상 위 먹이 주머니 속으로 손을 넣을 때부터, 먹이를 주려고 마음을 먹었을 때부터, 다람쥐는 이미 알고 있었을 것이다. 구석에 숨어있었지만 다람쥐는 도사의 사소한 부스럭거림도 놓치지 않았을 것이다. 다람쥐가 먹이를 향해 달리자 쳇바퀴가 돌기 시작했다. 그러자 쳇바퀴와 연결된 원통 안으로 구슬이 하나 떨어져 밖으로 굴러 나왔다. 도사가 구슬을 비틀어 뚜껑을 열었다. 안에는 꼬깃꼬깃 접힌 쪽지가 들어있었다. 도사가 종이를 꺼내 펼쳤다.

一枝花凋(일지화조) 一枝花開(일지화개) 한 가지에는 꽃이 시들고 한 가지는 꽃이 피었다.

"기다려 주는 사람이 한 사람이라도 있으면 된 거야. 그럼 어떻게든 살아갈 수 있어."
도사의 눈은 다시 행복역의 출입구를 향해 있었다.

그날 도사에게 나의 지나온 시간들을 누적누적 털어놓았던 것은 도사의 점괘가 나의 처지와 꼭 들어맞았기 때문은 아니었다. 도사는 이미 나를 알고 있었다. 내가 아니라 나를 기다리던 사람을 알고 있었다. 기차에서 내리는 딸을 지친 표정으로 기다리던 사람. 볕 아래 나란히 앉아 역사 출입구를 바라보는 두 사람. 따뜻한 봄볕이 그들을 비추고 다람쥐는 두 사람을 번갈아 쳐다보았을 것이다. 눈빛과 사소한 부스럭거림만으로도 마음의 낌새를 알아차리는 다람쥐는 두 사람을 구별하지 못했을지도 모른다. 다람쥐처럼, 인터뷰어인지 인터뷰이인지가 구별이 가지 않을 때가 있다. 그런 게 전혀 중요한 일이 아닌 것처럼 느껴지는 그런 때가.

*

아이가 평범하지 않다는 것을 알기까지 일 년이 넘지 않았다. 아이는 웃지도 눈도 마주치지 않았다. 제때에 기지도 서지도 걷지도 않았다. 아이는 하루의 대부분을 머리와 손을 흔들며 중얼거렸고, 그렇지 않은 시간에는 소리를 지르며 물건을 집어던졌다. 아이에게 세상은 이상한 소리와 색깔과 촉각으로 가득 찬 곳이었다. 안개처럼 뿌옇고 젤리처럼 끈적거리는 세상. 아이는 세상이란 원래 그런 곳인 줄 알았다. 불쾌하고 불안하고 무서운…….

　그는 가끔 아이를 데리고 동물원에 갔다. 아이는 알파카를 좋아했다. 동물원을 닫을 때까지 알파카만 쳐다보기도 했다. 알파카의 커다란 눈과 긴 목이 아이를 닮았다고 그는 생각했다. 아이가 알파카를 향해 팔을 쭉 뻗으면 알파카가 울타리 철책 너머로 고개를 쑥 내밀고 아이를 쳐다보았다. 그럴 때 아이는 조용하고 차분했다. 의젓해 보이기까지 했다. 그래서 그는 잠시 화장실에 다녀와도 좋겠다고 생각했다. 다녀오는 길에는 갈증이 나서 생수 한 병과 아이가 좋아하는 아이스크림을 샀다. 더운 날씨라 몇 명이 계산대 앞에서 기다리고 있었지만 그리 길지 않은 시간이라 괜찮을 거라 생각했다. 알파카 우리 앞에 아이가 보이지 않았을 때 그는 아이가 싫증이 나서 다른 우리로 옮겨 갔을 거라 생각했다. 아이스크림이 녹기 전에는 아이를 찾을 수 있겠지, 그는 조금 느긋하기까지 했다. 아이의 호기심과 모험심에 희망적인 기분까지 들었다. 그러나 그날 그는 집에 돌아오지 못했다. 동물원과 경찰서, 그리고 다시 동물원. 그는 동물원 근처를 밤새 헤매고 다녔다. 몇 달이 지나도 아이 소식은 들려오지 않았다. 그는 아이를 찾는 플래카드를 내걸고 아내와 함께 밤늦도록 전단지를 돌렸다. 동물원을 중심으로 차츰 반경을 넓혀나갔다. 사람들이 많이 다니는 곳이면 아무 데나 찾아갔다. 주로 지하철과 기차역 주변이었다. 집을 나서거나 돌아오는 길에도 사람들에게 전단지를 나눠주었다. 아이는 사라졌고 함께했던 기억들만 남았다. 기억은 서로의 상처를 들추는 거울이 되었다.

　그는 집을 떠났다. 아이를 찾아 전국을 돌아다녔다. 부랑자들과 노숙자들 사이에 섞여 거리에서 먹고 잤다. 아이를 찾는 전단지 몇 장을 빼고 그가 가진 거라곤 아무것도 없었다. 그는 기차역을 돌며 남은 전단지들을 한 장씩 역사에 붙이기로 했다. 전단지가 다 떨어지면 자신의 삶도 끝내겠다고 마음먹었다. 마지막 남은 전단지를 붙일 때 노인을 만났다. 노인은 아이가 어디 있는지 점을 쳐주겠다고 했다. 노인이 다람쥐에게 먹이를 주자 다람쥐가 쳇바퀴를 돌렸다. 노인 앞으로 구슬이 하나 또르르 굴러 떨어졌다. 노인은 구슬을 비틀어 뚜껑을 열고 구깃구깃 접힌 종이를 펼쳤다.

"우물가에 바람이 부니 오동나무가 가을인 줄 먼저 안다. 아이는 살아 있구먼. 잘 살고 있어. 죽지만 않으면 만나게 될 팔자구먼."

점괘를 읽은 후 노인은 그에게 밥과 술을 사주었다. 그는 노인과 함께 여기저기를 떠돌았다. 노인은 그에게 사주보는 방법을 가르쳐주었다. 노인은 한문을 잘 알고 있어서 주역이나 토정비결도 가르쳐주었다. "혹시 모르니까 알아둬. 그런데 이런 한자 몇 자 나부랭이로 점을 치는 건 아냐. 다람쥐랑 마음이 통해야 돼" 어느 해 겨울 밤새 기침을 하던 노인은 새벽에 기척도 없이 숨을 거두었다. 그는 다람쥐와 책 몇 권을 들고 그곳을 떠났다.

그는 노인의 다람쥐로 점을 쳐주며 기차역을 떠돌아다녔다. 노인에게 점치는 법을 배운 덕분에 밥도 먹고 밤이면 이슬을 피할 수 있었다. 그렇게 지내던 어느 날이었다. 틀림없는 아이였다. 열차에 오르는 뒷모습과 객실 복도를 걸어가는 옆모습을 좇아 그는 미친 듯 뛰었다. 그러나 그가 도착하기 전 열차는 떠났다. 이젠 나가야 한다는 역무원의 말을 들을 때까지 그 자리에서 꼼작할 수 없었다. 그는 아이를 보았던 발우역에 자리를 잡았다. 이곳에서 기차를 탔다면 언젠가는 다시 이곳에서 타거나 내릴 거라 생각했다. 그는 아이가 자신을 잘 볼 수 있도록 햇볕이 잘 드는 환한 곳에 자리를 잡았다. 발우역이 행복역으로 바뀌고 나서도 햇볕을 따라 옮겨 다니며 자리를 지켰다. 사람들은 그를 다람쥐도사라 불렀다. 그는 행복역의 유명인사가 되었다.

발우생활정보 권채윤 기자

다람쥐도사의 인터뷰 기사를 마치고 잠깐 잠이 들었나보다. 창밖이 뿌옇게 밝아왔다. 꿈을 꾸었다. 넓은 풀밭이었다. 하늘까지 닿을 듯 커다란 이팝나무 한그루가 서있었다. 가슴에 하얀 꽃을 가득 달고 있었다. 어디선가 알파카 한 마리가 나타났다. 알파카가 훌쩍 뛰어 나무위로 올라갔다. 나무 아래 한 아이가 알파카를 우두커니 쳐다보고 서 있었다.

새벽바람을 쏘이고 싶어 마당으로 나왔다. 대추나무 가지가 안채 지붕위로 길게 뻗어 있었다. 가지가 무거워 내려앉으면 아빠가 지붕위로 올라가 톱으로 잘라냈다. 나는 사다리를 놓고 지붕위로 올라가는 아빠를 올려다보았다. 아빠가 한손으로 나뭇가지를 들추고 하늘 속으로 올라갔다. 햇살이 눈부셔 한쪽 눈을 가늘게 뜨면 아빠의 구부러진 등이 가지 사이로 자맥질하듯 오르내렸다.

마당을 지나 가게 안으로 들어섰다. 가게 창으로 새벽빛이 들어와 진열대와 선반이 푸르게 드러났다. 나는 손님처럼 가게 안을 둘러보았다. 밤새 머릿속에서 그렸다 지운 그림들이 떠올랐다. 그래. 이쯤에다 칸막이를 만들어야겠다. 칸막이는 밖의 풍경이 가려질 만큼 높아서는 안 될 거야. 거리도 광장도 모두 보여야 하니까. 칸막이 이편에는 북 카페를 내야지. 벽에는 선반을 몇 개 더 달고 방에 있는 책을 가져와야겠어. 사람들은 선반에서 책을 꺼내 테이블 위에 올려놓고 따뜻한 커피를 마시겠지. 카페 맞은편 칸막이 너머로는 편집실을 내야겠어. 그 곳에 책상이 셋은 있어야 할 거야. 내 건 카페 쪽으로 붙여 놔야겠어. 커피를 내리고 차를 내오기가 편해야하니까. 책상 하나에는 빛이 너무 환히 들지 않아야 할 거야. 비록 임시직이지만 사진 담당 기사가 앉아야 할 자리니까. 책상 하나는 너무 허름하지 않아야겠지. 명색이 신문사 창업자이고 고문이 앉을 자리니까. 참, 저기 구석 자리 나무의자는 볕이 좋은 날이면 밖에 내놔야겠어. 행복역이 환히 보일 수 있게.

양영석 | 불면

동의대학교 문화콘텐츠공학, 광고홍보학과 졸업.
서울디지털대학교 문예창작학과 졸업.
단편소설 「불면」으로 제71회 한국소설 신인상 수상.

불면

양영석

초저녁임에도 바깥은 어둑했다. 겨울이 가까워서인지, 내가 사는 이 곳에 유난히 밤이 빨리 찾아오는 것인지 알 수 없다. 일찌감치 침대에 몸을 뉘었지만, 잠들지 못하리란 걸 알고 있다. 눈을 감아도 정신은 또렷할 것이고, 누운 자리 주변으론 불안한 적막이 번져나갈 것이다. 옆구리를 찌르듯 전화벨이 울렸다. 짜증 섞인 혼잣말이 나도 모르게 새어 나왔다. 지역번호 042. 이 시간에 웬일이일까… 부러 저장하지 않은 번호였지만 발신자가 누군지 알고 있다. '목사니임, 병깁니더. 잘 지내십니꺼.' 하는 목소리가 전화를 받기도 전에 귓가에 맴돌았다. 하지만 수화기 너머에서 날 기다리는 건 병기가 아니었다.

"여보세요? 혹시 최철현 목사님 되시나요?"

"아뇨, 전… 아닌데요."

낯선 목소리에 놀라 나도 모르게 목을 가다듬고 내지르듯 대답했다.

"어… 죄송합니다. 잘못 걸었나보네요."

전화가 끊어지고 휴대폰 액정에 떠오른 번호를 다시 보니 끝자리가 병기의 것과 달랐다. 같은 병원의 다른 회선일까? 남자의 정체가 뒤늦게 궁금해졌다. 목사를 찾는 걸 보면 병기와 함께 생활하는 환자인지도 모른다. 혹 병기에게 무슨 일이라도 생긴 걸까? 하는 걱정이 스쳤지만 그야말로 잠깐이었다. 엄습하는 피로감에 도로 침대에 누워 잠을 청했다. 하지만 정신은 여전히 또렷했다. 자고 싶다. 꿈도 꾸지 않는 깊은 잠이 간절하다. 불면의 시간을 견디기 위해 머릿속에 떠오르는 생각을 하나둘 지워갔다. 아무 생각도 떠올리지 않기로 한다. 하지만 그건 매번 무너지는 결심이다. 의식의 가장자리에서부터 서서히, 안개처럼 상념이 피어올랐다.

병기의 전화가 처음 걸려온 건 1년 전이었다. 내가 아직 이십대였고, 미래에 대한 막연한 희망을 다 버리지 못하고 있던 때. 이태 전 계약직으로 입사한 회사와의 재계약에 실패해 실업급여로 하루하루 버티던 때이기도 했다. 고객이란 자들에게 명함을 잔뜩 뿌린 탓에 퇴사 후에도 문의전화가 끊이지 않아 대리점에 들러 전화번호를 바꿨다. 바뀐 번호를 누구에게도 알리지 않았는데, 집으로 돌아오는 길에 벨이 울려 흠칫 놀랐다. 지역번호 042. 낯선 번호에 응답해도 될지 한참을 망설이다 조심스레 수화기를 귀에 갖다 댔다.

"목사니임, 병긴대유. 잘 지내십니꺼? 진짜 오랜만이에유. 왜 이리 전화를 안 받습니꺼."

뜬금없이 목사를 찾는 목소리는 조율되지 않은 악기처럼 높낮이가 제멋대로였다. 지역을 특정할 수 없는 사투리를 구사하는 남자가 정상인의 범주에 속하지 않는단 것쯤은 단박에 알 수 있었다. '전화 잘못 거셨습니다.' 말하고 통화를 끝내려 했지만 상대는 그럴 틈을 주지 않고 말을 이어갔다.

"목사니임, 저 희망사랑정신병원이에유. 저 어제 생일이었는데, 서른 살 되면 진짜 퇴원시켜준대놓고, 또 병원입니더. 저 이제 본드도 안 부는데."

생경한 단어가 알알이 박힌 문장이 내 호기심을 자극했다. 통화종료 버튼을 누르는 대신 숨죽여 그의 말에 귀 기울였다. 다행히 그는 내 대답을 기다리지 않고 시답잖은 이야기를 이어갔다. 맥락을 알 수 없는 단어들을 중얼거리기도 하고 별안간 하던 말을 뚝 멈추기도 하면서. 그렇게 병기와 만났다. 그것도 만남이라 할 수 있다면.

한참을 뒤척이다 보니 어느덧 창밖으로 시커먼 밤이 내려앉아 있었다. 침대와 책상만 덩그러니 놓인 방안의 풍경이 어둠 속에 흐릿하게 떠올랐다. 첫 직장에 입사할 즈음 계약한 다섯 평 남짓한 원룸이다. 나우빌 403호. 그동안 집 주인이 몇 차례나 바뀌었고 그때마다 월세가 야금야금 올라 처음 금액의 두 배가 됐다. 피로에 전 몸으로 책상 앞에 앉아 스탠드를 켰다. 펼친 채 놓인 사전과 공책, 필통이 모습을 드러냈다. 펜을 들어 사전의 단어를 옮겨 적기 시작했다.

[미심쩍다] 분명하지 못하여 마음이 놓이지 않다. (유)꺼림칙하다, 꺼림하다.

사전을 베낀 게 언제부터였는지, 정확히 기억나지 않는다. 확실한 건 불면증과 시작을 함께했단 것이다. 지겨운 일상이 기계적으로 작동하던 어느 밤. 야근을 마치고 돌아와 쓰러지듯 침대에 드러누웠지만, 이상하리만큼 잠이 오지 않았다. 온몸의 근육이 젖산에 젖은 것처럼 피로감이 분명한데도, 눈 감고 숨을 고르는 순간 정신이 번쩍 들었다. 시계 초침 소리가 종소리처럼 크게 울리고 눈꺼풀 안쪽으론 언젠가 무심코 지나쳤을법한 풍경들이 마구잡이로 겹쳐 떠올랐다. 흐르는 물에 손가락을 담근 것처럼, 시간이 한 뼘 한 뼘 흐르는 게 느껴졌다. 자정이 지나도록 잠들지 못해 책상 앞에 앉아 컴퓨터를 켰다. 위잉- 냉각팬이 요란하게 돌며 초침 소리를 지웠다. 결제일마다 구독료가 자동으로 빠져나가고 있는 OTT사이트에 오랜만에 접속했다. 낯선 영화 포스터와 드라마 썸네일로 가득한 화면을 바라보며 긁적이듯 마우스 휠을 굴렸다. 그러다 문득, 어떤 이미지가 내 시선을 사로잡았다. 책으로 가득한 방. 그 한가운데 새우 자세로 웅크려 누운 남자를 부감俯瞰으로 촬영한 포스터였다. 남자를 클릭하자 영화가 시작됐다.

출판사 영업직으로 근무하던 주인공이 어느 날 뜻하지 않게 사전 편찬부에 배속되며 겪는 이야기였다. 할 줄 아는 말이라곤 '저기…' 밖에 없던 소심한 주인공에겐 세상에 떠도는 단어를 경청하고 기록하는 자리가 몸에 꼭 맞고, 마침내는 사전 편찬에 평생을 바칠 것이라 선언하기에 이른다. 영화의 시대 배경이 2000년대 초반이었으니, 영화가 끝난 그 순간, 2020년에도 주인공은 어디선가 사전을 만들고 있을 거라 생각했다.

영화의 여운이 채 가시기도 전에 추천 영상이 화면에 떠올랐다. 열린 관에 누운 남자 주변을 수많은 그림이 둘러싸고 있는 썸네일은 앞서 봤던 영화의 그것과 비슷한 분위기를 풍겼다. 평생을 모작에 바친 한 남자의 일대기를 그린 다큐멘터리였다. 남자는 작품성이 뛰어남에도 평단의 주목을 받지 못한 그림들을 모작했다. 왜 그만 걸 베끼나? 묻는 이들에게 그는 '영감을 빌리는 중'이라는 모호한 대답만을 돌려주었다고 했다. 그가 죽고도 한참의 시간이 지나 비로소 모작과 원작들이 재조명됐다.

"세상 빛을 보지 못할 뻔한 그림을 되살린 건 내 남편입니다. 그런 면에서 그 사람은 최고의 화가였어요."

부인이 화가를 추억하는 장면을 끝으로 다큐멘터리는 끝이 났다. 두 편의 영상이 재생된 시간만큼 밤이 깊었지만 잠은 여전히 오지 않았다. 오히려 형언할 수 없는 무언가에 홀려 눈을 감아도 영상 속 남자들의 얼굴이 선명히 떠올랐다. 사전 만드는 남자와 그림 베끼는 남자. 잠들지 못하는 밤을 그들처럼 살아갈 수 있다면 얼마나 좋을까. 내게도 사명이 있다면. 그들의 삶에 나를 끼워 넣어 보고, 내 삶의 마지막 순간을 상상하며 그들을 대입해 보았다. 사전을 만들기엔 인내심이 부족했고 그림을 베끼기엔 손재주가 없었던 나는 두 남자 사이 어느 지점을 방황하다 덜컥 '사전'을 '베끼기'로 마음먹었다. 멍청한 목표였다. 하지만 곧 독창적이지도 경제적이지도 않은 그 작업이 내게 꼭 어울린다는 결론에 이르렀다. 누구도 사전 따위 베낄 생각은 하지 않을 테니까.

그렇게 시작된 작업이 지금에 이른 것이다. [밑짝] [밑창] [밑천] [밑층] …
'ㅁ'의 마지막 페이지를 옮겨 적다 손아귀가 아려 펜을 놓았다. 오전 3시.
이 시간엔 달리 할 수 있는 일이 없다. 바닥에 팽개친 후드티를 주워 입고
담배 라이터를 주머니에 쑤셔 넣었다. 현관문을 열고 한 층 한 층 계단을 내
려가자니 바닥없는 늪에 잠기는 기분이었다. 공용 출입문이 열리자 시린 바
람이 옷 속을 파고들었다. 겉옷을 더 껴입어야 하나, 망설였지만 계단을 도
로 올라가기 싫어 밖으로 나섰다. 아홉 시 뉴스의 기상 캐스터는 단풍으로
물든 산의 전경을 배경으로 나들이 가기 좋은 날씨라 연일 떠들어댔지만,
이미 바람에 실린 냄새는 가을의 것이 아니었다. 어디선가 내린 눈 냄새를,
바람은 머금고 있었다. 여간해선 눈 내리지 않는 남쪽 지방에 사는 탓에 눈
구경한 지 오래였다. 어릴 적, 이례적 폭설이 내리던 날. 동네 아이들은 처
음 보는 설경에 신이 나 눈 덮인 거리를 뛰어다녔다. 분명 지금과는 비교도
안될 만큼 추운 날씨였을 텐데도, 눈 굴리던 손이 시렸다거나 귀가 얼어 아
팠던 기억은 없었다. 다만, 하얀 입김이 내리는 눈 사이로 흩어지던 기억이
떠올랐다 사라질 뿐.

조용했다. 승용차 한 대가 간신히 지날 만한 길에는 바람 스치는 소리만
들려왔다. 길은 굴곡 없이 직선으로, 원룸촌의 한가운데를 찌르듯 나 있었
다. 아득히 멀게 보이는 소실점은 세상 밖으로 이어진 듯했다. 어디까지고
이어질 것 같은 그 밤길을 한참 걷다 보니 어둠에 가려 나우빌이 보이지 않
았다. 앞으로 보이는 소실점과 지나온 소실점 사이에서, 난 계속해서 나아
가야 할지, 돌아가야 할지, 아니면 멈춰 그대로 서 있어야 할지 결정할 수
없었다. 치익- 담뱃불을 댕겼다. 밤은 거짓말을 하다 들킨 사람처럼, 아무
말이 없었다.

'골목에 쓰레기 무단투기 금지'

'골목에 불법주차 금지'

이 길이 골목임을 누구나 알고 있을 텐데. 굳이 쓰지 않아도 될 '골목에'
세 글자 때문에 길은 더 지저분해 보였다. '쓰레기 무단투기 금지'라고 쓰인

밑에는 알 수 없는 내용물로 부푼 비닐봉지들이 쌓여 있었다. 이 시간, 이 자리에 서 있자면 골목이 무언가 닮았단 생각을 하곤 한다.

'뭘 닮았는데?'

누군가 묻는다면 괴물 아가리, 하고 답할 것이다. 길게 뻗은 아스팔트 포장이 마치 괴물의 혓바닥을 닮았다고. 적막을 피해 도망 나올 곳이 괴물 아가리뿐이라니. 얄궂다, 생각하며 야행을 시작했다.

병기는 첫 통화 이후 이따금 전화를 걸어왔다. 주기는 일정치 않았지만 벨이 울리는 시각은 항상 점심 무렵이었다. 식사 후에 주어지는 자유시간에만 전화를 사용할 수 있는 모양이었다. 가끔 수화기 너머로 티격대는 소리가 들리는 걸 보면, 전화기를 놓고 다투는 경쟁자가 있는 것 같았다.

"목사니임! 병깁니더. 식사 하셨어유?"

"네, 밥 먹었죠. 병기씬요?"

몇 번의 통화 이후 목사라는 호칭에 익숙해진 난 그의 인사를 자연스럽게 받아 넘겼다. '저 목사 아닌데요.' 하고 몇 차례 밝혔지만, 병기는 그 말을 듣지 못했다. 듣고도 받아들이지 않았다. 다음 통화에서, 또 다음 통화에서 그는 계속해서 날 목사라 불렀다. 점심에 먹었던 메뉴, 좋아하는 간식, 전날 밤 소변이 마려워 잠에서 깬 일…. 통화는 시답잖은 잡담이 주를 이뤘지만 가끔 그는 엄마 이야기를 하기도 했다.

"목사니임! 우리 엄마 면회를 안 옵니더. 원래 자주 왔는데유. 이제 안 와유. 울 엄마 어딨는지 압니꺼?"

"전화해 봤어요?"

"안 받습니더. 없는 번호래유. 간호사 슨생님이 엄마 죽었다던데. 거짓말 아닙니꺼? 목사님도 죽었다 했는데, 목사님 안 죽었잖아유…."

그는 그렇게 칭얼대다 어느 순간, 하던 이야기를 멈추고 말했다.

"목사니임, 시간 다 돼씀미더. 끊을게여."

그것이 병기와 나의 대화였다. 병기는 말하고 난 듣는 것. 병기가 물으면 내가 답하는 것. 병기의 어떤 것이 내게 옮아오는 것.

달이 기우는 걸 보며 골목을 걷고 있다 생각했는데, 정신을 차려보니 침대에 엎드려 있었다. 몽유병자처럼, 나도 모르는 사이에 방으로 돌아온 것이다. 눈두덩이 뻑뻑한 걸 보니 선잠에 들었다 깨기를 반복한 모양이었다. 가벽 너머 옆집에서 알람 소리가 들렸다. 오전 8시. 탁자에 놓은 물건이 넘어지고 바닥에 구르는 소리, 샤워기에서 물이 뿜어 나오는 소리, 좁은 방을 바삐 오가는 소리를 귀로 좇으며 눈을 끔뻑였다. 이윽고 또각또각 구두소리가 계단을 내려갔다. 욕실로 가 오줌을 눴다. 거울 속엔 퀭한 눈두덩과 바짝 말라 거친 입술의 남자가 서 있었다. 온수를 틀자 짙은 수증기가 거울을 덮었다. 습지를 헤매는 사람처럼, 거울에 맺힌 안개를 손날로 걷어냈지만 이내 더 짙은 안개가 그 자리를 메웠다.

샤워를 마친 뒤엔 가방에 사전과 노트를 챙겨 집을 나섰다. 계약 만료로 회사를 그만둔 지 일주일이 지났지만, 매일 아침 출근길에 오르던 관성을 거스르지 않고 지하철에 몸을 실었다. 번화가에 내려 한 쪽 벽이 통유리로 된 카페에 들어갔다. 바깥이 잘 보이는 카페 창가에서 사전을 베끼는 것은 언제부턴가 나름의 제의祭儀가 됐다. 창밖을 바삐 오가는 사람들과 분리되어 있음을 만끽하는 의식. 하지만 언젠간 그들 무리로 돌아가야 한단 사실을 잊지 않는다. 실업급여로 버틸 수 있는 시간이 그리 길지 않음을 알고 있었다. 카페에서 보내는 시간은 그래서 빠르게 흘렀다.

간밤의 작업을 이어가려는데, 글씨가 엉망이었다. 당장이라도 종이를 찢고 나올 듯, 획이 거칠게 삐쳤다. 괜스레 펜을 세게 움켜쥐어 봐도 획은 좀처럼 제 길을 찾지 못했다. 커피 석 잔을 마시는 동안 시간이 다섯 시를 지났다. 눈이 뻑뻑했고 잔뜩 긴장한 손목은 평소보다 심하게 아렸다. 여전히 창밖을 오가는 사람들을 보고 있자니, 무한히 재생되는 비디오 화면에 빨려드는 기분이었다. 그러다 문득, 창에 연하게 비친 내 얼굴로 초점이 옮겨갔다. 도무지 무슨 생각을 하는지 알 수 없는 얼굴. 오른쪽 눈을 윙크하듯 깜빡이자 창에 비친 얼굴은 왼쪽 눈을 깜빡였다.

스스로에게조차 어색한 얼굴 덕분일까, 이전에 다녔던 회사가 근처에 여럿 있지만 누구 하나 날 아는 체하는 사람이 없었다. 적어도 어제까진 그랬다. 창에 비친 얼굴을 한참 뜯어 보고 있을 때, 간지러운 시선이 느껴졌다. 고개 들어보니 창밖에서 한 남자가 날 내려 보고 있었다. 자연스레 주름진 얼굴, 9부 슬랙스에 깔끔한 재킷을 걸친 그는 인파 속으로 사라지는가 싶더니 카페로 들어와 내 앞에 앉았다. 청운기획의 민승기 과장이었다.

"창식 씨? 김창식 씨 맞지?"

그의 목소리를 듣자마자 얼마 전 쫓겨나다시피 한 청운기획에서의 일들이 떠올랐다.

'프로젝트가 잘 마무리되면, 정규직 사원으로 전환할 수 있어 내가 잘 말해줄게.' 계약직 신분으로 TF에 합류한 첫날, 과장이던 그가 내게 했던 말이다. 이전에 그 누구도 내게 그런 말을 한 적 없었기에 그 한 마디는 날 잔인하게 휘둘렀다. 일에 악착같이 매달렸고, 밤늦게까지 사무실을 지키며 정규직 사원의 평범한 미래를 그렸다. 열 달 뒤, 프로젝트는 성공적으로 마무리되어 순항궤도에 올랐다. 부장이 주재한 회식 자리에서 팀원들은 한목소리로 건배사를 외쳤고 새벽까지 술을 붓고 마셨다. 자리가 파하고 집으로 돌아오던 중, 속에 든 것을 모조리 길가에 토했다. 그리고 계약 만료를 한 달 앞둔 날, 사내 메신저로 안내문을 받았다.

-청운기획 인사팀에서 알립니다-

[계약직 사원 계약만료 안내의 건]

'귀하는 다음 분기 재계약 대상자가 아닙니다.' 로 시작한 글은 '그간의 노고에 감사드립니다.'라는 인사로 마무리 되는 듯하다가, '퇴직금 신청은 총무과에 문의 하시면 됩니다.'라는 안내를 거쳐, '통장사본, 신분증 지참'이라는 명사로 끝이 났다.

계약 마지막 날, 과장은 사무실 구석 자리에 앉아 있는 날 회의실로 불렀다.

"고생했어. 이만 들어가 봐."

그가 내게 했던 마지막 말이었다.

"창식 씨 역시… 부지런해, 이건 뭐야?"

과장이 노트를 뒤적였다. 그러다 탁 소리 나도록 덮고는 품에서 꺼낸 명함을 내밀었다.

"밖에서 만나니까 반갑네. 잘 지냈어? 난 옮겼어. 실은 스카웃 제의가 있었거든."

- 대륙미디어 차장 민승기 -

'난 이제 그 코딱지만 한 회사에 다니지도 않고 차장으로 승진까지 했어.'

그가 내민 명함은 내게 그렇게 말하고 있었다. 불과 며칠 전에 잘린 계약직 사원을 알은체하는 저의를 짐작할 수 없었다. 그래서 그 명함에 대고 대꾸할 말도 떠오르지 않았다. 안녕하세요, 인사를 해야 할까. 잘 지내셨습니까, 안부를 물어야 할까. 다행히 그는 내 대답을 기다리지 않고 말을 이어갔다.

"타이밍이 참… 인연이란 게 있긴 있나 봐. 창식 씨는 모르겠지만, 내가 윗선에 당신 얘기는 잘 해줬어. 솔선수범! 궂은일 나서서 한다고. 칭찬하는 직원들이 많았거든."

이어 그는 오늘 저녁, 자신이 주관할 면접에 대해 이야기하기 시작했다. 이직한 회사에서 신규 프로젝트 진행을 위한 팀을 꾸리고 계약직 사원 중 일부를 정규직으로 전환 채용하는 것까지가 차장으로서 자신의 첫 업무라고.

"회사 입장에선 일단 써보고 채용하고 싶은 거거든. 그렇지 않겠어? 그래서 말인데… 나랑 일 한 번 더 하자. 이번엔 내가 진짜 확실히 밀어줄게."

그러면서 그는 정규직 채용에 관해 설명하기 시작했다. 마치 갓난쟁이에게 '사과'라는 단어를 설명하듯이. DB형 퇴직연금을 적용하고 호봉에 따라 급여가 인상될 거라고. 물론 야근 수당과 유급휴가가 보장되고, 프로젝트가 끝나면 원하는 팀으로의 발령도 가능하다고. 그의 말이 빨라지고 목소리는 점점 커졌지만 난 그 말에 집중할 수 없었다.

'그때도 당신, 나한테 그렇게 말했잖아. 열심히만 하면 정규직으로 전환될 거라고.'

과장, 아니 이제는 차장이 된 그의 입술이 들썩이고 울대뼈가 움직일 때마다, 뱃속 깊은 곳에서 뭔가 터져 나올 듯 꿈틀거렸다. 돌이켜보면 그와 처음 만난 날에도 그는 어색한 미소 뒤에 속셈을 감추고 있었다. 경박한 목소리와 요란한 손짓으로 날 속여 넘겼다. 인사치레에 불과했던 허무맹랑한 거짓에 속아 넘어간 내가 새삼 한심스러워 헛웃음이 나올 것 같았다.

"어때? 생각 있어?"

한참을 떠들던 그가 내 어깨를 툭 건드리며 말했다. 현실로 돌아온 난 태연한 그의 미소를 물끄러미 바라봤다. 뭐라 대답해야할까. 뭐라 대답해야 이 자리를 벗어날 수 있을까.

"나도 한 잔 가져올 테니까 자세히 얘기하자고."

그가 매대로 향하자 난 짐을 챙겨 도망치듯 카페를 빠져나왔다. 행여 그가 쫓아올까, 걸음마다 뒤돌아 보여 인파를 헤쳤다. 그렇게 한참을 걷고 나서야 가슴이 진정됐다. 주위를 둘러보니 내가 아는 얼굴, 나를 아는 얼굴은 어디에도 없었다.

어느덧 퇴근 시간이 됐는지 거리로 사람들이 쏟아져 나오기 시작했다. 걸음을 서둘러 지하철역으로 향했다. 때마침 도착한 열차의 머리 칸에 올랐다. 가방을 품에 안고 운전석과 객실을 나누는 벽에 기댔다. 등으로 전해오는 진동을 느끼며 창밖을 바라봤다. 차창엔 지는 노을을 배경으로 사람들의 얼굴이 비쳤고 그 위를 창밖의 풍경이 할퀴고 지나갔다. 막 첫 삽을 푼 건설현장, 지어지다 만 철골 구조물, 개발 예정지의 잡목들이 열차의 꼬리 쪽으로 사라졌다. 한참을 달려 내릴 곳이 가까웠을 때, 어디선가 비명이 들렸다.

사람들 사이로 셔츠를 풀어헤친 남자가 바닥에 퍼질러 앉은 게 보였다.

아무렇게나 팽개친 우의처럼 팔다리가 축 늘어져 있었고 술에 잔뜩 취했는지 얼굴이 불콰했다. 바닥엔 걸쭉한 토사물이 퍼져 있었다. 그는 연신 헛구역질을 해대며 씨발놈들! 개새끼들! 욕하기 시작했다. 승객들이 내 쪽으로 슬금슬금 물러서자 잠시나마 안정감을 느꼈던 공간이 어수선해졌다. 다음 역에 내려야 했기에 인파를 뚫고 출입문 쪽으로 나아갔다. 그런데 하필그 모양새가 승객들을 뒤세우고 남자 앞으로 나선 꼴이 됐다. 남자는 갑자기 튀어나온 나를 빤히 바라보더니 허공에 뱉던 욕을 내게 조준하기 시작했다.

"야 이 씨발! 개새끼야 뭐. 뭐! 내가 드릅나. 이 씨발새끼야."

자신의 토사물을 밟고, 비틀거리며 그가 일어섰다. 그를 무시하려 출입문을 향해 비스듬히 몸을 돌렸지만 상황은 내가 원하는 방향으로 흐르지 않았다. 도무지 모른 체할 수 없는 적의 가득한 눈빛이 자석처럼 날 끌어당겼다. 쉴 새 없이 욕을 뱉어내는 그의 눈에서 불꽃이 튀었다. 열차 안의 눈빛들이 나와 남자를 번갈아 훑는 게 느껴졌다. 사건의 당사자이자 책임자가됐음을 깨달은 난 하는 수 없이 남자에게 다가갔다. 그를 어떻게 대해야 할지, 무슨 말을 해야 할지 몰랐으나, 일단 몸이 움직이는 대로 그의 앞에 섰다. 날 노려보는 그의 눈을 마주 본 순간, 귓전에 작고 연약한 목소리가 들려왔다.

'목사니임! 병깁니더.'

좆같은 씨발 새끼야, 하고 고막을 울리는 욕설 사이로 병기의 목소리가 들려왔다.

'목사니임!' 목소리는 점점 또렷해져 곧 남자의 욕설을 압도하더니, 종국에는 병기의 목소리밖에 들리지 않았다.

"목사니임! 병깁니더. 저 고등학교 때여. 할아버지가 죽었습니다."

병기는 그 날 울먹이며 전화를 걸어왔고, 통화 내내 울음을 멈추지 못했다.

"그래서 다시 아부지 집에 갔으예. 가기 싫었으예. 어릴 때부터 엄청 때렸거든유. 아부지가."

그때 내가 뭐라 대답했는지 퍼뜩 기억나지 않았다. 무슨 말을 했더라? 그래, 그때 난 아무 말도 못하고 그저 '네….' 하고 말았다.

"목사니임. 목사님은 무슨 띱니꺼?"

이어서 병기가 내게 묻자, 난 작은 목소리로 뱀띠라 답했다.

"오오! 뱀띠예? 다행이다. 울 아버지는 용띠 거든예. 우와 뱀띠라서 다행이에유 목사님."

그리고 병기는 내게 고백했다.

"목사니임, 아버지 집에 살 때에. 동네 행님들이 본드 한번 해보라고, 그거 하면 기분 좋다고 막 그랬그등예. 목사님은 안 해봤지유? 그거 하면 클납니더. 내처럼 됩니더. 오공본드 쭉 짜가지고, 깜장 봉다리에 쭉 짜가지고 거따가 코 박으면 잠이 살 와유. 그러면 꽃도 보이고 별도 보이고 바다도 보이고 그럽니더. 가끔 할아버지도 보이고예."

난 병기에게 아무 말도 해줄 수 없었다. 내가 진짜 목사였다면, 병기가 그토록 찾던 목사였다면 무슨 말을 했을까. 그에게 했어야 할 말을 난 아직도 찾지 못했다. 앞으로도 영영 알지 못할 것이다.

"개새끼야! 이 씨발새끼. 내 말이 우습나. 이 좆같은 새끼가!"

병기의 목소리가 잦아들 때까지도 남자는 욕을 멈추지 않았다. 그를 바라보고 있자니 한 번도 보지 못한 병기의 모습이 눈앞에 그려졌다. 깡마른 몸통 위에 얹어진 수박만 한 머리, 머리를 지탱하기 버거워 보이는 가느다란 목, 파리한 입술과 그보다 퀭한 눈두덩…. 그것은 욕실의 거울에, 카페의 창가에 비친 내 모습과 닮아 있었다. 나는 술 취한 남자에게 한 걸음 더 다가갔다. 관중의 기대에 부응하기 위해 준비를 마친 희극인처럼, 뭐든 해야겠단 생각이 전신의 세포로 번졌다. 품에 안고 있던 가방을 등 뒤로 고쳐 맸다. 남자는 계속해서 비틀거렸고 계속해서 욕했다. 시간이 갈수록 그 눈동자에서 튀는 불꽃은 차갑고 날카로워졌다. 토사물로 미끈거리는 신발 밑창을 바닥에 문지르며, 그가 또 한 차례 욕을 내뱉었다. 혀에서 미끄러진 욕이 활강하여 내 고막에 닿아 울리기까지 걸린 시간은 찰나에 지나지 않았을 것이다.

"야 이 좆같은 새끼가…."

남자의 욕이 채 끝나기 전에 내 주먹이 그의 얼굴로 날아갔다. 고개가 젖혀진 남자는 토사물로 흥건한 바닥에 그대로 주저앉았다. 그제야 욕을 멈추고 두 손으로 코를 감싼 채 날 올려다봤다. 몸을 가누지 못한 그는 이내 새우처럼 몸을 웅크리고 고함을 질러댔다. 난 남자가 쓰러진 이유를 알 수 없었다. 내 주먹이 그의 얼굴에 가닿긴 했지만 그게 남자가 쓰러진 이유라고 단정 지을 순 없지 않을까. 그의 혈액 속 농도 짙은 알코올 때문일 수도 있었고, 역사에 진입한 열차가 급히 속도를 줄인 때문일 수도 있었다. 곧이어 전철이 멈추고 출입문이 열렸다. 내리려는 사람과 타려는 사람이 엉키며 현장의 웅성거림이 열차 밖으로 번져갔다.

역 밖으로 나오니 해는 이미 산을 넘어가고 있었다. 꼬리만 남은 노을이 어슴푸레 길을 밝히고 있었다. 문득, 일주일 전 병기와의 통화가 떠올랐다.

"목사니임! 저 다음 주엔 그림치료 갑니더. 뭐 그릴지 생각해오라는데, 어떡해유? 저 뭐 그릴까여?"

"바다 어때요? 병기씨, 바다 가 봤어요?"

"바다유? 아뉴 안 가봤는데여. 목사님은 바다 가 봤습니꺼? 히히."

병기가 웃었다. 그때, 난 왜 하필 바다를 그리라 했을까. 특별히 바다를 좋아해서 그런 건 아니었다. 예전에도 지금도 바다는 내게 의미 있는 장소가 아니었다. 아주 오래 전, 내가 어린아이였을 때. 발목 높이로 밀려온 잔파도에 잠깐 발 적신 기억만이 흐릿하게 남아있을 뿐이었다. 아니, 어쩌면 그래서였는지 모른다. 흐릿해서. 흐리게 떠올릴 수밖에 없는 바다를 병기가 대신 그리고 칠해줬으면 하는 바람이 있었는지 모른다.

"전 바다 무서운데. 목사니임, 고래 봤어유? 고래 음청 무섭습니더."

"상어가 무섭죠. 상어 몰라요?"

"상어는 괜찮습니더. 고래가 더 무섭지유. 피노키오 모릅니꺼? 고래한테 잡아 먹혔잖아유."

상어와 고래를 두고 실랑이 아닌 실랑이를 이어나가던 중 그가 문득 떠오른 듯 덧붙였다.

"목사니임. 전 디자이너 될 겁니더. 그림 잘 그려예. 아니면 화가 할까유? 제 그림 보여줄까예?"

"디자이너요?"

"예. 목사니임, 저 퇴원하면, 나중에 나가면 보여줄게예. 저 시간 다 돼씀미더. 끊을게여."

나우빌로 이어진 오르막을 걸으며 담배를 꺼내 물었다. 전화벨이 울렸다. 지역번호 042. 예의 낯선 목소리가 또 다시 수화기에서 들려왔다.

"안녕하십니까. 여기, 희망사랑정신병원인데요. 최철현 목사님이신가요?"

"아뇨 전… 아닙니다. 어제도 전화 주셨는데."

"네 맞습니다. 혹시 이병기 씨라고 알고계신지…."

"…"

"어떤 관겐지 여쭤도 될까요? 가족이신가요?"

난 아무 말도 할 수 없었다. 난데없이 날아와 꽂힌 질문에 적당한 답이 떠오르지 않았다. 그와의 관계를 뭐라 표현할 수 있을지 고민하는 사이 남자가 말을 이었다.

"다름이 아니라 이병기님, 어제 16시 23분에 사망하셨습니다. 기록상 연고가 없어서요. 고인 수첩에 적힌 전화번호로 연락드린 겁니다. 여기는 최철현 목사님이라 적혀 있는데… 전화 받으시는 분은 누구시죠?"

"예? 아, 아뇨… 아닙니다. 전 그냥… 가끔 전화가 오길래 얘기나 듣고 뭐…"

285

남자는 병기를 담당하던 의사였다. 부고를 전해온 그는 오랜 시간 병기가 겪은 고통에 대해서, 그 길고 지난했던 시절에 대해 이야기했다. 치료는 커녕 식사조차 할 수 없을 정도로 몸과 마음이 붕괴된 병기의 마지막 순간을 내게 전했다. 연고 없는 그의 시신은 며칠 뒤 다른 무연고 시신과 함께 화장될 거라 했다. 병기가 남긴 거라곤 너덜해진 수첩 한 권이 전부였다. 이제는 전화를 받지도 면회를 오지도 않는 그의 엄마, 그리고 끝내 전화를 받을 수 없었던 목사의 전화번호가 적힌 수첩.

"병기씨가 의지 많이 했을 겁니다. 고마웠을 거구요."

그 말을 끝으로 의사는 전화를 끊었다. 슬픔. 혹은 안타까움 비슷한 감정은 들지 않았다. 오히려 난 병기가 그토록 바라던 퇴원을 한 거라 여겼다. 서른 살 생일에 퇴원할 거라 믿었던 그의 바람이 조금 늦게 이뤄진 거라고. 내게 말했던 것처럼. 디자이너가 되기 위한 여행을 시작한 거라고.

오르막을 다 올라 골목에 접어들었다. 담배 한 개비를 더 꺼내 물고 불을 댕겼다. 한숨 길게 들이쉬고 천천히 내뱉었다. 담배가 다 탈 즈음엔 나우빌에 도착할 수 있을까. 흰 연기가 잔잔히 퍼져 어두워가는 허공에 스밀 때, 꽃무늬 스카프를 두른 노인 둘이 내게 다가왔다. 관광하듯, 골목 이곳저곳을 훑으며 성큼성큼. 담배 연기는 개의치 않는 듯했다. 그들 중 한 명이 내게 주님은 우리를 사랑하십니다, 말하며 사탕과 물티슈를 건넸다. '주님은 우리를 사랑하십니다.' 물티슈 포장에도 적힌 그 문장을 물끄러미 바라봤다. 고개를 들자 옆의 노인이 눈을 동그랗게 뜨고 양손을 움직여대고 있었다. 아마도 수어. 그녀 역시 주님이 우리를 사랑하신다고, 온몸으로 말하고 있을 터였다. 하지만 난 대꾸 않고 그들을 지나쳤다. 잠시 후 돌아보니 골목엔 아무도 없었다. 모퉁이 너머, 내리막으로 멀어져가는 인기척만이 느껴질 뿐. 그제야 뱃속에서 꿈틀거리던 무언가가 텅 빈 거리로 툭 튀어나왔다.

"주님이 우릴 사랑하신다구요?"

희미하게나마 비추던 빛이 사라지고 어둠이 내렸다. 나우빌은 보이지 않왔다. 오늘 밤도 아마 잠 못 이룰 것이다. 밤은 거짓말을 들킨 사람처럼, 아무 말이 없었다.

이수빈 ㅣ 무지개 숄

상명대학교 교육대학원 외국어로서의 한국어 교육 전공.
2021년 『한국소설』 신인상 수상.
동화 「오츠벨과 코끼리」(공동 번역).

무지개 숄

이수빈

편물점 주인이 써 준 삼각 숄 뜨는 방법은 다시 봐도 헷갈렸다. 서툰 솜씨로 숄을 뜨겠다고 한 것이 욕심은 아닐까 생각하다가 다시 뜨개질을 시작했다.

엄마는 매년 여름이 지날 무렵 뜨개질을 시작했다. 찬바람이 불면 엄마가 뜬 무지개 망토를 두르고 나는 학교에 갔다. 무지개 망토를 한 아이는 나밖에 없었다. 정문에서 운동장을 가로질러 갈 때면 아이들의 시선이 모두 나를 향했다. 나는 부끄러웠지만 그런 관심이 싫지 않았다.

*

연일 폭염 경보가 내렸다. 몇 십 년만의 폭염이라고 했다. 여행 가이드 일도 잠시 쉬어야 할 만큼 전국이 열돔 현상에 갇혔다. 엄마 친구 두 명이 치매로 요양원으로 갔다는 소식이 연이어 들렸다. 팔십이 코앞인 노인이 요양원을 간다는 것은 다시 돌아오기 힘든 길을 떠난다는 의미였다. 부쩍 건망증이 심해진 엄마를 보면 남의 일 같지 않았다. 엄마는 외출할 때마다 교통카드를 찾았다. 매번 내게 찾아내라고 해서 화장대 위에 따로 카드 두는 자리를 만들었다. 하지만 그곳에서 카드를 본 적은 없었다. 잃어버린 카드는 부엌 그릇장이나 액자 뒤에서 발견되곤 했다. 내가 검사를 받아보자고 하면 엄마의 태도는 단호했다.

"뭣 하러 검사까지 해서 병을 미리 알아. 고장 나면 그때부터 앓다가 가면 되지."

혹시나 하는 마음에 보건소에서 하는 무료 인지검사를 한번 받아보자고 했다. 엄마가 기다렸다는 듯이 그럴까 했다. 뜻밖의 반응이었다. 엄마가 마음을 바꾸기 전에 보건소에서 알아본 검사 내용을 설명하며 안심시켰다.

검사를 받으러 가기 전날이었다.

"해수가 내일 병원 예약했댄다. 예약 시간은 너한테 문자로 보낸대."

엄마는 늘 이런 식이었다. 내가 신경 써서 준비해 놓으면 다시 언니와 의논하고 결과만 통보했다. '또 내 노력과 시간은 아무것도 아닌 게 된 건가. 아무리 언니가 일 처리를 잘해도 그렇지. 같이 사는 건 난데, 멀리 있는 언니가 엄마한테 하는 게 뭐 있다고.' 엄마가 이럴 때마다 애꿎은 언니에게 불똥이 튀었다.

의사의 진료를 받기 전에 간호사가 문진표를 들고 엄마 앞에 앉았다. 첫 질문은 빼기였다. 100부터 7을 빼라고 했다. 계속 뺀 숫자에 다시 7 빼기를 하는 테스트였다. 수학은 늘 일등이었다며 내가 성적표를 내밀 때마다 엄마는 자신의 성적을 자랑했다. 그 말을 증명이라도 해 보이려는 듯 기를 쓰고 빼기에 집중했다. 거의 다 맞았다. 다음은 다섯 개 그림을 보고 잠시 후에 다시 기억하는 테스트였다. 간호사의 질문에 마치 학생이 된 것처럼 엄마는 열심히 대답했지만, 간신히 두 개를 기억했다. 의사의 진료보다 간호사의 테스트 시간이 더 길었다. 의사는 기억력이 좀 떨어지긴 하지만 문진표상으로 큰 이상은 없어 보인다고 했다. 정확한 진단을 위해서는 정밀 검사를 받아보는 것이 좋다고 말했다. 엄마는 미소를 띠며 알겠다고 했다. 한 번 더 상냥한 얼굴로 의사에게 인사를 하고 내 손을 끌고 서둘러 병원을 나왔다.

"정밀 검사 무슨, 그거 다 병원 배 불리는 짓이야."

엄마는 병원에서 검사도 했고 큰 이상이 없다는 말까지 들었으니 치매는 걱정 안 해도 된다고 생각했다. 하지만, 병원을 다녀온 후에도 카드를 찾는 일은 더 잦아졌고, 통장도 사라지기 시작했다. 세 번째 통장이 사라지던 날 엄마는 다 알고 있다는 얼굴로 내게 통장을 내놓으라고 했다. 언니가 보내주는 생활비통장이었다. 잔고 확인은 모바일 뱅킹으로도 가능하다고 말했지만 들은 척도 하지 않았다. 엄마는 내가 훔쳐 간 거라고 확신했다.

그 후로 엄마의 감정 기복이 눈에 띄게 심해졌다. 친구 집에 놀러 가는 횟수는 줄어들었고 식사 때가 아니면 종일 방에서 나오지 않았다. 뭘 하는지 궁금해 하면 묵은 짐을 정리한다고 했다. 열린 문 사이로 방을 보기 전까지 나도 그런 줄만 알았다. 엄마는 무언가 열심히 정리하고 있었다. 온갖 종류의 비닐봉지를 작게 접어 지퍼 백에 차곡차곡 채워 넣고 있었다. 나는 소리 나지 않게 문을 조금 더 열었다. 깔끔했던 엄마 방에 빈 상자가 가득했다.

"내가 도와줄까?"

놀란 가슴을 진정하고 방에 들어서며 말했다.

"내 방에 들어오지 마."

날카로운 목소리에 순간 숨이 멎는 듯했다. 낯선 모습이었다. 하루에 몇 번씩 온탕과 냉탕을 오가는 엄마에게 다시 병원에 가보자는 말이 쉽게 나오지 않았다. 나는 내키지 않았지만 언니에게 전화를 걸었다.

언니는 대학을 졸업하고 곧바로 일본회사에 취직했다. 몇 년 전 잘 다니던 회사를 그만두고 여행사를 차렸다. 한류열풍으로 여행사는 급성장했고, 언니는 일 년에 서너 번 한국으로 출장을 왔다. 엄마는 일본에서도 제 몫을 잘 해내는 언니를 자랑스러워했다. 아들이 우선이던 시절에도 엄마는 남녀가 평등하다고 생각했다. 하지만 아들을 낳지 못한 자격지심은 있었다. 언니가 윗집 남자아이와 크게 싸우고 온 날 엄마는 언니를 혼내지 않았다. 오히려 따지러 온 윗집 아줌마에게 사내 녀석이 여자한테 맞고 다닌다며 아줌마의 염장을 질렀다. 외향적인 언니는 독립심이 강하고 지기 싫어하는 성격이었다. 언니는 엄마만 쫓아다니는 소심하고 내성적인 나를 엄마 벌레라고 놀렸다. 엄마는 언니처럼 독립적이지 못한 나를 못마땅하게 여겼다.

언니도 엄마를 설득하지 못했다. 의사가 괜찮다고 했는데 왜 또 병원에 가느냐고 하는 엄마에게 정밀 검사를 받아보라는 말은 꺼내지도 못했다고 했다.

*

아침부터 시작한 재채기가 멈추지 않았다. 알레르기 비염이 심해진 것 같았다. 구급상자가 보이지 않았다. 엄마가 치운 게 틀림없었다. 나는 약국으로 뛰어갔다. 항히스타민제를 달라고 했다. 돌아오는 길에 약국 옆 편물점이 눈에 들어왔다. 모르고 지나칠 정도로 작은 공간이었는데 창가에 걸린 무지개 숄에 시선이 멈췄다. 무지개 망토가 생각났다. 나는 홀린 듯이 편물점 안으로 들어갔다. 내 또래로 보이는 여자와 육십 대로 보이는 여자 둘이 앉아 있었다. 짧은 청바지를 입은 젊은 여자는 빠른 속도로 뜨개질을 하고 있었다. 그녀의 능숙한 손놀림에 눈을 뗄 수가 없었다.

"뭘 드릴까요?"

주인으로 보이는 육십 대 여자가 일어나며 말했다. 편안한 인상의 주인 얼굴을 보니 긴장했던 마음이 조금 풀렸다.

"뜨개질이 처음인데요."

편물점 주인은 아무 대꾸 없이 4.5mm 바늘과 벽장에 있던 굵은 털실을 몇 타래 집어 와서 내 앞에 놓았다.

"바늘은 이걸 쓰면 되고, 실은 좋아하는 색으로 골라 봐요."

뜨개질 초보를 많이 대해 본 솜씨였다. 나는 무지개색 실을 사고 싶었지만 주인에게 추천해 달라고 했다. 요즘은 계절에 상관없이 니트의 인기가 좋다며 파스텔 톤의 파란색 실을 보여주었다. 주인은 처음 하는 거니까 연습하는 셈 치고 목도리를 먼저 떠보라고 했다. 내 대답도 듣지 않고 능숙한 솜씨로 겉뜨기와 안뜨기를 시연해 보였다. 그리고서 실과 대바늘을 쥐는 법을 알려주었다. 잊어버리면 보면서 하라고 설명서 한 장도 넣어주었다. 실과 바늘을 쥐는 법부터 다양한 무늬뜨기가 흐릿하게 복사된 종이였다. 뜨개질은 간단한 소품을 만드는 데는 별다른 기술이 필요 없다고 했다. 편물점 주인은 금방 한 뼘 길이의 목도리를 떴다. 단순해 보이는 손동작으로 원하는 것을 만들어 내는 뜨개질이 신기했다. 나는 당장이라도 창가에 걸린 무지개 숄을 뜰 수 있을 것만 같았다. 설레는 마음으로 실과 대바늘이 담긴 종이가방을 손에 쥐고 편물점을 나왔다.

집에 오자마자 주인이 알려준 대로 왼손 엄지와 검지에 실을 걸고 코를 만들었다. 열 코쯤 떴을 때 약 기운 때문인지 졸음이 쏟아지기 시작했다. 해가 지고 나서야 나는 겨우 눈을 떴다. 집이 너무 조용했다. 기분 나쁜 정적이었다. 엄마를 불렀지만 아무 대답이 없었다. 방에도 화장실에도 엄마는 없었다. 엄마에게 전화를 걸었다. 가죽이 벗겨진 소파 방석 밑에서 벨 소리가 들렸다. 나는 뭔가 잘못됐다는 것을 직감했다. 인터폰 수화기를 든 내 손이 심하게 떨렸다. 경비 아저씨는 엄마가 밖으로 나가는 것을 보지 못했다고 했다. 그제야 아침부터 집에 가야 한다고 했던 엄마의 말이 생각났다. 갑자기 빨라진 심장 소리가 귀에 들릴 만큼 쿵쾅거렸다. 아파트 주변을 뛰어다니며 갈만한 곳을 찾았지만 엄마를 봤다는 사람은 없었다. 경찰서에 신고해야겠다는 생각이 들었을 때 휴대폰이 울렸다.

"오백 일호지요? 경비실입니다. 모친이….”

파출소 문 앞에서 크게 숨을 들이마셨다. 얼른 발이 떨어지지 않았다. 아무렇지도 않은 척하며 파출소 문을 열었다. 반소매 원피스 위에 겨울 카디건을 뒤집어 입고 멍하니 앉아 있는 엄마를 보니 온몸의 힘이 빠져나가는 것 같았다. 내가 다가가는 기척에도 엄마는 한 곳만 바라보고 있었다. '엄마'하는 소리가 목을 넘어오지 못했다. 나는 마른침을 삼켰다.

"엄마.”

나를 알아본 엄마는 안심한 듯 멋쩍은 표정을 지었다. 또 낯설었다. 늘 당당했던 엄마 모습은 어디에도 없었다. 머릿속이 복잡해졌다.

"순임이네 가려고 나왔는데…."

엄마는 친구 집에 가려고 했다며 변명을 늘어놓았지만 어떻게 파출소에 갔는지 기억하지는 못했다. 경찰은 엄마가 사 차선 도로를 그냥 건너다가 사고가 날 뻔했다며, 사는 곳을 물어도 기억하지 못해 일단 파출소로 데리고 왔다고 했다. 가까운 아파트부터 탐문을 하던 중에 경비 아저씨가 엄마 인상착의를 기억하고 있었다고. 이렇게 빨리 찾기가 쉽지 않은데 운이 좋았다고도 했다. 감사 인사를 하고 담담하게 파출소를 나왔지만 놀란 가슴은 쉽게 진정되지 않았다.

엄마와 다시 병원을 찾았다.

"어머니, 평소에 드시는 약이 있어요?"

의사는 다정한 눈빛으로 친절하게 물었다. 엄마는 긴장한 듯 아니요, 하고 짧게 대답했다. 의사는 짧은 문진 후에 인지검사와 뇌 사진을 찍고 오라고 했다. 엄마가 인지검사를 받는 동안 나도 함께 앉아 있었다. 보호자가 관찰한 내용도 중요한 검사항목이었다. 인지검사는 한 시간가량 걸렸다. 뇌 영상 검사실 앞에서 엄마는 초조해 보였다.

"괜찮아, 선생님이 시키는 대로만 하면 돼."

나는 바짝 긴장한 엄마의 마른 등을 쓸어내렸다. 엄마는 평소에도 병원에 가는 것을 탐탁지 않게 생각했다. 당신 병은 당신이 잘 안다며 건강검진을 받는 것조차 달가워하지 않았다. 큰 병을 앓은 적 없는 건강한 체질이기도 했지만, 온몸에 퍼진 암세포로 손쓸 틈 없이 아버지가 떠난 뒤로 더 그랬다.

"어머니, 나이가 들면 이 부분이 쪼그라들거든요, 그래서 자꾸 깜빡깜빡하는 거예요. 어머니 나이에는 대부분이 그래요."

의사는 아까보다 더 친절하게 설명했다. 검사를 받느라 피곤했는지 엄마의 눈빛이 멍해졌다. 나는 온통 까맣게 보이는 뇌 사진에서 의사가 가리키는 해마 모양을 간신히 찾았다.

"약을 드시면 좋아지실 거예요, 어머니."

병명에 대해서는 별 말없이 약을 먹자고 했다. 의사는 무심한 표정으로 자판을 두드렸다. 그의 태도로 봐서는 별일 아닌 것처럼 보였다. 다음 진료 예약을 하고 처방전을 받았다. 피곤하다는 엄마를 로비 의자에 앉혀 두고 약국으로 향했다. '왜 치매라는 말을 한 번도 하지 않았지? 치매가 아닌가. 경도인지장애? 아니야, 집을 못 찾았을 정도면 중증일 텐데…' 그제야 나는 의사에게 분명하게 묻지 않은 것을 후회했다. 의자에 앉아서 약이 나올 때를 기다렸다. 약사는 걸음걸이가 불편해 보이는 노인에게 복용법에 대해 열심히 설명했다. 노인은 연신 고개를 끄덕였다. 약사는 약이 가득 담긴 비닐봉지 두 개를 노인의 손에 쥐여 주었다.

"애들이 한 번에 먹는 약이 한 줌은 더 되더라."

엄마는 삼 년 전 친구들과 희수 여행을 다녀왔다. 친구들이 가져온 약을 보고 당신은 건강관리를 잘하고 있다며 한 말이었다. 약을 받아 가는 노인을 보니 지병 없이 팔십 년을 살아온 엄마가 새삼 대단하게 느껴졌다. 그런데 치매라고? 다시 머릿속이 복잡해지려고 할 때 엄마 이름이 들렸다. 약사는 복용법과 알아듣지 못하는 약 이름까지 상세히 설명했다. 노인성 우울증, 불안장애, 치매 완화제. 엄마가 우울증이었다니. 갑자기 화를 낸다든지, 폭력을 쓰는 것처럼 감정이 불안정한 것은 우울증 때문이라고 했다. 두 달분 약을 받고 나오다가 다시 약사에게로 갔다.

"하얀 알약이 치매약이 맞나요?"

"네, 알츠하이머 코드로 체크 되어 있어요. 용량은 제일 낮은 거고요."

이해되지 않았던 엄마의 행동들이 치매 증상이었다고 하니 나도 모르게 깊은 한숨이 새어 나왔다. 엄마는 나이가 들면 입맛도 변하고 쓸데없이 고집만 세진다고 했다. 나는 그런 줄로만 알았다. 나는 엄마가 치매 환자라는 것을 받아들이기가 쉽지 않았다. 엄마의 일상은 크게 달라지지는 않았다.

매일 친구와 통화했고 좋아하는 드라마도 꼬박꼬박 챙겨봤다. 여전히 내가 엄마 방에 들어가는 것은 싫어했지만 불쑥 화내는 일이 줄어들었고 잠자는 시간이 일정해졌다.

엄마가 잠이 들면 나는 뜨개질을 했다. 오랜만에 가져보는 혼자만의 시간이었다. 편물점에서 배운 대로 목도리를 떴다. 안뜨기보다 겉뜨기가 편했다. 모양도 겉뜨기가 더 예뻤다. 처음 해 보는 뜨개질치고는 꽤 잘하는 것처럼 느껴졌다. 하지만 길이가 길어질수록 모양이 이상해졌다.

*

언니가 연락도 없이 왔다. 일본 지인들과 한국에 왔다가 집에 들렀다고 했다. 엄마 소식을 듣고 일부러 시간을 낸 것 같았다. 엄마는 예전처럼 언니를 반갑게 맞았다. 나는 언니에게 엄마 상태를 미리 알려주었다. 방에 있는 상자에 대해서 아무 말 하지 말고, 엄마가 얘기할 때 끊지 말고. 옷을 갈아입으려고 엄마 방에 들어갔다가 눈이 휘둥그레져 나온 언니에게 조용히 하라는 손짓을 했다. 부쩍 예민해진 엄마를 눈치 없는 언니가 자극할까 봐 걱정되었다.

"엄마, 목욕 갈래요? 내가 등 밀어준 게 언제였는지 기억도 안 나네."

살짝 높은 톤으로 애교를 부리며 언니가 말했다. 일주일에 두 번씩 목욕탕에 갔던 엄마는 아프기 시작하면서 세수하는 것도 귀찮아했다. 나보다 덩치가 큰 엄마를 혼자 씻기는 것이 여간 곤혹스러운 일이 아니었다. 아무 말도 하지 않았는데 목욕탕에 가자고 하는 언니가 고마웠다. 목욕을 다녀온 엄마는 평소보다 일찍 잠들었다. 오랜만에 온탕에 몸을 담갔으니 기분 좋은 잠을 잘 것이다.

저녁상을 물리고 언니가 나를 불렀다.

"은수야…, 엄마 요양원으로 보내자."

나는 갑작스러운 언니 말에 당황했다.

"그 말 하려고 비싼 비행기 타고 온 거야?"

언니 말을 다 듣기도 전에 요양원이라는 단어에 기분이 상해 버렸다.

"언니는 그런 말 할 자격이 없어. 내가 어떻게 버텼는데 그렇게 쉽게 요양원 소리를 해."

혼자 감당하기 힘들었던 기억들이 한꺼번에 떠올랐다. 치매는 엄마를 정상과 비정상의 경계에 세워 두고 나를 시험하는 것 같았다. 엄마 얼굴을 하고 전혀 다른 사람처럼 행동하는 것을 보는 일이 너무 괴로웠다. 엄마로 대해야 할지, 기억 저편에 서 있는 환자로 대해야 할지 매 순간 혼란스러웠다. 제일 힘들었던 것은 아침에 방문을 열 때였다. 엄마가 영원히 잠에서 깨지 않을까 봐 두려웠다. 매일 죽음을 맞이하는 기분을 언니가 알 리 없었다. 차가운 소주가 당겼지만 언니에게 술 마시는 모습을 보이고 싶지 않았다. 냉장고에 있던 찬물을 숨도 쉬지 않고 마셨다. 내 반응을 예상했다는 듯 언니의 목소리는 침착했다.

"엄마가 날 못 알아봤어."

나도 모르게 숨을 멈췄다.

"옷을 입히는데 갑자기 고맙습니다, 하고 인사를 하는 거야. 누구신데 이렇게 친절하실꼬, 하며 몇 번이나 고맙다고…. 내가 해수라고 했는데도 한참을 보고 나서야 날 알아봤어."

언니 목소리가 떨리고 있었다.

"엄마는 앞으로 더 나빠지기만 할 텐데 너 혼자서 어떻게 감당하게?"

나를 걱정하는 건지, 엄마를 걱정하는 건지 언니 속을 알 수가 없었지만, 요양원은 생각하고 싶지 않았다. 나는 상태가 더 나빠지면 그때 생각하자며 말을 끊었다.

다음 날 아침 언니는 잠이 덜 깬 엄마를 앉혀놓고 길게 자란 손톱을 깎고 있었다.

"아이고, 우리 엄마 손톱이 공룡 발톱처럼 자랐네."

언니는 엄마를 깨끗하게 단장시키고 나서 필요할 때 쓰라고 오십만 엔이

든 봉투를 내 손에 쥐여 주고 떠났다. 언니가 돌아간 뒤에도 요양원이라는 세 글자가 머릿속을 맴돌았다. 생각하지 않으려고 할수록 더 또렷해졌다. 술 생각이 간절했다. 그동안 잘 버텨왔는데 엄마 상태가 나빠질 때마다 자꾸 마음이 흔들렸다.

*

목도리를 찬찬히 살펴보며 편물점 주인이 말했다.

"모양이 이렇게 나오는 건 자기가 너무 꼼꼼하게 하려고 해서 그래. 목도리가 쉬울 것 같지만 처음 하는 사람들이 여기서 포기하는 경우가 많아요. 뜨개질은 힘이 들어가면 촘촘해지고 느슨하면 모양이 나오질 않거든."

주인이 옆에서 가르쳐 줄 때는 제대로 나오던 모양이 혼자서 하면 다시 촘촘해졌다. 몇 번을 풀었다 뜨기를 반복하다가 간신히 짧은 목도리를 완성했다. 포기하고 싶었는데 막상 완성하고 나니 또 뭘 뜰까 하는 생각부터 들었다. 추워지기 전에 무지개 숄을 뜨고 싶었다.

십이월이 되어도 기온은 영하로 떨어지지 않았다. 이상 고온 현상으로 비가 내린 다음 날부터 코로나바이러스의 확산 소식이 뉴스 대부분을 차지했다. 노인이나 기저질환이 있는 환자한테는 치명적이라는 뉴스는 엄마를 집에서 꼼짝 못 하게 만들었다. 산책은 고사하고 병원 진료도 갈 수 없었다. 두 달에 한 번 약 타는 것으로 진료를 대신했다. 엄마는 다리 근육이 빠지기 시작하면서 움직임도 둔해졌다. 잠꼬대 소리가 방 밖까지 들리는 날도 있었다. 의사가 말했던 섬망 증상 같았다. 아침부터 기분이 좋지 않았던 엄마는 약을 먹지 않겠다고 고집을 부렸다. 약을 가지고 방에 들어서는데 갑자기 달려들어서 사정없이 나를 밀었다. 나는 서랍장 모서리에 옆구리를 세게 부딪치며 고꾸라졌다. 숨쉬기 힘들 정도로 심한 통증을 느꼈지만 흥분한 엄마를 두고 어떻게 할 수가 없었다. 진통제를 찾는데 눈물이 쏟아졌다. 도움을 청할 곳이 아무 데도 없었다. 혼자서 얼마나 더 버틸 수 있을지 자신이 없었다.

옆구리 통증도 코로나바이러스의 확산도 좀처럼 줄어들지 않았다. 사회적 거리 두기는 계속 강화되기만 했다. 결혼식에도 인원 제한이 생겼고, 장례식은 가족장으로 치러졌다. 세상도 치매에 걸린 것처럼 나아질 기미 없이 계속 나빠지고만 있었다.

엄마가 낮잠을 자는 동안 양갱을 사러 마트에 갔다. 엄마는 매일 간식으로 양갱을 먹었다. 양갱은 엄마 기분을 맞출 때 내놓는 비밀 무기이기도 했다. 집으로 오는 길에 편물점에 들렀다.

"무지개색 실 주세요."

고개를 갸웃거리는 주인에게 다시 말했다.

"지난번 창가에 걸려 있던 무지개 숄을 떠볼까 하고요."

"아, 그건 내가 여러 색을 섞어서 떠본 건데⋯. 무지개색처럼 보였구나."

주인은 여러 색을 섞어서 하는 뜨개질은 전문가도 어려워한다는 말을 덧붙였다. 내가 아직 그 정도 실력은 아니라는 말로 들렸다.

"마음에 드는 실로 골라 봐요. 요즘은 실이 잘 나와서 여러 색 섞어서 할 필요가 없어요."

주인은 한 타래에 여러 색이 그러데이션 된 실을 늘어놓으며 말했다. 나는 엄마가 좋아하는 보라와 연보라가 그러데이션 된 실을 골랐다. 가운데 옅은 노랑과 초록이 있어서 무지개색에 제일 가까워 보였다. 주인은 삼각 숄 도안을 보여주며 콧수를 정해주고 숄 뜨기 순서를 적어 주었다.

엄마가 잠든 것을 확인하고 오랜만에 술을 한 잔 마셨다. 며칠째 잠을 못 잤던 탓에 금세 노곤해졌다. 끙끙거리는 소리에 눈을 떴다. 엄마가 현관문 앞에서 웅크리고 앉아 있었다. 한쪽 팔을 감싸고 앉은 모습이 심상치 않아 보였다. 조심스럽게 안아 일으키려는데 엄마가 소리를 질렀다.

"아프단 말이야."

왼쪽 팔이 잘못된 것 같은데 손을 못 대게 하니 살펴볼 수가 없었다. 병원에 가자고 했지만, 아무 대꾸도 하지 않았다. 엄마는 그렇게 이틀을 누워 있었다.

국제항공 노선도 모두 끊긴 상태라 언니는 한국에 올 수가 없었다. 대신에 친구를 통해 알아본 요양병원 전화번호를 알려주었다. 나는 전화번호를 보며 한참을 망설였다. 며칠 전 TV에서 본 장례식이 생각나서였다. 어느 나라인지 모르지만 코로나19에 걸려 죽은 할머니의 장례식이었다. 유리 창문 사이에 시신을 두고 가까이 갈 수도, 만질 수도 없이 가족들은 서럽게 울기만 했다.

지금 네가 혼자서 엄마를 돌보는 건 무리야. 널 위해서가 아니라 엄마를 위해서 요양병원을 알아보는 게 좋을 것 같아. 코로나 때문에 요양병원 입원도 힘든 상황이래. A병원에서는 코로나 검사 결과지만 있으면 바로 입원이 가능하다고 했어. 그보다 먼저 엄마 팔 상태부터 검사 해 봐.

언니가 알려준 A병원에 전화를 했다. 담당자는 엄마의 다친 팔을 진료할 병원도 추천해 주었다. 앰뷸런스로 엄마를 그 병원으로 옮겼다.

의사가 팔목 뼈가 세 군데나 부러졌다고 했을 때 온몸이 전기에 감전된 듯했다. 수술을 해야 할 만큼 심각한 상태였다. 나는 입원 수속부터 밟았다. 원무과에서는 간병인이 상주하는 통합 병실을 권했다. 통합 병실은 보호자가 여섯 시에는 퇴실해야 했다. 입원 준비물을 사서 병실에 들어서는 나를 보고 엄마가 소리쳤다.

"혼자 두고 어딜 갔다 오는 거야."

약을 안 먹겠다고 할 때처럼 얼굴이 벌겋게 달아올라 있었다. 엄마는 당장 집에 가자며 침대에서 내려오려고 했다. 치매 환자는 낯선 곳을 불안해한다는 의사의 말이 생각났다. 엄마를 간병인에게 맡길 일이 아니었다. 보호자가 함께 있을 수 있는 병실로 다시 알아보았다. 다른 환자가 없는 2인실이 있었다. 병실을 옮기고 나서야 엄마는 안정을 되찾았다.

수술은 무사히 끝났다. 의사는 생각보다 어려운 수술이었다며 골다공증이 심하니 입원해서 일주일 정도 예후를 지켜보자고 했다. 마취에서 깬 엄마는 수술한 것을 기억하지 못했다. 깁스한 팔을 보여주면 그제야 고개를 끄덕였다. 그리고 다시 잊어버렸다. 엄마의 기억은 빠른 속도로 사라지고 있었다. 병실을 호텔로 착각하기도 하고, 나를 친구로 착각하기도 했다.

"우리 막내딸은 나한테 너무 잘해. 내가 죽으면 갈 곳이 없을까 봐 그렇게 걱정이네. 마음이 여려서 나 없으면 어떻게 살지 걱정이야."

건강할 때의 엄마 모습으로 내 걱정을 했다. 엄마가 다시 돌아온 것만 같았다. 내가 무슨 말을 해야 할지 몰라 머뭇거리는 동안 엄마는 금방 잊어버린 기억 속으로 사라졌다. 엄마는 평생 아버지의 첫 번째 부인인 큰어머니 제사를 지냈다. 큰어머니를 아버지 옆으로 이장했다는 것을 안 지는 얼마 되지 않았다. 엄마는 당신이 죽으면 답답한 땅에 묻지 말고 화장해서 바다에 뿌리라고 할 때마다 나는 듣기 싫다고 짜증을 냈다. 큰어머니의 묘 이장이 오래전부터 계획한 일이었다는 것을 알았을 때 엄마가 너무 가여웠다. 기억을 잃어가는 엄마를 지켜보는 것은 힘든 일이었지만 그래도 함께 있어서 위안이 되었다. 하지만 더는 안 된다고 한다. 엄마를 위한 결정이지만 마음은 여전히 새벽안개에 갇힌 것처럼 답답하기만 했다.

예정된 시간은 빨리 다가왔다. 나는 엄마를 씻기고 싶었다. 내가 옆구리를 다치고 나서부터 제대로 씻지 못하고 있는 엄마가 내내 마음이 쓰였다. 수술한 팔목 때문에 샤워는 힘들었다. 머리는 감길 수 있을 것 같았다. 수건과 새 환자복을 챙겨서 샤워실로 향했다. 휠체어 모양의 플라스틱 의자에 엄마를 옮겨 앉히고, 바퀴가 미끄러지지 않도록 고정 장치를 몇 번이나 확인했다. 아이를 목욕시키듯이 연신 칭찬을 하며 엄마 기분을 맞췄다. 엄마도 샴푸 향이 좋다며 기분 좋아했다. 샤워기 물 때문에 등이 축축하게 젖었지만 엄마는 개의치 않았다. '이대로 같이 살 수 있으면 얼마나 좋을까.' 나는 엄마를 더 씻기고 싶었다. 의자에 앉아 있는 상태로는 발밖에 더 씻길 곳이 없었다. 양말을 벗기고 따뜻한 물에 발을 담갔다. 심하게 뒤틀어져 있는 발가락 사이에 다섯 손가락을 끼워 넣고 문질렀다. 조금만 더, 조금만 더. 길지 않은 샤워 시간이 나는 행복했고 또 슬펐다.

A 요양병원은 면회가 전면 금지였지만 입원하는 날은 보호자가 병실까지 들어갈 수 있었다. 엄마가 병실에서 환자복을 갈아입는 동안 나는 보호자 동의서에 사인했다. 똑같은 머리 모양을 한 노인들의 힘없는 눈동자가 나를 따라 움직였다.

"의사 선생님은 말 잘 듣는 환자를 좋아해. 나한테 하듯이 고집 피우지 말고, 말 잘 듣는 착한 환자 해야 해. 내가 다음에 오면 선생님한테 꼭 물어볼 거야."

나는 마지막 당부를 몇 번이나 반복했다.

곧 올게요. 올 수 있겠지. 올 수 있을까.

병원 문을 나설 때부터 참았던 눈물은 현관문 앞에서 쏟아져 내렸다. 내가 병실을 나올 때도 감은 눈을 뜨지 않던 엄마 얼굴이 자꾸 떠올랐다. 좁은 목구멍으로 뜨거운 응어리가 끝없이 올라왔다.

*

술에 절어 몇 날을 보냈는지 기억나지 않았다. 언니 전화도 받지 않았다. 언니가 보낸 문자만 열어보고 살아있음을 알렸다. 집은 온통 쓰레기로 발 디딜 틈이 없었다. 바닥에는 엄마가 입었던 옷가지들과 안 먹겠다고 던져버린 약이 널브러져 있었다. 언니는 엄마 방 청소부터 하라고 매일 문자를 보냈다. 나까지 병에 걸릴까 걱정이라고.

따뜻한 햇살이 거실 안까지 길게 들어온 날, 나는 엄마 방에 겹겹이 쌓여 있던 상자를 모두 치웠다. 곱게 접힌 비닐봉지가 가득한 상자를 보니 외출

때마다 하나씩 챙겨 가던 엄마 모습이 떠올랐다. '이게 뭐라고.' 사계절 옷이 뒤섞여 있는 옷장을 열었다. 그렇게 찾아도 없던 분홍색 내복이 옷장 구석에 처박혀 있었다. 내 여름 원피스도 있었다. 엄마가 언제 내 방에서 가져왔는지 알 수 없었다. 옷장을 모두 비워냈다. 언젠가 쓸 데가 있을 거라며 따로 모아 두었던 먼지 쌓인 유리병도 마대 자루에 담았다. '이런 걸 어디다 쓴다고.' 나는 빛바랜 엄마의 시간을 천천히 정리했다. 엄마 방이 넓어졌다. 팔십 년 엄마의 흔적은 낡고 삐걱거렸으며 아름답지 않았다.

밀린 숙제를 하듯 내 방도 청소를 했다. 방문 뒤에 줄 서 있던 빈 술병을 재활용 봉투에 모두 담았다. 나를 옥죄어 왔던 불안과 긴장에서 벗어나고 싶었다. 멈추었던 나의 시간이 다시 흘러갈 수 있을까.

침대 밑에서 뜨다 만 무지개 숄이 청소기에 딸려 나왔다. 잊고 있었다. 삼각 숄 도안을 펼쳤다. 편물점 주인이 숄 뜨기 순서를 적어 놓았다. 첫 코는 걸러뜨기 하고, 감아코로 한 코 늘려주고 계속 겉뜨기. 반대로 콧수 줄여서 뜨기. 콧수를 줄일 때는 두 코 모아뜨기 두 번, 다시 겉뜨기. 다시 봐도 헷갈렸다.

엄마는 입원할 때보다 건강이 좋아졌다. 요양병원은 여전히 면회 금지였지만 수술한 팔목은 외래 진료를 받아야 했다. 그 덕분에 한 달 만에 다시 엄마를 볼 수 있었다. 엄마는 나를 보자마자 집에 가자고 했다. 나를 잊지 않고 있어서 고마웠다. 재활 치료를 해야 한다고 엄마를 달랬다. 팔목이 다 나으면 집에 가자고 거짓말을 했다. 집에 있을 때보다 살이 빠져서인지 엄마의 긴 목이 유난히 허전해 보였다.

"다음에 내가 멋진 선물 가져올 테니 더 건강해져야 해."

엄마가 환하게 웃었다. 밝아진 엄마를 보니 안심이 되었지만 한 편으론 서운한 마음도 들었다. '같이 있을 때 이렇게 좀 웃어주지.'

다음 면회 날에 맞춰 무지개 숄을 완성하기 위해 하루에도 몇 번이나 편물점을 오갔다. 드디어 완성한 무지개 숄을 펼쳐 보았다. 창가에 걸렸던 숄보다 훨씬 따뜻해 보였다. 엄마 어깨를 감싸기에도 충분한 크기였다.

"첫 솜씨인데 이 정도면 재능이 있는 거야."

편물점 주인이 기분 좋은 칭찬을 했다. 내가 숄을 뜨겠다고 했을 때 금방 포기할 줄 알았다고 했다. 주인은 남은 실로 사각 숄도 떠보라고 했다. 150 코를 잡고 둘레는 커트 뜨기, 안쪽은 메리야스뜨기 모양도 내 보라고 했다. 사각 숄은 콧수를 줄이지 않아서 삼각 숄보다 훨씬 수월하다고 했다. 나는 뜨개질하는 동안 나만의 동굴 안에 있는 것처럼 편안했다. 엄마를 요양병원에 보냈다는 죄책감도, 보고 싶다는 그리움도, 술도 생각나지 않았다.

엄마를 두 번째 면회하러 가는 날 새벽부터 요란한 비가 내렸다. 나는 깨끗하게 세탁한 무지개 숄을 현관 앞에 미리 챙겨 두었다. 핸드폰에 일찍 문자 한 통이 와 있었다.

A요양병원입니다.

본원에 코로나 의심 환자가 발생하여 보건소와 시청에서 역학조사 중입니다.

김정선님이 코로나19 바이러스에 확진되어 의료원으로 금일 격리 이송되었음을 알려드립니다.

창문을 세차게 두드리던 비는 어느새 폭우로 바뀌었다.

*

마지막 코를 빼서 느슨하게 매듭을 지었다. 완성된 사각 무지개 숄을 허공에 펼쳐 보았다. 여보라와 보라 사이에 노랑과 초록이 어울려져 마든 무지개 숄이었다. 몇 시간 동안 한 자세로만 있었던 몸을 천천히 일으켜 세웠다. 햇살에 눈이 부셨다. 엄마가 키우던 나무는 자작나무 껍질처럼 하얗게 말라 버린 채로 발코니 한구석을 차지하고 있었다. 엄마가 앉아 쉬던 파란 색 욕실 의자에 엉덩이를 걸쳐 보았다. 건너편 산에 진달래꽃이 어른거렸 다.

請霞 이정희 | 먼 사람

공주 출생.
시인·수필가.
2012년『수필 등단, 2019년 시 등단, 2022년『계간문예』소설 등단.
수필집『그리워서 산다』,『사랑하니까 산다』,
『정희야 잘했다』,『개나리꽃도 피었네』.
시집『장미꽃이 말을 걸다』,『꽃길만 걸어요』.

먼 사람

請霞 이정희

나는 남편과 함께 이사해도 좋은 날을 물어 보려고 점집을 찾아갔다. 점집 안방에는 나이가 예순은 넘어 보이는 무당이 먼저 온 손님과 이야기를 나누고 있었다. 우리 내외는 심부름하는 아이가 시키는 대로 옆방에서 차례를 기다렸다. 남편은 시종 못마땅한 표정을 지우지 못하고, 지금 당장이라도 도로 나가자고 연신 눈짓을 보냈다.

차례가 되어 아이가 우리를 안방으로 안내했다.

"이번에 이사하려고 하는데, 좋은 날짜를 잡고 싶어서요."

내 말에 무당은 나와 남편을 바라보던 눈길을 거두어, 탁자 위에 펼쳐진, 표지가 누렇게 변한 낡은 책을 잠시 뒤적거렸다.

"남향에 살이 꼈구먼. 남향만 피하면 이사는 아무 때라도 괜찮아요."

그 말에 나는 가슴이 뜨끔했고, 무당의 말은 믿을 게 못 된다면서 무시하려 들던 남편도 살이 꼈다는 말에는 조금 놀란 것 같았다.

"이사 가려는 집이 하필이면 남향이네요. 무슨 방법이 없나요?"

"방법이 왜 없겠어요."

무당이 비방을 알려주었다.

"이삿짐만 먼저 옮겨놓고, 식구들은 여관이나 다른 곳에서 하루 주무시도록 해요."

우리는 무당이 가르쳐 준 대로 이사 가는 날, 시내 여관에서 하룻밤을 묵었다. 남편은 틈만 나면 불평을 늘어놓았다.

"이거 공연히 고생을 사서 하는 게 아냐?"

새집으로 이사한 후로, 나는 사흘이 멀다 하고 병원 문턱을 드나들어야 했다. 몸에 기운이 없어서 손끝 하나 움직이기도 힘겨웠다. 화장실만 다녀와도 온몸이 땀으로 범벅이 되었다. 젖은 옷이 몸에 달라붙어서 벗는 것도 쉽지 않았다. 거울에 비친 내 몰골은 말이 아니었다. 두 눈은 쑥 들어가고, 광대뼈만 툭 튀어나와 내가 보기에도 무서웠다. 링거를 맞아도 소용이 없었고, 한의원에서 침을 맞고 녹용을 달여 먹어도 기운이 없기는 마찬가지였다.

대학병원에 입원했다. 채혈, Xray, MRI, CT촬영 등, 검사를 받느라 몸은 더 지치고, 기력이 소진되었다. 뚜렷한 병명은 나오지 않았다. 의사들도 원인을 알 수 없다고 고개를 갸웃거렸다. 퇴원하여 집에서 요양하기로 했다.

집에 돌아오니 마음은 한결 편했다. 초등학교 4학년과 2학년인 정우와 진우는 집으로 돌아온 나를 보더니 말이 많았다. 학교 이야기, 선생님과 친구들 이야기를 늘어놓았다. 전에 했던 말을 처음인 줄로 알고 또 반복했다. 나는 두 아들을 바라보면서 조속히 완쾌되기를 속으로 빌었다. 남편이 대신 내 사직서를 회사에 제출했고, 퇴직금은 내 통장으로 들어왔다.

내가 퇴원했다는 소식을 듣고 희수가 병문안을 왔다. 희수는 정우가 다닌 유치원에서 학부형으로 만났다. 희수는 자리에 앉자마자 정우와 같은 반인 재회 엄마가 신 내림을 받았다고 소개하면서 월요일에 함께 가 보자고 제의했다. 나는 지푸라기라도 잡고 싶은 심정이었다.

재회는 하반신을 못 쓰는 장애다. 재회 엄마가 휠체어에서 내린 재회를 업고 교실까지 가는 모습은 학교를 방문할 때마다 목격할 수 있었다. 영문초등학교에서 재회와 재회 엄마를 모르는 사람이 없을 정도였다. 그 재희가 4학년이 되면서 정우와 같은 반이 되었다. 어느 날 정우한테 도시락을 전해 주기 위해 교실을 찾았는데, 마침 체육 시간이라 모두 밖에 나가고 재희 혼자 교실에 남아 있었다. 나는 재희 앞으로 다가갔다.

"나는 정우 엄마야."

"알아요!"

정우는 2학년부터 줄곧 반장이었다. 이런저런 이야기 끝에 내가 물어 보았다.

"화장실에 가고 싶으면 어떻게 하니?"

"학교에서는 화장실에 안 가요."

나는 재희의 말에 충격을 받았다. 엄마가 없으면 한 발짝도 움직이지 못하는 재희가 너무 딱했다. 재희 엄마는 딸의 병이 낫도록 밤낮으로 기도를 드리다가 그만 신이 내린 모양이라고 희수는 말했다. 내가 보기에도 재희가 정상인처럼 두 발을 딛고 일어서기는 영 불가능해 보였다. 재희의 상체는 또래 아이들보다 큰 편인데 비해, 양쪽 다리는 바닥을 딛고 설 수 없을 만큼 가늘었다.

월요일 오전에 희수가 나를 데리러 왔다. 희수가 운전하는 자가용을 타고 재희네 집에 갔다. 재희 엄마는 작은방 한쪽에 신당을 차려놓고 손님을 받고 있었다. 재희 엄마도 나를 잘 알고 있었다. 학교에서 가끔 만났고, 학교 행사에서도 보았기 때문이다. 재희 엄마는 내 생년월일을 묻더니, 엄지손가락으로 나머지 손가락을 짚어가며, 내가 알아들을 수 없는 말로 한참 중얼거렸다.

"이사를 잘못했네요."

"네?"

"아주 나쁜 기운이 따라 들어왔어요. 치성 드리지 않으면 큰일 치르게 생겼어요."

그녀는 또 내가 아프지 않으면, 대주(남편)가 큰 사고를 면치 못할 운세라고 은근히 겁을 주었다. 나는 고개를 들어 재희 엄마를 간절한 눈길로 바라보았다.

"어떡허면 좋아요?"

"하는 수 없지요. 굿하면 돼요."

100만 원을 들여서 굿을 했다. 남편이 알까 봐 쉬쉬 숨기며 벌인 일이었다. 그때부터 재희 엄마는 툭하면 나에게 전화를 걸었다.

"어젯밤 꿈에 정우 엄마가 나타났는데, 이게 좋은 꿈인지 나쁜 꿈인지 모르겠네. 하여간 신당에 와서 치성 드리고 가요."

나는 신당에 엎드려 절을 하면서 건강하게 해달라고, 남편과 아이들을 지켜 달라고, 빌고 또 빌었다. 몸이 아프니까 마음까지 약해진 것 같았다. 재희 엄마한테 갈 때마다 적잖은 돈이 솔솔 빠져나갔다. 남편이 숙직하는 날, 재희 엄마를 따라 한밤중에 제물을 싸 들고, 집에서 십 리나 떨어진 산골짜기에서 치성을 드리기도 했다. 그래도 효험이 없기는 마찬가지였다. 재희 엄마는 굿을 한 번 더 해보자고 권했다. 그러면서 100만 원을 또 요구했다. 약속한 날짜와 시간에 맞추어 신당에 들어섰다. 돼지머리, 떡시루, 과일, 실, 북어 등을 올려놓은 상 앞에 재희 엄마까지 네 명의 무당이 형형색색의 옷을 입고 모여 있었다. 그중에는 남자 무당도 끼어 있었다.

재희 엄마가 양쪽 손에 칼을 들고 한바탕 춤을 추었다. 이어서 남자 무당이 양손에 흰 종이로 만든 꽃을 들고 춤을 추기 시작했다. 재희 엄마는 나에게 하얀 두루마기를 입히고, 내 손에 대나무를 들리더니 제상 앞에 서 있으라고 말했다. 나는 얼떨결에 대나무를 들고, 의아해하며 제상 앞으로 다가섰다. 젊은 여자 무당이 큰 북을 치고, 재희 엄마는 징을 쳤다. 나이 들어 보이는 무당은 제상 앞에서 두 손을 모아 빌었다. 북과 징 소리가 너무 커서 귀가 먹먹할 지경이었다.

재희 엄마는 대나무를 들고 서 있는 나를 보면서 조금 초조해 하는 것 같았다. 갑자기 당하는 일이라 나는 제정신이 아니었다. 재희 엄마는 무당들과 말을 주고받으면서 나를 힐끔힐끔 쳐다보았다. 왜들 저러는가 싶었지만, 나중에 들은 얘기로, 그날은 나의 신 내림을 받기 위해 마련한 자리였다. 나에게 신이 내리면 내가 잡고 있는 대나무가 마구 흔들려야 하는데, 아무 미동이 없어서 무당들이 오히려 당황스러웠다는 후일담을 들었다. 몸이 아프니 이제 별난 짓을 다 겪는구나 싶었다.

"사주, 관상 잘 보는 점집을 알았어."

"천성 A철학관?"

"아니. 천성보다 부천 C철학관이 더 유명하대. 거기는 미리 예약해야 무당을 만날 수 있다니까. 하루에 스무 명만 봐주고 더 이상은 안 봐준대."

"어머, 그래? 그럼 거기 꼭 가봐야겠네."

친구 윤미가 카톡으로 알려주는 C철학관의 약도와 전화번호를 나는 꼼꼼히 확인했다. 마음 한편에서는 '그냥 무시해라, 또 속을지도 모른다.'라는 외침이 들렸다. 그러면서도 다른 한편에서는 '그렇게 유명하대잖아. 설마 또 속겠어?'하고 스스로를 부추기는 핑계거리가 끼어들었다. '도대체 왜 이렇게 시름시름 몸이 아픈지…. 진짜 용하다니까….'

나는 전화로 방문 일자를 예약했다. 상대방은 금요일 11시까지 오라고 안내했다. 예약이 이루어졌다는 것만으로도 큰일을 해낸 것 같았다. 부천 시외버스정류장까지 버스를 타고 가서, 약도를 보면서 길을 물어물어 C철학관을 찾아갔다.

개량 한복을 차려 입은, 얼른 보기에도 인물이 훤한 무당이 신당 앞에 앉아서 안으로 들어서는 나를 빤히 바라보았다. 그의 요구대로 식구들의 생년월일과 태어난 시를 말했더니, 백지에다 볼펜으로 꼭 낙서하듯이 무어라 잔뜩 휘갈겨 받아 적었다. 그녀가 쓴 글씨는 바로 앞에 앉아 있는 내가 판독하기도 어려울 만큼 지독한 악필이었다.

"많이 아팠구나. 죽지 않고 여태 살아 있는 게 용하구먼. 지금도 많이 아프지?"

나는 대답 대신 가만히 고개를 숙이고 말았다.

"남편하고 궁합이 안 맞아. 원진살이 끼었어."

남편은 나보다 열 살 위다. 어머니는 나이 차가 너무 난다고 결혼을 극력 반대했다. 그러나 나는 누가 뭐래도 남편과 결혼하기로 굳게 마음먹고 있었다. 보다 못한 어머니가 점쟁이를 찾아가 궁합을 보았는데, 그때도 나와 남편은 원진살이 끼어서 결혼 생활이 여의치 못할 것이라는 언질을 받았다. 결혼 15년 차에 접어든 지금 와서도 다시 비슷한 말을 듣고 보니, 기분이 영 개운치 못했다.

"하지만 너무 걱정하지 마."

"……?"

"다 헤쳐 나갈 방법이 있다, 그 말이야."

"방법이라면… 어떤 방법이 있는데요?"

"내 말 믿고 정성 들여 큰굿 한번 올리면 돼."

"……?"

"깊은 산에 들어가서 1박 2일로 정성껏 치성을 드리고 나면 팔자에 낀 나쁜 액운 다 물리칠 수 있어."

"……."

"자네 오늘 나 만난 거, 하늘이 도운 줄이나 알아. 더도 덜도 말고, 삼백만 원짜리 굿이면 돼."

300만 원짜리 굿이라니? 나는 가슴이 철렁 내려앉았다. 나는 300만 원이란 거금을 들여 굿을 하게 되리라고는 전혀 예상하지 못했다. 게다가 굿을 올리기 위해 1박 2일 동안 집을 비우겠다고 하면 다른 누구보다도 남편이 이해하지 못할 일이었다.

내 표정을 가만히 지켜보고 있던 무당이 나직하게 속삭였다.

"자네 인상이 좋아서 그나마 내가 크게 인심 써서 싸게 해주는 거야. 다른 사람 같으면 천만 원 갖고도 안 돼. 알아?"

"저 지금 가진 돈이 없는데요. 또 굿을 한다고 해도 1박 2일 동안 집을 비울 처지도 못 되고요."

내 말에 그녀는 두 눈을 부릅뜨고 소리쳤다.

"남편이 직장에서 승승장구하고, 두 아들이 무탈하게 성장하는 일이야. 나 같은 사람을 만나서 팔자 고칠 일이 생겼는데, 뭐가 어쩌고 어째? 자네 돈 아꼈다가 죽을 때 싸 가지고 갈 거야? 아니잖아!"

"......?"

"잔말 말고 지금 당장 은행에 가서 돈 찾아와. 무조건 내 말 들어. 안 그러면 조만간 자네 집안 폭삭 망한단 말이야."

나는 숨이 막히는 듯해서 더는 대꾸를 못하고 더욱 고개를 숙였다. 그 사이에 그녀가 누군가를 불러들였다. 방에 들어온 사람은 무당의 남편인 것 같았다.

"이 사람 따라가서 삼백만 원만 인출해. 굿도 우리가 알아서 정성껏 올려줄 테니까, 자네는 굳이 참석하지 않아도 돼. 자네 대신 큰무당 둘을 데리고 가면 되니까. 이게 다 자네나 자네 가족을 위해서 하는 일이야. 알아들어?"

큰무당을 둘이나 데리고 가서 치성을 잘 올려주겠다는 그녀의 말이 한편으로는 반갑고 고마웠다. 깊은 산에 들어가서 밤을 꼬박 새울 생각을 하면, 지레 온몸이 아팠다. 이게 다 남편과 아이들을 위한 일이라고 스스로에게 애써 변명했다. 나는 그 남자를 따라가 은행에서 300만 원을 인출해서 건네주고 집으로 돌아왔다. 300만 원으로 가족 모두에게 행운이 들어온다니 아깝지 않다고 속으로 자꾸 되뇌었다. 그런 내 모습을 지켜본 남편이 소리쳤다.

"당신 요즘 이상해. 나 모르게 또 무당 찾아다니는 거 아니지? 무당 말 믿지 마. 그거 다 말짱 거짓말이야."

그로부터 두어 달도 채 지나지 않았을 때였다. 정우 담임의 전화를 받고 대학병원에 갔을 때는, 정우의 몸은 이미 푸른빛을 띠고 있었다. 담임은 학교 정문까지 아이를 데려다주고 가던 학부형이 후진하면서 일어난 교통사고인데, 지나가는 정우를 미처 못 봤다고 설명했다.

어떻게 장례를 치렀는지 기억이 안 났다. 남편과 진우가 밥을 먹었는지,

누가 다녀갔는지 도통 알 수가 없었다. 나는 정우의 장례를 치르는 내내 장례식장 옆방에 딸린 작은 방에 누워 지냈다. 펄쩍펄쩍 뛰면서 울다가 정신을 잃으면 진정제를 넣은 수액을 맞았다. 얼마 후에 깨어나서 울다가 까무러치면 간호사가 또 주사를 놓아주었다.

정우의 방문을 열었다. 정우는 책상에 앉아 공부하다가, 내 인기척에 의자까지 돌려 쳐다보며 환하게 웃는다. "정우야!" 하지만 그 방에는 정우의 그림자도 없었다. 이제는 정우의 그 환한 모습을 볼 수 없다는 생각에 피가 거꾸로 치솟는 느낌이었다. 나는 1년 내내 집에서 칩거했다. 큰 죄인 같아서 밖에 나갈 수가 없었다. 남들이 나를 보고 아들 하나 지키지 못한, 못난 엄마라고 손가락질하는 것만 같았다.

진우가 학교에서 돌아와 인사를 해도 무표정하게 대하고, TV 앞에 앉아서 화면만 응시할 뿐이었다. 드라마의 내용이나 출연자는 내 관심 밖이었다.

"엄마, 들어가서 한숨 주무셔요!"

나는 진우가 이끄는 대로 방으로 들어가 침대에 쓰러지듯 누웠다. 정신을 차리고 마음을 굳게 다잡아야 먹어야 한다는 생각과는 달리, 양쪽 볼로 자꾸만 눈물이 주르륵 흘러내렸다. 이러다가 또 무슨 변을 당하면, 남편과 진우를 더 아프고 힘들게 할 것 같아 스스로도 안타까웠다.

성호 엄마가 뒤늦게 소식을 듣고 나를 찾아왔다. 그녀는 아들 셋을 두었는데, 막내아들 성호가 정우와 같은 반이었다. 정우가 중학교 2학년이 되었을 때, 학부형 모임에서 처음 인사를 나누었다. 성호 엄마는 내가 정우를 교통사고로 잃은 후에 심적으로 힘든 생활을 한다는 소식을 듣고 크게 놀랐다고 말했다. 위로의 말을 건넨 성호 엄마가 읽어 보라면서 성경책을 건네주었다.

다음날은 바람 쐬러 가자면서 그녀의 남편이 운전하는 차에 나를 태웠다. 차 안에는 나이가 들어 보이는 여자가 타고 있었다. 말 그대로 가까운 곳에서 바람이나 쐬는 줄로 알았다. 그러나 내 예상과는 달리 한참을 달려 간 곳은 대천 앞바다였다. 생각지 않게 한없이 넓은 바다를 보니, 가슴이 조금 트이는 것 같았다.

나는 종교에 대해서는 편견이 없다고 스스로 자부하고 있었다. 어머니는 절에 다녔는데, 교회에 나가는 올케를 탐탁찮게 생각했다. 어머니가 못마땅해 하는 표정을 노골적으로 내비쳤지만, 나는 올케 편을 들었다.

"올케가 기도해 주는 덕분에 찬규랑 엄마 손자들이 무탈하게 지내고 있잖아요. 그러니 엄마가 좋게 생각하세요."

그 덕분이었을까. 나는 성호 엄마가 다니는 교회에 대하여 이런저런 이야기를 해도 별 거부감 없이 무덤덤하게 들을 수 있었다. 그 후에 성호 엄마는 우리 집에 젊은 여자도 데리고 왔고, 그녀의 딸도 데리고 와서 전도하려고 애를 썼다. 교회에 가서 30분만 앉아 있어 보라고 사정하다시피 했지만, 나는 그녀의 간곡한 부탁을 선뜻 들어주지 못했다. 성호 엄마와 몇몇 사람이 우리 집을 분주히 드나드는 연유를 눈치 챈 남편이 성호 엄마를 다시는 만나지 말라는 엄명을 내렸기 때문이다.

"여호와? 예수님? 하나님? 부처님? 다 부질없는 소리야. 당신, 성호 엄마라는 사람 절대로 만나지 마. 알았지?"

나는 대학 은사의 소개로 남편을 만났다. 남편은 과묵했고, 언행이 진중했다. 나는 그런 그의 모습이 믿음직스럽고 좋았다.

"이거 하나는 분명히 약속할게. 나 이병원은 세상에서 나청아 씨를 가장 잘 알고, 나청아 씨를 가장 잘 이해하는 남편이 될게."

얼마나 달콤하고 매혹적인 청혼 약속인가. 이 남자를 놓치면 훗날 크게 후회할 게 분명하다. 그러나 막상 결혼해 함께 살아 보니, 남편은 나이보다 생각이 훨씬 더 고루한 사람이었다. 나의 옷차림만 해도 남편이 원하는 스타일과 색상을 벗어날 수 없었다. 나는 내가 원하는 색깔과 내 몸에 꼭 맞는 옷을 입고 싶었다. 나는 빨간색을 좋아했지만, 남편은 검정색이 나에게 잘 어울린다고 주장했고, 되도록 넉넉한 치수의 옷을 원했다. 나는 사사건건

간섭하는 남편을 바라보면서 내심 혀를 차면서도 반발하지 못하고 그의 주장에 따르지 않으면 안 되었다.

같은 아파트에 사는 동료가 나에게 놀러 오라고 수차례 말했지만, 나는 한 번도 마실을 가지 못했다. 나의 이런 형편을 아는 동료들과 이웃 사람들은 항상 나를 빼놓고 모임을 가졌다. 가끔 친구나 동료들이 방문했는데, 남편 눈치가 보여서 그네들의 방문이 여간 불편한 게 아니었다. 남편은 내가 무슨 말을 하면, 끝까지 들어 보지도 않고 무조건 반대하고 나섰다. "그게 아냐. 당신은 무조건 내 말을 들어." 나는 자연히 말수가 적어졌고, 남편은 내가 무슨 고민에 빠져 있는지를 알지 못했다.

정우가 가족 곁을 떠났을 때였다. 부산에 사는 동생 영아가 스님과 함께 한달음에 달려왔다. 영아는 결혼 전부터 어머니를 따라 절에 다녔다. 정우의 장례를 치르고, 영아가 다니는 절에서 사십구재를 지내기로 했다. 물론 남편에게는 비밀이었다. 영아에게 사십구재에 드는 비용을 전했다. 스님에게는 정우의 혼을 잘 달래주고, 내세에는 좋은 부모를 만날 수 있게 빌어 달라고 신신당부했다. 나는 사십구재에 이어 천도재까지 지냈다는 영아의 말을 듣고서야 가까스로 마음을 추스를 수 있었다. 그로부터 반년이 조금 지났을 때, 영아가 전화했다.

"우리 절에서 지장전을 새로 짓고, 부처님 세 분을 모신다는데, 언니가 한 분을 맡았으면 해."

"얼마나 드는데?"

"한 분 모시는데, 천만 원이래."

"천만 원? 나, 그렇게 많은 돈 없어."

나는 너무도 큰 액수에 입이 다물어지지 않았다.

"언니, 기회가 또 있는 거 아냐. 이런 큰 불사는 평생에 한번 만나기 힘들대. 신도들이 서로 모시겠다고 난리도 아냐. 죽은 정우의 영혼을 위해서라도 언니가 이번 불사에 꼭 참여했으면 좋겠어."

죽은 정우의 영혼까지 들먹이는 동생의 권유에 나는 무릎을 꿇고 말았다.

"알았어. 지장보살님 한 분은 내가 모시겠다고 스님께 전해."

"언니, 고마워."

나는 지장보살만이 아니라, 내친김에 지장전에 모실 한 분당 오십만 원인 원불(소원 성취를 위한)도 신청했다. 우리 가족 세 명과 친정 식구, 돌아가신 시부모님까지 모두 열한 분을 모시기로 했고, 지장전 문짝 값으로 따로 100만 원을 더 내놓았다.

나는 남편에게 그 사실을 들키지 않아야 한다는 강박감에 사로잡혀 남편의 기침 소리에도 깜짝깜짝 놀랐다. 죽은 정우와 가족의 안녕을 도모한다는 명목으로 시작되었지만, 남편 앞에서는 그 모든 과정이 엄청난 족쇄로 작용했다. 외출했다가 집에 돌아왔을 때, 아파트 주차장에 남편의 차가 보이면 가슴이 철렁 내려앉았다. 남편이 일찍 귀가했으니, 당연히 기뻐해야 할 일인데…. 나는 긴장을 조금만 늦춰도 그 자리에 쓰러질 것 같았다. 이러다가 제 명에 못 살지 싶었다.

병원에 가려고 집을 나섰다. 아파트 정문 옆에 비치파라솔을 펴놓고, 중년 여인 두 사람이 오가는 사람들에게 커피나 녹차를 대접하고 있었다. 그중 한 사람이 그냥 지나치려는 나를 한사코 붙잡았다.

"차 한 잔 하고 가세요."

작은 테이블에는 보온 물통, 믹스커피, 녹차, 종이컵이 놓여 있었다. 커피를 마시고 고맙다는 인사를 건넸다. 그때부터 한의원에 갈 때마다, 늘 같은 자리에서 지나가는 사람들에게 차를 대접하는 그녀들을 보게 되었다.

처음에는 건성으로 눈인사만 건넸는데, 자주 마주치다 보니 대화를 나누게 되었다.

"매일 어디를 그렇게 가세요?"

키 작은 여자가 물었다.

"한의원에서 침 맞고 물리치료 받아요."

"어디 많이 아프신가 봐요. 안색이 좋지 않아요."

키 큰 여자가 말했다. 나는 억지 미소를 지으며, 마주 앉은 두 사람을 번갈아 바라보았다.

"눈이 너무 슬퍼 보여요."

키 큰 여자가 말했다. 나는 마음이 편치 못했다. 하늘이 무너지고, 땅이 꺼질 것 같은 슬픔이 내 눈에 가득 담겨 있었나 보았다. 나는 무슨 변명이라도 해야 할 것 같았지만, 적당한 말을 찾을 수가 없었다.

"우리 교회에 나오셔요. 아파트 바로 건너편 소망교회에서 전도하러 나왔어요."

키 작은 여자가 말했다. 교회? 성호 엄마의 얼굴이 눈앞에 떠올랐다. 잘 지내고 있을까. 궁금했다. 성호 엄마가 교회에 나오라고 채근만 안 했어도, 나는 성호 엄마와 지금도 왕래하며 잘 지내고 있었을 텐데…. 아쉬웠다.

"절에 다녀요."

나는 머뭇거리면서 말했다.

"여기 계시는 이 집사님도 친정어머니 따라 절에 다녔는데, 지금은 하나님의 은혜를 입고 교회에 나오고 있어요."

키 작은 여자가 키 큰 여자를 눈짓으로 가리키며 말했다.

"맞아요, 우리 친정어머니도 절에 열심히 다니셨는데, 지금은 저랑 교회에 다니셔요. 가까우니까 한 번 시간 내서 우리 교회에 오셔요."

괜히 차를 얻어 마셨나 하는 생각이 들었다. 뙤약볕에서 오가는 사람들에게 열심히 차를 대접하는 두 사람을 매몰차게 내칠 수가 없었다. 저만치 내가 보이면 얼른 다가와서 반갑게 맞이했다. 이러지도 저러지도 못하고 망설이고 있으면, 커피를 타서 내 손에 건네주었다. 단호하지 못한 내 성격이 또 발목을 잡히는 것 같았다. 그런 나 자신이 싫었지만, 내색하지 않고 묵묵히 커피를 받아 마셨다.

'교회에 나가겠다고 대답해. 교회에 나가면 혹시 불안하고 허전한 네 마음이 조금은 진정될지 누가 아니?'하는 소리가 내면에서 들려왔다. '그래, 저분들을 따라 교회에 한 번 가 보자. 그날이 언제가 될지는 알 수 없지만….' 마음은 교회에 가는 쪽으로 기울어지고 있었다. 나 스스로도 깜짝 놀랄 일이었다. 나에게 교회는 항상 남의 이야기였고, 아주 먼 나라 이야기였다. 나는 걸핏하면 무당을 찾아갔고, 절에 시주를 아끼지 않던 사람이 아니었던가. 생각해 보니 심경의 변화가 갑자기 온 것이 아니라, 올케의 정성 어린 전도의 힘이 알게 모르게 작용한 것 같았다. 올케는 나를 만날 때마다, 나를 위해서 열심히 기도한다고 말했다.

"두고 보세요. 언젠가는 형님도 교회에 다니게 될 거예요. 하나님이 형님을 엄청 예뻐하셔요."

한의원에 갈 때마다 그네들과 차 마시는 모습이 남편의 눈에 띄고 말았다.

"당신 정말 요즘 왜 그래?"

"……?"

"차 마실 데가 그렇게도 없어? 길거리에 퍼질러 앉아 차 마시는 당신 모습 더는 보고 싶지 않아."

"아니, 그게…."

"내 말 못 알아듣겠어? 전도하는 여자들하고 어울리지 말란 말이야."

나는 용기를 내어 정신건강의학과를 찾아갔다. 병원 대기실에는 의자가 부족할 정도로 사람이 많았다. 의자에 앉아 기다리다가 지쳐 꾸벅꾸벅 졸았다. 간호사가 내 이름을 부르는 소리에 깜짝 놀라 의자에서 일어났다. 간호사는 문진표를 주며 해당 사항에 체크하라고 말했다. 문진표가 여러 장이라 체크하는 시간도 꽤나 걸렸다. 체크한 문진표를 받아 든 간호사가 나를 진료실로 안내했다.

진료실에는 젊은 의사가 문을 열고 들어서는 나를 쳐다보았다. 나는 잔뜩 주눅이 들어서 의사 앞에 놓여 있는 의자에 엉거주춤 앉았다. 나는 의사가 눈치 채지 못하도록 두 손을 모아 꽉 잡았다.

"어서 오세요. 어디가 불편하신가요?"

너무 젊어서 조금 의심스럽게 여겨지는 의사였는데, 차분하고 중후한 음성이 모든 것을 믿고 맡겨 보라는 메시지로 들렸다.

"요즘 밤에 잠을 통 이루지 못해서요."

"무슨 일이 있으셨나요?"

젊은 의사는 마치 어제도 만났던 친구처럼 친근하게 말을 받았다. 의사가 '여기는 왜 왔느냐? 얼굴이 많이 초췌한데 잠을 못 잔 것 아니냐?'하고 호들갑스럽게 얘기했으면, 아마 그냥 진료실을 나왔을지도 몰랐다. '가슴이 답답하다고, 속이 터질 것 같고, 밖으로 뛰쳐나가고 싶다고…' 차근차근 말을 해야 하는데, 감정이 복받쳐 오르며 왈칵 눈물이 쏟아졌다. 간호사가 휴지를 손에 쥐어 주었다. 말을 못 하고 한참을 더 흐느껴 울었다.

의사는 내가 진정되기를 말없이 기다려 주었다. 나는 고개를 들고, 가슴을 부여잡고 한숨을 크게 내쉬었다. 의사는 나를 물끄러미 바라보고 있었다. 얼마나 많은 환자들이 이 젊은 의사 앞에서 통곡하며, 살려 달라고 애원했을까. 나는 용기를 내어 요 몇 년 동안에 일어난 일, 아니 내 일생에 있었던 크고 작은 사건들을 차근차근 털어놓기 시작했다. 젊은 의사는 내 말에 고개를 끄덕였고, 나와 함께 한숨을 내쉬기도 하면서, 내 이야기에 귀를 기울여 주었다. 친한 친구에게도 털어놓지 않았고, 동생 영아에게도 비치지 못했던 속마음을 젊은 의사에게 죄 털어놓고 말았다.

"남편이 그렇게 두려우세요?"

의사의 말에 나는 고개를 끄덕였다.

"시간이 되면 남편분하고 함께 오십시오. 제가 도와드리겠습니다."

남편과 함께? 나는 마음속으로 고개를 가로저었다. 아무리 생각해 보아도 남편은 나와 함께 병원에 올 사람이 아니었다. 남편은 나와 절에도 같이 갈 사람이 아니었고, 교회에도 함께 갈 사람이 아니었다. 그러고 보면 남편은 나와 가장 가까이 있으면서도 가장 멀리 떨어져 있는 낯선 타인이었다.

그로부터 한 달쯤 지났을까.

남편이 여느 때보다 일찍 퇴근했다. 현관으로 들어서는 남편을 의아한 눈길로 바라보는 나에게 남편이 웃는 얼굴로 말했다.

"당신 요즘 정신건강의학과에 다닌다면서?"

나는 그 말에 하늘이 무너지는 줄로 알았다.

"어떻게 그걸… 아셨어요?"

"오늘 점심을 친구와 그 친구 후배인 닥터 김과 함께 했어. 친구가 일부러 마련한 자리였는데, 닥터 김이 당신의 딱한 사정을 설명해 주었어."

나는 사색이 되어 그 자리에 붙박이처럼 서 있었다.

"여보, 미안해."

"……?"

"당신이 그렇게 아파하고, 그렇게 괴로워하는 줄을 나는 정말 몰랐어. 당신이 절에 가든 교회에 가든, 이제부터 나 상관하지 않을게."

그러면서 남편은 양팔을 크게 벌려 보였다. 그러나 나는 남편 앞으로 다가서지 못하고, 자신도 모르게 한 발짝 물러서고 말았다.

정성문 ∣ 하얀 개

2021년 『월간문학』 소설 부문 신인상 당선.

하얀 개

정성문

그 개새끼가 같이 개를 먹자고 한다. 여름 보양식에는 개만 한 것이 없다고 개새끼는 말했다. '개 못 먹는 사람 있나? 조선인은 개를 먹어야 한다고.' 복날을 앞두고서 걸핏하면 개를 예찬하던 개새끼가 드디어 단체 회식 장소로 개고기로 유명한 '강나루 집'을 선택한 것이다. 개새끼는 개 못 먹는 사람 있냐고 물어보면서 이어 조선인이라면 개를 먹어야 한다고 함으로써 개를 먹지 못하면 조선인도 아니라고 말한 셈이다. 결국 우리는 모두 조선인이라는 걸 증명이라도 하듯 아무 말 없이 개새끼와 함께 개를 먹으러 '강나루 집'으로 향했다.

내가 처음으로 조선인이 된 건 초등학교 2학년 때다. 그때 고기 먹으러 가자는 아버지를 따라 모처럼 외식을 했는데 양고기인 줄 알고 먹었던 것이 실은 개고기였다는 건 조금 더 커서 알게 되었다. 아무튼 그때 개인지 양인지 모르고 먹은 그 고기는 소고기라고 해도 믿었을 만큼 맛이 있었다. 나는 조선인이었던 것이다. 그러던 내가 조선인 되길 거부한 건 중학교 들어가서다. 우리 집에는 초등학교 때부터 기르던 하얀 진돗개가 있었는데 여름 방학을 앞둔 어느 날 학교에서 돌아와 보니 언제나 대문간에서 나를 반겨 주던 녀석이 보이질 않았다. 집에서는 제 발로 나간 개가 돌아오지 않았다고 했지만 나는 그 말을 믿지 않았다. 아마도 개장수에게 팔려갔을 것이다. 개장수는 해마다 여름이면 자전거 짐받이에 빈 개장을 싣고 와서 동네 개들을 가득 가두고는 어디론가 사라졌다가 다시 나타나곤 했는데 왼 눈인지 오른 눈인지 하여튼 한쪽 눈알이 움직이지 않아 좀처럼 표정이 드러나지 않았다. 월남전에 참전해서 베트콩의 포로가 되었을 때 그만 한쪽 눈을 개머리판으로 찍혀 그렇게 되었다고 동네 형들이 말해주었다. 표정이 읽히지 않는 그를 동네 아이들은 무서워해서 똑바로 쳐다보지 못했다. 개장수를 무서워하는 건 개들이 더했다. 그가 나타나면 동네 개들은 미친 듯이 짖어댔다. 한번은 개장수가 이웃집 커다란 황구를 끌고 나오는 장면을 본 적이 있는데 처음엔 끌려가지 않으려 앞발을 내밀고 사납게 버티던 황구는 이내 그에게 제압되어 얌전한 개가 되었다. 신기한 일이었다. 개장에 황구를 실은 개장수는 자전거에 올라타고 어디론가 사라졌다. 담장 안에서 동네 개들이 그악스럽게 짖던 소리가 바로 잦아들었다. 아마 우리 집 하얀 진돗개도 그렇게 사라졌을 것이다. 학교에서 돌아온 나는 울면서 온 동네를 헤매고 다니며 개장수를 찾았지만 만날 수가 없었다.

개새끼는 국내 최고의 명문대학을 졸업하고 행정고시에 합격한 후 미국에서 경제학 박사학위까지 취득한 엘리트였다. 장관은 몰라도 차관 자리는 바라보며 승승장구하던 그의 관운이 다한 건 데리고 일하던 사무관의 죽음과 관련이 있다고 했다. 그때 그는 어느 경제 부처의 국장으로서 미국 정부에서 요청한 한미 무역협정 수정안에 대한 대응책을 마련하느라 팬티를 뒤집어 입으며 몇 달씩이나 집에도 제대로 들어가지 못하고 독하게 일을 했다고 한다. 그런데 그만 실무를 담당하던 새내기 사무관이 쓰러진 뒤 끝내 의식을 회복하지 못한 것이다. 일과 죽음의 연관성을 밝힐 순 없었지만 그는 도의적인 책임을 지고 스스로 옷을 벗었다고 했다.

"대학교 후배고 내가 참 아끼던 사무관이었는데 말이지……."

낙하산을 타고 우리 회사의 사장으로 내려온 개새끼는 직원들과 상견례를 겸한 저녁 자리에서 누군가 그 불행한 사건에 대해 물어보자, 이렇게 답

변했다. 하지만 우린 아무도 그의 말을 믿지 않았다. 도의적인 책임을 지고 스스로 옷을 벗은 게 아니라 아마도 보직을 해임당한 뒤 관운이 다했음을 알고는 스스로 낙하산을 찾았을 것이다. 정부에서 오랫동안 통상 관련 업무를 담당한 그가 주로 신용도가 낮은 서민들을 상대로 하는 중소 금융회사인 우리 회사를 낙하지점 삼아 내려온 것부터가 수상했다. 들리는 얘기로는 회사의 대주주이기도 한 회장이 시중은행장 수준의 연봉을 지급하기로 약속하고 공을 들여 영입했다는 것이다. 사업 확장에 야심이 있는 회장이 회사의 분위기도 바꾸고 무엇보다 요로要路에 든든한 인맥을 두고 있을 그를 로비스트 삼으려 스카우트했을 것이다.

무사히 우리 회사에 착륙한 그는 소문과 달리 정시에 출근하고 늦도록 일하지도 않았으며, 고급관료 출신으로서 자신감이 넘치는지 처음에 누구나 받는 업무보고조차도 받지 않았다. 일은 하다 보면 절로 파악이 되니까 따로 보고서 준비하느라 직원들 고생시킬 필요 없다고 했다. 그렇다면 모친상을 당하고도 장례식장에서 업무 지시를 하더라는 그 전설적인 이야기는 날조된 것인가?

'미국 박사도 개를 먹는구나', 언젠가 회사 근처의 보신탕집에서 이를 쑤시며 나오는 그와 마주치고 어쩌면 함께 개를 먹어야 할지도 모른다는 불길한 예감이 스치긴 했지만, 그 외에는 특별히 걱정할 일이 없을 것 같았다. 그런데 그 예감이 그만 맞아떨어진 것이다.

개새끼가 인사부에 인사카드를 요구했다고 한다. 사장이 인사카드를 요청하는 것을 특별한 일이라 할 수는 없었다. 하지만 부임한 지 얼마 지나지 않은 사장이 인사카드를 요구했다면 달리 생각할 수도 있었다.

그러던 어느 날, 개새끼가 드디어 본색을 드러내기 시작했다. 인사부장을 불러 민간 기업은 다 이러냐며, 이 회사는 왜 이렇게 근태가 엉망이냐고 하더니 앞으로 지각이나 무단 이석하는 자들은 모조리 기록했다가 근무 평가 때 규정대로 반영하라고 했다는 소문이 돌았다. 정시에 출근해서 자리에 앉아 있던 그가 영업 기획을 담당하는 K 선배를 호출했는데, 삼십 분이나 지나서 술내를 확 풍기며 나타난 게 사건의 시발이었다.

그러고 나서 며칠 후 로비에 설치된 스피드 게이트에 사원증을 찍고 출근하던 난 움찔하고 말았다. 사장이 엘리베이터 앞을 지키고 서서 출근하는 직원들을 노려보고 있었던 것이다. 그때 그의 모습은 정말로 대문을 지키는 한 마리 개새끼 같았다.

사장이 그다음에 지시한 것은 퇴근 후 보안 점검이었다. 우리 회사는 스피드 게이트 밖에 있는 객장을 제외하고는 전자 사원증 없이 출입이 불가능했기 때문에 퇴근 시간이 되면 직원들은 하던 일을 책상 위에 대충 덮어 놓고 그대로 퇴근하기 일쑤였다. 그런데 오랜 관료 생활에 익숙한 사장이 그런 사실을 알고는 총무부에 불시에 보안 점검을 하라고 지시한 것이다. 규정대로라면 퇴근 시 책상 위에 서류를 방치해서는 안 되므로 역시 인사에 반영하라고 했다. 직원들에게서 불만의 목소리가 터져 나왔지만 규정 앞에서는 어쩔 수 없었다. 규정 외에 그가 좋아하는 건 전례와 사례였다. 사장은 사업 보고를 받을 때마다 전례는 어땠는지와 동종 업계의 사례를 조사토록 지시했다. 오랜 공무원 생활을 통해 몸에 깊이 밴 습관인 것 같았다. 그는 전례와 사례가 없으면 마치 처음 보는 먹이 앞에서 멈칫하는 조심스러운 개처럼 좀처럼 결재를 하지 않고 미루거나 유사 사례를 찾아올 때까지 몇 차례고 반려를 거듭했다. 공무원으로서 왜 승승장구했는지 짐작할 수 있는 대목이었다. 자료제출 요구권 등의 권한이 있는 공무원과 달리 민간 기업에서 다른 회사의 사업을 파악하거나 조사할 수는 없는 일이었지만, 사장은 그게 바로 업무능력이라고 했다.

근태관리와 보안 점검 결과가 발표되었다. 일반 직원들은 주의를 받는 선에서 그쳤지만 거래처 만나 낮술 먹고 점심시간이 한참 지난 뒤에 회사에 들어온 K 선배는 시말서까지 썼다. 근태와 보안 상태가 불량하다고 해서 간부가 시말서까지 쓰는 건 전례가 없는 일이었음에도 사장은 인사부장에게 받아내도록 했다.

K 선배는 지금 다니는 회사에 경력직으로 입사한 내가 적응할 수 있도록 도와준 멘토였다. 외국계 은행에 다니던 나는 몇 년 전 명예퇴직을 하고 잠시 개인사업을 하다가 지금의 회사로 자리를 옮긴 것이다. 은행은 해마다 사상 최대의 수익을 경신했음에도 계속해서 배가 고픈지 조금이라도 비용을 더 줄이고자 점포를 정리하고 직원들을 내보냈다. 명예퇴직 대상 연령은 해마다 낮아졌다. 말은 명예퇴직이지만 실은 정리해고나 다름없었다. 목표 인원을 채우지 못하면 연령이나 영업실적, 근무 평가 등을 고려해서 회사에서 대상을 정해 퇴직을 권고하기 때문이다. 일단 찍히면 그 누구도 나서서 도와주지 않았다. IMF가 터지고 우리에겐 낯설던 구조조정이니 정리해고니 하는 문화가 처음 도입되었을 때만 해도 모 시중은행에서 직원들을 떠나보내는 과정을 녹화한 '눈물의 비디오'라는 걸 보고 온 국민이 펑펑 눈물을 쏟은 적도 있었다. 하지만 언젠가 자신의 차례도 돌아온다는 것을 알게 된 직원들은 해마다 명예퇴직의 계절이 오면 크게 술렁이다가도 대상자가 정해지면 무슨 일이 있었냐는 듯 묵묵히 자기 일을 했다. 버텨봐야 소용이 없다는 걸 일기에 차례가 되었을 때 나는 회사를 떠났다.

회사는 전쟁터지만 나가면 지옥이라고 하던가? 회사를 나서기는 했으나 막상 할 일이 없었다. 퇴직금을 받고 터덜터덜 집으로 걸어가던 나를 반갑게 맞아준 이들은 미인대회 출신 20명의 미녀가 항상 대기하고 있다고 적혀있는 전단지를 돌리던 유흥업소의 종업원들이었다.

'화끈하게 모실게요. 사장님. 한번 들러주세요.' 호객행위를 하는 남성 삐끼의 곁에서는 가슴 부위가 움푹 파인 블라우스와 짧고 타이트한 스커트 차림을 한 아가씨가 웃음을 흘리며 티슈와 라이터 따위의 판촉물을 나눠주고 있었다.

지나가는 사람 아무에게나 '사장님'하고 부르면 열에 아홉은 고개를 돌린다는 세상이었다. 창업의 시대였다. 지옥에 떨어진 내게 가장 먼저 연락을 한 이는 앞서 퇴직해서 창업지원 컨설턴트로 일하는 은행 선배였다.

"어이, 어서 와, 벌써 퇴직했다고? 자네를 신입으로 받은 게 엊그제 같은데 말야."

인사를 마친 선배는 퇴직 후에 하는 일들에 대해 줄줄이 늘어놓기 시작했다. 닭튀김이나 김밥 마는 건 맛은 차치하고 아주 특별한 기술이 필요한 건 아니라서 마음만 먹으면 누구나 시작할 수가 있지만, 너무 넘쳐나는 게 문제라고 했다. 편의점 같은 경우는 본사에서 배송이나 인력지원을 해주니 쉬워 보여도 본사에 부담하는 로열티나 유지비용을 빼면 점포 하나 가지고는 남는 게 없다고 했다.

"창업의 시대라고 하지만 현실은 그렇지 않아. 창업한답시고 여기저기 기웃거리다 그나마 몇 푼 되지도 않는 퇴직금 까먹고 대기업에서 아르바이트 하는 경우도 흔해."

"대기업 아르바이트요?"

"편의점 알바가 되는 거지. 언제부턴가 대기업들이 골목 상권까지 진출한 다음부터 개인은 구멍가게도 차리지 못하는 게 이 나라의 현실이야. 아, 게임이 되겠냐고. 이건 사병 한 사람이 일개 사단 병력이랑 맞서는 격이잖아. 그래서 말인데…."

선배는 일단 말을 끊고 소주를 털어 넣더니 치킨집이나 편의점보다 대기업들이 진출하지 않은 사업을 해야 한다고 조언했다. 그러면서 요즘 유행하는 소호 오피스를 창업해 보길 권유했다. 비용을 가맹점주와 프랜차이즈 본사에서 반반씩 내는 방식이라 부담도 크지 않다고 했다.

"산에 가는 것도 한두 번이지. 어디 엉덩이 붙일 곳이 있어야 할 거 아냐. 나랑 함께 퇴사한 이 지점장 알지. 그 친군 자신이 퇴사했다는 사실을 잊고 아침 일찍 회사에 출근해서 자리에 앉아 있더래. 자네 처지를 생각해 보면 요즘 사람들에게 필요한 것이 뭔지 답이 나오잖아."

그렇게 절반을 투자해서 소호 오피스를 차리게 되었다. 소호 오피스의 상표와 상호를 가지고 있는 선배가 프랜차이저가 되고 내가 프랜차이지가 되는 구조였다. 소호 오피스를 오픈하고 얼마 지나지 않아 선배는 좋은 상권을 보아두었다며 2호점을 열 것을 권유했다. 점포를 두 개 가지고 있어도 절반만 투자했으니 하나 가진 것과 마찬가지라는 얘기였다. 어느덧 오피스는 3호점과 4호점까지 늘어났다. 점포를 여럿 가지고 있어야 특정 점포의 매출이 부진하더라도 상쇄 효과를 기대할 수 있으며, 잘되는 경우에는 봉급 이상의 수익을 얻을 수 있다는 선배의 말을 받아들인 것이다. 하지만 기대와 달리 매출은 좀처럼 오르지 않았다. 반면 은행 빚은 차곡차곡 쌓여갔다. 결국 더 버티지 못한 나는 선배를 찾아가 점포를 처분해 달라고 요청했다.

"좀만 더 버텨보지 그래. 요즘 가맹점주를 모집하기가 쉽지 않아서 말야."

새로운 프랜차이지를 모집하여 신규 투자를 받아야 내 투자금을 빼줄 수 있다는 말이었다. 세상은 지옥이라는 말이 맞았다. 은행 빚을 감당하지 못한 나는 할 수 없이 살던 집마저 처분하고 재취업을 하기 위해 발 벗고 구직에 나섰다. 다행히 외국계 은행 간부 출신이라는 경력을 지금의 회사에서 받아주었다. 은행에서 국내외 대기업이 발행한 채권 인수나 대규모 투자사업을 하던 내게 주로 개인사업자를 대상으로 소액대출을 취급하는 서민 금융회사의 업무는 낯설기만 했다. 더구나 그리 많지도 않은 직원은 대주주를 중심으로 대개 끼리끼리 얽힌 관계였다. 대주주와 성이 같으면 성골, 성이 다른 인척은 진골에 해당했다. 그러다 보니 회식 자리 같은 데서는 너나없이 아재고 형, 동생 하는 그런 사이였다. 그리고 이 회사에서 직장생활을 시작했으면 육두품, 경력으로 들어왔으면 오두품, 이런 식이었다. 그들은 외국계 은행 출신인 나를 극도로 경계했다.

"아니 어떻게 이런 곳에도 대출이 나가나요?"

그들에겐 익숙한 일에 서툰 내게 그들은, 시중은행에서 심사 관련 업무를 오랫동안 했다고 들었는데 실망이라든지, 큰 회사에서 이런 자잘한 업무까지 직접 해봤겠냐며 대놓고 빈정거리기도 했다. 기존 직원들의 입장에서는 나 역시 낙하산이라면 낙하산인 셈이었다. 그들은 업무 인계에 소극적임은 물론 심지어 점심 먹으러 갈 때도 끼리끼리만 어울렸다. 아무리 바깥세상이 지옥이라도 이런 분위기에서 버텨내기란 어려운 일이다. 이럴 때 나를 끌어준 이가 K 선배였다. 나보다 서너 살 연상인 K도 시중은행 출신이었는데, IMF 때 다니던 은행이 문을 닫자 마을금고와 협동조합 등을 전전하다가 경력직으로 입사했다고 들었다. 원치 않게 직장 문을 나와 마음고생이 심했겠지만 정리해고나 명예퇴직으로 남들이 하나둘씩 직장을 잃을 때까지 버티고 있으니 결과적으로는 잘된 셈이었다. 친족 회사나 마찬가지인 이 회사의 유일한 장점이라면 정년이 보장된다는 사실 뿐이었다.

"담배 피우는가?"

K는 자판기에서 커피 두 잔을 뽑더니 내 대답은 듣지도 않고 옥상으로 가자고 했다.

"시간이 조금 지나야 할 걸. 이제는 다 알겠지만 이 회사 사람들이 워낙 배타적이라서 말야. 그러니 김 팀장이 먼저 밥도 사고 술도 내고 그래 봐요. 알고 보면 꽤 순한 사람들이거든."

이러면서 K는 자신을 선배라 부르라며, 함께 점심 먹을 사람 없으면 당분간 자기랑 다니자고 했다. 그러고는 식사 자리에 다른 직원들을 불러 내가 적응할 수 있도록 도와주었다.

사람 좋은 K의 문제는 근무태도였다. 점심시간에 반주하고 들어오는 건 예사였고 음주 다음날 지각은 부지기수였다. 그런 그가 직장에서 버틸 수 있었던 건 탁월한 업무능력으로 인해 전임사장으로부터 신뢰를 얻었기 때문이다. 시중에 한 달 무이자 대출로 널리 알려진 '써보고 론'이 바로 그의 히트작이었다. 돈 빌리고 한 달 내에 상환하는 경우가 거의 없다는 점에 착안한 아이디어 상품이었다. 사실은 조삼모사인 이 상품은 유사 금융회사들이 모두 따라서 출시할 만큼 빅 히트를 쳤다. 또 양도가 가능한 '애니타임 정기예금'도 개발했다. 일정 기간이 경과하면 가입자는 언제 해지하더라도 약정 이자를 모두 받고 회사는 예금의 이탈을 방지할 수 있었다. 게다가 양수인은 예금의 잔여기간 동안 좋은 수익을 올릴 수 있는 일석삼조의 상품이었다. 이 예금은 모 경제신문사에서 주최한 금융상품 시상식에서 대상을 수상했다.

하지만 과거의 이런 성과에도 불구하고 개새끼는 먹잇감을 발견한 것처럼 K를 물고는 놓아주지 않았다. K가 올리는 신상품 아이디어는 전례와 유사 사례가 없다는 이유로 번번이 반려되었다. 그러면서도 그는 끊임없이 K에게 새로운 상품을 만들어 낼 것을 요구했다.

"남들 다 하는 것만 팔지 말고 안 되면 해외 사례도 참고해 보라고."

언젠가 회의 시간에 사장은 한 올이라도 삐져나오는 걸 용납하지 않겠다는 듯 양복 안주머니에서 빗을 꺼내더니 머리카락을 신경질적으로 빗으며 말했다. 완전한 2:8 가르마를 한 그는 언제 어디서나 머리를 빗어 넘기는 버릇이 있었다. 재외공관을 갖춘 정부도 박사급 연구원을 보유한 연구소도 아닌 소규모 민간회사로서는 수행하기 어려운 숙제임을 알면서도 다들 입을 다물었다.

"왜, 못 해?"

사장은 고개를 떨구고 있는 K에게 금융 산업이 발달한 미국과 일본, 독일 등의 사례를 조사해서 보고하라고 지시했다. 그러면서 요즘 같은 초 경쟁 시대에 이 회사는 피어그룹 리뷰도 하지 않느냐며, 다른 파트에서도 가각의 업무에 대해 경쟁사는 어떻게 하고 있는지 항시 파악하라고 당부했다.

동료들은 위로한답시고 한결같이 K에게 사장과 잘 좀 지내보라고 얘기했다. 언제 불똥이 자신에게 튈지 몰라 회의 시간 내내 불안하고 윗사람과 사이가 틀어지면 무엇보다 K의 부하직원들이 고생한다고 조언했다. 부서장 잘못 만나 개고생이라고 직원들이 말하고 다닌다는 거였다. 사장은 각 부서와 돌아가면서 식사를 할 때도 K가 담당하는 영업 기획 파트는 드러나지 않게 뺐다. 어떻게 알아내고는 K가 외근 중일 때 연락을 해서는, 부장이 자리를 비웠어? 그럼 다음에 하지, 하는 식이었다. 당연히 부서 직원들의 불안과 불만은 높아졌다. 얼마 지나지 않아 이탈자가 나왔다.

"제 능력으로는 도저히 이 일을 해낼 수가 없을 것 같습니다. 제가 하면 되려 부장님께 해가 될 것 같아요."

진골에 해당하는 직원이었다. K를 옥상에서 만나는 시간이 점점 늘어났다.

드디어 개새끼는 결정적인 먹잇감을 입에 물었다. 이 회사는 왜 클린 카드를 사용하지 않느냐며 경리부에 법인카드 사용 내역을 뽑아오라고 지시했다는 거였다. 사용 금액이 상위권인 일부 간부들이 타깃이 되었다. 물론 술 좋아하고 부하들에게 밥 자주 사는 K는 이번에도 사장이 던진 그물망을 빠져나가지 못했다. 사장은 K와 주로 육두품 이하의 간부들에게 누구랑 언제, 어디서, 어떻게, 왜 사용했는지 일일이 소명하도록 했다.

결국 K를 비롯한 일부 간부들은 근태불량, 명령 불이행, 공금 유용 등의 혐의로 감사를 받게 되었다. 그중 K는 세 가지 모두에 저촉된다고 했다.

감사 결과를 보고 받은 회장의 중재로 다행히 처벌은 면했지만 K는 일선 영업소로 발령이 났다. 앉아서 기획만 할 것이 아니라 현장 경험을 쌓을 필요가 있다는 취지라고 했지만 사장의 눈 밖에 났기 때문임을 모르는 직원들은 없었다. 눈엣가시들을 제거한 사장은 완전히 친정체제를 구축했다. 그런 가운데 나는 심사부장으로 승진했다.

"그래도 이 회사에서 얘기가 통하는 사람은 당신하고 몇 사람밖에 없어. 도대체 직원들이 업무 기본과 자세가 안 갖춰져 있단 말이야. 앞으로 은행에서 배운 지식을 잘 활용해 보라고."

사장이 삐져나온 머리카락을 쑥 뽑으면서 말했다.

영업소에서 대출 서류를 올리면 적부를 심사하는 것이 내 업무였다. 다만 일정 금액 이상의 건에 대해서는 여신심의위원회에 상정해서 의결을 받아야 했다. 위원회의 위원장은 사장이었다. 사장은 K가 지점장인 영업소에서 올린 대출 건에 대해 유독 깐깐하게 굴었지만 나머지는 대체로 심사부의 의견을 존중해 줬다. 웃기는 건 동일한 담보를 취득한 건에 대해서는 심의 결과에 일관성이 있어야 하는데 K의 영업소에서 올렸을 때는 불승인한 건을 다른 영업소에서 올리면 통과시키기도 한다는 거였다. 이에 대해 한번은 위원회에 배석한 K가 주먹을 부르르 떨더니 일어서 이의를 제기했다.

"같은 담보물을 가지고 어떻게 지난번에는 불승인한 건을 이번엔 의결을 하십니까? 도대체 사장님의 심사 기준과 원칙은 무엇입니까?"

뜻밖의 이의 제기에 회의장의 모든 것이 일순 정지했다. 무중력 상태와도 같은 정적을 깬 건 사장의 음성이었다. K의 이의 제기에 얼굴이 벌게진 사장은 돋보기를 벗어 테이블에 던지듯이 놓더니 이내 미소를 지으며 말했다.

"K 지점장, 차주의 신용이 다르잖아요. 신용이. 당신은 언제까지 담보만 쳐다보는 영업을 할 꺼야."

그러더니 비서를 불러 뭔가를 지시했다. 잠시 후 비서가 두툼한 원서 한 권을 들고 들어왔다.

"이거 보여요?"

사장이 손에 든 책의 제목은 〈더 테크닉 오브 크레딧 리뷰〉. 읽어본 적은 없지만 다니던 은행에서 본 적이 있는 국제 신용평가기관 출신의 미국 대학 교수가 쓴 신용평가 방법과 관련된 아주 유명한 책이었다.

"원칙과 기준? 이 책 한번 읽어보시라고. 읽고 나서 다음 주까지 나한테 보고해요."

사장은 가까이 있는 한 배석자를 불러 고개를 숙이고 있는 K에게 책을 전달토록 했다.

"왜 부동산 보러 다니느라 바빠? 뭐 이까짓 거 읽는데 일주일이면 충분하지."

사장이 구조조정 계획이 수립되어 있는 경영계획을 회장에게 보고했다. 그는 후선 부서에 인원이 너무 많다는 것, 인원을 감축할 경우 비용이 감소하고 남은 직원들은 분발해서 생산성이 향상되리라는 것, 부족한 인원이 발생하면 외주업체의 직원을 쓰면 된다는 것 등의 인사계획을 보고하며 정원의 10%를 감원하자고 했다고 한다.

분위기는 어수선했다. 이런 일을 처음 겪는 회사임에도 일부 나이 많은 직원들은 직감적으로 자신이 대상이라는 걸 아는지 옥상으로 올라가는 빈도가 높아졌다. K 선배는 어떻게 지내고 있을까. 나는 K가 걱정됐지만 전화를 걸거나 문자를 넣지는 않았다.

골프광인 사장이 부킹이 취소되었는지 금요일 오후에 느닷없이 간부들을 소집해서는 회장에게 재가를 받은 경영계획에 대해 잠시 설명하더니 다들 이번 토요일에 뭐 하느냐고 물어봤다. 그 말은 일 없는 사람은 나랑 함께하고 일이 있더라도 알아서 처신하라는 말과 같았다. 순식간에 우리들의 모든 주말 모임과 행사가 날아갔다.

"이 회사는 다들 안 바쁜가 보네. 우리 ○○부 같으면 말야. 주말에 약속 하나 잡으려면 적어도 한 달 전에는 통지해야 한다고."

개새끼라는 말이 입에서 밀려 나오려는 걸 간신히 붙들었다. 테이블 아래로 핸드폰을 만지작거려 연락처에서 그의 이름을 지우고 개새끼라고 입력했다. 개새끼는 이어서 여기서 개 못 먹는 사람 있냐고 물어봤다. 일주일에 한 번은 보신탕집에서 이를 쑤시며 나올 정도로 그가 개를 좋아하는 걸 모두 알고 있었기에 우리들도 개를 좋아해야만 했다.

"못 먹는 사람은 얘기해. 뭐라 하지 않을 테니까. 오케, 다들 좋아한다는 말이군. 조선인들은 반드시 개를 먹어줘야 한다고. 그래야 힘도 쓰지."

그러더니 그는 비서를 시켜 수도권 지점장들의 일정도 파악해 보라고 하고서는 꼭 자기 이름으로 양평 '강나루 집'에 예약을 넣으라고 했다. 과연 K 선배가 나타날까? 문득 궁금하기도 했지만 그보다는 토요일이 통째로 날아갔다는 생각에 짜증이 밀려왔다.

맨 마지막으로 개새끼가 들어오고서야 조각조각으로 나뉜 개들이 옮겨졌다. 창호지를 댄 나무문을 열면 두물머리가 내려다보이는 이 층의 전망 좋은 큰 방에서 우린 코스요리를 주문해 부위별로 맛을 보았다. 가장 먼저 배받이에 이어 갈빗살, 목살, 다릿살 등이 순서대로 나왔다.

개장수는 이따금 개천 방둑에 개를 매달아 놓고 직접 잡는 시범을 보이기도 했는데, 개를 잡는 날이면 동네 사람들이 우르르 몰려나와 구경하곤 했다. 마지막에 가서 개장수는 불로 개를 그슬렀다. 이때 말려 있던 꼬리가 축 늘어지면 쥐고 있던 칼로 개의 배를 가르고 뭔가를 꺼내 불에 구워 먹었다. 어쩌면 내장일 수도 뱃살일 수도 갈빗살일 수도 있지만, 그것이 무엇이었는지는 지금도 모른다.

새로운 요리가 들어올 때마다 사장은 스스로 소주와 맥주를 혼합해서 좌에서 우로, 우에서 좌로 잔을 돌렸다.

"야, 최고다. 최고. 미국에는 말이지, 이런 멋이 없어요. 내 미국에 오래 있었잖아. 석박사 한다고 오 년, '월드 파이낸스'에서 삼 년. 그런데 말이지. 거기서는 한국에서 왜 영어도 안 되는 공무원들을 월급과 체류비까지 줘가면서 자꾸만 파견하는지 그 이유를 몰라."

뭐가 그리 재미있는지 좌중에서 연신 폭소가 터졌다.

"거기서 일해도 우리나라에서 월급 줍니까?"

"그렇지, 국제기구에서 왜 돈까지 주면서 우리나라 공무원을 데려다 쓰겠냐고. 내가 살아보니 말야, 돈 나오는 곳은 다니고 있는 직장이 유일해. 나머진 죄다 돈을 내라고만 하지. 돈을 주진 않아. 돈을 내면 어떻다? 서비스를 받는다. 아, 와이프는 빼고 말이야. 그러면 돈을 받으면?"

사장이 무슨 말인가를 이어가려 할 때였다. 주인인 듯한 여자가 직접 쟁반 위에 무언가를 들고 와서 그의 앞에 내놓았다.

"사장님이 오셨기 때문에 이건 특별 서비스예요."

여자는 소주를 가득 부어 사장의 빈 잔을 채우더니 가지고 온 것을 내밀었다. 그것은 바로 삶은 개 불알이었다.

어쩌면 그때 개장수가 먹었던 것이 개 불알이었을지도 모르겠다는 생각이 들었다.

"잠깐, 난 이거 먹어 봤으니까 임자 마음에 드는 사람 하나 고르라고."

사장의 말이 끝나는 순간 좌중은 여자와 눈을 마주치지 않으려 일제히 고개를 숙이고 테이블 밑만 봤다. 누구라서 개의 그것을 먹고 싶겠는가. 그때였다.

"제가 한번 먹어보겠습니다."

K였다. 모두는 안도의 한숨을 삼키며 K를 쳐다봤다. 표정을 봐서 사장은 여자의 선택을 받아야 한다고 말하려는 것 같았지만 여자는 사장이 뭐라 하기도 전에 개 불알을 쥐고 K의 앞으로 가서는 입안에 밀어 넣어주었다. 그것을 입에 문 K는 몇 번 씹는 것 같더니 맥주잔에 소주를 가득 채우고 들이켰다.

"어머, 이 오빠, 대단하네. 이거 아무나 못 먹는데. 잘하셨어요."

K를 감탄의 표정으로 바라보던 여자가 풋고추에 된장을 찍어서 그에게 내밀고는 곧 탕 들이겠다며 물러났다.

"흐흐, 보기보다 비위 좋네. 오늘 개고기 값, K 지점장이 내라. 서비스를 받았으면 돈을 내야지. 안 그래? 그리고 저 여자, 고마 너 해라. 남편은 없고 빌딩은 있다 하더라. 아까 하던 말 계속할게. 돈을 받았으면 어떻게 해야 한다고? 서비스를 제공해야지. 그러니까 회사가 여러분의 서비스를 받기 위해 돈을 주는 거 아냐. 그런데 당신들은 회사를 위해 뭘 했는지 생각해 봐. 뭘 해도 월급 나오니 그것으로 그만인가? 이 사람들아 세상은 결코 호락호락하지 않아. 그런데 니들은 너무 느슨하다고. 그래. 안 그래?"

갑자기 언성이 높아진 사장은 벌떡 일어서더니 '전원, 엎드려뻗쳐!'를 외쳤다.

"엎드려뻗쳐!"

철권을 휘두르며 국가를 통치하던 대통령이 쓰러진 이듬해 나는 중학교에 진학했다. 이상한 일은 끊임없이 폭력을 생산하던 대통령이 사라졌음에도 폭력만은 살아남아 다시 숙주를 찾아냈다는 것이다. 폭력이 선택한 숙주는 다시 폭력을 확대 재생산하기 시작했다. 군인 출신의 대통령은 국민을 자신의 부하로 국가는 거대한 병영으로 인식하는 듯했다. 군인 대통령의 나라는 모든 것이 군대식이었다. 특히 각급 학교의 네모반듯한 운동장은 그대로 연병장으로 사용하더라도 훌륭할 것이었다.

당시 학생들은 등교 시에 정문 앞에서 복장검열을 받았다. 복장검열에 걸리면 아침부터 재수 없게 정문 앞에서 주먹 쥐고 엎드려뻗쳐를 해야 했다.

같은 방향에 사는 C는 나와 등하교 길동무였다. 나보다 한 뼘이나 큰 C는 집안이 넉넉하지 않은지 고등학교에 들어간 형이 입던 교복을 물려받아 입고 다녔지만, 학업성적은 뛰어났다. 덩치는 커도 순진한 C는 내가 여자 얘기만 꺼내면 금방 얼굴이 달아올랐다. 나는 그런 C를 우리 집에 불러 밥도 함께 먹고 공부도 하고 그랬다. 나 역시 성적이 우수한 편이어서 우린 서로의 부족한 과목을 채워줬다. 국민이 외적 막으라고 세금 내서 먹여주고 재워준 군이 또 한 번 국민을 배신하자 세상이 시끄러웠지만 우리는 꿋꿋하게 공부를 했다. 공무원이던 아버지는 저녁상 앞에서 내게 정부에 대한 불만을 털어놓으면서도 밖에서 이런 얘기하면 잡혀간다고 주의를 줬다. 하지만 그때 나는 세상보나는 여자에 너 관심이 많은 시기였다. 국민들도 '어어, 이러면 안 되는 거 아냐' 하다가도 세월이 흐르면 무슨 일이 일어났었냐는 듯 적응해 갔다.

그날도 C와 나는 한동네에 사는 초등학교 동창인 여학생 얘기를 하면서 즐겁게 등교를 하고 있었다. 재잘거리며 등교하는 C와 나를 선도부가 불러 세웠다.

"야, 너희 둘. 이리 앞으로"

우린 뭣 모르고 선도부원에게 다가갔다.

"너는 교표가 삐뚤어졌고⋯."

선도부원이 내 교모에 달린 교표를 바로 잡아주며 말했다.

"넌⋯. 어, 이거 당꼬바지잖아."

C의 어머니가 서투른 솜씨로 그의 형이 입던 바지를 줄인다고 줄였는데

그만 당시 학생들에게 유행하던 아래로 갈수록 통이 줄어드는 당꼬바지처럼 되고 만 것이다.

눈치를 보니, C가 '이거 당꼬바지 아니야.'라고 말하려는 것 같아 내가 말렸다. 그래서 우린 엎드려뻗쳐를 했던 것이다. 잠시 후 한 학년 위인 2학년 선도부장이 엎드려뻗쳐를 하고 있는 우리에게 다가오더니 야구 방망이로 엉덩이를 때리기 시작했다. '일진 더럽게 사나운 날이네.' 드디어 내 차례가 왔다. 퍽퍽퍽.

"넌 됐어. 일어서."

다음은 C의 차례였다. 선도부장이 방망이를 들어 올려 C를 내려치려 할 때였다. 갑자기 벌떡 일어선 C가 선도부장의 손목을 잡았다.

"이 새끼가, 이거 안 놔."

선도부장은 C에게 손목을 놓으라고 했지만, C의 완력을 당할 수는 없는지 점점 당혹스런 낯빛이 되어 갔다. 이 장면을 목격한 다른 선도부원들이 달려들고 나서야 C는 잡았던 손목을 풀어 주었다.

그냥 공부 잘하고 잘 웃으며 여학생 얘기를 하면 얼굴이 빨개지기도 하는 애, C를 잘 안다고 생각했는데 처음 보는 모습이었다. 다행히 시간이 다 되어서 그날 더 이상의 문제는 일어나지 않았다. 하지만 선도부와 그것도 한 학년 위의 선도부장과 한판 붙을 뻔했다는 건 큰 문제일 수 있었다.

아나나 다를까 다음날 등교를 하는데 선도부원 몇이 나와 C를 보더니 지들끼리 쑥덕였다. 선도부장은 보이지 않았고 C는 여전히 당꼬바지를 입고 있었지만 아무도 엎드려뻗쳐를 시키지 않았다. C의 완벽한 승리인 듯 보였다. 학급에서 C는 영웅이 됐다. 난 C의 무용을 과장해서 급우들에게 들려주었지만 정작 뒷자리에서 C는 웃기만 했다. 점심시간이 됐다. 점심을 일찍 먹은 아이들은 공 차러 나가고 절반 정도의 아이들은 도시락을 먹거나 책상에 엎드려 자고 있었다. 그때 갑자기 교실 앞문이 벌컥 열리더니 네댓 명의 선도부원이 들이닥쳤다.

"당꼬바지 어딨어. C 어디 있냐고."

그중 하나가 칠판지우개를 집어 던지며 물었다. 날아간 칠판지우개가 한 친구의 도시락을 정통으로 맞혀 마치 도시락 폭탄이 터지기라도 한 것처럼 분필 가루가 하얗게 피어올랐다.

"여기 있는데."

내 곁에서 함께 점심을 먹고 있던 C가 아무 일도 아니라는 듯 도시락 뚜껑을 덮고 일어섰다.

"너가 C냐? C가 너야? 이리 나와."

어느새 한 놈이 뒤에서 다가와 C를 껴안자 칠판지우개를 던지던 선도부가 C의 가슴에 주먹을 날렸다. 하지만 덩치가 있는 C는 끄덕도 하지 않았다.

"어쭈, 이 새끼 봐라."

칠판지우개의 말이 끝나자마자 이번엔 C가 오른 팔꿈치로 뒤를 가격함과 거의 동시에 당황하는 칠판지우개의 가슴에 왼발을 꽂았다. 정통으로 가슴을 가격당한 칠판지우개가 교탁 앞으로 떨어졌다. 그때였다. 선도부원 하나가 각목으로 C의 등을 때렸다. 이어 선도부장이 C의 얼굴에 주먹을 날리사 이를 신호로 선도부의 발길질이 시작되었다. 나와 삼십여 명의 급우들은 그 모습을 그저 멀뚱히 지켜만 볼 뿐이었다.

"뭘 처다봐, 이 씨발 놈들."

칠판지우개가 이번엔 구경하는 우리에게 각목을 마구 휘두르며 위협을 가했지만 그건 그냥 위협이었다. 이윽고 C가 쓰러지고 나서야 잔인한 린치는 끝이 났다.

선도부장이 돌아서 교실 밖으로 나가려 할 때였다. 비호같이 일어난 C가 내 알루미늄 도시락에서 뭔가를 집어 들더니 선도부장의 뒤통수에 꽂았다.

"그래 니가 준 게 아니란 말이지."

집게손가락에 침을 묻혀가며 학적부를 넘기던 학생주임이 내가 C에게 포크를 건네준 게 아니냐고 거듭 물었다. 그때 C가 내 도시락에서 집은 건 포크였다. 그걸로 선도부장의 뒤통수를 찢어 놓은 것이다.

"네, 제가 준 게 아니에요."

학생주임은 미심쩍다는 표정을 지으면서도 더는 나를 추궁하지 않았다. 나는 선도부가 C에게 린치를 가할 때 그것을 말리지도, 함께 학생부에서 추궁을 받을 때 C를 도와주지도 않았다. 사실 특별히 도와줄 것이 없기도 했다. 그날 이후 나는 C를 우리 집에 데려가지도 않았으며, 점심을 함께 먹지도, 같이 공부하지도 않았다. 딱히 C도 내게 할 말은 없는 것 같았다. 그 일로 C는 정학 처분을 받았다가 아마도 다른 학교로 전학을 간 것으로 기억한다. 휴대폰도 SNS도 없던 시절, 나는 다른 많은 사람을 떠나보냈듯 C도 내 기억의 강물 저편으로 흘려보냈다.

이후 중학교와 고등학교를 졸업하고 대학에 입학했다. 내가 중학교와 고등학교와 대학을 다니는 동안 여전히 이 나라의 대통령은 한 사람의 같은 군인이었다. 초등학교 때까지는 다른 군인이 대통령이었으므로 결국 태어나서부터 오로지 군인의 지배를 받은 셈이다. 학생들은 더는 이 땅에 군인은 안 된다며 밖으로 나갔다. 길거리에는 깨진 보도블록과 화염병, 최루탄이 난무했다. 나도 군정 연장에 반대했지만, 길거리에서 싸우지는 않았다. 이상한 순간은 한 친구가 최루탄에 맞아 피를 흘리며 쓰러진 모습을 뉴스에서 봤을 때였다. 그때 왜 그 친구의 모습에서 오래전에 잊었던 C의 모습이 연상되었을까.

"전원, 엎드려뻗쳐!"

군대를 다녀오지 않은 사람들도 있고 다녀왔더라도 제대한지 꽤 지났을 텐데 다들 사장의 명령에 신속하게 반응했다. 좌중은 마치 트랜스포머처럼 순간적으로 자세를 바꿔 엎드려뻗쳤다. 엎드려뻗치지 않은 사람은 나와 사장 말고는 없었다. 난 고개를 돌려 K를 찾았다. 엉덩이를 치켜세우지 않은 그의 꼿꼿한 자세가 보기 좋았다.

"뭐지? 말이 안 들려?"

개새끼가 나를 보더니 짖었다.

"그게 아니라, 이건 좀…."

"좀 뭐?"

"아무리 그래도 집에 가면 다들 처자식도 있는데…."

"뭐, 뭐라? 너 외국계 은행 출신이라 이거지. 야, 나는 집에 가면 손주도 있다."

개새끼가 나의 대답에 당황한 듯했다.

그때였다. 하얀 개가 개장수에게 끌려가지 않으려 앞발을 내밀고 안간힘을 썼다. 순간 K와 눈이 마주쳤다.

"야, 이 개새끼야아아아!"

나는 외마디 고함을 지르며 달려가서 꼿꼿하게 버티고 있는 그의 옆구리를 세게 걷어찼다. K가 쓰러지면서 도미노 현상이 일어나 엎드려뻗친 트랜스포머들이 차례로 무너지고 말았다.

그날 양평에서 어떻게 돌아왔는지 기억이 나질 않는다. 이후 난 더는 출근하지 않았다. 얼마 후 통장에 퇴직금이 들어왔기에 퇴직 처리가 된 줄 알았지만 내가 해고 대상이었는지 아니었는지 그것조차 확인해보지 않았다. 그리고 K가 어떻게 되었는지도.

정진희 ㅣ 백만 잔의 커피

2021년 『문학나무』 여름호 소설 등단.
수필집 『중독 그 외로움』,
시집 『해찰 부린 감정 나들이』,
『내일이 나를 모른다고 한다면』, 초단편 소설집 『카톡 감옥』.
현재 한국상담학회 전문상담사. e-mail: desire229@hanmail.net

백만 잔의 커피

정진희

남편은 동호회에서 일박 이일 일정으로 바다낚시를 떠나고 없었다. 나는 자주 가던 카페를 찾았다. 바닐라 아포가토를 담은 잔이 바닥이 보이기 시작할 무렵, 바로 옆 테이블에 있던 어떤 자매들의 대화를 우연히 엿듣게 되었다. 대략 오십여 가구가 사는 자그마한 마을이 곧 고급 전원주택단지로 지정되었다는 말에 솔깃했다. 더군다나 빚이 많아 어쩔 수 없이 현재의 주택을 되도록 빨리 매매해야 한다는 얘기까지 들었을 땐 몸의 절반이 이미 그쪽 테이블에 걸쳐 있는 듯했다. 어쩌면 무주택을 벗어날 수 있는 최고의 타이밍일지 몰라. 때마침 잠잠하던 팔랑 귀가 그토록 기다리던 매물이라고 속삭여오자 나도 모르게 심장이 벌렁거렸다. 사람들은 나를 촉 있는 여자라고 했다. 다소 엉뚱한 면이 있긴 해도 듣기에 나쁘지 않았다. 기왕에 복 있는 여자라고 했으면 더 좋았을 법했다. 그렇다면 용기 내어 말을 해볼까. 초면인 사람들인데 실례가 되진 않을까. 나는 생각 끝에 염치를 무릅쓰고 입을 열었다.

"실례합니다, 그 주택 제가 사면 안 될까요?"

나는 자매들이 앉아 있는 테이블 앞으로 다가갔다.

"어머 이 사람 누구야? 그럼 우리가 했던 얘기 다 들은 거예요?"

나를 쳐다보는 눈빛이 썩 내키지 않은 듯 위아래로 훑어보더니 홍어 삼합을 씹어 삼킨 말투로 말했다.

"불쾌하셨다면 죄송합니다, 의도치 않게 그만. 그래도 그 집을 제가 꼭 사고 싶은데요."

"근데 이 동네 시세는 알아요? 매물이 아예 없다는 것도 알겠네요? 그렇다면 지금 당장 계약금 이천만 원 입금할 수 있나요? 그럼 생각해볼게요."

"네? 이천만 원이나요?"

"없으면 말고요."

"아니요. 일단 알겠습니다."

나는 통장 잔액과 마이너스 통장에서 뺄 수 있는 금액을 확인한 후 구두로 계약하고 말았다. 행여 집주인 마음이 흔들릴까 싶어 남편의 허락도 받지 않은 채 계약금을 송금했다. 결혼 후 처음으로 내 집이 생긴 거나 다름없었다. 비록 허름한 주택이긴 해도 마당이 있는 이층집이 아니던가. 나는 봄이 오면 마당 곳곳에 작은 꽃동산을 만들고, 한여름엔 초록 식물들과 마주하며, 햇살 좋은 어느 가을날엔 수고한 열매를 집안으로 초대해 따듯한 겨울을 맞이할 집을 마음속에 이미 짓고 있었다. 더는 남편과 집 문제로 인한 지긋지긋한 싸움이 없을 거 같았다.

그런데 맙소사, 계약서에 도장을 찍고 막 나오려는데 주변이 그린벨트 지역이라서 갈 길이 깜깜하다고 했다. 상상 속에 지었던 집이 무너져 내린 건 순식간이었다. 남편한테 뭐라고 변명해야 할지 아무것도 생각나지 않았다. 그놈의 팔랑 귀 때문에 사기당한 게 한두 번이 아니었기에 더 혼란스러웠다. 생각을 좀 더 곱씹어도 뾰족한 방법이 떠오르질 않았다. 포기하자니 계약금 이천만 원과 남편의 성난 얼굴이 겹쳐 나타났다. 나는 잔금을 치러야 할 날이 다가올수록 안절부절 불안했다. 평소에도 굳이 빚을 내어 집을 살 필요가 없다고 말하던 남편은 내가 저질렀으니 알아서 책임을 지라는 듯이 피해갔다.

나는 가슴이 답답하여 바람이라도 쐴 겸 집을 나섰다. 커다란 돌덩이가 가슴을 누르는 것처럼 숨을 제대로 쉴 수가 없었다. 집 근처에 있는 강변을 따라 걸었다. 막 어둑해질 시간인데 배가 고팠다. 눈앞에 보이는 강변 편의점에서 라면을 샀다. 라면에 뜨거운 물을 부어 들고 강이 보이는 테이블에 가서 앉았다. 쫄깃한 면발과 남아 있는 국물까지 다 먹은 후 나는 뭔가 비장한 각오라도 하듯 힘차게 일어섰다. '아무리 상의 없이 집을 계약했다 하더라도 너무 무관심한 거 아냐. 그러면서 명의는 왜 자기 이름으로 했대. 치사해서 빨리 직장을 구하고 말겠어.' 나는 혼잣말을 중얼거리며 몸 안 구석구석에 남아 있는 서운한 감정이 누그러질 때까지 좀 더 걸으며, 지인들에게 일할 수 있는 곳이 있는지 도움을 청했다. 며칠째 깜깜무소식이었다. 마음만 먹으면 금방이라도 직장을 구할 수 있을 거 같아 잔금은 별문제가 되지 않을 거로 생각했던 마음이 급해졌다. 가끔 원고 청탁을 받아 글을 쓰긴 했지만, 전업주부였던 나는 할 줄 아는 게 별로 없었다. 직장을 구한다는 게 생각만큼 쉽지 않았다. 잔금을 치러야 할 날짜가 임박해오자 슬슬 남편의 눈치가 보였다. 꼿꼿하게 서 있던 자존심이 허리를 굽혔다. 결국, 남편의 퇴직금을 털어서 우여곡절 끝에 잔금을 치렀다.

그리고 어느 날 모임에 다녀온 남편이 한 가지 제안을 했다. 나는 선뜻 내키지 않았지만 일단 들어보기로 했다.

"우리 집 1층 전체를 근린생활시설로 용도변경 해서 세를 놓을까 하는데, 당신 생각은 어때?"

"청계산 자락 허름한 곳에서 사업할 사람이 있을까? 근데 우리한테 수입이 생기는 거라면 그 방법도 괜찮을 거 같긴 해."

"알았어. 이제부터 내가 알아서 할게. 학창 시절 내내 꼴등을 하긴 했지만 그래도 중견기업 출신이잖아."

추진력이 뛰어난 남편은 어떤 확실한 계획이라도 있는 양 의기양양했다. 어쨌거나 당장 수입이 없어 힘들었는데 한시름 놓아도 될 거 같았다.

그즈음, 산본에 사는 봉구 씨 부부가 집으로 놀러 왔다. 봉구 씨는 공기

업 퇴직 후 브런치 카페를 차리는 게 꿈이라면서 진작 바리스타 자격증을
따 놓았다고 했다. 봉구 씨 특유의 교과서적 유머를 듣고 있노라면 밥이 코
로 들어가는지 입으로 들어가는지 웃다가 끝날 때가 많았다. 평소에 잘 쓰
지 않던 근육까지 전달된 느낌이었으니 오죽할까 싶었다. 봉구 씨 부부도
아이가 없었다. 봉구 씨 부부가 돌아간 후 나는 무슨 심술이 났는지 괜스레
가만히 있는 남편한테 쏘아붙이듯 말했다.

"일은 잘 진행되고 있는 거야?"

"이제 거의 다 끝나가긴 하는데. 왜?"

"그럼 임대할 사람 있는지 부동산에 내놓아야겠어."

"아니야, 아직 내놓지 말고 며칠만 기다려봐."

"왜? 빨리 내놓아야 세도 빨리 받을 거 아냐."

"하여간, 며칠만 좀……"

뭔가 낌새가 이상했다. 하지만 더는 집요하게 묻지 않았다. 그사이 우리
는 아래층에서 위층 201호로 이사를 했다. 공기는 좋으나 교통이 좀 불편한
까닭인지 202호는 아직 빈방이었다. 짐 정리가 끝난 후 남편은 하릴없이 마
당에서 어정버정하더니 나를 불렀다. 그러곤 시선을 피하는 척하며 말을 이
어갔다.

"저기 봉구 말이야, 얼마 전에 퇴직금 받은 게 있는데 우리 집 용도변경
끝나면 거기서 카페를 해보고 싶다고 하더라고. 그러면서 같이 동업하자는
거야. 어차피 나도 마땅한 수입도 없고 해서 생각해본다고 했어."

"동업은 좀 별론데. 운영이 잘 안 되면 친구 잃고 돈 잃고 결국 다 잃을
텐데."

"당신도 알다시피 봉구랑 나는 둘도 없는 친구잖아. 절대 그럴 일은 없
지, 싶은데."

"그나저나 둘이 동업하는 거, 원희도 허락했대?"

"봉구도 오늘쯤 얘기한다고 했어."

어떻게 해야 하는지 생각할수록 머리가 지끈지끈 아팠다. 남편은 죽기

전에 친한 친구와 한 건물에서 살고 싶다더니 꿈은 이미 코앞에 와 있었다. 나는 남편을 믿기로 했다. 그저 최소한의 공사비용으로 최고의 효과를 낼 수 있기를 바랐다.

건물이 허름하긴 해도 실내 장식은 아늑하면서도 자연이 주는 여유로움을 마음껏 누릴 수 있게 했다. 카페 문을 열면 청계산의 맑은 공기가 유입되어 자동으로 환기되었다. 카페 한쪽 공간에는 단체가 들어갈 수 있는 방을 만들어 다양하게 활용할 계획까지 세우고 있었다. 보름 후, 모든 공사가 끝났다. 봉구 씨 부부는 202호에 살림을 풀었다. 공동체 생활이다 보니 나름의 규칙을 정하기로 했다. 아무래도 주방이 제일 신경 쓰였는데, 학교에서 영양사로 근무하다 퇴사한 지 얼마 되지 않은 원희가 맡기로 했다. 커피와 음료는 바리스타인 봉구 씨 담당이었다. 그리고 카페 홀 청소와 나머지 모든 것들은 남편과 나의 몫이었다. 메뉴는 간단하게 몇 가지만 정해 놓았다. 음료는 건강 차와 커피만 팔기로 했다. 마침내 브런치 카페가 문을 열었다.

늦은 시간 남편과 함께 집 근처 호수 공원에 산책하러 나갔다. 남편과 처음 데이트하던 장소도 호수 공원이었다. 그땐 두 손 꼭 잡고 걷다가 사람들의 시선을 피해 기습적인 키스를 몇 번이나 했는지 모른다. 불현듯 나는 혹시 모를 애정의 시간을 기대했으나 눈치 없던 남편이 저만치 앞서가는 바람에 주변 경치나 감상할 겸 아예 느릿느릿 걸었다. 시간과 주변 환경에 구애받지 않은 연인들이 곳곳에서 데이트를 즐겼다. 보랏빛 수국을 닮은 연인들을 보면서 나도 연애를 해보고 싶단 생각이 빠르게 지나갔다. 마치 누군가가 내게 반할 것 같은 매력이라도 있는 양 생각만 했는데도 짜릿했다. 밤길을 걸으며 잠시 한눈팔았던 것을 눈치챘던지 그제야 남편이 와락 끌어당겼다. 발걸음은 부지런히 따라갔으나 마음이 자꾸만 뒷걸음질하다 하마터면 넘어질 뻔했다. 갈피를 잡지 못한 마음은 아직도 밤중이었다. 어쨌거나 생각의 어둠이 무사히 지나가길 바라자 곧 아침이 왔다.

창문을 덮고 있던 블라인드를 걷어 올리며 청소를 하려는데 앙증맞은 햇살이 이내 카페 안으로 밀려들었다. 계산대 옆 스피커에서 흘러나온 '모든 날 모든 순간'이란 노래는 충만한 감성을 자극하기에 더할 나위 없었다. 하지만 기대와 달리 카페 안에 종일 빈 테이블이 보일 때면 우리의 표정은 금세 검은 구름으로 변했다. 서로 눈치를 보지 않으려고 애를 써 봐도 수심 가득한 티가 났다. 나는 이대로 마냥 손님을 기다릴 수 없을 거 같아 남편한테 한 가지 제안을 했다.

"저기 카페 이름을 다방으로 바꾸자고 하면 안 될까?"

"뜬금없이 그게 무슨 말이야?"

"이 동네는 카페보다 왠지 다방이 더 나을 거 같아."

"에이, 그게 되겠어? 요새 고급지고 세련된 카페가 얼마나 많은데."

"이를테면 서비스에 차별화를 두는 거지. 디제이가 신청곡을 받아 음악을 틀어주면서 손님들과 함께 소통하는 공간을 만드는 거야. 이참에 그토록 당신이 하고 싶었던 음악다방의 디제이가 되어 보는 건 어때?"

"뭐 괜찮은 거 같기도 하고, 일단 봉구랑 의논해 볼게."

다방이라니, 생각만 해도 웃음이 먼저 나왔다. 그나저나 봉구 씨 부부가 찬성해야 가능한 일이었다. 다행히 봉구 씨 부부도 좋다고 하여 이름을 바꾸기로 했다. 이제 다방 이름을 어떻게 할지 고민이었다. 한 사람씩 생각나는 대로 말해보기로 했다. 원희가 먼저 말했다.

"나는 꽃 다방."

이어서 봉구 씨가 말했다.

"나는 봉천 음악다방."

봉구 씨의 말이 끝나자마자 남편의 목소리엔 활력이 넘쳤다.

"나는 엘피 음악다방."

"나는 영 다방."

마지막으로 내가 말했다. 보아하니 모두 자기가 말한 것으로 다방 이름이 정해지길 바라는 눈치였다. 아무도 양보를 하지 않을 것 같아 어쩔 수 없이 가장 공평한 방법으로 정하기로 했다. 다음날 출입문 한쪽에 스티커를 붙여 놓았다. 손님들의 반응에 따라 묻지도 따지지도 않고 수용하기로 한 것. 결과는 엘피 음악다방이었다. 우리는 마음이 분주해졌다. 간판을 새로 맞춰야 하고, 실내 장식은 엘피 음악다방과 어울리도록 조금씩 손을 봤다. 한쪽 공간에 있던 방을 없애고 그 자리에 당구대를 설치했다. 이윽고 간판에 조명이 켜지자 근사하게 변신한 엘피 음악다방이 온화한 자태를 뽐내며 손님을 기다렸다.

목요일 밤, 남편의 고교 동창들이 모였다. 그들은 근처에서 저녁 식사를 하고 엘피 음악다방의 오픈을 축하하기 위해 특별히 왔다고 했다. 음악다방을 둘러보곤 누군가가 큰 소리로 말했다.

"도봉구랑 양천구가 결국 일을 해냈구나. 멋지다!"

"그러게, 말이야. 일등과 꼴등의 변치 않는 우정이라니!"

"정말 부럽다, 친구야. 잘되길 바랄게!"

대여섯 명 정도 모인 친구들은 학창 시절로 돌아간 듯 진심으로 축하해 주었다. 그러곤 자리에 앉아 한때 공부의 신이라 불렸다던, 바리스타인 봉구 씨가 직접 내린 커피를 마시며 신청곡을 적느라 바빴다. 남편은 마치 꿈을 이룬 프로 디제이 같았다. 친구들은 발라드곡을 신청한 후 당구대가 있는 곳으로 이동했다. 그중에 한 명이 내게 물었다.

"당구 쳐도 되나요?"

"네 가능합니다."

"한 시간에 얼마예요?"

"말하자면 딱히 정해진 가격은 없고, 한 테이블에 네 명 이상의 손님이 왔을 때 그 일행끼리 이용할 수 있는 거예요."

"그럼 혹시 서비스인가요?"

"그런 셈이죠. 손님은 지금 사용 가능합니다."

나는 손님이 묻는 말에 매우 친절하고 부드러운 목소리로 답을 해주었다. 손님들의 눈동자는 이미 당구대에서 이리저리 공을 굴렸다. 손님들끼리 편 가르기가 끝나자 곧바로 본 게임이 이어졌다. 당구대를 중심으로 둘

러서서 응원하는 사이 신청했던 곡이 흘러나올 땐 몰입하여 듣다가 흥얼거
렸다. 때론 큰소리로 따라 부르기도 하면서 그야말로 딱 그 시절 그 느낌으로
로 돌아간 듯했다. 최고의 순간을 만끽하고 있는 손님들로 인해 음악다방
온도는 한증막을 방불케 했다. 굳이 젊은 청년으로 돌아가고 싶단 말을 하
지 않아도 주어진 환경에 나를 맡길 줄 안다면, 그것이야말로 진정한 젊음
이 아닐까 싶었다. 게임이 끝남과 동시에 거의 싸우기 직전의 상황에 다다
른 목소리가 얼핏 들렸다. 듣자 하니 그들은 서로 당구 점수가 제일 높은 사
람만 남부럽지 않은 젊은 청년이라면서 우겨댔다. 나는 피식피식 웃음이 새
어 나왔다. 왠지 엘피 음악다방의 기운을 받았을 거 같은 착각 때문이었다.

엘피 음악다방은 생각했던 것보다 빠르게 입소문을 타기 시작했다. 하루
의 매출은 늘 기대치를 훌쩍 넘었다. 나는 비록 그린벨트에 묶여 있는 땅일
지라도 주변 매매 물건이 나올 때마다 사두었다. 사실 노래에 관한 남편의
다분한 끼가 없었다면 엘피 음악다방으로 변화할 수 없었을지도 몰랐다. 그
뿐만이 아니었다. 공부의 신은 절대 못되어도 당구의 신 정도는 될 법한 남
편의 당구 실력은 프로 못지않았다. 덕분에 엘피 음악다방에서 남편의 인기
는 늘 일 순위였다. 특히 중년 여성들의 사랑을 독차지하다시피 했다. 단골
손님이 늘어나면서 당구를 배우고 싶어 하는 사람도 많아졌다. 남녀불문하
고 일행이 넷 이상이면 당구대를 사용할 수 있었다. 남편은 기회가 주어진
사람들에게 당구를 가르쳐 주기도 했다. 사용 시간은 한 시간이었다. 당구
를 배우고 싶은 손님들은 일부러 사람을 모아 오기도 했다. 남편은 여자 손
님들한테 한없이 친절했다. 굳이 손님들이 앉을 자리까지 따라가 눈웃음을
흘릴 때면, 아무리 태연한 척해도 나는 은근히 질투가 났다. 그럴 때마다 나
도 모르게 속 좁은 사람처럼 툴툴거렸다. 그러던 어느 날이었다. 거의 매일
오다시피 한 여자 단골손님이 집요하게 개인 교습을 해달라고 부탁하자 남
편은 결국, 허락하고 말았다. 손님은 코맹맹이 소리로 남편한테 사장님이라
불렀다.

"사장님, 당구를 한 번도 쳐보지 않았는데 가능할까요?"

"그럼요, 당구는 기본자세가 굉장히 중요하거든요. 자세만 잘 배워도 어느 정도는 칠 수 있을 겁니다."

"사장님만 믿을게요."

"자, 먼저 큐를 들고 오른발을 살짝 바깥쪽으로 벌려 중심을 잡고 왼발은 오른발보다 한 걸음 앞으로 한 다음, 엄지와 검지를 이용하여 브리지를 만든 왼손은 앞으로 쭉 뻗는 게 좋아요. 큐를 잡은 오른쪽 팔꿈치는 흔들리면 안 됩니다."

"사장님, 근데 팔꿈치가 자꾸 흔들려요."

"큐를 잡을 때 너무 힘을 주거나 반대로 너무 약하게 잡으면 그럴 수 있어요. 자 봐요, 딱 이 정도의 힘 조절이 필요해요."

할 수 없이 약간의 신체접촉이 일어날 수밖에 없는 상황이었다. 곁눈질로 살짝 본 남편의 표정엔 생기가 돌았다. 계산대에 앉아 듣고 있자니 기분이 상했다. 나는 부러 못 본 척하며 주방으로 들어가 버렸다. 언제부턴가 남편은 시계를 확인하는 버릇이 생겼다. 마치 누군가를 애타게 기다리는 사람처럼 말이다.

며칠 후 나는 원희와 함께 누적된 피로를 풀 겸 사우나에 갔다. 엘피 음악다방은 두 남자에게 맡겼으니 모처럼 휴가를 떠나온 기분이었다. 온탕에 들어가 전신을 담그고 가만히 눈을 감았다. 머리에서부터 발끝까지 구석구석 쌓인 피로가 풀어지는 듯 이제야 좀 살 것 같았다. 내친김에 마사지도 받고 싶어 원희에게 물었다.

"원희야, 우리 전신 오일마사지 받아 볼까?"

"너도 알다시피 내가 여고 시절부터 지금까지 좀 마른 편이잖아. 받고 나면 오히려 더 아프기도 해서 별로 좋아하진 않는데, 네가 원하면 그러든지."

원희는 썩 내키지 않은 말투로 답했다. 그런데도 나의 몸은 이미 마사지를 받은 것처럼 청량감이 넘쳤다.

"이따 나갈 때 우리 몸이 가벼워 날아가는 거 아냐?"

"강서진, 넌 그 정도로 받고 싶은 모양이구나."

"맞아, 요즘 너무 힘들었거든."

"그래, 그럼 그렇게 하자."

원희의 뜨뜻미지근한 목소리가 걸렸지만, 마사지 받을 땐 아무 생각을 하지 않기로 했다. 그냥 무의식의 상태로 누워 있고 싶었다. 한 시간쯤 지나 뼈 마디마디가 이완되고 긴장되었던 근육도 부드럽게 풀리는 것 같았다. 한결 가벼워진 마음으로 밖으로 나오는데 헐레벌떡 마사지사가 뛰어나왔다. 그러더니 원희를 불렀다.

"저기요, 노원희 씨. 아까 깜박하고 말을 못 했는데요. 목에 볼록한 게 있더라고요. 검사 한 번 받아 보시라고요."

"그래요, 알려 줘서 고마워요."

원희는 별거 아닐 거라는 생각이 들었던지 가벼운 목소리로 인사를 했다. 그나저나 두 남자에게 맡겨 놓은 엘피 음악다방이 이제야 걱정이 된 듯, 원희는 다방에 들어서자마자 봉구 씨가 있는 주방으로 향했다. 나는 남편과 눈이 마주쳤지만, 남편은 나를 본체만체하고 개인 교습을 열심히 하였다. 적잖이 당황스러웠다.

아무래도 일주일에 한 번은 쉬는 날을 정해야 할 것 같아 네 명이 마주 앉았다. 그동안 홍보하는 차원이라 생각하여 쉬지도 않고 일하는 것에 동의했었다. 이제는 안정적으로 자리를 잡았으니 하루라도 빨리 실행하고 싶었다. 나는 자꾸만 원희의 건강이 신경 쓰였다. 엘피 음악다방의 운영방식에 대해서도 의견을 나누고 싶었다. 내가 먼저 제안했다.

"엘피 음악다방의 운영을 요일별로 콘셉트를 정하면 어떨까요?"

"매일매일 다르게요?"

봉구 씨는 뭔가 기대하는 눈빛으로 나를 보며 물었다.

"네 맞아요. 이를테면 월요일은 휴무, 화요일 목요일은 당구를 칠 수 있는 날, 수요일 금요일은 디제이가 신청곡을 받는 날, 토요일 일요일은 엘피 음악다방 커피에 빠지는 날로 정하는 거죠."

나는 그렇게 되길 바라는 마음으로 또박또박 말을 이어갔다.

"좋아요, 괜찮을 거 같아요."

원희가 기다렸다는 듯이 말했다.

"다른 의견들이 있으면 지금 다 얘기해 봐요."

나는 봉구 씨와 남편의 눈빛을 번갈아 보며 재차 물었다.

"일단 서진 씨 의견에 동의하고요."

봉구 씨가 말했다.

"저도 동의합니다."

남편이 말했다.

"좋아요, 그럼 당장 안내문을 써서 엘피 음악다방 출입구 쪽에 붙이기로 해요."

잠시 숨을 고를 시간도 없이 일사천리로 마무리되었다. 디제이가 신청을 받는 날엔 눈코 뜰 사이 없이 바빠 영업이 끝나고 나면 탈진하기 직전이었다. 어디 그뿐일까, 엘피 음악다방 커피에 빠지는 날엔 영혼이 빠져나갈 정도로 바빴다. 그럴 때면 원희의 얼굴에선 나도 잘 알지 못하는 서너 가지의 표정이 보이곤 했다. 입안에 공기를 넣었다가 빼기를 반복하는 행동에는 언제 터질지 모를 불만 같은 것이 들어 있는 거 같았다. 그러고 보니 원희는 한적한 곳에 가서 하루라도 편하게 쉬었다 왔으면 좋겠다는 말을 종종 했다. 문득 원희가 했던 그 말이 생각났다.

나는 더는 미루면 안 될 것 같아 병원에 가기 싫어하는 원희를 설득하여 검사를 예약해놨었다. 이번 휴무일은 원희의 검사 결과가 나오기 하루 전날이었다. 무엇이 되었던지 어떤 결과를 기다리는 동안에는 천국과 지옥을 넘나들었다. 때론 신경이 마비될 정도로 날카롭고 순간순간 불안감은 극에 달했다. 여러모로 긴장된 마음을 잠시라도 잊기 위해 남편을 꼬여 낚시하면 어떨까 싶었다. 한때 동호회에 빠져 가정을 등한시한 전적이 있었으니 낚시에 관한 모든 것은 전혀 문제가 될 것이 없을 거라고 판단했다. 남편은 흔쾌히 대답해 주었다. 그러곤 물었다. 이왕에 가는 거 바다낚시를 가도 괜찮으냐고. 우리는 좋다고 했다.

남편은 한동안 쓰지 않았던 낚시 장비들을 창고에서 꺼내와 승용차 트렁크에 실었다. 궁평항에 도착하여 차를 주차하고 작은 섬으로 들어가기 위해 배표를 끊고 기다리는 중이었다. 그런데 바람이 생각보다 많이 불어 섬보다는 궁평항 피싱 피어에서 낚시해도 괜찮을 거 같았다. 바다 위에 데크가 잘 설치되어 있어 돗자리 하나 깔면 그야말로 바다낚시를 하기엔 금상첨화의 환경이었다. 하지만 우린 낚싯배 한 척을 예약한 상태라서 꼼짝없이 섬으로 가야만 했다.

한눈에 보기에도 앙증맞은 작은 섬, 입파도의 하늘은 우릴 반겨주었다. 잠시 머물다 가더라도 좀 더 자유롭고 편안하게 쉴 수 있도록 민박집을 예약했다. 민박집 주인이 차를 가지고 마중을 나와 편하게 민박집에 도착했다. 짐을 내려놓고 주변의 경치가 너무 좋아 좀 걸었다. 사람이 많지 않아 한적한 길을 따라 걷다 보니 어느새 작은 등대가 있는 곳까지 올라갔다. 어찌 된 까닭인지 바다를 둘러보는 내내 쓸쓸한 생각이 떠나질 않았다. 나는 인적이 드문 탓이려니 하며 내려가던 중이었다. 군데군데 노란 소국이 무리를 지어 내려가는 발걸음을 기어이 불러 세우는 것 같았다. 가까이 다가가 쭈그리고 앉아서 활짝 핀 소국을 만지려는데 꿀벌들이 날아들었다. 나는 벌을 피하려다 뒤로 벌러덩 자빠지고 말았다. 하여간 벌들도 나의 미모를 단번에 알아봤는지 웽웽대며 둘러싸는 거 같아 부리나케 도망쳐왔다.

선착장에서 낚싯배 주인이 기다리고 있었다. 남편과 봉구 씨는 낚시 장비를 옮겨 실었다. 나도 막 배를 타려는데 원희가 불렀다.

"서진아, 난 그냥 여기서 쉬고 있을 테니 잘 다녀와."

"아니 왜? 너랑 같이 가야 재밌지."

"생각해보니 이따 바로 올라가야 하잖아. 그럼, 여기 구석구석을 둘러볼 시간이 안 될 거 같아서."

"그렇구나. 그럼 나랑 같이 근처에서 차 한 잔 마시면서 그렇게 하자."

나는 원희와 함께 남기로 했다. 어차피 편안하게 쉬는 게 목적이었으니 무리할 필요는 없었다. 그러곤 남편에게 부탁했다.

"낚싯배 타고 낚시하는 거 오랜만이지. 그렇다고 너무 흥분하지 말고 예전보다 차분한 마음으로 고기 많이 잡아 와. 시간에 맞춰 싱싱한 회를 바로 먹을 수 있도록 준비해 놓을게. 참, 봉구 씨 구명조끼도 잘 챙겨 주고."

"알았어. 바다에 있는 모든 먹거리를 싹 쓸어 올 테니 이따 보자고."

"벌써 기대되는 걸, 조심히 잘 다녀와."

우리의 대화가 끝나고 두 사람을 태운 낚싯배가 멀어져 갔다. 바쁜 일상에서 쫓기듯 살다 보니 원희와 제대로 이야기할 시간조차 없었다. 나는 원희의 팔짱을 끼고 바닷가로 나갔다. 원희는 여고 시절에 했던 그대로 깍지 끼듯 두 손을 포개어 잡고 말을 이어 갔다.

"서진아, 사실 이번 갑상샘 검사 결과가 안 좋을까 봐 마음이 울적했었어. 너도 알다시피 난 고아잖아. 살아오면서 참 많이 외롭고 힘들었었어. 그래서 결혼하면 아이를 많이 낳으려고 했는데 그마저도 내 뜻대로 안 되더라. 오래진에 자궁 적출 수술을 했으니 그토록 갖고 싶은 아이는 결국, 포기할 수밖에 없었어. 우연히든 필연이든 보잘것없는 내 곁에 있어 줘서 고마워. 이 작은 섬에 너랑 함께여서 참 좋다."

"그랬구나. 이젠 걱정하지 말고 지금, 이 순간을 즐기자. 그리고 가끔 혼자의 시간이 필요할 때 언제든지 얘기하자."

"좋은 생각이야. 누가 뭐래도 건강한 삶이 우선이잖아."

"맞아. 우리가 건강해야 엘피 음악다방도 오래 할 수 있을 테니까."

오랜만에 원희와 찰진 대화를 나눴다. 바람이 찼다. 아무리 옷깃을 단단히 여미어도 틈새를 타고 들어오는 바람을 막을 순 없었다. 찬바람을 데워 줄 수 있는 따뜻한 차 한 잔이 생각났다. 바닷가 바로 옆 찻집으로 들어가 따끈따끈한 생강차를 마셨더니 간질간질하던 목구멍이 한결 부드러워졌다.

찻집을 나와 민박집에 붙어 있던 텃밭에서 고추를 따고, 상추와 치커리를 뜯어 깨끗하게 씻은 후 물기를 빼놓았다. 두 남자는 돌아온다는 시간을 훌쩍 지났는데도 오지 않았다. 불현듯 무슨 일이라도 생긴 건 아닌지 조바심이 났다. 남편한테 전화를 걸었다. 신호음은 가는데 받지 않았다. 불길한 예감을 티 내지 않고 다시 또 걸었다. 여전히 받지 않았다. 이번엔 원희가 봉구 씨한테 전화했다. 상황은 마찬가지였다. 낚싯배 주인의 전화번호를 적어 놓지 않았으니 답답할 노릇이었다. 해경에 실종신고를 해야 하는지 말아야 하는지 감이 오질 않았다. 원희와 나는 마음이 불안하고 초조하여 어찌할 바를 몰랐다. 가뭄에 논바닥이 쩍쩍 갈라지듯이 입술이 바짝바짝 타들어 갔다. 잠시도 자리에 앉아 있지 못하고 먼 바다만 뚫어지게 바라보았다. 멀리 희미한 불빛이 보이는가 싶더니 애간장을 태우던 낚싯배가 마침내 돌아오는 중이었다. 예상 시간을 두 시간쯤 지난 거 같았다. 어쨌거나 무사히 돌아온 것 같아 한시름 놓았다. 그런데 배에서 내린 두 사람은 빈손이었다. 필시 무슨 일이 생긴 모양이었다. 두 사람의 어깨는 축 처져 있었고 눈빛은 두려움에 떨고 있는 것 같았다. 두 사람은 아무 말도 하지 않은 채 민박집으로 걸어갔다. 나도 원희도 차마 다그칠 수가 없었다. 그래도 그렇지, 일단은 어떻게 된 영문인지 자초지종 들어 봐야 하지 않냐는 생각이 들었다. 그래서 남편한테 물었다.

"지금 많이 힘들어 보이는데 무슨 일이 있었는지 말해 주면 안 돼?"

"짜증나서 말하고 싶지 않아. 사기꾼한테 당한 더러운 기분이라서."

"……"

"알겠어. 마음이 좀 편안해지면 그때 이야기해 줘."

실망스러워하는 내 눈치를 보았던지 옆에 있던 봉구 씨가 얘기를 꺼냈다.

"낚싯배를 타고 얼마큼 들어갔는지 기억이 나지 않지만, 배가 멈췄기에 낚시할 준비를 하고 있었어요. 그런데 느닷없이 주인이 다가와 여긴 고기가 없을 거 같다면서 무조건 철수하라는 거예요. 좀 더 멀리 가보자면서. 그때까지만 해도 고기를 많이 잡을 수 있다면 얼마든지 가자고 했죠. 그런데 점점 멀리 들어가니까 뭔가 불길한 생각이 들더라고요. 그래도 내색은 하지 않았죠. 아니나 다를까 그때야 주인은 본색을 드러내며 노골적인 요구를 하더라고요. 낚시할 생각은 아예 안 하고 기름이 별로 없다는 둥, 바람이 많이 부는데 선착장으로 돌아갈 수 있을지 자기도 모른다면서 자꾸 위협적인 말을 하니까 친구가 한마디 했죠. 개자식. 그랬더니 마음대로 하라면서 더 약을 올리는 거예요."

"그럼 전화는 왜 받지 않았어요?"

"사실 낚싯배 주인은 친구가 예약할 때 주인이 아니었던 거예요. 처음 예약했던 주인이 갑자기 해외여행을 가게 되어 그 사람한테 부탁했나 봐요. 그런데 예약할 때보다 많은 돈을 요구하니까 친구가 화가 나서 돌아가겠다고 했죠. 그 가짜 주인은 우리의 말을 아예 무시한 채 돈을 줄 때까지 반강제로 핸드폰을 빼앗은 후 배를 흔들더라고요. 깊고 깊은 망망대해 위에서 배가 흔들릴 때마다 젖 먹던 힘까지 끌어 모아 난간을 잡고 버티는데, 분노가 치밀어 올라 폭발 직전까지 간 거예요. 자존심 상해서 원하는 돈을 주느니 차라리 바다에 확 빠져 버릴까도 생각했다니까요. 나 원 살다 살다 이런 끔찍한 지옥 같은 경험까지 하게 될 줄은 단 한 번도 생각하지 못했네요. 앞으로 영영 바다를 보고 싶지 않을 거 같아요. 친구도. 나도."

"에고 마음고생이 이만저만이 아니었겠네요."

"그러게요. 정말 힘들었을 것 같아요. 기분이 찝찝한데 우리가 섬에서 나가는 마지막 배를 타려면 서둘러야 해요."

같이 듣고 있던 원희가 남편의 일그러진 표정을 본 듯 다급한 목소리로 말했다. 잠시라도 더는 머뭇거리고 싶지 않은 눈치였기에 서두를 수밖에 없었다. 결국, 우린 아무것도 먹지 못한 채 그 섬을 빠져나왔다. 뱃속에선 꼬르륵꼬르륵 계속하여 음식물 공급을 원했지만, 전혀 알 턱이 없는 자동차는 쉬지 않고 달렸다. 나는 섬에서 빠져나온 것만으로도 마음이 놓였던지 잠깐 잠이 들었다.

"어서 와요. 커피 백만 잔을 쏟아 부은 우리 집 커피 수영장에 오신 걸 환영합니다. 여유롭게 수영을 즐기다가, 살아오면서 여러 사람에게 피해를 주며 가짜 주인 행세하는 개자식 따윈 물속에서 밟아버려도 좋아요. 당신이 받은 고통만큼, 아니면 당신의 마음이 용서할 때까지 상대방을 잠수시켜 버리는 것도 좋고요. 하나둘 얽혀 있던 당신의 문제들이 해소되었다면 수영장에서 나와 주변 정원 산책을 해봐요. 백만 송이 장미가 당신을 응원할 겁니다."

나는 수영장을 이용할 사람들에게 간단히 안내했다. 그러곤 엘피 음악다방으로 들어갔다. 인터넷 뉴스를 보고 있던 남편이 미소가 보일 듯 말 듯 모호한 표정을 지으며 나를 불렀다. 가까이 다가가자 평소와 다르게 다정다감한 목소리로 잠들었던 귀를 간질이며 말했다.

"당신이 그토록 살고 싶다던 수영장이 있는 고급 전원주택으로 이사 가려면, 커피 백만 잔은 더 팔아야 할 거 같아."

"그래? 까짓것, 백만 잔 더 팔지 뭐!"

나는 벌떡 일어났다.

주연오 | 어쩌면 아주 오래전부터

제2회 오영수신인문학상 수상

어쩌면 아주 오래전부터

주연오

*

　이정과 은구는 오늘도 싸운다. 이정이 손으로 은구의 머리통을 때리면 그는 발로 그녀의 허벅지를 걸어찬다. 은구가 주먹으로 이정의 허리를 치면 그녀는 입으로 그의 팔뚝을 물어뜯는다. 이정이 집어던진 손거울이 벽에 부딪혀 깨지고 은구가 걷어찬 쿠션이 탁자 위로 날아가 사진 액자를 넘어뜨린다. 중요한 사실은 그들이 어떤 이유로 싸우는지는 이미 잊었다는 것이다. 이정은 은구의 머리카락을 잡아 뜯으면서 무엇 때문에 이 싸움이 시작되었는지 기억해내려고 애를 썼다. 그들이 삼 년 동안 모은 적금을 이정이 은구 몰래 주식으로 날려버린 것 때문에? 그러나 그걸로 둘은 지금처럼 한바탕했었다. 게다가 그때는 작년이다. 그렇다면 은구가 핸드폰에 깔아놓은 채팅앱을 그녀가 발견한 것 때문에? 아니다. 그건 육 개월 전의 일이고 그것 때문에 은구의 손등에는 이정의 잇자국이 아주 오랫동안 시커멓게 남겨졌다. 사실 그들의 싸움에 있어서 중요한 건 이유가 아니다. 상대방의 가슴속에 누가 더 강하고 깊은 타격을 가하느냐, 어떻게 상대방의 마음에 회복이 어려운 커다랗고 고통스러운 상처를 남기느냐, 이런 것들이 더 중요한 그런

싸움이 되었다.

먼저 울어버린 것은 이정이었다. 은구가 먼저 운 적도 있지만 대개 싸움은 이정의 눈물로 끝이 났다. 소파의 닳고 닳은 패브릭 속으로 이정의 눈물이 뚝뚝뚝 스며들었다.

"이혼해! 이 개자식아!" 이정이 빼액 소리치자

"그래, 해! 누가 무섭대? 은구가 따악 받아쳤다.

은구가 욕실로 들어가자 이정이 닫힌 문을 쾅쾅쾅 걷어찼다. 이정이 욕실 문을 쾅쾅쾅 걷어차자 은구가 야! 하고 문을 홱 열었다. 동시에 이정은 침실로 나는 듯이 뛰어 들어가 문을 잠그고 침대로 기어올랐다. 그리고 이불을 뒤집어쓰고 훌쩍거리다 잠이 들었다.

"그러니까 너희 둘은 아니라고 했잖아. 처음부터 말릴 때 들었어야지."

이정의 말을 대꾸해주는 지안의 목소리는 이제 단조롭다.

"그땐 정말 사랑했다고."

"이젠 정말 증오하고 말이지?"

이정의 격한 말투에도 지안의 목소리는 여전히 건조하다.

"지안아, 나 이제 어떡하지?"

"미안, 이정아, 사실 나 우리 둘째가 지금 감기 기운이 있어서 심하게 보채네."

"응, 그래, 그래. 얘기 들어줘서 고마워. 다음에 얘기해."

이정은 전화를 끊고 침대에서 일어났다. 화장대로 가서 거울을 들여다보았다. 커튼 사이로 들어오는 아침 햇빛이 거울에 반사되어 눈이 부셨다. 의자에 앉아 눈을 가늘게 뜨고 얼굴을 살펴보았다. 눈물 자국으로 얼룩덜룩한 얼굴은 추레했다. 어느새 군살이 붙어 투실해지는 몸과 딱 어울리는 그런 얼굴이었다. 몸이 여기저기 욱신거려 이정은 무너질 것 같았다.

"오지안 나쁜 년. 이젠 들어주지도 않네. 하긴 뭐, 내가 이런 일로 백 번은 연락했지."

이정은 침실 문을 열고 거실로 나갔다.

"하지만 백 한 번 들어줄 수도 있는 거 아니야? 친구라면?"

이정은 거실 바닥에 뒹구는 액자를 발견했다. 신혼여행 사진이 끼워진 액자였다. 그들은 몽골에 갔었다. 홍고링엘스의 모래언덕 정상에서 검은색 장미가 그려진 커플티를 입고 서로를 꼭 껴안았다. 이정의 손과 깍지 낀 은구의 손이 그녀의 허리께에 위치했다. 반지를 낀 두 손가락이 맞닿았다. 그것을 보자 이정은 가슴속으로 차오르는 묘한 감정을 느꼈다. 저런 때도 있었지, 이정은 입술을 깨물었다. 고개를 돌려 소파 위에서 자고 있는 은구를 보았다. 이정이 액자를 발로 걸어차자 그것은 빙그르르 돌면서 소파 밑으로 들어갔다. 그 기척에 은구가 잠에서 깨어났다. 그리고 소파에서 몸을 일으켰다. 이정은 은구의 얼굴에 침이라도 뱉을까 하다 참기로 했다. 한참 동안 둘은 서로를 노려보았다. 그러다 은구는 탁자에 놓인 종이 한 장을 집어 들더니 이정에게 내밀었다.

"그동안 망설이기만 했는데 이젠 정말 확신이 들어."

그것은 협의이혼의사확인신청서였다.

*

이정은 회사에 휴가를 냈다. 과장이 마뜩찮은 표정을 지었지만 어쩔 수 없었다. 이정은 퇴근 후 은구와 같이 배낭을 꾸렸다. 둘의 배낭은 터질 듯 빵빵 부풀었다. 벽에 나란히 기대어 놓은 배낭들에 이정의 시선이 머물렀다. 육 년 만이었다. 이정은 그때 은구와 이렇게 다시 배낭을 싸게 될 날이 오리라는 것을 예감했다. 그것은 아주 슬프면서 두렵고 무거운 예감이었는데 보통 그런 건 꼭 들어맞는 일이 많아서 이정은 결혼 생활이 하루하루 불안했다.

네가 어떻게 나한테 이래, 은구가 이혼신청서를 내밀었을 때 이정은 드디어 올 게 왔구나, 생각하면서도 한편으로는 급격히 밀려드는 배신감 때문에 몸을 부들부들 떨었다. 이젠 더 이상 못 견디겠어, 은구는 소파에 털썩 앉으며 손바닥에 얼굴을 묻었다. 이정의 가슴에 찌리릿 통증이 생겨났다. 그것은 가슴 주변으로 퍼져나갔다. 그러더니 눈물이 되어 흘러나왔다. 막상 은구가 떠난다고 하니 내가 잘할 걸, 후회가 생겨났다. 혼자 살아간다고 하더라도 이정의 삶은 더 나아지리라는 보장이 없었다. 인터넷 쇼핑몰 전화 상담 업무는 경력으로 쳐주지도 않는데 그녀의 나이 벌써 서른넷. 월급은 세금을 떼고 나면 이백만 원도 안 됐다. 다달이 들어가는 월세를 비롯해 나날이 늘어가는 주름들. 가족들과는 이미 연을 끊었고 이정의 마음을 알아주는 친구도 없었다. 잘난 것도 없고 잘한 것도 없는 그녀의 날들은 잘 나가지도 못하고 잘되어가지도 못했다. 그런데 이혼녀라는 딱지까지 더한다면. 다른 남자를 만나게 되더라도 그놈이 그놈일 것이다. 혼자 살아간다면, 차라리 죽고 말지, 이정은 생각했다. 은구가 화장실에 들어가자 이정은 그의 핸드폰을 열어보았다. 은구가 친한 친구들과 주고받은 카톡 내용을 살펴보았다. 은구는 오랫동안 스트레스 위염으로 고생을 했고 다양한 곳에 이력서를 넣었으며 중고거래 사이트에 목숨처럼 아끼는 카메라를 올려놓았다. 다행히 따로 만나는 여자는 없는 것 같았다.

이혼여행에 갔다 오면 이혼해주겠어, 며칠 동안 이혼은 안 된다고 은구를 설득하고 때리고 죽겠다고 협박하던 이정이 마지막으로 한 제안이었다. 은구는 무슨 말도 안 되는 소릴 하느냐고 들은 체도 하지 않다가 끝도 없이 이혼은 안 된다고 그를 설득하고 때리고 죽겠다고 협박하는 그녀의 완강한 고집에 꺾이고 말았다. 여행지는 신혼여행지와 같았다. 항공권을 끊고 몽골에 가서 쓸 돈을 환전하니 통장은 거의 비어버렸다. 이정은 지금까지 자신을 압박해오던 경제적 불안감과 오랜만에 정면으로 치고받고 싸우는 기분이 들었다. 육 년 전에도 꼭 이랬다. 그 싸움의 후유증은 꽤 힘들고 오래 갔지만 이상하게도 진 것 같지는 않았다. 그래서 없는 돈에 또 몽골에 가기로 결심하는 건 그리 힘든 일은 아니었다.

배낭을 다 싼 후 은구는 책상에 앉아 노트북으로 열심히 무언가를 하기 시작했다. 이정은 은구의 눈치를 살피다 그의 뒤로 가서 노트북 화면을 들여다보았다. 은구의 카메라가 보였다. 은구는 중고거래 사이트에 올린 카메라의 사진을 내리고 있었다. 은구는 이번 여행에 카메라를 가지고 갈 모양이었다.

"뭘 하기에 그렇게 집중해?" 이정이 입꼬리를 올리며 묻자

"몰라도 돼." 은구는 노트북을 덮으면서 입을 다물었다.

"나쁜 놈 끝까지 말 안 하네" 이정이 중얼거렸다.

처음 은구를 만났을 때 이정은 후덜덜 떨었다. 그가 가진 카메라의 가격을 듣고 그랬다. 거짓말인가, 은구의 카메라를 몰래 핸드폰으로 검색해보고는 진짜구나 싶었다. 그리고 왜 저 사람은 카메라 따위에 많은 돈을 쓰는 걸까? 궁금해 했다. 오랜만에 만난 지안이 강제로 끌고 간 사진 동호회 술자리에서 이정은 앞자리에 앉은 은구를 몰래몰래 훔쳐보았다. 그리고 은구와 친해지자 그가 꿈이 있는 사람이라는 걸 알게 되었다. 그 꿈이 돈을 벌게 해줄 수 없다는 걸 이미 알고 있지만 그래도 사람 인생 어찌 될지 모른다고, 그런 희망만으로도 살아갈 수 있는 게 인생이라고 은구가 말했다. 꿈이라니 희망이라니, 이게 무슨 세상 물정 모르는 소리람, 이정은 은구가 자기 하고 싶은 대로 살아가는 철딱서니 없는 남자라고 생각했는데 그게 또 참, 은근히 매력적이었다. 그녀는 미래에 대한 불안과 걱정으로 삶이 지옥 같았는데 은구와 함께 있으면 그냥 편안해졌다.

내가 어디가 좋아? 은구와 처음으로 잔 날 모텔에서 이정이 물었다. 응, 넌 참 강한 여자 같아, 은구가 말했다. 예쁜 것도 아니고 착한 것도 아니고 뭐, 강하다고? 이정은 은구의 말이 마음에 들지 않았다. 흐미라고 알아? 은구가 물었다. 뭐? 흐미, 하고 놀랄 때 내는 그런 흐미? 이정이 되물었다. 은구가 웃었다. 몽골 음악이야, 자연이 내는 소리를 흉내 낸 거래, 근데 그게 한 사람이 동시에 높은 음이랑 낮은 음을 내는 거거든. 한 사람이 동시에 낸다고? 응, 동시에, 사람이 낼 수 있는 초고음과 초저음의 음파를 듣고 있으면 정말 바람 소리 같기도 하고 새소리 같기도 하고…… 뭐 그래, 그건 아주

어려운 창법인데, 특히 여자들에게는 훨씬. 왜 여자들한테 훨씬 어려운데? 여자들은 초저음을 내기가 어렵잖아. 아, 그렇지. 힘이 아주 많이 필요한 창법이라서 남자들이 부르는데, 그래도 흐미를 부르는 극소수의 여자들도 있어, 내 어머니도 흐미 창법을 오랫동안 수련했는데 결국 실패했대, 근데 넌 흐미를 잘 부를 수 있을 것 같아. 이정이 은구의 옆구리를 꼬집었다. 뭐, 그럼 내가 힘이 셀 거 같다는 거야 뭐야, 그래서 좋아한다는 거야? 이정이 따졌지만 은구는 옆구리를 붙잡고 데굴데굴 구를 뿐 더 이상 말을 하지 않았다. 이정은 은구가 무슨 말을 하는지 알 것 같았다.

이정은 강했다. 쉴 새 없이 움직여야 했다. 이정은 얼마 되지 않는 돈으로 부모를 부양했고 동생의 학비를 충당했다. 그러나 이정이 아무리 최선을 다 해도 부모도, 동생도, 이정 자신의 삶도 나아지지 않았다. 이정은 새벽마다 우유배달을 하고 회사에 출근하고 퇴근하고 밤마다 편의점에서 일했다. 밥 먹을 시간이 없어 길거리에서 파는 붕어빵이나 떡볶이라도 사 먹으려고 하면 아까워서 손이 덜덜덜 떨렸다. 가족들이 지긋지긋해서 그들을 버리고 싶다가도 또 생각해보면 가족밖에 없었다. 어쩌다 아빠나 엄마가 아프거나 동생이 사라지기라도 하는 상상을 하게 될 때면 이정의 가슴은 폭격을 맞은 것처럼 너덜너덜해졌다. 이정에게는 세상에 혼자 남게 되는 것보다 무서운 것은 아무것도 없었다. 자신이 가족들로부터 영원히 자유로울 수 없다는 게 오히려 이정을 안심시켰다.

그랬던 이정이 가족도 없이, 가난한 주제에 천만 원짜리 카메라를 들고 다니는 은구와 사귀게 되었다. 그때부터 이정은 헷갈렸다. 분명 이정 자신의 삶인데 누굴 위한 삶인지 알 수 없었다. 이정은 힘이 많이 들어간다는 흐미 창법 수련을 하는 극소수의 몽골 여자들을 떠올렸다. 이정은 혀의 안 부분과 목의 감각을 이용해서 높은 소리와 낮은 소리를 동시에 만들어 내려고 노력해 보았지만 잘되지 않았다. 이정은 자신에게도 힘에 겨운 일이라는 걸 알게 되었다, 흐미로 소리를 내는 건.

우유배달과 편의점 일을 그만두고 집에서 나가겠다고 선언하자 아빠는 눈을 감고 한숨을 쉬었고 엄마는 손을 들어 이정을 때리고 동생은 욕을 했다. 이정이 집을 나간 후 가족들에게 결혼하겠다고 말하자 아빠는 연을 끊자 했고 엄마는 사정했고 동생은 울며불며 매달렸다.

가족이 아닌 다른 사람, 그러니까 은구와 한 집에서 한 상에서 같은 음식을 먹게 되자 이정은 이렇게 좋은 걸 왜 그동안 몰랐을까, 하고 의아해했다. 그동안 가족에게 착취당할 정도로 자신이 멍청했었다는 사실을 되새길 때마다 분노가 치밀어 올랐다. 그들은 가족이 아니었다. 그들은 이정에게 더 이상 아빠도 엄마도 동생도 아니었다. 이젠 은구만이 이정에게 가족이었다. 넌 모든 걸 말해야 해, 난 너의 아내니까, 이정이 수시로 은구에게 그렇게 말하면 알았어, 은구는 수시로 이정에게 그렇게 대답했다. 우린 서로의 모든 걸 알아야 해, 우린 부부니까, 몇 번이고 이정이 그렇게 말하면 알았어, 몇 번이고 은구는 그렇게 대답했다. 밤에 은구를 안고 있을 때면 이정은 잠이 든 그의 심장에 귀를 대보곤 했다. 팔딱팔딱팔딱. 아, 꿈이란 건 희망이란 건 이런 소리가 나는구나, 그런 생각을 했다. 그 소리를 놓칠까 차마 침 삼키는 소리도 내지 못했다.

그러나 이정은 뭔가 어긋나고 있다는 것을 차차 알게 됐다. 가족을 부양했던 이정은 모아놓은 돈이 없었고 은구는 가족처럼 무능력했다. 결혼 전과 마찬가지로 그들은 여전히 가난했다. 이정은 자신이 언젠가 은구를 가족처럼 버리게 될까, 자신이 그에게 가족처럼 버려지게 될까 두려워지기 시작했다. 가족들을 떠나겠다고 말할 때 차가워지던 아빠의 표정을, 분노하던 엄마의 모습을, 그녀를 경멸하던 동생의 시선이 떠올랐다. 이정은 절대로 은구를 떠나지 않겠다고 다짐했다.

*

이정과 은구는 고비사막으로 가는 차 안에서 이리저리 흔들렸다. 다시 온 몽골은 놀랍도록 육 년 전과 똑같았다. 아무리 달려도 끝이 나지 않을 것 같은 초원을 지나면 붉은색 토양이 마치 파도처럼 융기된 골짜기가 나타나고 그러다 보면 또 아무리 달려도 끝이 나지 않을 것 같은 초원이 다시 나타났다. 빨간색 버스가 옆을 스치는가 싶더니 어느새 이정과 은구가 탄 차를 앞질러 초록색 초원을 뚫고 저 앞으로 달려갔다. 염소와 양이 내는 울음소리는 바람 소리만큼 가벼웠다. 한낮의 태양 빛이 차창을 뚫고 들어왔다. 이정은 가방에서 물을 꺼내서 한 모금 마셨다.

"은구야, 우리 여기에 또 오다니 기분이 이상하지 않아?"

이정의 말에 은구는 아무 말도 하지 않았다. 비포장 된 도로 위로 수많은 타이어가 마찰해 만들어 낸 요철들 위를 달리느라 차체는 심하게 흔들렸다. 은구는 그 격렬한 차체의 진동 속에서도 카메라를 들고 사진을 찍는 데에 여념이 없었다. 은구는 이정의 말을 듣지 못했다. 그러니까 은구는 지금 이정이 전혀 들어설 수 없는 세계 속에 혼자 있었다. 아, 매정한 놈, 이정은 차가 크게 흔들릴 때를 기다렸다가 은구의 옆구리를 꽉 꼬집었다. 깜짝 놀란 은구가 푸드덕거렸다. 자신만의 세계에서 갑작스레 내쫓겨진 은구는 눈알을 굴리며 이 상황에 대해 해석하려고 노력했다. 그러다 옆구리의 통증을 깨닫고는 상황을 파악했다.

"최선을 다하기로 했잖아, 우리의 끝에. 함께 보고 느끼면 좀 좋니?"

이정이 날카롭게 말했다. 은구의 눈이 가늘어졌다. 하- 크게 한숨을 내쉬었다. 그리고 주먹을 들어 이정에게 흔들흔들했다.

"우리 신혼여행 온 거 아니야. 이혼여행 온 거지."

그들이 홍고링엘스 인근의 게르 캠프촌에 도착했을 때는 점심시간이었다. 이정은 차에서 내려 저 멀리 길게 펼쳐진 사구들을 바라보았다. 하얗고 거대한 모래언덕, 홍고링엘스. 모래들이 바람을 받아 노래하는 곳. 이정은 모래의 노랫소리를 머릿속으로 복기했다. 바람이 모래언덕을 휘감을 때마다 모래들이 서로 부딪히고 무너지면서 내는 그 소리, 육 년 전 그 소리를 처음 듣고 이정은 울었다. 은구야, 너를 만나고 내 삶이 진정 좋은 방향으로 변하려나 봐, 이정은 분명 그렇게 말했었다. 은구를 흘낏 살폈다. 은구는 가방에서 카메라를 다시 꺼내고 있었다. 카메라 팔기 전에 맘껏 찍겠다 이거지? 이정은 고개를 돌렸다.

잠시 후 그들은 배정받은 게르에 들어가 내부를 둘러보았다. 격자 형태로 엮은 나무 골조로 된 벽의 왼쪽과 오른쪽에 캐시미어 이불이 덮인 일인용 침대 두 개가 각각 놓여 있었다. 침대 머리맡 벽마다 수건을 걸어놓은 옷걸이들이 가지런히 걸렸다. 자개 장식처럼 화려한 무늬의 서랍장과 소파가 시선을 잡아끌었다. 그들은 각자의 짐을 각자의 침대 밑에 내려놓았다.

점심 식사는 캠프촌의 식당에서 샌드위치와 라면으로 때웠다.

"너무 맛있어요!"

가이드인 체첵은 은구가 끓여준 라면을 좋아했다. 건너편에서 밥을 먹고 있던 한국인 커플이 알은체를 했다.

"안녕하세요!"

"안녕하세요!"

이정은 그들의 인사를 반갑게 받았다. 이정에게는 저 커플이 신혼여행 중으로 보였다. 최소한 이혼여행은 아니겠지, 그렇게 생각했다.

아직 햇볕이 뜨거웠다. 체첵은 점심식사를 한 후 게르에서 조금 쉬다가 뜨거운 낮의 햇볕이 한풀 꺾이고 일몰의 시간이 다가오면 홍고링엘스로 출발한다고 했다. 그 사이 이정은 샤워를 하기로 했다. 캠프촌의 공용 샤워실에서 한 방울씩 두 방울씩 떨어지는 수압을 견디며 겨우겨우 씻었다.

이정이 샤워실에서 나오자 어디선가 풀벌레 소리가 들려왔다. 그런데 잘 들어보면 또 풀벌레 소리가 아니었다. 으에으에으에 에이에이에이, 멀리서 들리는 것 같으면서도 잘 들어보면 바로 옆에서 들리는 것도 같았다. 두 시 방향에서 들리는 것 같으면서도 잘 들어보면 아홉 시 방향에서 들리는 것도 같았다. 무슨 소리일까, 이정은 몇몇 사람들이 모인 열두 시 방향을 향해 걸어갔다. 작은 천막이 쳐졌고 의자마다 사람들이 앉아 있었다. 그 앞에 청색과 녹색으로 물들인 몽골의 전통 옷을 입고 서 있는 여자와 마두금을 들고 앉아 있는 남자가 보였다. 여자의 빨간색으로 칠한 입술 사이로 음이 흘러

나왔다. 그 음은 동굴에서 퍼지는 것처럼 넓게 울리면서 퍼졌다가 하늘까지 닿을 듯 높이 올라가기도 했고 벌레의 날개마냥 파르르 떨리기도 했다.

"캠프 손님들을 위한 특별공연이에요. 멋있지요?"

어느새 체첵이 이정의 옆에 다가왔다. 체첵의 얼굴에는 자부심이 드리워졌다. 여자는 흐미를 부르고 있었다. 흐미 창법으로 노래를 부를 수 있는 극소수의 여자. 이정은 은구를 불러서 같이 공연을 볼까 하다 그만두기로 했다. 노래를 들으면서 어쩌면 저 가수는 은구의 어머니일지도 몰라, 하는 말도 안 되는 상상을 했다.

게르로 돌아와 보니 은구는 자신의 침대에서 자고 있었다. 이정은 묘한 기분이 들었다. 아니 정확히 말하자면 그리움이었다. 사실 이정과 은구는 전에도 이곳에서 잤다. 한 침대에서 서로를 꼭 끌어안고, 뚫린 천장으로 내려와 게르를 가득 채운 별빛들에 잠겨서. 은구의 따뜻한 체온과 단단한 육체를 느끼면서, 이정은 이별을 생각했다. 이렇게 서로 사랑하며 살다가 은구가 내 곁을 떠난다면? 그것이 죽음이든 혹은 다른 어떤 사유로든? 그렇게 되면 나는 어떻게 살아가지? 이정은 지금 자신의 몸을 꽉 붙들고 있는 은구가 어느 날 떨어져 나가게 된다면 그날이 아마 자신의 세계가 무너지는 날일 것이라 생각했다. 이정은 그때 갑작스러운 두려움에 은구를 껴안고 펑펑 울었다. 이제 와 생각하면 이정이 은구와 함께 몽골에 다시 오겠다고, 올 수도 있겠다고 생각한 것은 아마 그때부터였을 것이다.

홍고링엘스로 출발한 것은 오후 네 시가 조금 넘어서였다. 홍고링엘스의 모래언덕에서 일몰을 보고 내려오는 일정이었다. 은구는 피곤한지 차에서도 계속 잤다. 이정은 손을 들어 은구의 얼굴을 만져보았다. 이정에게는 계획이 있었다. 체첵은 오늘 날씨가 무척이나 맑아서 별이 잘 보일 것이라고 했다. 이정은 은구와 별을 함께 볼 것이다. 그리고 육 년 전 이곳에서의 추억도 꺼낼 것이다. 그때 얼마나 행복했는지 은구에게 상기시킬 것이다. 은구에게 사과할 것은 사과하고 사정할 것은 사정할 것이다. 사랑한다고 너 없이는 살 수 없다고 그렇게 애원할 것이다. 그래도 은구가 다시 돌아갈 수 없다고 하면 그때는, 그때는…… 어쩌지?

목적지에 도착해서 이정은 자고 있는 은구를 깨웠다. 은구는 흠칫 놀라면서 깨어났다. 창밖으로 하얗고 거대한 모래 언덕들이 보였다. 언덕마다 바람이 훑고 간 자국이 물결을 이루고 있었다. 바람이 불었다. 모래들이 부딪히고 무너져 내리면서 우웅우웅 소리를 냈다. 기괴한 소리였다. 무섭기까지 했다. 육 년 전에 듣던 그 소리가 아니었다.

은구가 모래언덕의 정상을 향해 먼저 올라갔다. 이정도 은구의 뒤를 헐레벌떡 따랐다. 마치 지금 따라가지 못하면 영영 은구를 잡지 못하기라도 할 것처럼, 온몸의 힘을 끌어모아서 올라갔다. 하지만 경사가 심했다. 이정은 숨을 헐떡였다. 한 발 오르면 세 발 네 발 미끄러졌다. 한 발 디디면 정강이까지 쑥 들어갔다. 내려올 때 즐길 샌드보딩을 위한 썰매를 잡은 손이 덜덜덜 떨렸다. 은구를 따라잡으려면 한참을 더 가야 했지만 갈 수 없었다. 이정의 뒤에서 따라오던 한국인 커플이 그녀를 지나갔다.

"아까 식당에서 봤던 그분 맞죠? 힘내세요!"

그들은 아까처럼 반갑게 말을 걸었지만 이정은 이번에는 대꾸하지 않았다. 갑자기 은구가 멈춰 서더니 돌아섰다. 은구는 저 멀리 위에서, 안간힘을 다해 모래언덕을 오르는 그녀를 물끄러미 내려다보았다. 멀리 있어도 뚜렷한 은구의 이목구비가 이정의 눈에는 확실히 보였다.

결혼을 하자 이정은 은구의 모든 것을 알아야겠다고 생각했다. 은구의 이야기를 듣고 싶었다. 이정은 은구를 진정으로 이해하고 싶었다. 은구를 이해하지 못하고 살아간다는 사실이 불안해서 견딜 수 없었다. 네 이야기를 들려줘, 이정이 은구에게 말했다. 음, 어머니 얘기를 해줄게, 내 어머니의 고향은 몽골이야. 은구가 대답했다. 그건 나도 알아. 아, 그래, 음, 어머니는 몽골로 돌아갔어, 내가 어릴 때, 그래서 나도 몽골로 가고 싶었는데 막상 너랑 가 보니 어머니 생각이 나지 않더라. 그리고? 끝이야. 끝이라고? 응. 더들려줘, 어머니가 밉고 원망스럽고 그렇지 않아? 아니, 그렇지 않아. 왜? 내 삶에는 더 이상 어머니가 없으니까. 그래도 어머니가 너를 버리지 않았다면 너의 삶은 덜 힘들었겠지. 그게 지금 와서 무슨 상관이야, 어차피 인간은 혼자인데. 인간이 혼자라고, 어떻게 그런 말을 해, 너한테 내가 있잖아! 미안해, 내가 잘못 말했어. 아니야, 그게 너의 진심이지, 나는 그래서 너무 힘들어, 너는 언젠가 나를 떠날 거야! 이정은 울부짖었고 은구는 처음에는 당황스러워했다가 시간이 흐르자 괴로워했고 나중에는 견딜 수 없어 했다.

은구는 응모하는 공모전마다 떨어졌고 이정은 여전히 많은 돈을 벌지 못했다. 그럼에도 이정은 아이를 원했다. 그러나 이정은 아이를 낳기엔 아이에게 미안해서 아이를 낳지 않기로 했다. 은구도 동의했다. 그러다가 이정이 임신했다. 임신을 한 건 두려운 일이었지만 이정은 한편으로 기뻤다. 은구는 당혹스러워했고 아무 말도 하지 않았다. 그래서 이정은 서운했다. 누구의 탓도 아닌데 아이가 유산되었다. 누구의 탓도 아니란 것을 알지만 이정은 은구를 원망했다. 그 후로 누가 먼저랄 것도 없이 둘은 관계를 갖지 않게 되었다.

모래언덕을 오르는 순간은 고단하고 괴로웠지만 결국 이정은 정상에 도착했다. 정상에 오르고 보니 사막의 풍경이 발아래로 어마어마하게 펼쳐졌다. 거대한 모래사막 위로 해가 지고 있었다. 아름다운 풍경이었지만 이정에게는 모래 위에 물드는 일몰의 색깔이 어쩐지 비극적으로만 보였다. 젊은 남녀 여섯 명이 돌아가며 서로의 사진을 찍어주며 깔깔거렸다. 이미 올라온 은구는 발밑의 풍경을 사진으로 찍는데 열중해서 이정이 다가온 줄도 모르고 있었다. 이정은 썰매를 모래 위에 내려놓고 앉았다. 손으로 모래를 움켜쥐어보았다. 손가락 사이로 모래들이 부서져 내렸다. 한참을 떠들썩하게 사진을 찍던 젊은이들이 썰매를 엉덩이에 깔고 모래언덕 밑으로 하나씩 내려갔다. 그들이 격렬하게 내지르는 비명과 바람에 움직이는 모래의 소리가 섞여 기괴한 소리가 생겨났다. 이정은 귀를 막았다. 다시 이곳에 왔지만 이곳은 더 이상 이정의 기억 속에 있는 그곳이 아니었다. 그리고 은구는 저 앞에서 낯선 모습으로 이정과의 이별을 원하고 있었다. 이정은 구멍 난 풍선을 계속해서 입으로 불어대는 것처럼 몽골에 다시 온 것이 아무 소용없는 일이라는 것을 깨달았다.

"두 사람 사진 찍어줄게요."

체첵이 이정과 은구 쪽으로 다가왔다.

"싫어요."

이정은 고개를 저었다. 무언가를 직감했다. 그것은 처음부터 비관적이었고 절대 피할 수 없으며 이 순간을 사진에 담는다는 게 이정에게 얼마나 잔인한 일인지 은구도 알 것이라고 생각했다. 그러나 은구는 체첵에게 카메라를 내밀었다. 체첵이 몇 걸음 뒤로 걸어갔다. 그리고 카메라를 눈에 대고 상체를 비스듬히 옆으로 기울였다가 앞뒤로 흔들면서 사진 찍을 준비를 했다. 은구가 이정의 어깨에 팔을 올렸다. 은구의 체온이 이정의 어깨로 스며들었다. 이정은 눈물이 나서 어쩔 줄 몰랐다. 주체할 수 없어서 엉엉엉 울었다. 은구는 담담했다. 체첵에게 어서 사진을 찍으라는 손짓을 했다. 바람이 불었다. 모래들이 바람에 쓸려 부딪히고 무너지면서 우웅우웅 소리를 냈다. 체첵이 사진을 건넸다. 그 사진 속에는 이젠 이정과 은구의 세계가 없었다. 똑같은 장소, 똑같은 인물들이었지만 그 자리에 있던 뭔가가 사라졌다. 이정은 몽골에 다시 와서 연장하려 한 것들이 이곳에 오기 전부터 모두 사라졌다는 것을 그제야 깨달았다.

"이제 내려가야 해요."

체첵이 말했다. 그들은 나란히 각자의 썰매에 앉았다. 이정은 하얗게 질렸다. 저 밑은 너무 가파르고 까마득하게만 보였다. 다시는 내려갈 수 없을 것 같았다. 분명히 육 년 전에도 이 언덕을 내려갔는데, 어떻게 내려갔지? 이정은 믿을 수 없었다. 이정이 은구에게 말했다.

"너무 위험해 보여."

"그렇지 않아."

"어떡하지?"

"잘 내려가야지. 언제까지나 이 위에 머물 순 없잖아."

은구가 먼저 썰매를 타고 내려갔다. 썰매는 은구를 순식간에 저 밑으로 끌고 갔다. 은구는 이정에게 너무나 멀어졌다. 이정은 썰매 위에서 숨을 몰아쉬었다. 가만히 있어도 몸이 절로 부들거렸다.

"나 걸어갈래요."

체첵이 부드러운 목소리로 말했다.

"용기를 내요. 생각보다 쉬워요. 모래와 썰매에 몸을 맡기고 중심만 잘 잡으면 돼요."

이정은 눈을 질끈 감았다. 체첵이 이정이 탄 썰매를 휙 밀었다. 체첵의 말과 달랐다. 모래언덕의 정상에서 아래쪽으로 내려오는 일은 생각보다 훨씬 어려웠다. 썰매는 빨라도 너무 빨랐다. 이정은 다리를 쭉 펴서 모래와 마찰시켜 속도를 줄이려고 노력했지만 소용없었다. 바람에 쓸리고 썰매와 부딪치는 모래의 소리가 사방에서 들렸다. 이정은 무서웠다. 정말 무서웠다. 이정의 입에서 비명이 나왔다. 중심을 잃었다. 몸이 급격하게 흔들렸다. 결국 이정은 썰매와 함께 모래 위를 데굴데굴 굴러 내려갔다. 머리카락 사이로, 콧구멍 속으로, 입 안으로, 티셔츠 안으로 모래들이 쏟아져 들어왔다. 흔들리는 시야에는 온통 모래뿐이었다. 어두워지는 하늘도, 저 밑에서 기다리고 있을 은구도, 뒤에서 따라오던 체첵도 모래가 다 덮어버렸다. 난 못해, 이젠 못한다고, 이건 진짜 어렵고 무서운 일이라고, 이정은 그렇게 마음속으로 외쳤다. 이정이 밑으로 내려왔다. 기다리던 은구가 말했다.

"그래도 결국 내려왔네."

저녁식사를 마친 후 체첵이 게르 앞에 모닥불을 피웠다. 체첵의 말처럼 밤하늘에 박힌 별들이 무수했다. 은구는 게르 안에 있었다. 여행 사진들을 인스타그램에 올리고 있었다. 이정은 은구에게 다가가 주머니에 손을 넣고 선 채로 쭈뼛거렸다. 은구가 천천히 고개를 들어 이정을 바라보았다. 이정이 물었다.

"바빠?"

"몽골 사진에 하트가 많이 달렸어. 한국에 돌아가면 이것들로 공모전에 응모해 볼까 해."

이정의 가슴속에 작은 불꽃이 일었다. 내 꿈과 희망은 너였는데, 네 꿈과 희망은 사진이었지, 그러나 이정은 말하지 않았다. 아무렇지 않은 것처럼 은구에게 말했다.

"별 사진 찍기에 좋은 밤이야. 사진도 찍고 맥주도 마시지 않을래?"

"좋아."

은구가 오랜만에 기분 좋게 대답했다.

모닥불 앞에 두꺼운 담요를 넓게 펼쳤다. 담요 위에 앉아서 둘은 맥주를 마셨다. 이정은 은구에게 할 말이 참 많았지만 막상 말을 하려고 보니 무슨 말을 해야 할지 몰랐다. 은구가 맥주를 옆에 내려놓고 카메라를 들었다. 이정의 마음이 조급해졌다.

"오래 생각해봤는데, 널 이젠 이해할 수 있을 것 같아."

이정의 목소리가 떨렸다. 은구의 시선이 하늘에서 이정에게 옮겨왔다.

"내가 그동안 널 참으로 못살게 굴었지."

이정이 은구의 시선을 똑바로 받으며 말했다.

"근데 그게 내가 너를 이해하는 과정이었던 것 같아. 나는 널 이해할 수 없다고 생각했고 그러면서도 너에게 이해받기를 원했어. 네가 날 이해하지 못한다고 생각했고 그게 너무 힘들었던 것 같아……"

은구는 이정의 말을 들으며 주먹으로 담요를 덮은 땅바닥을 툭툭툭 가볍게 쳤다.

"이정아, 우리는 너무 나빠졌어. 믿을 수 없을 만큼 너무 나빠졌어. 더 이상 나빠지기 전에 끝내야 해."

모래를 실은 바람이 불어왔다. 그것은 이정의 머리를 몹시 헝클어뜨리고 얼굴을 마구 때렸다.

"아아!"

이정은 신음 소릴 냈다. 눈으로 모래가 들어가서 너무 고통스러웠다. 모래언덕에서 구를 때 생긴 얼굴의 상처가 쓰라렸다. 이정은 손으로 얼굴을 가리고 고개를 숙였다.

"왜 이렇게 된 거지? 우린 아주 사이가 좋았는데. ……대체 나한테 왜 이러는 거야!"

이정은 은구인지 누구인지 알 수 없지만 누군가를 향하여 소리를 질렀다.

모래바람이 지나갔다. 이정은 얼굴에서 손을 뗐다. 광활한 밤하늘을 올려다보았다. 너무 넓고 넓어서 몸을 부르르 떨었다. 이토록이나 거대한 세상에 혼자 남겨지게 될 거라는 사실에 그저 겁이 났다. 죽을 때까지 은구와 같은 시간 속에서 지내게 될 줄 알았는데, 다시 그 지긋지긋한 가족들에게 돌아가야 하나, 가족들이 나를 받아줄까, 혼자 살기엔 너무 무서워, 이런 생각들을 했다. 모든 게 자신의 잘못 같았다. 가족들을 뱉어버리자 은구에게 뱉어졌다. 가족을 버리지 않았다면 이렇게 혼자 남겨지지 않았겠지. 가족을 버리지 않았다면 은구와 결혼을 하지 못했고 또 이렇게 몽골에도 오지 않았겠지. 그러니까 모든 건 다 내 잘못이지, 아니 내 잘못이긴 한데, 근데 정말 내 잘못이 맞는 걸까? 이정은 타닥타닥 타오르는 모닥불을 골똘히 바라보았다. 그러다 이정은 뭔가 떠올랐다는 듯 말을 했다.

"낮에 흐미를 부르는 여자를 봤어. 네가 자고 있을 때."

은구가 고개를 돌려 이정을 바라봤다.

"말도 안 되는 생각인데, 혹시 그 가수가 네 어머니가 아닐까, 하는 생각을 잠깐 했어."

"어째서 그런 생각을 했지, 왜?"

"모르겠어, 네 어머니는 분명히 흐미 수련을 실패했다고 들었는데. 왜 나는 그런 생각을 한 걸까."

왜 그런 생각을 했는지 이정은 생각하는 순간 알게 되었다. 은구의 어머니는 혼자가 되었고, 혼사가 되었어도, 결국 흐미 창법을 익히게 되었다, 라고 믿고 싶었다. 마침내 흐미 가수가 된 어머니는 저 밤하늘처럼 광활한 이 세상을, 저 까마득한 우주를 돌고 돌아 아들이 있는 캠프로 와서 노래를 부르게 되었다, 라는 은구의 이야기를 듣고 싶었다.

이정은 성대를 긴장시켰다. 그 여자 가수처럼 입술을 벌렸다. 혀의 안부분과 목의 감각을 이용해서 높은 소리와 낮은 소리를 동시에 내려고 해 보았다. 기괴하고 이상한 소리가 났다. 흐미를 내는 것은 어려웠다, 이정에게는 너무 힘에 겨웠다. 그래도 계속해서 흐미를 내 보려고 노력했다. 으에으에으에 에이에이에이. 잘못 내었는지 잘못 들었는지 소리가 난 것 같기도 했다. 으에으에으에 에이에이에이. 또 한 번 내보았지만 역시나 안 되었다. 이정의 소리를 듣고 있던 은구가 천천히 입을 열었다.

"이정아, 그 여자는 내 어머니가 아니야."

"알아. 그래도 네 어머니이면 좋겠어."

"아니야, 너한테 말 안 한 게 있는데…… 내 어머니는 몽골에서 오래전에 죽었어. 그러니 그 여자는 내 어머니일 수가 없어."

이정은 아무 말 없이 맥주를 한 모금 마셨다. 그리고 조용히 은구를 불렀다.

"은구야."

"응?"

"넌 정말 개자식이야."

그 말을 들은 은구는 고개를 위로 돌려 카메라로 하늘의 별을 담기 시작했다. 밤하늘에 박혀 있는 무수한 별들이 은구의 카메라로 하얗게 쏟아져 내렸다. 그것을 보던 이정은 아까처럼 흐미를 연습하기 시작했다. 으에으에으에 에이에이에이. 이정의 목이 파르르 떨리더니 아주 잠깐, 그러니까 아주 찰나의 순간 두 개의 음이 새어 나왔다. 그것은 새소리 같기도 하고 바람 소리 같기도 하고 혹은 모래의 노래 소리 같기도 했다. 아, 계속 이렇게 수련한다면 나도 흐미를 할 수 있을 지도 몰라, 아니, 어쩌면 내가 아주 오래전부터 흐미를 연습해온 건 아닐까, 하는 이런 생각들을 이정은 할 수밖에 없었다.

진서정 ᅵ 불시착

서울 출생. 2020년 12월 『한국소설』 신인상으로 등단.
작품으로는 단편소설 「원죄」 등이 있음.

불시착

진서정

1

날개 구석까지 곰팡이가 번진 에어컨이 요란한 소음을 내며 미지근한 바람을 뿜어냈다. 곁눈질로 주위를 살피며 책상 구석에 탁상용 선풍기를 둔 직원들이 많았다. 하지만 직원들은 자신들보다 구청장이 느낄 더위를 더 우려했다. 구청장이 땀방울이 맺힌 민머리를 쓰다듬으며 드러내는 신경질은 더위보다도 더 심한 스트레스로 직원들에게 쏟아질 것이었다. 선출된 지 두 달이 되지 않았다. 출신 정당까지 바뀌었다. 걸핏하면 직원들을 유난스럽게 닦아세우곤 했다.

준우는 컴퓨터 화면을 들여다보았다. 오른손으로는 마우스를 만지작거리고, 왼손 엄지와 검지로는 볼펜을 손등에서 회전시켰다. 평소의 버릇이지만, 오늘 더욱 심했다. 화면에는 준우가 담당하는 소외그룹 현황과 지원 내역이 하나씩 띄워져 있었다. 준우는 위아래로 스크롤을 움직이다가 간혹 볼펜 돌리기를 멈추고 내용 일부를 포스트잇에 옮겨 적었다. 그때 옆자리 동료가 준우의 어깨를 두드렸다. 평소 준우가 펜을 돌리는 것을 정신이 혼란해진다며 핀잔을 주곤 하던 사람이었다. 또 훈계할까, 준우는 볼펜을 일부러 소리 나게 책상 위에 내려놓았다. 하지만 동료는 관심 없다는 듯 손가락을 뻗어 출입문을 가리켰다.

"네 대학 동기라는 여자, 또 왔네."

돌아보니 거기 세아가 서 있었다. 볕에 익은 건지 볼그스름한 양 뺨은 노란 살구를 연상케 했다. 작고 도톰한 입술은 립스틱이 없혀 윤슬처럼 반짝였다. 사무실이 한층 밝아진 느낌이 들었다.

준우는 포스트잇과 볼펜을 챙겨 일어났다. 급하게 나서느라 엉덩이로 의자에 걸쳐 둔 자켓을 떨어트렸다. 개의치 않고 다가가 세아를 휴게실로 안내했다. 세아는 종종 준우의 사무실로 찾아오곤 했다. 구청을 찾는 평범한 NGO 활동가임을 알면서도 준우는 일주일이 멀다 하게 불쑥불쑥 나타나는 모습이 반가웠다. 공적인 관계를 가장한 은밀한 접근일까. 처음엔 괜히 홀쭉한 지갑을 꺼내 보인 적도 있었다. 하지만 지금은 달랐다. 세아가 오겠다는 연락을 하면 선물을 기다리는 아이처럼 날짜나 시간을 몇 번이고 확인하는 처지가 됐다. 제발, 퀴어 문제에만 관여를 안 한다면 얼마나 좋을까.

휴게실 에어컨은 고장이 났다. 오래 환기를 하지 않아 은은히 악취가 배었다. 준우는 창문을 조금 열었다. 매미 우는 소리가 맹렬하게 귀를 후볐다. 짝을 찾는 극성이라던가. 어쩌면 자신도 별반 다를 게 없었다. 준비된 차 종류가 서너 종을 넘지 못했다. 세아가 좋아한다는 허브차는 없었다. 세아는 봉사활동을 겸해서 카페에서 일한다고 했다. 한번 놀러 오라며, 좋은 차를 대접하겠다고 말하던 기억이 났다. 마음 같아서는 5분 거리에 있는 스타벅스로 데려가고 싶었다. 하지만 구청장이 새로운 뒤로 무단 외출이 녹록지 않았다. 결국 복도 구석의 커피 자판기를 찾았다.

양손에 종이컵을 하나씩 들고 세아가 앉아 있는 응접탁자를 향했다. 세아는 육백 원짜리 커피에도 고맙다는 말과 함께 미소로 환대했다.

준우는 세아가 체면이나 자존심을 염두에 두고 꺼내지 않는 이야기가 준우가 바라는 바라면, 사신이 먼저 운을 떠우는 게 맞는다고 생각했다. 다만 그런 고백을 하는 장소가 지금의 구청 휴게실은 아니었다.

"무슨 생각을 해?"

세아의 커피는 벌써 눈에 띄게 줄어들어 있었다. 준우는 그제야 세아에게 시선을 돌렸다.

"고민되는 일이 많아서."

준우의 말에 공감한다는 듯 창밖의 매미가 다시 격하게 우짖었다.

"그래, 퍼레이드를 향한 고민이야? 마침 지원이 줄었다는 소문을 들어서."

세아는 여전히 미소 지은 채였다. 준우가 그렇게 오랫동안 신호를 보냈지만, 자신의 심정을 몰라주는 세아가 답답했다. 아침에 눈을 뜨면 네이버 어플을 켜 뉴스부터 확인하곤 했다. '퀴어 퍼레이드 승인 철회' 기사가 없는지. 반면, 세아는 자신이 남에게 호의를 가지고 사는 방식대로 구청에 대한 희망의 끈을 놓지 않았다. 태운 원두 색을 담은 세아의 눈이 지원이라는 낱말을 발음할 때 반짝 빛났다. 준우는 주머니를 뒤졌다. 미적미적 포스트잇을 꺼냈다. 메모지에 적힌 후원 목록 중에 퀴어와 관련된 항목은 보이지 않았다. 갑작스러운 더위처럼 새로 취임한 구청장의 종교적 신념을 아는 간부들의 지시로 생긴 일이었다. 과거에는 후원까지는 못하더라도 퍼레이드 장소를 승인하는 데에는 유연한 태도를 보였다. 또한 소액이라도 가출한 청소년 퀴어를 위한 지원도 했다. 얼마 전까지 게이로 뉴총을 받던 준우의 전임자가 있었다. 당시 준우는 그 사람에 대한 소문을 매일같이 전해 들었다. 그 사람이 치질에 시달리는 건 잦은 애널 섹스 때문이라는 이야기부터, 점심시간에는 사무실에 홀로 남아 근무용 컴퓨터로 몰래 게이 어플을 사용한다는 쓴다는 것까지 다양했다. 그 사람은 어쩌면 퀴어와 어떤 인과관계도 없을지 몰랐다. 퀴어를 도와야 한다며 넌지시 윗사람들을 설득하는 일에 앞장선 탓에 붙여진 헛소문일 가능성이 컸다. 그 사람은 지금 시청으로 자리를 옮겼다. 이제 구청장을 빙자하지 않고 합리적인 이유를 만들어 민원인을 상대해야 하는 쪽은 하급직원인 준우의 몫이었다.

"항목 자체가 없네. 소외그룹에 포함돼 있는 거야?"

세아가 퀴어 퍼레이드 지원 건으로 찾아올 때마다 준우는 에둘러 대꾸하기 마련이었다. 세아는 그것을 단지 노골적으로 긍정하거나 부정하지 못하는 공무원들 특유의 완곡한 어법으로만 여겼을 것이다. 오랫동안 알고 지낸 준우가 더 나은 상황을 만들어줄 것이란 기대를 품었으리라.

"퀴어 단체를 돕는 이유가 뭐야?"

준우는 더는 변명으로 일관할 수 없는 시점에 부닥쳤다고 생각했다. 퍼레이드 날짜가 한 달하고도 보름 뒤로 바투 다가왔다.

"나, 이번엔 총무팀장까지 맡았어."

세아는 준우의 시선을 피하지 않고 한쪽 팔을 탁상에 올려 턱을 괴었다. 세아가 자신이 맡은 일에서 성공을 거둔다는 건 기쁜 일이었지만, 그 성공은 세아의 단점이자 준우의 간섭을 끌어내는 일이었다.

"봐봐, 세아 씨. 세상에 완벽한 평등이란 없어. 당장 동성애자 결혼을 합법화해 달라는 것도 결국엔 예외적인 특혜를 요구하는 거잖아. 우리는 모두 차등화의 방식으로 살고 있어, 평등도 마찬가지야. 평등의 차원에서 동성애를 지지하는 건 문제가 되지 않겠지만, 물질적인 지원까지 바라는 건 욕심인 거야."

준우는 그동안 꾹꾹 눌러왔던 말을 내뱉었다. 무언가 속에서 후련하게 터져나가는 느낌을 받았다. 왜곡된 논리로 적반하장의 방식을 동아줄 삼아 음지라는 늪에 스스로를 빠뜨리고서, 당당하게 도움을 청하는 그들을 이해할 수 없었다. 그들의 논리는 판독 불가능한 외계어 같았다. 와중에 세아는 더 많은 자비에 대해 갈구하는 사람이었다. 지금 준우가 구해야 할 건 음지에 숨은 퀴어들이 아닌, 그들의 무게까지 실린 동아줄을 끌어당기는 세아였다. 세아는 당황한 기색으로 준우를 빤히 응시했다. 준우도 그 눈길을 피하지 않고 맞섰다.

"퀴어도 사회구성원이고, 세금을 내는 떳떳한 시민이야. 보호를 청하고, 권리를 주장하는 건 당연한 거잖아. 준우 씨가 잘 안 거라고 생각했는데……."

세아가 말꼬리를 흐렸다.

"윗분들께 꺼낼 이야기도 아니고, 나도 그분들 생각에 동의해. 더구나 지금 구청 자체 예산으로는 거기까지 신경 못 써."

"준우 씨, 그래도……."

"내가 따를 수 있는 건 법과 업무의 내규지 세아 씨의 주관이 아냐. 내 재량으로 할 수 있는 일은 아무것도 없어."

준우는 손에 쥔 종이컵을 만지다가 힘을 주었다. 컵이 심하게 구겨지며 커피에 바깥으로 살짝 흘렀다. 세아의 얼굴에 낭패감에 당혹감까지 가세하고 있었다. 준우는 동아줄도 되지 못하고, 줄다리기처럼 위태로운 이 분위기를 견디기 어려웠다.

"이제 그 단체에서 손을 뗄 때가 되지 않았어? 너무 지나쳐."

"퀴어들의 주장에 한정된 게 아니야. 동성혼을 인정하는 나라도 많아. 준우 씨도 그 정도는 알 거라고 생각해."

휴게실 창문 바로 옆에 있는 회나무의 그늘이 세아의 얼굴에 드리웠다. 세아는 당혹감에 휩싸인 자신의 치부를 더는 보이기 싫은지 자리에서 일어났다. 준우는 세아가 나가는 걸 멀뚱히 지켜보고 있다가 뒤늦게 조급하게 뒤따랐다. 세아는 마침 도착한 엘리베이터에 타 있었다.

"세아 씨!"

준우와 순간적으로 맞춘 세아의 눈을 엘리베이터 문이 스르르 닫히며 지웠다.

2

인도 가장자리에 심어진 가로수나 다채로운 입간판들, 걸음을 재촉하는 사람들의 모습이 차창에 스쳤다. 준우는 세아가 봉사한다는 카페 칸으로 향하는 중이었다. 세아를 보지 못한 지 일주일이나 지난 시점이었다. 그 시간이 길어질수록 준우는 세아가 자신의 내부에 얼마나 견고하게 틀어박혔는지 깨달았다. 그런 깨달음을 실감할수록 음지와 연결된 세아를 건져내고 싶다는 생각도 더 절실해졌다. 수렁에 빠지면 주위를 살필 겨를이 없는 법.

카페 칸은 생각보다 협소했다. 단출한 외관에는 'FREEDOM' 따위의 영단어들이 그래피티 아트로 새겨져 있었다. 준우는 출입문을 밀고 들어갔다. 실수로 여성 전용 카페에 들어섰을 때처럼 몸에 들러붙는 이질감에 괜히 움츠러들었다. 카운터에서 막 계산을 마친 사람이 준우 곁을 지났다. 눈에 짙은 화장을 얹고 긴 머리를 한 남자였다. 돌아보니 화장뿐 아니라 화려한 장신구를 걸치고 손톱을 가꾼 남자들이 꽤 많았다. 여자 중에서도 눈에 띄게 짧은 머리를 하거나 타투를 한 사람도 더러 있었다. 성별을 알리고 싶지 않다는 듯 유니섹스의 옷으로 간단히 몸을 가린 사람도 간간이 눈에 띄었다. 만약 외계의 행성에 불시착한다면 이런 기분일까? 미지의 괴생명체 같은 것들이 온몸을 기어 다니는 듯 꺼림칙했다. 당장 돌아 나오고 싶을 지경이었다.

준우는 사람들을 피해 조명이 어두운 구석에 자리를 잡고 앉았다. 세아에게 자신이 왔음을 알리기 위해 휴대폰을 꺼내려는데 익숙한 향기가 물씬 풍겼다.

"로부스타 원두야. 저번에 봤을 때 피곤해 보여서."

세아는 커피가 담긴 머그잔을 탁자에 내려놓고 준우 앞에 앉았다. 준우는 다시금 세아의 자상한 배려를 느끼며 커피를 한 모금 들이켰다. 부드럽게 퍼지는 달콤함이 입속을 부유하다가 담백하고 쌉싸름한 맛으로 변해 갔다. 세아가 시럽을 가져다주겠다고 했지만, 준우는 고개를 저었다. 당을 보충하는 일보다 세아와의 관계를 회복하는 게 피로에 더 도움이 될 것이었다.

"일주일간 우리 대화를 복기했거든. 그래도 세아 씨가 나보다 그쪽에 조예가 깊으니, 세아 씨의 말에 좀 더 귀 기울이는 게 맞다고 생각했어. 그래서 온 거야."

준우는 노골적으로 반기를 들지 않도록 주의했다. 차라리 총무팀장이 되었다는 세아에게 꽃다발이라도 안기며 거짓의 축하를 건네고 싶었지만, 차마 그럴 수 없었다. 숙이게 된 고개로 음지처럼 낮은 곳과 시선이 마주쳐도 이해해야 한다고 생각했다. 다만 세아와 자신 사이에 전혀 이해득실이 없는 문제가 개입해, 관계를 해친다는 사실에는 속상함이 가라앉지 않았다. 심지어 지금은 그 문제가 관계의 조건인 양 대두된 셈이었다. 그러다 보니 자신이 퀴어 문제에 대해 상식 이하로도 알지 못하면서 주워들은 짧은 지식을 전가의 보도처럼 휘둘렀을지 모르는 생각까지 들었다.

"그러니까 퀴어에 대해서 좀 더 공부를 하고 싶다는 거지."

준우는 고개를 끄덕였다. 그동안 애써 설명한 자신은 무엇이었냐는 듯 다소 실망스러운 표정이 잠시 세아의 얼굴에 스쳤다. 하지만 이내 세아는 부드러운 눈빛으로 준우를 마주했다.

"아이들이 사춘기를 벗어나면, 정신적인 방황이나 성장통을 겪으며 자라는 것처럼 많은 사람들이 자신의 정체성에 혼란을 겪기도 해. 그러다가 자신의 진정한 자아를 발견하고. 그게 남자와 여자라는 겉모습과는 무관하게 드러날 수도 있어."

준우는 이전에 마셨던 자판기 커피와는 다른 진한 풍미에 이끌려, 연신 머그잔을 입으로 가져댔다.

"하지만 보통의 사람들이 겪는 혼란은 그저 유행처럼 단순히 지나가는 경우도 있잖아. 분명 퀴어를 옹호하는 사회적 분위기가 형성될 테지만, 반작용으로 자신의 진정한 정체성이 아니라 단적인 유행에 담긴 모습을 자신의 고유한 것으로 착각하는 사람이 늘어날지도 몰라. 지금 트랜스젠더를 비난하는 여론도 같은 맥락일 테고."

"그런 유사 성정체성은 준우 씨 말대로 곤란하겠지. 모두가 너나없이 생각해 보니 나도 퀴어였다며 유행에 기반해 주장할 수 있을 테고, 그러면 결국 우리 사회가 주장하는 이분법적 성 역할이 무너져. 관계된 모든 규율이 붕괴하면서 갑작스러운 궤변에 사회는 혼란해질 거야."

"어…… 그렇지."

준우는 자신이 하고 싶은 말을 세아가 하는 것에 의심하면서도 일단 안도했다.

"하지만 준우 씨. 그렇다고 해서 선천적으로 타고난 성이 외양과 다른 소수자들이 피해를 받을 수 있다는 생각은 해 봤어? 몸은 결국 성을 담는 하나의 그릇일 뿐이야. 퀴어의 문제가 사회적 결함인 것처럼 화두에 오르는 건, 결국 우리가 그들의 존재를 인정하지 않는 게 원인이야. 당장 거리에 나가서 나와 옷깃이 스치는 사람도 어쩌면 어젯밤 동성의 연인과 시간을 보냈을 수도 있겠지. 준우 씨와 가까운 사람이 고정된 이분법의 성 역할과는 무관한 논바이너리일 수도 있고. 분쟁과 다툼이 싫어서 물러서는 사람들은 음지에 사는 거고, 나서서 권리를 주장하는 사람들은 사회적 문제 인물로 취급하니까 정말 사회적 문제가 될 뿐이야."

세아는 '문제'라고 말할 때마다 입에 힘을 주었다. 준우는 아무 말도 할 수 없었다.

"사람들이 동정 어린 시선이나 적개심을 보여도, 관심을 받는다는 사실만으로 만족해야 하는 게 준우 씨가 보는 퀴어잖아. 포비아로서 혐오할 권리도 있겠지. 다만 혐오할 논거를 내세우는 만큼 그들도 떳떳하게 내세울 게 있다는 걸 알아야 해. 준우 씨 말대로 균형이 중요하다면 특히 더. 퀴어라는 걸 떠나서 한 명의 사람으로서 권리를 지켜주기 위해 사회가 노력해야하는 건 당연한 일이니까."

세아는 풀어야 할 실타래 같은 말들이 몸 안에 한가득 담겨 있는 것처럼 말을 멈추지 않았다. 늘 진지하게 고민하고 말하는 평소의 세아와 다르지 않았다. 하지만 세아의 말 중에서도 '선천적'이란 언사가 준우의 마음을 헤집었다. 뚫린 길이 있으면 그대로 따라 걸어야만 하는 삶을 살았다. 멋대로 노선을 벗어나 의도와는 달라진 존재는 곧 불량품이었다.

"난…… 그냥 약자라는 걸 무기 삼아 휘두르는 게 싫었어. 퍼레이드 진행에 꼭 구청의 지원을 받아야 해?"

세아는 조금 편안해진 표정으로 양팔을 위로 치켜들어 기지개를 켰다.

"행사 진행에 자금이 많이 부족하기는 하지만, 꼭 후원을 받아야 하는 건 아니야. 구청의 후원을 받으려는 건⋯⋯ 구청이 퀴어를 인정한다는 걸 대중에게 증명하는 거니까."

준우는 자신도 모르게 머그컵이 아니라 세아의 손을 향해 자신의 손을 뻗었다. 세아는 살짝 놀란 듯했지만, 이내 상냥한 미소로 대답을 대신하곤, 손을 빼내어 자리에서 일어났다.

"와 줘서 고마워, 이만 다시 일하러 가야 되겠다."

준우는 세아가 '종업원 외 출입금지' 표지판이 걸린 공간으로 들어가고 나서야 자리에서 일어났다.

3

까슬까슬한 셔츠의 소매가 팔목에 닿을 때마다 따끔거렸다. 받는 월급으로는 탐내기 어려울 만큼 가격대가 높은 유명브랜드였다. 밤을 새워서 매장 앞에 줄을 서서 샀지만, 사고 나서 사이즈가 다르다는 걸 알았다. 한정 판매로 재고가 없어 교환하지 못했다. 쾌청할 거라던 일기예보와는 달리 날씨까지 우중충했다. 하시만 마음이 복잡한 건 그런 이유들 때문이 아니었다. 칸에서의 만남 이후 세아와의 연락이 뜸했던 게, 오늘 가장 심란한 까닭이었다. 준우는 미안한 표정을 한 채 약속했던 지하철 3번 출입구 앞에서 서 있었다. 핸드폰이 연달아 진동했다. 세아가 늦는다는 문자라도 보낸 걸까. 서둘러 핸드폰을 꺼내보니 오고 있냐는 친구의 문자였다. 친구에게 이미 도착해 있다는 답신을 마치자마자 가까이에서 세아의 목소리가 들렸다. 준우는 핸드폰을 뒷주머니에 돌려놓았다.

"며칠 전에 칸에서 세아 씨와 대화를 나눈 건 새로운 깨달음이었어. 내가 그간 여러모로 소홀했던 게 느껴지더라고. 인터넷에 검색해 보니까 칸이라는 이름의 사이트도 있던데."

준우는 세아를 보자마자 마음에 차오르는 기쁨을 느꼈다. 기꺼이 돈을 내고 셔츠를 구매한 날처럼, 정제하지 못한 욕심이 졸졸 새어 나왔다. 세아는 레이스로 마감된 블라우스를 입고, 운동화 대신 리본이 달린 분홍색 플랫슈즈를 신었다. 오늘을 특별한 날로 여기고 있는 걸까. 세아가 준우의 마음을 다 안다는 듯 기쁘게 웃어 보였다.

"응, 우리 카페 회원으로 등록한 사람들 전용 홈페이지야. 최근 들어 신규 회원들이 많이 늘었어. 퀴어를 위한 커뮤니티로 입지를 굳힌 거지. 음, 준우 씨는 칸이라는 단어의 뜻을 알아?"

준우는 세아와 나란히 서서 예약해 둔 친구의 사금체험카페로 발걸음을 옮겼다.

"사전적인 의미는 알지. 퀴어와 관계된 단어는 아니지 않아?"

세아는 조금 후덥지근한 듯 상기된 얼굴로 손으로 부채질을 했다.

"한 칸, 두 칸. 공간을 세는 단위의 칸이야."

"어렵네, 머무르다 갈 수 있는 곳이라 그렇게 지은 건가?"

"칸은 완전히 닫힌 공간을 칭하잖아. 퀴어의 밀어 중에 벽장이란 말이 있어. 벽장의 바깥은 차갑고 냉혹한 현실이고, 그곳을 나갈 수 있는 방법은 오로지 커밍아웃뿐이지. 그 벽장처럼 소수자들이 각자의 칸에 갇혀 있다는 의미야."

준우는 예상하지 못한 답에 대꾸할 말을 찾지 못했다. 손을 가만히 두지 못하는 버릇이 도져 이번에는 손목에 걸린 시계의 테두리를 문지르고 있을 뿐이었다.

"누군가는 칸 안의 삶이 편할지도 몰라. 하지만 우리는 자유로울 권리를 가지잖아. 무엇에도 구애받지 말자. 우리가 능동적으로 행동하자. 준우 씨가 말한 칸의 뜻도 맞겠어. 하지만 우리는 사람들이 지치면 다시 돌아올 수 있도록 언제든지 남아 있는 칸이 되고 싶었어."

준우는 이번에도 대답하지 못했다. 추임새는 어설픈 반응에 지나지 않을 것 같았다. 더 캐 묻자니 세아의 말에 아는 체를 할 엄두가 나지 않았다.

사금체험카페는 노래방이나 보드게임카페가 들어선 건물 2층에 있었다. 요새는 체험이든 게임이든 앉을 곳만 있으면 다 카페인 걸까, 생각하며 계단을 올랐다. 문을 열고 들어서자 친구가 반갑게 맞아 주었다. 보지 않는 척 곁눈질로 세아를 훑는 것도 잊지 않았다. 세아가 주위를 두리번거리는 사이 준우에게 묘한 미소를 지으며 엄지를 치켜 보였다. 세아에게 사금체험카페는 생소한 장소였을 터였다. 개업한 지 두 주일이 되지 않았지만, 인터넷 포털에 '이색 데이트 코스'로 이름난 업종이었다.

친구가 한창 개업 준비로 바쁠 때, 준우는 그를 돕기 위해 이곳에 몇 번 와 본 적이 있었다. 사금뿐만 아니라 '개'라는 단위로 판단하기 어려울 만큼 아주 작은 다이아몬드 입자도 찾을 수 있었다. 그것들을 어느 정도 모으면 업주가 동일한 가치의 덩어리로 바꿔주는 것이 규칙이었다. 그것으로 반지 등의 장신구를 세공해 판매까지 했다. 준우는 친구에게 연락해 세아와의 데이트를 귀띔해 두었다. 준우는 친구와 오늘 하루만큼은 비밀 작전을 수행하는 요원처럼 세아를 주인공으로 하는 일의 결속을 다졌다. 친구는 작전에 자신의 역할이 있다는 데 굉장히 신이 난 모양이었다.

자리를 잡고 앉자 준우가 먼저 통 안에 담긴 모래를 철판 위에 엎었다. 세아 역시 준우를 따라했다. 준우는 모래를 넓게 펼쳐 평평하게 만들었다. 조명을 켠 다음 확대경으로 모래를 살폈다. 집게로 모래 알갱이 사이를 헤집으며 사금을 찾아 헤맸다.

"운이 좋으면, 다이아몬드도 찾을 수도 있다는 거지?"

세아는 체험을 어려워했다. 오 분 남짓한 시간이 지났는데도 자그마한 알들을 계속 들여다보고 있자니 눈이 아팠다. 그래도 세아는 포기하지 않았다. 간혹 검지나 중지로 관자놀이나 눈두덩이를 문지를 뿐. 그렇게 두 사람은 성실히 모래 사이를 헤맸다.

삼십 분 정도가 지났다. 세아는 꽤 많은 사금을 찾아냈다. 합하면 쌀알 서너 톨의 크기는 될 듯했다. 친구에게 미리 사금을 많이 넣어 두라고 부탁한 결과였다. 세아는 마냥 뿌듯한 듯 미소를 풀지 않았다. 준우는 세아가 주스 두 잔을 비우기 전에 포기했다. 세아의 것에 몰아주느라 준우의 모래판에서는 사금을 찾기 어려웠다. 그럼에도, 준우는 보람을 느꼈다.

"세아 씨, 관습이란 걸 어떻게 생각해?"

돌연한 준우의 질문 속 감춰진 저의를 헤아리려는 듯 세아는 침묵했다. 세아가 답을 고민하는 동안 준우는 돌연한 갈증을 느껴, 주스 잔을 비웠다.

"세아 씨는 자기감정에 솔직해야 된다고 생각하겠지. 주변 사람들이 피해 입지 않을 선에서. 하지만 난 한 번도 내 생각만으로 움직인 적이 없었던 것 같아. 공무원이 되고부터는 위에서 내려온 명령이 내 사고와 행동의 방향이었거든. 그런데 이번에 깨달았어. 우리가 칸에서 대화를 나누었던 날에……. 이제는 내가 터득한 방향을 따라가도 좋겠다는 걸."

준우는 자신의 마음이 제대로 세아에게 전달되고 있는지 궁금했다. 집게를 오래 쥔 손에서는 모래 냄새가 났다. 세아는 준우가 움직이는 손가락을 따라 눈을 굴리면서도 답이 없었다. 두 사람은 잠시동안 아무 말도 하지 않았다. 서로의 숨소리가 들릴 정도로 서먹한 분위기가 연출되었다.

"난 준우 씨가 수동적인 사람이라고 생각한 적 없어. 하지만 퀴어 문제에서만큼은 어쩔 수 없는 태도를 취했다는, 솔직한 토로 같네."

준우는 그렇다고 대답하는 대신 시선을 세아의 눈으로 돌렸다. 세아는 기다렸다는 듯 더욱 환한 미소로 표정을 바꾸었다.

"찾는 데 소질이 있으시네."

끝날 시각이 되었음을 알리려고 다가온 친구가 세아의 채집통을 들어 살폈다.

"이걸 다 교환해 주시면 손해를 많이 보시겠는데요."

세아도 채집통을 들여다보았다.

"이렇게 많이 찾는 손님은 없어요. 신기록이에요. 뭐, 손해를 보더라도 규칙은 지켜야 하니까."

친구는 능숙하게 연기했다. 아마 실제 손님이 세아만큼 많은 사금을 채취했다면 친구는 도금된 알갱이를 모래에 섞어야 했을 것이다.

"제가 큰 덩어리로 바꿔 드릴게요."

"아니에요. 경험한 걸로 충분해요."

친구의 말에 세아는 손사래를 쳤다.

"금은 됐고. 현금화는 어때?"

준우가 끼어들었다. 친구는 응당하다는 듯 크으, 소리를 내며 고개를 끄덕였다. 두 사람의 채취통을 들고 친구가 카운터로 돌아갔다.

"무슨 돈을 달라고 그래."

세아가 당황하는 기색을 보였다. 단순히 놀랐다는 것보다 아무리 친구 사이여도 무례한 일이 아니냐는 염려에 가까웠다. 준우는 자신의 얼굴에 들러붙은 세아의 시선이, 입고 온 셔츠보다 까끌거린다고 생각했다. 그때 친구가 두툼한 백색 봉투를 들고 다시 왔다.

"축하드려요. 사금 카페에 처음 왔다고 하시더니 내가 깜빡 속았나 싶네요. 준우, 네가 찾은 금값까지 다 세아 씨에게 드려. 세아 씨가 요새 무슨 축제 준비로 돈이 필요하시다면서. 그게 낫지 않겠냐? 첫 방문 기념으로 내가 금일봉까지 덤으로 얹어 줄 테니까."

준우는 친구가 그랬던 것처럼, 응당한 일이라는 듯 고개를 크게 주억거렸다.

"이 정도 어때요? 도움이 좀 되려나?"

친구가 불룩하게 배를 내민 봉투를 세아에게 건넸다. 세아는 고맙다거나 거절의 말을 하지 못했다. 봉투가 바닥에 떨어지지 않도록 두 손으로 공손히 받아들고 있을 뿐이었다. 친구가 어서 열어보라는 듯 세아에게 턱짓했다. 결국 세아는 조심스럽게 봉투를 열었다. 세아의 눈이 동그래졌다. 봉투에는 노란 단풍 색의 지폐가 한 묶음이 들어 있었다. 준우는 친구에게 왼손 엄지와 검지를 동그랗게 말아 보였다. 세아는 사고를 친 강아지처럼 불안한 눈으로 준우와 친구를 번갈아 바라보았다.

"오늘 뵈서 영광이었어요, 세아 씨."

친구는 카운터로 돌아갔다. 준우는 나중에 토로할지언정 당장은 입을 다

물라고 친구에게 신신당부했었다. 미리 돈의 출처를 알려주면 세아가 받아들일 리 없었다. 무엇보다도 준우는 세아에게 돈으로 생색을 낸다는 인상을 남기고 싶지 않았다.

"사장님."

세아는 카운터를 향해 친구를 불렀다. 친구는 이미 보이지 않았다.

"친구의 호의를 무시하지 마요. 아마 카페 밖으로 나갔을 거야."

준우는 세아의 어깨를 가볍게 쳤다. 세아는 엉거주춤 봉투를 손에 들고 준우와 함께 카페를 나섰다.

"퀴어 퍼레이드를 준비한다는 거, 준우 씨가 말했어?"

"응."

세아의 걸음은 느리게 이어졌다.

"혹시 이거 준우 씨 돈이지? 맞지?"

"사금을 채취한 정당한 돈이야. 히히."

준우는 세아에게 속내를 들켜선 안 된다며 스스로를 얼렀다. 하지만 이제 곧 세아가 자신의 마음을 알아줄지도 모른다는 생각에 얼굴에 열감이 돌았다. 문득 세아가 멈춰 섰다.

"왜?"

준우의 말이 끝나기도 전에 세아가 준우에게 다가섰다. 세아의 눈이 느리게 깜박였다. 그러다가 그대로 준우를 그러안았다. 준우는 작동을 멈춘 기계처럼 우뚝 서 있어야만 했다. 새로 산 셔츠 속으로 세아의 온기가 스며들었다. 세아의 눈시울이 살짝 붉어졌다.

4

정수리에 톤 단위의 추를 얹은 듯 두통에 머리가 무거웠다. 레고처럼 머리만 분리해 새로운 것으로 교체하고 싶은 심정이었다. 위장도 같은 처지였다. 소용돌이에 휘말린 배에 탄것처럼 속까지 몹시 메슥거렸다. 준우는 어둠 속에서 팔을 뻗었다. 동굴 벽을 더듬듯 무엇이든 찾고자 애썼다. 하지만 잡히는 것은 아무것도 없었다. 스탠드를 켰다. 환해진 사위에 눈살이 찌푸려졌다. 고개를 좌우로 돌려 자신이 누운 곳을 살폈다. 사용한 흔적 없이 말끔한 베개가 시야에 들어왔다.

간밤에 술집에서 나와 비척거리면서도 기세 좋게 세아와 이 모텔로 들어서던 장면이 떠올랐다. 객실의 카드와 일회용품을 받고, 세아를 감싸 안은 채 함께 방까지 들어온 것도 기억났다. 세아가 셔츠 단추를 풀어 주었다. 분명한 것은 세아가 자신의 맨몸을 보았고, 우여곡절 끝에 침대에 같이 꺼꾸러졌던 일이었다. 하지만 어떻게 된 건지 기억은 여기서 멈췄다. 그런데 세아가 없다니.

"세아 씨."

준우는 화장실 창문이 먹빛인 걸 보면서도 세아를 찾았다. 역시 대답이 없었다. 자신과 세아의 사이를 가로막는 벽 따위는 이미 허물어졌을 터였다. 가장 아래에 있는 열망에서 분출된 광기에 휩싸여, 소망을 가로막던 벽 따위 함께 부수었을지도 몰랐다. 그런데 세아가 없다니.

벽에 붙어 있는 행거가 보였다. 비닐로 감싸진 슬로브 두 벌 옆에 준우의 셔츠가 걸려 있었다. 로고가 박힌 가슴께가 이염돼 있었다. 준우는 침대에서 일어났다. 셔츠를 확인하니 이염이 아니라 단순한 얼룩이었다. 시큼한 냄새를 풍겼다. 다만 주위에 번진 물기로 보아서는 한 차례 헹궈낸 듯했다. 준우는 술 마신 뒤 심하게 토했었다. 본능적인 불안이 엄습했다. 서둘러 침대 시트 위를 더듬어 핸드폰을 찾았다. 떨리는 손으로 세아에게 전화를 걸었다.

"세아 씨? 어디야?"

"일어났구나, 미안해. 먼저 나왔어."

세아의 목소리는 미안하다고 말하면서도, 그저 말뿐인 것처럼 평이했다.

"어제 과하게 마셨나 봐. 상태가 엉망이네. 나 할 말이 있어. 어디인지 알려주면 내가 거기로 갈게."

"무슨 말?"

"갑자기 보고 싶네."

몇 시간 전의 밤 동안 무슨 일이 있었는지 알고 싶었다. 세아가 주는 확신, 그것만이 준우의 회복을 도울 수 있었다. 핸드폰에서 탁 막힌 웃음소리가 새어 나왔다.

"보고 싶어도 참아야 돼."

"이렇게 가는 게 어디 있어, 술을 마시자고 한 건 세아 씨잖아."

준우는 목젖이 가로막히는 걸 느꼈다.

"돈은 행사 담당자분께 전달해 드렸어. 어디서 이렇게 큰돈을 났냐고 놀라시더라. 준우 씨, 고마워."

"그 돈이 문제가 아니잖아, 내 말은…… 우리, 어떻게 된 거야?"

준우는 가장 궁금한 걸 물었다.

"준우 씨 셔츠를 세탁하고, 준우 씨 잠든 걸 보고 바로 나왔어."

확신을 향해 나아가려던 준우의 마음이, 붉은색의 정지등을 발견하고 멈춰 섰다. 이제는 숨통이 막히는 기분이었다.

"사실 어제 일이 다 기억나질 않아. 그 이야기를 듣고 싶어."

준우는 연신 목을 타 넘는 갑갑증을 해소하고자 침을 삼켰다.

"어제 내가 준우 씨에게 한 말도 기억하지 못하겠네?"

"무슨 말?"

"나, 사랑하는 여자가 있다고."

세아의 목소리는 평화롭다 못해 고요했다. 준우는 들은 기억이 전혀 없었다. 핸드폰을 손에서 놓치고, 다리가 풀렸다. 침대 위로 쓰러졌다. 벽이 허물어진 것이 아니라, 감히 넘볼 수 없는 견고한 철옹성이 되었다. 핸드폰에서는 세아의 이어지는 말이 새어 나왔다. 하지만 준우는 어떤 소리도 들을 수 없었다.

2023 신예작가

초판 인쇄 2022년 11월 23일
초판 발행 2022년 11월 25일

발행인 김호운
편집주간 김성달
사무국장 이월성
편집국장 이현신
발행처 사단법인 한국소설가협회
등 록 제313-2001-271호(2001. 12. 13)

주 소 04175 서울 마포구 마포대로 12, 한신빌딩 302호
전 화 02) 703-9837, 팩 스 02) 703-7055
전자우편 novel2010@naver.com
한국소설가협회홈페이지 http://www.k-novel.kr
인 쇄 유진보라
총 판 한국출판협동조합 02) 716-5616

ISBN l 979-11-7032-094-4 *03810
정가 15,000원

사단법인 한국소설가협회는 소설가로만 구성된 국내 유일의 단체입니다.